Sudor

Sudor

ALBERTO FUGUET

LITERATURA RANDOM HOUSE

El papel utilizado para la impresión de este libro ha sido fabricado a partir de madera procedente
de bosques y plantaciones gestionadas con los más altos estándares ambientales, garantizando
una explotación de los recursos sostenible con el medio ambiente y beneficiosa para las personas.
Por este motivo, Greenpeace acredita que este libro cumple los requisitos ambientales y sociales
necesarios para ser considerado un libro «amigo de los bosques». El proyecto «Libros amigos
de los bosques» promueve la conservación y el uso sostenible de los bosques,
en especial de los Bosques Primarios, los últimos bosques vírgenes del planeta.

Papel certificado por el Forest Stewardship Council®

Primera edición: abril de 2016

© 2016, Alberto Fuguet
c/o Indent Literary Agency, www.indentagency.com
© 2016, Penguin Random House Grupo Editorial, S. A., Santiago de Chile
© 2016, Penguin Random House Grupo Editorial, S. A .U., Barcelona

Printed in Spain – Impreso en España

ISBN: 978-84-397-3177-1
Depósito legal: B-3535-2016

Impreso en Cayfosa (Barcelona)

RH31771

Penguin
Random House
Grupo Editorial

ÍNDICE

A Andrea Montejo

A Mauricio Contreras

Y a Rafael Bordachar, claro.

Gracias:
  Vicente Undurraga
  Matías Rivas
  Fernando García Regodeceves
  Claudio López de Lamadrid
  Melanie Jösch
  Andrea Viu
  Daniel Flores Sáez
  Fernando Esteves
  Silvana Angelini
  José Noé Mercado
  Cristián Heyne
  Sebastián Arriagada
  Renato Buccini
  Quentin Hivet

Parte I

El aura
de las
cosas

Sucede. Ocurre. De pronto uno conoce a un escritor y su obra adquiere fuerza, relevancia. También pasa lo contrario, por cierto: uno tiene la posibilidad de acceder al autor y a su hijo y la obra se te cae al suelo.

A veces uno vive una de esas historias que vale la pena contar. Esas que tienen algo de poco probable, de inverosímil, y eso justamente es lo que hace de ellas una historia. Como enredarse con el hijo de un escritor importante.

Como conectar con la obra secreta y la vibra del primogénito.

Como acostarse con él.

Como que te culió un Restrepo y te dejó mal.

Mal pero bien.

Rico. Prostáticamente exquisito.

¿Cómo puedo narrar sin participar del todo?

¿Cómo puedo ser, digamos, pasivo y a la vez activo?

O quizás lo adecuado —lo natural— es ser versátil. Moderno.

Y piola, claro.

Pueden llamarme Alf.

No es un mal comienzo aunque ya lo sé: la referencia libresca es algo burda y más *meta* y de escritor-de-taller de lo necesario. Si bien el narrador del libro que deseo escribir seré yo, no deseo —ni debo— ser el personaje principal. Igual creo que cabe armar algo con mi back story (unas páginas, un dossier, un making of) y de seguro en el libro irán saliendo de a poco, de rebote, sin querer, cosas acerca de mí.

¿O no?

No sé.

Todos me dicen Alf desde chico.

El hijito de su papá.

El hijo pródigo, el hijo díscolo, el ángel caído.

Un libro acerca de escritores y de la manía de escribir contado a través de dos personas que no escriben pero sí leen.

Que se leyeron de una.

Eran los últimos días de la administración Piñera. La Nueva Mayoría estaba por retornar al poder con Bachelet, decidida a ser no la mamá de todos sino la madre coraje que ella vio en un montaje al aire libre en Alemania del Este. No al lucro, sí a la meritocracia, educación gratuita para todos, fin de los privilegios para la clase alta. Chile para todos, no sólo para algunos. Todos: no el to-do-el-mundo de toda-la-vida sino *todos*. Todos (sí, todos, ese *nosotros* excluyente e incluyente que *todos* los que son parte de ese puto *todo* saben conjugar a la perfección) estaban aterrados, ruidosos, exhibicionistas y como aprovechando los últimos días de una época dorada que de seguir iba a estallar. Había hastío y algo andaba mal pero el diagnóstico estaba errado. Algo iba a suceder, tenía que suceder, esto no seguiría igual, los días de alguna manera estaban contados.

Lo que era cierto.

Muchos (el mundillo ligado al arte, a la prensa, a lo audiovisual, los seguidores y los cazadores de tendencias, la supuesta intelectualidad, la gente conectada) juraban que eran parte de una fiesta edénica digital all-inclusive. Adictos a Twitter e Instagram, amarrados a Facebook, clavados en sus celulares y con la sensación de un insólito empoderamiento digital (todos fisgoneaban a todos, todos seguían a todos) que los hacía hablar más de la cuenta, no quedarse en casa tranquilos, escuchar muy poco a los demás y jurar que eran parte del jardín de al lado y de la fiesta interminable. Había más críticos gastronómicos que literarios y todos se creían famosos y acosados.

Estábamos sobregirados, coludidos, ansiosos.

Había que caer.

Algo debía ceder.

A pesar de que todos en la editorial lo intuíamos, nadie lo comentaba mucho, pero lo cierto es que estábamos en los descuentos antes de dejar de existir como seres autónomos. Alfaguara y toda la parte literaria de Santillana dejaría muy pronto de ser parte del grupo madrileño PRISA para fusionarse o ser cooptado por Penguin Random House, dejando a muchos soldados en el campo de batalla. Entre ellos yo, Alf Garzón, un editor adjunto especializado en no ficción (advenedizo, lo asumo; me ensucié en la ficción y las novelas trash por encargo durante mi oscura época Seix Barral-Planeta). Por un buen rato fui apodado —lo sé— el «tipo de Taurus» por el sello que tenía a cargo (es curioso que poco a poco Taurus haya agarrado vuelo como nombre de una productora de eventos gay ligados a la disco Bunker, a la que me volví adicto; Taurus, de toro, de semental). Mientras muchos editores de la plaza buscaban «la gran novela chilena que además venda y sea exportable», era yo el que apostaba o creía (cree, digo) en la crónica y los testimonios, el que «quería dar vuelta» a los autores «de marca» para que dejaran de escribir novelas con un lenguaje impostado o con tramas conspirativas y optaran por el fértil terreno del ensayo y la memoria.

Un asunto quiero que quede claro desde ya: que no me hayan llevado a la nueva editorial no fue por lo que pasó.

Lo que pasó, pasó.

No debe leerse como un castigo o una venganza.

Para nada.

Yo al menos no lo veo ni lo siento así.

Sé que otros insisten en que pagué merecidamente por «mi comportamiento». Que no podía ser premiado por lo que ocurrió. Que era lógico. Victoria Martinetto, mi jefa, me lo dijo cuando me informó que hasta aquí llegábamos.

—Quiero que sepas que te quiero —me dijo entre sus lentes eternamente rosados-casi-marrón (¿bifocales?, ¿fotocromáticos?) antes de acuchillarme por la espalda.

En realidad me pasó un papel para que lo firmara.

Pero yo no hice nada.

Nada.

Fui parte, sí, fui testigo, más pasivo que activo (con Rafa, digo), e hice lo que pude, pero no tuve la culpa yo sino otro. ¿Quién lo iba a decir?

Viví para contar.

Y me quedé con el disco duro azul.

Victoria Martinetto, con su cuerpo tallado en pilates y su look étnico a lo Frida Kahlo, en tanto, fue despedida de la gerencia comercial y terminó de gerente del gimnasio-spa Hard Candy.

Si de los cuarenta y tres años que he vegetado en este planeta me permitieran revivir uno, creo que escogería el que pasé hace dos, específicamente esos cuatro días y tres noches en extremo calurosos y transpirados de fines de octubre del 2013 cuando pasó por la Feria Internacional del libro de Santiago, FILSA, y por todos nosotros, la costosa y organizada gira de prensa de *El aura de las cosas* de Rafael Restrepo Carvajal y su hijo, Rafa Jr. Por esos interrumpidos *four days and three nights* es que ese 2013 está bien arriba en la lista de mis momentos clave.

O quizás no.

Quizás preferiría borrarlos de mi recuerdo.

No sé.

Tampoco fue tan malo.

Lo que sí tengo claro es esto: son días narrables.

Hay una historia ahí. Siempre uso esa frase, es mi tic:

—Hay una historia ahí, hueón. Nárrala. Cuéntamela.

No todos los autores desean contar su mejor historia. O se la guardan o no tienen claro cuál es o se les hace.

Esta es —espero— mi historia y, de paso, la de varios más. No es toda mi vida ni abarca entera las de los otros involucrados, pero pasan cosas.

—Hay material, güey —como me dijo esa vez el propio Rafa Restrepo.

No viajé, no fui a ninguna parte, me quedé acá.
Estuve quieto pero me moví.
Me movieron.
Varios.
Ahora, con la complicidad y la distancia del tiempo (aunque no ha pasado tanto tiempo, puta que han pasado cosas), me queda más que claro que lo que sucedió fue que ingresé en un campo minado, crucé fronteras y me enredé más de lo necesario y aconsejable con tipos demasiado jóvenes.
Muy jóvenes para mí.
Pendejos.
Quizás me veía menor (en días buenos me echaban 37 o 38) y a pesar de todo mi acervo de trivia y cultura pop y de estar-ultra-al-día y conectado a las redes sociales, tenía claro que era mayor, incluso cuando me olvidaba.
¿Cómo es el dicho?
Young, dumb and full of cum.
Un chico lindo te puede alterar y puedes obsesionarte. Crees que puedes succionarle su belleza, su vigor, su extraña inseguridad segura. Juras que se te pega todo lo increíble que tiene y después entiendes que no tenía nada especial excepto que era lindo y que se fijó en ti.
Por un momento estuve adicto a los pantalones de pitillo y a esos horribles chalecos con dibujos que estuvieron

tan de moda. Me fascinaron esas barbas y esos peinados entre militares (esas nucas al sol, Dios) y retros (a veces parecían inmigrantes rusos o mineros de San Francisco luciendo esos primeros Levi's), además de ese particular olor que desprenden los prepucios de chicos menores de veinticinco y que se potencia con el aroma hormonal que se esconde entre los vellos púbicos de los que no tienen aún demasiados pelos en otras partes.

Amaba a los chicos con anteojos con marco de carey aunque sólo leyeran novelas gráficas y colecciones de cuentos debut de sus amiguitos de taller. Una cosa sí aprendí con todo lo que sucedió: la empatía es algo que se adquiere con el tiempo, con los años, con la edad. Cuando se es aún muy joven, sólo te ves a ti mismo.

Sobre todo cuando te estás mirando al espejo.

Me gustaban los chicos-selfie.

Para qué negarlo.

Durante esa semana caldeada en la que me voy a centrar, Santiago de pronto se llenó de shorts de toda la gama de los tonos pasteles (cortísimos, largos, bermudas, jersey, jeans cortados), musculosas, camisetas cuello en V de algodón pima, sandalias, condoritos, birkenstocks o zapatones Bestia (made in Chile, not in China, como los chicos que los usaban). Toda la ciudad se volvió 3D y las aplicaciones para tratar de culiar colapsaron. Santiago era una suma de pantorrillas firmes y peludas, axilas boscosas, nucas anchas y mojadas y homóplatos afilados bajo poleras celestes, amarillas, verde-agua y blancas. Las piernas fuertes (¿hay algo más perturbador que un hueón con piernas bien hechas y peludas?) delataban los beneficios de ser ciclista furioso, lo mismo que el hecho de que, como me decía Augusto, los culos claramente han mejorado: ahora todos tienen. Esa primavera los paquetes se delineaban bajo pantalones de lino apretados o jeans gastados que llegaban más abajo de las caderas (más oblicuos que en el cielo), donde a veces se lucían esos calzoncillos de colores primarios, aunque igual amaba a los que andaban, como aún se dice por acá, «a lo gringo», con sus matas rulientas asomándose un poco.

De pronto todo era narices romanas y cuellos largos, cejas intrigantes y espaldas insinuadas, hombros bronceados y pies grandes y sandalias gastadas, pechos velludos y manzanas de Adán cubiertas por cuatro días de barba que se lucían al tragar en pocos sorbos esos jugos de verduras y frutas que aparecieron de la nada por todas partes. Esa temporada ya estaban instaurados los tatuajes nativos y étnicos y levemente surf en esas pieles morenas humectadas con bloqueador solar; en bares y en restoranes con terraza, de pronto los chicos con ojos oscuros y acentos sensuales flirteaban contigo aunque fuera por la propina mientras te servían Aperol Spritzs y shots de Ballantine's. El Parque Bicentenario, nuestro Central Park, se llenaba de grupos de amigos que comentaban las hazañas de la noche anterior tirados en el pasto sobre frazadas o toallas, con perros o bicicletas, todos con anteojos de sol lindos, todos luciendo hombros y pies, chalecos livianos ideales para cuando cayera el sol y se levantara la brisa.

Por fin lo metrosexual había dado paso a lo lumbersexual y había mucho pelo, mucha barba, mucho aroma natural levemente picante en el aire y cerca de tu nariz (más axilas que en el cielo). Había hombres por todas partes

—dispuestos, a la caza, entusiastas, horny— y sobre todo chicos bonitos y seguros y algo tontos y muy milenios y con dientes que poco tenían que ver con aquellos con que los parieron y que circulaban y estaban al acecho, mojados por un sudor que dripeaba por sus caras y humedecía todos sus pelos escondidos o a la vista y oscurecía inexorablemente el algodón de sus poleras y camisas y dejaba partes de la ciudad, como la ciclovía de Pocuro con sus perturbadores y preciosos ciclistas y trotadores, empapadas de testosterona.

El asesino sol de la tarde se volvía cómplice y los iluminaba desde atrás dorándoles sus siluetas y cabelleras. No hacía falta tener poderes especiales para divisar el color o la marca de los boxers o quedar atontado con atisbos de docenas de *caminos de la felicidad* que tan bien cumplen su promesa cuando aparecen de improviso por debajo de musculosas ajadas o guayaberas de la ropa usada que se levantan cuando el tipo en cuestión se estira de una manera nunca impensada o inocente.

Después de interminables meses de invierno y mala calefacción, calzoncillos largos y frazadas eléctricas scaldasonno, tras maratones de series y películas descargadas, con la estufa cerca y con la desidia como aliada, tanto la testosterona como el polen y los plátanos orientales estallaron sin previo aviso en las ciclovías y en los parques, en los gimnasios y en los bares, en las terrazas y en las piscinas y en las azoteas con jardines. A la tarde, cuando una leve brisa bajaba de los Andes, a pesar de todos esos faunos y todo ese frenesí, me acuerdo de que con el fresco se me aparecía el *noonday demon*, el demonio de la depresión, pero con algo de retraso: algo así como la melancolía de la tarde llegando cuando empieza a caer la noche austral. Por esos días, justo antes de que se inaugurara la FILSA, unos días antes de que llegara la delegación Restrepo, no podía sacudirme ciertas verdades que sentía ya como sentencias. Uno podía tener cierto dinero o prestigio o sabiduría o seguridad o incluso un departamento propio o quizás un trabajo decoroso o estar como dice un amigo «relativamente resuelto» pero al final todo eso se diluía ante el panorama de tanta libertad y soltura y juventud rampante.

De tanto mino culiable circulando y ofreciéndose y exhibiéndose.

La primavera es, en efecto, la estación más horny y fatal.

Durante esos días ardientes antes de la FILSA (*FILSA pa'l que lee* era el insólito eslogan de ese año) y de la llegada de los Restrepo fue cuando más eché de menos a El Factor Julián. Cómo no. Puta, me tenía prendido, me encantaba, tenía todo eso que todo hueón que no te pesca suda a raudales: el encanto de no poder atraparlo. Lo veía por todas partes, su aroma se colaba en el sudor de los demás. En cada chico con poca ropa o transpirado que circulaba bajo el sol calcinante de ese verano furioso que se adelantó como anunciando una avalancha, se me aparecía el cabro, el pendejo culeado, el milenio-del-infierno. El puto y bendito y mítico (sí, de mito, de mino, de guapillo, de misterioso, de embriagante) Factor Julián Moro.

Parte de mi labor como editor (aunque ahora sea un editor freelance) es ayudar a sacar —extirpar, cercenar— el libro que el autor tiene dentro. Me niego a usar el manoseado término de partero o el más elegante y galeno de obstetra porque no me parecen adecuados. Es un símil totalmente falaz. He cumplido esa labor muchas veces y me honra haberlo hecho y por eso mismo creo que no tiene nada de cierto la idea de que publicar un libro se parezca a tener un hijo.

Por favor.

No es un puto parto.

Los libros que me ha tocado ayudar a sacar a la luz son los que no querían nacer, no querían existir. Aparecen a pesar de aquel que los engendra (uf, dale con el metaforón) y generalmente dejan huellas tanto en el que lo excretó como en aquel que lo leyó.

«Fue un parto», dicen los que no saben o los que creen que el arte real surge del sufrimiento. Para sufrir y pasarlo mal no hay que ser artista; todos más o menos sufren y saben cómo curarse. Mucha de la gente más básica que conozco ha sufrido y harto y hace de sus heridas algo así como su carta de presentación. No basta con haberlo pasado mal o que tus padres te hayan fallado por insulsos, cómplices, pinochetistas o extraviados. Sigo: el peor parto dura seis o siete horas, existe la anestesia epidural, se puede optar por cesárea si algo no está funcionando.

Es la gestación lo complicado, lo que te carcome y bota.

Los libros que más me interesan nacieron de violaciones.

No fueron gestados con amor y cariño.

He visto grandes mentes quedar hechas pulpa tratando de escribir y he visto a muchas personas tropezar antes de empezar. Por eso no entiendo hasta el día de hoy la insistencia en comparar y sacar paralelos entre hijos y libros. Basta. ¿Es por la *supuesta* chance de acceder con ellos a la posteridad? ¿Y de dónde salió esa tríada de plantar un árbol, tener un hijo y escribir un libro?

Una vez doné (sí, doné, no vendí aunque luego igual me pagaron algo) semen a un banco de esperma que está por Los Militares (*dona tu semen, ayuda a otros a cumplir su sueño*…; me pajeé durante seis meses en una oficina blanca mirando porno gay en mi celular luego de estar tres días abstinente, por lo que botaba ene y era como rico y me sentía un semental y luego me agarré a uno de los doctores y…), por lo que tengo en el sótano de mi inconsciente la posibilidad de que haya alguien con mis genes circulando por ahí (es un alivio saber que mis cromosomas no pueden transformar a algún chico en hemofílico).

Nunca he plantado un árbol y no tengo plantas de interior.

Ahora quiero escribir un libro.

Un libro no muy largo que quizás se llamará *Sudor* y que no aparecerá (de terminarlo, de escribirlo, de ser capaz de narrarlo y ponerlo por escrito), por razones obvias, en el cooptado sello Alfaguara ni será editado por alguna de sus chicas o señoras.

La ropa sucia no siempre hay que lavarla en casa.

Soy de la escuela Prontomatic.

Veamos qué pasa.

Tampoco me importa tanto.

Por suerte no soy escritor. Conozco a muchos, seres inseguros con el ego inmenso, y si los enlodo es con gran razón y con no poco cariño.

El destino fue el que lo arruinó y alteró todo.

Yo, la verdad, no creo mucho en el poder del destino, soy más de esos que creen que uno se lo crea y se lo arma.

Aunque después de todo lo que ha sucedido (lo repaso en mis horas de desvelo, escena a escena, cuadro a cuadro) tengo que reconocer que quizás el azar y eso que se llama destino *algo* tienen que ver.

Algo *tuvieron* que ver.

No todo uno lo controla.

Uno controla bastante poco.

Justo cuando uno cree que lo controla todo capta que no es así.

¿Es azar, destino, mala suerte?

¿Por qué ninguno de mis autores (gays y héteros y todos esos confusos) me confidenció nunca que escribir te calienta tanto?

No he parado de masturbarme.

¿Acaso eso no es escribir?

Ya era hora, como dijo una vez mi amigo Alejo Cortés antes de suicidarse, de que cayera libre. A veces hay que caer, decía para justificar su decisión de caer (de irse, de matarse) y publicar de forma póstuma su novela *Caída libre*. Hay otras formas de caer, a veces hay que caer para levantarse más libre, más fuerte, menos contaminado. Si soy quien soy es por la suma de mis momentos y acciones y errores. Me han hecho la pregunta: ¿tú serías el mismo si Rafael Restrepo Carvajal y su hijo veinteañero no hubieran venido de gira de prensa a Santiago ese año? Y si el caprichoso e intenso y malcriado hijo no hubiera exigido a gritos, agarrado a su oso de peluche, que el que debía hacerse cargo de él durante su estada en Santiago tenía que ser yo («ser su escort»), ¿en qué estaría hoy? ¿Sería él mismo que soy ahora?

Obviamente que no, conchetumadre.

Y obviamente que sí, también.

¿Seguiría persiguiendo a esa quimera viscosa llamada El Factor Julián?

El destino hizo de las suyas, el azar maraco (maraco, sí) se coló.

Y fue para mejor.

Lejos.

No tuve que tomar ninguna decisión; todos los naipes se ordenaron solos.

Ese año las cosas cambiaron. A todos nos tocan momentos narrables, filmables, documentables. A mí —ya lo dije, insisto— me tocó ese 2013 y, dos años después, lo recuerdo y lo siento como mi año favorito.

El año que recordaré siempre.

Es lo que me toca, es lo que corresponde.

Por eso contaré lo que pasó durante esos sudados días de esa primavera feroz.

Creo que se lo debo, además.

Rafa, esto es para ti.

Ese 2013 no se transformó en mi año favorito porque todo haya sido perfecto, exageradamente intenso, ni porque haya rozado el techo del éxtasis y la plenitud (quizás eso sucedió pero, ¿es tan importante?). Ese año —esos días de ese año— fue, como diría Baltazar Daza, que ahora es autor mío, un año de «fin de mundo».

Sí, creo que por ahí va: fin de mundo, adiós a todo eso, goodbye yellow brick road, hora de cambiar aunque no quieras, qué va.

Fue el cese de una manera de hacer las cosas, creo.

Algunos dirían que eso se llama crecer o darse cuenta.

Despertar.

Entender.

¿Se puede crecer a los cuarenta y uno?

¿No es un tanto pueril?

Yo lo viví; no lo esperaba, no estaba planeado, pero ocurrió y lo viví. De alguna manera —de todas maneras— gracias a esos días supongo que soy quien soy ahora y por eso estoy anotando estos apuntes y deseo escribir lo que deseo escribir.

Démosle.

Mi error fue pensar que, por ser editor, no necesitaba uno.

Lo necesito.

Urgente.

Lo curioso es que lo terminó siendo uno de los autores que más necesitaba edición (en todos los sentidos del término): Augusto Puga.

Toma apuntes, haz bosquejos, no intentes narrar.

Recuerda.

Speak, Memory, me dijo.

Este comentario Augusto Puga me lo hizo en el lanzamiento del libro de un lolito nada de feo pero no demasiado talentoso (*Mascotas ajenas* de Horacio Giannini) en el patio interior del Estudio Pañal esa primera noche en que quedó claro que, uno, la recién instalada Nueva Mayoría iba a hacer las cosas a su modo y que el ministro Peñailillo no era tan follable o mino como se decía a pesar de esas fotos con camisa de mezclilla en *SML* y, dos, que el otoño ya había llegado pues el frío en ese patio era húmedo, denso y carcelario.

Puga, con un notable sweater de lana a lo Hemingway, comía un cupcake de zanahoria con jengibre (el uso indiscriminado del jengibre estaba por alcanzar su punto de inflexión viral y transformarse en una plaga) y tomaba un vaso de un sospechoso Carmenere helado y me dijo —sin aviso— que me concentrara sólo en esos días que Rafa pasó en Santiago hasta que se desangró en el Club de la Unión. Quizás lo hizo sin querer, como muchas veces tendemos los editores a iluminar a nuestros autores que están perdidos en el bosque o colapsados en sus sofás. Puga me dijo: hay un libro ahí y sólo tú puedes escribirlo aunque no seas escritor, perrito. También me dejó claro que no debía hacerme cargo de la vida de Rafa (no tener que escribir una biografía de Rafael Restrepo Santos me pareció un regalo divino, como si te regalaran cuatro años extras durante tus treinta). Luego me comentó (creo que me lo dijo, quizás ni siquiera me lo dijo, pero eso es lo que escuché o lo que quise escuchar) que lo que debía hacer era narrar esos días míos con él.

—Cuenta lo que pasó, perrito. No inventes, para qué. Anota lo que recuerdas, lo que me has contado, hueón. Eso, nada más.

Después nos arrancamos hacia el barrio Bellas Artes a cenar al Kintaro de Merced y hablamos de mi «supuesto libro». Estaba repleto y nos sentamos a una mesa al aire libre, en medio de la neblina, al lado de uno de esos calefactores a gas impresentables. Mientras hablábamos de *Sudor* y comíamos tempura-rolls pasó ese mismo chico que me dijo que Rafa había muerto, sólo que esta vez iba forrado en una parca inflada negra. Aún no sé cómo se llama ese pendejo pero pasó por ahí casi en cámara lenta detrás de un extraño cachorro pitbull color caramelo que me recordó al peluche que Rafa andaba trayendo todo el día. Ese chico me hizo entender que se acercaba mi hora de ponerlo todo por escrito.

Emiliano Bernard: *Poemas errantes.*

Con eso partí.

Algunos los tradujo Alejo, el resto Baltazar Daza.

Ya he impreso una suerte de fanzine *under* de sus poemas (lo he repartido gratis en cafés y escuelas de letras y bibliotecas en ciudades de varios países con la ayuda de aliados estratégicos) y gracias a eso y a una página web que me diseñó Ariel Roth, la obra de Rafa Restrepo está empezando a ganar adeptos. Logré incluso colocarlos, junto con el portafolio de unos chicos muy mirreyes chupándose entre ellos en unas fincas de sus padres, en *Anal Magazine* del DF gracias al gran y ultracurioso Ricardo Velmor («no manches») que me contó algunas de las corridas de Rafa cuando circulaba por Ciudad de México («para no ser tan dotado, lo impresionante era lo grande de su cabezota, ¿no? Le encantaban los Baños Finisterre y los chacalones. Debes ir. ¿Vamos? ¿Te late?»). Rafa Restrepo era algo así como el Mecenas de La Condesa («mejor que ser el vampiro de la Roma, güey») y no sólo tenía un grupo de «amigos jotos del mirreinato» (jóvenes high class ex alumnos del Colegio México o graduados del Tec de Monterrey) sino que financiaba con el dinero de su viejo o quizás de Santillana revistas triple equis, catálogos de arte, documentales (uno sobre el Osote Chilango, el porno amateur rey de los chacales; otro acerca del desaparecido Cine Teresa del DF, donde los asistentes se solían resbalar con el semen que había entre las butacas), películas porno («Emiliano Bernard aparece en los créditos de todas las cintas que Gerardo hace para Mecos Films»), exposiciones, bares y fiestas como las clásicas One Hell of a Party para Halloween.

Yo, cuando lo conocí, no sabía nada de esto. La verdad es que ni siquiera tenía claro o me importaba que existiera. Era a lo más el hijo de... Y los hijos cuando son de padres o madres famosos siempre parecen menos interesantes.

Quizás en este caso la cosa es distinta.

Rafa era... Rafa era distinto, particular, ineludible, inimitable y mejor artista que muchos artistas que he conocido. Le faltaba, eso sí, ambición, que es lo que a casi todos les sobra. Tenía los contactos pero quería conectar con otros.

La primera plaqueta de sus poemas se lanzó en el puto bar de putos Marrakesh del Centro Histórico («gracias por su preferencia sexual») y hasta fue el cineasta Julián Hernández.

Todo lo hice bajo un seudónimo porque su madre (*Todo sobre su madre,* pronto) no me dejó usar su nombre.

¿Pero acaso no todos los grandes poetas han tenido uno?

Canto general por Neftalí Reyes.

No, definitivamente no. Suena mejor Neruda.

Poemas errantes por Emiliano Bernard.

Aunque ya todos los que saben o deben saber (gracias, Twitter) entendían que E.B. era el hijo joto/puto del famoso novelista. Emiliano Bernard tenía más fuerza y el hecho de que todos los que importan supieran de quién era hijo lo erotizaba y glamorizaba todo.

Mi plan es ir soltando más y más material del disco duro azul a los medios, las redes sociales y esos locales llamados librerías, pero de a poco.

Antes debo escribir *Sudor*.

Sin mito y sin deseo, esos poemas no se leen tan bien.

Parte de la misión de un editor es lograr que su autor sea deseado.

O mejor aún: follado.

Este poema costó traducirlo y no quedó bien.
Mejor dejarlo en el original.

A Jack-N-the Box
in the night.
A Taco Cabana,
KFC,
IHOP,
Jamba Juice
and a shot of
wheatgrass
from a guy called Troy.
Dark suburbs,
Galveston,
the smell of ships,
of sea,
of a port.
Walking alone

around Rice.
What if I studied
like these kids?
What if I was
from only one place?
What if my dad
was from Texas and not
from the World.
Heavy air,
thick heat,
dense thoughts.
Colin in the car,
slender,
sweaty.
His long, hairy legs
escaping from his cargos.
A bottle of pills,
Marker's Mark,
Diet Coke.
A gray Fruit Of the Loom T-Shirt,
wet,
damp with you.
Cass McCombs
on the iPod.
What underwear
do you have on?
The ones that were mine?
A skater skates,
a big van with a serial killer orders
from the drive-thru.
You smoke, Colin.
You don't eat your Curly Fries.

You want another shake,
you say.
We can share.
I don't wanna share.
No, I say.
What do you want?
I don't say it.
I just say what I want
only that all this is weird,
it's feels that's it's over.
So, you say.
Let's go.
You wanna go?
I wanna go,
tired, dude.
Yeah, let's go.
Sure.

Contexto: yo estaba algo obsesionado con la idea de que ya había comenzado mi declive. Tenía claro hace rato que nunca podría entrar a un sauna gratis antes de las cuatro de la tarde ni acceder a un considerable descuento porque hacía mucho tiempo que no tenía la codiciada edad de veinticinco, que es la línea divisoria de las aguas entre los que «no tienen nada pero se ven bien» y los que «ya están resueltos pero no parecen minos».

Me acuerdo que por ese entonces El Factor Julián, que tenía veinticinco, me dijo mientras le sacaba con los dedos la cubierta de chocolate de una de esas paletas de helado del Emporio La Rosa:

—Hueón: acabo de cachar que estoy más cerca de los treinta que de los veinte. El reloj hace tic, se va la vida, no logro cerrar nada... y además envejezco. Mal, uf. ¿Cómo? ¿Cuándo? Cagué.

El que cagó y se vino abajo fui yo.

Todo por dentro, discreto, calmado.

Como un buen editor.

No es que «el joven Rafa Restrepo» (tenía 24, yo 41) y su delirante paso por Santiago me hayan cambiado la vida (o quizás sí, no sé, algo me dice que sí), pero una cosa es indiscutible: antes enfrentaba la vida de otro modo. Antes vegetaba, celebraba internamente el cambio de calendario (un mes menos, un año menos), quería que la vida pasara y no me hiriera. Pero te hieren, hieres, imposible no salir herido.

El legado no fue leve: un cambio de mirada, un girar el ángulo, un apostar por lo que te puede alterar. Algunos creen que en cierto momento es necesario replantearse todo. No lo creo así; se trata más bien de no pisar tan sobre seguro, de correr algunos riesgos.

Tropezar, expresarte, aprovechar lo que tienes.

Tenía ganas de aprender cosas, olvidar otras.

Partir de nuevo.

Caer, levantarme.

Sea lo que sea, y a lo mejor para saberlo es que estoy escribiendo, lo cierto es que es muy poco probable que vuelva a tener un encuentro tan inesperado como el que tuve cuando me tropecé con el hijo del célebre y potente escritor *panamericano* Rafael Restrepo Carvajal y me transformé inesperadamente en su escolta, su chaperón de FILSA, su «ángel», como dicen en algunos festivales de cine y eventos culturales, su novio-por-unos-días, su amante local, su hermano mayor, su mejor-amigo-nuevo y, a pesar de no tener nada de chico y no manejar en absoluto el arte de la promoción, las relaciones públicas, la comunicación y el tira-y-afloja con los medios, en su «chico de prensa».

Esto será acerca de *esa* gira de prensa.

Y de El Factor Julián.

Y de todos los otros, claro.

Santiago estaba inundado de milenios sub25 ese año. Supongo que lo sigue estando.

HotSpot, Taurus, Barcelona, Lobo, Lemon Lab, fiestas que no necesitaban afiches para anunciarse porque los jóvenes del target estaban todo el día conectados a las redes sociales y tocaban tanto o más sus smartphones que sus penes. Gordos y flacos, bellos y ambiguos, zorronescos o con pinta de party-boys, todos buscando papás o «mayores» o simplemente tipos que «tengan lugar» en edificios limpios y cerca del metro y que ofrezcan algo digno para tomar («¿Cointreau? Nunca he tomado: wena»). No era tanto una epidemia de chicos de padres separados (los padres de Julián seguían juntos a pesar de todo), pero resultaba agotador que todos parecieran tener la misma edad y todos usaran la misma ropa y todos olieran parecido y todos lucieran anteojos de sol Warby Parker. Mucho Pinterest, mucho CrossFit, mucho Esprit. A algunos, claro, les parecía atractivo acceder a tipos resueltos y por eso incluso hombres arriba de sesenta y cinco podían tener «onda» con «pendejos universitarios tontos», según analizaba Augusto Puga Balmaceda.

—París ya no es una fiesta, Garzón. Santiago lo es. Créeme. Hay demasiados pendejos abajo y pocos en la punta de la pirámide. Es un asunto de oferta y demanda. Sobran. De todas las clases y de todas las ondas. Es así, perrito. Bienvenido al paraíso.

Había algo de cierto. Tirar o agarrar a veces puede ser muy fácil y expedito y Providencia es un barrio bien puto: siempre hay más de una veintena de posibles chicos o hueones a menos de un kilómetro a la redonda (gracias, Grindr). A veces prefería ir a sus casas para husmear y porque me calentaba más: departamentos pequeños de un ambiente moral Paz Froimovich si vivían solos (mucha sábana de color, mucho producto Homy) o más grandes y desordenados si compartían («mis roommates no cachan, ahora están en la nieve»). Ese año parecía que todos tenían unos horrorosos cojines con estética de la realeza UK que decían Keep Calm *algo.* Odiaba esos cojines. A veces tirábamos en la cama de la mamá, que era más grande, debajo de crucifijos y fotos infantiles del sujeto o en las que aparecía con su polola en la fiesta de graduación. Juzgaba a los hueones por su ropa interior, por sus sábanas, por la decoración o la falta de, por lo pasoso de sus perfumes comprados a–cuotas–sin–interés y por lo que había en el refrigerador, por los afiches, los souvenirs traídos de sus viajes a resorts y Curitiba/ Florianápolis o Buenos Aires, que gustaba tanto aunque ahora Lima estaba hot y Máncora aún más. Me fascinaba intrusear por los pocos libros que tenían: mucho Paulo Coelho, mucha Isabel Allende, mucha biografía de Steve Jobs, mucha autoayuda empresarial, demasiadas sagas juveniles. Me gustaba agarrarme a los que recién estaban saliendo del clóset («mi papá no sabe») o a los que creían que lo importante en esta vida era tener su orientación clara pero estaban totalmente desorientados en todo lo demás. Casi nunca me quedaba conversando abrazado con ellos (mucho Sebastián, mucho Ignacio, mucho Simón, mucho Nicolás, una plaga de Raimundos y Juan Josés y otros nombres compuestos) después de acabar arriba de sus torsos o sus traseros perfectos («eh... bien, hueón... te llamo o nos vemos, ¿dale?; ahora tengo que terminar una hueá para la U»). Esperaba y experimentaba y en cada encuentro aislado y nocturno me imaginaba que quizás podía suceder algo más, que de ese roce de cuerpos y barbas y salivas podría nacer algo más duradero.

—Podríamos vernos.

—Te llamo.

—De más. Wena.

No llamaba, bloqueaba, olvidaba.

O me bloqueaban ellos, también, supongo.

Los bloqueaba en venganza y en nombre de El Factor Julián.

La generación debía pagar por el crimen de uno de sus pares.

Huía, zafaba, me complicaba.

Como diría el autista del Ariel Roth del departamento de diseño, no le pedía mucho a la vida. ¿Acaso eso era mucho pedir?

Pero no, en verdad le pedía mucho.

Demasiado.

Julián Moro me lo dijo:

—No pidas tanto. No compliques las cosas. ¿Para qué?

Yo deseaba más.

Quería que todo fuera más complicado.

Casi nunca acontece.

No así. Nunca me había pasado.

Había leído cuentos y novelas, me habían contado de affaires, había visto un par de películas.

Sé que podría suceder pero también que no sucede.

No así.

Culiar con alguien de cuya existencia no sabías una hora antes es común; enredarte y no despegarte de alguien del que sabías (y no sabías nada) es menos común y quizás es un pequeño triunfo: gozar y vivir una relación en un tiempo tan acotado no le pasa a todos y tiene algo de sagrado, de importante.

Sea cual sea el resultado final.

A veces ocurre.

Sucede, sí.

Me sucedió.

Por casualidad uno conoce a alguien y de pronto todo se altera.

Todo… ¿cambia?

¿Cambias?

Pasa lo que te gustaría que te pasara.

Y lo que pasó, pasó.

Digamos que conoces a un pendejo llamado Rafael Restrepo Santos, que es guapillo y tiene algo suave y lánguido que no es afeminado y que quizás tiene que ver con que aún es esencial y demasiado joven y siempre le falta sueño o ha dormido demasiado o a lo mejor sigue amarrado a la pubertad y se comporta como alguien que no confía del todo en su cuerpo y que como todo buen niño no siempre hace lo que debe o hace derechamente lo que no debería pues su mayor meta es llamar la atención y devorar el cariño y el deseo y la admiración del resto.

Lo conoces y te gusta (y te asquea y te repele) y le gustas.

O crees que le gustas (la duda, la gran duda, la puta duda).

Rafael Restrepo Santos era un «ser anónimo», sin obra, no era un autor célebre, no tenía relevancia literaria, pero sí poseía fuerza, mirada, onda e historia.

Y se volvió un personaje.

Rafa era el hijo de...

Se comportó a veces como un hijo de puta, pero antes que nada era hijo de Rafael Restrepo Carvajal. El apellido de su padre lo moldeó.

Novelas mediocres que nunca leyó lo definieron.

Rafa era el hijo díscolo del Boom.

Era un chico hemofílico, enfermo, pero lleno de energía y locura; esencialmente triste y desamparado y muy frágil pero lo escondía todo agarrado a un oso de peluche y movido por un deseo de escandalizar incluso a aquellos que no estaban mirando. Ser hijo de alguien famoso o poderoso es complicado y la meta es zafar de ese fantasma y que no te afecte. Pero afecta y es imposible zafar.

Rafa no sería Rafa si no hubiera sido el hijo de Rafael Restrepo Carvajal, lo tengo clarísimo, y *El aura de las cosas*, el libro con sus fotos, sólo se publicó porque su padre lo exigió.

Eso lo sabe todo el mundo.

Incluso los lectores que no distinguen Anagrama de Acantilado.

Rafa era de ese tipo de artistas (sí, era un artista, me la juego y lo declaro; algún día editaré el material que tengo, pero primero debe morir la madre y yo hacer una movida legal no menor) que, más que crear, potenciaba gente, alteraba la realidad, provocaba situaciones.

De verdad creo que tenía talento.

O iba a tener talento.

Era un work in progress.

Y te provocaba, lo que no es malo en un artista.

¿No es a eso a lo que se dedica un artista?

Puta que te provocaba el pendejo.

Lo que pasa es que murió muy joven, antes de tener obra, mientras que su padre murió muy tarde, cuando ya su obra había decaído.

Rafa Jr. vivió veinticuatro años, viajó mucho, tuvo más domicilios de los que pudo recordar, tomó demasiadas fotos a chicos peludos sin ropa.

Era un poeta.

O lo será cuando pase algo más de tiempo y pueda publicarlo.

Tenía más talento de lo que todos creían, pero no era Rimbaud. Matías Rivas, que lo ha leído, me dijo:

—Era un romántico el pendejo, nada de malo. Está lleno de pulsaciones el hueón.

Rafa filmó además unos videos porno artsy, fotografió a decenas de chicos de todo el mundo para *Anal*, escribió y actuó y co-dirigió un cortometraje queer llamado *Mohammed,* que tengo en el disco duro azul. Su célebre corto («mi *Chop Sui,* admiro tanto a Bruce Weber, aunque los prefiero velludos»), que está en YouTube, fue hecho de trozos de videos captados en celulares con Rafa (que folla con modelos y poetas y actores en el Ace Hotel de Los Angeles, corre a orillas de Mont St. Michel, camina por el High Line de Manhattan con Jared Leto, descansa desnudo en una hamaca en Tulum, baila con Colby Keller en el DF, se masturba con el Osote Chilango en los Finisterre, pasea por Le Marais con el guapo de Louis Garrel, sube y baja las escalas de Odessa) recitando en un barroco inglés romántico sus versos adolescentes inspirados en Keats al son de una música depresiva de día lluvioso. El video —*Memories of All the Other You*— lo posteó y editó y musicalizó un músico noruego radicado en Brooklyn llamado Anders Olav Lund con el que Rafa claramente tuvo algo aunque no sé realmente qué o cuán intenso, pero viendo las imágenes, no me cabe duda de que el hijo de Restrepo sí fue importante para Anders Olav, que seguro nunca supo de la fama del padre antes de conocerlo (imposible que haya leído las sospechosas traducciones de toda su obra a los idiomas nórdicos, hechas sólo para intentar postularlo al Nobel).

Rafa, lo tengo claro, no merece una biografía eterna a lo Gerald Martin.

Pero merece algo.

Sudor será ese *algo*: la crónica del «pie de página» de un supuesto coloso literario: Rafa Restrepo Jr. Dejar claro que valió más como persona, como adolescente eterno, como personaje real que como creador.

La crónica de un pie de página.

Aprobado.

Esa extraña primavera fauna no paró de sonar por todas partes, en discos y fiestas, cafés y saunas, taxis y lobbys, *Blurred Lines* de Robin Thicke con aportes del gran Pharrell Williams:

I know you want it
I know you want it
I know you want it...

Así es: Rafa Restrepo captó lo que quería y me lo dio y quedé prendado, mordisqueado, con ganas y moretones. Durante esos pocos días, en medio de esa ola de calor aterradora e inesperada, con mínimas cercanas a las máximas y un intoxicante y rico vaho a sudor masculino invadiendo toda la ciudad, estuve encendido y humeante, pleno y potente, mino y armado, tremendamente vivo, sí, y conectado de manera casi eléctrica con un chico (un tipo, un man, un pelado, un pendejo, un hueón, un perrito-zorrón) rubio de ojos oscuros y facciones finas e híbridas de origen colombiano-mexicano-americano-libanés-francés-polaco-catalán («un gozque de pura sangre») que era —al mismo tiempo y por separado— un hijito de su papá, un fiel representante de la basura global jet set, un indigno representante de la escoria diplomática, un fotógrafo perverso y notable, un cinéfilo voraz, un traductor estiloso, un fashionista intenso, un irónico sagaz, un pornógrafo fetichista («sí, señor, qué pena»), un letrista selecto, un drogadicto fino, un hemofílico ardiente, un puto en rodaje, un bipolar bilingüe y un poeta gay romántico a la vena.

Si bien la estrella acá será Rafa, el que lo cuenta, el que tiñe todo soy yo. Es a mí al que le afectaron y afectan estos sucesos.

Y entremedio está El Factor Julián, por cómo lo odié, cómo lo deseé, cómo me obsesioné, cómo me trastornaba y sacaba lo mejor y lo peor de mí, cómo me dejaba abandonado por días y aparecía los domingos a la tarde, encañado, con ganas de conversar, y por cómo yo caía.

Me sentía privilegiado de ser despreciado o ninguneado por Julián Moro porque sabía que esa era su manera de tomarme en cuenta.

No, esto no será un *román a clef.*

Será mi primer libro y sería injusto y cobarde de mi parte disfrazarlo de novela. Seré fiel a mis principios y a lo que he predicado y a lo que le he exigido a mis autores. Es a lo que me he dedicado esta última década. Jordi Carrión me lo dijo una vez en otra FILSA cuando me tocó moderar una presentación de su antología *Mejor que ficción:* las novelas son para cobardes; la no ficción, la crónica y el testimonio son para los que tienen cojones.

¿Los tengo?

Sudor será un libro de no ficción puro y duro.

Ojalá muy duro.

—Me tenís muy duro, hueón.

—Usted también.

—Ahora entra, pero suave.

No ficción, como diría mi ex amigo y ex autor Álex Goyeneche (el muy puto se pasó a Literatura Random House y ya no saluda).

Un libro de viajes.

Al final todo libro es un libro de viajes, como decía Brodsky (Joseph).

Eso: quizás eso es lo que es, lo que deseo hacer. La crónica de un viaje: el paseo por Santiago de un turista inquieto y curioso que está en tránsito acompañado por su ataché, por su guía, por su lazarillo, que creía conocer su ciudad pero descubre que no tenía idea de cómo se había transformado y mutado.

Algo así.

Pero no estaría mal dejar de contornearse mentalmente y procrastinar (qué gran y pavorosa palabra) y lanzarme a escribir.

—Me gustas, Julián.

—Lo sé, está claro, se nota.

—¿Y yo?

—¿Tú qué?

—¿Te gusto?

—Uf, ¿tenemos que hablar de esto?

—Pero tenemos una cierta conexión, ¿no?

—Obvio, un pocket. Si no, no estaría aquí, Alf. Un poco más de autoconfianza, porfa. ¿Quién es el mayor acá? No estaríamos juntos en esta cama, hueón. No me hubiera quedado a alojar. Me lo metiste anoche. ¿O se te olvidó?

—¿Estamos juntos?

—Algo, ¿no?

—Supongo.

—Igual tienes quince años más. Es harto. Mucho. Yo no salgo con tipos mayores de treinta.

—Pero sales conmigo, Julián.

—¿Salgo?

La aparición de Rafael Restrepo Jr. me pilló desprevenido, irritable y con la guardia baja. Estaba herido, de duelo. Había pisado el palito y no había hecho caso a la más básica de las sabidurías: me había enganchado de un sub25 llamado Julián Moro que, más allá de su narcisismo teen y sus infantilismos, siempre fue sincero: «No busco relaciones o lazos, seamos amigos, seamos free, follemos si estamos calientes… ¿acaso no basta con eso?».

Creo que agregó una frase publicitaria generacional, mía o suya, no sé:

—Quien encuentra un amigo, encuentra un tesoro.

Yo no quería ser *amigo* de Julián.

No era de fiar, además. Ninguno de su generación lo es.

Un alacrán es más leal.

No bastaba con ser amigos con ventaja cuando había poca amistad y no tanta ventaja. ¿O había suficiente amistad y más ventaja de la necesaria? Como sea, él quiso seguir «saliendo cada tanto». Los domingos a la noche salíamos a caminar. Empecé a amar los domingos. Y caí, no pude evitarlo, le mentí diciéndole que sí, que era mejor que fuéramos amigos, que sí, que por qué no, que éramos adultos, que lo importante era seguir juntos.

—Wena.

«Amigo» es una palabra que los sub25 usan cada vez que pueden y en esencia no es más que un comodín: acostarse a veces con un amigo no es algo más serio que pedirle prestada una polera, abrirle el refrigerador sin permiso, sacarle perfume o desodorante después de una previa. Con los años, «amigo» va cambiando de significado y se vuelve incluso más importante y posee más fuerza y profundidad que pareja, novio, pololo, amante. «Amigos» era lo que algunos hashtagueaban como #myboys o #miscabros o #BFF.

Sí, tenía el corazón abollado y mi confianza estaba bien abajo.

Dudaba de mí, de mis gustos, de mis certezas.

Sucede.

—Bien ahí, Alf. Ya: me gustas un pocket. ¿Contento?

Me sentía más triste que contento y muchas veces con la líbido escurridiza. Yo aspiraba a algo más; sentir que tenía un partner, un socio, un cómplice. Que se diera una sintonía con un hueón que se convirtiera en definitivamente algo más que un amigo o un vecino con ventaja al que le fascinaba cómo lo rimeaba porque ninguno de los amiguitos de su edad era experto en ese arte de apostar por la lengua como tu órgano más preciado. Julián, que se hacía el que tenía mundo, era al final un chico rico de provincia (Talca, ah, Talca, lo que envías y esparces por el mundo) avecindado en Santiago y la primera vez que intenté perderme allá abajo empujó con tanta fuerza que terminé golpeándome contra la pared. «Ahí no; métemelo pero no me chupes ahí», me dijo serio, seco como si se tratara de proteger una extraña virginidad. Pero una noche, mientras dormía, lo desperté con mi lengua y quizás fue peor porque yo me volví adicto a su aroma escondido y a esa jauría de pelos.

Luego me decía: me da asco hacértelo a ti.

Relájate y sujeta tus glúteos con las manos. Bien ahí, Julián, eso. Wena, Alf, sigue.

Quizás ya sé suficiente.

Lo que averigüé —lo que viví— en el DF siguiendo las migajas pegotes con los mecos de Rafa ya me tiene algo atontado. Hay material, hay mucho material. Podría arrendarme un departamento en la Roma (cerca de El Péndulo de Álvaro Obregón y de La Casita) y ser un vampiro y armar la biografía de Rafita. ¿Es necesario? ¿Acaso no sé ya más de lo que necesito? No estoy escribiendo una biografía de Rafa, no. Para qué.

Rafa no es de los que necesitan biografía.

No es como su padre, que firmó con su Boswell al menos una década antes de morir y que lo inundó con sus papeles y manuscritos guardados en la biblioteca de Princeton para así taparlo con datos y no dejarlo ver lo evidente. De hecho, mañana la lanzan acá en la FILSA. Puta, sólo han pasado dos años desde que vinieron los dos y un año desde la muerte del viejo y ya hay una biografía, aunque sea asquerosa y llena de falsedad y omisiones.

Hace poco leí sin parar esa cock-sucking hagiography de don Rafael Restrepo Carvajal. La encontré en la Gandhi frente al Bellas Artes y la leí de un tirón tomando micheladas aguadas en el Sanborn's de la Casa de los Putos Azulejos Azules. La biografía oficial —*Rafael Restrepo: la construcción de un tiempo,* de Jerónimo Sánchez, lacayo de Carlos Slim, publicada por Planeta, con prólogo del Juan Gabrielito Vásquez por el lado colombiano y de Héctor Aguilar Camín representando su patria adoptada— repletaba la librería y no paraba de venderse. En ella Sánchez insistía, siguiendo el libreto oficial, que Rafa Jr. murió de un aneurisma y de agotamiento.

¿Qué dirá el biógrafo cuando lea *Sudor*?

Lo desprecié antes de conocerlo.
Me parecía lo peor, un consentido, un privilegiado, justamente el tipo de persona que es capaz de gatillar todo mi resentimiento social-racial-exitista-creativo. No quería conocerlo y la idea de departir con un ser «que no le ha ganado a nadie» o que representa total y cabalmente lo que es un «apitutado» me complicaba. Creo que nunca me había interesado saber algo de él porque simplemente no era tema. El hijo de Restrepo no era tema hasta que el propio viejo lo transformó en uno con *El aura de las cosas.*

Me intrigaba, eso sí, conocer al padre; mal que mal, a pesar de sus ínfulas y sus erecciones eternas con el poder, de su docena de libros impublicables e intragables, había escrito un par de novelas más que decorosas y dos o tres francamente importantes. Y, más que eso, había ayudado a «inventar el Boom». Su famosa generosidad quizás no fue tal: no daba puntada sin hilo y ayudó a crear una red primero y un mapa luego para que cada país tuviera un representante en esa movida. Era una mafia ambulante con sedes claras en Barcelona (feudo de la agente literaria y «Mamá Grande» de casi todos: la gorda y comerciante Nuria Monclús) y el DF y con algunos consulados en París, La Habana, Buenos Aires y en la casa de playa de Marcelo Chiriboga en Montañita, Ecuador.

Todo esto terminó provocando que su prominente figura se fuera desplazando, de a poco, hacia el rol de agitador o de conector (de operador, mejor) o de relacionador público: hablar mucho, viajar mucho, escribir mucho y desear ser número uno («publica más que escribe», sentenció una vez en un simposio Ricardo Keller luego de decirme que me veía «mejor que cuando era estudiante»). Mucha universidad, mucho congreso, mucha feria, mucha gira. Su deseo de rodearse de un rat pack hacía sentido. Pero al apoyar tanto a Gabo o incluso a Donoso, prestándoles dinero, casas, agentes norteamericanos, traductores e invitaciones, inevitablemente terminó siendo opacado, aunque sólo a nivel literario profundo. De vez en cuando tenía un best seller o un ensayo polémico. Su vocación de embajador (literal o metafórico) o «consultor de los FSG en Manhattan» lo catapultó a un lugar donde pocos llegan: la voz autorizada de América Latina para Europa y USA. Usaba su inglés perfecto para escribir de sí mismo en *The New York Times* o *Film Comment* o *The New Yorker*. Su impresionante capacidad de ser amigo de gente que —de haberlo leído— lo despreciaría (¿por qué la Sontag, por qué Walcott, por qué Gordimer, por qué Mailer lo amaban?) lo hizo ser parte de un pequeño grupo de elegidos donde pocos escritores pueden siquiera imaginar llegar. Por algo *Vuelta* lo tildó como el Guerrillero Dandy y *SoHo* de Bogotá lo bautizó a su vez como «el Juan Valdez de nuestras letras».

Restrepo Carvajal era guapo, podía ser de izquierda pero amaba todo lo que el capitalismo creaba (sus trajes Pierre Cardin, sus corbatas Yves Saint Laurent, sus cigarrillos Gitanes), hablaba inglés con un acento que recordaba al de Spencer Tracy y era tan blanco como un «senador de New Hampshire», según dice Jerónimo Sánchez en su pasteurizada biografía. «No parecía latinoamericano y eso gustaba mucho; no intimidaba. Conocía a los poderosos norteamericanos desde cuando estudió en el prestigioso Cook School de Washington D.C.», escribió al inicio de su predecible librillo.

Al final Restrepo Carvajal no ganó el Nobel y seguro que el hecho de que Octavio Paz lo obtuviera no le causó gracia y quizás lo paralizó creativamente para siempre. Pero no frenó su deseo por los viajes, por los focos, por los discursos, por estar en todas partes. Al morir, un joven escritor peruano sostuvo en una columna que Rafael Restrepo Carvajal murió de jet lag, lo que puede ser cierto. Ya después de los ochenta y del Premio Cervantes, su creatividad se vino abajo al mismo tiempo que aumentó su productividad. *El palacio del cristal,* una novela acerca de los peligros del poder mezclado con un mal sci-fi usurpado de filmes del género, terminó siendo un lugar común para los políticos del continente que siempre la citaban como su novela de cabecera.

—Tú sabes que tanto Ricardo Lagos como Michelle Bachelet aman esa novela —me comentó Fedora Montt—. Dilma también. A mí me parece divertida pero larga. Seguro que se la va a regalar a Piñera. Te apuesto. Es más zorro el viejo.

El mejor lector de toda la obra de Rafael Restrepo Carvajal fue él mismo. A diferencia de otros autores cuya fama decae cuando sus nuevas obras pierden espesor, Restrepo Carvajal siguió cosechando éxitos con muchos libros que nadie compró, leyó ni hojeó.

Fedora Montt una vez me confesó que los periodistas y los críticos tildaban cada nuevo libro suyo como «un restrepetazo» y ni siquiera se daban el trabajo de destrozarlos.

¿Por qué la mayor parte de los autores parte bien y luego con los años declina? ¿Es lo natural, la ley de la vida, lo que corresponde?

Para mí sus primeros libros fueron importantes y quizás tuvieron un cierto brío, pero cuando vino a Chile hace dos años ya no me interesaban nada. El morbo que me provocan ciertos autores («¿qué habrá escrito este concha de su madre?») con él lo había perdido qué rato.

El mayor promotor de sus escritos fue él mismo. Tenía talento, contactos y currículum de sobra este colombiano de clase alta, abogado, hijo de diplomáticos, diplomático él mismo, que huyó de Colombia para luego escribir de ella y del México que conquistó para finalizar intentando escribir «en tomos» la gran novela latinoamericana. Casi no hubo país o cultura que haya quedado libre de su mirada y prosa: Panamá y la construcción del canal y su separación de Colombia (*Un atajo entre dos mares*); el amazonas brasileño a través de una utopía americana (*Fordlandia*); la vida de William Walker, el invasor yanqui que se declaró presidente de Nicaragua (*Americano*); la construcción e invención de Cancún (*Edén*); la construcción e invención de Ciudad Stroessner y la represa de Itaipu (*La garganta del diablo*); y la evocación de su supuesta amistad con el asesinado ex-canciller de Allende, Orlando Letelier, en su muy *radical chic* y *gauche divine* memoria titulada *Sheridan Circle,* que contó con blurbs del imbancable Ariel Dorfman (of course) y los ingenuos y latinamerican-friendly Salman Rushdie y William Styron.

Tal como Jorge Edwards, Restrepo Carvajal será recordado más por sus memorias e incursiones en la no ficción que por sus apuestas por intelectualizar y latinoamericanizar la fórmula James Michener y hacer novelas a partir de figuras de la cultura pop, como cuando contó la vida y las andanzas del ilustrador peruano Alberto Vargas o cuando quiso colgarse de poetas gays malditos como el colombiano Porfirio Barba Jacob (su fallida novela homofóbica *La vida profunda*).

—Novelas históricas de aeropuerto con tufillo literario —me comentó Alejo Cortés el día antes de que Restrepo Carvajal aterrizara en Santiago.

Alejo estaba vivo, claro, lleno de ideas, escribiendo algo que lo dejaba con la carne viva. Esa noche calurosa de octubre aún no se había matado, claro, y estaba finalizando *Caída libre.* Dios, todos estaban vivos ese mes de 2013: Alejo, Rafa, el viejo Restrepo.

—Partió bien, te lo concedo.

—Fue un gran debut, Alejo. El tipo tenía veinticuatro.

—Casi todos parten bien. Lo importante es terminar arriba, Alf.

Para Rafa todo era un desafío, una apuesta, material poético. Quería probar y hacerlo todo, no sabía lo que era el pudor pues lo consideraba «el enemigo número uno». Era de esos chicos que han hecho de todo, conocen a todos, no se han saltado experiencia alguna que se les haya presentado y están dispuestos a vivir todas las que se presenten para no quedarse con las ganas. Poseía todo lo que, como editor, echas de menos en muchos autores con los que trabajas y estaba a la par de los que sí respetas: inventaba, exageraba, subrayaba, tenía perversión y humor, no daba puntada sin hilo, apostaba más por el *one-liner* que por cualquier patria o lazo. Y creaba, no dejaba de crear, su mente no paraba de expulsar ideas, anécdotas, poemas, cuentos que no terminaban, apuntes para clips y cortos. Y publicaba fotografías no muy buenas y escondía las que realmente tenían fuerza y lo revelaban como el chico-rico-perdido que era en esencia.

Tipos como Rafa te hacen dudar.

Dudar y sudar.

Dudas y sudas y te cuestionas lo que implica ser artista.

Te hacía reconsiderar si los escritores que valen son aquellos que no paran de publicar, promocionan, dan charlas, firman libros y ventilan su privacidad o aquellos que apenas escriben, se tropiezan, están siempre con resaca, viven la vida sin editar y no se pasan frente al computador o en talleres o postulando a becas o leyendo libros de editoriales indies.

Llevaba mucho tiempo, demasiado, cerca de autores con plan, que hablaban de *carrera*, que eran pura disciplina, nada románticos. Esos gorditos sin demasiado vuelo pero con ganas son los que llegan lejos y no mueren en el proceso. Son sus libros los que eventualmente se leen y los que los editores publicamos: la obra de aquellos que trabajan y no tienen pudor para triunfar.

¿Cómo sería el mundo si uno tuviera acceso al arte de aquellos que no tienen la fuerza, el coraje, el tesón de producir y exponerse y tender redes, de aquellos que no se encierran a trabajar sino que sólo están en la calle viviendo, culiando, drogándose?

Rafa pudo haber sido uno de ellos.

Creo que *fue* uno de ellos.

Dejó algo de obra, además.

Poco pero bueno.

No tan poco, en rigor.

Fue un poeta, al final.

Algún día, en alguna parte, alguien leerá algo de él y se reconocerá, sentirá cosas, se preguntará: «¿Cómo sabe tanto de mí?».

Por eso ahora deseo ayudar con el mito.

Crear al personaje, como diría Vicente Matamala, pues necesita algo así como un libro para estar en el sitio que merece.

Un libro acerca de lo que sé de él, de lo que viví.

Eso, y publicar sus *cahiers*. Y sus fotos, claro.

Sobre todo las explícitas.

Y sus poemas, quizás.

Supongo que será mi libro el que lo saque del clóset del anonimato y haga que todos se enteren de que Emiliano Bernard era el hijo hemofílico drogo gay de Rafael Restrepo Carvajal.

¿Era Julián Moro realmente para tanto?

¿Era un héroe o un ídolo?

¿Era el pendejo Lemon Lab más guapo del barrio alto? ¿El pasivo más activo, más fascinante que circulaba por la grilla de Providencia? ¿O un mino ondero, brillante y viajado, con su look francés, con sus camisas a rayas y sus abrigos entallados, que se negaba a ser el chico de nadie?

Cuando Vicente Matamala lo vio en el Denny's de Isidora comiendo panqueques perdió la compostura y me citó en el baño:

—Hueón, no es para nada un modelo. Me lo imaginaba menor.

—¿Cuándo te dije que era un maniquí?

—Alf: es como tosco, narigón.

—Esa es su gracia: parece bretón. No sé: tiene una cosa masculina tosca burda frágil distante que cautiva.

—A ti. Y a nadie más, creo. Lo estás sobrevalorando. Es delgadito.

—Así es.

—Nunca pensé que… Yo pensé que era como esos modelos de *Meat Santiago* con que tanto te pajeas, hueón. ¿En serio ese es El Factor Julián? Puta, hueón, yo me imaginé que tenía la pinta de un francés que fuma y camina por el Barrio Latino, que aparece en los avisos… No es feo, pero ¿resiste la cámara? Es un pendejo que se cree cool. Le falta mucho para llegar a serlo. Disculpa pero, más que sexo, quiere validación. Es un groupie encubierto que busca gente mayor para sentirse grande.

—No entiendes nada, Matamala. Le va increíble. Se lo pelean.

—¿Quiénes? ¿Chicos tatuados que estudian sonido? Te mereces algo más que un crío malcriado.

Para mí El Factor Julián era la suma de lo que proyectaba en él y de aquello a lo que realmente accedí: su olor en la mañana, la imagen de su pene disminuido cuando dormía y su sabor cuando acababa, la felicidad de haberlo abrazado cuando lloró en mi alfombra esa noche que apareció angustiado.

Si tuviera que escribir un cuento o una novela sería no tanto acerca de Julián Moro, El Factor Julián, sino sobre lo que él provocaba en mí.

Pero su biografía no da para libro; quizás para un cuento.

Rafa Restrepo es el que importa aquí.

Unos días después de morir su padre, que acababa de llegar de su última gira de prensa, en la cual, en compañía de su afectada y glamorosa mujer, promocionó *Sangre ligera* (su apresurada nouvelle sobre afectos y desencuentros filiales ambientada en una Bogotá de clase alta, muy El Chicó, que ve con terror cómo Batista huye de La Habana y Fidel Castro instala la revolución), el apellido, la sangre y el ADN literario que estaban dormidos en Eliseo Restrepo Cruz lo transformaron en el escritor que nunca fue y que quizás no debió ser.

Tal como lo hizo un año antes Rafael Restrepo Carvajal al morir Rafa, el obeso hijo mayor del escritor (hijo de Ángeles Cruz, una célebre actriz que trabajó con Emilio Fernández y Cantinflas) y su único sobreviviente, optó por hacer de su duelo algo público.

—Si no lo saben todos no es dolor, es sólo pena —me explicó una vez un cronista de *Gatopardo* en México para intentar convencerme de que no debía juzgar a los Restrepo desde mi condición provinciana de chileno de clase media.

—La clase es más importante que la familia aquí. El poder y el cómo retenerlo son lo vital. Esto fue un imperio, recuerda.

El obituario «en primera persona» sobre el padre inauguró la carta personal «de cierre» cuya meta era convertirse en una despedida viral (prensa, Twitter, Facebook) que lograra emocionar a extraños y a futuros lectores haciendo de algo inmensamente privado un evento nacional. Eliseo, un solterón, un alfeñique moral adiposo y en definitiva un gordo mamón incapaz de no estar comiendo todo el día queso hilachento de Oaxaca, tuvo la mala idea de dedicarse a la coordinación de guiones de telenovelas. Esto hizo que don Rafael lo tratara como si fuera un bastardo al cubo y lo extirpara de su vida. El ser hijo de su madre actriz (suicida, intensa, mareada de Valium) tampoco lo benefició ante los ojos de la insegura y supuestamente frágil Pilar Santos, su madrastra. Pero Eliseo se reinventó en el luto y en el duelo dándole un nuevo giro al género del obituario/carta-de-despedida. Concretamente, quizás para lograr ser parte del cortejo y el funeral en el Bellas Artes y estar cerca de la viuda y de Peña Nieto y su mujer (con la que el gordo trabajó cuando la Primera Dama era actriz de Televisa), Eliseo Restrepo Cruz publicó en el diario *Jornada* una carta insólita que le dio notables resultados.

Querido Papacito:
¿Te habrás enterado alguna vez de cuánto te quise y cuánto te extrañé? Te lo digo acá, ahora, levantado y frente a todos: cada día, cada hora. Si nunca me uní a una hembra, papacito, fue porque tú siempre me hiciste sentir débil, inferior. No era tan macho como tú pero tampoco salí como mis hermanastros. Siempre quise ser como tú y ahora sé que tengo la oportunidad. Nada ni nadie se comparaba a ti. ¿Cómo? ¿Qué hombre podría comparársete?

Yo desde luego no. Hace muchos siglos iniciaste una nueva vida con una nueva familia y por alguna razón decidiste erradicar de tu pasado a mi señora madre y a mí. Algo imposible porque existimos, estamos, estuvimos, estaremos. Tuvimos un pasado, compartimos emociones y vida y situaciones reales. Además lo recuerdo en mi piel: a pesar de tu aparente rechazo al cariño y al calor humano, alguna vez me quisiste y me cuidaste y me contaste «cuenticos» de la lejana Colombia. Aunque era rollizo y, poco a poco, me convertí en algo que te asqueaba, sé que todos los días pensabas en mí. Ahora que leo las cartas que le escribiste a mi madre durante los quince años que estuvieron juntos, capto que es cierto. Siempre había una caricaturita para mí, alguna palabra dulce o de preocupación. Yo sé que jamás logré ser el hijo que hubieras soñado, pero lo intenté. Vaya que lo hice. Tomé clases de natación, de francés, de actuación, leí poesía. No fui como Rafita: delgado, delicado, creativo, poeta. No me convertí en escritor pero sí me dediqué a las historias, aunque despreciaras el género. Mi arte es el popular y trabajo con las emociones a flor de piel. En mi mundo los personajes se dicen todo, no se guardan nada. La vida puede ser un drama, pero el arte que perdura es el melodrama, papacito. Y si bien no las escribo exactamente, me dedico a leer, a sugerir cosas, y cada vez que leo guiones pienso en ti leyendo en tu escritorio. No soy sofisticado ni delgado ni culto ni un interesado en la política, ni tengo mundo, pero tengo mi mundito. Me respetan y me respeto. Seré solo pero soy digno y me mantuve puro. Hice mi mayor esfuerzo estudiando y trabajando, siempre tratando de que me abrieras un lugarcito en tu vida. Nunca lo logré. Ahora ya no estás. Tampoco está Cordelia o Rafita. Me quedé solo pero siempre lo he estado, no me asusta. No me dejaste entrar y ahora, que es tarde, ahora que siento que tengo fuerzas, que quizás el que debe hacer el esfuerzo soy yo, te vas. Y sin despedirte. ¿Por qué, papacito?

Esa primavera del 2013, la editorial Alfaguara, donde llevaba un buen tiempo trabajando de manera muy tranquila y casi subrepticiamente, aún no había sido adquirida por el gigante Penguin Random House.

Ya dije eso, ¿no?

Pero contexto, contexto, es importante dejar claro el contexto.

Mientras en Chile *El aura de las cosas* se vendió muy bien (qué grande, cómo no tenerle cariño a este rebaño de poseros inseguros dirigidos por unos inseguros que se creen líderes de opinión), en el resto de Hispanoamérica fue un desastre. Los países donde menos vendió fueron Colombia, México y España. Sería exagerado decir que *El aura de las cosas* fue lo que precipitó el derrumbe de Santillana, pero sin duda fue un aporte a la debacle, si es que no la gota que rebalsó el vaso del derroche, pues, siendo un librito de mierda, ininteresante y mamón, se gastó en él como si fuera un *Sombras de Grey*: en el adelanto, en la impresión en papel couché de alto gramaje, en la promoción y el marketing desatado y en la extensa gira, que incluyó obviamente el pago de los vuelos y las suites más caras en cada país. Era la cultura del derroche, la marca PRISA, progre y buena onda y todo de primera (como el puto Premio Alfaguara) para coleccionar la mayor cantidad de Nobeles y prestigio y así expurgar la culpa que acarrea lo que realmente vende. Todo eso dejó a Alfaguara Global en aprietos aún más serios de aquellos en los que ya estaba metida desde hace un tiempo. Aunque quizás el verdadero problema fueron las malas apuestas y manejos del grupo PRISA y sus cables, productoras, televisoras. Al momento de hundirse, soltaron lo único digno que tenían, la editorial, aunque mantuvieron el sabroso negocio de los textos escolares de Santillana y hasta del subsello Alfaguara Juvenil. Como me comentó Joaquín Montalva la vez que me encontré con él en la pastelería Paul, «*El aura de las cosas* fue nuestra *Cleopatra*». Fox quebró por los caprichos de Elizabeth Taylor. Santillana en buena medida por los de Restrepo Carvajal y compañía.

No es que este traspaso o fusión con Penguin Random House haya sido algo traumático. Para mí, al menos, no. Yo ya estaba fuera. Si insisto en el tema no es tanto por pica con aquellos que fueron elegidos para seguir en el transatlántico, como el insulso de Joaquín Montalva, el editor literario o el freak de Ariel Roth de diseño, que salieron ganando, creo, sino porque quedar cesante, a la deriva, y tener que partir de cero, fue tan inesperado como intenso.

A veces las bendiciones vienen enmascaradas.

Tuve que partir de nuevo, quedé fuera de mis pocos cubiculares metros cuadrados de confort.

Fue necesario rehacerse, rebootear.

Eso hice.

Menos mal que ya tenía cierta capacidad para reinventarme, moldearme, adaptarme. Ser gay en una sociedad esencialmente homofóbica te enseña eso, te da herramientas. Estar inserto en el mundillo literario latinoamericano, donde al final todo es macho («es mina, hueón, escribe como mina», «es maraco, perro, por eso tiene becas», «hueón, le gusta el pico, se le derrite el helado mal... todos sus personajes femeninos son hombres con otro nombre», «dicen que es bi, ¿viste cómo usa los adjetivos?») y todo es pelambre, te da ciertos poderes para resistir.

Me dediqué a leer, que es lo mejor que hago. Leer y editar. Para Hueders y Ediciones UDP, hasta colaboré y edité novelas por encargo para Ediciones B (no diré cuáles) y me las di de periodista, cronista y reseñador para medios digitales varios, partiendo por Paniko y Travesías. Incluso comencé a hablar de libros en la radio Qué Leo los lunes con Katy Becker. A pesar de mis relativos éxitos en Santillana (un minero atrapado contaba su odisea; las confesiones de una no-muy-brillante fotógrafa aristocrática nudista muy old school que se jura progre; la biografía coral de un autodestructivo animador de televisión; la autobiografía donde un relator deportivo se hace cargo de haber violado promotoras en los años setenta; la ruptura canalla de una pareja de animadores de canales rivales escrita por los dos con prólogo de un siquiatra fascinado con la farándula; la derrota política de un candidato presidencial; el relato de un mediático y demasiado guapo concejal gay con aspiraciones políticas; las memorias-con-recetas de una anciana culiada vencedora de un reality de cocina adicta a las cámaras, a los milicos y a las joyas de plástico; los puteríos de una geisha criolla), nada me pudo salvar de ser despedido de la empresa.

Igual fui indemnizado con una apreciable cantidad de dinero.

Quedé además con mucho tiempo libre y un renovado sentido de inferioridad que me hizo bajar a sitios, tanto reales como síquicos, que creía haber superado para siempre. Un par de duelos (amigos que se suicidaron, terremotos emocionales, rupturas definitivas), un despido, el acceso a emociones soterradas, el vivir quizás demasiado intensamente una pasión hasta quedar aturdido y a la deriva, propician el ingreso a un mundo frágil, donde nada motiva del todo, donde el insomnio triunfa y el único placer real es dormir y no saber que estás vivo y que tu vida no es precisamente lo que habías planeado. Antes le decían melancolía y ahora depresión, pero quizás no fue ni más ni menos que entender con una claridad aterradora que era el momento.

La hora de saltar.

Caída libre.

Es en momentos como este cuando la gente comete locuras, se autodestruye, aprieta pausa o escribe.

Yo he decidido escribir.

Aún puedo oler su aroma denso e intenso a pasto húmedo y a cemento soleado y a talco de niño y a semen cítrico seco y a camarín después de un match de polo y, sí, a bolsón de cuero y a sudor matinal y a piyama de algodón y a testosterona nueva mezclada con Azzaro y a pastillas de menta Altoids con sabor a canela. Así olía Rafa y a veces me topo o despierto con tipos que tienen algunos de los ingredientes secretos que conformaban ese aroma pero son sólo partes, nunca la suma.

Rafa olía como Rafa.

Y Julián tenía ese aroma tan julianesco.

Ambos eso sí tenían ese dejo frutoso que es como la fragancia de moda entre los milenios.

A veces pienso que dejé de oler y que ya no tengo desarrollado tan bien el olfato. O quizás es que no he conocido a alguien cuyo aroma quiero realmente que se me pegue.

Tenía cierta experiencia con las visitas de autores célebres, pero nunca me tocó nada parecido a lo que luego se conoció como «el Huracán Restrepo», que azotó casi todas las capitales latinoamericanas, además de Madrid y Barcelona y hasta Miami. En Lima finalizaría la gira. Santiago era la penúltima estación de un tour eterno y francamente demente que incluso Madonna no hubiera aceptado.

Ninguno de los «autores en gira» o en «plan promoción» que han pasado por Santiago han estado a mi cargo. Pero por un asunto de camaradería corporativa tenía que asistir a los lanzamientos y a las conferencias para aumentar el número de concurrentes que muchas veces era escuálido, por mucho que Juan José Millás fuera el columnista más leído de España o Marcelo Birmajer dijera ser de culto masivo en Argentina.

Desde mi puesto veía cómo Fedora Montt movía hilos y hacía lo posible para que todos quedaran contentos: los editores, los agentes, los autores ansiosos que exigían más exposición, que no se contentaban con nada. Cuando incorporaron, como una suerte de balsa de salvación, a la Tortuga Matte, que venía de Captiva (y había sido entrenada en el arte del lobby por las guapas pero zorras de las hermanitas Velasco), el asunto se volvió «más marketing» y «más pro». Y eso se potenció luego cuando Madrid instaló a la intensa e histriónica Victoria Martinetto, una chilena de origen piamontés, de mundo, ingeniera comercial tutelada por unos Chicago Boys, soltera pero con amantes e historias, calentona, zafada, sesentona (61 años, en rigor) pero guapa, intensa, bien mantenida, alta, altísima (no, nunca fue hombre, como sostienen algunos; no es transgénero), con algo de bótox y una melena roja indomable, en el cargo de gerenta comercial, jubilando anticipadamente al bueno pero limitado de Pedrito Ossa Santa Cruz.

Victoria, que era ultra gay friendly («me encantan»), regresó a Chile como un triunfo y se compró un penthouse en la calle Santa María frente al río y dejó a todos callados cuando supo que cuestionaban su pedigrí literario y optó por detallar las proezas amatorias de algunos. Victoria, en ese sentido, era una groupie asumida y se jactaba de haberse «cogido» a varios autores, políticos y empresarios aunque su trofeo era un premio Nobel supuestamente parco y hosco.

—Es mudo en público, pero en privado… Sabe lo que una chica quiere. Es mucho más generoso de lo que pensaba. Y esa barba canosa, Dios.

Durante una época fue la coordinadora de marketing y estaba instalada en Barcelona representando a Alfaguara en la cuna literaria. Adicta a los hombres judíos y árabes («mis veranos los pasó en Israel, en Tunisia, en Marruecos»), había trabajado en Milano, Rotterdam e Ibiza y era experta en vender arte («Claudio Bravo me regaló una pintura de uno sus amantes; bellísimo»), perfumes japoneses, acetos lombardos y ventiladores alemanes. Su expertise era el branding y su credo fue acepado de inmediato: «Los autores son marcas». Obviamente Joaquín Montalva, el editor literario de Alfaguara, con su origen Opus y sus varios hijos y su anglofilia, la odió, pero eso daba lo mismo. Victoria había llegado para reinar. Pero duró menos de lo esperado. Fue otra de las tantas víctimas del huracán Restrepo.

La meta de Montt, Matte y Martinetto (las tres emes) era «colocar» a un autor en «la agenda» o en la pauta de los medios y volverlos «moda». Era un arte armar una estrella a partir de alguien que no lo era. ¿Cuántos españoles o Premios Alfaguara hubo que Roberto Careaga o María Teresa Cárdenas se negaron a entrevistar «por lateros y fomes»? Pero *El aura de las cosas* podía funcionar: había glamour, estaba el ángulo padre-e-hijo, existía disposición a gastar dinero para «posicionar» a los dos.

Pero no era fácil.

Querer no es poder.

Tenía más o menos claro lo que iba a suceder con la gira de prensa de *El aura de las cosas*. No iba a ser como todas, sería algo diferente. Jamás me imaginé, eso sí, que iba a ser para tanto. Ni *La fiesta del Chivo* se lanzó con tanto color.

—Esto será un doblete; vienen dos Restrepo —ironizó Victoria Martinetto—. El caballero no viene desde el cumpleaños setenta de Donoso el 94. Y Saramago lo opacó. Ahora debe ser el rey. Es el rey. Se cree el rey. Alfaguara quiere que esto sea mejor que la celebración de sus ochenta años.

—Y viene con un príncipe —acotó con su encantador acento la Tortuga Matte mientras tomaba su carísimo jugo detox-de-betarraga Living Juice que le iba a permitir estirarse más en su clase de yoga—. Al parecer es el demonio de Tasmania, oye.

La Victoria nos citó a todos a la sala de reuniones una mañana de julio luego de hablar más de una hora con la elegante y discreta y suave colombiana Elvira Romero, que operaba desde la casa central en Madrid. Nos contó lo que iba a suceder. O lo que creyó que iba a suceder porque no podía imaginarse en ese momento, cuando *El aura de las cosas* estaba ingresando a la imprenta, todo lo que venía. Rafael Restrepo Carvajal iba a visitar Santiago y la FILSA por unos días. Montalva anotaba en su tablet cada palabra y creo que no tenía claro si estar de acuerdo, sentir asco o renunciar. Restrepo era su tipo de escritor pero ahora venía en plan divo. Montalva, que cuando tomaba mezcal en las FIL de Guadalajara empezaba cantando como mariachi y bailando con la decena de editoras literarias y a pesar de que todos dudaban de su orientación («es tan clóset, ¿no?», insistía Augusto Puga) terminaba en esas juntas irremediablemente como el macho del sello, Montalva, digo, no sabía cómo enfrentar la visita de los Restrepo. La visita sería «presidencial» y contaría con el apoyo de la Embajada de Colombia y, para más remate, de la Embajada de México.

—Por fin escritores que tengan apoyo —comentó La Tortuga.

—Los apoyamos a todos —se defendió Fedora.

Restrepo tenía pasta y era estrella y considerado *top priority* para Alfaguara y para los gobiernos de Bogotá y DF pero no tanto para los lectores, los periodistas o los intelectuales groupies que llenan charlas en la Escuela de Arquitectura de Lo Contador cuando vienen autores como Franzen o Auster.

—Será nuestro Bicentenario —anunció la Martinetto con su voz ronca—. Todo será en grande y sin medir costos. Prepárense. Esto será más grande que cuando vino Chespirito y Doña Florinda a promocionar sus memorias *Sin querer queriendo* y el libro ese de poemas.

—... *Y también poemas* —acoté.

—Sí, ese. Doña Florinda estalló porque se nos agotaron los ejemplares de *El diario del Chavo*. Atroz. Bueno, eso fue un ensayo general. Habrá menos policías y filas de lectores, pero habrá más logística. Hay que tirar la casa por la ventana —insistió la Victoria—. Toda la carne a la parrilla. Eso es lo que quieren.

—Lo que queremos —subrayó Montalva.

—No debemos ni podemos fijarnos en gastos. Lo que ellos quieran, lo obtendrán. Ambos al parecer son en extremo veleidosos. Las órdenes vienen de arriba. Los Polanco y PRISA están revolucionados con esta gira. Nuestra meta es que su pasada por Santiago sea un éxito y la recuerden con agrado y...

—Qué —pregunté.

—Que ojalá Santiago sea su ciudad favorita, Alf.

—Santiago no es lo que era antes, ahora está encantador, ¿te fijas? —comentó la Tortuga—. El *New York Times* dice que es global, oye. Qué bueno, ¿no?

La Victoria la miró duro pero optó por no enganchar. Andaba con un caftán azafrán abierto que dejaba sus bronceadas y torneadas piernas a la vista.

—La ciudad favorita no es la más simpática, que esto les quede claro a todos. Será donde mejor lo pasaron, donde mejor los trataron, donde hubo más gente, más prensa, más ruido.

—Donde vendieron más —aclaró Montalva sacándose los anteojos cool que usa para leer o simular leer.

—Harán un ranking después —siguió la Victoria—. Esto va en serio. Esto no es un ensayo, es el tsunami. ¿Me explico? ¿Queda claro?

—Debemos conseguir televisión, 24 Horas, CNN —interrumpió la Tortuga—. Quizás podamos hablar con la Andrea Vial y José Manuel. ¿Les interesará? Las radios que importan, no todas, oye. Debe estar en la portada de *La Tercera* ese fin de semana. Restrepo quiere ir a La Moneda y que le hagan una cena privada donde Arturo Fontaine y la Tamara. Son íntimos. Nada me parece imposible. Para eso tenemos redes, ¿te fijas? Usémoslas. Por algo somos quienes somos. ¿Creen que será posible?

—Haremos nuestro mejor esfuerzo —comentó Fedora.

—Eso no basta, querida —le respondió la Tortuga—. Esto es vida o muerte. El futuro de muchos depende del éxito de este libro y esta visita. Partiendo por el de la editorial, oye. Esto va a ser como una campaña y no hay otra opción que ganar. ¿Me expreso con claridad o tendré que cometer la rotería de repetirlo todo de nuevo? Exijo propuestas, estrategias, ideas. Vamos que se puede.

¿No tuvo acaso razón su padre al dedicarle *Macho: un rodaje*, el último buen libro del viejo macho?

A Rafael, mi hijo inasible, que ya tiene edad para entender.

Macho es la crónica de un affaire, de un romance condenado o con fecha de expiración, un valiente libro de no ficción que roza lo porno y deja expuesta a la actriz Jean Seberg y al novelista maldito Romain Gary. No menciona sus nombres pero es innegable que son ellos y hasta el gran Lee J. Cobb tiene un cameo. Publicado en 1999, fue objeto de mi tesis de título de letras varios años antes en la PUC y mi profesor guía fue Ricardo Keller, que tenía (y sigue teniendo) diecisiete años más que yo y con el que me acosté por primera vez mientras revisaba mi trabajo. Keller tenía cejas ochenteras a lo César Antonio Santis y usaba mocasines y tenía esos cuerpos vintage (full bush, firme pero sin calugas) a lo *Torso* o *Playgirl* o esas *Christopher Street* llenas de textos inteligentes que Keller guardó de su época en la NYU. Me había centrado en la auto-ficción del Boom, en libros como *El pez en el agua* de Vargas Llosa, *Historia personal del Boom* y *Galápagos: un verano* de Chiriboga y *Macho: un rodaje* de Restrepo. El libro del colombiano-mexicano relata —rememora— un romance entre Restrepo y la actriz de *Sin aliento* cuando ella llegó a México en 1970 a rodar un mal western titulado *Macho Callahan* en el desierto de Durango. Es cierto que no es exactamente no ficción destilado, pero Keller lo consideraba claramente «memorias» y «autoficción».

Macho está dedicado a Rafa.

Galápagos de Chiriboga también: *a mi ahijado, que no tiene patria pero tiene mundo.*

¿Inasible?

A Rafael, mi hijo inasible, que ya tiene edad para entender.

Inasible como El Factor Julián.

Inasible como todos.

¿Inasible como mi lazo con Ricardo Keller, que por esa época estaba casado y tenía una hija pecosa que me hacía cosquillas cuando salíamos los tres?

¿Esa dedicatoria a Rafa fue un llamado o un ataque o una condena?

¿No bastó colocar: *A mi hijo*?

¿*A Rafael Jr.*?

El chico apenas tenía diez años cuando lo publicó.

—Detesto ese libro mal parido —me dijo Rafa en Santiago en el bar del W esa noche—. ¿En serio le gusta?

—Lo conozco al derecho y al revés. Sí, me gusta. Deberían escribirse más libros así. Le hace falta a nuestras letras ese grado de verdad.

—¿Se creyó esa vaina? ¿De verdad cree que fue así? ¿Y no se le ocurre que todas esas hazañas sexuales no son sino wishful thinking? Cinco veces deja claro que en el rodaje anterior Clint Eastwood había tenido un affaire con ella pero que él, mi padre, era mejor en la cama y más atento. No puedo creer que usted lo creyó. Qué pena. Si todo fuera tan cierto, ¿por qué mintió al usar nombres ficticios?

A veces miraba a los héteros, a todos aquellos que tenían tantos hijos y tantas responsabilidades, y me daba un poco de envidia: había algo parecido a estabilidad, a rutina. Estructura, algo predecible, sustento. Ellos debían madurar, incluso a la fuerza, incluso mintiéndose o forzando procesos. Ser gay no era fácil, pero teníamos una bendición. O varias. El humor, el no tener que madurar del todo, el ser de alguna manera un adolescente eterno y poder experimentar y cambiar y partir de nuevo o rearmarse y huevear y bailar si se quiere, vivir sin rendirle cuentas a nadie. No todos podían, no todos querían, pero incluso en aquellos que querían casarse y criar hijos y tener una vida más heteronormativa yo veía o quería ver una suerte de rebeldía, de sangre caliente, de no querer hacer lo que hace todo el mundo. Y esa carta blanca, esa posibilidad de no crecer del todo, de ser más libre que el resto, era claramente algo que Dios nos había dado a cambio de los malos ratos y dudas por las que nos hizo y aún nos hace pasar.

Me acuerdo de una noche post quiebre con El Factor Julián en que tuve una cena con los Matamala, es decir con Vicente e Ignacia, porque antes de que se trizaran ellos dos eran uno solo, un combo, pegado, venían con +1 siempre. Hablé poco, me acuerdo, tenía el estómago anudado de angustia y ellos se rieron de gente que no me interesaba e Ignacia se hacía la intelectual y citaba a los profesores y realizadores que trabajaban en la facultad de comunicaciones de su universidad privada cota mil y me acuerdo que me cansó y me dije: ¿de quién soy amigo? ¿De ella o de él? La verdad es que más de ella aunque a él lo conocía de siempre. Ella tenía humor y mando y era zorra, tenía mala fe, pero nunca pensé que le haría algo a Vicente. Aunque, ¿serle infiel a alguien es ser malo o te convierte en un hijo de puta? Lo más probable es que no. Desde mi punto de vista pasó lo que tenía que pasar porque no pasaba mucho y algo tenía que ceder. Pero desde el punto de vista de mi amigo, ella era la mala (a veces le decíamos Maléfica para despistar a los niños). A Vicente le faltaba vivir, pero más que nada eso que todo gay tiene internalizado desde chico: estar solo, saber que tu familia son tus amigos y que ninguna pareja te va a salvar. Por ese entonces parecía que ella era la que estaba a cargo, la que tenía a Vicente como un niñito engominado y bien criado con el cual no tenía casi nada en común excepto un pasado. Terminamos enfrascados en una irritable discusión acerca de si la gente guapa tiene o no más oportunidades. Les dije que si eran ingenuos o tontos y que claro que sí: alguien guapo tiene la mitad del partido ganado sin salir del camarín.

—Piensas así porque en tu mundo eso es lo más importante. Es la carta con que se mide todo.

—¿*Mi* mundo, Ignacia? ¿Cuál es ese? ¿Chile? ¿El mundo editorial? ¿El de los que estudiamos letras? ¿Qué mundo? Pensé que éramos del mismo *mundo*. Con Vicente lo somos.

—No quise decir eso.

—Pero lo pensaste, que es igual. Los progres que terminan viviendo en Peñalolen son los peores. Buena onda por fuera. Tolerantes hasta que les toca. ¿Qué pasaría si Raimundo o Borja terminan siendo parte de ese *mundo*?

Pero la verdad es que la Ignacia era más insegura que malvada, más wannabe que perversa, más lastimada que trepadora. Y en esa cena que quizás anunció el quiebre (nunca los vi juntos de nuevo, Vicente al poco tiempo se vino a mi casa) lo cierto es que ella tenía un punto. Estaba de alguna manera en lo cierto: en mi mundo el look era clave, pero no era un commodity tan deseado como ese capital humano que era ser joven. Yo podía estar «relativamente resuelto» pero al mirar desde cualquier azotea ondera a esa suerte de jardín-de-al-lado donde había un desfile interminable de chicos vestidos de H&M (los más esforzados y aspiracionales) o Diesel (los más seguros y afortunados), todos cortados con la misma tijera, expulsados de los malls y las discos y las universidades privadas y las fiestas para celebrar marcas, el deseo se me transformaba en parálisis y en algo que rozaba la pena, aunque la banda sonora estuviera a cargo de Scissor Sisters ese año y *I Don't Feel Like Dancin'* no parara de pulsar en mí.

Mi problema no era el miedo o la discriminación sino estar en medio de esta fiesta y no tener con quien bailar.

Tiraba a veces, pero tenía que haber algo más.

Tenía.

Que.

Haber.

Algo.

Más.

Estaba medio aburrido de bailar solo.

Yo me enojaba por lo inasible de El Factor Julián pero si un tipo de mi edad o de cincuenta me hubiera invitado a salir por esa época (de hecho Ricardo Keller, el profesor de letras experto en Puig y Cabrera Infante y Chiriboga, me invitaba siempre) le hubiera dicho que no para no correr riesgos.

Yo también era inasible para muchos.

Hizo mucho calor durante esos días de los que quiero escribir, pero yo por dentro estaba como congelado, aunque no dejaba de sudar.

El Factor Julián era Julián Moro y su paso por mi vida fue intenso y destructor. Vivía aterrado de caer más de la cuenta y embalarme con chicos menores de veinticinco a los que no les gustaba «tener que ponerle nombre a las cosas», como argumentaba él después de que nos besábamos bajo el follaje oscuro de las calles de la Providencia profunda. Lo que sentíamos, según El Factor Julián, estaba claro y si sólo lo sentíamos, mejor.

O, para citar su palabra favorita, «obvio».

—Obvio que nos caemos bien, obvio que somos amigos. ¿Te llamaría en medio de la noche para que salgamos a caminar si no sintiera algo? Obvio que no. No trates de ponerle palabras a todo. No seas editor.

Por mi lado, era *obvio* que me estaba enamorando o algo muy pero muy parecido, pero él decía «para qué complicar las cosas». Yo para Julián era un «gran vecino con ventaja» o «un buen amigo o quizás mi mejor amigo». En efecto vivíamos cerca, a ocho cuadras, él con su familia en una casa con jardín delantero cerca del Hospital Salvador, en una calle curva llamada Joel Rodríguez, y yo en las Torres de Tajamar. Nos gustaba salir a caminar por las calles de Providencia, conejear por calles chicas descubriendo plazas y parquecitos y escaños donde nos quedábamos a conversar y yo lo miraba fumar y nos besábamos. Me mostraba edificios que le gustaban y yo me embriagaba mirándolo y lo que me parece romántico es que entonces no sabía que era romántico sino sólo que era mejor estar ahí que en su casa o en los locales y restaurantes donde no se podía fumar o conversar.

—Uno no es dueño de nadie ni debe serlo.

—¿Desde cuándo tan sabio?

—Es que veo que los que se prometen amor no lo cumplen. No nos prometamos nada, Alf, excepto ser amigos. Al final no vas a comparar lo que tenemos con lo que podría tener con un huea que estudia diseño que me agarré la semana pasada. Aunque tenía un medio forro, hueón.

Yo quería quedar prendado, me dolía cuando desaparecía los fines de semana y resucitaba los lunes y me contaba de los minos tontos que «estaban dando jugo» a los que se agarró en una fiesta en la Ex Fábrica o en una puta y trendy Fiesta Lobo en el subterráneo del W, lleno de UDDs, perrito-zorrones egresados del Cordillera y otros colegios de elite, aunque también de Sub40s buscando carne.

—Mucho estudiante de derecho. Puta la carrera fleta, peor que ingeniería comercial.

—¿Y arquitectura, Julián?

—No vale.

—¿No?

—Un pocket.

Julián Moro, El Factor Julián, usaba camisas blancas con chalecos y los pelos se le escapaban por el cuello. Era arquitecto en su fase de tesis, olía a lápices y pegamento, a 212 y a tabaco dorado. Ayudaba a un arquitecto a hacer planos y era fan de Christina Rosenvinge (que estuvo de moda cuando yo era pendejo) y se sabía todos sus temas de memoria y los cantaba haciéndose el español (uf, sexy, calentón) a pesar de que lo que decían poco tenía que ver con lo que él hacía, sino al revés (era Julián el que rompía corazones en *mil pedazos*, el suyo era inquebrantable).

Julián tenía la inseguridad cool de alguien que salió del clóset mientras estaba en el campus Lo Contador y cuyo primer novio («Javier, un cuico barsa de San Fernando») no fue un garzón de Bellavista o un chico de un call center sino un ilustrador con «pómulos eslavos» con casa de playa en Matanzas. La mamá de Julián era una decoradora sicoanalizada que lo adoraba y que tenía una obsesión sospechosa por coleccionar gays («por Dios que se ve bien junto este par») y le traía bufandas y calcetines de Nueva York a los amigos o potenciales novios de su hijo algo puto. Una vez me dijo: «Soy la hermana que nunca tuvo, la mejor amiga que se fue a vivir a Canadá; le encanto y eso me carga; ¿por qué no me desprecia o rechaza?, sería más cool». Cuando Julián se acostó con un decorador canoso mayor, que superaba los sesenta pero se veía follable («sí, huéon, me gustan los viejos minos un pocket, sí: las canas, esas barbas hot, cachan más, tienen onda, se cuidan, son atentos»), su madre aprovechó la ocasión para invitarlo a almorzar y hablar de plantas interiores y azulejos portugueses y terminó renovando su casa con un papel mural carísimo.

Estábamos no hace mucho —marzo pasado— con Augusto Puga Balmaceda y José Ignacio Bulnes, su estilado y joven novio («huéon, creo que lo quiero, creo que somos novios, lo quiero cantidad, es demasiado mino y divertido y me admira, se caga de la risa conmigo, perro»), en el lounge VIP del Movistar Arena, en una terraza bien arriba, mirando todo el Parque O'Higgins y el carnaval/jamboree hipster de niños ricos latinoamericanos con poleras sudadas y Converse-con-caña-alta viejas que es Lollapalooza. Abajo tocaban los minos de Foster the People su tema *Pumped up Kicks* (puta los hueones lindos) y los chicos y los no tanto hacían fila frente a los food trucks y se sentían todos muy Primer Mundo.

Yo nunca había ido a un Lollapalooza y estaba agotado.

Habíamos ido a ver a Pascal Barros, al que le habían dado el horario caluroso de las 19 horas. Yo quería ver a Barros en vivo y deseaba que me lo presentara Puga, con quien tenía un lazo desde que Pascal Barros le compró, en co-producción con Fábula, los derechos de *Resaca,* que aún no filmaban por no haber accedido a los fondos concursables. Mi misión era clara: conseguir una biografía tipo Keith Richards de Pascal Barros titulada *Pantofobia*.

Aún era temprano y decidimos aceptar las ventajas de ser VIP (Puga Balmaceda lo era, nosotros andábamos con él) para tomar algo y pasar al baño alejados de las miradas del target teen-gay que ahora idolatra a Puga Balmaceda por su nuevo libro sobre viajar-y-tirar. Me pareció una buena opción antes de partir a ver Jack White y The Smashing Pumpkins. José Ignacio andaba con una musculosa celeste y shorts puteros amarillos y sus pequeños tatuajes, más lo salvaje de sus axilas, me tenían algo inquieto. Sobre todo porque conocía bien esos sitios de su cuerpo.

José Ignacio Bulnes fue uno de los chicos con que traté de zafarme de El Factor Julián cuando él me dijo que no era necesario ser «posesivos». En el lanzamiento en el Café Literario del Parque Bustamante de un libro de cuentos de un tipo que ahora ya no es escritor sino diputado, José Ignacio, que tenía algo de Nick Jonas, se me acercó y me contó que iba a un taller en la Finis Terrae y que estudiaba arquitectura y que las novelas «también necesitan un plano». Luego agregó: «Vivo solo, soy del sur, ¿te puedo leer un cuento que creo que te gustará? Ando buscando un editor y creo que tú sabrás leerme, entenderme».

Al final no me leyó nada en voz alta pero sí nos vimos un par de veces, incluido un sábado que me arrastró a una fiesta en Amanda donde bailó mucho con una musculosa parecida a la que tenía ese día de marzo en el VIP del Movistar Arena. Tras la fiesta se quedó a alojar en mi casa y yo desperté con este chico desnudo a mi lado, erecto, su cabeza rosada mojada, leyendo absorto un trozo del manuscrito que yo tenía en mi velador. Se trataba de *Precum*, la traducción de *Resaca*.

—Me lo tienes que presentar —me dijo José Ignacio Bulnes con el sol matinal de contraluz—. Conecto con lo que dice. Este es mi mundo. Yo soy como un personaje de Puga, hueón.

Francamente lo era. José Ignacio era así de predecible y vacuo, pero no se lo presenté, no lo volví a ver. Al parecer hizo un postgradillo corto en Londres y a su regreso había conocido de alguna manera a Augusto Puga Balmaceda, transformándose en su consorte y novio-trofeo en el lanzamiento de *Habitaciones vacías* que Debate lanzó en la terraza del hotel The Splendid arriba del Parque Forestal y que ahora había dejado a Puga en un sitio envidiable e insuperable de fama mediática y respeto. Mi impresión es que *Habitaciones vacías (viajando y buscando amigos)*, sus crónicas-memorias de sus recorridos por el mundo buscando sexo y libros y ropa y aventuras, fue lo que lo hizo romper con el hipsterismo de moda de *Resaca* y, tal como él mismo me dijo una vez, despejó de una vez por todas la «puta noción de que soy bi, zorrón».

El libro se transformó en una suerte de fuck diary mezclado con carnets de viaje donde lo frívolo y lo explícito se combinaba con lo literario y lo supuestamente culto. Puga se culiaba a un botones en el hotel donde se quitó la vida Pavese en Turín («su pene no circuncidado estaba salpicado de quesillo que sabía al mozarella de búfala que había comido la noche antes en Eataly») y se enredaba con un albano en un sauna en Budapest e iba a un Hay Festival en Xalapa tras la pista de Pitol y surfeaba sofás por todo el midwest americano («Josh olía a zapatillas

Adidas, tenía un tatuaje que decía *9/11 Don't Forget* y me
folló en su jeep al son de John Cougar porque no quería
que sus roommates supieran que era weko; no tenía lubricante pero usamos un bloqueador solar Banana Boat»).

Salimos a la terraza, sonaba Robert Plant, el aire estaba
fresco y tenía la fragancia de miles de adolescentes al sol
y del pasto y los aromas de los falafels, pad thais y otras
comidas étnicas de moda. El tonto de José Ignacio Bulnes
se encontró con la limitada y twittera dramaturga Isidora
Bascuñán (alias Isidrama) y ambos se liaron con un grupo de chicos «de moda» donde había cineastas de cortos,
DJ alternativos, animadores de TV rockeros, además del
nerd del Corso Gazmuri con su polera Speed Racer y sus
anteojos sospechosamente grandes que ahora la rompía
con su trilogía de un Santiago futurista titulada *Render* (la
rechazamos dos años antes en Alfaguara, y Planeta salvó
su año publicándola).

Augusto Puga miró toda la explanada. El sol caía
justo de manera horizontal en su nuca. Parecía una estrella y se veía más guapo que en las fotos. Yo miré
atento por si aparecía o divisaba entre la estilizada
muchedumbre a Renato Adriazola, al que le gustaban
mucho este tipo de recitales y con el que fui al Club
Hípico un día de mucho viento bochornoso que hacía
que las voces de los cantantes de los grupos se disi-
paran. Renato. Ya no lo sigo en redes sociales, por lo
tanto ya no existe. Me bloqueó cuando terminamos.
¿Estará acá? ¿Estará con alguien?

—¡Cómo ha cambiado este país!

—¿Lo dices para bien o para mal?

—Lo digo porque es lo que diría un personaje mío, Alf.

—Veo.

—Este mundo, hueón, esta vibra, esta escena, Garzón, eso es lo que tienes que captar, primero, y después plasmar. Hay todo un mundo aquí sobre el que no se ha escrito.

—Todo se ha escrito.

—Estás hablando como un escritor gordito inseguro, no como un editor.

—Me siento como un escritor gordito inseguro.

—Pues entonces busca cómo sentirte seguro, no vas a poder escribir de Rafa y esos días del Restrepo Tour sin algo de seguridad y...

—¿Y...?

—... con la total convicción de que quizás a nadie le interesa leer sobre gente así, acerca de personas como nosotros, pero que igual es válido. Y no estás gordo, estás bien, súper fit. Escribe desde lo porno, desde la mirada de uno, hueón, y no tratando de tener que meter a todos en el saco. No te hagas cargo. Me gustan los hombres, odio a los travestis, me gustan más los minos a los que no se les nota lo fleto. ¿Y? ¿Mal? No puedo escribir del mundo marginal porque no lo conozco y, la dura, ya que estamos off the record, no me interesa. ¿Qué es el margen ahora? *El show de la Botota* está en YouTube, Alf. ¿Alguien marginal que es parte de la maquinaria cultural y escribe desde la otredad es otro? ¿Muy Diamela Eltit? Ok, me he agarrado sus regguetoneros en el Club Soda bailando Pitbull, pero ¿son ellos marginales? Aspiracionales, más bien, ¿o no? Habría que repensar el concepto urgentemente, madame Espinosa. Son aspiracionales, perrito, y siguen la mala manía de recortarse demasiado. Puta, Alexis Sánchez ha sido una influencia nefasta.

—No sé, Augusto. A mí me encanta, es ultracomible… y esa sonrisa que tiene.

—Y ese paquete, esas calugas. Pero no cambies de tema. Mira, Alf. Créeme. No escribas desde la diferencia sino desde lo horny. Que pueda oler ese sudor anal tan rico cuando lo lea. ¿Me captas? Que a alguien se le pare, hueón.

—Que un hueón se pajee leyéndome. ¿Eso?

—Eso es un triunfo mayor, mejor que ganar el premio del Consejo del Libro. ¿De verdad quieres ser un heredero privilegiado de la Nueva Narrativa? ¿Quieres que al cura Valente se le pare y se moje y retome su tribuna crítica para celebrarte? ¿Acaso la gracia de Rafita no era ser el verdadero autor, el verdadero artista, no como su padre que entendía el arte como un commodity burgués? No pienses en el padre, piensa en el hijo.

—Puede ser.

—Ese es el secreto de *Habitaciones vacías*, perro. Por fin el porno ya es parte de nuestra cultura. Sé tú y de paso, no sé, imítame, que mis triunfos y los caminos que he pavimentado te sirvan para agarrar velocidad, bro. Joven y alocado, perrito. Debes llenar de deseo tu prosa; que huela a boxers de pendejo después de una fiesta. Ese algodón caro sudado, moqueado… puta, rico. Se trata no sólo de escribir de temas gay sino de escribir como un hueón caliente. En eso los fotógrafos osos son respetables al hacer de los osos y esas guatas y pezones fofos y todas esas toneladas de pelo algo horny. Escribe calentón y lubricado o si no redacta un ensayo, perrito. En serio. Todo es personal y todo lo que es personal merece una historia.

—¿Y eso cómo se hace?

—Culiando con un hueón distinto cada noche. O pajeándote como lo hacías a los quince, perrito.

—Puede ser. Pero deja de tratarme de perrito. No soy tu perro, perro.

—Lo eres. Un poco.

—No, Puga. Y no sé... no quiero tampoco ser como tú y tus libros... Ya viste lo que escribió de ti esa crítica o cómo hundió a Álex. No quiero ser un «escritor gay neoliberalizado», hueón, como te tildó.

—A ver, calma. Me da lo mismo que me digan eso porque es verdad. Fíjate: esa crítica de diario de farándula me trató de gay neoliberalizado. Pero para mí neoliberal es algo sexual, algo que va más allá de lo económico, una nueva forma de ser libre. Lo que pasa es que a ti y todos los de tu generación les da miedo ser libres y no ser iguales al resto. Yo quiero ser yo. Me encanta. Me encanto. ¿Y tú, Alf? ¿Qué quieres ser?

El Factor Julián era cien por ciento milenio y en su cuenta de Grindr compartía su Facebook (6.874 amigos) y su Instagram (donde una noche me quedé pegado más de una hora mirándolo en diversas partes de Italia y Francia e Irlanda y Croacia y hasta la isla de Malta). Después de acabar, su semen olía a azafrán, algo que nunca entendí pero que me fascinaba, aunque a él le parecía asqueroso pues como buen milenio no era tan zafado como uno podría pensar («no follo con todos a la primera porque si no puedo quedar como puto, hueón»; «A lo más tiro con cinco en un mes. ¿Te parece mucho? ¿La dura?»). Cuando me escuchaba, me sentía importante. Y se reía como el niño que era. Después de mucho tiempo de no estar conectado con nadie, Julián fue el más importante y el más cercano y el que más me fascinó y me hizo sentir torpe y depredador y terminé acosándolo y supongo que haciendo un poco el ridículo. Debía huir de chicos guapos con onda y mundo y viajes que no querían pertenecer, entre otras cosas, y quizás tenían razón: para qué ser de uno si podían regodearse entre varios. Y era cierto: teníamos años de diferencia, él aún tenía mucho que vivir y yo no debía encapricharme con un niño que, a pesar de haber viajado y vivido tanto, aún tenía mucho por aprender y al menos un par de costalazos por darse. Yo en cambio ya nunca tendría calugas en el vientre, me veía mejor vestido con la ropa que uno usa en invierno que desnudo y sabía que ya nunca sería un modelo de calzoncillos para Calvin Klein. Me faltaban al menos ocho centímetros y me sobraban al menos siete kilos. Julián se comportaba como un top model cuando la verdad es que no lo era, pero justamente esa confianza en sí mismo (a pesar de todas sus inseguridades) era una de las tantas cosas que lo hacían entrañable y fascinante.

«All you can eat», me dijo Julián una tarde en la plaza Las Lilas.

—Es mi momento y no puedo apostar por ti, Alf. En buena. Más adelante, quizás. Búscate un hueón flaco y de tu edad. Yo debo bajar dos kilos para estar filete. Si quieres busco y te presento a uno. Me he metido con varios de tu edad bien telas, hueón. Hay más de lo que crees. Igual podríamos hacer un trío. ¿Te tinca? ¿Un pocket?

Vicente Matamala apareció un día llorando y en shock tras pillar a la Ignacia con otro. Su mujer de toda la vida (su única polola, su única mina, su madame Disney que le mandaba recados en tarjetas Hello Kitty y que estaba orgullosa de nunca haberlo dejado acabar en su boca) estaba besándose con su jefe (de ella), un tipo de apellido Gaete, un realizador audiovisual sin obra (pero ganador de un par de Fondos de Creación). Vicente los sorprendió en un 4x4 verde frente al jardín infantil de Borja, su hijo más chico, que es mi ahijado, aunque nunca alcanzamos a bautizarlo porque ni yo ni Matamala somos creyentes y ahora la ex no quiere saber nada de nada y es «mejor dejarlo para más adelante».

Luego de compartir departamento ocho detestables meses con Paloma (sí, sí sé, nadie puede llamarse Paloma), una mina adicta a los mango sour, el sushi, las canciones de Adele, los postres Chandelle y los subgerentes de marketing o brand managers que dejaban mi departamento pasado a Axe, quedé solo. Quería ser mi mejor amiga y en una época le dio por asesorar, hacer fashion emergencies y Straight Bitch for the Queer Guy. Me había prometido a mí mismo dejar libre el cuarto extra de mi departamento retro de las Torres de Tajamar ya que dinero no me faltaba (y el departamento está pagado, herencia de mi abuela) y no necesitaba bancarme el vivir con alguien. Paloma era periodista de una agencia de comunicaciones que no comunicaban nada y tenía sobrepeso, un tatuaje que no era el de un dragón como decía sino de un unicornio, iba a clases de zumba y a recitales de Arjona y era demasiado queer-friendly para ser cierto (al final me trató de «maraco culeado» durante una pelea por los restos de unos tallarines con pesto). En el mundo artístico-comunicacional todos son pro-diversidad hasta que se enojan o se sienten amenazados. Sí, soy algo misógino y las minas me cansan.

Prefiero estar mil veces en un asado con zorrones héteros parrilleros antes que estar en un happy hour de minas con unos Absolut Vainilla Pop (vodka impregnado y coca-cola) en una de esas terrazas por Tobalaba.

Así que estaba tranquilo viviendo solo, sintiendo que todos estaban en pareja o con alguien, organizando mi biblioteca, tirando con alguien al azar y no siempre de mi gusto los jueves o viernes, huyendo de esas fiestas gays itinerantes de los sábados donde casi todos parecían menores de edad o modelos de bebidas gaseosas, sufriendo la maldición de despertar solo los domingos; así estaba cuando apareció Vicente llorando y pidiéndome un refugio. Vicente Matamala es amigo mío del colegio, del Kingstone College de Conce, fumábamos pitos en el Parque Ecuador (yo trataba de agarrarme a estudiantes «que tenían lugar» por la Plaza Perú y el Barrio Universitario). Compartimos un departamento en esos edificios de Bilbao con Amapolas cuando llegamos a Santiago a estudiar en los 90: él ingeniería forestal, yo letras en la PUC. La idea de ser útil y terapeuta de alguien me atrajo, supongo que era lo que necesitaba. Vicente se hacía el que estaba resuelto pero en algunas cosas parecía de doce años y estaba solo en el mundo. Nunca hay que casarse con la hermana, que era más o menos lo que hizo con Ignacia, y nunca hay que estar con alguien que te calme, sino al contrario, con alguien que te estimule. Vicente no tenía nada claro pero, ¿alguien lo tiene? Retornó a mi vida justo a tiempo. Como un regalo. Estaba desesperándome, me estaba empezando a asustar. La presencia de un amigo destrozado y desarmado y a la deriva, que pasaba de la euforia del macho chelero al drama del padre de dos chicos heridos, me hacía sentir bien y centrado: él podía venirse abajo pero yo no. Al menos hasta que él estuviera bien y pudiera levantarse yo tenía un rol, por lo que de inmediato El Factor Julián pasó a un lugar secundario.

Vicente vivió conmigo en las Torres de Tajamar esa semana y cuando se iba a ir me enteré de la muerte de Alejo. Entonces fue él quien me apañó, los roles cambiaron. Vicente se quedó más de un año y tanto en el departamento y hasta escribió un libro. Ya no vive conmigo, el cuarto extra ahora es una suerte de biblioteca/pieza para el plasma y Vicente arrienda algo por Vespucio con Colón, en una calle sin salida, y tratamos de vernos todos los sábados al almuerzo, con o sin los chicos y a veces, cuando no tiene una cita, también salimos o vemos películas o nos quedamos en su terraza tomando vodkas y mirando los Andes y conversando mucho. Ya no es lo de antes, claro está. ¿Algo lo es?

La mañana que los Restrepo aterrizaron, el libro llegó a mi escritorio. No estaba preparado para lo que sentí: asco, rabia, envidia; tuve la sensación de que estaba ingresando a una suerte de cuenta secreta de Instagram donde lo correcto y noble es no seguir mirando. Era un elegante y muy bien impreso y encuadernado coffee-table book de lujo a lo Taschen. Creo que sólo he visto libros así locales ligados a memorias de bancos o viñas o libros de paisajes auspiciados por empresas que desean quedar como sustentables o progres. En este caso, claramente se trataba de una suerte de favor o pago por «servicios concedidos» a Santillana. En México, Restrepo Carvajal no sólo era considerado un mexicano más, sino un prócer, lo tildaban de maestro y licenciado. En Colombia, donde casi nunca vivió, lo querían más por sus contactos con los poderosos del mundo que por sus escritos. Durante los gobiernos del PRI y del PAN, todos los ministros de educación de México tenían como rito invitar a almorzar a Restrepo Carvajal. Un par de libros suyos eran ya parte del plan de lectura (lo que en México implica la adquisición de al menos 80.000 ejemplares al año) pero eso era lo de menos: sus recomendaciones respecto a los textos escolares eran tomadas en cuenta como un edicto divino. Curiosamente, Santillana siempre se adjudicaba las licitaciones. Esto lo tenían claro en Madrid y por eso Restrepo Carvajal era un autor clave. Lo publicaban, lo mimaban, lo reeditaban siempre y le daban grandes adelantos, además de un sueldo anual como «asesor».

El aura de las cosas era el equivalente a una mamada literaria. Que Santillana hubiera cedido al capricho demuestra que el lazo que tenían era serio y estratégico. El libro era de fotos, publicado por Alfaguara pero fuera de colección y en gran tamaño (23x25), a todo couché y con tapa dura. Era de fotografías en blanco y negro sacadas por el hijo a los amigos famosos del padre (más algunas celebridades pop que se notaba que eran aportes del hijo). Restrepo Carvajal aprovechaba de escribir unas carillas con lo peor de su prosa poética mezclada con un desatado star fucking y un name-dropping que exhalaba una sensación de arribismo wannabe naco que hedía a privilegio de diplomáticos trash y terminaba siendo una suerte de oda involuntaria a la inseguridad tercermundista y una radiografía porno al arte del fellatio a los poderosos y famosos que hubiera dejado a nuestro Marqués de Cuevas como apenas un paparazzi de la revista *Hola*.

Ahí estaban —en esas páginas lustrosas— su madre Pilar Santos maquillándose para salir (acaso la mejor foto) y, mirando por una ventana hacia el Hudson y Nueva Jersey, Cordelia, su hermana que apareció después muerta de manera trágica en el DF. Junto a ellos había más escritores que en un Hay Festival: Gabo en Cartagena, John Irving mirando a unos chicos de lucha libre en un gimnasio, Edward Albee en una playa, Günter Grass en un baño de vapor, Margo Glantz rodeada de sus zapatos y Bellatin con su garfio reluciente y José Saramago en su puta isla volcánica y también Patti Smith, Imán, Naomi Campbell, Lula, el guatón de Botero, una hinchada Isabella Rossellini, los Kirchner, el despistado de Wim Wenders con unos anteojos ridículos, la aún guapa Nastassja Kinski, Daniela Romo, Juan Gabriel sin maquillaje, Polanski en un bistró parisino, Nathalie Portman, James Franco, Brad Renfro claramente drogado, Zooey Deschanel con un vestido vintage, el viejo verde de Bertolucci en silla de ruedas, Michel Gondry, Louis Garrel derrochando onda y estilo y ambigüedad, Chiara Mastroianni, Sofia Coppola y Kate Moss, más todo el elenco de la adaptación de *El calor de la brisa*, la novela *roman á clef* de Restrepo acerca de la amistad entre Omar Torrijos y Graham Greene, que se rodó en Cartagena y en Panamá bajo la dirección de John Boorman: Michael Caine, Edgar Ramírez, Benicio del Toro, Rubén Blades, Penélope Cruz, Javier Bardem, Juliette Binoche, Emma Watson, Sonia Braga en decadencia, Zachary Quinto, Bárbara Carrera, Ed Harris, Ofelia Medina, Demián Bichir, Catalina Sandino Moreno, John Ortiz, Danny Trejo, James Woods, Geoffrey Rush, Rosario Dawson, el guapo de Brenton

Thwaites y Denzel Washington como un Torrijos con más sangre negra que el verdadero.

Lo que nadie comentó fue que más que un libro, esto parecía un lavado de dinero o quizás el costoso regalo (pagado por otros) de un padre culposo y distante y monstruoso para transformar a su díscolo hijo en algo que el chico nunca quiso ser: un artista, un autor, un fotógrafo, un poeta. Luego me enteré de que el chico tenía la posibilidad de ser todo eso pero en otro contexto, un ambiente entre under y maldito, extremo, rozando lo porno: el arte que deseaba explorar Rafa era tan gay que podía molestar al establishment que deseaba tener el beneplácito femenino y hétero y de la gente rica y con poder.

Lo mejor de *El aura de las cosas* son dos fotos: una de ambos, fotografiados por la cotizada Marion Ettlinger, donde el padre, bronceado por el sol y el viento de Martha's Vineyard, está junto al chico regordete que tenía entonces unos cuatro años. Una foto francamente linda, veraniega, de gente rica gozando las cosas buenas de la vida, pero también emotiva. Rafa parece lo que es: un niño que adora a su padre, y Restrepo se ve como un abuelo que tuvo la oportunidad de ser padre. La otra es una del hijo, un maldito con la facha de un modelo de Prada fotografiado por Mario Testino (googleé y capté que en efecto esas y otras fotos fueron parte de un campaña para *GQ*, *Vogue* y *Vanity Fair*); aparece sentado en un sofá, con traje y facha de venir de una ceremonia importante o de un estreno pero ya sin zapatos o calcetines, mirando a la cámara de manera francamente desafiante. Un look hemophiliac chic con algo de un muy joven Truman Capote en la célebre foto del sofá.

El libro me había rápidamente escandalizado y decepcionado. Yo durante un breve tiempo (era joven, claro) aprecié la obra de Restrepo Carvajal. No la subrayaba pero me parecía un aporte. Me parecía «respetable» su proyecto y eso de negarse a tener que ser un autor colombiano o regionalista y en cambio ser «uno panamericano». Pero poco a poco, a medida que publicaba y publicaba libros (¿los escribía o los sacaba nomás?) el lazo se volvió tan tenue que se disipó. Ya no teníamos nada en común con Restrepo. Quizás nunca hubo un lazo literario o de lector-autor muy intenso, pero quizás por el hecho de haber sido *Machos: un rodaje* parte de mi tesis le agarré cierto cariño. Sea como sea, me complicaba enfrentar a Restrepo y quería evitar tener que conversar demasiado con él. La Victoria, por otra parte, me comentó algo que se me quedó grabado: uno no juzga las obras de sus autores, uno los apoya para que lleguen a sus lectores.

—¿Qué lectores, Victoria? ¿Qué putos lectores? ¿Quién conoce a este chico?

—El libro es del padre, Alf.

—Es un libro de fotos. Del hijo. Yo tomo mejores fotos. Tu cuenta de Instagram tiene mejores fotos, Victoria.

—Pero no soy hija de Rafael Restrepo y tú tampoco. Crece. ¿Vas a ir a la cena? Puedes pedir centolla de Magallanes. Sé cortés, saluda, di tres cosas y listo. Las que van a tener que bancarse a la duplita son la Fedora y la Tortuga. Y yo. No tú. Relájate, cálmate y deja de opinar como un escritor resentido. ¿Cómo va el texto sobre Moya Grau? ¿Avanza? ¿Has podido leer algo?

Hojeé el costoso libro de nuevo: $17.000.

La Victoria me confidenció que el precio real rondaría los $50.000 si no fuera un «libro subvencionado y de prioridad uno».

Leí la contratapa:

«Dos mundos, dos formas de ver el mundo, dos poéticas conversan en este libro: la poesía digital y del instante del hijo y la poesía narrativa e histórica que fluye en la prosa del padre. Este libro es el choque de dos mundos, dos culturas y dos autobiografías...».

Abrí el libro y leí el prólogo:

Este es quizás uno de los más curiosos libros acerca de padres e hijos creados en español donde un padre y un hijo se unen para retratar su lazo a través de otros... y usando el lenguaje de cada uno... se complementan y se potencian... está la fuerza del que quiere narrarlo para armar su mundo y la del que sólo quiere mirar (el voyeur, el flâneur) o acaso desaparecer... es el viaje íntimo de dos hombres que comparten el mismo nombre pero quizás son dos desconocidos: separados por generaciones, continentes, tecnologías, gustos... El lector, como un fisgón, ingresa al morbo de una cierta intimidad expuesta: fiestas, conferencias, cumpleaños, veraneos, festivales de cine, ferias literarias, expediciones... El joven aspirante a fotógrafo dice: «Esto ha sido»; el veterano novelista sostiene: «Esto fue». Walter Benjamin habló del aura de las cosas y en ese sentido el título de este curioso e irrepetible libro es perfecto. Benjamin entiende el aura como una experiencia de distancia, aunque esa distancia sea breve, el aura se hace visible en la misteriosa totalidad de los objetos. Es lo oculto, lo misterioso, lo que nos da ese aura...

Lo firmaba Santiago Gamboa.

Quise ir al baño a vomitar.

Conocí a El Factor Julián vía Grindr. Era un domingo de invierno. Chateamos como dos horas y optamos por conocernos. Estábamos cerca. Nos juntamos en la gasolinera de Eliodoro Yañez e Infante. El plan era salir a caminar. Julián de inmediato se puso a conversar, compró chocolates y dos aguas minerales («tomé mucho anoche; ando con caña») y me propuso, como un guía, recorrer «las calles de los generales». Y así nos internamos por las oscuras General Bari y General Salvo y General Parra y Almirante Zegers y luego caminamos por esa herradura que es la calle Tirana mientras me hablaba de Valparaíso y Lisboa y así avanzamos hasta perdernos por Román Díaz, donde nos besamos en una placita-rotonda un poco más allá del Santo Remedio.

—Vamos a tu casa, hace frío —me dijo.

Esto también deberá ser acerca de mí.

Va a ser sobre Rafa y El Factor Julián y el bueno de Renato Adriazola y Vicente y Augusto y Alejo y todo el resto, pero a la larga —creo— será acerca de mí.

Yo a través de otros.

Siempre le he dicho a mis autores que hay varias «primeras personas» o «usos del yo» y que los mejores son aquellos en tono menor que revelan la obsesión y la curiosidad por escribir un libro. Me dicen: pero importa más la historia, yo no soy nadie. Y les digo: no creas, lo importante es por qué vale la pena leer una historia, sobre todo si el tema o la persona no son tan célebres. Uno lee al final para saber por qué el autor se interesó o le importó tanto la historia como para contarla por escrito. La complicidad no la da el nombre o el pasado del autor o su vida privada o pública; lo que realmente produce la química, la conexión, es la curiosidad —la obsesión— del autor con el tema que se ha atrevido a enfrentar. Como lo que uno siente cuando engancha con un tipo que te sonríe de vuelta en la barra de una fiesta.

El eterno y agitado programa de prensa y promoción me lo envió Fedora Montt por mail unos diez días antes. Mis únicas actividades obligatorias para la visita de los Restrepo consistían en asistir a una cena de mariscos en el Aquí está Coco con «todo el mundo» y estar de cuerpo presente en la presentación del libro *El aura de las cosas* en el Museo de Bellas Artes con la presencia del ministro de cultura, el latero novelista-de-derecha-ex-de-izquierda Roberto Ampuero, y hasta de la primera dama Cecilia Morel, que supuestamente era amiga de la madre de Rafa, quien —según la Tortuga Matte— ahora se estaba recuperando de una cirugía estética en Sedona, una suerte de Valle del Elqui para millonarios en Arizona.

—Igual está pendiente una fiesta más para la gente joven —me dijo seria Fedora Montt—. Una fiesta más de la onda de nosotros. Como para el hijo. En su honor, sin el padre.

—¿Por qué?

—Porque es nuestro invitado y somos los anfitriones —interrumpió la Tortuga Matte—. Por Dios, Alf. Qué modales, oye. ¿Qué onda? ¿A qué colegio fuiste? ¿Dónde veraneabas?

—Debemos hacerle algo taquilla —dijo Fedora—. ¿Te tinca en el Sarita Colonia? Me da lata que sea en algo de Acurio, además ya vamos a comer mariscos. Gaspar Ossandón está a cargo de lo del museo. Otra opción es hacerlo en el Hotel Noi. ¿Lo conoces? Tiene una terraza y en esa fecha siempre hace un calor atroz.

—Fedora: ¿qué tengo que ver yo con esto? ¿Quieres que vaya a esa cena?

—Mira, Alf: yo pensaba que la noche que el viejo cene con Piñera, Hinzpeter, el guatón Chadwick, que me carga, Jorge Edwards y un grupillo de la derecha divina, tú podrías hacerte cargo de una cena más teenager con algunos escritores jóvenes y con, no sé, el mundillo.

—¿Qué mundillo, Fedora?

—…

—¿Cineastas? ¿Quién?

—Tú podrías ser un poco el anfitrión. Sabes lo que es el *mundillo*. Es tu mundo, darling. Por favor. Presentarle gente: actores, cineastas, los autores más cool de la casa. Puga iría. Me consta. ¿Un hemofílico puede tomar? ¿Deberá comer algo especial? Debemos tener muy claro eso.

—Lo importante es que nadie le pegue o lo golpee —interrumpió la Tortuga, que no dejaba de navegar por Pinterest en su teléfono—. Alejo Cortés es tan raro pero es guapo, es fino, y nunca está de más tener gente guapa y delgada en un evento, digo yo.

—¿Por qué?

—El pendejo es un pendejo, es chico. Debemos dejar claro que sabemos que él es su propio ser. Es independiente. Autónomo.

—Quizás podríamos conseguir que asistan modelos, ¿no es una idea espléndida? —sostuvo la Tortuga Matte.

—Me gusta, sí —respondió Fedora—. Como esos adolescentes que salen en los clips de Denver o de la Francisca Valenzuela. ¿Les tinca? Unas minas pelolais con onda, tú sabes. Y si invitamos a estudiantes de letras onderos. ¿Tú no hacías clases ahí en la PUC?

—Ya no, Fedora.

—Para que conozca a alguien, digo. O coquetee. Seguro que está chato de estar con tanto escritor. Hay que conseguir chicas lindas con lentes, lectoras, artistas. Nada de minas de la farándula. Nada de gente amargada.

—Sabes quién es guapa y es encantadora: la Trinidad Domeyko, la cineasta. Además es espigada, oye. Yo la encuentro bien regia.

—¿Para qué tanta cosa? —comenté algo atónito—. Además el tipo es más bien poeta, pero mejor no invitar a poetas locales. Es complicar las cosas.

—Es cierto: nada de poetas —respondió Fedora—. Lástima que no invitaron a la FILSA a Valeria Luiselli. Ella sí que es fina, guapa, habla inglés… ¿Qué chicas del mundo artístico? Elisa Zulueta es famosa en las redes sociales. Acarrea gente. ¿O ya pasó de moda?

—¿Cuánta gente quieres invitar?

—¿Dos docenas?

—¿Tanto?

—Que estás pesado, Alf. Los típicos escritores jóvenes. Puga y Cortés, que son de la casa… Ahora hay tantos y algunos se visten bien. Nada de gordos, no confío en los gordos.

—Inti Jerez tiene su aura.

—Es un flaite, me carga con esa barba. Dudo que el hijo de Restrepo se interese en conversar con un escritor porno.

—No escribe porno.

—Hace porno, que es peor. ¿Quién más? La Pepy, la Ro… Nicolás López no, me carga. ¿O sí? Ahora que está más flaco: que vaya con Ariel Levy y la Nacha Allamand, ahí sí. Matías Bize es un encanto. No sé… Piensa en una lista.

—Fedora, a este pendejo no lo conoce nadie.

—Ya, pero él conoce a todo el mundo. Puta, fotografió a James Franco. Hugo Grisanti iría feliz. Me encanta cómo se viste. Gente así: fotografiable, a la que le guste exponerse, lucirse, rellenar. Deportistas no, no tienen onda. Quizás Tomás González, que es tan mino

—Ultra. Puta, qué brazos, qué…

—Quizás Fernando González, ¿no crees? Los actores siempre van donde los invitan y los más famosos tienen ropa o canje. Benjamín Vicuña debe estar. Es un encanto y lee mucho. A los más jóvenes no los conozco. Todos tienen bigotes. ¿Y el mundo gay…?

—¿Por qué me miras a mí? Son *tus* amigos, Fedora. *Tú* los amas.

—Y tú te lo agarras.

—Tus amigos no son de mi gusto. Muy flacos, mucho pantalón pitillo, mucho arte.

—Estás intolerable.

—Nació demasiado resentido —acotó la Tortuga Matte mientras enviaba mails.

—Yo armo la cena pero tú vas —sentenció Fedora—. Yo iría feliz pero estaré en el Patio de los Naranjos, en La Moneda. ¿Tienes contacto con la alcaldesa Errázuriz?

—No, ¿por qué?

—Quiere ir a conocer su vieja casa; la casa en la que vivió acá. Está nostálgico, parece. En Buenos Aires hizo lo mismo.

—¿Y qué tiene que ver eso con la Pepa? —preguntó la Tortuga.

—¿Ubicas la casa donde está la Municipalidad de Providencia?

—Obvio. El Palacio Falabella en Pedro de Valdivia.

—Bueno, ahí vivió.

—¿Cómo?

—Ahí vivió Restrepo padre cuando su papá era embajador de Colombia acá hace siglos. Y ahora quiere volver a ver ese lugar donde vivió momentos importantes. Carina, de la Agencia Monclús, me dijo que este viaje será un tanto emocional, porque Restrepo regresa al lugar donde vivió de chico y porque, claro, viene con su hijo, al que desea mostrarle sitios que lo han marcado.

—Me emocioné —confesó la Tortuga—. Esto, más que una gira, es una despedida. Ahora entiendo. Qué lindo que venga con su hijo, ¿no?

Parte II

Juntos
y
solos

LUNES 28 DE OCTUBRE, 2013

Lo primero que siente es el calor. ¿Está durmiendo siesta o está despertando? ¿Qué diablos sucede? Algo no está del todo bien. ¿O es sólo su deseo de no despertar? ¿Entonces por qué capta, conecta, siente?

¿Qué putas pasa?

No, no duerme; cuando duerme olvida, se escapa, y ahora entiende lo que sucede fuera de su cuerpo: está transpirado, rendido, con los ojos cerrados pero ya no duerme, ya está en el mundo concreto.

Nada de alivio, nada de sueños, cero escape.

Una noche eterna.

Una noche recordando cosas que pasaron hace poco, recordando gente a la que no quiere recordar, tratando de olvidar ciertos hechos, pero no, ahí están, circulando, dando vueltas, escupiendo en su inconsciente. ¿Por qué Julián Moro sigue durmiendo acurrucado a su lado? ¿Por qué cuando piensa en él se siente débil, apesadumbrado, nostálgico, como si Moro fuera su país natal y estuviera demasiado lejos y quisiera volver?

¿Volver adónde?

No, las cosas no son así; así no se despierta, así no se duerme, así no hay descanso posible. Alfredo aún tiene mucho sueño; lo único que procesa es el agotamiento, la falta de fuerzas, la desidia. ¿Para qué despertar? ¿Por qué siente su cuello sudado? ¿Es de día o es de noche o es la tarde? Su polera vieja está empapada, las sábanas están pegajosas, siente cómo de su pelo caen gotas detrás de su oreja. Su garganta está seca, como si fuera de algodón. Ha tomado la pastilla, recuerda, pero los miligramos ya no funcionan como antes. ¿Es ansiedad? ¿Por qué sólo rumio cosas negativas? ¿Mucho iPad? ¿Mucho Camtogays? ¿Los passwords robados vía Pirate Bay para entrar a Cocky Boys y Naked Sword? ¿Demasiado XTube, ManHub, PornHub? ¿Por qué es más caliente mirar a un supuesto hétero de Las Condes, el tal Pablo Honey de Chile, pajearse y contornearse en vivo en Cam4 que hacerlo mirando a un mino con pinta de atleta olímpico de Amsterdam? ¿O es mi mala costumbre de dormirme escuchando podcasts y música incidental?

Alfredo estira las piernas: el dolor es como de post entrenamiento de gimnasio pero no ha entrenado ni pisado uno en años.

¿Estará creciendo? ¿Regresó a la pubertad?

¿Tendré fiebre, qué estaba soñando?

Abro los ojos y la luz es tenue; está amaneciendo.

Mira su iPhone: son las 06:27.

El sol aún no se asoma detrás de los Andes.

Debe tener fiebre; se toca y arde.

Debo tener fiebre; me toco y ardo.

¿Qué habré comido? ¿Por qué ahora?

Huele sus dedos y huele a sexo, a pico, a bolas, a otro.

¿A quién? ¿Cómo se llamaba?

¿Por qué esta angustia, esta pena, esta sensación de que es mejor estar en la cama que en la calle? ¿No es después del mediodía cuando se hace presente la imposibilidad de continuar?

¿Qué pasa?

No puedo enfermarme, no esta semana, esta semana viene cargada, llena, a tope. Busca la aplicación con el sol y la nube. La abre somnoliento y ve un inmenso 29 grados. ¿Por qué hace tanto calor a esta hora?

¿Sueña que está en el trópico?

Se sienta en la cama en boxers con la pretina húmeda por el sudor. Toma nuevamente el iPhone y decide conectarse al mundo, intrusear, revisar, ver qué ha ocurrido, si tiene mensajes, leer el feed de Twitter para ver qué está diciendo o cacareando la tropa de incontinentes verbales a la que sigue con algo de pudor y asco y un innegable morbo voyeurístico y quizás algo de superioridad. No hay mensajes del de anoche.

¿Por qué no?

Tampoco fue tan malo, era simpático y de su misma onda y lindo y con barba y profesional y culto y resuelto y… ¿acaso esos tipos son imposibles de agarrar más de una vez? Se prueban como una delicia gourmet que no venden en el Líder más cercano: jugo de Blood Oranges, yogur de queso de oveja de Islandia, gazpachos con trozos de sandía.

Se pasa a Instagram y el asunto es peor: ¿no se dan cuentan de que otros los miran? ¿O esa es la idea? *Tiene* que ser la idea: ¿en qué momento todo lo privado (piernas peludas, desayunos, copetes en bares, hijos haciendo tareas, novio nuevo en la cama, barbas recién estrenadas, caminatas por el desierto, visitas a la abuela en Peñaflor) se volvió algo para compartir?

Como es habitual, ha dejado el teléfono en mute. Divisa el logo verde de WhatsApp coronado con un abultado número de mensajes indicados en un círculo rojo. ¿Quién? ¿Quiénes? Decide darse un respiro antes de procesar este bombardeo. Abre Grindr, más por un asunto de costumbre que de calentura. Nada se parece al sonido de recibir mensajes por esa aplicación «para conocer». Es un ruido que no existe en la realidad, un sonido digital, creado por sintetizadores que ahora le parece imposible olvidar y que quizás subliminalmente lo cuelan en hoteles o fiestas para que los que están solos se sientan más apañados. A Alfredo le parece que suena a ansiedad, a promesa, a adrenalina, a deseo. Aunque sea un ogro plagado de acné o un setentón desesperado escudado detrás de un avatar cosmopolita (un rascacielos de cristal, la Fontana Di Trevi, Puerto Madero), la sola idea de que alguien te encontró rico o culiable o pajeable es un agrado si tu ánimo está bajo. Tiene algo de confort, de caricia, de buena vibra. Luego todo se deshace en decepciones, mala ortografía («chupame el oyo», «quiero comerte la berga»), pintas imbancables, peticiones desmedidas, falta de humor, coeficientes intelectuales bajos o falta de vuelo poético, aunque buscar algo más que sexo exprés ahí es tener la brújula extraviada. «Busco amistad» es casi siempre señal de que se trata de alguien que está seriamente en problemas, por lo que es mejor dejarlo pasar. La frase típica con que Alfredo responde es: «Ya tengo amigos». O: «Los amigos no se conocen acá». O: «Quizás después de follar puede pasar algo». *Pasar algo* es la posibilidad de ser amigos; culiar sin trámite, lo que es justo y corresponde.

¿Por qué pocos dicen culiar y se esconden en el más elegante y acaso sofisticado follar? ¿Mucho Almodóvar («fóllame, tío») o muchas traducciones aldeanas de Anagrama? Típico: «Hueón, me follaron tres anoche en el Mi Tiempo». Nunca: «Hueón, me culiaron tres al hilo».

Hay cosas que se hacen pero no se dicen.

Anoche me culiaron y culié.

Médico. Caminando por barrio Bellas Artes. Barba. Mirarse. Toparse. Dar la vuelta por Mosqueto. Sonrisas. Entrar a Metales Pesados, duro, mareado, the thrill of the chase. Cruising, pero de día, civilizado, su camisa ya delata su sudor. Sentir que me sigue. ¿O yo lo sigo a él? Revisar libros rozándose. Zurita, Escanlar, antología de Claudio Bertoni, Lispector, Andrés Caicedo, Joe Brainard, Gaitskill, Lemebel, Simonetti, Edmund White. Se detiene en Baldwin. Listo. Lotería. Hola, hola. ¿Te gusta Colm Tóibín? ¿Has leído a este noruego? Cuenta toda su vida, es como un diario de vida. Te lo recomiendo. ¿Eres editor? Me encantan los libros. Me gustan tus labios. Tú tienes bonitos ojos. Tú también. ¿Nos conocemos? No. Me suenas familiar, me dice. Quizás, pero nunca te he visto. Créeme que me acordaría. Alonso, un gusto. Alf, o sea, Alfredo. Vivo cerca, Alf. Al otro lado del cerro, Victoria Subercaseaux. Yo duro, moqueando, mal. ¿Un café?

Todas las paredes blancas, frutas frescas, una bici, libros en inglés, cuadros de Patricia Ossa, dvds de Criterion Collection, mucha Nueva Narrativa chilena retro.

Anestesista. Me anestesió. Alonso. Eso.

Alonso.

Buen nombre, buenos ojos, notable mentón. Mi novio está en un congreso, me comentó mientras abría su refrigerador de acero inoxidable, pero no hay rollo. Cada vez que el otro viaja podemos… ¿Entiendes? Entiendo pero no lo comparto, yo no te compartiría, pienso, pero le bajé el cierre y ya estaba mojado. Me metió el pulgar en mi boca. Date vueltas, me dijo, y le hice caso, obvio. Alguien como Alonso quiero: inteligente, que lea, con quien pueda estar tranquilo, conversar por el parque, salir a un brunch. ¿Existe? Y si existe, ¿por qué Alonso me culea mientras su novio está de viaje? Yo sólo quiero pasar un sábado regaloneando, no haciendo nada, haciéndome cariño con aquel que no anda mirando el celular y viendo dónde es la fiesta hoy.

Retomo Grindr y escucho ese adictivo eco electrónico estallar (uno por mensaje; a veces hay veinte o treinta). Ve uno que conoce pero no bloqueó. ¿Se le fue? ¿Qué hace despierto?

¿Estará sudado, sofocado?

Ahí está con otro avatar, la selfie clásica veraniega en la piscina. Axilas mojadas, traje de baño bajo el agua. Diseñador gráfico, de unos veintipocos, crespo, Zacarías o Salomón o Isaías o algo así, un nombre bíblico. «Soy seco en snowboard». Se juntaron en un Starbucks, típico. El de Callao. En un momento, el tipo, que era rubio y tenía una barba preciosa y una camisa de leñador, abrió Grindr o se le abrió casualmente (¿hay algo casual?) buscando información y empezó a sonar y sonar ese sonido sintético y cautivante. Ambos se miraron y no hubo otra que reírse. A Alfredo no le quedó claro cuántos mensajes entraron porque el tipo con el nombre bíblico tenía la meta de sólo abrir aquellos que le interesaban y cuyos avatares se teñían levemente de celeste. El resto de los «holas» y los «qué tal» los dejaba acumularse en un acto que en ese momento me pareció de crueldad y narcisismo sin igual. Me dijo:

—Mira, estoy llegando a los ochocientos saludos de calentones horny por mí. Caleta. Quiero llegar a mil e instagramearlo. Bien, ¿no? Puta que jotean, desesperados los hueones. Los que me gustan por la foto, obvio, los abro. A ti te abrí. Me intrigaste. Pero no voy a estar saludando a viejos culeados decadentes en zunga o a gatos o a un puto árbol en flor, ¿no crees? A los flaites y cumas y los con cara de cola ni los pesco.

Zacarías o Salomón me habló de nieve y centros de esquí y me preguntó si había usado alguna vez bolitas chinas. Luego le dije que se estaba haciendo tarde.

—¿Tienes lugar?, me preguntó.

Esa frase es tan típica, delata tanto: ¿tienes lugar?

Le dije que no para él.

—Fleto maraco culeado —me dijo y nunca lo volví a ver.

Pero no lo bloqueé.

Dos mensajes vía Grindr: uno de unos boxers a rayas con un vientre peludo («¿duro?, ¿caliente?») y otro de un tipo adicto al gym (boxers neutros, blancos, oblicuos como trofeo) que se tomó una selfie en un baño con una cortina de ducha sicodélica y que según el iPhone está a 17.8 kms y que sólo dice «hola».

Lo cierra y mira los wasaps acumulados y no le dan ganas de abrirlos al ver de quienes son.

Intuye lo que dicen.

Si los abro, tanto Ricardo Keller como este pendejo de Renato Adriazola (que no es tan pendejo pero es un «nuevo», uno que está saliendo del clóset, uno que está explorando; uno que perdió su virginidad contigo es siempre un *pendejo*) sabrán que leí sus mensajes. Verán ese doble click que se vuelve azul cuando el que recibe actualiza la aplicación.

Alfredo abre el de Ricardo primero.

Ve su foto en el circulito.

Es nueva.

Le parece un poco exagerada, muy Marc Jacobs, muy «los gays maduramos mejor porque nos hidratamos»: su barba de ocho días con el mínimo de gris, el pelo demasiado corto como si ahora tuviera los cojones para hacer el servicio militar o meterse con un marine de Pensacola, el sudor suficiente para brillar, una apretada polera gris marengo, la bicicleta Trek, todo Santiago abajo, a sus pies. Ricardo Keller a sus 58 años se ve de 45 y es capaz de subir el cerro hasta la cumbre. ¿Quién se creerá? ¿El ciclista del San Cristóbal 2.0 gay y senior? ¿Quien le habrá tomado la foto? ¿Un alumno curioso? ¿Un profe del gimnasio? ¿Algún chico Grindr, algún mino Fresh, algún ciclista treintón rico? ¿O un alumno? No, los alumnos de letras no suben en bici el San Cristóbal, a lo más caminan por el GAM y Bellas Artes.

A Ricardo Keller, cuando aún era su profesor en la Católica y aún estaba casado, le gustaban más los estudiantes de marketing y de ingeniería comercial porque «no tenían aspiraciones culturales». Le parecían básicos y concretos. «Los de auditoría son los más morbo, tienen algo con los mayores», recuerda que le comentó una vez caminando por el campus San Joaquín. Aun así, a Alfredo, que estudiaba letras y leía y hasta tenía la idea como el resto de sus compañeros de «escribir algo», le llamó la atención el profesor, y el asunto fue recíproco.

Hace alrededor de un año se toparon en una fiesta en General Holley que más bien parecía la fiesta de un colegio de hombres a la que nunca llegaron las minas. Alfredo andaba con Julián Moro, era una de sus primeras salidas juntos y Julián no paraba de saludar a pendejos y de luego susurrarle a Alfredo: «Ese me lo agarré, ¿te parezco una zorra?». Ricardo Keller estaba ahí, el mayor de toda la fiesta, rodeado de esculpidos barmans lampiños sirviendo Finlandia, algo borracho y agarrando con un chico tatuado de unos veintidós con una transpirada polera que decía *Papelucho, gay* y la típica caricatura del personaje infantil mordiendo un lápiz grafito.

—Damián me recuerda a ti —me dijo Ricardo entre la música—. Es brillante; es fan de la Molloy.

—No tiene nada ver conmigo y yo no soy brillante; nunca lo fui, sólo era joven y pendejo y corruptible.

—Influenciable. A veces pienso en ti. ¿Tú piensas en mí? Podríamos viajar. Una peregrinación literaria.

—Ya peregrinamos, Ricardo. Hace como veinte años. Te veo. Cuídate.

Los wasaps de Keller son escuetos y quizás no románticos pero igual lo alteran. No se atreve a bloquearlo y sin duda no es necesario. No lo acosa pero a veces aparece y siempre le desliza que podrían ser más que amigos o le recuerda lo que le dijo una vez en El Toro:

—Cuando me jubile, quiero escribir un par de libros y te quiero a mi lado, en una playa. Mi idea es construirme una casa y ahí podríamos estar todo el día leyendo y… cocinando… y regaloneando.

El error de todo partió, como buena parte de sus errores, en el relanzamiento de una edición corregida de *El río* de Alfredo Gómez Morel. Ahí se toparon, no se habían visto en al menos cinco años (Keller estuvo enseñando en Cornell y Stanford su tongo/invento *queer-pop-mass-media-studies* in Latin American) y esa noche fueron a El Toro, que le gustaba tanto a Keller, y tomaron. Era un jueves antes

de un feriado y sonaba Álex Anwandter y Alfredo pasó
toda esa noche con su viejo no-tan-viejo profesor, con su
guía, con el que alguna vez fue su amante o novio o Silver
Daddy o lo que sea que fueron a mediados de los noventa
cuando ambos leían David Leavitt y Hanif Kureishi y nadie
tenía teléfonos inteligentes y tu google eran las revistas, los
libros y el cable. Cuando estuvieron juntos, cuando se quedaba en el departamento-de-soltero de Keller escribiendo
su tesis, Alfredo tenía veintidós, veintitrés, por ahı, y Ricardo le parecía tan mayor al estar rozando los cuarenta.

Ahora Alfredo tiene la edad de Ricardo entonces y la
hija de este debe ya estar estudiando algo, capaz que sea
amiga de Julián o vaya a los recitales o festivales que ayuda a organizar Renato. Ricardo Keller sigue enganchado
con Alfredo y Alfredo no sabe lo que siente por él pero
claramente no va por el lado erótico (o quizás un poco,
si está algo borracho o triste). Sí, lo confunde la nostalgia
por una amistad intensa que se disipó, por tener un guía,
alguien que era de fiar y culto e inteligente y sagaz y lleno
de pelambre literario, cinematográfico, político. Keller era
capaz de hablar por horas, de fascinar con su capacidad de
unir mundos disímiles, de comentar una reseña del *The
New York Review of Books* o hablar mal de un diseñador
o un columnista («qué indignante que en este país haya
más críticos de vino que de libros», me dijo una vez). Keller, a diferencia de El Factor Julián, era capaz de cocinar
spaghetti a la puttanesca o servirte un camembert tibio
con mermelada de papaya de postre. A diferencia de otros
amigos suyos a los que les encantaba que un tipo mayor
estuviera enamorado de ellos, que incluso lo ostentaban
(«tengo loco a este viejo caliente»), el deseo y el cariño de
Ricardo Keller a Alfredo lo complican, lo llenan de culpa,

le arruinan la libido a la vez que se la gatillan si anda con el ánimo bajo. No quería estar con él, eso estaba claro; además le dan risa los chicos con que sale. También le da esperanza que tener cincuenta o sesenta no implique para nada dejar de ser deseable o estar en el mercado. Lo que sí le parece algo triste es que Ricardo Keller no deje de esperarlo. Alfredo tiene claro que nunca va a estar con él, que no le gusta y que lo que pasó entre ellos ya se esfumó hace más de quince años. Aun así, saber que Ricardo Keller lo desea le da alguna fuerza, le sube el ego, le parece algo semejante a tener una cuenta de ahorro escondida que quizás no le da mucho interés pero sí le otorga una innegable e inexplicable seguridad.

Hey, qué tal.

Cómo va?

No quería molestarte pero...

Te mandé unos mails.

No ando joteándote :)

No te voy a invitar a salir...

¿Saldrías? No creo, ¿no? :)

Era por lo de Restrepo... Quiero ir.

No molestaré... ¿Estará todo el mundillo literario?

¿Me lo puedes presentar?

¿Imposible que RR vaya a una clase?

Sé que es tarde pero las arpías que lo cuidan son eso: arpías!!!

La mina de prensa no me cotiza,

no registra gente que no es de los medios,

error de ella, te digo.

Te llamo, Alf.

Responde...

Hoy subí el cerro.
Te acuerdas cuando subíamos.
y luego....
:)
leíste Artes y Latas?
Lo de Juan Emar?
Mucho Nicanor Parra, ¿no crees?
Ya... escribí mucho.
Me sobregiré, como siempre
perdona..
Llámame o te llamo.
Duda, guapo: ¿que le pase mi libro
es un poco de viejo profesor necesitado?
beso, R

Relee los mensajes y se fija en que Ricardo los envió todos anoche después de la una de la mañana.

Se limpia el sudor de la frente.

Decide responderle un corto, «anda nomás, te mando invitación vía mail», pero capta la hora y no quiere que lo primero que vea Ricardo Keller cuando despierte en la cama de su departamento de ese pequeño edificio francés de Presidente Errázuriz frente al parque sea un wasap suyo.

Opta por leer más tarde los mensajes del colorín geek Renato Adriazola que sonríe con demasiada intencionalidad desde el ícono de la aplicación.

Qué calor, hueón, esto es África. La cagó. ¿Despierto?

Alfredo no dice nada y esconde su cara debajo de la almohada.

Vuelve a cerrar los ojos. Coloca en mute el teléfono y lo esconde bajo la sábana.

Vicente Matamala grita desde el otro cuarto.

¿Despierto, perrito?

Algo.

El globo se calentó, Garzón. Comenzó el fin del mundo.

Por fin. This is the end. Se acabó el sufrimiento.

¿Qué? Más fuerte. No te escuché.

Voy.

Busco algo para tomar pero no encuentro nada a mano.

¿Hasta cuándo seguirá Vicente en su casa? Por otra parte: ¿molesta? Un poco, sí, pero no es Paloma. Con Paloma se sentía invadido, observado, juzgado, tasado, incluso a veces deseado. Sentía que su casa estaba ocupada, no se atrevía a llevar a nadie, ni amigos ni pinches o «ligues». ¿Cuántos amigos sin ventaja tiene? Uno, y ahora vive ahí. Con Vicente siente complicidad, hermandad, onda. Seguridad. Comparten el mismo humor. Se siente menos solo. Se siente bastante menos solo. Le gusta que esté ahí: es como estar en la universidad, todo es más fácil. Se siente menos distante de sí, más conectado. Sabe también que esto no es para siempre: quiere que la amistad con él dure lo más posible, pero esta dependencia, esta suerte de dúo dinámico, este bromance intenso que no permite el ingreso de otros, tiene fecha de vencimiento: será una chica, alguien que conozca vía Tinder o en un cumpleaños, una mina quizás con sus hijos propios o separada o capaz que una chica joven, que romperá lo que tienen.

Quizás Vicente se reirá menos con ella, conversará menos intensamente, quizás incluso se aburrirá o sentirá que algo falta pero estará anclado. Y tendrá sexo, claro. Es lo que busca Vicente. Alfredo sabe que existe y es cosa de estirar la mano, de hacer un mínimo esfuerzo, a nadie le falta Dios si tiene espíritu aventurero o si decide salir de su área geográfica. Hay twinks que desean papis, osos que rimean y algo que nunca ha probado (excepto por Keller, pero eso no vale): hombres mayores. Cuántos tipos arriba de sesentaicinco no estarían felices de follarse a Alfredo que, mal que mal, es veinte años menor. Pero aún no usa esa carta, no aún. Sexo exprés lo encuentra por ahí, por allá, los domingos entre las diez de la mañana y las dos de la tarde («horario prime sin atados») cuando todos los que no lograron nada el jueves, el viernes y el sábado bajan la guardia con algo de desesperación («ya vente, no te demores»). Con Matamala, todo lo doméstico, la contención, el humor, la rutina, están en su sitio y se agradecen, pero falta algo.

¿Alguna vez tendrá lo que tiene con Vicente pero con un tipo que lo quiera de vuelta?

¿Habrán Vicentes gays por ahí en el mundo?

¿Puede un lazo emocional y erótico tener la onda y la libertad de una amistad?

Alfredo se levanta de su cama japonesa y mira hacia la parte oriente de la ciudad, el río casi inexistente bajando por el lecho de piedras, el parque de la costanera y sus árboles, los jacarandás púrpuras que estallan más allá, la torre de espejos del Costanera Center y el cerro Manquehue alzándose entre el cielo despejado.

Garzón, ven: hacen 33 grados en Punta Arenas.

¿Qué? Puta, qué calor. Estoy deshidratado, mal.

Están despachando desde la orilla del Estrecho de Magallanes.

¿Qué pasó? ¿Tan temprano?

Televisión Nacional está feliz, Alf. Rompiéndola.

Me imagino.

Amaro ya está con protector solar, gozándola.

Coloca Mega: quizás está Neme sudando con polera.

Te encanta.

¿Y?

Alfredo abre la puerta y siente como si el pasillo fuera un sauna. El piso de parqué está tibio y pareciera respirar. El cuarto ocupado por Vicente Matamala posee una vista espectacular al centro y al skyline y a las fuentes de agua que cambian de color. Como la pieza mira al poniente, el sol se queda toda la tarde taladrando la ventana.

Esta pieza arde.

Todo arde, Garzón. Pronostican 39 como máxima.

¿Me estás hueviando?

Los putos hipsters van a freír huevos, lo twittearon.

De shorts, seguro. Verde-agua. Con basta. Mucha alpargata y mucho tatuaje.

Mucho. Y muchas musculosas: puta que les gustan. Hueón: hoy la mínima acá fue 28 a las 5 de la mañana.

El doble de lo normal, acoto.

¿Lo sientes?

Ya está comenzando a subir.

Ola de calor, Alf.

Sucede. Al menos es calor seco.

El sur está más caliente que el norte.

¿Sí?

Y es octubre, no diciembre. Raro, ¿no? ¿Te da miedo?

Yo me doy miedo, Matamala.

Ya, vuelve a acostarte, denso culeado. La yegua amaneció intelectual, filosófica.

Crece, hueón. Crece.

¿Para qué? ¿Tú eres muy adulto acaso? Al menos tengo hijos.

¿Un consejo, Vicente? Deja de usar esa colonia Barzelatto.

Es mi marca.

Ya terminaron los 90, procésalo.

Soy noventero hasta el final.

Esta pieza huele a eucaliptus, le digo. Y a paja.

A hombre, zorrón. Jajajaja. Como tú, a todo esto. Sudaste, veo.

Es mi casa, mi pieza, mi cama, Vicente. Ojo.

Hueles a cargador de La Vega.

¿Cómo sabes cómo huele un cargador de La Vega?

¿Te gustaría saber?

Alfredo mira el televisor inmenso, antiguo, retro, potón, arriba de unas cajas de plástico llena de cachivaches. La maraña de cables y enchufes y alargadores está camuflada entre el polvo y las pelusas y calcetines usados y sandalias y raquetas de squash. Camina hacia la cocina, abre el refrigerador, siente el frío en su cara y abre una rosada botella de Vitamin Water Zero Revive heladísima que no deja de tragar hasta que le duelen los tabiques.

Me rasco las bolas: sudadas, tibias, dormidas.

Hueón: ya hay muertos por deshidratación.

Regresa a la pieza de Matamala, que sigue en la cama, iluminado por el televisor, todas las persianas color crema intentando bloquear la luz que ya ha estallado afuera.

Vicente: no tengas el rollo de papel confort ahí en el velador.

Puta, córtala. No eres mi madre.

Soy tu hermano, Matamala. No jodas.

Cierto.

Lo pueden ver tus hijos.

My man cave. Raimundo y Borja son hombres.

Son niños, replico.

Hueón, cacha: en Chiloé hace más que en Conce…

… y en Concepción más que acá y acá más que en Iquique.

Voy a llamar a mi vieja más tarde, Alf.

Debe estar fatigada, la tía; odia el calor.

Miro un mapa del hemisferio que aparece en el televisor y el logotipo que han inventado: ola de calor y un sol rojo. Mi espalda gotea.

Vuelvo, hueón, le digo.

Sentado en la taza del WC, abre la aplicación amarilla de Grindr. Mira algunas caras, algunos torsos, algunos torsos-con-cara posando frente al espejo de un baño. Selfies sexuales. Casi todos con poco pelo corporal. A algunos ya los conoce de memoria. Vecinos. A los que son realmente vecinos, los que viven en las torres o los ha visto en el ascensor y no le gustan, los ha bloqueado. Mejor vecinos que amantes de una hora.

Con el resto de los tipos que están despiertos, con el puntito verde que indica que están ahí, al otro lado, en algún sitio de la ciudad, cerca, muy cerca, esperando, mirando, tocándose incluso a esta hora, siente cierta complicidad. Están en la misma. Y más que calientes, quizás están solos. La mejor de todas las descripciones que ha leído en Grindr le parece un poema:

Esperando no estar más acá.

Saber que hay pares, iguales, quizás clones, cercanos, le da una curiosa sensación de apoyo, de red, de complicidad. Aunque la mitad le de asco o lata o le parezca patética. Aun así, están en la misma y con este calor no le parece raro sino esperable. Sudados, en pelotas, duros, por toda la ciudad. O al menos así han de estar los cincuenta que están cerca según muestra la grilla de la aplicación. A muchos los ha visto mucho. Tanto que a veces los reconoce en el metro, en una librería (¿ese librero es Lector Duro?), en el supermercado, cruzando la calle, en los OK Market, en una fiesta de héteros. Ah, a ese hueón lo cacho, piensa. ¿De dónde? ¿De la tele? ¿Es conocido? ¿Me lo he tirado o...? Pero por lo general ya sabe de dónde. Con muchos ha chateado y los ha dejado ahí. A veces cambian de foto, se afeitan la barba, cambian el paisaje, desde que llegó el calor hay más piel a la vista. A la mayoría de aquellos con los que ha pasado algo los bloquea.

Con uno —¿cómo se llamaba?— se pajearon en su departamento de la calle Huelén y acabaron; a otro, un gym queen que vivía en esa torre nueva cerca de Condell, se lo culió en el balcón, de noche, con brisa, pero gritaba mucho («Hueón, hueón, dale, dale, más hueón, hazme hombre») y no le gustó su aroma.

Igual anoche estuvo bien, piensa. Ayer, más bien, porque no fue en la noche, ocurrió en la tarde. Alonso. Alonso el anestesista lector que conoció en Metales Pesados. El hombre ideal (con barba motuda, además), pero es sólo una idea, no tiene nada de ideal. Ideal para su puto novio. Y ni siquiera tiene su teléfono, no se lo pidió, se me fue o no supe cómo pedírselo o quizás estaba tan claro que esto era hit and run y que el novio regresaba pronto. Eso es lo raro de encuentros cara a cara: no quedan registros digitales. No todo es Grindr, por suerte.

Sigue: ve un par de torsos nuevos y mucha foto de la Torre Entel, la Isla de Pascua, zapatillas para correr, playas al atardecer, pantorrillas duras, mentones masculinos, labios para chupar, barbas sin control, selfies en la cama. El avatar de un chico de unos veinte años con camiseta a rayas y anteojos tirado en su cama le llama la atención. ¿Será francés o de La Girouette? ¿Actor? Seguro que no tiene lugar. Baja con el dedo y ya está acotado a un radio de novecientos metros. Abre el perfil de un piernas con shorts retro Adidas.

PAJERO HOT: a preguntas estúpidas, respuestas ultra pesadas. No esperes buena onda si no lo eres.

TÍMIDO: Tierno con trago. No me gusta q me agarren para el webeo si yo no lo hago. Respeto y exijo lo mismo. Peace out!!

Alfredo le escribe a PAJERO HOT:

Por qué paja si puedes tener uno de verdad? Rol?

Un tipo con lentes oscuros y el sol detrás de su cara le escribe un creativo Hola. Lee su perfil:

BIG EYES
Drink, weed, sex, enjoy, versatil, safe
Discreto, divertido y piolita pa mis weás: somos hombres o no? Wns inflaos por el gym, locas qlias, jaleros, wns q les gusta a fierro pelao, sacos de weas q se creen divos x favor abstenerse, tienen 100 perfiles más pa weviar.

Alfredo lo bloquea. Mira a otro tipo, de barba y cintillo en la muñeca.

Álvaro
Me gusta la forma en que las personas se relacionan con su ciudad,
el ocio y los hombres que pueden expandir las perspectivas de mi mundo.

Alfredo escribe:

> *¿No te gustaría expandir otra cosa, wn?*

Luego lee el perfil de Conociendo. Su avatar es la de unos pies en el agua. Las pantorrillas son peludas, no hay foto de rostro. Edad: 42. Lee:

Buscando en buena
No preguntes las mismas weás de siempre: qué buscas? De dónde eres? Trabajo en Prov pero no soy de ahí.
Que todo sea recíproco excepto penetrar. ACT
100%, depilado porque me gusta y hace calor. Kieres?

El chico **Pajero Hot** le responde con foto y realmente es lindo, y se nota «del barrio alto»; sabe que no debería pensar así pero es automático. Lee lo que escribió.

> *Tengo poca experiencia. De paja, no; de sexo real.*
> *Creo que soy versátil. Tú?*

Está por responderle al pendejo cuando un tipo le escribe. Ve la foto. Es un gordo de barba, en la terraza de un edificio que se nota, como le enseñó Julián, «que es penca y aspiracional».

Oso, jale, popper, 32
Con ganas de mamar, yo morbo pasivo oso gordo con poppers y weed y jale. Leche? 100 kilos de lujuria, tejido a mano.

Cierro la aplicación y miro mis pies y me fijo en que están sudados. Debería cambiar mi foto, piensa. No puedo aparecer con un sweater de marino mercante con este calor. ¿Si me tomara una selfie con musculosa? ¿Sin camisa y con toalla a punto de caerse? ¿Si le pido a Matamala que me tome una foto con buena luz? ¿Quizás con dos días de barba y esa polera verde-agua?

Abro WhatsApp y leo lo que me escribió Renato Adriazola.

> hey...

Hey no es lo mismo que Hola.
Los que dicen Hey dicen otra cosa.
Hey implica, al menos, complicidad, cercanía.
Renato ya siente intimidad y quizás no la hay. Es decir: hubo sexo. Mucho, a veces impresionantemente intenso y zafado, como sólo lo puede hacer alguien que no sabe de límites porque no tiene experiencia. Hubo además coqueteo y conversaciones interesantes y trivia y chistes y periodistas en común. Renato no era mino, pero era clever y si bien no tenía nada de macho alfa se comportaba clara y torpemente como un hétero virgen y no estaba para nada contaminado con ciertos tics fle-

tos. Tildarlo de osito sería un error porque no tiene ni la más puta idea de lo que es un oso, un otter, un cub, un chaser. Y esa noche, aprovechando que no estaba su roommate, sucedió algo, algo que no calculé, algo que hice para jugar: follarme a un virgen. No corría riesgo; algo en sus ojos y en cómo tiritaba de miedo y de ganas me hizo confiar. Renato es de esos: confiables. Me lo culié bareback, además; sin forro, con sólo saliva y un poco de esa crema Lubriderm pues Renato no tenía lubricante y nunca había comprado ni sabía de las maravillas de Boy Butter ni de Astroglide o el pedestre KY. Renato se abrió (mi lengua lo abrió) e hizo algo raro, como si lo hubiera aprendido mirando más porno de lo necesario: se agarró cada nalga peluda con las manos y se abrió más y luego se sentó arriba mío de espaldas. En pocos segundos parecía un power-bottom, un experto, cero queja ni advertencia de que entrara de a poco. Como me dijo una vez Puga: se quejan de estrechez pero es un asunto de relajación y confianza nomás. Y así es: me consta. Antes no podía pero ahora puedo y me gusta.

Renato quería aprender rápido esa noche. Llevaba años —una vida— sin sexo, sólo pajas. Y ocurrió un accidente. No había ido al baño: no se había preparado y yo no pensé que de verdad iba a dejar que lo penetrara si no estaba limpio pero bombear mueve el organismo y nada, soltó unos restos, un regalo, un mal rato bochornoso; primero unos ruidos, unos pedos mezclados con Lubriderm, y luego la sábana manchada.

Sorry, Alfredo, me dijo.

Relax, son gajes del oficio.

Alfredo, me acuerdo que me dijo.

Nunca nadie me ha dicho Alfredo.

Sorry, puta… ¿Mal? ¿Te limpio? ¿Me limpio? ¿Una ducha? Tengo jabón líquido, Alfredo. Apaña.

Nos duchamos y nos limpiamos y de a poco se me quitó el desagrado y la molestia y el poco de asco que inicialmente sentí porque a Renato no le parecía raro sino algo normal (¿acaso no lo era? ¿acaso no era esperable?) o humano, como un accidente que ocurre en un camping: «Hueón, sorry, pensé que era un peo». Y después se rió.

¿Por qué me metí y se la metí a Renato Adriazola? Lo hice porque podía, porque era fácil y porque en ese momento lo que más me atrajo fue la idea canallesca y torpe y mal parida de hacerlo creer que me interesaba («puta que me gustas, pendejo, puta que me calientas, hueón, puta que estás rico, gordito horny»). Post ducha me interesó más, lo confieso. Me interesó que estuviera en el clóset, que fuera inteligente, que no fuera guapo o mino, que me hablara de series y de cine y de música («Tangerine Dream es la respuesta alemana de Giorgio Moroder; el sintetizador como inconsciente») y de cómics («¿qué pasaría si Superman hubiera llegado a la Unión Soviética y su mandato hubiera sido defender los ideales comunistas?») y de libros («para mi gusto nadie supera la visión de Derf Backderf, ¿lo has leído?») que no conocía.

Me atrajo la idea de seducirlo, pero nada más.

¿O sí?

¿Qué fue lo que me atrajo de Renato: saber que tenía la posibilidad de seducirlo mientras él solamente dominaba el arte de estar solo y escondido? Alfredo había cometido un error: había destrozado una represa muy bien construida que estaba sellada hace años. Había seducido y excitado a Renato Adriazola, que a veces parecía un chico menor de veinte a pesar de tener justo treinta y una

barba colorina y pecas y una mata salvaje de pendejos colorines (#gingeristhenewblonde, lo sé, por eso quizás caí)
y uno de esos cortes de pelo sin corte, pelo que además
no se lavaba para aprovechar la grasa natural como una
suerte de Brancato orgánico.

El cuerpo de Renato estaba mal tenido con comida
rápida y piscolas y eso que vulgarmente los héteros se
ufanan en bautizar «panza chelera». Su vestuario era de
teenager: zapatillas, shorts, jeans sueltos, calzoncillos abu-
rridos, camisas manga corta a cuadros, decenas de poleras
con logos de bandas o de todos los habitantes del universo
Marvel. Un cuerpo de chico de Maipú que estaba en el
clóset y que con unos kilos más podría parecer un oso.
Era potoncito y no muy alto pero compensaba todo con
sus ojos, su sonrisa y un sentido de la curiosidad y del
descubrimiento intenso. Todo era nuevo, todo era colec-
cionable, todo era importante.

Renato era de esos que subía a su cuenta de Instagram
afiches retro y fotos de rockeros y de chicas con las que
salía pero no se acostaba (soñaba con enamorarse de una
pero sin tener sexo: muy chileno). Era un fanboy de todos
menos de él y cuando yo entré a su vida y decidí reme-
cerlo, Renato se convirtió en fan mío. En mi groupie. No
porque yo fuera el mejor amante de la historia sino porque, uno, fui el primero y, dos, porque lo escuché (al final
yo tenía algo de nerd y me entusiasmaba mucho más su
mundo de lo que estaba dispuesto a reconocer).

Rodeado de amigas y hermanas, Renato pasaba en
fiestas y cumpleaños hétero e iba compulsivamente a matrimonios. Me bastó ver su polera *In This Shirt* de The
Irrepressibles para que me diera cuenta de lo solo que
estaba, de que lo único que quería en la vida era tener a

alguien para querer. Virgen por el lado femenino, un par de veces le habían chupado el pico en la Quinta Normal y una vez fue donde un tipo que vivía al lado de la Norte Sur, a la altura del metro Santa Ana, pero le dio pánico y ganas de vomitar y huyó y no pasó nada. Esa era su vida sexual hasta que se topó, hace dos semanas, con Alfredo en el lanzamiento de *Sello indie,* una novela gráfica «auto-biográfica» acerca del mundillo de las bandas, los vinilos, las radios online y los guionistas del ahora-muy-hot «autor gráfico» Felipe Iriarte Vicuña.

De pronto esa tarde abrí, de aburrido, Grindr para ver cuántos tipos estaban a la caza en el entorno de la Estación Mapocho, donde yo me encontraba. Capté que había uno, que sólo decía Buscando y como descripción: Nuevo en esto, sin experiencia. Estaba a ocho metros de distancia y el avatar que puso lo delató: Jake Gyllenhaal con el conejo en *Donnie Darko.* Miré entre el público y lo vi: un tipo colorín, con sobrepeso, con shorts de jeans, Converse caña alta y una polera de Arcade Fire.

Decidí seguirlo pero no en la sexual.

Acosarlo para divertirme.

¿Podría culiármelo?

Cuando nos topamos en un stand comencé a reco-mendarle una autobiografía del líder de The Eels. Pasa-mos por el stand y le regalé *Modo avión* de Baltasar Daza. Luego le ofrecí café. Hablamos de libros, de cine malo, de música, de youtubers («¿has visto NiTanZorrónPerrito?»). Luego fuimos a comer al Mr. Jack del Patio Bellavista. Se comió una porción gigante de aros de cebolla además de una doble wagyu con huevo frito extra. Claramente tenía hambre, era goloso, no era capaz de controlarse. Era seducible. Me lo podría culiar sin tanto atado.

A la salida, caminando, le dije que me invitara a su casa a ver videos. Su roommate no estaba, me dijo. Andaba visitando a su familia en Chillán. Mejor, le respondí. Lo besé en el balcón tomando Corona. Olía a salsa de barbacoa. Me dijo que no era gay y que no tenía experiencia. Al rato, en la alfombra arriba del piso flotante, ya tenía bastante experiencia. Renato aprendía rápido. Era un gran aprendiz. Me quedé a alojar. Incluso vimos *El conjuro* abrazados, oliéndonos, ya limpios, pasados a Axe de chocolate.

> *Hey, Alfredo, podríamos vernos?*
> *Comer algo?*
> *Has visto* Cristal oscuro*?*
> *Tolkien pero con muppets?*

Renato vive en Providencia, cerca del Liguria original. Comparte departamento en un edificio nuevo con un amigo nerd, un calvo prematuro llamado Domingo, un hétero en el clóset de los juguetes, y juntos ven *Games of Thrones* («muchas noches me pajié pensando en Kit Harington; mi avatar en Growlr era John Snow, ¿sabías?») y juegan Playstation y comen Pringles mientras ven repeticiones de *The Big Bang Theory* o maratones de *Parks and Recreation*. También jugaba Playstation y veía en su teléfono capítulos de *Sailor Moon* a escondidas cuando estaba triste. Nada de discos gays o fiestas itinerantes, de gimnasios o comida sana y orgánica. Mantequilla de maní, quesadillas, combos. Renato Adriazola ahora siente que tiene novio y que todo es sexo y que se podía ser gay sin tener que cambiar de gustos musicales (rap, Bowie, Foo Fighters, Kiss, Devo, Björk) o literarios (novelas gráficas, Ballard, Stephen King, Philip K. Dick, *Los juegos del hambre*) o culinarios (mini Snickers congelados, empanaditas Felipe Didier, pizzas cuatro quesos, marshmallows).

Estaba claro: Renato era un mal sucedáneo de El Factor Julián, pero tenía algo que Julián Moro no: era cariñoso, tierno, deseaba, se ofrecía, provocaba, quería, todo le parecía nuevo, escuchaba atento, sonreía, tenía mucho por explorar, no se escapaba. Al revés: acosaba. Quería amar, quería ir al cine, quería follar, quería llevarme a recitales, quería vivir en pocos días lo que no había vivido desde que a los dieciséis besó a su mejor amigo con el que se estaban corriendo la paja en su cama y el tipo le pegó por «maricón». Tenía los dientes de arriba separados, «diastema, como Madonna», y ahora quería recuperar el tiempo perdido. ¿Se puede? Creía estar enamorado de mí cuando lo que estaba era fascinado con todo lo que podría hacer y vivir sin culpa. Alfredo a veces se sentía abatido por cómo Julián desaparecía o seguía practicando el arte de ser inasible mientras que Renato sólo quería que lo quisieran y durmieran con él. ¿Por qué siempre sucede eso: uno quiere a los que no te quieren y los que te quieren no te gustan?

Hey, wn. No he sabido de ti.
Acá viendo un doc de The National,
increíble. ¿Te lo presto?
Horny. Calor me pone duro.
Tú me pones duro, Alfredo.
Follemos?
Fóllame, wn,

Alfredo...
le conté a Domingo
y lloramos.
está feliz por mí
dice que no le
parezco tan gay
a pesar de que ya está claro que
me gusta todo
me gustas tú :)
feel so good inside...
ahora entiendo lo que decía
jajajajaja
Madonna rules
muy fleto, zorrón?

Hey, Alfredo..
pensando en ti.
Mucho.
Creo que... tú sabes.
Me gustas.
Eso. Ene.
¿Yo a ti?

La Estación Mapocho es como un invernadero, Alf. Efecto invernadero, preciso.

¿Qué?

Que no entra la brisa, Matamala. Se caldea. Efecto invernadero.

¿Por qué siempre hace calor para la FILSA? Deberían hacerla en otra época, Alf. A los libros les hace mal tanta temperatura, ¿sabías?

Sabía.

Es por el papel. Si tienen mucha acidez…

Sí sé, Vicente.

Deberían hacerla en otra parte. No tan lejos, en todo caso.

No es tan lejos.

En un lugar menos sketchy.

¿Sketchy?

Sketchy, perro. Peligrosón. Penca.

Le haré el comentario a los de la Cámara del Libro.

Gracias.

¿Dónde prefieres que se organice?

Mira: hay ballenas en la playa en Bahía Blanca, Alf. Uf. ¿Te da miedo?

No, me da calor.

Capaz que haya desabastecimiento de líquidos.

Con que no se corte el agua. Estoy rancio, sí, hueón.

Fin del mundo, Garzón. Todo se paga.

¿Tú crees?

No sé. Yo he ayudado a forestar.

Y a talar.

He contribuido a salvar el planeta.

He leído cosas que dicen lo contrario, Matamala.

Se tala y se planta. No te pongas anti HidroAysén, Garzón.

¿Que no baje el calor como es lo usual no es una…?

Soy verde y lo sabes. Eco y gay friendly.

A veces lo dudo, ironizo.

¿La dura?

Sí, hueón.

Todo hay que balancearlo, Alf.

¿Cómo?

No pueden echarle la culpa a la industria forestal.

Matamala está feliz, atento, alterado. Es el tipo de persona —de chileno— que en momentos de catástrofe se expande y potencia. Siente que desde su cama está a cargo de la Onemi. Sus ojos no parpadean, no dejan de mirar la televisión pero está claro que está computando mil temas al mismo tiempo.

Deberían declarar feriado.

Es feriado el jueves y el viernes, le confirmo.

Igual. Con el calor todo puede pasar...

Yo ando nerviosón... El insomnio, Vicente. Irritable.

Eres irritable.

Estoy más que de costumbre. Y como caliente.

Yo también, hueón.

El puto calor, el no poder hacer nada.

La temperatura te calienta. Eso pasa en el Caribe, Alf. Deberías ir. Todos andan como teteras. Punta Cana es la zorra. Puta, Redtube salva.

Manbhub es mejor, le aclaro. ¿Has visto los videos de Dirty Tony?

¿Buenos?

No para ti.

¿Debo expandir mis horizontes?

No tanto, Vicente. De a poco. Me quedaría en una tina todo el día.

No se puede pensar, Garzón. Yo al menos me nublo.

Exacto, la gente pierde su razonamiento.

Hace cosas sin pensar, Alf.

Puta, espero que yo no.

Espero que yo sí. He pensado mucho, Garzón. Me he farreado la vida, me dejé estar.

Yo también pero igual quiero pensar.

No pienses.

Piénsalo, Vicente. Si no piensas, cagas.

La cagué por pavo.

Ahora la puedes cagar por caliente. Estás pensando con el pico. Ojo, atento, cuidado, Vicente.

Con el calor, perro, todos pensamos con el pico.

Y eso es peligroso.

Grindr debe estar colapsado.

Supongo.

¿Tú?

Ando con la libido baja, le miento.

Mira, quieren racionar la electricidad en Temuco.

Ahí va a arder Troya, comento.

Cuando en Nueva York se fue la luz, Garzón, se fue el aire acondicionado y todo estalló.

Si sé: comenzaron los saqueos.

Puta, ojalá no pase eso en Conce.

Esto no es el terremoto, Matamala, no es el 27/F.

Yo digo: a la gente le gusta el aire acondicionado pero, ¿cómo tienes electricidad si no tienes energía?

No tenemos ni aire acondicionado ni ventilador, Vicente.

Lo sé.

Ayer lo quise usar y no funcionó.

¿Le salió humo?

Hizo un ruido como de animal moribundo y cagó.

En Twitter leí que en el Easy se les agotaron los ventiladores.

No estaban preparados, Vicente.

¿Alguien está preparado?

¿Es una pregunta capciosa o es una sentencia filosófica chanta? Tápate, Vicente. Tenís que mear.

Madera matinal, perro. A la frígida de la Ignacia le parecía un asco que amaneciera duro.

Estoy de su lado.

Nunca quiso tirar en la mañana.

Ni en la noche, según entiendo...

¿Te parece normal o anormal querer tirar en la mañana?

No sé: me parece freak y raro que andes duro frente a mí. Eso.

Dudo que sea el primero, Alf.

Tápate o anda a mear. Nunca nadie ha desfilado así acá frente a ti. Este departamento es respetable.

Nunca has traido a alguien desde que estoy acá, por eso.

Aprovecho cuando no estás. Cuando el otro día llevaste a los chicos a Maitencillo convidé a... Nada.

En el fondo eres un cartucho, Garzón.

Discreto. Piola, hueón.

¿Crees que me molestaría que estés gimiendo en la pieza de al lado?

A mí sí, Vicente.

Lo único es que si viene uno de esos grinders, que traiga algo, que aporte.

¿Como qué?

Chelas o un vodka, Alf. A los gays les gusta el vodka con sabor.

Sal del estereotipo...

¿Acaso no les gusta el vodka con sabor?

A mí no. Lo detesto. ¿Green Apple? ¿Ruby Red? No, un asco.

Tú eres un intelectual. No vales, Alf. No eres el mejor representante.

¿No?

Sorry, perro. Es verdad. Además, te sobra porcentaje de grasa. Ustedes son todos flacos, Alf. Por eso los envidiamos un poco. Se cuidan.

Lo he bajado, mira.

Nunca puedes ser suficientemente guapo o flaco o rico…

O joven, remato.

Exacto. Lo he estado pensando, Alf. Harto.

¿Qué has pensado?

Que a vos te falta camarín, perro.

¿Tú crees?

Ahora entiendo por qué no te duchabas en el colegio después de educación física.

¿Qué quieres insinuar?

¿Era por miedo a que te miraran o a que se te parara?

Ninguna de las dos, Vicente.

¿Ya eras gay en esa época? ¿Nunca me contaste?

No, me hice gay el día que ganó el NO y flameó la puta bandera del arcoíris, hueón.

¿La dura?

Ya, hueón. Es mi casa, más respeto. Anda a mear.

Está buena la transmisión, Alf. Están en llamas.

Te he dicho que no duermas en pelotas.

¿Qué? Yo pago por esta pieza.

No pagas, no mientas.

Traigo cosas del Jumbo, Garzón. ¿Con este calor quieres que duerma con piyama de franela?

Tápate.

No me cuartees, Alf.

No te cuarteo, te lo puedo asegurar. No me calientas en lo absoluto. No eres mi tipo.

¿No? ¿Nada? ¿No te parezco mino?

Muy hétero.

Ustedes exigen mucho; por eso te quedas solo, perrito.

Al que abandonaron fue a ti.

Yo me fui, disculpa. La perra, perro, fue ella.

Yo jamás te hubiera traicionado, Vicente.

Me desperdició y lo pagará.

Se arrepentirá, Matamala.

Mi sicólogo dice que cuando la Ignacia tenía la verga de este huea de Gaete en su boca y los pillé, me liberé. Vi la luz.

¿Le viste la verga a Gaete? Pensé que los pillaste besándose.

Un pico bien penca, por lo demás.

El tuyo tampoco es para tanto.

Pero al menos no está circuncidado, Alf.

¿Qué tiene estar circuncidado?

Me parece poco natural. ¿Tú qué prefieres: con o sin forro?

Paso.

Pero tú no estás circuncidado.

¿Cómo sabes?

¿Cómo crees?

O sea que me cuarteas, Vicente.

No, miro. Observo, me fijo. Soy curioso, Garzón. ¿Es anormal?

Raro.

Te falta camarín, perro. Insisto. Mucho sauna, poco camarín; no es lo mismo, Alf. En los camarines los hombres aprenden a ser hombres.

Y a mirar a otros.

También. Ya, tengo que mear. ¿Quieres que meemos juntos?

No, hueón. Crece.

Vicente se ríe y se levanta desnudo, peludo, panzón, no tonificado y levemente erecto, y camina al baño. En el televisor hay un hombre al lado del Estrecho de Magallanes y en otra parte de la pantalla aparece una chica en la Torre Entel con la cordillera detrás y un tipo nuevo, guapillo y muy peinado, de corbata, que se parece a uno que una vez me agarré en una Open Blondie del Club Hípico, comienza a hablar desde un parque pero yo sólo me fijo en cómo su camisa gris comienza a ennegrecerse por el sudor que emana de su torso.

¿**M**ás palta?

No, mucho calor.

No vamos a hablar todo el día del calor, Matamala.

Sí, la dura. Puta, es súper temprano. Parece la hora de almuerzo.

Pero en Manaos.

Dijiste que no íbamos a hablar del calor.

Entonces, ¿de qué hablamos?

No sé, Garzón.

Siempre me falta tiempo los lunes… yo me voy a quedar dormido en la pega, creo.

Igual es rico despertar tan temprano, antes de que suene la alarma.

Preferiría dormir más y sentir una brisa fresca.

Sigo encañado.

Por qué, pregunto.

La vida del liberado… Soy joven de nuevo, Alf.

¿Sí? ¿De verdad?

Sí, hueón.

Cuenta, le propongo.

Mucho Tinder, mucha previa, mucho Barrio Italia, mucha picada neoclásica.

Mira tú.

Mucho matrimonio de día en el campo, mucho espumante, hueón.

Agotador.

Mal. Pero bien. O sea muy bien, Alf. Fui con Tazo.

¿Alejandro Tazo?

Mi primo, sí.

Sí sé quien es. El de Nashville.

Estaba acá en Santiago porque tenía unas reuniones por su supermercado…

Verdad que es como emprendedor…

… y lo invité al matrimonio del Chueco Izquierdo.

¿Por qué no me invitaste a mí?

No sé.

Porque te da lata que piensen que la Ignacia te dejó porque te pilló con un hueón y ahora sales conmigo. O sea, que vives conmigo.

No, ojalá la Ignacia pensara eso.

¿Sí?

Lo único que me interesa en la vida es que por siempre siempre siempre pague lo que me hizo.

¿Qué te hizo?

Sabes lo que me hizo. ¿Te cuento lo que me dijo una vez?

¿Qué?

A vos te gusta Alf. Te preocupas más de él que de mí.

¿Te dijo eso esa perra?

Y agregó: con razón no tiramos. Tú te acostaste con él curado, ¿no?

¿Por qué curado, hueón?

Porque soy hétero.

Ah, puede ser, le digo.

Sí, hueón. Y es falso eso de que un hétero con cinco piscos…

No creas… A veces pasa, Vicente.

Es un mito urbano. O les gustaba y tenían miedo. Cinco piscos no te hacen chupar verga, Alf. Deja de ser fantasioso.

No lo soy.

A veces.

Puta, las minas solas o sin pico son las más homofóbicas. ¿De verdad te dijo eso la Ignacia?

La dura.

Mientras más abiertas y open-minded, más cerradas.

Te la compro, Garzón.

Ven una amistad cercana y les da celos.

Se paralizan de envidia.

A mí me da celos Tazo, le deslizo.

¿Por qué? Además el hueón es de Ovalle.

¿Qué tiene?

Es un huaso. Aristocracia de la Cuarta Región interior pero huaso. Es como un zorrón con botas vaqueras.

Mal.

Huaso de cuarta, como le digo hueveándolo. Ahora está con esto del supermercado y el queso de cabra de exportación y el aceite de oliva extra puta virgen. Que no te dé celos. Soy tuyo.

Lo sé.

Tú me acogiste, Alf. Eres importante. Me cuidas.

Ya, no te pongas tan gay.

Dale. Sorry.

Todo bien. ¿El matrimonio estuvo bueno?

La zorra. De día, calor. En el campo. En una viña.

¿En una viña?

Sí, por Casablanca, saliendo del túnel de acá para allá. Viña boutique. Al lado de Viñamar.

Bien.

Muy bien. Mucho rostro, mucho embajador de marca, mucho auspicio. La rompimos en Instagram. Mucho hashtag, incluso.

¿Tazo se veía bien?

Look country elegante. Bien. Yo me sentí…

¿Qué?

Hétero.

Lo eres, Vicente.

Sí, pero de los 80. No sé. Pre-metrosexual.

Tu «viejo yo», viejo.

Fui con mi traje negro y era el único.

Fuiste como para funeral, Vicente. Error.

El Chueco estaba de blanco entero, de lino… con corbata amarilla.

Lo asesoran, le comento.

Todos sus amigos andaban de tonos pasteles, a cuadros, no sé… Mucho gay de shorts y chaquetas entalladas cool y corbatas humitas y…

… y zapatos sin calcetines.

Producidos.

Veo.

Demasiado. Además los mozos…

Seguro que eran los más minos.

Primera vez que yo sentía que los invitados eran de verdad top.

¿Sí? ¿Había fotógrafos de vida social?

No, o sea, sí, pero poetas visuales que estaban meditando acerca de los ritos.

¿Ya?

Mucha mina con vestidos de algodón y sombreros y anteojos oscuros.

Puta la gente posera.

Igual me insegurizó. Tuve que tomar ene.

¿Con quién se casó el hueón?

Con una mina exquisita, diseñadora… hipster-lais.

¿Mal?

No, bien. Ilustradora eso sí. De libros infantiles.

¿Sí? No me suena. Pero lo infantil está de moda.

Y los ilustradores. Mucho hueón con anteojos y barba. Un poco como los minos que te gustan.

Mentira.

Los ilustradores se te acercaban y te dibujaban como memento.

¿Como qué?

Recuerdo. Así le decían: un *memento*.

¿Cuánto vale el momento?

La dura.

Un poco mucho, ¿no?

Así está la gente rica ahora, Garzón. Cosmopolita, conectada, estética.

No me consta, le comento. Tampoco era gente tan rica, ¿no?

Había muchos pendejos que fueron en van y limos o en unos medios autos todos pro con revistas y televisores LED y agua Puyehue e ibuprofenos. Conversé con uno de los choferes. Me contó cómo funciona la cosa. Los clientes toman y ellos son sus ángeles. Los cuidan.

¿Conociste a alguien?

Sí y no…

Explícate.

Bailé con una mina que había terminado con su novio, que lo era desde la primera elección de la Gorda. O sea, de siempre. Cómica, con una voz ronca, típica de estas minas. Nos reímos y bailamos *Billie Jean* y todo bien hasta que empezó a ponerse el sol.

¿Qué pasó?

Comenzó a llorar, Garzón. Le bajó la nostalgia y…

¿Qué se la gatilló?

Una canción.

¿Cuál?

Don't You Forget About Me.

Gran tema.

Le recordó a su pololo que la dejó y se fue a vivir a Tailandia.

¿Y?

Colapsó. Mezcló flores de Bach con espumante.

Mala mezcla.

Me ofrecí a ir a dejarla.

Vicente, ¿por qué?

Le manejé su auto. Yo me había ido en un Uber. Ella tenía un Citroën y Playlist de Spotify de La Ley. Mal. Igual estaba medio curado pero me robé unos Red Bull.

Ya capto, le digo.

Vivía en La Reina.

¿Bacheletista?

Más bien pro Velasco.

Ah. ¿Y?

Se durmió en el camino. En Santiago la desperté y me contó que no tiraba desde que lo hizo con un tipo que conoció en Tinder.

Tinder es lo peor, lo hemos hablado.

Tinder es un gran invento, Alf, si sabes usarlo.

Dale. Sigue, le pido. ¿Qué pasó?

Me dio su dirección, me estacioné y me dijo «es mejor que no nos veamos más».

¿Te dijo eso?

Y yo le dije: podemos regalonear. Piluchos.

¿Le dijiste eso? ¿Y?

Ella me dijo que no, que porque yo la había visto llorar tenía que…

¿Qué?

Le dije que no quería un lazo sino que me chupara el pico.

Frontal, bien.

Me dijo: qué asco, eres un roto.

Uf, qué rico no ser hétero, Matamala.

Sí, suerte. Un gay nunca te diría eso, ¿no?

Nunca.

Bien. Así que me tomé un taxi que justo pasaba y en el camino contacté a Tazo y me dijo que me fuera a su departamento a comer pizza. Eran las cuatro. Dormí ahí, viendo el Gourmet Channel en su plasma.

¿Y ayer?

Ayer fui a un partido de polo con Tazo y una mina que trabaja en una radio online a la que conoció en el matrimonio. Luego nos fuimos a comer peruano al centro. Los tres. Yo no quiero saber más de minas.

¿Más café?

¿Con este calor?

No huevís. ¿Más?

Sí.

Ambos toman café, cucharean un yogurt de soya que comparten, sacan arándanos de una cajilla de plástico, observan la mermelada de naranja Great Value del Líder, miran cómo la palta molida va cambiando de color, le echan una margarina con supuesto sabor a mantequilla al pan pita.

¿Y tú, perro?

¿Yo qué?

¿Qué hiciste el fin de semana? Ni te vi.

¿Controlándome?, le pregunto.

Curiosidad.

Cosas.

¿Qué, Garzón? ¿Qué hiciste? Me preocupo.

¿Me preocupo?

Sí. ¿Tú crees que la paso bien?

Ahora no la pasas tan mal, Vicente.

Porque estoy tratando de no hundirme.

No exageres.

Que no me gane la yegua de la Ignacia.

No creo que compita.

Da lo mismo: no porque haya perdido una batalla perderé la guerra.

Lo mejor que te ha pasado es zafar de esa mina.

Pensé que te caía bien.

Hasta que supe que era una perra pasiva-agresiva.

Maraca culeada.

Se hacía la inocente, la maternal... Lo quería controlar todo.

Es cierto. ¿Qué hiciste?

Me dormí temprano anoche, le miento.

¿Por qué no le digo lo de Alonso? ¿Por qué no le cuento todo? ¿Hasta los detalles? Ni le he contado de Renato. ¿Le informo de Renato Adriazola? *Informo.* ¿Por qué esa palabra? Compartir. Pelar. Poner al día.

Vi *Tolerancia Cero* y me tomé un sublingual y... eso..., le miento.

¿Qué?

Dormí mal. El calor y… no sé… no logro que mi inconsciente deje de tumbar.

No hables así.

¿Hablar cómo?

Como un puto editor intelectual. *Tumbar*, uf.

Hablo como hablo.

No. Deja de posar. Acá no. Ya: ¿qué hiciste el fin de semana?

Nada mucho.

¿Nada o mucho?

Nada. Y mucho. Vi porno… Leí… vi una película…

¿Te pajeaste?

Eso es información clasificada.

O sea, sí.

La verdad es que no. Por el calor.

El calor calienta, hueón. ¿No quedamos en eso?

Sí. Es por la FILSA, por el fin de año.

Falta ene para las fiestas.

Sí, pero cuando parte la FILSA el año para nosotros terminó.

Puta, yo pensé que vivir contigo sería una bacanal.

Para que veas.

Veo. Y me decepciono. Y me entristece.

El fin de semana es para desperdiciarlo. Es para no hacer nada.

Es para farrearlo, destrozarse y celebrar que uno es macho.

No entres en tu fase zorrón, zorrón.

¿Qué hiciste?

Fui a la FILSA los dos días. Un par de presentaciones, firma de uno de mis autores y…

Eso es trabajo. Y de nerds intelectuales.

Es mi vida, le explico.

No, tu vida es más que eso. Yo te estoy hablando de vivir, hueón, de gozar.

Gozar, gran palabra, pienso. Gozar. Gozo. Hay que gozar, para de gozar, muito gostoso, te quedó gustando, hueón.

¿Te puedo contar lo que hice de verdad?, le digo.

Sí, dale.

¿Qué le digo? ¿Me salto el episodio dominical de Alonso y sus vodka-con-pomelo y *Artes y Letras* en el comedor y cómo me rimeaba con su barba (uf, un campeón, un genio) y su celular en modo silencio que vibraba y sus decenas y decenas de wasaps y su notable vista al cerro Santa Lucía y su gruesa verga embetunada en Swiss Navy dándome como perrito pero sin apuro y sin violencia, como debe ser un domingo caluroso antes de almuerzo?

¿Sí?

Sí, dale.

Entonces no me juzgues.

No te juzgo, hueona.

Es lo que hice, Vicente. No hice mucho. No hice lo que hubieras querido que hiciera o lo que tú...

Me voy a duchar.

... o lo que tú crees que debo hacer para estar más completo o entero...

¿Sí?

Nada. No hice mucho. No estoy aquí para entretenerte.

Te hace mal el calor, perrito.

Me tomé un Uber a Lastarria para desayunar tarde o quizás un brunch antes de irme a la FILSA y a lo del libro de Baltazar Daza pero al final no comí nada.

Me comieron, pienso. Alonso me comió. Me partió en dos y luego me ofreció un espresso. Fino, culto, viajado, suave. Pero inaccesible. Simpático pero lejano. Es mucho mejor conocer a un hueón en un bar que en una librería.

Me tocó conversar del libro de Baltazar Daza con un par de tipos, le cuento.

Ah.

Augusto Puga entre ellos, porque Daza, como era esperable, no llegó.

¿Crisis de pánico?

Fobia nomás.

O pintar el mono.

No creo. Igual llegó poca gente. Fome.

Muy fome, Alf.

Y eso. Miré libros. Circulé. Me invitaron a la fiesta que hizo Hueders en el Club Radical pero me dio lata.

¿Por qué?

Una vez tuve algo con el DJ. Ama la Nueva Cumbia Chilena.

¿Qué?

Agarramos. Pero en el invierno. Y se la mamé.

¿Nada más?

No quiso chuparme y no quiso que lo besara. No quiso besar y yo sin besos... Sólo me habló de vinilos.

¿Por qué no te besó? ¿Mal aliento?

Porque dice que no le gusta. Me dijo: tú aún no eres importante. Chao. Agua bajo el puente.

Debiste ir a la fiesta.

¿Y ver escritores bailar? Mucha chica nueva, mucho editor indie, muchos detectivitos salvajes. Paso.

Te buscas puros hueones raros, trancados. Como ese Julián. ¿Qué es de él?

Haciendo croquis, maquetas, maraqueando, no sé.

Debiste ir a la fiesta y enfrentar al DJ.

Caminé por Lastarria, miento.

¿Comiste?

Comí.

Pienso: me comieron, rico. Intenso. Fuerte. Bueno.

¿Y qué más hiciste?

Nada. No hice nada más. Luego vi un documental sobre Carlos Monsiváis.

Deberías subir al cerro. Trotar. Andar en ciclovías.

¿Por qué no te vas a la mierda?

Pero después de que te duches. ¿O me ducho yo primero? ¿Estás muy apurado? ¿O quieres que nos duchemos juntos como en un camarín?

Vicente, no hueís.

¿Qué? ¿Te parece raro?

Gira la llave y deja que más agua fría se mezcle con el agua tibia. El chorro que cae de a poco se va enfriando pero el calor reinante en el baño evita que su cuerpo reaccione con escalofríos o con piel de gallina. Por el contrario: el agua fría, siempre tan temida, evitada, parece una bendición. Una tregua a esa sensación de que tengo un día menos que llenar, un día menos que vivir. No me aburría pero tenía una sensación de estafa. ¿Por qué no iba a matrimonios como esos? ¿Por qué no me invitaban? La angustia apretaba, desesperaba, aterraba. Estar bajo la ducha, lejos de Vicente y del mundo, del teléfono y el computador, de los libros y los autores y la editorial y la FILSA, de Keller y Renato, lejos del recuerdo de Julián, se siente bien. Acá, con la espuma del gel de baño en su cuerpo, se siente aliviado. Protegido. Fresco. Quizás fue un error no salir el fin de semana: pudo ir a bailar solo a Club Soda y jotearse a un chico o quizás lo más sano hubiera sido dar una caminata por *la periferia del centro*, donde están todos esos edificios con piscinas arriba, y grinderear. El agua de la ducha lo hace pensar que, a pesar de lo supuestamente decadente de los saunas, son lugares honestos y oscuros y cumplen y por lo general hay menos histeria y trago que en una fiesta, menos pendejos, más hueones de regiones, menos cuerpos perfectos. Quizás debió ir. ¿Por qué se encierra en su departamento en medio de una ola de calor? ¿Por qué no aceptó ir a ver una película de superhéroes con Renato?

¿Qué haces?

Tindereando.

Mal, Vicente.

Lo sé. ¿Te digo algo? Puta, Grindr me parece más digno, Alf, más directo.

Es que entre hombres somos más dignos, directos, básicos. Aunque les guste el pico.

Quizás por eso: sabemos lo que queremos, vamos al grano. Hueón, somos hombres, somos más animales. Me parezco a ti, sólo que tiro más. Son las minas las que cagan el juego.

La dura. Sí. Sería ideal que todo fuera sin tanto rodeo, sí. Más honesto. ¿Follemos? Sin tener que engrupir y salir y conversar.

¿Alguna mina rica?

Mucha separada… mucho niño…

A ver. Lee.

¿Qué te parece ella?

Mucho veraneo en Buzios y adicta al solarium. Mal.

¿Y esta?

Gorda, ¿no?

Me quedo con las viejas de la Fuente Alemana.

Al menos cocinan bien, le digo.

Maestras. ¿Y ella?

No se ve mal.

Lorena, 37 años. «Amante de la vida y la naturaleza».

Me estás hueviando. ¿Dice eso? Puta que le ha hecho mal a este país y a las minas Patricia May.

¿Y esta otra…?

Pilar Sordo, le digo.

Lo peor. Tú la editas, ¿no?

No aún. Pero hice *Yoga para el alma*. De una brasileña-venezolana de Miami que enseñaba cómo usar los músculos vaginales.

¿Lo tienes?

Sigue, Matamala,

Rosaura, 41.

Como esas putas muñecas de Jesmar. No creo que se llame Rosaura.

Esta escribió: «Las cosas simples son las que importan y son invisibles a los ojos».

El puto *Principito*. Cruz, Vicente. Fuera.

Macarena, 36. Mira, se ve más rica. «Optimista de profesión».

O sea, me gusta el pico. Acéptala. Ticket. Por siaca.

Gaby, 33. «Amiga de mis amigos; solidaria. Miro el sol y doy gracias a la vida».

Usa factor solar, hueona. No. Bloquéala. Doble cruz.

Mira esta, Garzón. Bernardita. «Vine a esta vida a ser feliz y nadie me lo impedirá».

Nunca lo serás y quien lo impedirá serás tú misma. Cruz, chao, adiós.

Es como rica. Mira.

No, fuera. No te hará feliz, ella quiere ser feliz. Chao.

Sí, es verdad. Esta otra practica esquí acuático. En tanga.

A ver. Se ve bien, Matamala.

Caballos. Pan de Azúcar, Río. Rafting. Se llama Clarissa.

Mal nombre, de poodle.

Todo mal, bro, falsa alarma.

¿Qué, Vicente? Lee.

«Riego mi vida con energía, gente, amigos y experiencias. Soy una orquídea que florece».

Odio las flores, que se meta calas, debe ser paisajista.

Esta no tiene chance, Garzón. Se ve mayor que mi mamá.

Mal. Madres no. Nunca.

Alicia tiene 42. «Mamá, amante de mi profesión».

¿De verdad cree que puede levantar minos así? Puta qué lata ser hétero, Vicente. Te veo y digo: Dios me eligió. Soy afortunado.

Penca, sí. Uno no elige.

Duro. Complicado, agrego.

Nos farreamos el poder. Ahora todo es un matriarcado.

Apostaron por los Dockers y mira cómo terminaron.

Mal, uf. A ver… Espera.

¿Qué?

Esta es rica. Puta, la partiría en dos.

Déjame ver.

Sara. Bolso Louis Vuitton.

No, fuera. El bolso es falso. Se nota.

No, si está rica. Treinta años, Alf.

Dudo que tenga treinta. Son fotos de un viaje a Punta Cana.

«Creo en la verdad y la transparencia».

Un poco de mentira y disfraz son claves para tirar. Chao.

No, click. Me gustó. ¿Qué tiene de malo ser transparente?

Nadie puede expresarlo así, Vicente.

No todo el mundo es escritor.

Por suerte.

Macarena… Esta se cree autora, también. Escribió ene.

Todo entra por el ojo, no por la prosa.

Usa anteojos, además. 37 años, no se ve mal. «Quién no te busca, no te extraña, y quien no te extraña, no te quiere. A veces el destino debe elegir quién entra a tu vida. Una a veces cierra la puerta. El destino te da la oportunidad de ver quién ingresa pero tú decides quién se queda. Hay tres cosas que se van y no regresan: las palabras, el tiempo y las oportunidades. Valor a quien te da valor. Y valórate a ti misma».

Necesita un editor, Vicente.

Necesita pico. Que le den como caja.

No, necesita superar sus traumas con su padre.

¿Misógino?

¿Y? ¿Algún problema con eso? ¿Te crees feminista de Facebook?

Nunca vas a encontrar a una mina con esa actitud, Garzón.

Uf, qué horror, qué pena. Lo que estaría bueno es que encuentre un mino.

Lo encontraste.

Sí sé y… ¿de qué me sirvió?

Lo que pasa es que Julián se fue. Huyó. Lo aterraste.

Porque le dije que sentía cosas por él.

Si te hubieras quedado callado, seguirías follándotelo.

Quería otra cosa.

Entonces no era el que te convenía. No había reciprocidad. Como con la Ignacia. Ella quería otras cosas pero no me quería a mí. Me usó, la perra. Eliges mal, Alf.

¿Tú no?

No estamos hablando de mí. Además, Julián es un proyecto de hombre. Es un niño.

¿Puedo opinar?

Opinarás igual. No. ¿Puedo seguir?

Sigue, Matamala.

Todos tus recursos, incluso económicos, se los entregaste… ¿a cambio de qué…? ¿De salir a caminar los domingos o los lunes?

No le pasaba plata, ojo. Tenía su mesada.

Mantención emocional, hueón: contención, sabiduría, apoyo. En esta época escuchar a un tipo vale oro y tú eso se lo diste gratis… eras como su sicólogo, su consejero… Y él no tuvo que pagar en carne o pagó poco. ¿Tengo razón?

Algo.

Yo creo que mucha. ¿Subió fotos tuyas a su Instagram? ¿Habló de ti en Facebook o donde sea con cariño? ¿Puso alguna vez «Mi amigo Alf me prestó tal libro» o «Cenando con Alf en el Ají Seco»?

No, no es de esa onda. Nunca lo será. A veces lo era. Pero poco. Le falta crecer.

¿Viste? ¿Era tierno?

No le gustaba serlo con nadie, Vicente.

Entonces que esos nadie a los que no les importa eso tan clave que salgan con él, Alf. Déjalo ir.

Seguro que está con uno de ellos agarrando con caña después de una de esas putas fiestas…

Mira: no quiso dejarte entrar del todo. Hueón, ¿estás dispuesto a criarlo y mantenerlo? ¿Esa es tu opción? Mucho de lo que me has dicho de Julián suena a orgullo de padre.

¿Sí?

Que se graduó, que cómo estudia, que la onda que tiene, que su proyecto de renovar la costanera de Quintero…

Lo admiro.

Pero de lejos. Ni siquiera puedes abrazarlo. Le estás dedicando los mejores años a alguien que se está preparando para vivir sus mejores años. Sin ti. Busca otro, hay. Crees que es el único, que nadie le llega cerca, pero hay. Hay, hueón. Y si no hubiera nadie más, como a veces pienso que me pasa a mí, que creo que no hay minas, ¿puedes o quieres por eso seguir junto a quien no te pesca? Yo prefiero estar solo aunque me desangre de caliente y de pena y de soledad antes que estar con la Ignacia o con una mina con la que no todo funciona.

Pero no todo funciona. Nunca.

Dale. Pero debe haber una base. Un respeto. Un mínimo de acuerdo, perrito. Que eso importante no sea tan importante para olvidar todo lo que no funciona.

¿Ah? No entiendo.

Entiendes: que te fascine o sea seco en la cama o lo que sea no compensa aquello en que falla. ¿Me explico?

No. Hace calor. Estás denso.

Quizás. Pero no deberías quedarte el fin de semana en el departamento.

Hueón…

¿Qué?

Tengo que contarte algo.

¿Qué?

Conocí a un pendejo. No tan pendejo, pero parece de diecisiete.

¿Ilegal? ¿La dura?

Legal, tiene casi treinta y uno. Mentalmente tiene como catorce, como casi todos los de su puta generación.

¿Cómo se llama?

Renato.

¿Mino?

No, le confieso.

¿Mejor que Julián?

Distinto. Pero no. Mucho más cotidiano, como de Transantiago. Julián era de otro nivel, como de portada de *Hello, Mr.*, o...

Era un pendejo de clase alta de Talca. Basta. Nunca será portada ni de *El Centro*.

Lo que pasa es que parece que le gusto. A Renato, digo. Se enamoró. No creo que de mí sino de la idea que tiene de mí.

No te gusta.

Me complica gustarle, que esté loco de enamorado y caliente y... no, no me gusta... ni físicamente ni su onda.

¿Qué hace?

Es periodista, pero nunca ha ejercido el periodismo. Creo. Sólo hemos agarrado dos veces. O sea, nos hemos visto dos veces. Culiado dos veces. Ese domingo y el martes pasado, creo.

No lo viste el fin de semana. ¿Por qué?

No sé. No quise. Me pareció que era demasiado. Me bombardeó con wasaps. Hueón: es un nerd, un geek. Trabajó en una radio de ese mundillo. Todo para él es música, cómics, novelas trash, animé, superhéroes, series, películas de Hollywood. Y listas. Todo son listas.

No me parece mal. Un geek gay, interesante. Mejor que un comentarista de alfombras rojas.

Ahora maneja la prensa de una productora que trae músicos. Es el community manager también. Y selecciona documentales de música para el festival In-Edit

Suena alucinante. Yo quiero a alguien así.

Por un lado lo es, pero... Nada: cuando capté que era gay y que él mismo no lo sabía... o sea... cuando caché que estaba curioso, pero que nunca lo iba a hacer... ataqué como un león.

Bien.

Mal. Me aproveché. Fui tierno pero tierno actuando de tierno. ¿Me explico?

Sí. Actuaste de tierno. Hiciste todo para que...

Se dejara culiar. Nunca había hecho nada así. Hacía tiempo que yo no había tirado una tarde entera. Con luz. Yo sabía su nombre y él el mío. Él nunca había agarrado usando su nombre real. Tenía cero experiencia pero aprendía como Harry Potter. Ahora está loco. ¿Qué hago?

Cortarlo. Que le quede claro. Chao. Que se busque un tatuador.

Me da pena.

¿Vas a salir con él por pena? Si la pena es lo que te mueve, entonces no lo llenes de ideas. Que no se pase películas. Lo que duele es cuando uno se pasa películas.

Te proyectas, te imaginas...

Exacto, hueón. No le hagas lo que Julián te hizo.

¿Pasarme películas?

Llenarte de ideas románticas: porque tú eres romántico.

¿Sí?

Sí, obvio. Si no deseas salir con el geek, si no quieres más con el gordito y si él es tan nuevo para no entender que sexo no es lo mismo que pololear, chao. Adiós. Aunque sea penca para él.

¿Tú crees?

Es la ley número uno de Tinder. Yo he dejado de salir con minas que me gustan cuando cacho que les gusto. Chao, nerd, chao. Le vas a quebrar el corazón, eso sí.

Eso es lo que me enreda.

Mientras antes se lo quiebres, mejor. ¿Promesa?

Prometido. ¿Puede ser por WhatsApp?

¿Qué crees?

Ahora camina. Generalmente es feliz y se calma y se siente libre cuando camina. A diferencia de casi todos con quienes se cruza, no anda con audífonos ni mira su celular. Atisba, mira, se recrea, se divierte con el espectáculo del desfile matutino.

Decide irse por la costanera, por el parque Uruguay, orillando el río. Alfredo casi nunca toma ese camino. Es más directo por Providencia pero por la vereda norte de Andrés Bello hay más árboles, algo de sombra y una vista impecable hacia el oriente. Va rumbo a la editorial pero antes se juntará con un arquitecto en un pequeño café para ver el estado de un proyecto que lo tiene animado: monografías acerca de los arquitectos de los edificios más recordados y emblemáticos de la ciudad.

A esta hora de la mañana, con este sol, con este calor que aumenta exponencialmente, no hay hombres refugiados en las sombras furtivas. Tampoco parejas de chicos tatuados besándose. Lo que hay son algunos deportistas que corren, algunos con cuerpos brillantes y sobretrabajados, que utilizan las máquinas del parque para hacer flexiones algo asombrosas. Los ciclistas más tradicionales, profesionales jóvenes que podrían estar en cualquier capital del mundo, pedalean algo fatigados bajo este sol matutino que acribilla como si fueran las tres de la tarde.

Saca el iPhone de su bolsillo. Lo siente más caliente de lo normal. Recuerda una vez, cuando estaba veraneando solo, dando vueltas aburrido y lateado por Río, cómo en la pantalla, de pronto, apareció un mensaje que decía que la temperatura era demasiado, que lo enfriara. ¿Cómo se hacía eso? Lo escondió bajo una toalla húmeda, a la sombra, y lo apagó.

Abre Grindr.

CHICO NUEVO: No fumo hierba, tomo de vez en cuando, me fascinan los libros, tengo un lado espiritual aunque soy *escéptico. Regalón.*

BUSCANDO... Si tienes tema, mejor! Veo fútbol, miro tv, me gusta el cine, escuchar música, leer, salir, viajar. Parezco hétero pero salí pasivo, pero no por eso menos varonil. No express. No locas! Fotos x inbox.

ATLÉTICO: No muerdo, bueno... depende :P
Un ciudadano del mundo.
Caluguiento (en ambos sentidos).

¿Cuáles de estos tipos que andan por ahí en el parque o en edificios cercanos, entre Manuel Montt y La Concepción o en Pedro de Valdivia Norte, están horny? ¿Con cuántos se ha acostado o tomado café o se ha encontrado en una plaza para luego decir sí, vamos? ¿O para luego decir no, puta, gracias, pero no hay onda? Como esa fatal vez que prefiere ni recordar pero recuerda igual: encontrémonos, dale, sí. La foto muestra a un chico guapo, claramente eslavo, buena nariz, ojos verdes, en un balcón mirando al mar en uno de esos edificios camino a Concón (las fotos dicen tanto, esconden y condensan tanta información). Deciden juntarse a la salida del metro Salvador, cerca. Ambos están calientes. Hablan de pico, de bolas, de culo, de quién es pasivo. Y llega el tipo, que parece chico, y anda con un sombrero de marinero parecido a los que usaba Adolfo Couve. Parece el sobrino de Couve. Se ve fino, de buena familia, como dicen los cuicos. Uno de nosotros, para citar a Puga. Y le habla. Y la voz del tipo destroza a Alfredo. Me dejó sin respuesta, me pilló de improviso, no supe qué hacer. El tipo era sordomudo, tenía un aparato en el oído y hablaba gangosamente. Nos besamos pero yo estaba tenso. El tipo vio la cara, la distancia, notó la rigidez de Alfredo. ¿Qué te pasa, pasa algo? Y Alfredo le dijo: sí, me acordé que tenía otra cosa, me llamaron, a un amigo le pasa algo. ¿Es por cómo soy?, le preguntó. ¿Te asusta, te asquea, te complica? Soy seco en la cama, compenso, puedo ser muy guarro. Seguro, le dijo Alfredo, debemos vernos otra vez. Canalla, le dijo el tipo. ¿Cómo se llamaba? Couve, Adolfo Couve, Adolfito. Has leído *La lección de pintura*, le preguntó. Qué, le respondió algo desencajado, triste, devastado. Eso no se hace, le dijo a Alfredo. Lo sé, le dijo. Pero lo haces igual. Sorry, le dijo, de verdad debo irme y se fue, asqueado consigo mismo, tenso, decepcionado, triste, descompuesto.

Este nefasto encuentro nunca lo ha compartido con nadie. Le parece que revela sus limitaciones. Sus amigos tendían a contarlo todo, a refocilarse en detalles, a recordar y exagerarlo todo. Augusto Puga Balmaceda una vez encendió su iPad frente a él («se ven mejores las fotos») y empezó:

—Sí, sí, vergón, depilado con cañones, lo peor; estilista mino pero con mucho gel; sobretatuado y tonto como una puerta; pasivo-pasivo y no se le para; este es coreano-chileno, me encantan los asiáticos, vello púbico liso, la raja; roto pero rico; flaite aspiracional que admira a Pinilla; doctor de Integramédica peludo pero flácido, ex gordo, mal; loquilla de un call-center con cejas depiladas y bueno para gemir.

Camina.

Camina y avanza entre el calor y los árboles que aún no dan sombra. A veces Alfredo siente que tiene un súper poder, que la aplicación le permite saber y ver a través del concreto y de la ropa. Por ahí cerca había tipos horny, calientes, duros, con doctorados o deudas, tontos y creyentes, narcisos y con sobrepeso, pero todos buscando lo mismo. No eran tan pocos. Donde ibas, estaban, al menos digitalmente, mandando señales de humo desde el teléfono, como lo hizo Renato Adriazola sin saber que incluso escondido detrás de un avatar no es imposible ser reconocido cuando los metros de distancia son pocos.

Envidia a los tipos que caminan rumbo a trabajos o reuniones vestidos con shorts y sandalias y con poleras estampadas con logos de todo tipo o simplemente normcore, cuello en V (aunque es tan gay) o a rayas, a lo Julián Moro. Si bien en la editorial no hay código de vestuario, de alguna manera lo hay. Ariel Roth, de diseño, se viste como estudiante de arte, pero el resto del equipo se viste formal-casual.

«Disculpa: no confío en los tipos que usan poleras como las de los primos de mi sobrino y que además no tienen cuerpo para ello», comentó la Martinetto una vez que llegó un autor joven cuyo manuscrito fue rechazado. El chico, con perilla y bigote, sombrero de paja y una polera que decía Powell's City of Books, no había calificado. «Es muy para editorial indie», dijo, y me acuerdo que eso se me grabó. Gasté ese fin de semana un dineral en mi tarjeta de crédito tratando de añadirme años y prestigio y seriedad pero sin parecer abogado de un bufete de Isidora Goyenechea. Me negué a los trajes, eso sí, aunque tenía uno Banana Republic gris para ciertas ocasiones como matrimonios héteros. Camisas entalladas, chalecos, pantalón de tela, incluso cotelé en invierno. Zapatos. Nunca zapatillas. Zapatos con cordones, botines, ojalá Steve Madden.

En verano el asunto es distinto. Alfredo camina por el parque al lado del río y siente que su camisa celeste con rayitas blancas está mojada. El celeste se oscurece más que el blanco. Llegará empapado y eso que la caminata es corta, son pocas cuadras, las oficinas de Padre Mariano no quedan lejos. Nunca se ha sentido del todo cómodo con tener que vestirse como editor o semi-formal pero de a poco ha ido entendiendo que posee algo de disfraz, de coraza, y que quizás ha logrado un estilo que sigue siendo juvenil pero también parece intelectual. Prefiere este look a tener que usar un disfraz de escritor o periodista o publicista o actor. Las chaquetas son sus aliadas pero hoy no se puede colocar una hasta que esté en la calma del aire acondicionado de Alfaguara.

Repasa su agenda. Piensa en los libros en que está trabajando, en aquellos que están vendiendo y aquellos que no en la FILSA. Para esta Feria del Libro sólo presentará uno (*Chile a mordiscos: volver a las raíces,* del chef urbano Gaspar Ossandón) pero será recién el último sábado del evento. Aun así, sus autores circulan, firman, participan en charlas o mesas redondas, y él debe estar atento, estar.

Piensa: *mis* autores, *mis* libros.

Para un editor, los libros que «saca» son *sus* libros. No sus hijos, nada de siutiquerías desmedidas pero sin duda son *sus* libros. Punto. Recuerda las conversaciones por teléfono la semana pasada con Baltazar Daza para convencerlo de que asistiera a la feria, para calmarlo, para decirle que él iba a estar ahí, que perfectamente podrían no dejar que el público preguntara y acotar toda la conversación a la mesa. «Totalmente controlado, cero posibilidades de que te insulten o molesten». Pero no, Baltasar Daza se quedó en su casa del Cerro Barón en Valparaíso y se negó a dar la cara y así apoyar su libro de ensayos acerca del sonido, la música, el anonimato y el retiro. «La mayor distracción de la fama es pensar en uno; el mayor premio de acceder a cierto reconocimiento y prominencia es rechazarlo todo», escribió. De alguna manera el libro tenía un propósito (asesinar a la generación Twitter) y una prédica (vivir más desenchufados, ajenos al ruido urbano, al buzz digital, descreer de que *the media* es el hogar). Alfredo le sugirió titularlo *Modo avión* en vez de *Los sonidos del silencio,* que remitía a *El graduado* y a Simon and Garfunkel. Daza aceptó después de rumiarlo unas semanas.

Ser editor, y ser uno de no ficción, tiene algo de sicólogo, de coach, de médico, de obstetra, de amigo sin ventaja. Eres parte, logras sacar lo mejor y lo peor de otro y luego te escondes. O a veces, como con Daza, tienes que dar la cara. Alfredo recuerda una frase de Robert Gigoux, uno de los editores que admira, que tiene escrita en una tarjeta en su cubículo: «The most sobering of all publishing lessons is that a great book is ahead of it's time, and the trick is how to keep it afloat until the times catch up with it». De eso se trata, para eso está aquí, por eso se la juega, por eso apuesta. Que sus libros (*sus* libros) logren generar una conversación: ahora o después.

Casi nunca es ahora.

Pero a veces resulta esa conversación y es glorioso. Editar es, al final, un modo de intervenir en los debates. A veces es iniciar el debate; otras veces implica cerrarlo o mantenerlo vivo. Me deleita ver gente en el metro o almorzando sola con un libro que nació de mí o con mi ayuda. Me encanta cuando algo que edité pasa a las redes sociales, es un meme, aparece en Instagram. Para eso hay que trabajar libro a libro, que cada libro tenga su propia lógica y resulte, incluso los que no lograron seducir o ser entendidos. Lo importante, creo, es que yo esté convencido, que ninguno me provoque culpa o vergüenza, que cada uno, a su modo y siendo fiel a sí mismo, me parezca digno de leer.

No tengo un lector ideal pero se parece bastante a mí.

Un editor, además, debe ser discreto, a veces más que sus autores. Es parte del proceso, estar cerca mientras el autor se ve plagado de dudas, temores, excesos. Hay algo increíble en hacer tuyo algo que no te pertenece. Tiene algo de apropiarse y de colaborar o quizás tiene que ver con ser un artesano: hacer algo bien y saber que, gracias a ti, un original mejoró. Algo bueno llegó más allá; o algo increíble pudo subir aún un escalón más. Editas, podas, recortas, rebajas, sugieres, comentas, contienes.

No te miran, no te expones. No te pelan.

¿No te pelan?

«No carece de fundamento la sensación de que, para dibujar el perfil de una cultura, es importante recorrer su paisaje editorial», escribió Roberto Calasso en ese libro de cabecera (de mi cabecera, el que está en mi velador, junto a la biografía de Maxwell Perkins) que es *La marca del editor*. «Todo verdadero editor compone, sin saberlo o a conciencia, un único libro formado por todos los libros que publica». Sí, eso es cierto y se aplica al editor de textos, al dueño o fundador y encargado de una editorial y al editor adjunto como yo, que cree que la suma de sus libros responde a ciertas pulsaciones internas, a una curiosidad arbitraria, a un sesgo totalmente personal. Los libros de otros terminan construyendo la biografía de uno. Alfredo a veces cree que es la suma de los libros que ha logrado publicar, que sus temas, sus obsesiones, sus rabias y sus deseos están ahí en esos libros extremadamente disímiles pero que acaso tratan todos el mismo tema: estar al margen, no pertenecer del todo, sentir una cierta rabia y resentimiento, estar inexorablemente solo y tener las fortalezas, reales e imaginarias, necesarias para no sucumbir. Que Baltazar Daza, después de haber escrito algunas de las novelas más vendidas en el mercado nacional, saque un volumen de ensayos acerca del silencio intercalado con conversaciones con productores musicales y diseñadores de sonido cinematográfico no es lo que sus superiores tildan de «evento». Daza por escrito ya no genera atención. Menos si no escribe algo parecido a *Famoso* o *Disco duro*. Lo que la prensa desea es «que rompa su silencio». Que hable de su vida, «de su cuento»; es el backstage lo que ayuda a vender la obra. Una intrusa y ultra-groupie reportera clase media-baja ascendente me dijo que feliz se iría a Valparaíso «a instrusear y hacerle un perfil humano». Se sabe: no hay nada más inhumano que los perfiles humanos. Y cuántos vanidosos han caído por confiar en una hambrienta. Pero sin prensa, el futuro de un libro se complica. Que un autor no quiera ser parte del «tinglado» es casi suicida. Menos de una docena de personas aparecieron en la Sala Acario Cotapos para la presentación de *Modo avión* mientras que en la Sala de las Artes hubo colapso total con el lanzamiento de un «diario de viaje» de la cantante teen Violetta, reina del Disney Channel. Quizás debí asesorarlo y que se expusiera, que se crucificara en los brazos de la prensa.

Un domingo del invierno recién pasado, cuando aún salía con El Factor Julián, decidimos levantarnos e ir a un festival de cine de arquitectura en el GAM. Vimos dos documentales (uno era acerca de los obreros que construyeron el Empire State y del cual queda una famosa foto transformada en afiche de un grupo de hombres ultra guapos almorzando sentados en una viga de hierro suspendida en el cielo) y tomamos café con croissants en el Wonderful de Lastarria y luego ingresamos a una charla que daba un profesor de Julián acerca de arquitectos clave chilenos. Quedé fascinado con el modo en que Julián estaba prendado de ellos, o quizás era sólo que quería ingresar más y más al mundo de Julián o a Julián mismo.

Alfredo se había convertido en groupie de la arquitectura. A la salida de la charla, El Factor Julián le presentó al profesor y comenzaron a hablar de que no existían libros sobre algunos de los nombres más emblemáticos. Ahí, frente a Julián y sin permiso de la Victoria, sin siquiera proponerlo en una reunión de comité, Alfredo quedó con este profesor —Bernardo Moreno— de hacer una serie de libros acerca de arquitectos chilenos clave, uno de ellos Luciano Kulczewski, claro, pero también Josué Smith Solar, Juan Martínez y Escipión Munizaga Suárez.

Esa noche El Factor Julián se quedó a alojar a pesar de que tenía clases al día siguiente.

Alfredo contactó a una empresa constructora que estaría dispuesta a financiar el proyecto y comenzó a juntarse regularmente con Bernardo Moreno en su estudio, que estaba equidistante de la editorial y las Torres de Tajamar, en una vieja pero remodelada casa art déco de la calle General Flores, en uno de los sectores que más le gustaba a El Factor Julián. Otras veces se juntaba con Moreno en un pequeño café en Providencia, un poco más arriba del Liguria, llamado Shots, para hablar de los libros y ver fotos, pimponear ideas y mirar planos. Bernardo Moreno lo había llamado la semana pasada para retomar la idea y pasarle unas páginas puesto que prácticamente había desaparecido del mapa por un buen tiempo por estar construyendo un museo en la costa de Chiloé. Moreno me sugirió juntarnos «donde siempre» y le dije que sí, quizás como un antídoto a la inminente llegada de los Restrepo, como un break a la rutina FILSA o quizás para saber o al menos estar más cerca del mundo de El Factor Julián. Tal vez, pensé, si Bernardo Moreno está tan ocupado no es mala idea trabajar con algunos alumnos que ya están por titularse y disponen de su tiempo.

Ese era el plan.

En el Shots sólo caben sentadas cuatro personas, dos adentro del local, dos afuera. Es más un sitio de paso, para llevarse el café a otra parte o conversar de pie o en el patio/entrada de un edificio habitacional que da a Providencia. Mientras iba caminando por las callecitas curvas que unen Andrés Bello con Providencia, Moreno lo wasapeó anunciándole que se iba a atrasar al menos veinte minutos, que estaba en una reunión con el alcalde y los arquitectos del departamento de obras de la comuna de La Reina, donde tenía andando un proyecto. Decidí caminar hasta Shots igual y esperarlo y tomarme algo de cafeína y leer uno de los manuscritos que tenía en mi bolso acerca de las hermanas Petit Marfán.

Quería estar solo. O no quería llegar a la editorial.

En el café, revisando el feed de Twitter, mirando lo que se decía de la FILSA y del libro de Baltazar Daza, no me di cuenta de que el barista que estaba al otro lado era nuevo, un tipo con unos inmensos ojos oscuros árabes llamado Aníbal y con el que, por una semana, quizás menos, habíamos tenido algo tiempo atrás.

¿Qué tuvimos?

Tuvimos sexo, mucho sexo. No era tan alto, pero estaba bien formado. Nos conocimos en el Station RestoBar de Bellavista. Yo andaba con un abogado de mi edad que había conocido por Growlr porque él se sentía gordo y siempre esa app de osos es menos agresiva y todos son más tiernos y quizás desesperados y ahí la edad no es tema. Pero no pasaba nada con el abogado. Aníbal captó mi atención. Esa vez le pedí más cosas, tragos y licores que no había. Se rió. Captó que estaba siendo extravagante como forma de coquetería.

—¿De verdad no tienen agua mineral islandesa?

Aníbal tenía barba. Una barba frondosa, tupida, negra. No era exactamente un oso pero iba por la vida como oso. En todos los sentidos. Peludo. Muy. Era duro, tenía buenos brazos, le quedaban apretados los pantalones negros. Era hosco (qué gran palabra: hosco), indesmentiblemente masculino, de ojos inmensos y había posado sin pudor y deseoso para Cazzo, esa página de osos minos. El abogado (¿Germán?, ¿Gerardo?) captó todo y se fue, con pena, agredido, luego de tomar un trago aguado y hablar mal de Obama.

Aníbal desnudo era otra cosa: tenía un tatuaje de un ciervo macho para el cual debió depilarse entero el pecho cuando vivía en Antofagasta. El ciervo ahora parecía estar escondido detrás de una selva de pelos y se perdía en su ingle, las piernas del ciervo se internaban en el frondoso bosque nativo de Aníbal.

En el Shots se saludaron con cariño, con alegría.

¿Por qué terminamos? ¿Por qué no empezamos?

Él era community manager de empresas pequeñas, restoranes, bares. A veces trabajaba de mozo. Incluso fue de culto un tiempo cuando preparaba tragos sin camisa en las fiestas HotSpot. Le pedí su teléfono esa noche, cuando el abogado fue al baño. Nos encontramos dos horas más tarde, cuando quedó libre de su turno. Comenzamos a agarrar en el Parque Bustamante. Nos fuimos a su departamento por Santa Rosa. Tenía un afiche americano de *L'inconnu du lac* y unos libros de Guillaume Dustan y *Ojo al cine* de Caicedo. Todo Xavier Dolan en dvd y la colección completa de revista *Viernes* de *La Segunda* («amo su sección de mascotas que hablan, hueón»). No creía en los desodorantes y usaba gotas de aceite de verbena detrás de los oídos y en el escroto. Era clever. Sudaba. Aníbal había posado para Claudio Doenitz. Era sumiso, lo que en un principio me asustó pero luego me pareció ultra romántico. «Quiero hacer lo que quieras», dijo, y así fue. Soñaba con viajar a Asia. Me regaló una polera vintage de la gaseosa Free que concentraba todos sus aromas y que usó esa vez para limpiarse y limpiarme.

Aníbal le recomienda un cappuccino mocha y hablan de cosas simples pero no para evitar un tema. Alfredo nota que suena *Discography* de los Pet Shop Boys

¿Estás viendo a alguien?

Algo.

¿Tú?

A nadie. O sea… No. *Salgo.*

Claro. De más.

En serio. Me he portado bien. Tranquilo, estudiando francés, escuchando música folk. No más bares, hueón. Me llegó la edad. Quedé chato de los boliches: mucha distracción y farándula penca y adictos a Joan Rivers y al Canal E! Quiero hacer yoga pero piola.

Nunca conoció mi departamento pero le pasé unos libros de Bisama que había publicado Alfaguara («puta que es mino, me encanta que sea gordo, además; es como un oso que piensa») una noche que cenamos en el Bocanáriz de Lastarria, en una mesa en la vereda, al aire libre, y me besó sin aviso frente a todos, y eso me gustó. Esa noche, mirando a los chicos del barrio pasar, me dijo:

—Mira, ese es actor o se cree actor y me odia porque acabé en su cara y manché su respaldo. Los actores nunca salen del clóset porque quieren ser galanes. Siempre.

Esa noche con Aníbal creo que me di cuenta de algo que quizás debí tener claro antes. O lo sabía pero me molestaba. Lo cierto es que esa noche en la vereda frente al

Bocanáriz algo pasó con este Aníbal, con el que habíamos tenido tanta intimidad dura y a la vez del que sabía tan poco. Yo también me había acostado con ese chico que se creía actor y estaba chato de hacer bolos en telenovelas. Luego nos fuimos a buscar helados por el Parque y un ingeniero comercial de apellido italiano andaba caminando con un estudiante de diseño y le dije a Aníbal que ese gerente de marketing de cervezas artesanales era increíble en la cama y me dijo lo sé pues había tenido «algo» con el roommate del estudiante de diseño y yo no le dije que ese estudiante de diseño se había acostado con Augusto Puga Balmaceda que le tomó fotos con su iPad mientras dormía la siesta porque realmente era bello y no lo sabía.

¿Todos estábamos unidos, conectados?

¿Cuántos grados de separación?

Aníbal me pasa mi café. El calor se encierra en el pequeño local. Sus pelos intentan escaparse debajo de su apretada polera negra.

Love comes quickly / whatever you do / you can't stop falling.

Bueno verte, Alf.

Igual, Aníbal. Excelente verte.

No me coquetea, me lo dice de verdad: está contento de verme. Lo mismo pienso. No quiere acostarse conmigo ni desea fijar una cita. Es simplemente un gran tipo, un tipo con el que tuve intimidad, sexo, con el que intercambiamos fluidos, y no habíamos terminado mal. La hermandad del semen, como una vez me dijo Augusto Puga, que había estado con tipos con los que yo había estado o se había agarrado a hueones que habían estado con tipos que habían estado con tipos que conocía o quería conocer. Mi lazo con El Factor Julián me unía a tanta gente que una vez casi le dije que era el Kevin Bacon chileno, pero después pensé que podía tomarlo a mal, que nadie quiere ser tildado de zorra o puto aunque lo sea un poco o mucho. Era una hermandad donde enemigos y rivales terminaban más cerca de lo esperado. Si uno optaba por hablar del pasado, no había lugar para los celos, las recriminaciones y la posibilidad de juzgar u opinar (todos teníamos un pasado y no todos los affaires o encamadas o agarradas provocaban orgullo). Esta hermandad del semen formaba un tren o una trenza (yo tuve algo con Clemente y Clemente con Benjamín y Benjamín con Aldo y Aldo con Jero y Jero con Aníbal y Aníbal conmigo...), donde el grado de separación eran uno, dos máximo («¿te follaste a Zamora, el cineasta?, ¿me estás hueviando?, ¿por qué?, ¿has visto las mierdas que filma?»; «sí, me agarré a Matías, ¿algún problema?, por suerte soy versátil, yo siempre me imaginé que era activo»).

La hermandad del semen, la de los amigos/minos en común, la secta de conocidos con intimidad que no generaba odio o venganza o abandono nos hacía, de alguna manera, superior a los héteros que, como insistía Matamala, «no sabemos terminar».

—¿Y ese chico tan guapo que saludaste?

—Un amigo con el que tuve algo, Vicente.

—¿Y no lo odias?

—No.

—¿Y no quieres volver a verlo?

—Ya fue.

—Ustedes tienen suerte.

—Quizás sí. No lo cambiaría por nada.

Quizás no todos nos conocíamos pero todos nos intuíamos y a veces, en Facebook, cuando el algoritmo te recomendaba amigos, aparecían chicos y tipos con los que alguna vez habías tenido sexo y ahí recuerdas que se llamaban Gabriel, el dentista, o Adrián, que organiza eventos, o Pablo, el radiocontrolador, o Simón, que también es garzón en el Patio Bellavista y nada en el Club Providencia, o Damián, el sobrecargo de LAN, u Orlando, que mantiene ascensores, o Tomás, el paisajista que siempre está en Instagram, o Jonás, que es calvo y extranjero y color atabacado y ama Chile y tiene el ñeque del inmigrante y el culo del mismo color que su espalda (¿era venezolano?, ¿nicaragüense?) y lo que muchos hacen, lo que hago, es apretar el botón y pedirles que seamos amigos.

Casi todos dicen que sí. Estas amistades no eran tan íntimas, es cierto, pero esos tipos casi anónimos que nunca bloqueaste seguían siendo «amigos». Ingresar con un chico Lemon Lab al Club Amanda y reconocer caras, recordar cuerpos, pensar en circuncisiones y forritos, en el mucho o poco pelo de cada uno de esos chicos que uno saluda y abraza, es buena onda, es energía. Es la certeza de que todos al final estamos más cerca o más ligados de lo que creemos, y eso nos hace fuertes. Nos habíamos cuidado un rato, nos habíamos hecho cariño, nos habíamos querido tanto, habíamos follado como animales o nos habíamos tomado un helado con toda la pausa del mundo.

Quizás Puga tenía razón: el éxito de una relación no se mide en años sino en horas, intensidad y honestidad; lo que viviste en Cartagena de Indias durante dos días o lo que pasó en Cuzco en una noche o esos tres días en Montevideo valen tanto como un pololeo de cuatro meses en Santiago.

Aníbal había sido parte de mi vida y yo también. Quizás no teníamos en común lo suficiente para ser amigos reales o para hablar por teléfono y claramente no cumplía los requisitos para ser mi novio. Pero yo había estado dentro de él y él había estado dentro de mí. Había tragado su semen y el mío se había derramado arriba de su pecho peludo y su ciervo. Teníamos un lazo aunque fuera lejano, invisible.

Quedó lo importante: la hermandad.

Cada tanto te enteras del paradero de algunos de tus hermanos: que Guillermo está en Nueva Orleans con un morocho o que Víctor está en zunga en Pipa con uno que parece alemán y te ríes o que Fernando anda en el campo de sus papás o Antonio se tomó una selfie en el deck del Balthus. A veces, de noche, cuando estás mal, cuando alguien te hizo algo, ahí están al otro lado de WhatsApp o en el chat y te conversan, se ríen, te animan, te cuentan cosas, a veces hasta te dicen «ven pa' la casa, estoy solo». Y a veces pasa algo cuando te vas a la casa de ese tipo con el que una vez tuviste algo y otras veces no, sólo hablan, se besan un poco, se acompañan, y así la hermandad crece («ando raro, necesito piel, hueón, quédate»).

Era, insisto, una hermandad.

Sólo a Julián Moro, El Factor Julián, lo recordaba como un enemigo por lo que tuve que unfriend him y bloquearlo: no tanto porque lo odiara sino porque quizás, al contrario, terminé amándolo y todos saben, hasta los más torpes, que cuando hay amor entonces no hay realmente amistad o camaradería sino otra cosa. Pero Aníbal no es un enemigo, y verlo de nuevo es un gusto.

¿Tienes Instagram?

Sí, pero no subo mucho, le digo.

Yo subo ene. Quizás demasiado.

Luego me sonríe y me guiña el ojo.

¿Cuánto es?

Nada. La casa invita. Rico verte.

Igual.

Alfredo piensa que Aníbal es el tipo más guapo del mundo, que es alucinante, incluso se cuestiona por qué lo dejó ir. En eso llega otro cliente, un tipo de traje, un Atilio Andreoli quizás, elegantísimo, guapo, con el pelo peinado hacia atrás, sin duda gay, como si el modelo mijito rico-ultra mino Marlon Teixeira trabajara en la bolsa, y mira a Aníbal con más deseo del que yo jamás lo miré y le pide «un cappuccino con un shot extra» y ese «shot extra» lo dice como diciéndole «voy a acabar extra arriba tuyo».

Aníbal lo mira fijo, mantiene la mirada como sólo él es capaz de hacerlo, y el tipo de traje, que debe ganar diez veces más que él, queda prendado.

Salgo del café y camino y pienso: ahora este abogado o empresario con extra shots será hermano mío, tendremos algo concreto en común: la suerte de haber tenido a Aníbal adentro.

Pasar del horno ardiente del pavimento al frío falso de la oficina lo azota y lo hiela. No ve a nadie circular, salvo a Ariel Roth allá al fondo, pegado a su computador. En época de FILSA está sobreentendido que la oficina es la Estación Mapocho, las fiestas y los innumerables restaurantes y bares de Santiago. La editorial se vuelve itinerante, gitana. El trabajo se hace en los stands, en esos almuerzos eternos (a veces en el turístico Mercado Central, a veces hasta en el Sarita Colonia), en bares, de noche, en terrazas y en azoteas y en camas. O tomando cafés en el coqueto hotel Ismael del Parque Forestal, donde se alojan todos los invitados, menos los Restrepo, claro. Durante tres semanas la «hora de salida» nunca es antes de las veintitrés, y eso en un día muerto.

Alfredo decide colocarse la chaqueta aunque siente que su camisa está mojada. No desea —no puede— resfriarse. Teme y se resiste a los cambios de temperatura; a veces siente que se resiste a todo cambio violento, inesperado. Con un desconocido, con alguien que quizás no va a ver en más de tres ocasiones, a veces se deja llevar y cambia —muta— de manera intempestiva pero siempre tiene claro que es un acto. Nada más fácil que actuar de caliente, que jugar al transgresor, al anti-vainilla y pro-kinky, pero al final es eso: una performance para ocultarse, para protegerse, para estar a salvo. Eso es lo bueno, piensa, de las fiestas, de los saunas, incluso de las aplicaciones para ligar: son como no-lugares donde uno no es del todo uno, donde uno deja de ser el que es y juega un rato, se transforma en otro, en una suerte de turista, hasta que conecta con alguien y debe sacarse el disfraz y la máscara y mostrarse y entonces todo tiende por lo general a derrumbarse.

Revisa unos mails; contesta dos que le ofrecen juntarse para conversar de proyectos «grandiosos»; le responde a la ansiosa de la Conchita Ossa que a la tarde, antes o después de una presentación a la que ambos asistirán, le comentará unas ideas respecto a lo que leyó de su «biografía coral» acerca de las «hermanas Petit Marfán», como les dice ella; y responde un correo a una agente de Manhattan respecto a la posibilidad de acceder por un precio menor a lo pretendido, a los derechos para Latinoamérica de las memorias de Casper Axel, un ciclista/fotógrafo danés. Alfredo insiste en exponer en las reuniones editoriales de cada primer lunes de mes su idea de publicar estas memorias ciclísticas que «superan con creces esa mierda de David Byrne». Le parece gracioso insistir.

Se fija en la biografía de Gerald Martin de García Márquez que le llegó vía Amazon. Debate la sacará en castellano pero anda buscando modelos. Martin hará una de Vargas Llosa, es obvio, son vidas paralelas. Tiene también la de Manuel Puig de Suzanne Jill Levine, que podría ser mejor. ¿Jorge Edwards da para una? Augusto D'Halmar da para una, sin duda. Lo que hizo Agata Giglio con la Bombal es lo que le gustaría editar. Una biografía que parezca novela. Falta la de Donoso, para que la hija no tenga la última palabra; aunque *Correr el tupido velo* está muy buena, ¿se corrió de verdad un velo, y era tan tupido? Ese libro es más un *Daddy Dearest* pero sí, es fascinante, qué duda cabe, y le costó la vida la gracia. Donoso. ¿Quién podría escribir su biografía? Quizás baste lo que está haciendo con los diarios Cecilia García-Huidobro.

Alejo Cortés hizo algo con Luis Alberto Heiremans. ¿Debería escribir Alfredo una de alguien? ¿De quién? ¿O encargar una? Cada autor del Boom debería tener una. Sabe que ya están armando una en México de Restrepo Carvajal. ¿Qué autor lo intriga? ¿Cuál de ellos se merece una? Un desconocido o de uno culto puede tener una vida intrigante pero… ¿merece quinientas páginas? Lee un poco a Martin: «Todo el mundo tiene tres vidas: la pública, la privada y la secreta», le dice Gabo.

¿Todo el mundo literario? ¿O todo el mundo a secas?

Debo almorzar con Matías Rivas para que me de ideas.

Mira sus carpetas: quizás de snob, quizás por hacerse el dandy, quizás para ostentar alguna característica gay de las socialmente exigidas, Alfredo se la juega por la estética. La estética gráfica, literaria, tipográfica. Le encanta imprimir en buen papel, con carpetas que él mismo compra o encarga, los libros en que está trabajando. Le gusta el diseño, el mínimo en vez del máximo barroco, aunque a veces compra *GQ* y *Esquire* y *Details,* que es súper gay, y lee online *Out* y *Attitude.* Su departamento jamás aparecería en *Vivienda y Decoración* y menos en *ED.* Desprecia, con un cierto honor, las revistas de moda y a aquellos que se dedican a gritar cuando ven un aviso de Prada o Versace. Le parece una forma de vida inexplicable y vacua. ¿Qué importa la vida social? Se siente con derecho a ejercer la igualdad del prejuicio aunque este afecte a algunos de su tribu. Es un hecho: hay gays superficiales y ansiosos, narcisos y tontos, arribistas y venenosos, mal prosistas y con cero imaginación.

La mayoría de las personas cree que los que escriben o piensan son seres especiales y como buena parte de la gente no ha leído tanto o no maneja cierta trivia cultural, se siente inferior. Nada inseguriza tanto como ser inculto y nada provoca tanto respeto y a veces hasta calentura y admiración como «ser versado». A veces, en FILSAs pasadas, o en presentaciones de libros, se quedaba junto a sus escritores o autores amigos, como Augusto Puga o Alejo Cortés o, antes que se fuera a Berkeley a enseñar, Álex Goyeneche, y escuchaba lo que decían los lectores que estaban en fila para acceder a un autógrafo:

—Yo sólo soy un médico.

—Y yo profesor de castellano nomás.

—Soy fan-fan y eso que soy ingeniero náutico.

—Y yo cajero de una farmacia.

Como si todo eso fuera inferior.

Pero si alguien tiene que pedir disculpas o al menos dar las gracias son los escritores y todos aquellos que viven de los libros por acceder a una aristocracia no merecida y tener de alguna manera un cheque en blanco ante los demás que creen que, por trabajar con las palabras, los sueños y las ideas, los literatos están poco menos que conectados con los dioses.

Alfredo tiene libretas de todo tipo: hechas a manos por diseñadores en Plaza Brasil, las para periodistas que hacen los de Field Notes, todos los Moleskines posibles, los franceses Claire Fontaine que le gustan a Paul Auster, cuadernos Torre tapa dura de los años setenta que un tipo vende en la calle San Diego. Prefiere recorrer las tiendas de arquitectos para acceder a libretas. Eso quizás fue un aporte de El Factor Julián. Algo que sacó de esa relación. Eso y la admiración por el papel diamante. Julián, en un inesperado momento de ternura y sorpresa, le regaló el mapa de una ciudad inventada, a escala, la ciudad que siempre había estado con él, una ciudad con cerros y puerto y río y parques y hasta un barrio gay compuesto de callecitas curvas. Nunca ha podido botar ese regalo y ahí lo tiene en su casa, en el inmenso mural de corcho de su pieza, como recuerdo.

—Algún día tendremos que visitarla —le dijo—, tienes que ser mi guía.

Julián, siguiendo su papel de El Factor Julián, le respondió:

—¿Cómo vamos a ir si no existe?

Pero lo que sí existe es su fascinación con estas libretas, las que guarda y ordena y cataloga y fecha; ahí están sus ideas, planes, frases que anota, dudas. Cada autor suyo, además, tiene su caja asignada en la que guarda todo: los manuscritos editados, los borradores, mails impresos.

Alfredo confía en que un día alguna universidad americana querrá acceder a ese material. Aspira, más adelante, a editar sólo algunos libros y terminar siendo, tal como el fome de Joaquín Montalva o la capa de la Andrea Palet, director de un magíster en edición en alguna universidad. El mundo necesita escritores pero más que nada, cree, necesita gente que logre que esos escritores se entiendan y no se hundan en sus miedos, egos o demonios.

Toma dos carpetas que están en su archivador: *Las hermanas Petit* (working title) de Conchita Ossa y *Los 10 mejores trekkings en San Pedro de Atacama* de Raúl Cepeda Aravena y Salomón Amunátegui. El primer proyecto, al que le faltan dos capítulos aunque quizás necesita una reescritura severa o quizás un cambio de punto vista, es lo que él denomina «uno mío». Para mí, un *libro mío* es uno que fue aceptado («luz verde») bajo mi tutela y que fue «adquirido» por mí, ya sea de una manera proactiva (elegí el tema o encontré al autor) o bien porque el proyecto llegó a mis manos gracias al respeto que me he ido construyendo en el «ambientecillo». Un libro puede nacer de muchas maneras, pero debo reconocer que los que siento particularmente cercanos son aquellos donde el padre soy yo. La semilla es mía y lo que uno busca es algo así como un vientre de alquiler. Eso no sucede a menudo.

A pesar de que no tolera a Conchita Ossa, lo conquistó la época, los personajes, la prensa y los contactos que posee «madame». Por eso se la jugó y le dieron «luz verde». Él siente que está más obsesionado con las hermanas Petit que ella. Conchita Ossa, como buena snob, considera que la demostración de emociones es «una rotería» y le interesa sobre todo el contexto histórico en que florecieron las hermanas «que fueron feministas sin darse cuenta».

Si todo sale como Alfredo quiere que salga pueden suceder varias cosas: buenas ventas, mucha («demasiada») cobertura, reeditar los libros de Magdalena, quizás un libro con los cuadros de Enriqueta. Pero la meta es clara: posicionarlas como mujeres de culto, que sus nombres pasen a ser imprescindibles. Conchita es una historiadora, madre de seis niñitas, profesora, anglófila obsesionada con las faldas escocesas con gancho, que ganó un importante fondo de una universidad americana para investigar a «estas hermanas Petit Farfán» que, entre los años treinta y los cincuenta, hicieron su aporte al mundo cultural chileno desde una casona de la calle Villavicencio. Henriette (o Enriqueta) fue una pintora que logró impresionar en París y su busto, esculpido por Rodin, está en el Louvre bajo el nombre de *Le petit chilienne;* sus cuadros, modernistas y toscos, de desnudos, son oscuros e intensos y no parecen «realizados por una dama». Magdalena Petit fue una mujer excéntrica, sola, «polola platónica» del crítico literario gay Alone y autora de atractivas pero poco personales novelas históricas como *La Quintrala* y *Diego Portales.* Elena, quizás la más callada del clan, terminó casada con el crítico y escritor de cuentos infantiles Hernán del Solar. «A través de estas hermanas es posible crear el fresco de un Chile cosmopolita y sofisticado donde tanto Picasso como Neruda y todos los políticos y actores y escritores y pintores tienen sus respectivos cameos», fue parte del pitch de Alfredo a la Victoria y a Montalva. Conchita, eso sí, no quería especular o «entrar a pelar». Alfredo tampoco lo deseaba pero no bastaba con sumar y sumar datos. Justamente este libro podría ser como una novela a lo E.L. Doctorow, pero ninguno quería eso.

—Debe leerse como una novela, de acuerdo, coincido contigo, pero al final será la biografía de un mundo que ya no existe —insistía Conchita.

Datos no faltaban, aunque todo lo concerniente a detalles sexuales o affaires a ella le incomodaba, tal como el hecho de que Alfredo fuera gay.

—Tu vida privada es privada; te respeto como editor, pero no trates de teñir con tus pulsaciones una historia donde esos temas ahora de moda son irrelevantes —le dijo una vez en el café Le Flaubert.

Abre Grindr, no quiere saber nada de trekking o de los putos geysers traidores de San Pedro de Atacama.

Mira quién está cerca.

Ya conoce a los que están en el mismo edificio de Alfaguara. Son dos, a veces tres, aunque ya no los divisa en la grilla porque los ha bloqueado. Con uno, un informático musculoso y moreno del piso cuatro, una vez fueron a la hora de almuerzo al departamento que este compartía con unos amigos. Habían chateado de manera hot y explícita vía WhatsApp. El musculoso (¿Franco? ¿Francisco? ¿Fabián?) siempre posteaba la misma foto: una selfie en el espejo de un gimnasio. Lo más probable es que fuera el Pacific Fitness de Manuel Montt. Un día lo instó a juntarse para un café en el Starbucks de La Concepción. El tipo (¿veintitrés?, ¿veintiséis?) olía a Acqua de Gio (típico) y tenía el pelo hacia atrás, muy Palumbo, con cera. No lo miró a los ojos y le sacó la crema a su frappuccino. Le dijo que corría maratones. Vivía cerca, detrás de las Torres de Carlos Antúnez, en uno de esos bloques que son dúplex. Tenía un afiche de esa publicidad de H&M de David Beckham en calzoncillos. Sus roommates eran gays. Gimió tanto que Alfredo se asustó. Y cuando lo penetró decía: «Qué me estás haciendo, qué me estás haciendo, sigue». Claramente su canción favorita era esa pegajosa tontera de «Ella es una pasiva», que no paraba de sonar en su mente y en celulares. Algunas veces se lo topa en el ascensor o en ese sitio de ensaladas-to-go: más fit, más producido, las camisas más apretadas. Se miran pero no se saludan.

Grindr indica que hay muchos tipos cerca que están alterados y duros por el calor. Cada edificio es un panal y cada uno tiene una abeja reina alfa que se ha follado a los de cada piso. Esta parte de Providencia es residencial y comercial; además de casas hay muchas oficinas y negocios y centros de estudios, lo que amplía y diversifica la oferta. Alfredo marca con la estrella amarilla de favorito a los que le tincan:

I-QUIQUE
bi, surfero, naturaleza, cultura, new wave, post-punk, bicicletas, literatura, viajero libre.

LOOKING
amigos, cleta, películas, circuncidado, weed. soy openminded y sin prejuicios. Busco machos.
Si no saldría con minas. Y podría... :)

JE
33 años, como cristo. soltero y peludo como él. Como a él, me gusta estar rodeado de hombres.
Abstenerse menores de 33 y con problemas sicológicos.
Las canas no me aterran. La estupidez sí.

PABLO PYME
Joven buena facha, buscando similares.
Peludos y bien hombres, ojalá.
27 años, emprendedor, i.comercial, gym.

Le responde a PABLO PYME un «hey, qué tal», nada demasiado creativo. En caso de que pasara algo, si hubiese ganas de ambos lados, enganche, él no puede verlo o culiar hasta tarde en la noche y Grindr es ideal para el *ahora*, no para armar citas para la noche u otro día.

Si quisiera, podría salir con Renato.

¿Quiere?

A veces sí. Renato le provoca cosas. No tiene claro cuáles. Pero para qué. Para follar. Para eso. Obvio, para citar a El Factor Julián, para quien todo era obvio, obvio, obvio. De hecho, Renato folla *mejor* que Julián Moro. Renato Adriazola ha aprendido rápido, sólo desea explorar posiciones. Y se vuelve loco con él. Hace tiempo que alguien no estaba fascinado con Alfredo.

Hace tiempo que nadie estaba fascinado conmigo.

¿Pero basta con eso?

Matamala lo aclaró: júntate con él pero para decirle la verdad, para terminar con el geek, no le des esperanzas.

PABLO PYME envía su foto: tiene barba de cinco días y ojos verdes y viste camisa y corbata. Los emprendedores son los mejores en la cama porque son flexibles y saben que no todo está garantizado.

Le agrega leche de almendras al ristretto que preparó con la máquina Nespresso. Elige un pod color celeste intenso y mira cómo cae el café a la pequeña taza italiana. Después de muchos centenares o miles de tarros de Nescafé y hervidores chinos, Fedora Montt, junto a los encantos emprendedores de Victoria Martinetto, que no le tenía asco al marketing, lograron canjes varios. Un libro de comida orgánica y una guía de picadas donde comprar productos gourmet ahora ayudan a mantener abastecido el refrigerador de acero inoxidable con leches de coco y de soya y de almendras. Y hay buen café gracias a una alianza que Alfredo no entiende del todo pero que consiste en algo así como enviarles máquinas de café a los autores que más venden a cambio de fotos de ellos en las tiendas anclas, además de avisos con ellos posando en revistas de circulación restringidas. *Un café de autor*, dice la campaña, y los retratos de varios adornan la cocina de la editorial. Entre ellos el de Augusto Puga Balmaceda: a contraluz, en camiseta sin mangas y calzoncillos, los rayos del sol matinal ingresando por una ventana, mientras toma un café en un tazón color marsala, dentro de una cocina retro pintada casualmente cedar que a todas luces no es la suya.

Alfredo toma su taza y mira por la ventana cómo avanza la profunda excavación donde antes estuvo esa suerte de paseo literario-cultural que era El Patio con sus locales de artesanías, librerías feministas y de libros usados en inglés, además de The Red Phone Box Pub con sus sándwiches de salmón y queso crema y el Café del Patio, que quizás fue la génesis de todo lo que ahora se considera estiloso: mozos universitarios, limonadas con jengibre, comida vegetariana, la apuesta por lo local. Ahora será otro edificio de oficinas indistinguible, seguro.

¿Qué piensas?

Alfredo mira a la Tortuga Matte que anda vestida de color damasco.

En el Café del Patio, le responde.

Ay, qué pena.

Supongo, sí.

Dicen que habrá un Jumbo Express en el primer piso.

La Tortuga come un yogur de soya con kiwi y ordena unos platos con pastelitos y *macaroons* de Etienne Marcel.

Para la reunión. Son demasiado lindos. Me encanta la caja, me muero.

Vaya. ¿Servirán champán?

Mañana tendremos de todo, sí. Joaquín se encargó de eso. Qué encanto de tipo, ¿no? Qué bueno que ahora su nueva mujer va a ser mamá.

No sabía.

Porque no te interesa la vida privada de tus colegas.

Así es. ¿Por qué habría de interesarme?

Porque son tus colegas.

Pero no mis amigos.

¿Estás listo para mañana?

¿Qué pasa mañana?

Tonto. No te hagas. Nuria Monclús envió desde Barcelona las indicaciones. A todas las oficinas de Alfaguara. Así que tenemos todo bajo control. Qué bueno, ¿no? Mañana tendremos gran cantidad de agua mineral italiana Panna. La conseguimos en Líquidos.

Me estás hueviando. Vienen de México; allá el agua envenena. La venganza de Moctezuma. ¿Qué? ¿Les da miedo el agua potable de acá?

Es por las cuerdas vocales.

¿Yaaaa?

El niño exige Club-Mate. Nunca la he probado. ¿Tú? Está de moda, es el nuevo Té Arizona. Dicen que es mejor que el té verde.

¿Exige?

Pide. Es una atención. Es hemofílico y necesita cafeína o teína. No toma café, creo. Estuvo en la India. Quizás deberíamos mandar a Juanito a comprar bolsas de Chai.

¿Hemofílico?

Qué pena, y tan bonito, quizás por eso es tan delicado. La Victoria se consiguió un doctor experto, que es de la Clínica Alemana y estará alerta. Veinticuatro-siete. Todos tenemos sus datos. La Fedora le enviará a todos una lista de fonos de emergencia: el doctor, las embajadas, la PDI, Chadwick en el Ministerio del Interior, todo.

¿Por si asesinan a Restrepo o reciben una amenaza?

Mira lo que pasó con Rushdie. ¿Quién estaba preparado?

Todo esto es una broma, ¿no?

Lo del doctor nos tiene demasiado tranquilas. Imagínate si se nos muere acá, qué atroz. Lo que dirían de nosotros en Madrid. No, ni pensarlo. Ni Dios lo quiera.

Dudo que pase.

Nos costó un buen muñequeo conseguir dos suites en el Ritz-Carlton. Hay un congreso de oftalmología de primer nivel y sólo tenían una suite y una habitación normal.

¿Hay algo normal en el Ritz?

Sería una rotería alojar al padre en una suite y al hijo en un cuarto chico, ¿no hallas tú? Ambos son autores. El chico no viene como hijo, viene como autor, y a los autores hay que cuidarlos.

¿Sí? ¿Así tratamos a Alejo Cortés…?

Alejo es amoroso pero vive acá. Es local. ¿Quién lo conoce fuera de Santiago? Argentina y Perú rechazaron editar sus libros. Alejo Cortés no es Alejandro Zambra.

Ambos callan y miran la excavación.

Esto de *El aura de las cosas* es un evento, oye, y hay que tomarlo como tal.

Esto es un despilfarro y un asco y una inmundicia.

Joaquín Montalva no quiere escatimar en gastos.

Que me suba el sueldo.

Resentido.

Groupie. Están comportándose como groupies.

Como gente decente. Aprende. Prueba estos, te mueres.

La Tortuga me pasa uno de esos macarrones que están de moda; sabe a lúcuma.

¿Estás nervioso? Yo sí. Histérica.

¿Por qué?

Por los Restrepo, darling. Ya llegó el libro. ¿Lo viste?

No.

Te lo dejé en tu escritorio. Es demasiado increíble. Precioso. Un lujo. Dicen que nuestra edición es mejor que la argentina.

Los argentinos no saben imprimir. Saben escribir pero no imprimir.

Qué atroz, casi nos atrasamos, pero ya está todo todo todo listo. ¿Vas a ir a lo programado?

Sí.

Ya recibió el libro Cecilia Morel. Irá mañana. Qué pena que ahora que va a ganar de nuevo la Gordi no tendremos Primera Dama. Un país necesita una Primera Dama, ¿no crees? Le hace bien.

Leí que va a colocar al hijo, el gordo. Dávalos. Primer Hijo. Aunque el cargo es otro. Algo como director del Área Sociocultural de la Presidencia. Es el nombre político del cargo de Primera Dama. Pero sí, es una pena no tener una. Vamos a echar de menos a Cecilia Morel, cierto.

¿Estás siendo irónico?

¿Tú crees que lo estoy siendo?

Eres demasiado pesado, Alfredo. ¿Te lo han dicho?

Me lo han insinuado.

Todos te amamos y tú no amas a nadie. Yo sólo quiero ser una mejor amiga nueva.

No tengo amigas.

Deberías. Ya, te dejo, darling. Te veo en la reunión. Vamos a revisar cada paso, cada entrevista, cada hora de las que estarán los Restrepo. Cuatro días, tres noches. Joaquín está tenso, Fedora no ha dormido nada, la pobre.

¿Debo ir?

Creo que sí.

¿Qué tengo que ver yo? Es marketing y prensa. Ya tengo suficiente con mis cosas.

Pesado. Me cargas. Te apuesto que vas a estar fascinado con lo del Noi. Lo del museo será un jubileo, te lo aseguro, oye. Me encanta el ministro Ampuero.

No le digas ministro.

Pero eso es. Respeta las instituciones, Alfredo. Lástima que ya no está Luciano. Una pena desolada, ¿no crees?

No creo.

Pesado. Eres un tonel.

¿Un tonel?

Sí, darling. Un tonel.

Ahí está, al lado de su teclado y arriba de sus carpetas: *El aura de las cosas*. La portada es una foto fuera de foco en blanco y negro, con grano, de un París bajo la lluvia tomada desde una ventana. En la página de los créditos se entera de que la foto fue tomada por Rafita Jr., a los doce años, desde su habitación en el palacete que es la Embajada de Colombia en París.

El aura de las cosas.
Texto: Rafael Restrepo Carvajal.
Fotos: Rafael Restrepo Santos.
Edición y papel e impresión de primera.
Lo da vueltas, mira los blurbs:

Admiro esa incesante energía de invención que tiene para
buscar cada vez un nuevo camino para decir lo que todo
escritor tiene que decir, que son dos o tres cosas pero que
constituyen su razón de existir.

Álvaro Mutis

A lo largo de toda su carrera literaria Rafael Restrepo llevó
adelante la vasta tarea de hacer de la invención un instru-
mento aleccionador de la historia, o al revés, en ese constante juego de espejos que fue su escritura.

Marcelo Chiriboga

El mejor autor del mundo. El más grande intérprete de
Hispanoamérica.

J. J. Armas Marcelo, *ABC Cultural*

Comienza a hojear el libro. Al azar, deteniéndose
en algunos retratos, en ciertos textos. Las fotos del hijo,
todas en blanco y negro, por lo general están en página impar seguida de los textos, de extensiones variadas,
dependiendo de la fama del sujeto. Claramente no es
Daniel Mordzinski. Por el contrario: parece el ayudante
tarado que terminó borracho en un Hay Festival. La
excepción es hacia el final del libro, donde se arma un
collage del rodaje de *El calor de la brisa* y hay fotos de

muchos famosos entre luces, mesas de catering y trailers, tanto en el Casco Viejo de Ciudad de Panamá como en Cartagena de Indias. Parece uno de esos press kits elegantes cuando un estudio se siente muy seguro del prestigio de la película. Le llama la atención una foto del imposiblemente bonito actor australiano Brenton Thwaites afeitándose en el baño de un hotel, desnudo, sin toalla, de espalda. ¿Cómo logró esa foto? ¿Esa intimidad? Edgar Ramírez durmiendo en una hamaca se ve francamente deseable.

Da la impresión de que en las fotos de los amigos del padre hay menos inspiración: parecen los retratos de una tía que está de paso por la casa de un pariente. Salman Rushdie en un sofá leyendo la versión en inglés de FS&G de *Sheridan Circle* del propio Restrepo:

> En febrero de 1989, cené en Londres con Salman Rushdie en el Hotel Claridge y hablamos de lo que nos dolía de Occidente…

Roman Polanski y su mujer Emmanuelle Seigner aparecen en un bar, captados de lejos, y la foto no posee ni la presión de un paparazzi ni la opción estética de alguien que desea centrar a un sujeto en un sitio rodeado de personas. Restrepo padre escribe al frente de la foto:

> A Roman lo conocí en París, gracias a nuestro entrañable amigo en común, el novelista y dramaturgo y defensor de los derechos humanos Ariel Dorfman. De inmediato comenzamos a recordar a Jerzy, que se suicidó amarrándose una bolsa de plástico: el intenso y también polaco Jerzy Kosinski, autor del libro en que se basa una de

las películas favoritas de mi hijo Rafa. ¿Veamos la historia del jardinero?, me decía siempre. Rafa era muy pequeño cuando Kosinski se quitó la vida: uno estaba llegando al mundo, el otro se iba. Lamento que Rafa no haya podido fotografiarlo en el palacio que es la Embajada de Colombia en París pero recuerdo cómo jugaban con Jerzy cuando nos visitaba a Pilar y a mí. Décadas más tarde, Polanski, que ha transformado todo su sufrimiento en juventud, de la mano de la voluptuosa y queridísima Emmanuelle Seigner, llegó hasta un bistró en Le Marais con un ejemplar de mi novela *Todas las chicas del mundo*, basada en la vida del dibujante peruano Alberto Vargas que, armado de plumas, pinceles y el erotismo de un ser que se siente discriminado y tullido, fue capaz de transformar su deseo personal en la fantasía de millones. Eso lo hizo Roman: Sharon Tate, Mia Farrow, Catherine Deneuve, Nastassja Kinski, Emmanuelle Seigner…

Miro una foto tomada en la alfombra roja de Cannes de Isabella Rossellini. He visto decenas o centenas iguales. Exactas. Una actriz con un vestido de noche de diseñador rodeada de fotógrafos y flash. Restrepo Carvajal intenta darle peso a una foto del montón:

> … esta foto de mi hijo, tomada en el Festival de Cannes, en medio de luces nocturnas y lejanías espectrales, me recuerda la herejía de Orígenes, el teólogo de Alejandría, torturado salvajemente hasta expirar por la persecución de Decio contra los cristianos. La caridad de Dios es tan grande, exclamó Orígenes, que terminará por indultar al mismísimo Diablo. El perdón de Lucifer es el aura lustroso que encuentro en este precioso retrato que Rafita le hizo a

esa diosa terrenal y carnal que es Isabella, el encuentro de dos mundos, el Hollywood de los mitos, en la sangre sueca de su madre, y el compromiso neorrealista de su padre, uno de los grandes genios del Séptimo Arte...

Una foto de un delgado y senil Edward Albee caminando por una playa, que en un principio pensé que era Tongoy, es subvencionada con una prosa imposible del padre que, cada vez me queda más claro, está tratando de legitimar algo totalmente ilegítimo:

> ... su desolado retrato de las soledades y la incomunicación es lo que lo daña y lo potencia y lo perfila. Este panorama desemboca, una y otra vez, en la incapacidad de celebrar la vida. Pero Edward no es un amargado; el nihilismo no está en su sangre. Su teatro salva a la vida inventando un mundo paralelo a veces peor que el real. El credo de Albee es que el teatro —escribirlo, verlo, presenciarlo, procesarlo— salva. Lo salva. Y le ha permitido, como quizás la literatura me ha permitido a mí, mirar lo que más detesta y aquello que más lo desequilibra ya sin horror sino más bien con una fascinación y curiosidad que es la adrenalina de la creación.

¿Qué te parece?

Es Victoria Martinetto, mi jefa.

¿Quieres que te diga la verdad?

Ni siquiera lo pienses. Ya, no seas tonto, no te hagas el especial, Alf. Te estamos esperando en la reunión. Lo vamos a pasar bien. Tomémoslo con humor. Esto será como pasar una semana en Cannes con Isabella y Nastassja y...

Los Restrepo.

Exacto. Tienes que estar de mi lado, ¿ya? Opino igual pero mira cómo estoy: adicta al agua mineral Panna. Ni en Italia la tomaba. Me tienes que apoyar, ¿ya? No seas maricón, no te margines. Insisto: tómalo con humor.

Me río, se ríe y cierro el libro.

Por ti, le digo.

Lo sé.

¿**C**ómo me quedó el corte?

Alfredo mira a Augusto y se fija atento.

Raro.

¿Cómo raro?

Raro, Puga. Moderno.

¿Moderno? ¿Por qué usas esa palabra? Pareces ochentero.

Me parece… demasiado a la moda.

Me encanta, Alf. Lo que pasa es que tú no te atreverías. Fíjate atrás.

No tienes nada atrás, pura nuca.

Se ve hot, ¿no?

Quizás.

Hueón: este barbero sabe, es un pro. No como ese pendejo de la calle Condell. Este sí. Es muy alfa. Metalero, retro. Con una navaja afilada me afeitó acá.

Uno debería ir a la barbería una vez al mes, ¿no crees? Relaja. Estoy feliz. Calmado. Pleno. Zen. Bien.

Qué bueno, Augusto.

Si voy a ir a firmar a la Estación, que al menos tenga un nuevo look, ya que no tengo libro nuevo. ¿Me explico?

Te explicas.

Me encanta cómo me quedó la barba. Peludo pero limpio. Balanceado. Mino. ¿Leíste la nota que me hicieron en *Finde*?

Sí, buena la foto. Posero, hueón.

Lo justo, perro. Todo autor que trasciende tiene una foto histórica, que lo resume, que capta su esencia.

¿Y esa guayabera hawaiana?

Estoy probando, Alf. Era un look veraniego. Me gusta más mi nuevo peinado: más cercano a los milenios, más user-friendly. ¿Qué te pareció la nota?

Algo frívola. ¿Para qué te expones?

La maraca de la pendeja que me hizo la nota insistió en tildarme de Puga. Toda la puta nota. Hueona resentida.

¿Qué tiene?, le pregunto.

¿Cómo que qué tiene?

Es una gran foto. Además, así te llamas: Puga.

«Augusto Puga recomienda las librerías de viejos de las Torres de Tajamar, a Augusto Puga le gustan los helados de canela, Augusto Puga compra bolas de mozzarella en un almacén de Pocuro…».

Te llamas Augusto Puga. No te entiendo, Augusto.

No me llamó así, tarado. Me llamo así entre mis amigos o verbalmente. Por escrito, siempre es Augusto Puga Balmaceda. ¿Has visto las portadas de mis libros?

Es una nota de miscelánea para un suplemento de fin de semana, te recuerdo.

Mi mamá me llamó de Bahía Azul, estaba indignada. Destrozada, la pobre. Se pasó el fin de semana pensando que estábamos peleados o que quería tomar distancia de ella y los primos.

Augusto Puga Balmaceda: ¿así tiene que ser siempre?

Sí, pues, Garzón. Así es. Punto. Como Mario Vargas Llosa. Como Gabriel García Márquez. Como Rafael Restrepo Carvajal.

Ya pero…

¿Qué? ¿Con quién quieres que me compare? Incluso Hernán Rivera es Hernán Rivera Letelier. Imagínate a secas, así nomás: Mario Vargas. Gabriel García. Rafael Restrepo. Una rotería atroz. Impresentable.

Al menos publicitaste la nueva edición de *Resaca* en bolsillo. Está vendiendo ene.

La resentida culeada. ¿Cuánto más quiere escalar?

Augusto…

Qué. Estoy chato con lo políticamente correcto. Hay un grupo de resentidos infiltrados y están haciéndonos pagar. Mira Twitter. No me perdonan. Mino, culto, talentoso, exitoso, seco en la cama, gay… ¿Tú crees que la Isabel Plant me odia o quiere vengarse? ¿Por qué me envió a esa periodista lana que lee a Bertoni?

No te confundas. Bertoni es genial.

Por eso: ¿para qué me lo dice? Para insegurizarme, Alf. Yo no lo he leído.

Falta tuya.

Escribo, no leo, hueón. No tengo tiempo. Estoy chato con los cuicos abajistas que quieren limpiarse la conciencia coleccionando amigos cumas.

No creo en las conspiraciones.

Porque nunca has triunfado, zorro. ¿Sabes qué me preguntó?

¿Qué, Puga Balmaceda? ¿Qué te preguntó?

Si yo había estudiado en el Instituto Nacional.

¿Qué le dijiste?

Nada. Le guiñe el ojo. «Ojalá», le mentí. Le dije: «No me dieron las notas, por flojo, mucho snowboard». Pero puta: ahora uno tiene que negar que es del colegio. ¿Por qué? ¿Desde cuándo es pecado tener algo de cuna y no de cuma? La Gorda va a expropiar todo, te digo. Dicen que va a nombrar como ministro de cultura a Miguel Littin. Ahí yo me exilio, hueón. *The Clinic* va a ser el diario oficial. Esto va a ser la nueva Venezuela.

Lo dudo, le digo para intentar calmarlo.

La mina flirteó conmigo y no me la agarré. Eso fue lo que pasó. Easy and simple as that, zorro.

Mal.

Me miraba mientras me cambiaba camisas en esa tienda llamada Mr. ¿Has ido? Vintage, pero al menos la ropa la lavan y seleccionan. El que atiende está de puta madre, hueón. Tatuado pero de manera digna. Flaquito, nada de gimnasio. Un leve piercing. Leía a Camus. *El último hombre*. Daddy issues. Bien. Creo que me lo puedo agarrar. Debimos ir a comer thai.

Pero ya estamos acá, Augusto. Cálmate. ¿Qué te tinca?

Poco, la verdad. Poco.

Alfredo está junto a Augusto Puga Balmaceda al final de una mesa alta, de madera rubia, donde fácilmente cabe una docena de personas. El local parece ser una antigua carnicería pero no lo es. Puros azulejos blancos en un espacio que parece un frigorífico salpicado por los envases retro de las mostazas, ajíes y, claro, porque no todo se puede combatir, el poco canonizado ketchup. Es plena Providencia, detrás de los Dos Caracoles, un patio escondido donde se arman remolinos de brisa fresca. Miro la carta: pernil, lengua, mechada, chorizo de cerdo («100%») con puré de cacho de cabra, lechuga, cebolla morada pluma, láminas de tomates, hojas de cilantro y mayonesa casera de ajo.

«Todo dentro de una crocante marraqueta».

¿Qué?

Que antes esta comida la servían en las peores fuentes de soda del Valle Central, Garzón, y uno soñaba con un Big Mac.

Es moda, Augusto, pero está fresco y hay poca luz. *Mejor cercano que lejano.*

¿Eso es de Gaspar *Chile-a-Mordiscos* Ossandón? ¿Tu chef favorito? Lo dictó, ¿no?

Lo ayudó Daniel Greve, sí.

¿Se le quema el arroz al chef?

Es ultra hétero. Zorronesco. Le gustan las instructoras de pilates.

Mal. Pensé que era de los nuestros. Es follable. Debe oler bien.

A mayonesa de ajo, a salsa verde, a mechada.

Igual esto es como comida de rotos cooptada por los patrones. Disculpa.

La elite.

Es una siutiquería aspiracional decir *elite*. Patrones y punto.

Tú sabrás, acoto.

Así es. Sé. Tengo hambre. Nada me atrae. Pensé haber superado la plateada cuando escapé de Talca. Veo que no. You can run but you can't hide, zorro.

¿Pernil tibio? ¿Un chacarero?

Mucho calor. Y quiero bajar de peso.

Estás flaco.

Puede ser pero igual. Siempre uno puede estar más flaco, ¿no? Creo que estoy más guapo a los 37 que a los 23. ¿Hasta qué edad uno es mino?

¿Hasta los 48?

George Clooney tiene más. Brad Pitt aún es mino. Tú estás un poco fluffy.

¿Fluffy?

Te falta masa muscular. Esos pantalones están un poco sueltos.

No voy usar pitillos como tú. No tengo edad.

Entonces paga las consecuencias, Garzón.

Mira, hay Chemilicos. Nunca he comido uno.

Tengo ganas de hacer Cross Fit o Boot Camp pero no hay duchas. La gracia de ir al gimnasio es poder ducharse con todos. Amo los camarines, me quedaría en uno por horas. Gran aroma, ¿no? Quiero nadar. ¿Debería nadar? En el Balthus me mirarían mucho.

¿Y en el Club Providencia?

El de Pocuro, quizás. En el de Santa Isabel me cuartearían. Lo que igual me atrae. Me va bien en ese sector.

Es tu target.

La dura, sí. Mato entre los diseñadores y cineastas jóvenes. Me comí a uno que me levanté en esa fiesta post Festival de Cine B y le dije que quizás podría adaptar mi cuento «Parcela».

¿Ese donde el estudiante mira a los peones bañarse desnudos en el río?

Sí. Octavio quiere hacerlo más hard core. Mucho desnudo frontal. Como los cuadros de Henry Scott Tuke, pero más criollo. Más morocho. Me tinca. Aunque le dije que los peones no pueden tener todos pinta de peones. Yo a diferencia de otros de la comunidad creo en la diversidad. Soy open-minded: me he comido flaites, hueones que hablan mal, gorditos con pinta de cuidador de auto, gente étnica, inmigrantes. Amo a los étnicos.

¿Por qué les dices así?

Hueón: son preciosos aunque sean bajos. Temuco es una gran ciudad para ir de gira. Pero los flaites ricos son lo mío. Lejos. Yo cacho unos barmans del Club Divino que estarían ideal para el corto…

Yo castearía tipos de la zona. De más hay.

¿Tú crees?

Que no parezcan tan minos, que sean naturales, reales.

Me carga lo real, Alf. ¿Habrá algo vegano?

Vegetariano, sí. ¿Un vegetariano con ají verde?

Veamos.

¿Rumano italiano con chucrut?

Alfredo no recuerda desde cuándo es amigo de Puga pero ya hace rato. Lo conoció en la editorial. El latero y limitado de Joaquín Montalva le pidió ayuda para despachar el libro de los ganadores del concurso de cuentos *Paula* y ese año Augusto Puga había obtenido el tercer lugar con «Parcela». Yo lo edité y también le edité otro cuento y lo contuve mientras escribía y procesaba el lanzamiento de *Resaca,* su primera novela. Después comenzó su fama. Puga Balmaceda era, sobre todo, inteligente, tenía olfato y no conocía la culpa o los filtros. Me hacía reír, pelaba como los dioses, me sacaba de la casa, era desatado y curioso, inventaba excusas para salir a investigar lo que fuera y me hacía sentir parte de algo. Tenía algo del hermano que nunca tuve pero eso es ya contaminarse con un romanticismo homoerótico muy gay que no viene al caso pues sé que la mayoría de aquellos que sí tienen hermanos no se llevan como yo me llevo con Augusto. Puga acarreaba tal cantidad de falencias y abandonos que era una suerte de ícono de su generación (tenía tres años menos que yo pero siempre lo sentía como si tuviera veinte) y conectaba aún más con la generación nueva que lo leyó en el colegio. Puga Balmaceda entendía que su obra era él mismo y que la gente compraba sus libros por él. Lo complicado es que, fuera de Chile, donde su fama y su pinta y sus apellidos no tenían valor, pasaba a ser uno más. Por suerte tenía dinero: cuando publicó su primer libro sus padres le regalaron un estupendo departamento con azotea detrás del Teatro Oriente en la calle Orrego Luco, por lo que podía vivir y putear tranquilo y andar por la vida como escritor.

Anoche vi la película sobre la novela de George Perec, *El hombre que duerme.*

¿Te dormiste?

No huevees, Garzón. Tú sabes que es mi autor favorito.

Lo sé y no lo entiendo. Ten cuidado con la pose, Augusto.

Strike a pose, me dice, y hace el gesto universal.

Un escritor escribe, con eso basta; no tienes que andar por la vida como uno, Puga. ¿Perec? Really?

Deberías verla, Alf. Trust me.

Ya he confiado harto en ti, Augusto. Me dormiría. Lo sé.

El que tiene prejuicios eres tú.

Es mi trabajo; tú te dedicas a otra cosa.

¿A qué?

¿A qué crees?

A veces no sé. ¿A googlear?

Tú eres tu gran tema.

Puede ser. Tienes razón. No eres mal editor.

Gracias.

De pronto igual me gustaría viajar a un sitio frío, onda Oslo, en invierno, y arrendar una pieza en un hotel cool y comprarme unos antifaces caros hechos de prepucio de ñandú y dormir y dormir y dormir.

Hazlo, Augusto. ¿Tienes plata?

Con lo que me pagarán con el libro que hagamos juntos, sí.

¿Libro que haremos juntos? ¿Perdón?

Sí, zorro. ¿Qué pedimos?

Augusto Puga coloca en la silla que está a su lado su bolsón de cuero gastado y se saca su chaqueta de lino color cáscara de almendra. Su apretada polera gris de algodón gastado está empapada por el sudor. Sus brazos se ven fuertes y trabajados, claramente no tiene un cuerpo típico de escritor. Al final de la mesa, un tipo joven que no se ha sacado los anteojos oscuros y tiene un tatuaje tipo maori en la espalda que se ramifica por debajo de su musculosa rosa-seca (¿o es canela el color de moda?) hasta aparecer en su esculpido brazo, comparte un sandwich de algo que parece arrollado con una chica que anda vestida como si hubiera visto demasiadas veces *Amélie*. A diferencia de su comensal, la piel de la chica nunca ha visto el sol.

Me agarré a ese hueón, Alf.

¿Cuál? ¿El del tatuaje de súper héroe? ¿El de las axilas de pelo color caramelo?

¿Te fijaste?

Obvio. Parece un modelo de comercial de cerveza. No, mejor: uno de esos remeros Warwick que reman desnudos.

No, parece modelo de Cocky Boys, zorrón. Este tiene una champa abajo no menor. Generosa, diría.

Te creo.

Puta, me encanta ese estudio. Es el mejor sitio, los mejores videos. Le propuse a la revista *In* de Lan un reportaje.

Que me enviaran a ver un rodaje. Pero me dijeron: «Esta es una revista para todos». ¿Para todos? Todos ven porno.

Pero no gay.

No sé. Cocky Boys tiene los mejores minos, Alf. Todos guapos pero normales. Sanos. Están bien montados, además. Buen mono, buena cámara.

Sí, muy bien montados.

Se cree zorrón, zorrón. Fíjate.

Seguro que toma ron Pampero, Puga.

Fan de *Rápidos y furiosos,* de toda la franquicia.

Los hacen a todos iguales, Augusto. Al final Calvin Klein triunfó.

Fíjate cómo le da la mano y la mira. Se cree mino.

Es mino.

Lo hace para evitarme. ¿No me crees, Garzón?

Sí. Es un poco joven, ¿no? Para ti.

¿Qué te pasa? Tiene como veinte. Quizás diecinueve.

Es poco, Puga. Poco mentalmente. Es la peor edad.

En la cama, no.

No han leído nada.

¿Crees que ando buscando candidatos a magíster?

¿Te ha leído a ti al menos?

Obvio. Aunque prefiero a los que no leen. Son más salvajes.

E incultos.

A veces una piscola es mejor que un Etiqueta Negra.

No entendí, hueón.

Entendiste, Garzón. Perfectamente. Es más: a veces el vino en caja embriaga más que un puto ensamblaje.

Me perdí.

Qué rato, Garzón. Digo que a veces es mejor agarrarse a un pendejo o a un flaite o, mejor, a un pendejo flaite.

Puede ser.

No andan buscando nada excepto culiar. Te lo aseguro.

¿Te consta?

Me consta. Son ricos y son tontos y no se enojan cuando les dices: «Gustazo, perrito, estuvo bueno, nos estamos viendo». A los estudiantes de cosas artísticas les sobra sensibilidad y les falta arrojo.

¿Arrojo?, lo hueveo.

Amo el aroma a flaite. Igual ando buscando a un estudiante de diseño o a un chef para que me salve, todos buscamos eso al final, pero por ahora todo bien, hueón. Por suerte hay carne de sobra. Santiago en ese sentido es la zorra, hueón.

Están en un sitio llamado La Superior, entre dos restoranes frecuentados por gente de la industria literaria: el Baco y el Rivoli, que es italiano de verdad y donde a Victoria Martinetto la saludan de *Cara*. Alfredo prefiere estar aquí que en esos otros dos: es más barato y Augusto Puga Balmaceda, como todos sus autores, como todos los autores del mundo, nunca paga, y este almuerzo no puede rendirlo en la editorial porque no tiene ningún proyecto contratado con él. Otro factor positivo del lugar: no hay periodistas observando, sapeando, armando pauta mientras están en un almuerzo aparentemente distendido.

Acabé en su boca. Mira sus labios. Es lindo, ¿no?

Sí. Es bonito el hueón, Augusto. Lo malo es que lo sabe.

Le encanté. Luego me pidió que le firmara *Ropa usada*.

¿No *Resaca*?

Le dije que otra vez me llamara y se lo llevaba.

¿Te llamó?

No, hueón. ¿Lo saludo?

No aún. Deja que te pesque, quizás la chica lo tiene tenso.

O duro. Mira sus shorts, Puga.

Sus anteojos están buenos.

Sí, muy puteros. Son John Varvatos. El hueón es fino, te dije. Pendejo culeado. Es o era vendedor de esas fiestas.

¿Lobo? ¿Barcelona?

HotSpot, creo, zorro. Vendía entradas más baratas, adelantadas. Usaba ropa Reef y calzoncillos Bjorn Borg. Seguro que aún usa. Su aroma a bolas era embriagante. Arrebataba.

¿Arrebataba?

Sí. Rico. Nunca vuelven a oler así. Dime que no sabes y que no te gusta. Sudor de veinteañeros, Dios.

Un gran aroma, le digo, y huelo de inmediato a El Factor Julián o creo olerlo o recuerdo cómo su esencia me arrebataba.

Creo que se llama Joaquín. O Ismael. Borja, tiene cuero de Borja. O quizás Clemente.

Esos son los personajes de tus libros.

Puede ser. ¿Importa? Art imitates fiction, zorro.

Deberías escribir de él.

¿Dará para personaje? Son todos intercambiables. Una novela del submundo de los jóvenes gay ABC1 sin acoso o marginalidad o asesinatos. Puede ser.

¿*Tender is the Night*?

¿*La dureza de la noche*?

No es mal título, concedo. ¿Eso no es acaso *Nosotros*?

No quiero hablar de *Nosotros*. No ahora. Mucho calor. Perdona.

Dale. Vale. Acepto tus disculpas, Garzón. Relax. La cosa es que lo vi en Facebook.

¿A quién?

A Clemente-Borja o whatever.

Ah, Mister axilas.

Sí, Mister Teen Spirit.

Apareció en Facebook. Recomendado. Me aceptó. Y lo contacté. Me dije: me lo quiero agarrar y de día. No dando jugo o pasado a poppers.

Me parece sano.

Partí al departamento de sus viejos, que estaba por el Cantagallo. Ellos estaban en el campo. Atinamos. Y eso que me dijo al toque: soy activo, pero qué cool conocerte, hueón. Al tiro se transformó en un chico moderno.

Siglo veintiuno. ¿Te lo comiste?

Pero el hueón igual me vendió la entrada. No me la regaló. Y sabes qué me dijo… «No sabía que eras gay. Qué buena onda que lo seas». Mal, ¿no?

No sé. Es tema tuyo. No manejo tus comunicaciones. Fedora ve eso.

Es que eso me tiene como tenso.

¿Qué? ¿Que esté acá al lado?

Capto que existe la idea mal parida de que soy bi. Y es como tan noventero.

¿Noventero?

Siento que tanto *Nosotros* como estas ideas que tengo rondando y asaltándome me ayudarán a reperfilarme.

Dijiste que no querías hablar de *Nosotros*.

Tú no puedes; yo sí.

Dale. ¿Y qué te importa? Siempre te han pelado. Escribe y no pienses huevadas.

Nadie ya quiere ser bi, Garzón.

Algunos sí.

Nadie. Es lo que más me molesta de *Resaca*.

Es una gran novela, Augusto.

Hoy la escribiría de otra manera. Sin duda. Todas las escenas de sexo con minas serían con tipos.

Igual hay harto sexo con minos.

Ni tanto. Faltó pico. Creo. Oye, Alf. Míralo, pero sin que se note. ¿Tú crees que la estudiante de teatro o diseño será su novia?

¿Amélie? Capaz. No creo. Fíjate, Augusto. No te mira, no se saca los anteojos. Está tenso con tu presencia.

Demás. Ella me reconoció. Lo noté al toque. Capaz que le guste.

¿Tus libros o tú?

Yo, nadie se folla un libro.

Pensaba que sí.

Sólo en contadas ocasiones me he agarrado a fans. Te juro.

Te creo.

Y más bien por error. Por las putas aplicaciones, Alf. «¿Tú eres el de *Resaca*? ¡La zorra! Me encantó la portada. Eres tú, ¿no?».

Fue gran idea la portada, insisto.

Pero si un hueón me dice: «tu libro me cambió la vida, también quiero escribir…».

¿Te lo agarras?

Sí. Sí, ¿no?

Sí, claro. Yo lo haría. Creo.

Sobre todo si creen que son héteros, Alf. Si andan en plan curioso.

O si están en un taller, agrego.

Eso es casi abuso. Muy Karadima, pero igual. Le prestas Pavese o Pizarnik y ahí están chupándote el pulgar y como perritos. Eso son: cachorros.

Deberías escribir de eso, Puga.

Hueón: eso quería decirte. Ando con muchas ideas.

Siempre. Focaliza, mejor.

No puedo.

Estás en *Nosotros*. Todos esperan *Nosotros*.

Lo sé. ¿Crees que no sé? Es lo único que sé.

Menos ideas, Puga, y más disciplina. La dispersión no rinde.

No me sale.

Nosotros, la novela erótica gay hard-core de Puga anunciada y contratada por Alfaguara hace unos años después de que Augusto nos enviara un mail resumiéndola a Victoria y a mí y a su relamido agente uruguayo. La idea de *Nosotros* era explorar con «pelos y señales pero más que nada pelos» un verano cuico en distintos balnearios, terrazas, pool partys, graduaciones, fiestas de fin-de-año, afters y recitales de ese sub-gueto que es el de los chicos gays de elite, flacos y ligeros como el agua mineral, dedicados al arte y todo lo sensible, que son apoyados por sus padres de derecha homofóbicos («un fotógrafo guapillo de vida social que trabaja para una de estas agencias de branding, perrito, y que no para de follarse a sus amigos en común»). Un mundillo que Puga Balmaceda conocía muy bien («mi gente, mi circuito»).

Menos chicos bonitos, Augusto, y más mañanas sin resaca y buen café. La tienes dentro, es cosa de que te concentres. Cuarentena, hueón. Foco. Trabajo.

Es malo escribir con Red Bull, ¿cierto?

Usa tu puto canje y tu máquina Nespresso. Para algo posaste.

Puta que me saca partido Simón Pais. Me cacha.

Hueón: deja de modelar y escribe.

Y eso hago, maraca. ¿Leíste lo que te envié anoche?

Puta, qué calor. Estos ventiladores son puro adorno.

Ya, hueón: ¿qué te pareció? Me tiene tenso, mal, nervioso.

Perdona, Augusto.

Somos amigos, Alf, ¿no debería tener trato preferencial acaso? No jodas. Apaña.

Ando en mil cosas. Hay otros autores…

No como yo…

Sí, pero… Estamos en plena FILSA.

No digas FILSA, nadie excepto los rotos de la Cámara dicen FILSA

¿Feria del Libro?

Sí.

Tú no cambias.

¿Debería? Desperté esperando tener un mensaje o una seña tuya, Garzón. Me arruinaste la mañana. Quedé sumido en la duda. ¿Es tan complicado enviar un puto wasap?

Deberías confiar más en tu tripa.

Te pedí una lectura profesional.

No, no me solicitaste eso.

¿Cómo que no, Alf?

Me lo pediste como favor de amigo.

¿Favor de amigo profesional? ¿O un favor personal de amigo?

¿No es lo mismo?

No.

¿No?

Ya, con gente así no se puede trabajar.

No estamos trabajando, Augusto. No hemos firmado nada.

Me dijiste «ya». ¿No basta? ¿Lo leíste, hueón?

Ojo, yo no soy tu editor: es Joaquín.

Tú eres más joven y de mi onda. Me entiendes. Siempre me has leído.

Lo mío no son las novelas. Nunca lo han sido. Lo mío es la no ficción.

Todo lo que escribo es real, lo sabes. No cambio ni los nombres.

Deberías. Luego se enojan.

Conoces el mundo del que quiero hablar, Alf. Ene.

No creas. No soy como tú y tus personajillos.

Pero empatizas.

¿Empatizo?

Me comprendes. Te ves en mí.

¿Me veo en ti?

Tú no escribes porque yo escribo lo que te gustaría escribir.

Sigue, tienes toda mi atención, Puga.

Al leerme, te lees.

¿Tú crees?

Me consta, perrito.

Augusto Puga se rasca de manera estudiada la pera y luego se toca levemente su bigote, como si revisara que aún esté ahí. Mientras lo hace delata una cierta alegría adolescente por poder dejarse crecer un bigote y así ingresar al afortunado mundo de los jóvenes urbanos que hacen de sus vellos faciales un arma, una contraseña y un destino. Es cierto: su nuevo corte de pelo le sienta y su barba menos intensa le queda mejor. Durante el «período *Resaca*», Puga lució una barba que tuvo que cuidar con esmero y tónicos especiales. Ese look fue transformado en una portada de *Resaca*, con él, desnudo en una cama, sábana delgada celeste más abajo del ombligo, en una pieza iluminada por una gloriosa e instagrameada luz matinal. En la solapa, en cambio, Puga aparecía en una versión más Opus-friendly, clean-cut, bañado; aparecía como el chico que alguna vez había sido y seguía siendo cuando se celebran efemérides familiares. En la foto, con unos años menos, cara afeitada y pelo largo, bronceado por el sol, parecía un jugador de rugby. La inversión capilar, más su sagaz ojo y su asombrosa capacidad de traicionar a todos los que lo han rodeado y lo siguen rodeando para escribir la gran «novela abajista» elevó su fama y lo hizo pasar de ser un escritor joven algo experimental y «sodomizado por los programas creativos americanos» (la nouvelle *Largo viaje hacia la noche*; los cuentos de *Ropa usada*) a un gracioso y ácido cronista de su tiempo, aunque demasiado ondero y atrapado por la moda y los brandings para ser tomado en serio por la academia y la crítica más resentida.

Resaca fue el tipo de novela que todos negaban leer pero todos compraron. Funcionó tanto que le dio de comer y transformó «a Puga en Puga». Su historia era simple y cercana: un chico bien que se cambia de casa (de La Dehesa a la calle Condell) y de carrera (de derecho en la Universidad de Los Andes a diseño en la UC) y eso lo altera todo. Alfredo siempre ha creído que la portada, idea suya por lo demás, fue la verdadera razón de su avasallante éxito. Right time, right place, right author, right face, right story.

Resaca fue un gran título, Puga.

Notable, lo sé. Pensar que se iba a llamar *Tropiezos*.

Mal.

Fue tu aporte, Alf. Lo sé.

Para eso estoy.

¿Por qué ahora me están leyendo puras viejas menopaúsicas? Es como que ahora las mamás de mis lectores me quieren follar.

Quizás. O a lo mejor desean saber adónde fueron a extraviarse sus hijos.

Ayer firmé ene y no me tocó ningún mino agarrable.

Quizás ya no quedan, le digo sonriendo.

No tolero que me lea gente insensible, Alf; sin estética, burda, aspiracional.

Augusto Puga Balmaceda no es un gran autor y no es un gran artista. Le atrae más la idea de escribir que escribir. Sufre el síndrome de «querer ser escritor» y a pesar de que declara que no «está comprometido con nada», la verdad es que está muy comprometido consigo mismo. Lo suyo es ser distinto y especial y sobresalir para así provocar. Y que se fijen en él. El comidillo y el desprecio y el pelambre literario del *petit monde* de nuestras letras no lo mellan; al revés, lo inflan. Puga está dispuesto a todo con tal de acceder al éxito. El asunto es qué publicar ahora y cómo superar *Resaca*.

Me tienes que ayudar, Alf. En serio.

Acá estoy.

Ayer todos los que pasaron en el stand me preguntaban cuándo viene *Nosotros*, cuándo sale, me muero de ganas...

No debiste anunciarlo. Menos por la prensa.

El contrato fue por tantos dólares que fue noticia.

Ha habido contratos superiores, Puga. Tú lo hiciste noticia. No te mientas. Le pediste a Fedora que cacareara. *Tú* quisiste que todos supieran que te dieron esa plata.

Para provocar envidia, es cierto.

Seguro que lo lograste, pero también te entrampaste.

Lo sé, hueón. ¿Leíste la entrevista a Carlos Labbé? Le habló a *El Mercurio,* que le encanta hacerse el abajista y pescar losers y resentidos y posers que odian al diario. El típico hueón que despotrica contra todos y contra el sistema desde fucking Brooklyn.

Que ataca a la industria editorial, siendo que editó algunas de las peores basuras cuando estaba en Planeta.

Sí, repelente.

Co-escribió el guión de *Malta con huevo,* una comedia pop sobre viajes en el tiempo, pero se hace el cerebral.

El arribista que quiere que nadie lo lea y posa para *Sábado* y dice que ojalá nunca hubiese aparecido seleccionado en *Granta.* A mí me llaman de *Ñ* o *Babelia* o *Gatopardo* para ser portada y poso en pelotas.

¿*Datoavisos*?

Feliz. *Out* es la meta.

Puto.

Y a mucha honra, Alf. Yo puteo conscientemente, no como los otros que gimen y gozan y luego vomitan. Como Labbé apoyando la voz de los queer. Para ese tipo de intelectuales latinos de Nueva York queer implica ser travesti de Lo Hermida o, mejor, de Calama, y además ser aymara. Si usas zapatos sin tacos, cagaste: eres maraco pero nunca serás queer, hueón.

¿Dirías eso en público?

Estás más huevón: me culean, me queman, me expulsan.

Ya te han hecho las tres cosas.

Cierto.

Mal.

Igual ando desenfocado, Alf. Sin foco, perro. ¿La firme? Ando jalando. No me mires así: no eres mi madre. Un dominicano que vende poppers, y que la mama como los dioses a todo esto, también vende coca y…

Mal.

Mal, ¿cierto?

Sí. Estás ansioso y sobrexpuesto. Deja de recorrer esos hoteles-casinos con esas putas charlas.

Me pagan, me promociono…

Ya no necesitas exposición, necesitas silencio. Trabajar.

Uf. Necesito tu apoyo. Tu mirada.

Dale. Aquí estoy. ¿Estás bloqueado?

No sé.

¿No sabes?

Quizás.

Quizás. Tú sufrías el síndrome de la incontinencia.

Era más joven. Fumaba.

¿Falta de sexo?

Nunca, perro. Nunca. Aún me puedo follar a todo Santiago y lo sabes. No me dejan entrar a la Blondie los jueves universitarios retro porque altero todo. Se vuelve violento.

¿Sí?

Estoy adicto a los rugbistas y a una liga de Kendo. Me he comido a tres. Un hueón con faldón negro es… les pido que hagan sus movimientos con la espada y se van sacando la ropa mientras los fotografío.

No jodas. ¿Desde cuándo tomas fotos? ¿Tienes esas fotos?

Sí.

¿Aceptan posar?

Todos quieren atención. Sobre todo los hétero. ¿Te extraña? A veces parece que no sabes nada, Alf.

Concéntrate: menos pendejos cuicos y más laptop.

El calor me paraliza. No puedo pensar, Garzón. Grindereo todo el día. No escribo, no leo, veo porno. Veo porno gay y muchas MILFS, asiáticas. Me gustan los minos de las porno straight. Amo a Colby Keller. Puta el medio mino. ¿Sabías que está escribiendo? El hueón es seco para todo. Gran top, power bottom. Es un artista, en el fondo. Lo porno es una de sus expresiones; al final es una actuación.

Tengo mis dudas.

Hueón: ando mal. Ayer me agarré a dos turistas en el Intercontinental. Por separado, sí. Y no eran sobrecargos. El sábado terminé en un trío con dos osos. Porque sí. Detesto a los osos y lo sabes. Todo para no escribir. Necesito tu ayuda, tu consejo, Garzón; tu guía, tu luz.

Dale. Veamos.

Tenemos un problema.

Tienes un problema.

Tenemos.

¿Por qué tenemos?

Porque eres mi amigo y mi editor.

No soy tu editor.

Deberías. Te contrato. Cuánto. ¿De verdad no leíste lo que te envié?

Muy por encima, sí. Esta mañana.

Lo leíste entonces. ¿Parte bien?

Sí.

¿Por qué no me wasapeaste o llamaste?

Porque quedamos en almorzar hoy a esta hora y porque me lo enviaste anoche y porque el reino del señor es de los que saben esperar.

No sé esperar. No sirvo para esperar. Soy ansioso y esa es mi gracia. Lo sabes.

Puede ser divertido. Te van a odiar.

¿Más? Imposible.

Lo que todo hueón gay hace cuando viaja: busca aventuras. ¿O no? *Lonely Planet* pero con lubricante…

¿Muy frívolo?

Como tú, sentencio.

Filete. Estaría lleno de hispters y couch-surfing, perrito. Contar la dura, hueón: cómo uno conoce a mucha gente viajando y cómo al final te metes a una red y a una hermandad…

Podría ser muy, pero muy comercial.

Grande, zorro.

Pero tendría que tener un pathos, Puga. Fusionar los mejores libros de viajes… no sé, los clásicos con…

¿Te gustaría ser mi editor?

Tendríamos que hablar con la Victoria.

Filete, zorro. Filete.

Déjame tantearla.

Si me apoyas, capaz que me salga para marzo.

¿Lo crees?

Escribiría todo el verano.

Un libro sudado.

No me atrasaría. Lo importante es despegarme de *Nosotros*.

Entiendo, le digo. Despegarte con sudor.

Piensa en posibles títulos.

¿*Sudor*? Puede ser cómico, Puga.

Debe ser horny pero ligero, ¿me captas? Todo es tono. Además tengo apuntes, libretas. Está casi listo.

¿Cómo así?

Anoté. Tengo mi lista. ¿Tú no?

No.

¿No?

No.

Con razón no eres un artista, zorro. ¿No tienes libretas?

No, le miento.

¿No sabes con cuántos te has metido?

No.

A veces me sorprendes. Y me decepcionas, Garzón. Pero nada, tú eres editor y yo soy artista. Te voy a regalar un par de libretas.

Dale.

¿Serías mi editor?

Me encantaría.

Viste: soy irresistible.

El chico tatuado te está mirando, creo que te escuchó.

No me interesa: pendejo culeado.

¿Te saltarías Chile?

Obvio. Eso da para otra novela.

O quizás para algo de no ficción.

¿Mis memorias? ¿Mi autobiografía?

Algo así, hueón.

Doy por vivido todo lo imaginado, perro, pero puta que he vivido.

Si tú lo dices.

Sabes que sí. ¿Se te ocurre un nombre para este libro? Tú puedes, dale. Invéntate algo, Garzón. Tú eres el editor que me potencia, que saca lo mejor de mí. Esto va a quedar muy bueno. Voy a matar, ya vas a ver. Los guardianes van a tener que tomarme en serio. Verán que soy mucho más que un escritor para cuicos, perro. Soy mucho mucho más que eso.

De vuelta en la editorial, Alfredo capta que ya es tarde, son más de las cinco y todos los que importan deben estar en «afanes Tour Restrepo». O instalados en la Feria del Libro. La vida continúa y hay firmas y presentaciones. En la cocina abre el refrigerador y ve docenas de botellas de agua Panna y otras de Club-Mate.

Saca una de cada una.

Abre WhatsApp y le escribe a Vicente Matamala.

> hey, zorrón.

Hey! Calor. Me tiene mal.
Tú?

> Aquí. Odio a Restrepo.
> A los dos.
> Has tomado Club-Mate?

Es la zorra, Alf.
Lo sirvieron en lo del Chueco Izquierdo.
Es como té para maracos, ¿no?

> Jajajaja.
> Cuidado.

Susceptible?

> Lleva hielo a casa.
> Y agua, wn

Club-Mate?

> Jajajaja. No.
> Pero sí Ginger Ale.
> No sé.
> Hay Jameson?

kizás llegue tarde.
Espero.
O no llegue.

> X qué?

Una Tinder.
Paisajista
Separada. Dos niñitas.

La dura?

Iremos a Tobalaba.
Moloko, Barba Azul.

Cdo la conociste?

Hace una hora.
Me dio su fono para wasapear
y la llamé.
Jajajaja

Sí?

Le dije hola, soy yo.
Quién, me dijo.
Yo, le dije

Se mojó, seguro.
Eres un zorrón, zorrón.

Se hace lo q se puede.
Lo sé. Ya, te dejo.
Tú irás FILSA?

Escritores, sí.

Uf, tu mundo, mal.
Tanto gordo,
tanto polerón con capucha.

Con este calor,
no creo.

Ah que sí.
Ya, wn, beso.
Chao.

Suerte con madame Tinder.
Me cuentas.
Safe sex.

Always.

Alfredo abre Grindr. Espera que la grilla se acomode y actualice. Las mismas caras, casi. Avatares de *Los Simpsons*, piscinas, mucho gimnasio, mucho camarín, mucha terraza de departamento chico, mucho Grindr Queen lateado. Tipos con anteojos de sol, con sombreros de paja, con boxers de colores. Lumbersexuales con barbas y chalecos. Mascotas. Pendejos en discos, tipos sentados en el metro. Mucho mino en la piscina del techo del edificio. Mucho en el Parque Bicentenario vendiendo, según Puga Balmaceda, la idea de «hueón: soy gente bien, de los nuestros, vos cachái, decente, capaz que nos cachemos del colegio o tengamos gente en común, soy piola, no clóset pero en la empresa prefiero ser más invisible». Los «de paso» o «foreigners» o «extranjeros» apuestan por palmeras o fotos de sus ciudades de origen. Se fija en PABLO PYME, al que ha marcado como favorito, y ve que ahora anda veraniego, con una polera amarilla con el logo de la Universidad de Chicago.

Mira su propio avatar: invernal, su cara algo seria, sus anteojos para leer, su barba de dos días, y no tolera lo que dice: ME GUSTAN LAS SERIES, LAS HISTORIAS, LOS TIPOS CON CUENTO; ME GUSTA LEER Y LEO A UN WN AL TOQUE... BUSCANDO UN SOCIO, UN PARTNER, UN TIPO BUENA ONDA...

Coloca edit, borra y cambia todo.

CALIENTE CON CALOR, escribe y luego lo borra.

CALOR Y SUDOR.

Para qué hacerse el tímido. Se baja unos años la edad, a 37, sube su altura de 1.75 a 1.78 y deja su peso en 82.

Borra CALOR, deja SUDOR y escribe en el headline.

Hirviendo y con ganas.

Abre su archivo de fotos y se va rápido a las de unos años atrás. Encuentra fotos de playas: en Fortaleza, obvio, y Recife y Canoa Quebrada; en hoteles diversos, en Miami, en Algarrobo. Le gusta una foto en Key West en la casa de Hemingway, pero le parece pretenciosa. Y esos shorts largos lo hacen ver gordo y corto de piernas. Sigue. Se topa con una foto que le tomó un turista americano hétero recorriendo las Cataratas de Iguazú. En la foto Alfredo tiene el pelo corto, sudor en la frente, se ve bronceado y anda con una musculosa de algodón, se divisa la oscuridad de sus axilas y sus brazos salpicados por el rocío de la Garganta del Diablo se ven casi esculpidos. Nada de intelectual. Grindr no es para seducir con conversaciones eternas y complicidades literarias. No.

Edit y cambio de foto.

Listo.

Alfredo, playero, viajero tipo *Lonely Planet* con musculosa azul piedra.

Mira algunos tipos en vitrina, unos patéticos y sesentones aceitados en Río con zunga, oficinistas parecidos al Espinita del *Jappening con Ja*, dobles de Lucho Jara, mulatos caribeños ofreciéndose para masajes.

Los bloquea.

Mira a los que le parecen más culeables aunque con este calor mejor ser pasivo y no tener que rendir.

TOMÁS
sin drama, sólo háblame, sabré qué hacer y
cómo lograr lo que ambos queremos.
Sopeado y macho.

Jugado

1 hacerla corta

2 pasivo igual macho: hay que ser muy hombre para que entre entera, ¿no?

3 el no responder es una respuesta ultra clara.

4 si te quedas, ofrezco desayuno y café de grano.

Vitacura

Busco piola de por acá.

Higiénico.

No uso hawaianas.

Express pero lento.

Ziggy

Melómano y adicto a la adrenalina.

Sin rollos mediocres y exigencias weonas.

Snowboard/longboard/electrónica.

Preseminal es mi licor favorito.

Suena el teléfono y lo sobresalta. Grindr desaparece para dar paso en forma inesperada a la cara de Ricardo Keller con sus anteojos bifocales y su chaqueta de tweed. ¿De cuándo es esa foto? Hace tiempo que no lo llamaba. Suena y suena.

Responde.

Aló, Ricardo. ¿Qué tal?

Alfredito. Hola. ¿Molesto? ¿Interrumpo?

Para nada, lleno nomás. Colapsado. Oye, vi tus…

No ando acosándote. En serio, Alfredito.

Lo sé.

Esta es una llamada profesional.

Lo sé, le respondo aliviado.

¿Todo bien? ¿Todo funcionando?

Sí, nada de qué quejarse. Calor nomás y esta época de Feria…

El otro día fui. A la presentación de un libro sobre Perlongher de un amigo. No te vi.

No siempre voy. Deberías leer los ensayos de Baltazar Daza.

Oye, Alfredito…

Alfredo. Basta ya con el pasado, Ricardo.

Alfredo, claro, sí. Los malos hábitos…

No era un mal hábito… ya no corresponde, nomás.

Por cierto. Alfredo, la razón de esta llamada, y perdona por interrumpirte, es…

Por Restrepo. Mira… Anda al museo. Te lo presento. Tu nombre estará en la entrada. En todo caso, ingresa a la página de la editorial y puedes imprimir un flyer. Dudo que se llene. Pero tú estarás anotado, te lo aseguro.

¿Puedo ir con alguien?

¿Te parece que es necesario?

¿Perdón?

Digo, esto es algo literario.

Quiero ir con una alumna que está trabajando imaginarios brasileños desde el canon hispano. *La guerra del fin del mundo, Sangre de amor correspondido, Cae la noche tropical…*

Fordlandia.

Exacto.

Perfecto. Anda con ella. Tu nombre más uno.

¿Y crees que Restrepo podría asistir a mi curso?

No. Imposible, cero posibilidad. Tiene una Catédra Bolaño en la UDP. El miércoles. Pasado mañana. Creo que es abierta. Seguro que sí. Obviamente te dejarán entrar, van a estar felices de contar con un académico de tu talla. Pero Restrepo estará pocos días y tiene una agenda feroz.

Estás tenso.

Algo.

¿Por qué?

Cosas. Pega. Feria. No alcanzo a leer todo lo que… Ellos. Los Restrepo. Temas míos.

Temas tuyos.

Sí.

Si necesitas un amigo…

Tengo, Ricardo…

Después de la presentación en el museo quizás podríamos…

Lo veo difícil. Imposible. Además tengo una cena en honor al pendejo.

Otra vez, quizás. Cuando se vayan.

¿De verdad crees que es necesario?

Necesario no, pero sí podría ser un agrado.

Debo colgar. Debo estar en Mapocho ya. Te veo pasado mañana, entonces.

Ahí te veo. Gracias, Alfredo.

De nada. Restrepo debe ser un encanto. Como tú.

¿Tú crees que soy un encanto?

Hace demasiado calor para discutir eso, Ricardo. Tú sabes que sí. No hace falta que yo lo diga. Pensé que a tu edad uno ya tenía claro lo que era y lo que no.

Te dejo, mejor.

Mejor, sí.

Abrazo.

Suerte, Ricardo.

Abro WhatsApp y veo la sonrisa de Renato Adriazola. Sus dientes separados y su barba de varios días. Veo que no está online. Tipeo.

> Hey, wn
> En deuda contigo
> Sorry
> Lleno, feria feria feria
> libros autores presentaciones cenas
> y hoy hay más.
> Vi tus mensajes :)
> Tratemos de vernos.
> Eso.
> Cuídate.

Apago el teléfono y parto a mi escritorio, tomo Club-Mate y me sorprende que me guste. Busco en You-Tube si está *El calor de la brisa*. Está en tres partes. Pongo play. La cámara parte sobrevolando un mar iluminado por una luna llena. Poco a poco empiezan a aparecer barcos y barcos y barcos. Están en fila. Esperan ingresar al Canal de Panamá. La cámara sigue y de pronto se abre toda la ciudad en medio de la noche, una suerte de Manhattan tropical, centenas de rascacielos que brillan en la noche. Alfredo coje unos audífonos Bose anti-ruido y toma un poco más de Club-Mate.

Se topa con Alejo Cortés a la salida de la presentación que preparó la editorial Montacerdos. Rafa Gumucio y el escritor-DJ limeño Dany Salvatierra se batieron a duelo para celebrar los talentos de la nueva Anaïs Nin local. El nuevo descubrimiento parece un sueño hecho para la prensa, las redes sociales, los trend-setters, los cool-hunters y los líderes de opinión sin opinión: una chica emo chilota de veintitrés años que admira a Miley Cyrus y todos dicen que, si no se autodestruye, puede ser la nueva John Green queer-urbana pero crossover (es algo bi y los minos la encuentran «étnica», como diría Puga). Milagros Morales es delgada, de piel blanca tiza, una chica con inmensos ojos negros, pelo corto, lesbiana pero no butch, de riguroso negro, botos Doc Martens, los brazos llenos de cortes, con novia pintora peruana pituca de cincuenta y dos años de apellido Miró y una colección de cuentos llamado *Penas* con epígrafe de Patti Smith y blurbs de Mariana Enríquez y Dani Umpi.

Alejo Cortés está transpirado, rodeado de teens y tratando de huir de la locura de fanáticos que siguen los memes de la Morales por Instagram y que desean que la chica les firme el libro en la caldeada sala Pedro Prado.

La mina ya es una estrella y eso que el libro llegó hoy nomás al stand de las indies. Insólito.

Parece, le digo.

Bajemos, necesito aire. ¿En qué andas?

Circulando. Pensaba ir al stand. ¿Qué hora es? Está firmando mi viejito, que hizo ese libro de la historia de la ópera en Chile.

Publicación fundamental, Alf. Por la que te van a recordar, seguro. Yo fui a escuchar un coloquio acerca de novelas gráficas. Pancho Ortega no paró de sudar.

Como siempre.

Y eso que ahora es famoso. Dueño del mundo.

Yo apenas puedo mantenerme circulando, Alf. Odio esta feria, estos gentíos, este circo.

Calma, Alejo. No lo tomes todo tan a pecho.

Todo lo tomo así.

Caminemos. Yo soy tu guardaespaldas, ¿ya? Estuve con Conchita Ossa tomándome un café y…

La odio, mírala. Milagros es empática, es real, le creo todo.

She's a natural. Y guapa, si te gustan las minas.

¿Viste a los fans? Es transversal, Garzón. ¿Qué hacía Álex-con-Renzo en la presentación?

Parece que desea adaptarle un cuento para un corto o proponerle que escriban juntos, ya sabes cómo es: multimediático. Tiene un radar, dicen, para captar lo ondero.

Me da pena Renzo. Es como un writer's wife que siempre está callado. Yo siempre solo y Álex con este Renzo.

Es tímido pero al menos es lector. Lee más que Álex, me consta. Igual es raro.

Todos lo somos.

Puede ser, Alejo. A esta Milagros ya la van a traducir a varios idiomas, ¿te enteraste? New Directions en New York.

¿New Directions? ¿Me estás hueviando?

No. *Granta* la quiere. Espera, hay más, Alejo. Me contó Diego que Milagros Morales ya posó desnuda para la Detective Charly y que aparecerá primero en esa revista *Mala Mag* y que, ojo, no se depila.

Full bush.

Seventies total, agrego. Dice que la foto la van a viralizar. Seguro. Al parecer tiene una champa más boscosa que Inti Jerez, que no se ha podado desde el gobierno de Lagos.

¿Lo viste? Estaba ahí, al lado de Pablo Azócar. Puta que ha envejecido mal.

Pensar que me gustaba, Alejo, lo encontraba mino. Fui a su taller cuando aún quería ser escritor. Me pajeé después de leer *Natalia*. Está más flaco.

¿Azócar?

No, mira: me refiero a Inti «XTube» Jerez. Se está agarrando a una alumna cuica de su taller. Teresita algo. O Blanquita. ¿No la viste? Parece una pastorcita, Alejo. Look Cecilia Amenábar pre Cerati.

Dios: nada cambia, todo es tan obvio.

Y lo seguirá siendo, Cortés. Igual me follaría a Inti, feliz. Me pegaste tu morbo. Es sólo una leve obsesión, nada más.

Lo sé. ¿Será bi? O con algunos tragos y quizás… no sé… ¿Qué drogas tomará?

Todas.

Fíjate en su bolso de The Strand.

If You Go Home With Somebody & They Don't Have Books, Don't Fuck'Em.

Esa cita es de John Waters, Alejo.

Y es cierta. Estoy de acuerdo, ¿tú?

También. Aunque a veces los libros que están en el librero son los que te arruinan la libido.

Inti Jerez es moreno, no muy alto, con un pasado de acné y un presente de caspa en su pelo tieso y desordenado. Inti aún no se ha consagrado como escritor (es un *wannabe,* un *up and coming*, un sub35 que no quedó en *Granta*) y, a pesar de que podría estar más tonificado, sin duda debe ser el mejor dotado y peludo y natural y no circuncidado de su generación formada en talleres y becas de creación. Inti Jerez saltó a la esquiva fama después de que su video porno follando con su polola groupie se viralizó por XTube cuando él lo subió borracho después de terminar con ella. Como buen escritor, se dejó llevar por los tags: *cuentista chileno* y *novelista joven* y *sexo salvaje.* Lo curioso es que *Waikiki,* su primera novela, no haya vendido más después del revuelo. Yo de hecho compré toda su obra. Raro pero así es este mundo: haces un video porno, muestras tus tatuajes, acabas en las tetas de una mina que luego se llena los dedos de tu leche y te mancha la barba y nada, no vendes nada, pasas a ser famoso y trending topic (#escritorchilenoporno) pero cero ventas. Lástima. Los seguidores de Facebook, Twitter e Instagram no necesariamente te van a leer o van a comprar tus libros. Sapean pero no compran.

Mi plan con Inti, Alejo, es claro: quiero que me escriba algo de no ficción. De su vida, su adicción al porno, la historia de su famoso video, su pasado de hijo de la dictadura en Salamanca, las minas cuicas que se lo maman…

No tiene talento.

Papel confort. ¿Te gusta el título?

Vulgar.

¿Pero le viste el pico, hueón? Creo que no podría encontrar su culo entre tanto pelo. Tendría que llamar a la Conaf.

Alejo mira a Alfredo con cara de «basta de asociar todo a sexo» y de «francamente crece y sube el nivel de la conversación».

¿Te fijaste que nuestro libro está en saldos?

Sí.

¿Liquidación especial de FILSA?

Llegó a todos los que tuvo que llegar, le aseguro.

Esperaba más.

No era la biografía de Felipe Camiroaga. Tu crónica fue la mejor.

Eso se lo dices a todos.

Te lo digo sólo a ti porque es cierto.

Alfredo se había fijado en Alejo Cortés mucho antes de que Alejo supiera de su existencia. Lo había visto en los vericuetos del mundillo: en charlas, lanzamientos, otras FILSAs. Siempre quise acercarme a él pero algo me lo impedía. Su timidez me gatillaba mis propias torpezas sociales. Parecía frágil y a la vez severo y capaz de juzgarte en tu cara si le decías algo inapropiado. Hasta que llegó a la editorial tras regresar de Iowa y Joaquín Montalva apostó por su libro *Fast Forward* a pesar de que los temas de Alejo no son para nada los de Montalva, que prefiere una prosa más de intelectuales que han vivido en el exterior o la de aquellos que escriben novelas de pasión artística pero históricas, para no quedar como guarros. Los gustos de Montalva son predecibles y claros y coinciden con aquello que ofrecen cada tanto ciertos autores varones, de clase-media alta y de edad también media-alta, urbanos, finos, fomes y héteros, que no corren riesgos ni ponen en jaque el status quo porque al final están a sueldo o boleteo con uno que otro poder fáctico (la diplomacia, el CEP, la CMPC, Soquimich, los Luksic). Escriben para ser célebres; no para derribar el mundo burgués al que desean pertenecer.

Fast forward es acerca de un productor musical demente, mitad Cristián Heyne, mitad Paul Williams en el *El fantasma del paraíso* de De Palma. Y también acerca del mundo literario, todo en clave, pero nadie lo captó. Tanto Patricia Espinosa, desde su tribuna en el diario farándulero de Agustín Edwards, como Juan Manuel Vial lo azotaron, quizás merecidamente. Incluso Camilo Marks en *Artes y Letras* lo condenó. Luego Alejo se dedicó a hacer clases, ganó un cuento en un concurso en Colombia, colaboró con un muy lindo ensayo personal acerca de su infancia durante los tiempos de Pinochet para la antología que hizo Óscar Contardo llamada *Volver a los 17* y me hizo reír con un cuento corto en *Sub-30* que editó E-books Patagonia. En *Machetazos*, otra antología, su cuento se perdió entre tanta sangre y cultura pop desatada. Matías Rivas le tendió una mano desde Ediciones UDP y le pidió un libro para la colección Vidas Ajenas acerca del autor y dramaturgo Luis Alberto Heiremans y su corta y viajada y triste vida (curiosamente, cuando Restrepo Carvajal vivió en Chile y asistió al colegio The Grange tuvo como compañeros a José Donoso y a Heiremans). Alfredo siempre ha pensado que esa investigación, titulada *Un niño extraño*, no sólo tocó a Alejo de muy de cerca, hasta fusionar sus palabras con las del autor de *Moscas en el mármol* («He estado enfermo mucho tiempo. Eso todos lo sabíamos. Enfermo de no poder salir de mí mismo, de dar vueltas en mi interior como un caracol, casi sin respirar»), sino que de frentón fue algo tan limítrofe que lo alteró de manera tal que lo hizo quemar una novela que estaba escribiendo y sufrir un colapso nervioso.

Por ese entonces, Matías me invitó a cenar con Alan Pauls y Daniel Titinger, que estaba de paso en Santiago por su libro sobre Ribeyro, al Squadritto de la calle Rosal, y ahí nos hicimos amigos con Alejo. Primera vez que lo vi hablar y no lo sentí aterrado. Esa noche, tras la comida, nos fuimos a tomar al Rapa Nui y dejamos al resto atrás. Le ofrecí un par de ideas para que hiciera algo de no ficción conmigo pero siempre me decía: quiero ser novelista, quiero ser recordado así. Al final, Alfredo lo convenció de participar con una estupenda crónica acerca del DF y de cómo es la vida durante un mes encerrado en el hotel Gillow del Centro Histórico mexicano. Fue para un volumen llamado *Check Out Tarde: crónicas de hoteles, moteles y albergues pasajeros,* que contó con prólogo de Juan Pablo Meneses y la participación de buena parte del who's who menor de cuarenta años del continente. Para mí, la mejor crónica fue la de Alejo, lejos, pero todos se fijaron en las más eróticas o bizarras, entre ellas una de Augusto Puga.

Tratando de mantener su ánimo alto y, supongo, su amistad, Alfredo lo había entusiasmado en otro proyecto, que Alejo aceptó: traducir, a un castellano más local y accesible, el ensayo de E. M. Forster *What I Believe,* que Alfredo quería sacar en una edición «rústica de lujo» con la idea no sólo de que circularan sus ideas sino que pudiera servir de regalo o trofeo literario gay para alguna ocasión importante. O quizás como algo que un amigo especial le regale a otro en un día nublado.

«Its members are to be found in all nations and classes, and all through the ages, and there is a secret understanding between them when they meet. They represent the true human tradition, the one permanent victory of our queer race over cruelty and chaos...», escribió Forster, y la idea de Alfredo es que ese párrafo estuviera en la contraportada.

Alfredo era capaz de recitarlo de memoria y cada vez se emocionaba y quedaba vulnerable, inquieto, triste y a la vez empoderado. Esperaba ansioso poder verlo en un español reconocible y cercano. La posibilidad de editar y acercar a Forster a los que hoy bailan hasta al amanecer lo conmovía y lo hacía sentir que había una razón y un motivo por los que se dedicaba a lo que se dedicaba. Todos en el mundillo literario conocían *Aspectos de la novela* de Forster, pero pocos en la comunidad gay sabían que uno de los primeros en usar los términos queer y minority fue Forster y que lo que ahora parecía tan de «todos los días» no siempre lo fue, más bien todo lo contrario. Se había hecho mucho por la causa, pero a nivel literario Alfredo pensaba que no. Al menos no le gustaba lo que leía. Aún no había presentado su idea a Victoria. En caso de que le contestaran que no, pensaba, podía quizás asociarse con una editorial independiente y tomarlo como un proyecto personal. Su idea era sacarla con el título de *Yo creo* (en vez de *En esto yo creo* o *En lo que yo creo*) y que los fondos fueran para la Fundación Iguales, aunque aún no hablaba con ellos porque quería tener el texto corregido, limpio, incluso compuesto.

¿Cómo va Forster, Alejo? ¿Sigues creyendo en *Yo creo?*

Bien. Te manda saludos.

En serio. ¿Avanza?

Gotea. Huyamos de esta mierda. Está lleno de abajistas y desclasados. Me supera.

Tómalo con humor.

Lo perdí cuando leí lo que publicó Cristián Opazo acerca de mí en *Dossier.*

¿Vamos a tomar algo? Hace calor.

Conozco una buena terraza.

Vamos. Yo invito.

¿Sí? Ando seco. En todos los sentidos de la palabra.

Puta que la hizo bien Pancho Ortega. Ahora la lleva. Mira la fila, mira cómo firma. Me descompone.

Viste, Alf: un editor de no ficción puede triunfar.

Pero debe tener algo que escribir y yo no tengo ni ganas. Yo prefiero ser lector mil veces. Ser creativo está sobrevalorado. Te veo a ti y pienso: qué rico no ser como tú.

Uf, gracias.

No quise decir… Quise decir… no podría bancarme tanta presión.

¿Tú crees que yo sí puedo?

Restrepo logró mucho con muy poco.

¿Eso crees?

Eso creo, Alf, sí.

¿No te da miedo que otro tipo, por ahí, ahora mismo, en otro bar o en otra ciudad, diga algo parecido de ti?

No, Garzón, ¿quién va a estar hablando de mí?

Nunca se sabe. Es cosa de ingresar a Google o Twitter y tipear tu nombre.

A lo más me pelan un poco o dicen ¿existe? o se estancó o es un huea o no vale nada.

No creo.

Sí, creo. Si muriera, ¿tendría obituarios? ¿La comunidad en Twitter se desangraría? No pasaría nada, Alf. Nada.

Tienes tus lectores, Alejo.

Cuatro.

Te gusta ser self-deprecating.

Habla en castellano, Alf.

Sabes lo que digo: no te hagas la víctima.

Me encantaría que los de La Condesa me destrozaran en el DF. Sí, lo admito. It's not going to happen. I'm not Sexto Piso material. ¿Tú crees que alguien que circule en Palermo Hollywood sabe quién soy? No me dejarían ingresar a Eterna Cadencia si supieran lo que escribí.

Ya, Alejo. No te compro tanta inseguridad.

Es seguridad. Sé lo que *no* he logrado. No soy parte de la mafia, no voy a ferias, no me invitan a congresos, nunca he sido traducido, no tengo ni una polera que diga NYU. Cualquier pendejo de veinticinco tiene acumulado más millas viajeras que yo.

El libro de Heiremans es precioso.

Pero nadie lo comentó. Ni una crítica.

Aún.

¿Aún? Gracias, Alf, pero mejor hablar sin filtros. Eres un buen tipo y sé que quieres protegerme pero el mundillo es duro y quizás así es como tiene que ser. Esto es sin llorar, lo sé, pero puedo desahogarme contigo, ¿no? Restrepo Carvajal algo logró… Podemos pelarlo. Descuerarlo. Y lo hizo con muy poco. O mejor, para ser más justo…

¿Qué?

Me impresiona cómo Restrepo siguió cosechando éxitos con tantos libros que nadie compró, leyó ni hojeó…

Lo importante es tener un nombre, Alejo.

Lo importante es tener una obra, Alf.

¿Puede haber obra sin nombre?

¿Puede haber nombre sin obra? Yo con poco no he hecho nada.

No es cierto, Alejo.

¿Por qué me defiendes?

Porque para eso están los amigos. Y los editores.

No eres mi editor.

Lo he sido. Un poco. Soy tu amigo.

Te encanta decir eso.

¿Otro trago?, le pregunto para desviar el tema.

Vino. Pídete tú algo más fuerte, si quieres.

Quizás pida un vodka tónica con mucho hielo.

Los dos están conversando en la azotea de un nuevo bar o bistro llamado Kulczewski, que está ubicado en el techo de la casona gótica de Luciano Kulczewski, el famoso arquitecto de culto, cerca de la calle Lastarria. Entre gárgolas y farolas miran el GAM, el palacete iluminado que alguna vez fue la embajada de los Estados Unidos y las torres modernistas pero mal envejecidas de la Remodelación San Borja. Alejo Cortés anda con unos cargos y una polera y sandalias; yo me arremango la camisa y me dan ganas de sacarme los zapatos. Comen pinchos de comida chilena retro-cara: tortillas de rescoldo con cebolla caramelizada y queso de cabra y trozos de pulpo al merquén. Toman vino tinto, que es lo único que toma Alejo.

Lo que viene será mejor que *Fast Forward*, lo tengo claro.

Lo sé, le digo.

Tiene que serlo.

Lo sé. Y lo intuyo, Alejo, pero no tienes que preocuparte del libro pasado o del libro que vendrá después sino del que tienes en tus dedos.

¿En tus dedos?

Sí, eso le digo a todos: no es lo mismo lo que tienes en la cabeza o en tu imaginación o en tu fantasía que aquello que tipeas con tus dedos.

Alejo Cortés mira sus dedos. Son largos y delgados y las uñas las tiene mal cortadas. Antes, intuyo, se las comía.

Los libros que valen son los que se escriben, insisto.

Hoy escribí cinco horas a pesar del calor.

O quizás por el calor.

Capaz.

Alfredo mira a Alejo que, tal vez debido a su polera amarilla pálida cuello en V, se ve más juvenil y delgado. La luz de las velas se refleja en su cara. Le mira la pera: se afeitó esta mañana. Le mira la manzana de Adán. Siempre le ha parecido frágil y delicado y sus ojos le recuerdan a un cachorro que tuvo una vez en Concepción llamado Sagaz.

No todos debutan metiendo un gol, Alejo. No creo que *Fast Forward* haya sido un error.

Lo fue.

No. A veces es mejor partir piola.

¿Piola? Que no haya pasado nada, que ni siquiera haya sido demolido por la crítica, no es *piola*. Que no haya dialogado con nadie significa eso: que no pasó nada, Alf. Es mejor que te destrocen, que te ataquen.

No es cierto.

No pasó nada. ¿Cuánto vendió?

¿Importa eso?

¿Tuvo eco? Partir bien es como lo mínimo, ¿no? Y no digo remecer la escena sino… tú entiendes, Alf. Entiendes, ¿no?

Sí.

El primero es el que tienes adentro. Y no pude hacerlo. Es el que debe ser personal, pero el mío fue más bien una especulación. Sé por qué lo hice, al menos.

¿Miedo?

Miedo. ¿Hay algo más respetable? ¿Comprensible?

Nada más comprensible y entendible que sentir miedo, Alejo. Y si lo sientes, es por algo y debes escucharlo.

¿Tú crees?

No creo en el arrojo sin medir consecuencias.

Te estás humanizando, hueón.

No entiendo la valentía literaria si te va a bloquear después. Para qué. Es como el coraje de los borrachos. No sirve, no vale.

¿Eso crees?

Eso creo. Siempre le digo a mis autores: ¿estás seguro? ¿Sabes cuáles pueden ser las consecuencias?

Caída libre será otra cosa.

¿Así se va a llamar?

Sí.

¿Seguro?

Sí.

Es explícito pero me gusta.

Durante unos meses se llamó *Ciertos chicos que solía conocer.* Me gusta mucho más *Caída libre*, lejos.

Qué bueno. Es importante para mí que te guste. A veces pienso que tú eres una de las personas para las que escribo.

¿Sí?

Sí.

Gracias.

Lo sabías, ¿no?

No.

Pensé que era obvio.

No, para nada. Pero me gusta. *Caída libre*… Me atrae, Alejo. Mucho.

¿De verdad?

Claro que sí. Obvio. *Caída libre*. Me gusta.

Alfredo casi agrega: y tú me gustas. Ahora me gustas mucho, con esta luz, con estas sombras, con esta vulnerabilidad que estás demostrándome. ¿Por qué hoy se está abriendo? ¿Qué está pasando por dentro? ¿Por qué un hombre que piensa y vacila y al que lo carcomen sus dudas le parece tan sensual? Un tipo triste, en silencio, es capaz de excitarlo mucho más que un cuerpo sudado bailando o un hueón en traje de baño corto saliendo del mar. No piensa en Julián, ni menos en Renato ni en Ricardo Keller. Piensa y siente cosas por el que está al frente suyo. Alejo capta algo y mira hacia las gárgolas, lo mira de vuelta, no dice nada, toma algo de vino y de pronto esconde bien atrás de su mente sus inseguridades. Lo noto en sus ojos. El profesor universitario con facha de estudiante, el crítico que colabora para esas revistas literarias online, el escritor con pinta de actor de telenovela, el colaborador freelance irónico vuelve a usurpar el cuerpo delgado de Alejo, desplazando al vulnerable que asomaba.

¿Te gusta *Teletipo*?, le pregunto para cambiar de tema, para dejar de mirarlo tan atento, para desviar mi energía.

¿Qué?

La novela de Restrepo: *Teletipo.*

¿Esa que es acerca de Prensa Latina, la agencia de prensa cubana…?

La izquierda lo amó por siempre por escribir esa…

No. ¿Por qué habría de gustarme? La confundo con la otra sobre asesinatos y periodistas y Bogotá…

Hotel Continental.

Dios me salve. Todo el Boom quiso escribir para trepar, para ser querido, para influir. Mucha novela totalizadora para así lograr el todo. Nadie quiso escribir para que lo odiaran. Bolaño tiene razón: acá todos quieren triunfar, todos quieren fondos, todos quieren becas y unanimidad y sobre todo respetabilidad.

¿Y tú?

Quiero más, hueón. Lo sabes. No vender más, no ganar más, no tener más traducciones. Lo que quiero es que algún día un hueón me subraye. Eso. Que mochilee con un libro mío. Que vomite por algo que leyó y lo alteró. Que se folle a un hueón porque yo lo excité. Eso. Y por eso estoy como estoy. Quiero que un tipo en bicicleta me pare en la calle y me diga: hueón, tú fuiste importante para mí, me ayudaste, quiero darte las gracias.

¿Te ha pasado?

No, pero conozco a alguien al que le ha pasado.

¿A Puga?

Sí. Mira, Alf, prefiero morir joven con pocos libros, aunque sean malos, antes que amasar una carrera eterna como la de Restrepo. No quiero estar cerca de la gorda Monclús ni de El Chacal ni menos de Schavelzon.

Lo entiendo.

Respeto más a un René Arcos Levi, que lo intentó pero se hundió, que a estos paquidermos que siguen publicando y publicando azuzados por sus agentes como si con eso se aseguraran el cheque de la jubilación.

Morir joven no te redime, Alejo. Y es salirse del juego.

Qué juego. Esto no es un juego. Tú no juegas, Alf, te escondes detrás del escritorio, así que cuidado. Ojo. Más respeto. No sabes ni sabrás lo que es estar expuesto. Todo duele, todo te afecta: que te amen, que te odien, pasar desapercibido. Te destrozas si escribes, te destrozas si no escribes, vas a un lanzamiento o un cóctel en una feria y tardas una semana en recuperarte. ¿Por qué un autor debe dar charlas, ir a mesas redondas, firmar?

No tienen… muchos quieren.

Nunca ganas. Nunca quedas contento, Alf. ¿Sabes lo que es eso? ¿Nunca estar contento?

A veces.

No creo. Además, ¿para qué vivir tanto, para qué publicar tanto? ¿Uno tiene algo que decir pasados los cuarenta? ¿Pasados los treinta? El falso e impostor de Restrepo Carvajal lo sabe pero lo niega y sigue publicando sin culpa o sentido del pudor.

Dale con él.

Insisto: ¿por qué no se la jugó como cronista? Dime.

Pregúntale en el museo o en el stand cuando vaya a firmar.

¿A firmar? ¿La dura?

Te lo presento…

Paso.

Lo cortés no quita lo valiente, Cortés.

Pudo ser el John Lee Anderson hispano pero cuarenta años antes. ¿No crees? Villanueva Chang lo hubiera convertido en su estrella. ¿Sabes que nunca me han llamado a escribir a *Etiqueta Negra*? No soy parte del grupillo.

Cada uno se arma el camino.

¿Yo tracé el mío?

Quizás. Sin duda que sí. Obvio.

No, la vida es muy corta, Alf. Quiero leer a John Irving, a Thomas Pynchon… Me gustaría releer todo Hemingway. Hay demasiados escritores que no he leído para leer momias petrificadas que viajan a La Habana en business. Rafael Restrepo Carvajal básicamente lo que hace son novelas históricas de aeropuerto con tufillo literario. Lo peor. ¿Cómo es la frase? *No escribe: tipea.* That's Restrepo. El mejor mecanógrafo de la región más transparente.

Andas demoledor.

Soy demoledor. Si me preguntas, Restrepo Carvajal tropezó para no levantarse más con su novelón acerca de Cantinflas. ¿Lo leíste?

No. Oye, si no es mi ídolo. Calma. Sólo que mañana llega y...

¿Por qué lo apoyan y no apoyan a Germán Marín?

Alfaguara apoya a Germán Marín. Apoya a Luis Rivano. Edita libros que no venden.

Como los míos.

¿Tú crees que todo Cortázar vende? Germán Marín no vende porque escribe sobre temas que molestan, es el príncipe de nuestras cloacas y tiene esta cosa de viejo verde, pesado, mañoso. Asusta.

¿Restrepo seduce?

Fast Forward pudo vender cincuenta mil y haber obtenido el premio de la Municipalidad de Santiago y seguirías siendo el mismo.

Dale. Si tú crees eso, para qué seguir conversando. Alfaguara debería regalarte unas camisetas con el puto logo. Vaya que la tienes puesta, Garzón.

Puedes ser intolerable.

Y tú, ¿no?

Quiero escribir o avanzar con ese artículo acerca de Mauricio Wacquez que ofrecí para *Dossier*. Hueón: nadie sabe quién es y él sí que la se jugó, pero a todos les daba miedo leerlo o reseñarlo por hueco. No creía en metáforas, iba al callo. Todos preocupados de cambiar el país mientras él quería cambiar las formas de relacionarse.

Su revolución era la libertad de hacer lo que quieres en la cama. ¿Has leído *Paréntesis*?

Gran novela, gran título. Pero nada supera *Epifanía de una sombra*. La crítica lo destrozó con el mote de transgresor. ¿Follar con un hueón desde cuándo es transgresor? Por favor.

Lo tuyo va a ayudar. Estás haciendo patria, Alejo.

Gracias, aunque nadie me va a leer; no existo. Hay gente así: transparente.

Lo miro e intento odiarlo. Me cansa, me fatiga, me frustra y me encanta. Me gusta el hijo de puta. O me ha seducido. Claramente me atrae y sin duda le tengo cariño. ¿Esa es parte de la labor de un editor? Quedar prendido de un autor, entrar tan adentro que después no puedas salir sino con un trozo de esa persona contigo. Gajes del oficio. No lo había editado tanto pero acceder a sus textos, o la pura idea de editarlo, me parece más erótico que amanecer con él desnudo y tirármelo con sol o, lo que a veces se me viene a la cabeza, afeitarle, con delicadeza y espuma, los testículos hasta dejárselos suaves y sensibles.

¿Conoces el famoso sobrenombre que le tenía Puig a Restrepo?

¿Cuál?, le pregunto.

Puig sentía, con razón, que todos los miembros del puto Boom eran divas. Y como fan del studio system de Hollywood le tenía un apodo camp a cada uno de sus rivales. Vargas Llosa era Esther Williams: *tan disciplinada y tan aburrida*. Donoso era Deborah Kerr.

No sé quién es o fue Deborah Kerr, Alejo.

Era una dama. Hizo *Te y simpatía*, que es como una cinta pro gay pero al final es una película ultra anti gay, y eso que es de Minnelli. Deborah Kerr es la del traje de baño blanco que rueda por la playa de Hawaii con Burt Lancaster en *De aquí a la eternidad*.

Ya, la que parodian en *¿Y dónde está el piloto?*

Sale en *El rey y yo* con Yul Brynner. Ella canta *Getting to Know You*, aunque hay una versión que canta Julie Andrews que me gusta más. *Getting to Know You* es ultra mamona pero me enternece. No todo puede ser punk o metal o grunge. ¿Te parece muy gay la referençia?

No. O sea, sí. Algo. Igual no sé tanto de cine antiguo, Alejo.

Tampoco yo, pero esa canción me mata. ¿Tú nunca hiciste cosas fletas con tu mamá?

No, realmente.

El asunto es que Deborah Kerr era querida y respetada por todos pero nunca deseada. No calentaba a nadie. Era una dama. Fina, no guarra. ¿Me explico? Que es como lo peor que te puede pasar, ¿no crees? Manuel Puig decía que Deborah Kerr era como José Donoso porque nunca consiguió un Oscar *pero esperó y esperó*.

Puta el hueón ácido, le respondo.

Tenía razón y derecho. ¿O no?

¿Y cómo apodó a Rafael Restrepo Carvajal?

Restrepo era Ava Gardner: «Mucho glamour pero, ¿puede actuar?».

Buen dardo. Buena.

Igual me gustaría que me firmara *Las noches con máscaras*.

Lo leí en el colegio, Alejo.

Igual. El hijo, que es un tarado, es como guapillo en todo caso.

Hoy leí *El aura de las cosas*, le cuento.

¿Y?

Es impresionante que se haya publicado. Lo que se está gastando y lo que se gastará en la promo y en la prensa de ese híbrido apabullantemente carente de gracia no tiene parangón. Nuria Monclús es una víbora. Cómo no le dice: Rafael, esto es impublicable o lleguemos a un acuerdo con *Hola* y serializamos los retratos, pero ho hagamos un libro. Algo así.

¿Las fotos son buenas?

Cualquier loser con una cuenta en Instagram tiene mejores fotos. Lo que pasa es que son de gente famosa o supuestamente famosa.

El hijo me intrigó.

Es un hijo de papá, eso queda claro.

Qué horror tener de padre a Rafael Restrepo, ¿no? Yo no he superado ser hijo de un funcionario de la Enap... O sea, igual duro.

Entonces debes zafar. No caer en el juego, Alejo. Eso pienso. Uno elige si quiere seguir siendo hijo, ¿me explico? Por eso de la literatura de los hijos huyo como del Canestén los hongos en el glande. Volviendo a Restrepo Jr., el pendejo cafichea de los contactos. Claramente se está aprovechando del mundo de su viejo. Quiere ser parte del show. Y digan lo que digan de Restrepo Carvajal, el viejo tiene más talento o hizo más el esfuerzo que el hijo. El chico no tiene talento pero tiene el apellido, es parte del engranaje.

El pendejo es como... ¿tocado? ¿No crees?

Seguro que sí. Toda esa gente está maldita, Alejo.

Se jura Keats, se jura poeta. Lo vi anoche en una entrevista online que dio en Uruguay. Dijo: soy poeta. «Me interesan los románticos». Un poser. ¿Me vas a enviar el libro?

Te lo despacho mañana. ¿Podrías reseñarlo para *Qué Pasa?*

¿Puedo destrozarlo?

Puedes, le digo.

Lo haría con gozo.

Lo vas a odiar, lo sé. Es un puto mojón. Es tan malo que llega a ser de culto, hueón. Dudo que venda. Nada. La editorial se lo está chupando duro y parejo y financiando la pose del viejo como padre del año y colega y socio y…

Uf. Me asquea. El pendejo es como la imagen de la basura trash internacional. Niños ricos de países pobres, Garzón.

Eso es.

Tiene un extraño acento; como si su nana colombiana lo hubiera dejado viendo la BBC todo el día. Me pareció extraño, ido. No totalmente presente. Igual me da morbo conocerlos. ¿A ti?

Cenaré con ellos mañana. Mariscos.

Krauze tiene la razón: México y Colombia, para qué hablar del resto del continente, son una película en dos dimensiones, algo exótico que vale la pena contarle a los amigos civilizados.

¿Alguna vez viste la película *El calor de la brisa*?

No. ¿Se dio acá?

Durante una semana, sin pena ni gloria. Hoy la bajé y comencé a verla… Actúa todo el mundo. Todo-el-mundo. Excesivo. Tiene onda. Mucho sudor. Es ideal verla con un clima como este. Me tiene mal el calor.

A mí también, hueón.

Me daría una tina.

Sí. Fresca.

Con hielos.

¿Te acuerdas cuando nos dimos una tina en tu casa?

Claro. Sí. Obvio.

Ojalá tuviera una tina. Tu tina es increíble, Alf. ¿Te das tinas?

Poco.

Alejo unta el trozo de pan en una salsa de perejil y calla. Alfredo aprovecha el silencio para llenar las copas.

Miro la cantidad de chicos gays flirteando en la terraza, grupos de amigos, primeras citas. Capto a un par que no conozco personalmente, que sólo sigo por Instagram. Tal como sucede con los actores, se ven distintos en vivo que en sus fotos de fiestas, viajes, camas, terrazas. Un fotógrafo sub50 luce una camisa Brooks Brothers amarilla empapada puesto que es embajador de la marca. Del brand. Antes uno tenía puesta la camisa de un partido, de un equipo de fútbol, de una banda o un de personaje de Marvel, a lo Renato Adriazola. Ahora te condecoran transformándote en embajador de productos superfluos. Te transforman en paleta publicitaria, una paleta inchupable. Los putos putean. Ni siquiera se arriendan: se venden enteros, lo que según El Factor Julián «es un logro, ¿cómo no te das cuenta?».

Estás distraído, Alf, ¿en qué piensas?

Acalorado.

Igual hay brisa.

No la suficiente, Alejo.

¿Qué miras?

A ellos.

Dos tipos de shorts de color (canela, mostaza), uno de barba y camisa manga corta escocesa, el otro con una musculosa suelta, hablan de cerca y dejan sus sandalias en el piso y se tocan las pantorrillas peludas con los pies. Esto es al final lo que se llama visibilidad. Amarse o desear o pasarla bien en público. Se ven bonitos, te enterneces, te das cuenta de cómo todo ha cambiado, cómo esto hace poco claramente no era así.

Leí *La vida profunda*. ¿La has leído?

¿La del poeta colombiano?, le pregunto.

Sí, sobre Barba Jacob.

Un maldito total, ¿no?

Destrozaron a Restrepo en Argentina por homofóbico. Lo dejaron expuesto y a la vista. Bien. Diego Erlan lo hizo pebre en Ñ. ¿Lo leíste?

No.

Léelo. Erlan se lanzó a indagar en sus otros libros y a tocar «sus temas».

¿Tiene temas?

Good point. Bien, Garzón. ¿América Bleeding Latina? ¿La frontera de cristal? ¿La cicatriz que supura? ¿La historia y el tiempo? Please, give me a fucking break.

Se miran. Una pareja al lado de ellos, una chica rubia y un tipo colorín, extranjeros, se besan y luego se toman una selfie con esos odiosos palos. Alejo los mira pensativo y luego sonríe hacia abajo como si quisiera que Alfredo no se diera cuenta del todo de lo que siente.

¿Cuándo es la presentación?

El miércoles, pero antes hay como noventicuatro cenas y eventos. ¿Vas a ir a la comida para el pendejo? ¿En el Noi?

Lo que pasó esa vez entre nosotros, Alf…

¿Qué?

No se repetirá.

Lo sé, Alejo.

Dale. Para que todo quede claro. No quiero estar tenso.

Sí. Para nada.

¿No estás tenso?

No. ¿Tú?

Algo. ¿Vámonos mejor? Hay algo de brisa, Alf.

Dale.

Anda a dejarme a mi casa. Caminemos.

Ok. Por el parque. ¿Te parece?

Sigamos conversando, Alf. Me gusta conversar contigo. Me escuchas, me entiendes.

Me parece buena idea, le digo.

Esta es la única hora en que se puede respirar.

Dale, sí.

¿No te da lata?

Para nada, Alejo. Quiero. Me encanta la idea. Vámonos. ¿Conversemos?

Caminemos, sí. Conversemos.

Me encontré con un ex.

¿Sí?

Sí. Ayer. Anoche. Y llegué a la casa algo turbado y me puse a escribir esa escena.

¿Anoche?

Sí. Estaba caminando, Alf, como ahora. Igual. Pero andaba solo. Típico. Iba caminando, así en shorts, igual que ahora, y doblé una esquina, era de noche... iba escuchando música en el iPod y de repente siento que alguien me mira... y era León.

¿León?

Sí, León. Ahora vive en Chicago. Es profesor pero no de literatura ni de cine ni de nada así. No es de los nuestros. Es matemático. Es normal. Del colegio.

¿Es gay?

Obvio. Pero piola, sin ambiente. No cacha nada de música ni de moda. Como yo. Muy normal. De toda la vida. De Las Rocas. Me lo topé por el barrio. Fui a comer con mi mamá y estaba mi hermana Leonora con un huea wannabe publicista rasca mucho menor que es de un pueblo chico de la séptima región y nada, tomé más de la cuenta porque no toleré al hipsterillo aspiracional que me miraba raro.

¿Cómo raro?, le pregunto.

Como que me cachó o sentí que me estaba tomando la foto o destilaba un aroma a «te leí y yo escribo mejor que tú y eso que no escribo».

¿Te dijo eso?

No, pero lo pensé.

Tan paranoico, Alejo.

Pero nada, tomé mucho. Cantidad. Y me fui caminando por Jacques Cazotte, pasé por la parroquia... Iba tranquilo, pensando en una escena para la novela. Era una noche de calor como hoy... y afuera de muchas casas regaban. Con regadores automáticos. Me encanta ese sonido. Todo olía a pasto regado, a plantas, a jardín. A madreselvas, buganvilias, jazmines. A follaje de noche. El olor de mi infancia. Y entonces apareció León.

¿De la nada?

Como una aparición, sí. De shorts y condoritos y escuchando música. Andaba con una polera verde agua. Se veía súper guapo. Estaba bronceado. Se veía distinto, no como antes. Como que ahora tenía mundo. Tenía más cuerpo, más seguridad. Miraba a los ojos. Me miró siempre a los ojos, hueón.

¿Tuviste algo con él?

Lo típico, sí. Pasó. Pero años atrás. En la universidad. Y antes, en el colegio. Y nos quedamos ahí, mirándonos. Y me dijo: Alejo. Pero no como una pregunta, sino afirmándolo. Y yo le dije: León. Sí, me dijo. Han pasado más de quince años. Éramos pendejos, le dije.

Es como romántico, Alejo. Muy. Nunca me ha pasado.

Súper. Sí.

Deberías escribir de eso.

Lo sé. Ayer escribí de León.

¿Pasó algo? ¿Se besaron?

No. Conversamos muy poco. Venía llegando del lago Ranco, donde se había ido a encerrar para escribir un paper y hoy partía de vuelta. Quizás ya despegó. Casi no hablamos, Alf. He sabido que estás bien, le dije. Y él me dijo: gente que admiro y quiero leyó tu libro. Lo compré el otro día. Me lo llevo para el avión.

Parece la escena de una película. Debiste buscar una plazuela por ahí y besarlo.

Fue tal la energía que sentí, fue tal la alegría y hasta la semi excitación que sentí, que quedé remecido.

Es raro toparse con los ex. Yo, si los veo, los evito.

Yo también aunque es difícil si uno va a ciertas partes.

Claro. Pero… ¿a qué o quién exactamente le llamas un ex? Para tenerlo claro, Alejo.

A todos. Creo.

¿Todos?

O sea, pololos, claro. Pero también alguien con quien te acostaste o casi te acostaste.

¿Eso vale?

Si hubo onda, sí. Claro que sí, ¿o no? Toparme con León fue tan tan bonito.

No digas bonito, pareces actor.

Cuando hay que hablar o es necesario escribir de emociones, bonito sirve. Bonito es verdad. Bonito puede ser. Fue tan absolutamente increíble y soleado y coqueto y bonito verlo…

¿Soleado? ¿No era de noche?

Era de noche pero salió el sol.

Uf.

Hubo comunión, buena onda, Alf. No seas cínico. No seas editor. Hubo cero deseos de besarlo. Quizás de follar una vez como remember... el hueón era neurótico y lleno de pudores raros pero, puta, cuando se soltaba tiraba como los dioses, hueón... Eso recuerdo, Garzón. Era chico. Ahora seguro que ya es otro. Ya no diría: se me puso dura la tula, sácate la tula que te la quiero ver.

¿Qué edad tenían?

Primero dieciséis. Luego, como veintiuno. Los dos vimos una vez esa de River Phoenix y Keanu Reeves. Ambos amábamos esa película. La vimos en su casa, en la buhardilla, en la tele. I want to kiss you, man.

I really want to kiss you, man, preciso.

Y ahí León me besó. No como Keanu, que no besa a River. Nos besábamos después de ir a bailar con unas amigas. Se quedaba a alojar. Yo me quedaba en su casa. Los tíos me querían. Dormíamos en la misma cama y no se daban cuenta.

O sí y se hacían los lesos.

A León no le gustaba que lo rimearan. Y a mí sí, me encanta. Tú sabes. Ahí no, me decía; basta, fuera. Y no me parecía mal. Pensaba: así lo criaron.

¿Así lo criaron? Lo dudo: «Hijo, no es digno que le laman ahí, es de rotos».

Si lo piensas, igual es poco fino.

Esa es la idea, ¿no? ¿A qué quieres llegar, Alejo?

A nada. Te estoy contando algo. Eso es todo. Me gustó reencontrarme de casualidad con León en una calle a dos cuadras de la casa de mi mamá una noche de primavera. En medio de una ola de calor. Me acordé de que he hecho cosas buenas, al fin y al cabo. Que no todo ha sido malo. Fue rico verlo y él quedó contento también, creo.

Me gustaría escribir de aquellos ex que uno no odia. Enfrentarse a gente que ha sido importante para uno y que se disipó... Buena palabra, ¿no? Disipó.

Sí, está buena: disipó.

Me gustaría escribir de oportunidades perdidas o de encuentros donde falló el timing...

Es cierto, sí.

¿Crees que puede ser un libro? ¿*Ex*? ¿*Exes*? ¿Como un libro de cuentos?

Creo que puede ser parte de tu novela. Debe serlo.

¿Sí?

Sí, hueón. Puede ser para *Caída libre*.

¿Crees?

O quizás puede ser un libro de ensayos. Cada tipo, cada ex, un capítulo.

¿Nombres reales?

Lo que importa es que se note lo que sentiste por ellos alguna vez. Piénsalo, Alejo. ¿Qué podría pasar?

A veces hay que caer, supongo.

Sí, pienso igual.

¿Sí? Caer libre y que nada importe. Volar lejos y alto y caer, pero habérsela jugado.

Exacto, hueón.

A veces sé lo que tengo y debo escribir y a veces no sé. Sé que no puedo. Que si escribo lo que tengo adentro es el fin de todo. ¿Puedo ser honesto? Es como lo que tengo que escribir, lo que sé, pero estéticamente no me convence. ¿Cómo se escribe una escena de sexo, por ejemplo? Para eso hay miles de páginas en la red.

Alejo, hazlo. Escribe lo que estás escribiendo tal como te nazca, tal como quieres, tal como lo sientes, y seguro que te hará bien. No seas leso.

Leso. Me gusta esa palabra.

Pues tú eres leso, Alejo. Siempre lo has sido. Huevea, tómate menos en serio. Te lo digo como editor y como amigo.

Y como ex.

Nunca hemos sido algo.

¿Cómo que no, Alf?

Puede ser.

¿Puedo incluirte entre mis ex? ¿Puede ser?

Puede ser. Sería un honor, Alejo.

Gracias.

Cuando quieras.

¿Te molestó lo que te dije antes en la azotea del Kulczewski?

No, le digo.

¿No te complica?

Para nada.

¿En serio?

En serio, Alejo. Todo bien.

No quiero tener lazos con nadie. Menos contigo, Alfredo. ¿Entiendes?

Entiendo y…

Qué bien. Me importas demasiado y lo sabes.

Sí.

O sea, ya tenemos un medio lazo. ¿O no? La amistad debe ser pura.

Así es, Alejo.

Y yo me siento amigo tuyo, Alf.

Yo también.

Sería tremendo perderte. Ahora no puedo perder a nadie. Debo escribir y no alterar mucho mi emocionalidad. Ando frágil.

Me parece.

Te quiero como amigo, Alf. Mucho. Un montón.

Yo a ti también, le digo casi sin voz, reprimiendo lo que siento.

Cuando estoy borracho me calientas, Alfredo. Nunca te digo Alfredo, Alf. ¿Puedo?

Claro.

Me he pajeado pensando en ti.

Porque sientes confianza… Me pasa igual.

Confío en ti, Alfredo. Lo sabes, ¿no? Y yo no confío en muchos.

Lo sé, Alejo.

En verdad.

Sí sé.

Me gusta cómo soy cuando estoy contigo. Me siento cómodo pero… Me resulta fácil ser quien soy cuando estoy cerca de ti, Alfredo. Me gusta ser quien soy cuando estamos juntos. No tengo que actuar. ¿Entiendes?

Me pasa lo mismo, Alejo. Te entiendo cabalmente. Te lo aseguro.

Qué bueno.

Es bueno sentirse cómodo, agrego.

Cómodo en el buen sentido. O sea… Confortable. Sin tensión. Holgado. Relajado. Conectado.

Easy.

Eso.

Uno no siempre conecta

Uno casi nunca conecta, Alfredo. Es la tristeza. Es como cuando voy a una feria o a un festival literario y todos se dedican a lo mismo y no puedo conectar, no tengo nada que ver con ellos. A veces no tengo nada que ver conmigo mismo y ahí me asusto.

Sí sé.

Caminan por el Parque Forestal y los árboles iluminados parecen surgir de los bosques más oscuros. Más allá está la locura y la energía y las mesas en la vereda y el desfile de la juventud y los hombres y mujeres de todo tipo y la energía artística, primaveral, diversa, abierta y ondera y cosmopolita y engrupida y erótica del barrio Bellas Artes.

Un tipo trota más allá.

Voces de gente celebrando un cumpleaños en uno de los elegantes edificios neoclásicos que dan al parque bajan desde lo alto. Callan un instante. La brisa se cuela por las copas de los añosos árboles y las hojas se agitan.

Me gustas, Alfredo, y seguro que ando buscando a alguien como tú pero… ¿Me entiendes?

Creo que sí. Me pasa lo mismo, supongo.

Hay pocos León en este mundo.

Están en Chicago, le digo.

Contigo siento que estamos en la misma sintonía. José es como mi único amigo porque…

… te gusta, Alejo. Lo sé, lo sabe todo el mundo.

¿Tú crees?

Incluso lo sabe el mismo José. Obvio. Andas buscando un pololo, Cortés, y sabes quién es el afortunado. José me parece genial y es guapo y divertido y ligero pero, ¿no sería mejor que fuera gay?

Alejo se detiene y lo mira y no sabe qué decir.

No todo es blanco y negro. No hay que etiquetar a todo el mundo.

Una duda: ¿esperas que José atine, ya que tú no atinas?

Luego me acerco hasta casi olerlo y le susurro:

Atina, es todo lo que te digo, y si no búscate a alguien que te quiera.

José me quiere.

Que pueda expresar ese cariño. Que no salga con minas. O minos. Que salga contigo.

Salimos ene, Alf.

Que duerma contigo. Desnudos. Que follen al amanecer y luego tomen desayuno.

Alejo vuelve a caminar. Intento alcanzarlo.

¿Qué pasa?

Tengo 38 y siento que me he farreado todo.

Yo tengo 41 y a veces creo que estoy recién partiendo, Alejo. Calma. Es una mala noche, hace demasiado calor, uno piensa raro, el bochorno te llena de ideas peligrosas.

¿No te da terror tener tantos?

Otras cosas me aterran más. Quiero más, eso sí. Como todos.

Tomé una pastilla… Tomé mucho vino.

Mezclaste.

Algo.

¿Estás bien?

Qué rica la brisa.

Sí, aunque es tibia. Algo es algo.

Algo es algo, Alf.

Podría ser más.

Me atraes, Garzón. Estoy enredado. Al que quiero es a José pero a veces me atraes tú.

Todos los amigos nos atraemos, Alejo. Calma, es normal.

Es que hace calor.

Exacto: no es culpa tuya, es la temperatura la que nos altera. En invierno no te atraería nada. Cero.

Leso.

Menos que tú.

Cruzan el puente Loreto y siguen caminando por Santa María. Casi no hay autos. Por momentos la ciudad parece de ellos.

¿Tú captas que yo no puedo estar contigo?

Lo sé, le digo.

Es por el José.

Sí, tranquilo. No te repitas, no insistas. Nunca hay que justificar lo que uno siente o no siente, hueón.

José es mi socio.

Lo sé. ¿Y…? ¿Aún no pasa nada entre ustedes?

Pasa de todo. No todo es corporal. Una vez te vi. ¿Me viste tú a mí?

¿Dónde?

En Grindr. Te bloqueé. Hice bien, ¿no?

Supongo, Alejo. Quizás también te hubiera bloqueado.

Además, ya hemos tenido contacto físico y por un momento el lazo entre nosotros se complicó… pero yo además… Es complicado. No soy una persona con la cual te convenga salir. Escribiría todo lo que sucedió. Todo lo uso.

No quiero salir contigo, Alejo. Relájate, está todo bien.

José es mi hermano.

Yo creo que es más que eso.

Me da miedo perderlo y creo que a él le da miedo todo. A veces culeo con tipos que desprecio pero no me abro. ¿Te parece mal?

Me parece sano, Alejo. ¿No es como demasiado enrollado todo?

Quizás. Yo lo soy. ¿Te parece mal?

No.

Caminan quietos hasta llegar a dos inmensas torres nuevas que miran al río y el parque. El complejo es tan grande que ocupa una cuadra. Por la calle Patronato aparece una camioneta manejada por dos orientales con un logo escrito en coreano. Ambos se detienen en la entrada del edificio. Es tarde pero la puerta de entrada se abre y sale gente, vecinos, un repartidor de pizza o sushi. La luz que hay es cenital. Alfredo capta que no le ve los ojos a Alejo.

Has sido importante para mí. Por eso nos dimos esa tina, ¿recuerdas?

Sí, claro.

Y después te quedaste a alojar. Y nos quedamos todo el domingo… ¿Te acuerdas?

Claro que sí. Imposible no recordarlo.

Después de muchos meses… años quizás… no sé… me di cuenta de que no quiero escribir o que no basta inventar o que detesto la ficción… Tener que inventar… tampoco me sirve toda la verdad real… ¿Me explico?

Algo, le respondo, seco.

Lo que estoy escribiendo son cosas de mi vida, de mi enredada vida, de mi horrorosa vida, y uso los nombres reales y las caras y los aromas y veo sus ojos y sus narices y sus sonrisas y nada… El tono de su voz… Y cuando no invento, cuando recuerdo, fluye. Puta que fluye, Alfredo…

Deja que fluya entonces.

Después cambiaré los nombres. Soy tímido. Necesito protegerme con la ficción. Es eso. Es para protegerme pero cuando estoy escribiendo así, ahora que hace calor, lo hago en pelotas.

¿Literalmente?

Con boxers, pero tú me entiendes.

Claro que te entiendo.

¿Crees que está bien?

Sí. Creo que así tiene que hacerse, Alejo. Si fluye, entonces no estás atajando nada. Luego se ve. Pero para qué atajar antes de patear.

Podrías subir.

Podría.

Alejo se acerca a Alfredo y lo besa. Lo besa lento y suave y con los ojos cerrados. Ambas lenguas se tocan y la saliva de los dos se mezcla. Alejo huele a bloqueador solar y humo y champú de melisa y cloro de piscina.

Ahora tengo que escribir.

Lo sé.

En otro mundo, en otro momento, tú serías José. Tú serías the one.

Yo estaría más orgulloso y contento que la cresta.

Buenas noches, Alfredo.

Chao, Alejo. Te veo en el lanzamiento.

Dale, ahí nos vemos.

Buenas noches, hueón.

Buenas noches.

Te quiero, le digo.

Lo sé.

Alfredo cruza el puente Patronato y llega donde el Parque Forestal ya no es realmente el Parque Forestal y se percibe el aire inconfundible de La Vega, el Mercado, la parte más popular del centro. Camina unos pasos y se sienta en un escaño. Un mendigo duerme más allá entre unos arbustos. Una jauría de perros vagos y escuálidos avanza lentamente, perdido, no amenazante, buscando comida. Son más de ocho, de todos los tipos. Pasan sin percatarse de su presencia. Alfredo saca su teléfono y mira WhatsApp y casi le escribe a Alejo algo como gracias o duerme bien o ¿subo?, pero se abstiene. Le escribo un **hey** a Vicente Matamala, pero sólo aparece un check gris, no dos azules así que seguro que anda por ahí de parranda.

Abro Grindr.

El ruido de pequeños petardos estalla como una pequeña ametralladora (¿o es como el sonido que hace un niño cuando revienta a escondidas y compulsivamente burbujas de aire en esas láminas de plástico para embalar?).

Alza la vista y mira por entre los árboles hacia el complejo donde vive Alejo. Las llamadas Gay Towers. Desde este lado del río se divisan perfectamente las dos torres altas (casi todos sus departamentos son de un ambiente), unidas por un zócalo donde hay una piscina que en esta época se llena con los centenares de arrendatarios o dueños-con-dividendo de esos departamentos minúsculos para solteros o, según la leyenda urbana, putos. Alejo una vez le comentó que la cantidad de héteros ahí no supera el 20 %, algo imposible de comprobar pero que seguro tiene mucho de cierto. A Alejo le molestaba vivir ahí porque sentía que no compartía el afán por la promiscuidad y que no era capaz de enganchar con nadie en el ascensor.

—Nunca he visto a un tipo con un libro. Nunca.

Alfredo se fija en los primeros avatares de la grilla de Grindr. Son de los que están más cerca. Abre un torso con una toalla color pistacho amarrada en la cintura: 97 metros. Un moreno arriba de una silla de playa: 103 metros. Otro en boxers Andrew Christian: 179 metros. Lee algunos.

Peludo y calvo
Soy bajito, 165cm, pero lo bueno viene
en frasco chico.
Zorrón, lamo como gato, me pongo como perrito.

Piola parque
algo piola con alguien piola
sin lugar
cumplidor.

Somos dos
Buscamos twinks pasivos.
Directo al grano.
Solo pasar un buen rato.
Ya somos pareja, queremos chispa.
Hombrecitos y deportistas. Always safe.

Nacho
versátil, o sea, podemos conversar de todo.
piscolero, alto.

Sigue y sigue, aprieta y aprieta, la adrenalina comienza
a fluir, se le despierta el deseo de cazar, una mezcla de
ganas animales con un dejo de miedo y curiosidad y an-
ticipación: quién estará al otro lado, cómo será, por qué
me eligió a mí. Pronto se percata de que hay 34 tipos que
están a menos de 400 metros.

Las torres putas.

Empiezo a enviar mensajes: *hola* y *qué tal, perrito* y *estái
rico* y *dónde?* y *podís ahora, wn?* y *puta, eres mino, wn* y *calor* y
caliente, tú? y como es tarde, como ha tomado, como hace
calor, como se siente raro, como está alterado, como sigue

pensando en Alejo, como desearía estar con Alejo, como ansía y ya echa profundamente de menos a Alejo, le tipea a un par que están muy cerca: *culiemos?*

Eso es, al final, lo que quiere.

O capaz que no.

Lo que quiere es algo: un desafío, la diversión de la conquista, la novedad de una piel nueva, de olores familiares y a la vez novedosos, de pelos y cuellos y bolas y ojos y espaldas y culos desconocidos.

No quiere ahora a Julián ni lo querría aunque apareciera caminando por el parque de blanco. No desea a Renato y sus ojos que no se cierran cuando lo besa. No quiere a Ricardo Keller ni de lejos. No quiere y no debe y no corresponde y no quiere pensar en Alejo. Lo que busca es jugar.

Juguemos? Weviemos?

Lo que desea es portarse mal. Hay en su ánimo algo de travesura, de transgresión, de deseo de lanzarse. Eso es lo que lo calienta: hacerlo porque se puede hacer, porque es fácil, porque es mejor que ver porno, porque varios al otro lado, cerca, andan en lo mismo: quieren culiar y listo, saciarse, No Strings Attached (NSA). Alfredo lo tiene claro: lo mejor de Grindr es la parte literaria: eso de imaginarse al personaje y cómo es el lenguaje lo que transforma un intercambio de información prosaica en flirteo hasta derivar en una conversación. Y es en esas ocasiones, mientras se está echado en el sofá o la cama, en un café o en una plaza, cuando a veces surge la conexión. El tipo al otro lado habla más de la cuenta, se revela, dice algo, se le desliza un secreto («un poco solo, bro»; «cansado de esta mierda, ganas de tener a alguien», «leyendo a Houellebecq, ¿lo has leído?») y entonces surgen sonrisas, calenturas, piedad, ternura, ganas, obsesión. Y ansiedad, mucha ansiedad, la misma que se cruza con la adrenalina y la fantasía y los nervios cuando deciden y dicen «ya, vente» o «dale, voy» o «¿qué te parece en el Starbucks de Lyon?».

La prioridad ahora es follar.

Culiar.

Penetrar.

Meterlo.

Acabar.

Lo que sea.

Alfredo cruza el río de vuelta ahora por el puente Loreto y se instala al frente de las dos torres. El departamento de Alejo mira hacia la cordillera y no lo divisa. Tampoco recuerda en qué piso está pero sí que era en uno de los últimos. Mira las ventanas: en todas hay las mismas cortinas, los mismos colores, algunas plantas, monos de peluche, bicicletas. Se fija en un tipo fumando, sin camisa. Está más arriba del piso diez, pero no está con teléfono.

Desliza su dedo y ahora un chico guapillo (Gastón, pasivo, alto) abrazado a su almohada color naranja está a 77 metros.

Toda la grilla se mueve.

No hay duda: en el edificio de Alejo hay muchos hueones que quieren culiar. Abre la aplicación del clima: 31 grados aún y ya son las 01:35 am. *Quiero manchar esa almohada,* escribe, y agrega: *Mejor arriba tuyo, así no ensuciamos.*

Wena, dice uno que no es el de la almohada naranja.

Entran cinco mensajes:

Hey, cerca!!! Muy!!!

Hirviendo y tieso. Tú?

Volado, horny, ven...

Vecino?

Pasivo?
Te lo meto?
Mira: de fierro

La foto de un pene duro capturada con flash aparece en su pantalla: rosado, brillante, con lubricante, vello púbico demasiado recortado, tanto que se ve la piel, enfocado arriba de un piso de linóleo verde. Lo bloquea. Alfredo se fija en un torso proporcionado, peludo, con algo de gris en los vellos. Lee:

Extranjero
Serio, masculino, discreto, pasivo, busco similar, amigos con ventaja para morbo y lo que salga. Express no es más que dejarse llevar.
C'est la vie!

Alfredo le responde: *foto cara?*
Y otro: *edad?*
Y otro: *cerca, muy cerca. dónde estás?*

Alfredo siente su cuello mojado, su corazón palpitando. Siguen entrando mensajes pero este le llamó la atención.
Extranjero.
Mejor, cero posibilidad de lazo, de que haya gente en común, cero hermandad del semen.

Comienza a caminar.

Llega a Patronato, cruza Bellavista, deambula y mira, ingresa de a poco al barrio de los árabes, de los coreanos, de los negocios de telas y ropas al por mayor. No hay nadie. Todo cerrado, las cortinas de metal aseguradas con candados. Lee: zapatillas, slips, colaless, calcetines deportivos.

Llegan las respuestas:

47. Muy buen estado. Tú?

Sudado? Calor. Caliente.

Sta María-Recoleta. Torres. Tú?

Abre la foto. Es un tipo en cuatro patas, sobre una cama con sábanas de a cuadros, de una plaza, culo blanco, peludo, resto del cuerpo bronceado. Piernas duras, buenas pantorrillas, pies sucios.

Respondo:

Jajajaja, bien, me queda claro pero cara.
Foto de cara!
Ya sé lo que quieres!

Luego escribo y me quito tres años:

38 años, caliente, sí.

Otro:

Debajo de donde vives, caminando... llego en 3 min.
Kieres?
Manda cara, me interesa más que tu culo :)

¿Sí? ¿Le interesa más su cara? Para qué: no es más honesto *Extranjero* y su pose de perrito.

¿Para qué quiere verle la cara?

¿Quiere besarlo? Quizás. El cuello, quiere que le besen el cuello. Quiere que Alejo lo bese.

O que alguien como Alejo lo bese.

Alguien como El Factor Julián anda buscando y siempre buscará, lo sabe. ¿Qué será de Julián? ¿Por dónde andará?

Da lo mismo: está caliente. Sí.

O cree que sí.

Hace calor, eso es incuestionable.

Está alterado. Sudado.

Está con pena.

Este extranjero no tiene nada que ver con ellos, con esos en los que piensa cuando se pajea en la noche. Le parece que siente demasiadas cosas y sabe que cuando está follando, cuando entra en el juego de la película porno guarra, no piensa. No quiere saber nada de nada de él, del tipo que lo tiene dentro de su boca o que está dentro suyo. ¿Es demasiado horrible? No, no puede ser tan feo. En todo caso, nunca se ha juntado o ha subido o ha dejado subir a alguien sin antes verle la cara. No va a romper su regla esta noche. Está de acuerdo con Augusto Puga Balmaceda: a veces los grandes tesoros vienen detrás de avatares piola, de un pasaje o un pie o un trozo de ciudad o una silueta o un detalle de la cara.

—Los hueones más dignos, menos desesperados, con cuento, no muestran todo; es como ir a un bar con un jockstrap: vulgar, zorro, totalmente vulgar —le dijo como dando clases Puga un día.

Pero hoy no anda buscando. Siempre cuando está por llegar a un departamento o algún hueón está por llegar al suyo surge la idea, aparece la posibilidad: ¿y si es buena onda, si es divertido, si es simpático o tierno, si es «material de novio», si es presentable, si dan ganas de ir a caminar o conversar o cenar con él y no zafar cuanto antes?

Pero hoy no.

Para nada.

Aunque fuera el hombre de su vida (¿existen los hombres de tu vida?), pico, filo, nada, cero posibilidad. Ahora sólo quiero eyacular, sentir piel, sentir que le gusta a alguien o que calienta a alguien y virar.

Huir.

Quiere huir. Quiero huir.

Llega mensaje con cara.

Y se ve normal.

Pelo corto, canoso, ojos claros, nariz de boxeador.

Dale. Subo?

Camina rumbo a las torres. Otro mensaje de Extranjero:

Gerard. 1505, Torre A. Toca.

Dobla por Santa María y llega a la portería.

Busca el timbre que corresponde.

Hay al menos cien por torre.

Mensaje:

Estás sudado? Verga transpirada?
Axilas? Pies?
Puedo lamerte? Sube.
Ven. Hot.

Alfredo la piensa.

De pronto duda.

Se huele.

Sí, está sudado.

Encuentra el timbre: 1505.

Hey, soy Alfredo, digo.

Adelante.

La voz es claramente extranjera. ¿Francés?

El chirrido del citófono lo altera pues chilla y da la impresión de que la ciudad entera lo escuchó pero el portero ni lo mira, sus ojos están pegados en una película de Adam Sandler doblada que se estira en un televisor pequeño.

Alfredo aprieta el botón del ascensor impar.

Se abren las puertas.

Hay aroma a caja de cartón impregnada a pizza. Olor a delivery. Coloca su billetera en el bolsillo de adelante. Se mira en el espejo. Se ha visto mejor. Da lo mismo.

El ascensor se detiene en el piso quince.

Sale.

Camina por un pasillo muy bien iluminado.

Encuentra la puerta del departamento de Gerard. Antes de tocar el timbre, coloca los dedos sobre la madera. Está caliente. El departamento da al poniente, capta. Debe arder adentro. Sudor, piensa.

Toca el timbre.

Un tipo alto, parecido al de la foto, con una cara redonda que delata que alguna vez sufrió los estragos del acné, abre. Está en boxers negros y una polera vieja, azul, extra larga, sin mangas, que dice Leffe. Se ve musculoso, inflado, como si tomara suplementos y proteínas.

Hey. Adelante.

Hola.

La puerta se cierra.

Gerard.

Alfredo.

Me gustas. Estás bueno.

Tú también, miento. ¿Francés?

Belga.

Belga, mira. Muy Hermanos Dardenne.

¿Cómo?

Nada.

¿Conoces Bélgica?

No. Me gustaría. Brujas dicen que es…

Dicen. Me gustan más macizos. ¿Lo tienes grueso?

¿Desde cuándo estás acá?, le digo para desviar el tema.

Unos meses. Pasa.

Paso. Dejo mi bolso en el suelo.

¿Y qué haces?

Trabajo. Desnúdate nomás. Sácate los zapatos. Quiero olerte.

Pronuncia olerte como un mal actor que está intentando imitar a Pepe Le Pew. Gerard se saca la polera. Es duro y es flácido a la vez. Es como si hubiera entrenado mucho con pesas y engordado y bajado de peso demasiadas veces.

¿Cerveza?

Dale.

¿Quieres orinar?

No puede pronunciar las erres, me fijo.

No, le digo.

Mejor. Así orinas en mí. ¿Ya?

Veamos.

Me gusta que me orinen. En la boca, en el pecho. ¿Tienes tatuajes?

No.

Sácate la ropa. Hace calor. Muéstrame tus axilas.

Gerard parece tener algo del actor Matthias Schoenaerts, quizás es de Flandes, aunque en realidad sólo es la musculatura. No, no tiene nada de Matthias Schoenaerts, que es grande, firme, mino, pero sensible, frágil, atento, lejano, insondable. Gerard no posee misterio, no oculta nada, exhibe todo.

¿Quieres tragar mi leche? ¿Te gusta la leche tibia y cremosa?

A veces.

Hazme tira, bebé.

El belga huele a sudor, huele a especies, a picante, a sexo. El departamento es un living con una pequeña cocina americana y una pieza donde hay una cama grande sin hacer con sábanas celestes. En una cómoda veo juguetes sexuales y lubricantes. También frascos de GNC Live Well. Me fijo en una colección de fanzines de los años setenta con vaqueros y scouts y me dan ganas de hojearlas. En la mesa de al lado del sofá tiene una serie de revistas porno retro tipo *Honcho* o *Mandate* y un volumen de tapa dura dedicado a los dibujos eróticos de Tom of Finland. Claramente se cree o se creyó uno de los modelos.

Estoy caliente. ¿Tú?

Podría estarlo, le digo.

Eres raro. ¿Te gustan los creampies?

Los boxers de Gerard son Pump, amarillos y esmeralda, rebajados, vulgares. Abre el refrigerador, que está lleno de mostazas y yogures griegos y cervezas. Saca una Stella Artois. ¿Es belga? ¿O de por ahí? Me fijo en que Gerard tiene el tatuaje de un escorpión en la espalda.

Salud, amigo.

Gracias.

Estás bueno, bebé. Hueles a coyote, a chivo, a animal en celo.

No tanto, le respondo algo inquieto.

Escúpeme. ¿Te gusta escupir?

No tanto.

Hoy sí. Hoy vas a querer. Escúpeme.

Gerard toma un trago de cerveza y se me acerca y me besa con fuerza, sin permiso. Toma mi nuca y empuja su lengua dentro mío y deja que la cerveza tibia entre a mi boca. No lo esperaba y casi me ahogo pero algo me dice que debo seguir sus pasos, que esta es su casa y claramente el que manda es él. Me siento atrapado pero sin miedo. Tampoco caliente, pero capto que estoy duro, de fierro, intenso. Gerard comienza a lamer a Alfredo en la oreja, en la nuca. Se siente bien la saliva tibia arriba de la piel transpirada.

Estás salado, bebé.

El olor de Gerard es penetrante y lo abarca y consume todo. No deja espacio para otro aroma.

Ven.

Gerard empuja a Alfredo al sofá y le pasa su polera azul, que está húmeda de transpiración.

Huéleme.

Alfredo abre sus piernas pero Gerard comienza a oler sus calcetines tibios. Gerard se queja o dice cosas en francés. El tronar del Mapocho se escucha claro y preciso desde la ventana abierta. Alfredo toma un poco más de cerveza y siente cómo Gerard mete uno de sus pies desnudos en su boca. Comienza a lamerle el dedo gordo como si fuera la punta de su pene.

Me gustan tus uñas. Estoy pegote. ¿Tú?

Algo.

Me di una ducha anal hace un rato pero el resto lo tengo…

Te huelo, sí.

Deja que le siga chupando el dedo y con su mano le recorre el pecho estirado y moldeado hasta llegar a sus pezones que son inmensos y están erectos y parecen las tetillas de un animal en extinción.

Están duras.

No sólo eso. Mira.

Gerard se detiene, se coloca a contraluz como si alguna vez hubiera posado para *Butt*, esa revista rosada tipo fanzine recopilada en un libro de Taschen que está en su mesa de luz como código u ofrenda o talismán. Un costoso ejemplar de *Butt* vía Taschen dice tanto sobre un departamento como esos pescados ictus de metal o madera o un Mezuzá en una puerta de entrada. Con *Butt*, el mensaje es simple: gay pero con mundo, maraco pero digno, no tan cola sino macho y algo kinky.

Qué rico que tengas el culo boscoso. Adoro las bolas peludas, bebé.

Gracias.

Alfredo finge que lo mira con deseo, como si no pudiera creer su suerte, como si ese especímen de macho puro y duro que tiene al frente fuera escaso y valioso. Gerard le cree, le responde con una mirada narcisa, y se saca los boxers. Su controlado vello púbico está salpicado de canas y deja ver su piel engrasada con loción. Su pene erecto es curvo y se baja el forro hasta que brilla.

Ven.

Me saco la ropa y la dejo ordenada en el sofá. Me huelo y sí, estoy más rancio que en la mañana, como si nunca me hubiera echado nada. Me toco el pico y está más duro de lo que está mi ánimo o mis ganas. Entro a la pieza y Gerard está en la cama, arriba de una toalla, abierto entero, en cuatro, su cara perdida en una almohada, con los ojos cerrados, quizás.

¿Tienes condones?

Sí, pero primero con tus dedos, con tu lengua.

Me acerco y le escupo en su espalda. Se arquea como una pantera gorda y la saliva espesa se desliza por arriba de su espina y empieza a caer entre sus nalgas, atascándose entre sus pelos claros.

Hueles a perro, a hombre.

Tú también, le digo con voz porno, impostada, tratando de entrar de una vez por todas en el juego. El sexo también es juego, es teatro, es actuar, sobre todo cuando no hay lazo, onda o deseo. Hay que inventar algo.

Belga culeado, hueona perra, te voy a partir. ¿Eso quieres? Ábrete más, con confianza. No me digas que eres tímido, culeado. Muéstrame. ¿Qué quieres?

Que entres.

¿De a poco?

De una.

Dime cuánto lo quieres, perra.

Entero. Todo. Completo, bebé.

Mojo mis dedos con saliva y dos de ellos los deslizo detrás de su escroto.

Estás rico, culeado. Te voy a hacer pedazos, perra caliente. Esto no se consigue en esa mierda de Bélgica. Carne andina, hueón. Sudaca. Aprende.

Fóllame con tu lengua, Alejandro.

Alfredo. Alf.

Eso. Metémela adentro, muy adentro.

De a poco, lento. Ya viene.

Sigue, eso, sigue.

¿Te gusta?

Me encanta tu lengua, bebé.

Gerard se sienta arriba de la cara de Alfredo, se agarra las nalgas y lo deja acceder de una, preciso, perfecto.

Explora, sigue, busca, más.

Gime entonces, le digo.

Sí, eso, rico.

Gime. Grita.

Ya, sí.

¿Sí?

Sí. Ah, ahí, ahí, sí, ahí, bebé, bebecitooo. Ahí.

Ahora camina por el parque Gran Bretaña intentando entender la noche, tratando de no oler sus dedos, de no pensar en Gerard y sus gemidos y su acento y su aroma pasoso que lo ha impregnado entero. Debió ducharse, pero ya lo hará calmado, en su departamento, lejos de los dildos y la mente porno barata del belga. «Tírame tu leche, dame tu crema», recuerda y sigue, avanza, se aleja de Gerard que ya está bloqueado: ya no recuerda el número de su departamento.

La brisa de 26 grados le parece sensual y lo calma.

El agua de las fuentes danzantes de la Plaza de la Aviación le salpica la cara. En el bolso lleva el manuscrito sobre las hermanas Petit Farfán, el de la biografía de Moya Grau, un par de libros indie que compró (*Los inocentes* de Oswaldo Reynoso; el muy puto *El vampiro de la colonia*

Roma) y al menos unas seis revistas que le robó a Gerard mientras orinaba.

Desde esta altura del parque, Alfredo ve su departamento entremedio de los distintos vidrios, unos encendidos, otros apagados, de las Torres de Tajamar. Cuenta desde arriba hacia abajo hasta encontrar su piso. Por lo que ve, Vicente no está o quizás duerme. No ve el parpadeo azuloso del televisor aunque es cierto que su ojo puede fallar. Calcula de nuevo y no. Al parecer no hay nadie en casa.

¿Dónde andará Vicente?

Sigue caminando, sube al techo-terraza de la estación de metro Salvador y mira a unos fibrosos skaters transpirados, clones de Matt Dillon en su etapa Rusty James, hacer piruetas nocturnas sobre el cemento.

Revisa su teléfono. Tiene wasaps de Renato.

Lo pasé bien el otro día contigo
pensé en lo mino q te ves
cdo me tienes en tu boca
sí, me gusta tenerte ahí
lo pasé súper bien la otra noche
me gusta lo que hicimos
a ti te gustó?
a veces pienso que no.
dónde estás? te ando acosando?
no sé si escribirte
o si no hacer nada.
ando aterrado
porque me gustas, A.
Y me gusta.

Alfredo cruza la calle y mira hacia el otro lado del río: el ahora doble Puente del Arzobispo. Años atrás, antes de que viviera por esta zona, recuerda que en este mismo lugar vio a un chico, quizás uno de los tipos más guapos que ha visto en Santiago, cruzar por arriba del puente, casi como un acróbata. Iba solo, tenía un abrigo negro como de militar ruso, largo, se fijó en él y se miraron. Luego bajó a la calle y le ofreció un cigarrillo pero Alfredo nunca ha fumado. «Si yo no tuviera pololo, si yo no creyera en él, si no fuera fiel, te invitaría a caminar», le dijo, y luego se fue, caminando, en medio de la niebla.

El sonido de un cristal que cae lo saca de su estado y lo sacude. Un wasap de Alejo.

Te mandé algo, por mail. Ábrelo, porfa.

Mientras lo lee, aparece otro mensaje.

Buena charla, buena caminata.

Abre el sobre digital del correo del iPhone y aparecen una docena de mensajes, casi todos de la Tortuga Matte. Encuentra el mail de Alejo.

Alfredo:

Te quiero adoptar/nombrar como mi editor. Es cierto: te dedicas a la no ficción pero todo esto será al final justo eso. Real. Lo que hablamos. Ayúdame. No puedo hacerlo solo. Sabes que no, no soy como el resto. Sicomatizo, tengo pánico de que me lean, me destrocen, me quieran u odien. Todo me afecta el estómago. Te envío esto que terminé el sábado tipo 4am; aunque preliminar, creo que es el comienzo del libro. Me cuentas en lo de Restrepo. O antes.

Te quiero y lo sabes.

A mi manera.

Abrazo,

A

Aprieta el PDF hasta que carga y camina hasta una banca que mira hacia la fuente. Debido a la altura de los edificios y a los espacios que los conectan se arman a veces fuertes corrientes de aire. Una de esas arrasa con toda el agua de color de las fuentes y deja a Alfredo salpicado. Del otro lado del río siente o cree sentir el bombeo de los bajos en la legendaria disco Fausto, pero es lunes, debe estar cerrada. Verdad que abre los lunes, recuerda. ¿O no? Hace años que no va. En todo caso, deben ser sus propias palpitaciones. Eso es lo que bombea, late, no cesa ni calla. Con mi camisa limpio el rocío sobre la pantalla del celular antes de leer.

Agustín, mi mejor amigo, quizás el único amigo que he tenido, se suicidó el pasado sábado, 12 de febrero, el día de la fundación de Santiago, el día más ardiente e intolerable de una extraña ola de calor que hacía que las noches no refrescaran, el termómetro nunca bajara de los 30 y el calor seco al cual estábamos acostumbrados se pusiera húmedo, viscoso, pegote, como la sangre.

Esa noche vi dos películas en mi computador y salí a caminar escuchando música y de pronto pensé en llamarlo pero dije: debe estar durmiendo, debe estar con una mina, debe estar en un bar, tiene que estar en la playa con todo este ardor demente.

La noche me parecía rara y sabía que algo no andaba bien: pensé que podía ocurrir un terremoto. Definitivamente había peligro. Por eso quería saber de él, llevábamos meses sin hablar, meses sin un contacto, y eso que no habíamos discutido ni peleado. Simplemente nos distanciamos, pero, claro, un distanciamiento nunca es simple. Esa noche, además, o esa mañana, yo cumplía 34 y quería que me saludaran. A pesar de que odiaba mis cumpleaños, quería —necesitaba— un saludo.

Lo echaba de menos y no quería admitirlo.

Desperté tarde, mis sábanas empapadas, listas para estrujarlas, con la llamada de una amiga lejana, que realmente no era amiga mía y a la que incluso despreciaba. Estaba sudado entero pero al menos había dormido.

—Aló —le dije, oliendo mi transpiración.

—Agustín se suicidó anoche. Supuse que deberías saberlo. Eran cercanos.

—Sí —le dije y me metí a la ducha.

Éramos cercanos.

Éramos más que cercanos.

Ni siquiera encendí el agua caliente.

Alfredo se seca los ojos. Siente lo que siempre siente cuando lee e ingresa dentro de Alejo: tibieza, complicidad. Apaga el teléfono. Siente el olor de las entrañas de Gerard en sus dedos. Se acerca a la fuente. Mete las manos.

El agua está tibia.

MARTES 29 DE OCTUBRE, 2013

Antes de despertar siente la brisa caliente pero ya sabe que es la ola de calor y no se altera. De hecho ha dormido bien, no ha soñado, ningún remanente de ayer o de la semana lo ha alterado. Quizás tanto calor le quema el inconsciente y por un par de horas deja de ser él, deja de estar atento, y descansa. Olvida. Ahora que ya siente que está despierto, que deja que la brisa que entra por la ventana lo roce, piensa en temas o cosas o momentos o gente con la que pudo haber soñado. Repasa retazos de conversaciones de ayer, de la feria, del stand, frases al azar. Alejo en el Parque Forestal y ese beso entre los dos. Augusto Puga Balmaceda con mayonesa en la comisura de sus labios mirando de reojo al chico de la musculosa y el tatuaje. Ve los stands de las editoriales independientes y a los niños chicos con sus padres y las portadas de John Green y los libros de Stephen King amontonados y el inmenso y brillante display de la saga de las *Cincuenta sombras de Grey* y esa voz que sale de los parlantes y que anuncia insistentemente que Carla Guelfenbein («se ve más joven, ¿no?») y Gonzalo Contreras («¿dejó de tomar?») y el huachito del chef Carpentier («me lo comería crudo») están firmando sus respectivos libros.

Se baja el prepucio y abraza su almohada húmeda.

Ve esos inmensos gobelinos flotar en el aire con el es-logan del año: FILSA PA'L QUE LEE. Revisa y repasa las ironías y disparates, la cara de felicidad de Milagros Mora-les en su presentación, la forma quieta y distante con que Inti Jerez miraba a su novia sin dejar de estar consciente de cómo todos lo miraban ahora que su video porno se volvió viral, el desprecio en los ojos de Conchita Ossa mientras hablaban del matrimonio de Enriqueta Petit con el pintor Luis Vargas Rosas, el entusiasmo con que Ser-gio Freire y el Guatón Salinas conversaban con sus fans y posaban para selfies con sus lectores y Alberto Montt les dibujaba monitos en separadores de libros.

¿Y si hablara con Joaquín Montalva y le pidiera lo que nunca le ha solicitado? Hacerse cargo de la novela de Alejo Cortés. Le dirá lo que ya sabe que le dirá: «Tú vigilas no ficción; ¿está escribiendo sus memorias?». Al-fredo piensa: sí, claro, pero, ¿acaso eso no es lo que hacen todos los escritores de ficción? Alterar sus recuerdos, sus deseos, lo que han vivido o aún no viven, lo que quisieran y quizás no se atreven a vivir y lo procesan con mentiras y velos para que no sea tan directo. Pero no; para qué. Pue-de ayudarlo de otro modo. Como amigo. Amigo a secas, amigo sin ventaja, amigo con pasado.

—¿Desde cuándo son amigos?

—Desde que nos conocimos y salimos y follamos y cachamos que no… pero eso cimentó ene la confianza, la intimidad…

De inmediato imagina a Alejo durmiendo en su cama, con la luz ingresando con rayos llenos de polvo como en una foto de Instagram. Lo ve desnudo, casi lampiño, flaco, abrazado a una almohada, solo. Leyendo.

Hot dudes reading…

Alfredo se estira, nota que está duro, capta que huele a hombre y a testosterona y a culo y que, por desgracia, está pasado al belga.

A Gerard, al que espera nunca ver de nuevo.

Necesita una ducha.

Está fatigado, siente algo de caña (¿cuánto tomó con Alejo?) pero más que nada debe sacarse a Gerard de su piel, de sus pendejos sudados, de sus bolas, de su cuello y de sus fosas nasales. ¿Por qué el aroma de alguien nuevo que no te gusta se te pega como si fuera la tinta de un lapiz que se te revienta? El sudor de la noche ha remecido los aromas remanentes: esa saliva, el plástico del preservativo, las sábanas toscas, el olor a mostaza en el aire, la viscosidad pegote y levemente dulce de ese lubricante europeo Pjur que no conocía (¿backdoor? ¿backway? ¿por qué no usa Boy Butter como los que son de fiar?) y que tenía la desagradable característica de entibiarse al entrar en contacto con la piel.

Agua fría, ducha, jabón, gel, bálsamo, spa al toque.

Eso.

Salta de la cama. Sol brillante.

Mira el celular: 29 grados, 06:22 am.

Alfredo mira sus camisas colgadas, escondidas detrás del delgado plástico con que se las entregan en el lavaseco Prontomatic. La luz no alcanza a ingresar en el viejo clóset y no ve bien. ¿Qué color? Igual deberé pasar por acá antes de ir a la comida en el Aquí está Coco. Debería tener más chaquetas de verano. Elige una: una camisa con estampados setenteros que le parece veraniega y poco literaria pero que no alcanza a ser vistosa o chillona ni debería llamarle la atención en forma negativa a Rafael Restrepo Carvajal.

Escucha el ring de WhatsApp. No dejó el teléfono en mute.

Es Renato Adriazola.

> Hey, wn.
> Despierto?
> No puedo dormir con este calor.
> No pude dormir sin saber de ti.
> Mal?

Alfredo mira cómo los mensajes van entrando, mira cómo la palabra typing aparece en cursiva hasta que desaparece y a cambio el mensaje aparece rodeado de un globito blanco. Le responde.

> Hey, Renato.
> Buenos días.
> Calor, sí.
> Demasiado. Desesperante.
> Todo bien?
>
> No sé.
> Me estás evitando?
>
> Buenos días, te dije.
> Así se comienza el día.
>
> Te llamo?
>
> No, Vicente duerme.
> Qué pasa.
>
> Sabes qué pasa.

Estoy como....
caliente pero
más que eso.
Me tienes loco.
#todoelrato

                                        No creo.

Sí creo.

                                  Es que vivimos
                        o viviste cosas intensas.

anoche
quería estar contigo
#todoelrato

                                      debes dormir
                            pensar en otra cosa.

sentí que estabas
aún en mí
me tienes aturdido
sólo quiero olerte

                        no creo que quieras olerme

puedo ir a bañarme allá?
juntos
y follamos

                                  Renato... mira...
                                  debemos hablar

debemos hablar?
hablar qué?
no vamos a hablar más?
no quieres verme más?
qué hice?

                                        todo bien
                                  es temprano,
                                debo vestirme

estás desnudo?

pilucho?

quiero ser tu novio

                                        no tengo novios

culear entonces

todos los días

estoy duro

                                        cdo podemos vernos?

                                        un café helado?

                                        una chela?

                                        yo copado con pega

                                        mucha feria, mucho escritor

bienvenido a mi espacio

a todos mis espacios :)

sea una vida o sea una hora

quiero q entres

te invito a que llegues

lo más adentro q puedas

y me conozcas

sin tapujos

                                        uf, gracias

                                        hoy no, Renato

una hora o 3 días

o 3 horas... es mejor

q 3 meses malos

o 3 años tóxicos o

fríos

                                        por eso; mejor poco

                                        que mucho

huelo como si hubieras

estado dentro mío

y arriba

y en mi corazón
tócate, Alfredo
te tocas?

                                         sí

mi amanecer fue sin ti
y aquí estoy
en el sudor más delicioso
en el amanecer de un
hombre deseoso

                                   uf
                             dúchate.
                      y coordinamos
            no hables como caribeño.
                  Basta con Gabo.

entre el calor
del sol
y el sol de mi calor
acabo, espero

                                   uf
                           acabaste?

mis pendejos rojos
sienten la tibieza
de la leche condensada
mis muslos tiemblan
mi pecho rebosado

                         eres un poeta
           a quién estás escuchando?

sólo es
lo q tú me provocas
y la realidad
no abusa del deseo
sino la entiende

nos entendemos
me entiendes

                                              hey...

q más quieres hacer?
q me das?

                              no puedo darte mucho

me da lo mismo
siempre lo he sabido
#foreveralone

                                      no es tan así.
                                      beso. te dejo

acabaste?

                                      me mojaste, sí

bien!!!

Alfredo hunde su estómago y observa sus costillas. Juega con sus pelos, se fija en lo rulientos y gruesos que son, recuerda cómo Renato le hacía trenzas. Alfredo se toca el pene, que está más duro que de costumbre y más tibio (¿será el calor?) y se baja el prepucio y la luz del sol le entra en los ojos y está mojado, muy. Mira sus boxers, que están a los pies de la cama, que volaron con la ayuda de sus manos y sus pies mientras chateaba con Renato y piensa, por un instante, limpiarse, secarse pero el aroma lo calienta: un aroma a sí mismo, que sale de sus profundidades, un olor no alterado, rico, intenso, sin secretos, que delata su calentura, sus obsesiones, sus secretos. Está sopeado y se le enredan el aroma de su verga, de su piel, de su líquido preseminal (*precum, precum,* cuándo puta van a inventar una palabra en español digna: «Mira, hueón, estás pegote, qué rico, estás lleno de líquido preseminal» no funciona, claramente no funciona), de sus pelos y sus bolas («estás pasado a pico, pendejo, ¿lo sabías?»)

y el de Gerard y hasta el de Renato pero no puede ser: no ha estado con Renato en días. ¿Cuándo fue? ¿Cuántas veces fue? Lo que recuerda, lo que podría testimoniar, lo que lo hace ahora seguir pensando en él, lo que lo pone más duro, lo que hace que sus tetillas se endurezcan sin tener que tocarlas o echarles saliva es justamente Renato.

¿Por qué?

Con los dedos de su mano derecha agarra el lubricante resbaloso que sale de la ranura de su cabeza y se lo esparce por todo el pico (nunca debió cambiar pico por miembro erecto en esas memorias de una geisha local que editó cuando llegó a la editorial) y vuelve por más y con el índice unta la piel suave que va entre sus bolas y su culo. Piensa de nuevo en Renato aunque trata de imaginarse a Julián pero Julián odiaba todos esos ritos, no le gustaba cuando le insertaba el dedo en su boca con «su propia mermelada» («es asqueroso, hueón, aunque sea mío») mientras que Renato fue aprendiendo muy rápido y sin cuestionarse saboreaba todo, probaba todo, captaba todo indicio, leía el cuerpo de Alfredo, entendía como detective fogueado de *CSI* dónde mirar, qué hacer, qué sitio no dejar de lado. Renato se fue directo al perineo de Alfredo ese sábado y como un gato desesperado por leche empezó a usar su lengua hasta que intuyó que ya no le quedaba más por explorar y siguió más abajo como un Navy SEAL experto que debe bajar hasta los fondos para desactivar la bomba.

Renato, el geek de Renato, el gordito colorín de Renato.

—Seguro que no tienes experiencia —le dije.

—Porno. Igual uno aprende —me dijo, casi sonrojado—. Se me pasó la mano. Hueón: me encanta. Además no estás depilado. Me fascina tu olor. Tiene algo a merkén y jengibre. Se parece al mío. ¿Muy maraco?

—Muy —le dije—. Como tú. Ven.

Lo terminé de desnudar («estoy guatón, lo sé, sorry») y agarré la piscola que estábamos tomando y lo besé y dejé que el licor ingresara a su boca y le pregunté: dime cuándo parar, Renato, o si algo te molesta o incomoda.

—Me gusta todo, Alfredo; puta, me siento soñando.

—Esto será en 3D —exageré.

—¿Puedo gemir?

—Sería un honor.

—Wena.

Y así, al son de Justin Timberlake, cuya música salía de su iPhone vía Bluetooth hacia un parlante Bose rojo, fui conociendo y oliendo y lamiendo y tomándome todo el tiempo del mundo con Renato, que en efecto gemía pero más que nada aprendía rápido («sigue ahí, es la raja, puta madre, la hueá rica»). Entonces le dije:

—Date vuelta, apoya y hunde tu cabeza en la almohada y ábrete, perrito, vamos a ir de a poco, voy a entrar lento pero sólo cuando tú me invites, cuando tú quieras que ingrese.

Con mi lengua me dispuse a recorrerlo y a abrirlo («no tienes que hacerlo, ¿no te da como asco?, me puedo duchar si quieres») y los dos acabamos al mismo tiempo casi, yo dentro de él («creampie», acotó) y él arriba de mi pecho porque ya estaba insertado y sentado arriba mío y su sonrisa con los dientes separados delataba felicidad y sorpresa y también nostalgia («puta que he perdido tiempo») y un sentido de realización («prefiero esto que ver Nine Inch Nails en vivo») hasta que se acurrucó al lado mío y me hizo cariño y comenzó a portarse como un novio y yo no sabía bien qué hacer, sólo actué un rato, me hice el distante pero sin llegar a ser el chacal que solía ser.

Y entonces, recordando esto, acabo, todo el semen tibio, denso, de días sin pajearme cae en mis manos, en mi vientre, y mojo las sábanas y agarro los boxers y me limpio con ellos y capto que Renato se ha colado en mi fantasía, en mi cama, en mis manos, y busco unos shorts de piyama pero antes respiro, recupero la respiración y trato de olvidar que acabo de pajearme pensando en el tipo de chico que no me interesa y con el que no deseo volver a salir ni tener nada que ver. Luego piensa: esto no fue tan así. No sucedió exactamente así. Se ducharon, Renato tuvo su accidente. Pero esta versión que ahora mentalmente se cuenta le gusta más. Le parece más caliente. Más literaria.

La puerta del cuarto de Vicente está semiabierta. Lo ve en la cama, tumbado, su cuerpo descubierto, sólo sus pies tapados por la sábana que cae al suelo. El calor es potente, como cuando se deja abierto un horno recién apagado, pero acá la temperatura nunca ha bajado y capaz que esté empezando a subir. Vicente está aferrado a una almohada, mirando la ventana, dándole la espalda a la puerta, a Alfredo. Vicente está con unos boxers viejos sueltos verdes con dibujitos de pinos y otros árboles. ¿Se los habrá regalado la Ignacia en otra época? Vicente está llorando. Alfredo nota cómo intenta que él no escuche, o quizás es lo contrario. ¿Por eso la puerta está entreabierta?

¿Qué debo hacer? ¿Cerrar la puerta y dejarlo solo? ¿Ser discreto?

¿Seguir de largo, entrar al baño, ir a la cocina, vestirme?

Alfredo decide entrar.

El aire condensado, espeso, respirado, es intenso y le quema su piel resbalosa. Huele a hombre solo, a calcetines. Ajusta sus shorts de piyama y camina unos pasos. Percibe cómo Vicente se paraliza, contiene la respiración, se hace el dormido. Alfredo se acerca al gran ventanal que está detrás de las persianas americanas impregnadas de polvo y lo desliza. Mira hacia la fuente de agua que está apagada y los estacionamientos y la gasolinera. Una leve brisa tibia (*El calor de la brisa*, piensa, de forma autómatica) ingresa a la pieza y le refresca el pecho. Siento los ojos de Vicente en mi espalda. No sabe si darse vuelta, si quedarse ahí hasta que quizás la brisa lo calme o que baje algo la temperatura y Vicente pueda dormirse en paz.

Vicente no se ha movido, no ha respirado.

Qué rico el aire. Gracias.

¿Por qué no abriste la ventana? Te estás quemando, Vicente. ¿Has dormido?

No. No tuve fuerzas. Para dormir ni para abrir la…

Alfredo escucha cómo la voz se le quiebra, cómo su amigo se va desvaneciendo y deshaciendo.

Se da vuelta y ve a Vicente llorando, escondido en la almohada.

Hueón, qué pasa. Qué sucede, perro.

Vicente intenta ahora hundirse en el colchón y toma otra almohada y la coloca arriba de su cabeza y ahora el llanto es sostenido y excesivo aunque sepultado por el algodón y las plumas de otro almohadón. Se mueve y junta las rodillas con su ombligo como si fuera un caracol de tierra. Mira sus pies: están sucios, pies de verano, polvo y tierra de caminar sin hawaianas por la casa, tiritan, no paran de moverse, es como si estuvieran electrizados, se mueve como un chico que intenta patalear en el agua pero no sabe cómo.

Dime qué pasó. ¿Te pasó algo? ¿Qué fue?

El llanto de Vicente ahora es mayor, más intenso, y Alfredo se asusta, no sabe cómo reaccionar. Se acerca a la cama y susurrando le dice:

Calma, calma. Estoy aquí.

Entonces estira su brazo y comienza a hacerle cariño en la espalda que aparece entre las almohadas como una de esas bestias que emergen del mar en las películas asiáticas de destrucción. Se acerca al borde de la cama y mira el espectáculo de un hombre llorar desconsolado. ¿Cómo se consuela? ¿Qué debe hacer?

Hey. Sácalo para fuera.

Vicente se hunde más, quiere desaparecer.

Está bien, todo bien. Estás en confianza, hueón, y lo sabes. A todos nos ha pasado. Hace bien. Suéltalo.

Una mano de Vicente aparece desde alguna parte y busca la de Alfredo y este se la toma, las dos están húmedas y tibias y ásperas.

Bótalo, sácalo todo. Hace bien.

Vicente le aprieta la mano fuerte y murmura:

Cuídame.

Alfredo mira a su alrededor casi como si pidiera permiso o quisiera ver si hay alguien mirando. La luz aún es tenue, el sol aún no invade.

No te vayas.

No me iré, Vicente. Acá estoy.

Me he quedado solo, todo se ha arruinado...

No es así.

No sé si tendré arreglo... Aprieta demasiado.

Respira.

Yo siempre pensé que había zafado, que nunca estaría solo, que todo iba a estar bien.

Alfredo da un paso e intenta abrazarlo, tocarlo, pero no tiene cómo estando ahí, parado a su lado, suficientemente lejos.

No te vayas, quédate un rato. Perdona.

Perdonar qué.

Alfredo se limpia los ojos y respira hondo para contenter la emoción y los nervios y el pavor y el terror y la sensación de impotencia y se tiende con cuidado en la cama a su lado intentando no tocarlo. Vicente se suelta y se mueve y palpita. Vicente deja de estar rígido y bota una almohada y con su brazo derecho le agarra un brazo a Alfredo y se lo pasa por arriba del hombro y se acomodan y sin saber cómo de pronto capto que estamos en posición cucharita, mi pecho conectado a su espalda, nuestras piernas velludas y tibias se entrelazan y con una mano le toco el pelo impregnado a mentol y con la otra le hago cariño en los pelos de su pecho. Vicente llora y sigue llorando y Alfredo con sus dedos le seca las lágrimas. Sus cuerpos se dan calor a pesar del calor y Alfredo no puede dejar de captar que sus shorts rozan los boxers con arbolitos y que el pecho de Vicente es firme y tibio y su corazón palpita fuerte, pero también nota que no está caliente, que no está duro, que no desea hacer nada más, que lo único que quiere ahora en el mundo es cuidarlo, protegerlo, calmarlo.

Eso… está todo bien, ¿no?

Algo.

¿Mejor?

Parece.

No, sí, lo está. ¿Con quién estás?

Contigo.

Y yo te quiero. Lo sabes.

Sí. Yo también. Lo sabes, ¿no?

Sí. Duerme, descansa.

No te vayas, Garzón.

No me iré. Me voy a quedar hasta cuando quieras. ¿Quieres dormir? ¿Durmamos?

Sí. Pero no te vayas, Alf.

No me iré. ¿Cómo me voy a ir? ¿Adónde?

¿Estás enojado?

Estoy triste porque tú lo estás.

Hueón: no sabes lo triste y lo… No sé si pueda…

Puedes. Y debes.

Es el fin del mundo, Alf.

Parece pero no. Tus hijos te van a necesitar. Ya, menso, duerme. Cierra los ojos.

Alfredo le besa el cuello y lo suelta y se sienta en cuclillas y agarra una almohada y se tapa con ella como si fuera un inmenso mono de peluche. Trata de mirarlo. Vicente entiende y evita la mirada y ahora observa el techo.

¿Me vas a contar qué pasó?

Vicente, con los ojos rojos, la cara desencajada, el pelo revuelto, lo mira y sonríe apenas.

¿Qué no pasó? ¿Qué no me ha pasado?

Te han pasado cosas, sí.

Cagué mi vida, Alf. ¿Te parece poco? No tengo nada.

Me tienes a mí.

¿Es suficiente?

Quizás. Para partir, Matamala. Algo es algo. Llora nomás.

Vicente lo toma y lo abraza y lo hunde en su pecho y llora arriba del pelo de Alfredo. Se quedan así un rato hasta que la luz ya no esconde nada.

¿Mejor?

Sí. Parece.

Estamos en confianza.

Espero.

Vicente lo suelta.

¿Un poco maraca la situación?

Para nada, leso.

Sorry.

¿De qué?

Tenía que…

Lo sé. ¿Desayuno? Dúchate largo y me cuentas. Tienes que hablar, Vicente. Después de llorar, se habla. Tengo tiempo. Avisa y llega tarde. Date la mañana. Anda a la pega después de almuerzo.

¿Ravotril tienes?

Sí.

Oye, Alf…

¿Qué?

¿Puedo decirte algo?

Obvio.

Estás pasado a… Puta, estás muy hediondo, hueón. Me quitaste la pena con tu hedor, culeado.

Alfredo se ríe y se huele.

Sí, hueón. Mal.

¿Hueles a…?

Un mino, a un belga chanta… Huelo a lubricante. Entre otras cosas.

¿Te lo follaste analmente?

¿Hay otra forma, Vicente?

Ah, claro, entre hombres... supongo que... Puta el hueón cebado, rancio, asqueroso. Me dan ganas de vomitar, Alf.

Ya...

Dúchate, perro. Tú primero. Déjame un rato solo.

Dale, Vicente.

Ah, un consejo: la próxima vez que veas a un amigo llorar, Alf, échate Old Spice o esa fragancia Burberry que tienes antes de consolarlo.

Lo tomaré en cuenta.

Me parece.

Ah, otra cosa.

Qué, hueón.

Gracias.

El gel de ducha L'Occitane que compró en el Parque Arauco huele a madera, a pimienta, a nuez moscada, a lavanda. A limpio, a bosque nativo después de la lluvia. No huele a sexo, a departamento chico mal ventilado, a belga transpirado sin bañarse, al puto Gerard culeado. El agua fresca cae y Alfredo saca del canasto de acero inoxidable un tubo de exfoliante y se llena la cara y se mira en el espejo de cuerpo entero que hace años instaló en la tina para poder afeitarse y con cuidado se refriega la cara. Llena con más gel una esponja redonda azul y comienza a lavarse y jabonarse como si tuviera el cuerpo que quisiera y como si lo estuvieran filmando para esos finales extra de películas porno en que los twinks checos se duchan hasta quedar limpios y sanos e inocentes.

Toma su champú L'Oreal para hombres y su gel Avalon cítrico y capta que Vicente lo está utilizando y que su jabón líquido Nivea está igual de lleno que siempre. Sonríe mientras se llena el pelo de espuma y aroma a verbena. Tanto calor, tanta cosa, tanta obsesión e histeria por Restrepo pero quizás la vida se reduzca a eso: a que te usen el champú, a que alguien se quiebre frente a ti, a tener una intimidad que te haga sentir que perteneces a alguien más que a ti. Con Gerard compartieron mucho y a la vez nada. Estuvo dentro de él y sin embargo no sabe nada del tipo ni desea saberlo. Gerard no tiene la culpa: cumplió con lo que ofreció. Algo que, por lo general, sucede con la gente contactada en Grindr y con los que se conocen en bares, en fiestas, en una playa, en el metro, en el mall. Si hay algo que le gusta de los lazos esporádicos es que siempre son más o menos transparentes: nadie promete más de lo deseado. A veces le gustaría que se deslizara algo más, que se pudiera quebrar la idea de que todo terminará con el sobrevalorado orgasmo, pero a la vez hay algo limpio y sano e incluso civilizado en esos encuentros donde la confusión no es permitida pero sí el placer o la curiosidad o la lujuria o el mero afán de hacer algo.

El agua desliza la espuma por su cuerpo.

¿Debo afeitarme? Así tengo algo de barba para los feriados. ¿O lo dejo así y pasado mañana me paso la Braun? Se mira el vello púbico. ¿Debería podarme? ¿Rebajar las puntas o mejor dejarlo al natural nomás? Agarra un bálsamo y se echa un montón arriba de sus pendejos negros y piensa: nunca he tenido tanto semen arriba mío. ¿Cómo será tirar con un hueón que no ha acabado en diez días? ¿Botará tanto?

Comienza a masajear el bálsamo en sus pelos y cierra los ojos y con la otra mano aumenta el agua fría y huele el aroma a almendras y a exfoliante y pesca su espuma de afeitar Vichy y desempaña el espejo con agua y se mira y ya no huele a Gerard y de pronto se siente contento, aliviado, suelto, y sonríe. Comienza a llenarse de espuma la cara y recuerda la escena en que Macaulay Culkin hace lo mismo en *Mi pobre angelito* y se ríe, se ríe solo y piensa que debería comprarse esos cubos-parlantes para tener música en el baño. Quizás hay una lista Spotify para duchas. Es el siglo veintiuno, mal que mal.

Vicente entra al baño y lo siente mear.

Disculpa.

Qué.

Me estoy duchando.

Y yo estoy meando. ¿Está rico ese champú gay? ¿A qué huele? ¿Puedo usarlo después, perrito?

Vicente, con el pelo mojado y peinado hacia atrás, recién afeitado, oliendo a esa crema de afeitar Barbasol que se trajo de Atlanta y ese after-shave Gillete Cool que le gusta tanto, termina de servir el café de grano molido que hizo en la cafetera italiana que rescató de su ex hogar.

Están ricos esos huevos. Parece domingo.

Brunch.

Te ves mejor, Matamala. Te volvió la sangre al cuerpo.

Tú también. Afeitarse te hace como un reboot.

De más.

Como cortarse el pelo. Deberíamos ir a una de estas barberías, Alf. Corte para verano. New look. Yo pago.

Alfredo deja de lado el *proposal* que Enzo Nova le pasó ayer antes de la presentación de Milagros Morales.

Una biografía de Arturo Moya Grau, centrándose por cierto en sus creaciones más exitosas, como *La madrastra,* y en el renacer de las telenovelas, los actores de teatro alternativo y de izquierda que se mezclaron con el submundo de las radionovelas de los cincuenta, que es de donde salió este hombre. El trozo que Nova le ha pasado tiene que ver con el método Grau, su obsesión y sus cábalas y su amistad con Sergio Urrutia, al que siempre le daba un rol con el nombre de un animal. Piensa que el libro tiene potencial aunque por otra parte le falta escándalo y sexo y rencillas. ¿Prólogo de Illanes o quizás de Bisama? El mundo de Moya Grau era inocente, al final. ¿Cómo inyectarle más maldad, misterio, gancho? Anota algo en una libreta, la cierra y bebe una limonada con hielo picado y menta que apareció al frente de sus tostadas.

Gran nivel, Matamala. Mejor que el White Rabbit, hueón.

Celebrando. Me siento mejor. Mucho mejor.

Se nota, le digo.

Y con hambre. Ayer no comí, Alf. Me deshidraté, creo, además. Mareado. Mareado de pena.

Pero ya pasó la tormenta.

Parece. O sea, sigue pero más adentro. Controlada. Estoy aliviado, hueón. Me siento liviano.

Qué bueno, Vicente.

Puta, que esto quede entre nosotros…

Obvio.

¿Sabes qué? Me alegra que no hayan estado los chicos. Debe ser fuerte ver a tu padre llorar.

¿Lo viste alguna vez?

Cuando le dije que era gay. Pero era otro tipo de llanto. ¿Tú?

Una vez. Por temas de plata. O por una infidelidad, no sé. Fue horroroso, patético…

Mal.

Puta, gracias, Alf. Gracias.

¿No hubieras hecho lo mismo por mí?

No sé. Lo dudo. No creo. Yo soy hombre, macho. Nada de andar consolando perritos. Para eso está el pisco.

Vicente sonríe y devora los huevos y le echa una gruesa capa de margarina-que-parece-mantequilla a unas tostadas de pan pita integral.

Por un momento, Alf, antes que entraras, pensé que…

Te ibas a morir, Vicente. Que te ibas a partir en dos. O en tres. Sí sé. Se llama crisis de angustia.

Sí. Eso. Eso sentí. ¿Cómo sabes?

¿Cómo crees? Crisis de pánico, Vicente. Suceden cuando uno menos las espera o quiere. Uno cree que…

… te vas a ahogar, sí.

Bienvenido al club, Matamala. Algo sé de estar solo.

De más.

¿Quedan arándanos?

Y orgánicos, hueón. Esta casa es digna y sustentable, Alf. ¿Gracias a quién?

Vicente coloca un puñado de arándanos en un bol verde-musgo con rayas blancas de Casa & Ideas y le lanza una cucharada grande de yogur griego encima.

Comen.

El calor sigue pero da la impresión de que ha entrado mucho aire.

Tú al menos hueles mejor.

Por suerte, sí.

No a belga cachondo. ¿Qué te echaste?

CK One. Es más veraniego.

¿Debería yo cambiar de fragancia?

Creo que sí, Vicente.

Podemos ir al Costanera. ¿Vamos a la tarde a comprar? ¿Te tinca? Necesito ropa veraniega de noche.

Algo de Zara, quizás.

No. No me dejarían entrar por hétero.

Puedo mover hilos, tranquilo.

Además, nada de ahí me cabe, Alf. La talla L es en rigor M o S, eso lo sabe todo el mundo.

Si quieres, échate One. Mi fragancia es tu fragancia.

Dale.

Está buena esta limonada.

¿Granola?

Esto parece un hogar, Vicente.

Es un hogar, perro. No como la mierda donde viví doce años. Doce años perdidos, Alf. Muchos, demasiados. Tengo casi cuarenta.

No eres el único, Vicente.

Si tuviera… no sé… veintiocho… Eso me caga, la edad…

La edad no existe. Los 72 son los nuevos 24, según Giorgio Moroder.

¿Crees eso?

No, claro que no. Los 72 son los nuevos 98. Cumples 50 y chao. Adiós. Puedes ser sabio o poderoso, pero dejas de ser carnada. Dejas de ser deseable. Al menos envejecemos mejor que las minas.

Cierto. La Ignacia ya empezó su decadencia. Tú no la has visto en pelotas.

Prefiero evitar esa imagen.

¿Te acuerdas de las minas del cine y la tele con que nos pajeábamos?

Eh, no. Yo me pajeaba pensando en Paolo Maldini.

¿Me estás hueviando? Eso es… Es una falta de respeto, Alf.

Y Lucas Tudor, Raimundo Tupper… Me gustaba Matt Dillon. Ene. Demasiado. Las mejores axilas de Hollywood, lejos. Y Andrew McCarthy.

Yo pensé que todos los del Kingstone nos pajeábamos con Samantha Fox, Elisabeth Shue, Tawny Kitaen, Paulina Porizkova.

No todos, para que veas.

¿Maldini?

Sigue con tu matrimonio, por favor.

No. ¿Más limonada?

No. Habla. ¿Qué pasó? ¿Qué te hizo colapsar?

Cagué. Me vine abajo.

¿No saliste con esa paisajista?

Y era increíble. Guapa, suelta, pecosa… pelo largo… con garbo. Bien hecha, fina, hueón, no una cuma. Sofisticada, Alf, como tú. Mamá de dos chicas. Viajada. Cómica. Necesitada pero no ansiosa. Igual sabía que no iba a terminar tirándomela, porque las minas no son como ustedes, lo que igual puede ser bueno porque la cosa parte por la seducción.

No opinaré sobre ese comentario. Haré como que no lo emitiste. ¿A dónde fueron?

Al Moloko.

¿Por qué?

Porque soy normal, no es lejos, hay terraza con este calor… Hueón: es *mi* historia.

Dale.

Y ahí estoy, escuchando su cuento y riéndome y haciéndola reír mucho. Llamé al mozo y le dije: qué debemos pedir para que esta primera cita sea inolvidable. Nos trajo chilcanos.

Sencillo pero fino. Nada de mojitos.

Exacto.

Y todo bien, Alf, ene onda, flirteo. Hasta que de pronto aparece la Ignacia, media borracha, como que había estado en una previa antes y andaba con un hueón.

¿El hueón loser de Gaete?

No. Un mino, joven, como de los que te podrían gustar a ti. Onda boy toy, de gimnasio, unos brazos... con músculos, shorts blancos apretados.

Quizás un amigo gay.

Comenzaron a agarrar ahí.

¿Te vieron?

Al rato. Y ella se cortó pero luego me hizo un gesto como «mira, los dos viviendo la vida», y coqueteaban mal y ella se lo comía con los ojos.

¿Y qué paso entonces?

Sentí que iba a vomitar, Alf. Y a cagar. Retortijones. Así que le dije: ella es mi ex, disculpa, y partí al baño.

¿Vomitaste?

Sí, pero comenzó el llanto. Ella, la paisajista, entró en el baño, me limpió un poco, luego manejó ella, yo mudo y llorando, buena onda ella, muy tela, apañadora a mil, se pasó, no me comentó nada, sólo me dijo: «Iban a tener que encontrarse un día». Me vino a dejar y estacionamos y me dejó en el ascensor y supongo que se tomó un taxi. Tú ya estabas durmiendo. No te quise despertar.

Debiste.

No. ¿Algo más para tomar?

La puerta se cierra, Vicente ya no está. Ahora se siente libre, puede zafar, necesita adrenalina, expulsar, eyacular, acabar, venirse, tirar.

¿Adicto? ¿*Shame*, Michael Fassbender full frontal, dale que dale? ¿Otra vez? ¿De nuevo necesita esto? ¿Hace cuánto eyaculó? ¿Noventa minutos?

El calor, se dice. The heat is on.

En el calor de la noche.

Pero es de día.

Es temprano y ya está sudando.

Abre Grindr. Mira, ve. Lo contactan antes de que alcance a revisar toda la grilla. Rodolfo, enfermero, a 98 metros.

Hey, wn.
Sudado?

Sí, buscando urgente.
Lo que sea.

Pico, sí.
Necesito.

Tb.

Saliendo de un turno
Intenso. Adrenalínico
a mil.

Médico?

Enfermero, wn.
Vente. Estás cerca.
Muy. Torres?

Sí. Tu?

Un edificio por detrás.
Calle 7mo de Línea,

Subo corriendo las escaleras, tercer piso, departamento F, F de follar, toco el timbre, me abre: minillo, alto, más alto que yo, se ve flaco, afeitado, tez mate como dicen ahora, bronceado natural de piscina, pelo castaño claro peinado hacia atrás, transpirado, frente amplia, ojos verdes como su uniforme-piyama cuello en V de la Clínica Alemana: Rodolfo Troncoso Salas.

Eres rico, le digo, seductor, en voz baja, sin pestañear.

Gracias, tú también.

Mejor que en la foto.

No siempre sucede, cierto.

Estamos entonces. ¿Me quedo?

Obvio. ¿Vamos a mi pieza? Estoy demasiado horny. Me estaba pajeando esperándote.

Genial. ¿Cuál es?

Esa.

Me besa largo y me tira contra la pared del living y la luz entra dura y me lame el cuello.

¿Ropa como de oficina?

Sí, le admito.

Me la saco y me lame el cuello y la espalda y me escupe un poco. El enfermero (veintiséis, ventisiete) huele a higiene, a jabón industrial, a sala de operación, a yodo. Sólo cuando se saca el uniforme y muestra un cuerpo como de modelo nacional y ve sus axilas claras y las huele y nota que delatan el calor y la intensidad de una noche laboral dura debajo de algo que huele a Dove de pepino Alfredo capta que es humano y que este encuentro matinal puede estar bueno.

Troncoso, ¿ah? Lo tienes como tronco.

Toca el amarillo y ve el bulto, moqueando, listo.

Sí, huéon. Ábreme primero. ¿Lo haces con la lengua?

Soy un campeón, un as. Prepárate.

Parten los dos chupándose, de lado, en la cama, bajo el sol que no resiste la cortina amarillenta. El ruido de las bocas, de la saliva, de las lenguas que intentan lamer y succionar las bolas, copan la pequeña pieza.

Hueón, estoy raja, necesito dormir.

Necesito despertar, le digo, jugando con su perineo con mi índice ensalivado.

Quedé caliente. Vi muchas cosas, me tocaron muchos pacientes, uno murió. Eso, sigue. Perfecto, perro. ¿Acabemos rápido?

No tanto. ¿Te lo meto?

Sí, hueón, hasta el fondo, con confianza.

¿Así?

Y le meto un dedo que entra fácil y llega adonde debe llegar de una.

Hueón, uf.

Sí.

Conchatumadre, qué rico, toca ahí, ahí.

¿De dónde eres?

De Conce. Otro día te cuento mi vida, es típica.

Déjame ahora meterte el pico, estás listo.

No. ¿Lengua?

Feliz.

Eso, mmm, me encanta eso. Tienes tu técnica. ¿Tú qué haces?

No mucho. Leo. Edito. Mundo de los libros. Rico culo, zorrón.

Igual entreno, me cuido. Cross fit, bota tensión.

Eres peludo, rico. Salí premiado.

Yo también. Hoy, hueón, me tocó en la clínica un zorrón tan tan tan rico. Llegó a emergencia como a las cuatro. Hecho pico.

¿Choque?.

Sí. Curado mal. Un jeep destrozado en Nueva Costanera. Tuve que desnudarlo con tijeras, hueón. Unos shorts, calzoncillos rebajados. Lindo el pendejo tonto. Peludo, calugas, pectorales, uf. Cara destrozada, ene fracturas, brazo hecho pico. Olía a pisco, a mino que estaba bailando, sudando.

Qué rico, sigue, le digo.

Se le paró cuando lo manipulé para meterle la sonda Foley. Se lo hubiera mamado.

Mámame.

No, culéame tú. Lo necesito. Acaba luego arriba mío.

¿Cara?

Ahí vemos. Puede ser. Igual me gusta en las nalgas. ¿Muy puto?

No, para nada, normal, típico. Bien, sano. Date vuelta.

Dale. Quiero acabar y dormir. Si me duermo, te vas nomás. Ahí está la ducha. Ese champú es la zorra. Es inglés.

Rodolfo se reacomoda y se pone de vientre, se abre, abraza una almohada ya transpirada con el sudor de los dos.

¿Así?

Notable. La mejor vista del mundo.

¿La dura?

Mira lo duro.

La espalda firme y delgada del enfermero con el acento de zorrón está húmeda. Abre sus piernas y levanta el trasero que es peludo cerca de su ano rosado mientras el resto parece el culo de un campeón de natación. Alf toma el tubo usado de lubricante Bentley del velador, se coloca un condón y siente cómo el enfermero guapo se estira y gime como preparándose y entra de una, deslizándose, y queda con la cabeza en su nuca y lo huele y lo sopla.

No me soples, le dice Rodolfo, y se ríe.

Estás sudando, uf.

Qué rico, ¿no?

Rico. Prostáticamente exquisito. Muévete. Eso. Culéate tú. ¿Cachái?

¿Así?

Perfect. Buena, Ramiro.

Rodolfo. Da lo mismo. ¿Me puedo subir arriba tuyo? Date vuelta.

Me encanta esa posición: insertado.

Buenísimo. Me caes bien, hueón.

Tú igual.

Bacán.

Sí. Bacan.

¿No vas a acabar?

No aún, le confieso.

Wena. ¿Nos pajeamos arriba de cada uno?

Genial.

Pero no aún. Puta, qué rico.

¿Te lo tragas todo?

Sí, hueón. Puta, rico conocerte.

Encantado, le digo dentro de él, viendo cómo baja y sube y cómo mi pene desaparece dentro de él y luego reaparece a medias.

Súper. Ha hecho calor.

Sí, la cagó.

Hueón, ¿te puedo culiar ahora yo a ti?

De más, claro. ¿De una?

Sí. Sálete y date vuelta.

Dale, dale.

Llega tarde a Alfaguara, pero a nadie le importa porque la editorial está practicamente vacía. El silencio en la amplia oficina es tan sospechoso como perturbador. Da la impresión de que todos se tomaron la mañana libre o quizás, ahora recuerda, siguieron al pie de la letra el mail de la Tortuga Matte con todos los teléfonos e indicaciones y sugerencias. Recién mientras enciende su computador procesa el mail que leyó ayer, de pasada, bajando las escaleras de la Estación Mapocho...

... Mañana nos encontramos a las 11:30 para ir al aeropuerto. Descansen, duerman, hagan sus trámites. Esta semana corta no le pertenecerá a ustedes sino a *El aura de las cosas*. Es un honor que don Rafael Restrepo Carvajal y su hijo Rafael nos visiten y contamos con todos uds. para que su visita sea memorable tanto para ellos como para nosotros, y para todo el mundo cultural y, por cierto, nuestros queridos lectores...

Ariel Roth aparece con una camisa de manga corta a cuadros y shorts de jeans y le propone ir a la cocina.

¿Tomamos algo? ¿Frío?

Dale.

¿Casual Tuesdays?

Casual Ola-de-Calor, freak. Le pregunté a Victoria. Me dijo: mejor, así te ves más Brooklyn. Y me encantan tus piernas. Eres ciclista, ¿no?

¿Te dijo eso?

Sí, eso. Bien ahí, me dijo. Buen look. De artista. Fino. Nos hace bien ese concepto.

El calor está quemando las neuronas.

Yo creo que le atraigo.

A la Victoria le atraen todos los hombres, sean de la orientación que sean.

Yo creo que no, Alf.

Yo creo que sí. Me consta.

Le atraen los minos. No cualquier hombre. Deben ser bellos, minos, menores, circuncidados ojalá…

Es cierto, Ariel. Tiene la vara alta.

Se comió a mi primo Coke, que tiene unos treinta años menos.

Tiene su apetito, es cierto. Por eso me cae bien.

Son parecidos. Tampoco te gustan los gordos, los viejos…

Se deja tentar por la belleza superficial, Ariel. Es humana, como todos nomás. Triste pero cierto. Un hueón bello o mino te perturba.

Una tapa bien diseñada debería perturbar. Un afiche, no sé. ¿Un mino?

Sucede, Ariel.

Dicen, sí. Penca.

Caminan hasta la cocina y Ariel Roth abre el refrigerador.

¿Y estas botellas?, pregunto.

Alfredo toca unas botellas muy bonitas de Hatsu y saca una negra con letras blancas.

Unos tés nuevos. Me encanta la tipografía. Japonesa, onda Niseko. O Sapporo. Nikei invernal.

Pensé que querían mate, comento.

Están ricos esos mates. Parece que quieren *todo*. Se creen Faith No More.

¿Viniste en bici? ¿Con este calor?

Sí. Pero me sacaron un parte.

¿Me estás hueviando?

Por no andar con casco. No voy a usar esos putos cascos urbanos. Me quitan libertad. ¿Cómo va todo?

No sé, le digo.

Está todo raro, están todos locos. Tuve que diseñar cuatro invitaciones distintas para el puto libro.

¿Lo viste?

Mal diseñado. Los mexicanos no saben diseñar. Saben de arquitectura, pero no saben diseñar. ¿Has bajado algo? ¿Has visto algo bueno?

Tú no me has pasado nada, hueón.

No me has traído tu disco duro. Con este calor veo y veo hasta como las cuatro am. Mi pieza da al poniente. *Body Heat.* La revisé anoche. *Cuerpos ardientes.* Lawrence Kasdan. Puta que era rica Katherine Turner.

Puta que era rico William Hurt.

¿La has visto?

No. He visto fotos, el trailer.

No te creo. ¿No la has visto? ¿Y cómo caminas por la vida así?

Camino mal. Deambulo. Me pierdo. Tropiezo.

No me extraña. Véla.

Pásamela.

¿Disco duro?

Mañana.

Películas con ola de calor. ¿Te parece? Ideal para estas noches.

Summer of Sam.

Bien, Garzón. Bien. ¿Vas a ir a todos esos eventos?

Ya me conoces, Ariel: no soy de ese mundo, freak.

Tengo mis dudas. Algo te atrae. Algo.

Es mi pega.

El trabajo no te define. A ti te gusta.

No me gusta, le digo.

No mientas. Un poco. Te atraen los creativos.

Qué te importa.

Porque confío en ti, Alf. Creo que en ti.

Cree en ti, mejor, Ariel.

Jamás. Inseguro y dubitativo siempre. Ya, te veo.

Te veo, Roth. Cuídate.

Regresan a sus respectivos cubículos y en la oficina de Fedora Montt ve un alto de *El aura de las cosas*. Saca uno y lo lleva donde Jocelyn, la secretaria, que está leyendo el nuevo de Isabel Allende y tiene más pulseras de lo necesario y un protector rosado para su Samsung.

Un favor. Dos, en rigor.

Dígame.

En la lista de invitados para el museo hay que anotar el nombre de un profesor de la Católica. Ricardo Keller más uno.

Puedo enviarle una invitación vía moto boy.

¿Sí?

Por supuesto.

Mejor. Está en la Facultad de Letras de la UC.

Keller, Ricardo, perfecto. ¿Algo más?

Sí. Necesito que le envíen este libro a Alejo Cortés.

Ya se lo envié. A las ocho y media. Es más: a todos los escritores que han publicado acá les despaché una copia. Más una lista extra de gente que nunca había escuchado.

¿Sí? ¿Cuántos?

Setecientos treinta y ocho.

Qué. Cómo tantos, Jocelyn.

Se lo enviaron incluso a doña Lucía Hiriart, viuda de Pinochet. A todos los candidatos. Incluso a esta mujer popular.

¿Roxana Miranda?

Sí. Y al barbudo también. El de la túnica. La señorita Victoria me pidió que usara Chile Express o estas motos. ¿Le digo algo, don Alfredo?

Trátame de tú.

Te cuento entonces. Estos señores que vienen han solicitado cosas bien raras.

Lo sé, Joceyln. Son excéntricos y están acostumbrados a que los traten como reyes. Como mirreyes, como dicen allá.

Ese queso cottage, ya lo conseguí. En Pirque. Los licores ya están. No fue nada de fácil. Ese whisky Four Roses tuvimos que traerlo desde una importadora hindú de Iquique.

Bourbon.

Yo personalmente prefiero el rosé o el pisco sour. Pidieron productos de baño Kiehl's. Dicen que son alérgicos a los del Ritz. Gomitas Merello, amarillas y naranjas. Llamé directo a Limache, donde las hacen. Me atendieron muy bien.

No puedo creer que estén haciéndoles caso.

Eso no es todo, don Alfredo. Por suerte una sobrina de mi prima mayor es auxiliar. La Ingrid vuela todas las semanas a Miami y a veces a Los Angeles. Con ella conseguí esos chocolates República del Cacao. Del aeropuerto de Lima. Querían unos con sal rosada adentro. No me tincan para nada… Y también cosas higiénicas.

¿Cómo?

Sí. Unos pañitos llamado Dude Wipes.

Nunca los había escuchado.

Son como Huggies desechables húmedos pero para varones.

Ah.

Y Boy Butter, al agua y de la fórmula clásica. Es un…

… lubricante, sí…

Ah, y otra cosa. Quizás me pueda ayudar. ¿Usted sabe lo que son poppers? ¿Dónde se consiguen?

Abre su mail y ve la cantidad de correos que le han llegado y que no ha leído. La FILSA debería ser como el verano: con menos mails. Pero no. Hay uno de Enzo Nova con el asunto: «¿la gran novela de no ficción es acerca de una telenovela?». Mientras lee un mail de Agustín Barros, un extraño ser que casi no sale de la pieza que arrienda por la calle Marín con otros tipos pero que lee rápido y bien y entrega unos informes bastante lapidarios y acertados y cómicos (aunque nunca es capaz de recomendar nada para su eventual publicación excepto una vez un libro acerca del submundo del hardcore en Villa Alemana), ingresa uno de Alejo Cortés.

Siente nervios, nota cómo todo su cuerpo se hace cargo del hecho de que el nombre de Alejo haya ingresado a su sistema.

Por un instante siente que su sudor es frío.

Respira.

¿Por qué ver su nombre en un correo electrónico (en dos correos electrónicos enviados en dos minutos consecutivos) es suficiente para alterarlo, para que sus piernas se sientan flacas, débiles, incapaces de sostenerlo? Está sentado sin nadie que lo mire. Es ahí cuando se dice: debe dejar de gustarme pero cómo te deja de importar alguien que te importa. Además, ¿me *importa*? ¿No me importa El Factor Julián? ¿No debería importarme el geek de Renato Adriazola?

Podría no leer los mails, cerrar el computador e irse a caminar o agarrar su bicicleta y partir al Parque Bicentenario y tendría energía suficiente y la autoestima fortalecida para sentir que ha sido un buen día: con lo que sucedió hoy con Vicente es suficiente para considerar que la jornada fue fructífera. Y ese desayuno matinal gentileza de Grindr estuvo rico. Pero Alejo Cortés está cerca, piensa en mí, me escribe, necesita comunicarse conmigo porque siente que lo puedo entender.

Abre el correo uno:

Hey AG

Cómo va? Extraño anoche pero a la vez una gran noche, ¿no? Buena charla, buenas ideas, buen vino, buena caminata. Buen feeling. Porque eso tenemos y eso no siempre se tiene: feeling. Confianza. Me quedé pensando y mucho. Y me desvelé. Por el calor y por lo que ocurrió. Sentimos mucho, ¿no crees? No sé por qué (sé por qué pero no sé si quiero contarte por mail) terminé hojeando y leyendo trozos de *Antes que anochezca* y luego googleando a Reinaldo Arenas. Y me topé con el cubano citando a nuestra visita ilustre en sus memorias.

Mira:

«Una noche, por truculencias del azar me vi en la
residencia del rector de una prestigiosa universidad
norteamericana. Esa noche se habían dado cita allí nu-
merosos escritores de fama mundial. Una de las figuras
que más me aterrorizó fue la de Rafael Restrepo Carvajal; aquel hombre no parecía un escritor, sino una
máquina computadora; tenía una respuesta exacta y al
parecer lúcida para cualquier problema o pregunta que
se planteara; lo único que había que hacer era apretar
un botón. Los profesores norteamericanos prolifera-
ban por allí en forma alarmante y, además, cada uno
llevaba, como los enfermeros de un hospital, una gran
chapa metálica pegada al pecho donde aparecían sus
nombres y sus títulos...».

¿Qué tal?
Y sigue hasta darle la estocada final:

«Restrepo se expresaba en un inglés perfecto y
parecía ser un hombre que no tuviera ningún tipo de
dudas, ni siquiera metafísicas; era para mí lo más
remoto a lo que podía compararse con un verdadero
escritor. Aquel señor, elegantemente vestido, era
una enciclopedia, aunque quizás un poco más gruesa.
Muchos escritores de este tipo reciben grandes premios literarios, incluyendo el Cervantes o el Nobel,
y pronuncian unas conferencias impecables. Salí de
aquella reunión aterrorizado».

Quiero aterrorizarme.
Muchas ganas de verlo face-to-face mañana en el
museo.
¿Será como conocer a Hannibal Lecter?
Eso.

Beso.

Alejo.

Alfredo abre Safari y googlea hasta encontrar la entrevista de la que le habló Alejo anoche. La entrevista que Restrepo le dio a Diego Erlan del suplemento *Ñ* del *Clarín* de Buenos Aires.

Comienza a leerla.

A Rafael Restrepo Carvajal no le gusta la adulación ni se siente «un intocable», aunque admite que a un escritor las voces críticas le sirven para «así bajar o disminuir la velocidad», pero dice que en «esta carrera, que también es una vocación y acaso un destino, ¿no?, los ataques y los enemigos son clave».

«No tenerlos implica ser el chico favorito de tu tía Nilda» y un escritor no sólo debe querer agradar y seducir «sino también pues provocar», dice mientras sorbe su taza de té Darjeeling negro. «Donoso me lo dijo hace años, cuando partíamos, estábamos en Chichen Itzá: 'lo importante, Rafael, es que escriban tu nombre bien. Si me van a destrozar o hablar mal de mí, que al menos no lo hagan usando la Z en vez de la S. Lo mismo digo: es Restrepo, no Reztrepo'».

En eso ha triunfado.

Sin duda. Nunca han escrito mal mi nombre. En ese sentido he triunfado, no hay duda. ¿No cree? A esta edad, con todos estos libros alineados que llegan a este cenote que es *El aura de las cosas*, creo que existo. Estoy en el mapa. Supongo que logré algo. Soy alguien aunque algunos crean que no. Quizás no todo el mundo me quiera pero existo. ¿Te imaginas cómo sería si fuera al revés? ¿Que todos me quisieran y no existiera?

En entrevista con Ñ, en medio de una agotadora gira promocional continental que recuerda una de Madonna o los Rolling Stones («Steel Wheels», acota, «porque uno debe ser de acero y tener una disciplina feroz»), comenta que, a pesar de «todo el ruido, lo social y las entrevistas», él siempre encuentra tiempo para leer y que, en Asunción, una de las paradas de esta gira «eterna», luego de visitar la casa de Roa Bastos y estar con su familia, se fue caminando al célebre restorán Bolsi y, en una mesa que está en una terraza, «en pleno centro, ahí en la vereda, rodeado de jóvenes, sintiendo el calor del trópico profundo, comencé una nouvelle acerca del viaje de un padre y un hijo».

¿Y su hijo, con el que está de gira, qué hacía mientras?
Creo que conoció a unos jóvenes y se fue a un concierto de rock en una vieja cervecería. Él tiene esa capacidad de conocer gente. No sé cómo lo hace. Rafa es hábil para hacer amigos nuevos. Yo a esta edad prefiero encontrarme con viejos amigos o estar solo y si he de conocer gente, al menos necesito que alguien me la presente. No podría terminar en un concierto de rock o en una cervecería con gente que nunca he conocido en mi vida. Las amistades ahora son más instantáneas y, al parecer, más desechables pero me niego a ser un nostálgico y creer que todo tiempo pasado fue mejor. No lo creo. Quizás fue peor si lo analizamos con atención y sumamos y restamos.

¿Está en las redes sociales?
¿Eso que está en los teléfonos? ¿Facebook?

Así es.

El correo electrónico me lo responden mis secretarias en Ciudad de México. Dos espléndidas graduadas de letras de la UNAM. Escriben como yo. O mejor que yo. Tengo redes sociales y de otro tipo pero no soy parte de lo que usted llama «redes sociales electrónicas». El tiempo es corto. No puedo perderlo mirando un teléfono.

¿Tiene conciencia del paso del tiempo?

Es imposible no tenerla. Uno intenta evitarlo, pensar en otra cosa, pero no. Aunque me cuide, aunque Dios esté a mi lado, hay algo innegable: mi hijo tiene, por lo bajo, cincuenta Navidades más que yo por delante, cincuenta veranos, cincuenta fiestas de cumpleaños. Yo sé que no tengo siquiera diez. Quizás quince. Si llegara a tener diez más, sería algo curioso, inesperado. Serían veranos regalados. Cada día pasa más rápido y eso que ya no necesito dormir ocho horas. Pero hay tanto para leer, tanto por escribir, tantas películas y cosas que deseo hacer... Es para deprimirse pero no sé cómo uno logra dar vuelta las cosas y lo que sucede es lo contrario: aprovechas el día. La curiosidad y la creatividad me han ayudado muchísimo. Tengo pocos años por delante, muchas ideas y muchas novelas a medio hacer que quiero terminar, por eso vivo muy aislado en Londres, con mi esposa, y escribo bastante ajeno al elogio y también a la deturpación. México y, en menor grado, Bogotá son los lugares donde están mis memorias pero por eso mismo trato de no estar ahí. Allí soy un ícono; en Londres me subo al tube y soy un anciano más que lee *The Guardian*.

Aludiendo al título de su más reciente libro, ¿cree en el aura de las cosas?

Por supuesto. El aura es lo que te seduce. He conocido a mucha, mucha gente en mis 83 años. He visto muchas cosas. Yo soy del año 30. Y he tenido la suerte de conocer personalmente a muchos ídolos o estrellas de cine y políticos. Es algo muy curioso acceder a gente que uno ha leído, a personas que uno admira por sus ideas, y al conocerlos captar que no tienen aura. No te seducen en vivo. Su aura es escrita o ideológica o se arma en sus discos o cuando están en un escenario o cuando una cámara los captura. No digo que uno sea peor que el otro. Pero sin duda es muy impresionante cuando ambos aspectos se unen: cuando alguien brillante tiene su aura personal.

¿Puede nombrar a algunos?

Claro. Pues en el libro que hicimos con Rafita están algunos, sin duda. Onetti no tenía aura alguna pero sí brillaba por escrito. Mario Vargas Llosa sí la tiene, diría que casi le sobra. Ingresa a un salón y succiona toda la energía. Es algo impresionante. Esto enrabiaba a muchos, como a José Donoso, que no tenía aura en vivo porque alguien que duda tanto de sí y que no está a gusto con su ser termina siendo tóxico. Según Pilar, mi mujer, Susan Sontag fue la elegida de Dios. Todo todo todo lo hacía bien. Le sobraba aura. E inteligencia. Y garbo. En una sala no hacía falta encender las luces si Susan estaba presente. Impresionaba. Es una de las pocas personas que me han hecho sentir inferior intelectualmente. Ahora bien, existe mucha gente que sólo tiene aura y nada más. Son seductores profesionales. Son ellos y ellas a los que hay que evitar. Son aquellos que te embaucan.

¿Usted embauca?

Por Dios, qué pregunta. Pues sí. Es mi trabajo, ¿no? Me gustaría pensar que tengo un aura, que soy un seductor a nivel interpersonal pero también a nivel literario y que es la suma de ambas cosas lo que me transforma en lo que soy. Aquellos que están en el libro cumplen con ambas cosas y es la suma la que los hace algo así como dioses. Si Rafita hubiera nacido veinte años antes, el libro hubiera tenido quizás tres tomos. Me gustaría escribir de todos aquellos ídolos y personas que me han remecido y he conocido en vivo. Me siento afortunado por eso y creo que soy mejor persona por haber accedido a figuras cumbres del siglo pasado. Yo tuve la suerte de tomar té con Thomas Mann, de cenar con Einstein, de viajar en un tren con Borges y sin María Kodama.

Algunos dicen que usted colecciona gente y que conoce a más famosos que a gente «del pueblo».

¿Colecciono? No. Quizás hago listas. Todos somos un poco inseguros. El que es del pueblo soy yo. Tengo la posiblidad de escribir del pueblo y de poderosos. Te cuento un secreto: son todos muy parecidos.

¿Rafael Restrepo se siente un hombre poderoso?

No, no, de ninguna manera, el poder es otra cosa, el poder no se ejerce escribiendo libros, el poder implica manejar a la gente, sea en un partido o en el gobierno, ese no es el caso de un escritor que tiene una cierta distancia frente a los poderes constituidos. Lo más salvaje y difícil de escribir es la disciplina. Es manejarse uno. El ejercer el poder y la voluntad. Y en ese sentido uno debe ser un dictador: eliminar toda distracción, imponer el toque de queda.

Y siguiendo la idea del dictador... ¿es Ud. una figura intocable?

No, cómo se le ocurre, para nada, soy lo más tocable del mundo, me atacan bastante, hay gente que no me quiere nada, lo cual es muy bueno porque lo mantiene a uno vivo.

¿De verdad hay gente que lo ataca, a quién o quiénes se refiere?

Investigue un poco, pues. Si quiere «the whole picture», espere un tiempo y cuando salga mi autobiografía, pues ahí supongo que todo quedará más claro. Será, creo yo, un libro tenaz.

¿Se sigue desayunando con sus críticos, como dijo alguna vez?

No, no, ahora me desayuno con huevos rancheros y salsa. Ya no le temo al colesterol.

¿Cuál es el retrato autocrítico que haría de Rafael Restrepo?

Soy un hombre lleno de defectos, hable con mi esposa y se los dirá. Igual creo que tengo algunas cosas positivas. Creo que tengo algo de humor y aprecio las cosas finas.

¿No hay nada que se critique?

Muchas cosas, que no le voy a decir a usted, joven. No estoy loco. Supongo que se cuelan en mis libros. Uno escribe de y desde sus defectos, así lo espero. Y escribe de los suyos y de los que conoce. Eso es innegable e insuperable y por mucho que uno intente no hacerlo, creo que todos los escritores que respeto terminan procesando un dolor, una pena, algo ingrato, en una historia o en una característica de un personaje o hasta en un adjetivo. Es nuestra arma.

¿Para vengarse?

Entre otras cosas, sí. El que escribe sólo para querer compartir sus alegrías es un sonso y un impostor. Gabo ha dicho que escribe para que lo quieran. En su caso, puede ser, por sus orígenes, su sentido de no sentirse «parte», pero él usó ese cariño y fama para vengarse, para poner a muchos en su lugar, para transformarse en un poderoso y en un político. Uno usa la prosa para vengarse, claro. Es totalmente lógico y me parece que así ha sido siempre.

¿Es orgulloso, soberbio?

Los escritores tenemos que ser orgullosos, porque es una labor muy solitaria y si no hay un parapeto de distancia y de orgullo en lo que se hace, es muy fácil irse por otras avenidas, dispersarse, ver la luz y decir: órale, pues me dedico a otra cosa. Como jubilarse. Qué hago yo a mi edad escribiendo todos los días, expuesto a las críticas, dando notas de prensa... Hay tantas palomas y plazas y pues aquí estamos, en el lobby del Alvear tomando té.

Ya adelantó que en sus memorias sólo abordará sus primeros 20 años, ¿contará alguna vez los siguientes?

No, el ejemplo es Gabo que llegó con sus memorias a *Cien años de soledad* y ahí se detuvo, lo que me parece perfecto porque llega un momento en que los libros hablan por uno. ¿Qué va uno a decir? ¿Gabo va a contar *Cien años de soledad*? Ya están ahí los libros, nuestra vida se vuelve un tanto secundaria, interesante quizás, pero no tan profundamente formativa como lo fue durante los primeros veinte años. Me detengo en el momento en que vi a William Faulkner comiendo en un diner de Los Angeles, medio borracho al mediodía, y pensé en hacer lo que hacía ese señor.

Escribir. Ahí me detengo, lo demás es infancia, juventud, mi adolescencia, mis primeras experiencias sexuales, mis lecturas, mi padre, mi madre, mis abuelos, mis antepasados, las ciudades donde viví, como esta maravillosa e inabarcable Buenos Aires y también Santiago, por cierto.

Deseo preguntarle algo que quizás no estará en sus memorias... pues aunque no lo crea, a veces el llamado backstage o bambalinas es fascinante... Mario Vargas Llosa tiene una serie de ensayos sobre cómo nacieron sus novelas que son sencillamente fascinantes.

Mario mitifica mucho, ojo. Le gusta la épica del narrador, eso de creer que uno está desnudo y se viste y que una novela es una suerte de lucha libre entre un autor y sus demonios. Es una manera de ver las cosas y por cierto hay algo de verdad. Mario es cualquier cosa menos tonto. Sabe lo que dice pero también, pasada cierta edad, escribir puede ser bailar con tus ángeles o recordar ciertos amores que una vez te hirieron y ahora echas de menos o reestablecer amistades que dejaste a un lado...

Deseo indagar en dos novelas suyas... dos novelas que he leído hace poco... novelas que creo que no son acerca de bailar con ángeles sino de luchar con demonios...

O torear. Esa también es una buena metáfora de lo que es escribir. Porque un torero debe ser flaco, elegante, fino, e ingresar al ruedo por su propia voluntad.

«Muerte en la tarde»...

Pues sí. Sé y me consta que terminar una novela es morir un poco y escribir puede enfermarte o dañarte o dejarte ciego o cojo o lleno de cicatrices. El colon sufre, se lo aseguro. Y lo insólito es que uno lo hace libre, sin presión. Es uno el que se presiona. Hemingway lo entendió y mira cómo terminó. Portada de *Life*. Premio Nobel. El autor más famoso del mundo y... un disparo en la boca en medio de la nieve de Idaho. Pero me desvié. Siga...

Primero, su novela *La vida profunda*... una reconstrucción de la vida del poeta Barba Jacob...

Un ser tan maldito como fascinante.

Sin duda. El libro ya tiene sus años pero hoy, con todo lo que ha pasado en el mundo en cuanto a los derechos de los homosexuales, incluso acá en la Argentina el matrimonio gay es legal, al leer su libro da la impresión de que es un tanto homofóbico. ¿De verdad le parece que la homosexualidad tiene algo de condena? Hoy no se ve así.

Pues era una condena, qué va. Estamos hablando de lo que ocurrió a fines del siglo 19 y comienzos del 20. Ser gay en la burguesía latinoamericana era una condena.

Pero social, no necesariamente moral.

Al tener que vivir su sexualidad de manera escondida o con marginados, prostitutos y gente de la calle, claramente la posiblidad de un amor redentor se diluye y lo que surge es algo parecido a la degradación.

¿Sexo por sexo es degradante?

Es animal. La vida es más que eso.

Le cito una línea hacia el final de su novela. Una escena que no ocurrió. Que es parte de su imaginación. El poeta, adicto a la marihuana y al alcohol, débil, miserable, delgado,

tuberculoso, llega a Santo Domingo de Guzmán y se confiesa con un padre joven. «¿Hay algo de lo que te arrepientas, hijo?, le dice. Sí, le responde Jacob: El haber sido raro, padre. De que Dios me hiciera así: errante, retorcido, anormal». ¿No le parece homofóbico?

Para nada. No hay que confundirse, no se debe medir el pasado con el hoy. Incluso hoy hay muchos gays que si hubieran podido elegir, hubieran elegido ser normales. ¿Tú crees que a veces no se preguntan por qué Dios se vengó de mí?

¿Ser gay es anormal?

Es estar fuera de la norma. ¿Lo duda? Es ser minoría. Como ser mexicano en los Estados Unidos. No es la peor de las condiciones pero no es la mejor. No creo que alguien lo elija, al revés. Por favor, no me pongas palabras en la boca. Pero si se pudiera elegir, creo que no todos optarían por vivir una vida homosexual. Tengo más de ochenta años y he visto mucho y he conocido a muy pocos gays que terminaron felices, con parejas, sanos. Un padre de hoy de un país liberalizado puede amar y querer y apoyar a su hijo o hija, pero no me diga que va a estar feliz porque sabrá que al niño o a la niña le tocará aún más duro que al resto de sus hermanos o primos o compañeros del colegio.

Se refiere a algunos de sus hijos...

No hablo de mis hijos. No entres ahí, te lo ruego. La homosexualidad es algo con que se nace pero más allá de algunos placeres, es una vida maldita, sufrida, sola. Incluso en Chelsea, en Manhattan, en Londres o en San Francisco. Siempre ha sido así. Es una condición que se padece, que no se puede cambiar, de acuerdo, pero no por eso es necesario

hacer alarde o creer que es lo que te define. A un hetero-
sexual lo define mucho más que aquel con quien duerme.
Eso no lo define. Lo definen sus ideas, su religión, sus metas.
Me parece lamentable creer que tus genitales son aquello
que te hace ser quien eres. Por Dios. Lo que llaman gay es
al final doloroso y lo define la culpa, la sensación de ser in-
completo y distinto. Por eso las grandes obras de arte han
salido de autores homosexuales, lo admito, pero no de las
marchas o la celebración o la disco sino del alma destrozada. Ahí tienes a Wilde, a Kavafis, a Thomas Mann... Genios,
sí, pero malditos. Jacob nunca tuvo un amor que lo redimie-
ra o le aliviara la vida. Tuvo orgasmos, minutos de placer en
sitios furtivos pero no fue feliz o pleno ni pudo aceptar su
identidad. El amor se vive en pareja, en un hogar; no en un
baño de vapor, no en un parque a la medianoche.

Historiadores dicen lo contrario.
    ¿Qué saben ellos? ¿Qué saben de Jacob? En todo caso,
yo escribí una novela. Es lo que yo creo que sintió, lo que lo
llevó a morir de tuberculosis, pobre, teniendo un final ab-
yecto. Si hubiera sido tan pleno y feliz como usted insinúa,
no habría terminado como terminó y no hubiera muerto tan
joven. ¿Terminamos?

**Una más: en su novela _La condesa de La Condesa_ trata bas-
tante mal a la célebre actriz Celina Ponce de León, aunque
no la llama así...**
    No tienes que seguir. Esta polémica tiene años. Celina
Ponce de León fue como la Angelina Jolie de su tiempo.
Y eso que no había televisión o redes sociales o cable. Se
puso brava conmigo porque escribí inspirado en ella. Le
decían La Fiera por algo. Pero ella fue la que me inspiró.

Era una musa profesional, digamos, como Frida. Seducía constantemente debido a su histeria. Pero era atractiva. Escucha todos esos boleros que inspiró. Tuve la suerte de conocerla en Churubusco... yo escribí y arreglé guiones para sus películas... Lo que ella no entendió, entre otras cosas porque a pesar de ser una gran actriz nunca fue una mujer intelectual, sino puro deseo y pasión e inseguridad y exhibicionismo, es que al convertirse en nuestra diosa pagana, su vida, tanto la personal, que la exhibía en revistas y luego en televisión, como la pública, era de todos. La Ponce de León inventó la cultura trash del corazón en América Latina: «el amor que me destrozó»; «todo sobre el hombre que me abandonó», «el aniversario de mi hijo en el castillo de Chapultepec...».

Ella una vez señaló respecto a Ud: «Ese hombre de mal me robó el alma y la colocó en su novela. Me atacó. No tuvo piedad».

Ella no tuvo piedad en su ambición por la fama. No se puede ser ídolo, ser un símbolo nacional y a la vez esperar privacidad. El asunto no funciona así. La Fiera se volvió de todos. No robé nada. Las almas además no se pueden usurpar. Alguien que de verdad tiene un alma la tendrá siempre aunque hablen bien o mal o escriban o no escriban de él o ella. Por Dios. Robar almas no es como robar anillos. Celina tuvo una cualidad mítica. No quiso actuar, quiso ser una diosa. Su meta no fue interpretar personajes sino interpretarnos. Ella era México. Era la sangre latina. Era el sexo. Era la mujer fuerte. Sabía quién era: un símbolo patrio. Por eso me atreví a personificarla, a transformarla en personaje. Sólo un mito, alguien que se vuelve y usa su vida así, que se expone, que muestra y se abre así,

puede inspirar un deseo de imitación. Yo no hice nada; ella
fue la que hizo todo. Yo en ese caso actué, por así decirlo,
como una especie de transcriptor...

Alfredo descansa un rato y luego relee atento y con
algo de asombro el prólogo que Santiago Gamboa escribió para *El aura de las cosas*. Con un subrayador verde va
destacando ciertas frases. La tinta fluorescente se desliza
sobre el sedoso papel:

> Éste es quizás uno de los más curiosos libros acerca
> de padres e hijos creados en español donde un padre y
> un hijo se unen para retratar su lazo a través de otros... y
> usando el lenguaje de cada uno... se complementan y se
> potencian...

¿Qué opinas?
Levanta la vista. Es Victoria Martinetto, su jefa.
Pensé que estabas en el aeropuerto.
No hace falta. Fueron todos.
¿Todos?
Todos. Delegación presidencial. El agregado cultural
de México entró en guerra de celos y territorialidad con
el de Colombia.
No puedo creerlo.
Montalva solicitó a Interior seguridad y tendre-
mos vigilancia. Tendrán. Espero que a mí no me
cuiden o vigilen. Lo único que me falta es tener
guardaespaldas.
¿Quién los querría asesinar?

¿Escritores que se autopublican? ¿Lectores que entraron en coma por sopor?

Un poco mucho, ¿no?, le digo.

Sin comentarios. Mejor los recibo acá y no transpirada, baby. ¿Viste qué calor?

Y justo ahora, para complicar las cosas.

El aura de las cosas es complicado, darling.

Así parece.

¿Un café? ¿Almorzaste? ¿Te invito algo liviano? Antes que lleguen todos, Alf. Just you and me, baby. Algo así como una despedida. La calma antes de la tormenta.

Dale, le digo, riendo.

No te rías tanto. No seas cruel. Tú vas a poder zafar pero yo…

Este es tu momento, Victoria.

Mi examen. Qué lata. Increíble, ¿no? Yo pensé que mi gran momento sería ir a Estocolmo a un Premio Nobel o, no sé, a un lanzamiento mundial y simultáneo en Barcelona…

Lo harás estupendo. *El aura de las cosas* llenará con su aura todas las cosas, a todos nosotros.

Dios, lo que una tiene que hacer para que se puedan publicar los libros que realmente valen la pena. Es un trabajo sucio pero alguien tiene que hacerlo.

Eso dicen.

Eso es, querido. ¿Te confieso algo?

¿Qué?

Nunca he leído a este Restrepo. Lo hojee. No pude. Me pareció una soberana lata. No lo resistí. Poco sexy, muy poco sexy.

No como tú, querida.

El que está hot eres tú, Alf.

Es por el calor.

Sí, qué feroz. Me pongo cachonda con estas temperaturas. ¿Te ha ido bien?

¿En qué sentido?

¿Te has agarrado chicos lindos?

Victoria.

Yo llevo diez días sin un hombre. Creo que deberé llamar a ese colombiano tan dotado y simpático que no cobra demasiado.

El depilado.

Tú sabes que yo prefiero…

Lo sé, Victoria.

No hablemos de vergas que me mojo.

No hables así.

Tan pudoroso, Alf.

No… profesional.

No jodas. Recuerda que hemos compartido a un hombre. Eso nos une.

Pero no al mismo tiempo, querida.

¿Qué será a todo esto de nuestro Lutz?

Está en *El Mercurio*. ¿No sabías? Se casó.

Era predecible. Se veía venir.

El sitio se llama Ecco y fusiona lo oriental y lo peruano (¿nikei?) con un toque nórdico, que está tan de moda. Las paredes están empapeladas con todo tipo de elásticos, parece una instalación que alguien armó borracho en la Bienal de Sao Paulo. El chef es un chico sub33, calvo y guapillo y con la barba bien definida (muy de moda) que se cree surfista (Australia, of course, es parte de su *resumé*). Franco Alemparte nos conoce, tiene claro que somos editores, que ahora vamos a lanzar (es cosa de mirar los inmensos afiches en el metro y en los buses) el libro *Chile a mordiscos* de Gaspar Ossandón y que si él desea triunfar no le basta con mostrar su cuerpo, lo que come y los platos de su abuela en su Linares natal. Alemparte es gay-friendly pero hétero aunque nunca lo he visto con una mina (tampoco lo he visto surfeando). Más que hacer con él un libro de recetas quizás el truco sería sacarle unas memorias gastronómicas (¿ilustraciones de Gabriel Ebensperger?). Unir su Linares profundo con sus viajes, sus obsesiones y su profundo deseo de wannabe. Quizás no sepa hacer huevos benedictinos, pero sí creo que es capaz de surfear. Debe verse comible en esos trajes de goma.

A veces cuando voy a almorzar solo se me acerca y me habla y en ocasiones me parece que me coquetea. No porque le guste sino porque tengo el supuesto don de hacer que un nadie como él sea un alguien. Muy pocas veces aquel desconocido que publica un libro se transforma en eso que todos los editores quieren: en un nombre. En una marca. En un apellido-adjetivo. Plumas, como dice Victoria. «Es una pluma».

Franco Alemparte es bonito y fotogénico y su restorán es más para almorzar liviano que para cenar con gente clave. Por eso acá estamos. Pedimos ostiones agridulces y dos ensaladas de fideos fríos con tocino picado y jengibre y compartimos su célebre «sashimi nórdico» de gruesos cubos de salmón con crema ácida muy fría. Los té helados de Franco son insuperables, pero mientras más lo observo y lo miro interactuar me parece que no es un autor (tampoco podría estar en la tele porque le falta arrojo). Alejo Cortés puede transformar la inseguridad en una fortaleza; Franco Alemparte no. No creo que lo contratemos, aunque igual me lo culiaría. Me intriga imaginarlo pilucho.

Está rico esto, dice Victoria.

Sí, le digo.

El salmón sin soya es un agrado, baby. Un acierto.

Creo que tomé mucho de ese syrah.

Si quieres aparécete en lo de la noche. Ándate a dormir siesta, cómprate un ventilador, aprovecha el break. Pero en la noche acompáñame por si se pone latero, darling. Necesito un hombre cerca aunque sea uno como tú.

¿Ya?

Ay, sabes lo que digo. No quiero estar sola. A una mina poderosa sola acá la tildan de puta.

Pero eres un poco…

No, soy sana, no confundas, baby. Es la mejor manera de botar estrés. Mejor que bikram yoga o détox líquido. ¿Irás?

Iré, sí. Ando antojado de erizos, ostras…

Centolla, típico.

¿Puedo pedir lo que quiera?

Joaquín ya reservó mucha centolla. Puedes comer lo que quieras. No seremos muchos.

¿Cero escritores de la casa? ¿No invitaste a Pechugín?

Edwards está en París, en la embajada.

Pensé que estaba en Zapallar. A veces creo que es febrero con este calor.

Los escritores y periodistas irán al museo. Esto será íntimo.

¿Cero agregados culturales?

Cero. Alfaguara and friends. Hablando de comida cara… ¿Cómo estamos para el domingo? Último evento de la feria, querido.

Se va a llenar, Victoria. Relájate, tranqui. ¿Viste cómo ha vendido?

Salvaje. Ojalá las novelas vendieran así.

Todo ahora es comida. Fichar a Ossandón fue un acierto. Estuvo bien que fuera al matinal de Mega con la Kathy. Ya ha dado varias entrevistas que saldrán pronto.

Ni siquiera los libros de dieta venden como antes, darling.

Por eso, le digo, y nos reímos. Una vez que se vayan los Restrepo y termine la FILSA y me vaya a…

¿Adónde?

Me iré unos días a leer a Puerto Varas.

Mira tú.

Me lo merezco.

¿Yo no? ¿Cuándo son tus vacaciones?

En febrero, creo.

Yo enero, entero. Me iré a Cuba. Los chicos son súper baratos, una ganga. Quería ir a Chipre y Sicilia pero es invierno y… ¿Cómo van tus proyectos? ¿Avanzan?

Sí. Conchita Ossa, que es una arpía…

Muy Opus, muchos hijos, lo sé. ¿Habrá libro?

Habrá, sí. Augusto Puga desea hacer un libro de viajes…

Que lo escriba cuando termine *Nosotros*. Ya hablé con su agente. Lo reté. No le des ideas. *Nosotros* tiene que salir antes que ese niño cumpla 40. ¿Qué has sabido de los Restrepo?

Cero, querida. ¿Cómo se han portado en Buenos Aires?

No sé nada. Me imagino que, como siempre, exigen y exigen. Ahora todos los de ese nivel exigen, Alf. Dictaminan, en rigor. No tienen filtro, no conocen límites. Pirañas ansiosas. Parecen nuevos ricos. Lo que le hace la fama a gente que uno creería educada, decente, darling.

O la falta de fama.

¿Cómo?

Restrepo ya no es Restrepo, querida. Lo fue, ya no lo es.

Tiene algo de Norma Desmond en *Sunset Boulevard*, darling; tienes razón.

Ya sabes lo que dicen: un amor se puede olvidar, superar; uno se las puede arreglar sin cariño o sexo pero...

Pero no tener lectores o fama...

El poder y el dinero no se olvidan, Victoria. Nadie supera no seguir en la mira. No pueden. Se cuelgan como arañas. Prefieren la luz cruda de la farándula antes que quedarse en las sombras. Es gente rara, dañada, ansiosa.

Quieren seguir vivos. De alguna manera los entiendo, Alf. Uno siempre quiere seguir joven.

No sé.

En todo caso, ya vienen. El huracán Restrepo se acerca. Lo raro es que no he tenido información.

¿Cómo?

Generalmente en giras como esta la gente de los otros países... te va contando y adelantando y aconsejando... «Ojo que está con catarro»... «no le hables de lo que salió en *La Nación*»... «está cansado de la comida italiana»... «anda buscando carteras para su amante»...

... «cuáles son las mejores escorts»...

Exacto. La guapa de la Mercedes y la loca de la Melina de Lima me escriben siempre, como rito: «El bebé se embarcó, ahora es tuyo; ojo que detesta el pulpo al olivo; no le hables de Castellanos Moya». Y así... nos cuidamos.

Pero todavía no van a Lima.

Sí, pero Julia de Buenos Aires no me ha dicho nada. Muda. Augusto, que es más porteño y más ácido, tampoco me ha escrito una línea. Una vez me dijo: «Esta hija de puta odió San Telmo y no le gusta la carne».

¿Ocultarán algo?

No creo. Estarán cansados. Dos por uno.

Pero ellos no tienen feria del libro ahora.

Es cierto.

Apretaron a Restrepo en Ñ.

¿Sí?

Sí. Merecido.

Quizás. No sé, Alf. Yo creo que nos irá bien, darling. Acá están todos fascinados. Las ideas de Joaquín han resultado. Este país está tan siútico y farandulero y fascinado con las fotos y la fama y la exposición. Dudo que acá lo ataquen. Ya he sabido que la idea de que viaje con su hijo tiene a todos fascinados. Chile es mucho más *visitor-friendly* que Argentina.

«Y verás como quieren en Chile al amigo cuando es forastero».

Exacto. Y parece, aunque no me consta, que al chico le gusta la fiesta. Es don carrete, dicen. El rey de la noche, darling. Por suerte acá hay harto donde ir. Seguro que se agarra a alguna de estas chicas de los stands o a una de estas nuevas periodistas jóvenes groupies.

Escritoras sub30 guapas no hay.

Y por Dios que hacen falta. ¿Postre? Dicen que las peras con roquefort y espuma de papaya son para morirse, darling. Mejor que un sardeño recién salido del mediterráneo, te digo.

Alfredo abre todas las ventanas y se tira en su cama. El calor que entra es seco, pegador, como el que hace arder por un instante la cara cuando se sacan del horno las pizzas.

Nunca había sentido algo así en Santiago.

Poco a poco se saca toda la ropa de editor.

La camisa la tiene empapada, sobre todo por la espalda. Vicente anda fuera y la cocina está limpia y ordenada. Enchufa el teléfono al lado de su cama y tira la camisa al suelo.

Quizás estar sumergido en una tina podría salvarlo del sopor.

Ve la hora: las 15:30.

Dormirá un rato.

Intentará dormir un rato.

Necesita dormir un rato.

Se saca los calcetines, los pantalones, se queda con sus boxers, que también están sudados.

Ni estar desnudo basta.

Va por agua.

Bebe y bebe.

¿Cuánta agua habrá perdido?

¿Estaré deshidratado?

Siente el mareo del syrah. Alfredo tomó más que Victoria, que apenas probó media copa. Quizás en climas secos la transpiración no disipa los efectos del calor. Se siente mareado, con dolor de cabeza. Busca aspirinas en el botiquín y traga dos. Se moja la cara y la siente tirante, seca; el agua se absorbe como si su piel fuera toalla nova. Debería echarse crema, quizás. Se tira de nuevo en su cama sin hacer y la sábana suelta le parece tibia como una frazada y con el pie la desliza. Se huele: su desodorante no lo ha abandonado. Aún.

El cuello le arde con el sudor.

Luego se duchará.

Ahora quiere dormir y eso que nunca, ni los domingos, duerme a esta hora.

Coloca el teléfono en mute.

Toma su iPhone clásico y con la rueda busca música. Se topa con sonidos de la naturaleza que Baltasar Daza le envió una vez para que descargara por Torrent. Lee los tracks: lluvia en el campo, mar en una bahía, bosque al atardecer, trópico de noche, trigal en verano.

Coloca trigal en verano.

Escucha. Intenta reconocer los sonidos.

Insectos. Viento. Trigo que se mece. Brisa.

Abre los ojos. No ha podido dormir. Quizás unos momentos, unos minutos. Soñó que iba a soñar, pensó que dormía. Los ojos los cerró pero ¿durmió? Hay un silencio extraño, como si toda la ciudad se hubiera paralizado o estuviera tratando de dormir. La almohada está empapada, como si hubieran derramado un vaso en ella. Que la sábana sea de un verde musgo hace que todo se vea aún más sopeado. Está aturdido, abombado, pegoteado por la humedad. Alcanza el teléfono: el indicador de carga de la batería está totalmente verde. Aún no se alcanza la máxima anunciada: 37.5 grados. Siente el pelo mojado, el cuello, la espalda, las rodillas.

Está, además, duro.

No tiene wasaps.

Dónde estará Matamala.

Le escribe un par de «hey» pero no contesta.

¿Estará bien?

Piensa en llamarlo pero ahora las llamadas se coordinan: te llamo, llámame, ¿te llamo? Seguro debe estar bien, quizás fue a ver a Borja y a Raimundo o se refugió en un sitio fresco. Al final le dijo que se iba a tomar el día y seguro que lo está aprovechando.

Abre Grindr (¿por qué?, ¿para qué?, ¿de nuevo?) y antes que cargue mete la otra mano bajo sus boxers: está transpirado, sofocado, necesita ventilación.

Carlos
Pendejos que kieren aprender,
aquí está papá.

Om
Instructor de hatha yoga, estudiante,
vegetariano, dibujante, romántico. Si buscas a un
macho heteronormado, ese no soy yo.
Sí soy muchas cosas más. Sé creativo.
Ábrete. Sí, ábrete. Yo también
me abro. Barba un extra.

Fito 26
conociendo... flaco pero peludo, natural.
nuevo en esto. cómo se seduce? Se seduce?
Busco follar pero no quiero quedar como puto.
Confundido.

Alfredo se baja los boxers hasta las canillas y siente bajo suyo la sábana húmeda. Trata de caminar al pasillo pero le cuesta hacerlo así que se saca los boxers y abre el clóset y saca una toalla. La estira sobre la cama y se tumba. Su pieza está mucho más potente, en todos los sentidos, que el pasillo. El sudor salado del pelo le irrita los ojos. Vuelve a mirar toda la oferta de Grindr. Todos esos machos alfas, esos viajeros que posan frente al Opera de Sydney o a esa rueda en Londres. Trata de imaginarse a Alexis Sánchez. Le encanta. Se lo imagina corriendo por la cancha, levantándose la polera, goleando transpirado, duchándose con todo el Arsenal. Ese cuerpo sin pelos. ¿Se depilará? Y esas fotos en su Instagram oficial, todos esos camarines, esos hoteles donde se concentra, cuando luce la Roja, cuando se saca la Roja, esas fotos misteriosas posando como modelo top sin camisa, puta, guachito, mijito rico, esos slips, esos masajes, esas piscinas iluminadas, esos vapores, esos gimnasios, esos perros, esas selfies en pelotas o casi. Mira el avatar de Fito. Igual.

Decide apostar por él.

> Hola cómo estás qué cuentas dónde estás y qué buscas, ah?

Chucha
Todas las preguntas cruciales del universo
Y sin una coma

> Jaaaajajajajaa faltó una rol?

importa???

> sí? o no?
> sí, claro que sí
> o no?

no sé

no creo.

versatil.

tú?

q te importa?

Mientras está tipeando «da lo mismo», todo se borra y desaparece todo vestigio de conversación y de Fito. No alcanzó a ver su cara. El puto lo bloqueó. Decide apostar por **Om** y su onda orgánica-vegana-bikram.

hey

q tal?

horny

duro
despertando

yo tb
hace más calor que en una
sesión de yoga

practicas?

no
pero vi un video de
naked yoga

yo hago
puros hombres

como debe ser

aún no me ducho

tampoco
debo?

olor a mino y a cama?

pero no a pico

aún ;)

rico

no kiero follar
o paja o nada

                                    que kieres?

conectar

                        es este el sitio apropiado?

Q buscas?
de verdad?

                            follar y bajar ansiedad...

no crees que esa ansiedad
viene de un estado
de irresolución?

                            se dice así? seguro?
                insinúas que estoy caliente porque no
                                    estoy resuelto?
                                no será el calor?

el ardor se
puede apaciguar
por otros caminos.

                                        rezando?
                        wn, las únicas posiciones que
                me interesan son para penetrarte

estás agresivo?

                            te parece? por qué?
                        xq penetrar es agresivo?

activo y agresivo

                            ya, creo que el calor
                                    te hizo mal

me tiene conectado

                        a puras hueás, perrito. Chao.

Cierra Grindr y se baja el prepucio y se echa saliva
con la mano. ¿Cuántas veces lo ha hecho hoy? El calor,

todo es culpa del calor. Empieza a pensar, a conectar su memoria a sus propios tubes pornos: recuerdos de seres que no recuerda, gemidos y momentos y posiciones... pero aquellos que no tienen nombre se disipan.

Mejor pensar en Alejo.

Mejor no pensar en él.

Mejor pensar en Julián.

No, mejor no pensar en El Factor Julián.

Le cuesta masturbarse pensando en él; sí le resulta mirar porno y reemplazar a uno de los actores por Julián. Busca en su celular PornHub Gay. Busca latinos. Se demora en cargar. Piensa en Ricardo Keller cuando ve la categoría de Daddys.

Cierra Safari.

Se va a WhatsApp.

Con el dedo baja a viejos chats, a viejos lazos, a gente con la que no chatea hace tiempo. Ve que Julián está más flaco, más mino. Una foto de él tirado en su sofá, su musculosa blanca suelta, un perro arriba de él, lengueteándolo, su brazo en el suelo, su axila con los pelos desordenados en primer plano.

Uf, piensa, Dios.

Lee lo que le escribió hace unos meses.

> **No he sabido de ti**
> **fin de semana duro?**

sí wn
el viernes fui a iluminati
a reírme, reguetón party.
y el sábado fui a una fiesta en morandé
una casa antigua

q restauraron
muy bonita
pero la fiesta malà
los minos unos hueas
todos pendejos

                              mucho red bull?

sí harto
jajaja

                    lo pasé increíble la otra noche
                    estuve mucho tiempo dentro de ti
                    sentí que estuvimos súper cerca

yo tb la pase
muy bien
gracias por el bolso
y lo que había dentro :)

                          me gustó que acabaras
                                     en mi boca

no seas asqueroso

                                        era rico

no soy tan degenerado,
recuerda
soy un chico fino, talquino.

¿Era tan chico? ¿Qué significa chico? Le gustaba en el momento pero no le gustaba recordarlo, tal como le complicaba hablar de lo que sentía o no quería sentir. Rico o bueno eran sus adjetivos a la hora del sexo y de los sentimientos. O también. Mucho *también*.

Me gustas, Julián.

También.

Me tienes muy caliente.

También, un pocket.

Sigue bajando la línea del tiempo de los chats y se topa con la cara de Esteban Carpeggiani. ¿No lo había bloqueado? Quizás no. Esteban alojaba en un apart-hotel de la calle Nueva de Lyon. Vino de Asunción a un seminario. Esteban es ingeniero comercial y la empresa lo premió mandándolo a Chile a unos cursos exhaustivos. Estuvo dos semanas. Se conocieron en la librería Quimera. Empezaron a mirarse hasta que conversaron de libros.

—Acá hay mucho más que allá —le dijo—. ¿Siempre vienes los sábados? Pensé que chicos como tú iban a bailar y dormían los sábados por la mañana.

Tomaron un café en el Faustina de la Costanera con Lyon. Llovía y hacía frío y Esteban no tenía abrigo. Entraron a Falabella y lo ayudó a elegir. Se compró una bufanda. Luego subieron al «apartamento».

Esteban Carpeggiani tenía treinta y dos y le gustaba leer y miraba directo a los ojos y durante el tiempo que estuvieron juntos hubo algo exprés pero íntimo e intenso («te propongo algo, Alfredo: ¿quieres ser mi novio chileno? Nos seremos fieles, ¿te parece? Y debemos querernos»). Esteban tenía barba y usaba anteojos para leer.

Se vieron todos los días.

Y todas las noches.

Abre el chat de Esteban y pasa por fotos de su cuerpo desnudo que le envió y llega a un chateo cualquiera.

háblame con tu acento chileno
que te hace very hot

Ya te hablaré más tarde
a q hora quedas libre?

venís? Sí?

Kiero olerte entero

te echo de menos
allá nunca encontraré a
alguien como tú

acá tampoco

Deseo perder mi lengua entre tus pelos
Escucharte gemir

Yo lamerte todo
el cuerpo
y jugar contigo
en la cama

pura confianza de machos
confías en mí?

entero

tocarte y sentir
lo excitado que estás
como ese sábado
esa tarde maravillosa

qué sábado!
cuatro días atrás
parece una vida
un mes al menos

me gustas
qué buena idea haber ido
a mirar libros
entrar a esa librería
y toparme con vos

respeto a los hombres que
hojean libros de Piglia

sos muy lindo
cuando te reís

tú crees que lo soy

> pilucho sí
> con ese abrigo sí
> con esa bufanda
> cuando me miras
> pero eres menos guapo
> que como me pongo yo
> cuando te miro a ti

uy
pilucho
palabra nueva
jajajaja

> sí, wn
> uf
> me haces sentir cosas

desperté
con tu olor
tuve que masturbarme
y nunca disparé tanto
fue increíble
no mirar porno
sino recordarte a vos

> oye, esteban
> quedamos en q era sin enamorarse

q le vamos
a hacer
creo q es intenso
te quiero todo el día
dentro de mí
y de mi cama
quiero hacer una malteada
con tu semen, wn :)

ya hablo y culeo como chileno :)

                                      calma Esteban
                                              calma
disculpa, Alfredo

                                nada que disculpar
me siento…

                                              vivo
sí
y chileno
muy chileno
tengo novio chileno

                                  y yo paraguayo

doy gracias de que fuiste
vos
y no un desconocido

                          era un desconocido

pero al rato no
raro, no?
ahora te conozco
y vos a mí

                            conozco tu cuerpo

mi alma te la regalo

                            no regales nada
                    pero fue loco lo que pasó

quiero verte
esta noche?

                              sí. cocino algo?

avísame
cómeme

                        ahora corrijo el manuscrito
          sobre un viajero que viene a santiago
                          y conoce a un editor

```
                                    en una librería
se enamoran?

                              no he llegado al final...
el viajero es guapo?

                           tiene barba y no es tan alto
                           y creo que el editor se está
                                      enamorando de él
quiero leer ese libro!!

                            quiero leerte entero y
                     que siempre estés en mi velador
eso es romántico?

                        muy.... ya, te veo más tarde :)
```

Alfredo siente algo parecido o lo mismo (pecho apretado, ojos más abiertos, una inmensa seguridad interior, ganas de comer Doritos) que sintió cuando chateaba con Esteban ese invierno, un año y medio atrás. Pasaron el último domingo juntos y Esteban se puso a llorar cuando llegó el taxi y le regaló la bufanda que Alfredo le había regalado pero ahora impregnada con su aroma. Luego vinieron chats intensos y luego menos intensos y frecuentes y una vez una foto desde Miami con emoticones y otra en shorts desde Punta del Este y otra vez uno relativamente corto en que le confesaba «me quieren como me quisiste en Santiago».

La pasión digital no dura o quizás dura menos que la real.

A veces piensa en Esteban Carpeggiani.

A veces busca a tipos parecidos a él.

¿A quién quiere Alfredo acá?

¿Quién lo quiere?

¿Se acabará la búsqueda?

De pronto cree que estos Estebanes Carpeggianis que aparecen (¿acaso no fue alguien así una vez para él un francés en Costa Rica o ese chef calvo y romántico que conoció en Cartagena de Indias mientras caminaba por la ciudad amurallada de noche?) lo hacen para recordarle que es posible, que existen y circulan seres ideales, pero también se da cuenta de que sin contexto, sin lazos, sin pasado, sin futuro, es mucho más fácil sentir y decirse todo.

Alfredo mira su pene. Está flácido, agotado, transpirado, triste.

Decide por fin ducharse.

Mira la hora: irá a trabajar con aire acondicionado, a leer sobre Arturo Moya Grau y el capítulo de la debacle de *La noche del cobarde*, y ahí verá si regresa o no a la casa antes de ir a comer mariscos con los Restrepo.

Alfredo camina bajo la poca sombra que encuentra por la avenida Providencia. Frente al Mercado de Providencia suena su celular. Es Vicente Matamala. Decide cruzar a una placita que está al frente.

Hey, hueón. ¿Cómo va?

Como nuevo, perrín. ¿Adivina de dónde vengo?

Eh... ¿de una casa de masajes?

Masajes, sí; casa, no. Sauna, hueón. Me vine al Mund con Tazo a desconectarme.

¿Y? ¿Bien?

Increíble. Filete. Floto. Ahora vamos a ir al Parque Arauco a almorzar tarde.

Bien tarde, le acoto.

A comer algo y comprar cosas. Ropa. Jabón. No sé. Fashion emergency. ¿Por dónde estás?

Sudando. Y eso que me duché recién. Mal. Chato de esta ola, de todo, hueón. Voy por Providencia a la editorial. Buscando sombra, la verdad.

Mañana trabajo pero el jueves es feriado.

¿Tienes a los niños?

Sí, me tocan. Por Halloween. Los llevaré al edificio. ¿Pescarán?

Yo creo. Hagamos algo. Te acompaño. Feliz. ¿Se van a disfrazar?

A ver si compro cosas acá. Nada mucho. Más que nada pienso pintarles la cara.

Máscaras como el logo de Grindr.

¿Te cachái? Matarían. Pero ahí nos conviene llevarlos a tocar timbres al Vaticano Chico. Seguro que ahí reparten caramelos más sofisticados.

Está afinado tu gaydar.

¿Qué te crees? Tú vas a esa comida esta noche, ¿no? Yo al museo voy, hueón. Sí o sí. Y a putear al Noi, después. No te puedes correr.

Sí, dale. Pero sin Tazo.

¿Celos?

Siempre. You are the one, Matamala.

Iré con pinta nueva. García Madrid, creo. Me la voy a jugar, me lo merezco. Lo considero una inversión, ¿no crees?

Hey, Vicente... sabes... Voy a tener que dejarte. Pasa que...

¿Qué? Cambiaste la voz.

Me están siguiendo.

¿Detectives? ¿Como en la canción?

No. Stalking. Lo caché. Y acaba de darse cuenta que lo caché. Uf.

¿Qué onda? No entiendo…

El pendejo virgen.

¿El colorín del clóset?

Renato, sí. Aquí viene. Tiene mala cara.

¿Está armado?

No creo. Te cuento.

Abrazo, cuídate.

Igual.

Suerte.

Uf, sí. Chao.

Renato se acerca a la banca bajo una palmera en la pequeña plazoleta en la que se ha sentado Alfredo. Los buses del Transantiago pasan poco menos que rozándolos. El sol cae vertical. No hay sombras. Ni Renato da sombra.

Hace calor.

No vine a hablar de eso, Alfredo.

Estás sudando.

Caminas rápido. Te seguí.

¿Me vas a disparar?

No. ¿Por qué no respondes mis mensajes?

¿Por qué no me llamaste?, le pregunto.

Renato se ve pálido, desnutrido, con ojeras. Su barba rojiza parece un pastizal que ha estado al sol sin regar. Anda con un sombrero de paja que no le da onda sino todo lo contrario y además lo hace verse aún más bajo, chato. Sus shorts de jeans dejan sus piernas peludas a la vista. Trato de mirarlas, de recordar cómo le lamí los dedos de los pies. Ahora parece un niño que llegó a la pubertad antes de tiempo. Su polera Bonnaroo transpirada claramente no ayuda, más bien delata toda su grasa fast food acumulada.

¿Me ibas a responder? Además, quiero verte. Te quería ver. Necesitaba verte. Te ves bien. Puta que te ves guapo, hueón. Me encantan tus ojos, esa nariz. ¿Sabes lo lindas que son tus pestañas?

No.

¿Culiemos? Estoy duro, Alfredo, pegote, hirviendo. Tieso. Toca. Yo antes no era así. Ni me pajeaba. No me interesaba el sexo, hueón, o sí pero me importaban más los cómics, las series, la música. Ahora… ahora, hueón. Toca. Me he pajeado dos veces hoy pensando en ti. En verdad tres. Es lo que me haces, concha de tu madre. Todo es tu culpa. No paro, no puedo, hiervo, ando obsesionado. Eso. Pegado. Pegado, pegote, tieso, hueón. ¿Culiemos? Métemelo de una.

Renato, calma. Estamos en la calle.

¿Te da vergüenza? ¿Acaso un hombre no puede amar a otro?

Primero, no me amas. Y no eres un hombre.

¿Soy maraco? ¿Soy mina? ¿Porque me quedó gustando tu pico? Y sí: me encanta. Me fascina. Nada más rico que chupar y lamer y recorrer un pico. Tu pico, no otros. No quiero otros, quiere ese.

Renato le toca el pene en medio de la calle y a vista y paciencia de la gente que pasa; Alfredo lo empuja suave pero firme.

Calma, Renato. Respira. Ubícate.

Estoy mal. Yo no era así. Y ahora todas las letras de la radio Play siento que son sobre ti, tarado.

Te estás comportando como un niño.

¿Me quieres? ¿Te intereso? ¿Hay posibilidades? Puede ser maraco todo esto. ¿Y? Soy maraca, Alfredo, y me encanta. Me encantas tú. Ayer escuché a Barbra Streisand en Spotify: *I Am A Woman in Love. Evergreen. Prisoner, You Don't Bring Me Flowers*. Mal. Mal pero bien. Yo despreciaba a esa mina y ahora me gusta porque me gustas. Me gustas ene, demasiado, y a mí nunca me ha gustado nadie. Nadie, nunca, jamás.

Todo esto es nuevo, Renato. Eso es lo que pasa. Debes procesarlo.

Puede ser pero ya cacho qué es. Es lo que es, es lo que calma.

No estás calmado.

Cálmame. Fóllame y me calmo.

La cosa no funciona así.

¿Y cómo funciona? ¿Ya no te intereso? ¿Me vas a patear, Alfredo? ¿Estoy muy guatón, no tengo calugas, no tengo onda? ¿Por eso? ¿Te daría lata que te vieran conmigo en una de esas putas fiestas de putitos cuicos flacos y bonitos?

No.

Hueón: partimos bien. ¿O no? ¿No lo pasaste bien la vez que nos conocimos? ¿En la Feria del Libro y luego…?

Sí, Renato.

¿Viste?

Pero…

Pero tú no sabes lo que siento. No es sólo calentura. Es todo. Yo nunca había sentido esto, Alfredo. De verdad. La dura. Te lo digo a la cara: esto es serio. Esto es verdad. No juegues conmigo. Soy un buen chico. Con sobrepeso quizás pero bueno. Me duele pensar en ti. Te echo de menos siempre. Ahora al verte me siento mejor. Te huelo. Me calmo. Ya cacho tu aroma, hueón. Yo pensé que había ondilla.

La hay.

Me enamoré. Ya te diste cuenta, ¿no?

A ver. Calma. ¿Un café?

¿Dónde?

Más allá. Ven. Vamos. Te invito. Qué bueno que nos encontramos, Renato.

No nos encontramos. Te seguí.

Pero ahora estamos cara a cara. WhatsApp al final es una mierda.

Tú lo eres. Te estás comportando como alguien que no creo que quieras ser. Te necesito, Alfredo. Los temas de Camilo Sesto poseen cierta verdad. Mucha. Mírame. Finge al menos que te gusto, ¿ya? Vamos a tu departamento. Quiero hablar, quiero que hablemos, pero necesito follar primero. Quiero que estés dentro, sentirte hasta el fondo, hueón, así me siento más completo, me siento menos vacío, quiero que me comas entero.

No hay necesidad de ser tan gráfico.

¿Qué te pasa? Me follas con tu lengua, me enseñas cosas y… No sabes cómo me he sentido. No sabes cómo me gustó. Y no digas que sí porque ya sé cómo eres, ya capto, ya cacho, tú eres de los que no sienten…

Sí siento, Renato.

Pero no conmigo.

No dije eso. ¿Un café? ¿Un café helado?

Vamos a tu casa, está cerca. Vamos a la mía. Está aún más cerca.

Vamos al café, Renato.

Two Men in Love. ¿Te acuerdas del video? ¿De la canción? La vimos desnudos.

Sí. Es lindo.

I'm in Love, I'm in Love, I'm in Love. Eso quiero.

Todos quieren eso. ¿Acaso crees que yo no lo quiero?

Lo tienes conmigo.

Las cosas no funcionan así, Renato.

O sea no me quieres.

No dije eso.

Lo dices no diciendo nada. Ni sonríes. Ni siquiera me envías emoticones. No te atrae siquiera que me ponga en cuatro como el otro día para que me metas tu verga. Nunca pensé decirlo ni sentirlo pero puta qué es rico. Tú estás rico. Ando empotado. ¿Se dice así? Mi padre siempre decía: ese hueón cagó con esa mina porque se empotó. Puta, me empoté. Mi culo ahora manda. Mi culo y mi corazón. Y no coloques esa cara: no te hagas el hétero o el asquiento. En mi departamento se te puso duro. Siempre has estado duro conmigo. Eso algo implica, ¿no crees?

Conversemos. Tranquilos. Y sí, te quiero algo.

¿Algo?

¿Cómo voy a quererte más si recién te conozco?

¿Y cómo yo te amo si recién te conocí hace dieciséis días? ¿Te gustó culiar conmigo?

Sí. Por eso me quedé a alojar. ¿Un café helado, Renato? Hace calor, hace mucho calor. Estoy como mareado. Necesito agua. Algo. Déjame invitarte un café. Acá no.

Dale. Con tal de estar contigo, sí.

Bien. Caminemos. Conozco uno bueno que tiene aire acondicionado.

Hablemos pero no terminemos. No me invites un café para terminar. Eso no se hace.

No hemos empezado.

¿Cómo que no, hueón?

Renato mira su frappuccino y luego a Alfredo. Están en el subterráneo del Juan Valdez de Providencia al llegar a Pedro de Valdivia. Alfredo levanta la vista para evitar la mirada de Renato y se fija en los inmensos ventanales que van del techo al nivel de la vereda: mira los pies y pantorrillas y tacos altos y sandalias y zapatos y ruedas de bicicletas y de coches de niño que pasan. Donde están hay poca luz y sólo un tipo mayor leyendo en un iPad. El aire está más fresco, no congelado, pero al menos deben hacer diez o doce grados menos. Alfredo sorbe su café campesino con panela.

¿De qué quieres hablar?, me pregunta, sin mirarme.

Quería salir del calor, Renato. Aquí se puede pensar. Afuera el clima espanta.

¿Estás enojado?

No. Extrañado, sí. Alterado. Asustado.

¿Asustado? No te voy a hacer nada. ¿Cómo crees que te podría herir si te amo?

No me amas.

Te ruego no inmiscuirte en mis sentimientos. Escucha. Amo esta canción. Desde ahora me recordará a ti.

Me suena.

No sabes nada de música y aún así te quiero, Alfredo. Es Suede. *Beautiful Ones*. Irónico, ¿no?

¿Por qué? ¿No crees que somos hermosos?

Tú más que yo. Yo el otro día me sentí mino. Como nunca. Contigo.

Lo sé. Y eso es lo que…

¿Qué?

Que estás infatuado. No empotado, como diría tu padre. Infatuado, Renato. Me gusta esa palabra. Se usa demasiado poco, creo.

Piensa en lo que siento, no en palabras. Respétame. Seré ñoño, panzón, no tendré onda, pero has estado dentro de mí. Has ingresado en mí, te he invitado. Quise. Quizás en el futuro, cuando me haya penetrado todo el fan club de The Killers, sentiré que un hueón que me ha follado es un huea, un chanta, un poser, no sé, pero tú has sido el primero.

Lo sé y eso es especial, pero no tanto como crees. Como dices, habrá otros. Ojalá. Digo: lo que te pasa, Renato, es que sientes que soy más especial de lo que soy porque he sido el primero.

Pero no fue casualidad. Te elegí. Me elegiste.

Estás infatuado.

Estoy enamorado, hueón. Córtala. Hasta las patas. Le conté de lo nuestro a Domingo.

Me contaste. ¿Y?

Le caes bien.

Apenas conversamos ese día cuando llegó.

Dice que es bueno que seas mayor.

No soy tan mayor, le digo, sonriendo, casi coqueto.

Mi papá dice que me vas a herir.

¿Tu papá?

Mi mamá se puso a rezar.

¿Qué les contaste?

Todo.

¿Por qué?

Quieres que te oculte.

No, pero hay tiempos y formas y… ¿les dijiste que eras gay?

Les dije que estaba mal. Fui a almorzar este domingo. No comía. Estaba tenso, triste. Mirando el celular. Tenían habas. Y pastel de alcachofa, que es como la especialidad de mi mamá. Estaban mis hermanas. Y una me echó una talla: ¿qué miras tanto, esperas un mensaje de una mina? ¿Quién es? Estás enamorado, Renatito, por fin.

¿Qué le respondiste?

Sí, le dije, por fin. Es un chico, se llama Alfredo y es inteligente y editor y es amigo de autores famosos y ya me quiere botar. Y me puse a llorar y me fui corriendo a la cama de mis padres.

¿Eso pasó?

Eso pasó, Alfredo. Eso provocaste. Están en shock, asqueados... mi familia es súper creyente... pero me ahorré salir del clóset formalmente... no tuve que decirles «saben, me gustan los hombres» sino simplemente que no podía comer lo que mi mamá me preparó porque no podía dejar de pensar en ti.

No sé qué decir.

No digas nada, mejor.

Renato toma un poco de su frappuccino y se queda mirando la mesa. Ordena la servilleta con el logo y la deja centrada. Miro cómo va absorbiendo gotas. Son lágrimas.

Renato, le digo. Me mira, todo rojo, muy rojo, rojizo, desencajado, los ojos también rojos, llenos de lágrimas.

Me siento como si tú no estuvieras. Siento como si estuviera con un amigo lejano hablando de ti... Pienso en ti y recuerdo tu aroma y lo que me dices y lo que hacíamos. Te siento tan pero tan lejos, Alfredo. Eres malo, hueón. A veces pienso que me agarraste porque estabas aburrido. Para dejar de pensar en ese Julián reculeado. Y ahora... ahora... creo que voy a vomitar... siento demasiado y no me gusta nada lo que siento. Ándate.

¿Estás bien?

Renato estalla y se larga a llorar y se tapa la cara y bota el frappuccino y corre la silla y corre al baño.

El tipo que lee el iPad me mira.

Yo alzo la vista y miro a la gente pasar.

Renato, le digo, abre. ¿Estás bien?

El baño es chico, de madera, con esos lavatorios que parecen bols y que te salpican si abres el agua del grifo muy fuerte. La luz es tenue, cenital, de diseño.

Renato.

Golpeo la puerta de la cabina donde siento sus movimientos y su llanto.

¿Vomitaste?

Mejor te vas.

¿Qué haces?

Déjame solo. Ándate. Prometo no seguirte, ya estoy mejor. Creo.

Abre.

¿Por qué?

Abre, te digo.

Renato abre la puerta. Está con los pantalones abiertos y los ojos llorosos.

Ven. No quiero verte así. No puedes estar triste.

Pero lo estoy, Alfredo. Tú me has demolido. Me echo de menos. Quiero ser el de antes.

Sal de ahí.

Renato se me acerca y abro el grifo y saco unas toallas de papel reciclado tosco y las empapo. Él me mira, algo impactado, curioso. Tomo el puñado de papel húmedo y le limpio la cara. Debajo de los ojos. La frente.

Los labios. Los trozos de chocolate vomitado que tiene en la barba.

Estás frío, le digo.

Lo sé. Perdona. Perdona el escándalo y el show y...

Perdona por ser poco atinado y... Eres un gran hueón, Renato.

Pero no te gusto.

Me gustas. Sólo quiero ir de a poco.

Cierro con pestillo la puerta que da al café y lo beso largo, con lengua, y él no responde, como si no supiera.

¿Qué haces?

No sé.

Lo abrazo y le lamo el cuello salado.

No me hagas eso. Me gusta.

A mí también.

Me estoy calentando.

Así lo noto.

Me estaba pajeando. Huele.

Renato me acerca su mano.

Tenía que expulsarlo todo. Expulsarte a ti.

Vamos de a poco. ¿Dale? Responderé tus mensajes, pero no me asustes. Ahora me asustas. Asustado no sirvo. Nadie sirve. No te puedo prometer nada, tampoco puedes lanzarte de una. Cuando te gusta alguien, no debes vomitar.

Quiero chuparte y que acabes en mi boca, Alfredo.

No. Al revés. Ahora te toca a ti.

Le bajo los shorts de jeans y sus boxers verdes y entre la achicoria naranja de sus pendejos transpirados y llenos de restos de algodón encuentro su pico rosado, duro, nervioso, goteado, viscoso, y me arrodillo y lo huelo y con mi lengua lo limpio y con mi otra mano acaricio los pelos de sus bolas y Renato comienza a gemir y acariciar mi pelo y me lo mete a la boca y comienzo a jugar con él, a tratar de que entre todo y entonces siento sus uñas en mi nuca y cómo me tira el pelo y ese dolor me parece merecido y ahí sé que es mejor dejarlo dentro, no puedo rechazarlo aunque no siento mucho o quizás lo que tengo es cariño o pena o esto es como creo que se pide perdón y mi pico no está duro, incluso pienso que quizás lo que corresponde es que él me folle pero ya es tarde, el semen grueso y abundante y amargo y tibio de Renato entra a mi boca como un sorbo de chuño y por un instante siento que me voy a ahogar, que tengo un litro de salsa blanca dentro y no sé cómo tragarlo sin ahogarme y noto que él quiere soltarse pero no lo dejo, con mis dedos agarro sus nalgas tibias y sus pendejos ásperos y colorines me rasmillan la nariz y lo empujo más adentro y trago todo lo que tiene y se desliza rico y lo saboreo y capto cómo se le va achicando de a poco y lo dejo adentro, tranquilo, calmo.

Nunca había hecho eso. Uf. Wow. Yo era siempre el que…

Creo que lo necesitabas, Renato.

La dura, sí. Gracias. Y… perdona.

Me levanto y con mi mano me limpio. Mis dedos quedan pegajosos con los restos de Renato.

Perdón de qué.

No te avisé.

¿Crees que no sabía que iba a suceder? Estuvo rico, estás rico.

Miro sus ojos y su encanto y, no sé por qué, decido exagerar más:

A veces, pendejo nerd, me encantas. Sólo que más despacio. ¿Ya?

Me limpio con la lengua un dedo y lo deslizo entre un poco de semen que tengo en el mentón. Lo acerco a su boca. Veo sus ojos. El terror y el deseo y el asco y la curiosidad. ¿Me encanta? No creo pero algo hoy me ha encantado. Ahora, aquí, en este baño, Renato Adriazola me ha hecho sentir algo más que el deseo de follar, de irme, de huevear.

Sabe a ti, hueón. Es rico. Prueba.

Renato lame mi dedo y se me acerca y me susurra:

¿Viste las cosas que me haces hacer? Por eso me gustas. Estás pasado a mí. Qué loco.

Lo que me gusta de ti es que quieres aprender.

¿Me enseñas?

Ya sabes casi todo.

No sé nada, hueón. No sé nada. ¿Te puedo besar?

Lección uno, Renato: no pidas permiso. Bésame si quieres. Lo rico es la sorpresa.

Entonces lo beso fuerte y largo y desordenadamente.

Vamos a ir de a poco, pendejo. ¿Entendiste?

Sí.

Piano piano o nada. Si me aprietas, me sigues y me bombardeas, me pierdes. Y perdemos los dos.

Renato me sonríe.

¿En qué onda estamos metidos?

Eso es: onda, pendejo. Onda. Algo. Ganas. No amor. ¿Vale? Estamos conociéndonos. Uno se conoce de a poco.

Vale. Tienes razón. Sorry.

La próxima vez quiero sentarme arriba tuyo. ¿Puedo?

Sí. ¿Cuándo?

Cuando yo te avise. No antes. Cuando se vaya una gente que seguro ya llegó. Veamos qué pasa.

Sí, eso. De más. Cierto. Veamos qué pasa.

Exacto, Renato. Exacto.

La editorial desprende ese tipo de energía que se ve en las series cuando alguien muy importante está de visita en algún lugar y el servicio secreto está por todas partes: abajo, en el pasillo, a la entrada. De hecho, hay dos guardias, look «galán rural» como se ha puesto de moda decir, nada de feos, cada uno de traje gris oscuro barato, con audífono en la oreja y corte de pelo militar-pero-gay con gomina. El que está al lado de Jocelyn parece un modelo de *Broke Straight Boys,* aunque hace tiempo que este tipo no es un chico. Noto que en la solapa de su chaqueta tiene el escudo de México. Me revisa con los ojos, tasando si estoy armado. Tiene más pestañas que cejas y un color cobrizo que me intriga.

Don Alfredo, llegaron. Es decir, llegó. El joven no aterrizó. Sucedió algo.

¿Qué pasó, Jocelyn? ¿Está todo bien?

Viene en camino. Se quedó allá. Perdió el avión. Me soplaron que se quedó dormido, no pudo levantarse. Ahora están en la sala de reuniones. El señor escritor es un caballero. Encantador. Me firmó *Teletipo.* ¿Será buena? Se ve densa. Usted sabe mis gustos, lo que leo. En todo caso, le cuento, es todo un galán, como de telenovela mexicana. Como las que veía mi mamá.

No me cabe duda.

Alfredo entra al baño, se lava bien las manos, revisa su iPhone. Renato no le ha escrito. Bien. O quizás estaba aguardando algo. ¿Y si él le escribe a Renato? ¿Qué le puede decir? ¿Me estás empezando a interesar?

Mejor que no.

No necesita sexo ni a nadie.

Necesita foco. Necesito foco.

No quiere nada con nadie conocido.

Basta, pausa.

Suficiente ya tiene con la Feria del Libro, los Restrepos, el calor que no cede y las cenas; quizás le alcance para reconciliarse con Ricardo Keller y preguntarle por sus ideas, pedirle un ensayo o recopilar sus textos.

Focalizar.

Eso.

¿Y si sigue el calor?

¿Y si sigue caliente?

Fácil: Grindr, follar con alguien, cero lazo, sexo exprés, no busco amistad, no busco novio, no busco nada, sólo algo como lo que sucedió recién en el baño del Juan Valdez aunque esa no fue una mamada de baño cualquiera (no tenía una experiencia de baño desde la época en que aún existían rotativos en el centro; nunca ha hecho nada en los célebres baños de los malls) y Renato no es cualquiera.

Enciende Grindr.

Mr. Servicio Secreto es hétero.

O se cuida.

Se fija en que PABLO PYME está con la luz verde.

Cierra Grindr.

Abre WhatsApp. Le escribe a Renato.

> Hey geek. Bueno verte.
> De verdad.
> Sentí que pasaron cosas
> Estoy pasado a ti.
> Dame tiempo, dame una oportunidad
> Ya?
> Quieres ir, no como nada, como amigo,
> como persona,
> a la tontera del lanzamiento

> de un libro de fotos?
> Museo Bellas Artes.
> Habrá trago, comida
> después podemos ir por ahí
> Chao.

Se mira en el espejo y sonríe, no tiene claro por qué. O sí. Renato va a quedar feliz. Y a veces que otros lo sean lo deja contento, satisfecho. ¿Acaso eso no es lo que hace un editor? Lograr que otros sientan cosas. Alfredo entiende que está jugando con fuego. Fue mala idea usar el «después» o «ir por ahí». Quizás lo mejor sería presentarlo, de pronto ver si puede juntarlo con algunos gays más de su edad (tanto hétero y tanta pareja con niños con que se junta Renato, a tanto matrimonio que va con amigas que creen que tienen una oportunidad con el geek) y dejarlo solo. Ser atento, conversar un poco, que se sienta un aliado pero que capte en carne propia que está trabajando, que esta invitación no es una cita sino un evento social como los recitales de música o las premieres cinematográficas.

Renato responde:

> Hey
> notable
> genial la invitación
> feliz voy
> gracias por todo
> pareces duro: no lo eres
> o sea, tú me entiendes.
> tb me gustas duro
> chao
> te veo

Lo apaga y lo guarda en el bolsillo de su chaqueta.

¿Dónde hay Listerine? ¿Por qué no tiene una botella pequeña en su escritorio?

Sale y se acerca a la entrada.

Jocelyn, necesito enviar una invitación extra por aquí cerca.

Ni un problema.

Anota la dirección y el nombre en un block mientras los ojos del Servicio Secreto le taladran la nuca.

¿Tienes pastillas de menta?

¿De qué tipo?, me pregunta.

De menta.

Es que el joven Restrepo encargó estas Altoids.

¿Siguen pidiendo cosas?

Tengo decenas. Esta es de canela. Mire qué lindas son las cajitas. Tome una, se la regalo. Hoy estamos de fiesta. Qué bueno, ¿no?

Decide escribirle un mail a Conchita Ossa enumerando los puntos donde tiene discrepancias respecto al enfoque de la «vida privada» de las hermanas Petit Farfán y su relación «con notables de la época» como el crítico Alone («fue plátonica porque él era raro»), pero no tiene fuerzas o ganas. La gente como ella tiende a salir ganando igual, lo sabe. Googlea Denton Welch. ¿Ha sido traducido? ¿Habrá algo libre? Anota una idea: hacer selección de testimonios de los chicos que escriben en la página Joven Confundido. ¿Un nuevo *Cuentos con Walkman*? Alfredo intenta mirar lo que sucede en la sala de reuniones. No ve demasiado. La sala está llena, colmada. ¿Quién más está? ¿Más agentes de seguridad? Los cabellos plateados del que sin duda es Rafael Restrepo Carvajal se pierden entre otros tipos de traje que no sabe quiénes son.

¿Cuánto tiempo seguirán ahí?

¿Podrá concentrarse en su propio trabajo mientras Restrepo esté acá? Digan lo que digan, piense lo que piense Ricardo Keller o Alejo Cortés, una cosa es indudable: Restrepo no es igual al resto. Incluso sin verlo, sin hablarle, se capta su presencia. Provoca energía, movimiento, altera la paz. Invade. Esto no sucede cuando ingresa un autor al recinto; más bien lo contrario. «Llegó el latero de Sánchez» o «apareció la intensa de la Novoa, ojalá se vaya pronto». Restrepo, sin siquiera estar cerca suyo, lo ha remecido y lo ha desconcentrado.

Abro el cajón y saco mi ejemplar de *Las noches con máscaras*, edición Biblioteca Breve de Seix Barral. También dejo a mano *Macho: un rodaje*, Ediciones Era, regalo de Ricardo Keller cuando me sugirió mi proyecto de tesis y me hizo desistir de sumergirme en la obra de Joaquín Edwards Bello.

Alfredo ha decidido unirse a la comitiva, ir a las comidas, capaz que acompañar a Fedora a una entrevista: ser parte de la delegación Restrepo. Mejor unirse que marginarse. ¿Para qué gastar energía en combatir lo incombatible?

Buenas, ¿cómo me le va?

Alfredo se da vuelta y lo ve.

Ahí está.

Lo reconoce de inmediato y sin embargo, como sucede cuando uno sólo ha visto fotos de alguien, le parece totalmente distinto. Viste un traje de noche, se ve cómodo en su ropa fina. Deja su chaqueta (Alfredo se fija que es

Fendi) arriba de unas cajas de libros recién desaduanados de Joyce Carol Oates y Orhan Pamuk. Rafael Jr. acarrea un bolso de cuero negro Coach que deja en el suelo y saca un agua Evian sin soltar un pequeño y desgastado oso de peluche color caramelo.

Tú eres Rafael…

… Restrepo Santos. Así es. Aunque prefiero que me diga Rafa. Nadie a quien respete me dice Rafael. Me recuerda al cantante. Dios, qué camp, ¿no?

No, sí, claro. Lo estábamos esperando.

Pues qué bien.

Pensé que estaba allá adentro pero…

… pero no llegué. Mis desbarajustes. Tengo mis propios horarios, siempre ha sido así. Yo no soy como el resto, ni tampoco quiero serlo, ¿es tan difícil de entender?

Para nada.

Usted me entiende, qué dicha. Pero aquí estoy. Vengo a una gira de prensa. Aquí me tiene. Listo, a sus órdenes. Quedo a su disposición aunque mi papel es más de consorte, ¿no cree? No tengo nada que decirle a la prensa y tengo más que procesado que la prensa está poco interesada en mí. Ah, él es Bernard, mi oso. No habla, no es como Ted de *Ted*. Nada que ver, detesto esa película y esa vulgaridad. Bernard me acompaña siempre. Siempre. Es bretón y no habla. Escucha, lo cual es mucho más importante, ¿no cree?

Sin duda, le digo asombrado, incómodo, impostando mi voz.

Lo tengo desde los dos años. Me lo compraron en París, en las Galeries Lafayette. Es el lazo más largo que he mantenido, descontada por supuesto mi adorada madre, que me adora. Y mi padre, supongo, que ahí está, ahí lo ve.

Pero Bernard es fiel. Bernard es Bernard y nos amamos.
¿Habrá mucha vida social?

Algo, sí. Como sucede en estas cosas, en estos casos.

Estoy muy muy cansado. No se imagina.

Me imagino.

¿Sí? ¿Ha estado de gira?

No.

Entonces no hable de cosas que no sabe. Para qué.
Esta es mi primera y última gira, le digo. Ya hemos pasado
por más ciudades y hoteles de los que puedo recordar.
Arrancamos en Barcelona y... luego San Juan, Miami...
la pasé bien en Miami. Nunca había estado. South Beach
es mejor de lo que dicen. El distrito Wynwood me pareció soñado. Compré mucho arte pop. Acá deseo adquirir
arte, también. Pintores nuevos, ojalá, que luego puedan
estallar. ¿Sabe de arte? ¿De pintura homoerótica? No creo.
Miami bien, divino. Nos alojaron en el Standard, que está
en una isla privada. ¿Conoce?

No.

San Juan fue divertido. La chica de prensa era una gorda
morena amiga de un escritor local divino, Luis Negrón,
divertidísimo, que me sacó de rumba y a bugear por los
antros más sorprendentes del Puerto Rico queer. Después
nos llevaron a esa mierda de Caracas con Maduro. Uf. Panamá me encantó. Nos alojamos en el Ace en el Casco
Viejo. Bellísimo. Conocí a un man de origen sirio. Guapí-
simo. Importador. Traficante, seguro. Tenaz. Un bellaco en
la cama, pero adorable. Mayor. Tenía como la edad de usted.
Y así: sin parar. Locombia. Detesto volver a Bogotá. Nos
odian, además. Todos. Detesto la zona G, un asco, y justo
ahí nos instalaron. Colombia, el riesgo es quedarse, dicen.
Pues no creo. ¿Dónde más? Quito fue un agrado, Asunción

caluroso y calmo y lleno de chicos guaraníes muy lindos, en Uruguay son clever y de todo lo que pasó en Buenos Aires no hablaré por ahora. ¿Qué le dijeron esos porteños?

Nada.

Yo no pienso volver. Mire y lea mis labios: fuck Buenos Aires. Con toda la tecnología que existe, mi pregunta es: ¿hace falta toda esta vaina? Ahora uno puede platicar por Skype. ¿No cree? Gira de prensa, Dios. Fist me first.

A la gente le gusta ver a los autores en vivo; a los periodistas también.

Pero todos preguntan lo mismo, nadie lee los libros. Feroz. Una lástima. En todo caso, acá en Santiago quiero tener mi propio itinerario. ¿Le parece? Sé que sobro y no tengo ganas de andar de sombra de mi padre. Necesito mis propios tiempos. Aprobado. ¿Acá es la misma hora que en Argentina?

Ahora sí.

Estoy algo retrasado, ¿no? Caray, ya son las seis de la tarde. Qué holgazán.

Supe que tuvo problemas para llegar.

Pero ya estoy acá. ¿No me ve? Me imagino que no me he perdido de nada.

Nada. No se preocupe.

¿Por qué habría de preocuparme?

Las actividades parten más tarde, Rafael.

La verdad es que quise viajar solo. Este tramo. ¿Puedo confiar en usted?

No faltaba más, le digo.

Ya estoy mamado de mi progenitor. Dios. Qué hombre. Dicen que las giras te matan; a él lo potencian, lo inflan.

Yo la verdad es que no tengo mucho que ver con esta visita...

Pero tiene sus libros ahí.

Sí, es que….

¿Qué?

Nada.

¿Nada o mucho?

Bienvenido a Santiago y a Alfaguara, le digo para cambiar de tema y tratar de dominar la conversación.

Really?

Esta es su casa. Ya le darán el saludo oficial. Qué bueno que pudo llegar hasta acá en orden.

¿Están todos en esa sala?

Sí. ¿Quiere entrar? Lo presento.

¿Está nervioso?

No.

Parece que sí. ¿Lo incomodo?

No, es que… Es que se ve distinto a las fotos.

Ay, querido. ¿Me veo mejor o peor? Espero que mejor. Hoy en todo caso no es mi día. No se imagina. Yo soy de los que se afeita. ¿Usted qué hace en este consorcio?

Editor. De no ficción. Editor adjunto.

¿Y cómo se llama, señor editor?

Alfredo Garzón, para servirle. Encantado. Un honor.

¿Un honor? ¿De verdad? ¿Por qué? Está mamando, gallo, ¿no? Don't fuck with me, at least not yet.

¿Cómo?

Y no me trate de usted. Yo lo trato de esa manera porque es mi herencia cachaca. Los colombianos tenemos esta cosa hipócrita de siempre querer quedar bien. Es inseguridad. Me gusta cuando me pongo más cuate. Cuando estoy horny se me sale el orale, güey. Je suis français, mais mon sang est impur… vous comprendez?

Algo.

Al final soy un gozque, a mutt, un quiltro latinoamericano. I think my language is actually English. That's what I write in. What I dream in.

Bilingüe.

Trilingüe pero no bisexual. ¿Liminal? No sé. Hay muchos como yo. Antes pensaba que era único. No soy único. Qué lástima, ¿no? Al menos no me detienen en los aeropuertos. Nunca está de más ser claro y parecer europeo. Una cosa, Alfredo: de verdad prefiero que me trate de tú o de vos. ¿Le parece?

Claro. Como quieras. ¿Cómo estuvo el viaje?

¿De verdad quiere que entre en esos detalles insulsos?

Fue por preguntar.

Mejor no gastar saliva en eso. Se puede usar para otras vainas, ¿no cree?

Supongo.

¿Y usted no está ligado a prensa, a las comunicaciones, a esos menesteres?

No, nada que ver. Ellas están ahí dentro. Fedora Montt y Tortuga, digo, María Elena Matte. Son expertas y muy profesionales. Conocen a todos los que hay que conocer. Fedora estará, tengo entendido, siempre con ustedes.

Dios quiera que no. ¿Fedora? Qué nombre más horroroso, ¿no? Tenaz. Pensé que usted tenía algo que ver con mi cuidado. Necesito un guardián. Un guía. Un celador. ¿Me regala su tiempo y su atención?

No, no. No es mi especialidad. No puedo cuidar a nadie. No sé.

¿O usted es de los que necesitan que los cuiden?

Viene llegando y…

Trátame de tú. O de vos.

Vienes llegando y no te he ofrecido nada. Qué poco atento soy. ¿Necesitas algo?

¿Me puedo sentar?

Claro. ¿De verdad no deseas pasar a la sala? Deben estar preocupados.

¿Usted cree?

Los estaban esperando hace semanas.

¿Usted no?

O sea, sí. Claro. Lo que pasa...

¿Qué es lo que pasa, Alfredo Garzón?

Vas a tener una excelente estadía acá en Santiago.

Me encanta. ¿Nunca trabajó en diplomacia? Es muy mohammed.

De verdad están expectantes ahí en la sala de reuniones, Rafael.

Rafa. Dígame Rafa.

Rafa. Te digo Rafa, Rafa. Vale.

¿Le molesto?

No, Rafa. Para nada.

Mire, ya saldrán. Están organizando vainas. Yo no necesito agenda, excepto la que armemos los dos. He escuchado y leído mucho sobre Santiago. Parece que tiene rumba. Tenemos cuatro días, tres noches. Bueno: este día ya se está disipando. Al menos la parte diurna. Yo igual soy más un animal nocturno. ¿Usted?

Hay una cena para ti mañana en un hotel muy bonito.

Odio las cenas donde soy el centro. Paso. ¿Cree que no conozco hoteles ultra diseñados? Me pongo tenso, agitado, termino encerrado en el baño.

Pero...

¿Pero qué? Tengo otras ideas, pero de eso hablaremos después. Mire, mi padre seguro que quiere revisar paso a paso la agenda y está pidiendo cambios y averiguando todo acerca de aquellos que lo entrevistarán y lo deben estar brifeando sobre los colores políticos o la sensibilidad de cada medio.

Primera vez acá, ¿no?

Sí. ¿Qué me vas a mostrar, guapo? Pensé que Santiago tenía un clima más templado. Esto está peor que Houston en verano. Más seco, sí. Un horno. Mi padre dictó unos summer courses en Rice. Me gustaban los chicos white trash de Galveston. Y los latinos tatuados como sacados de una película de Larry Clark. ¿Le gusta?

Creo que no he visto nada de él.

Tercer Mundo, se me olvida. Les falta tanto. Viven en ciudades inmensas y son tan poco metropolitanos. Yo me salvé. Zafé. Qué agobio: este calor no es de Dios. Acá adentro al menos está respirable, ¿no?

Creo que sí.

¿Cuál es la clave de wifi de este sitio?

Alfredo no sabe si tomarlo en serio o con humor.

Tampoco logra descifrar las señas: ¿se está burlando de él o quiere jugar o lo está provocando? ¿Acaso coquetea o es la forma que tiene de tratar a todos? ¿Será gay o captó que yo lo soy o es bi o está aburrido?

Rafa se sienta en el asiento ergonométrico y saca su celular y por un largo rato se desconecta mientras revisa y se pierde dentro de la información de su iPhone. Es en ese gesto que la edad de Rafa se revela: un chico de veinticuatro que por momentos, debido a sus apretados pantalones de garbadina marengo y su elegante y entallada camisa azul-muy-marino totalmente mojada, más unos gastados botines negros Cole Haan, parece un ejecutivo nuevo de una multinacional poderosa que salió a almorzar. Rafa es extremadamente menudo y fino y pálido y, tal como pasa al ver en vivo a los actores de cine, es mucho más bajo de lo que Alfredo esperaba. ¿Esperaba algo?

Describir a Rafa como delgado sería un error; parece más bien un bailarín que ha estado enfermo mucho tiempo pero que se está recuperando rápido. Su piel es casi transparente, vampiresca, como si nunca hubiera visto el sol, como si nunca hubiera pisado una playa o hecho deporte, lo que le da algo retro y romántico a su estampa de hijo-de-diplomático y chico bien. No queda claro cuán oscuro es su cabello pues sus cejas son gruesas y castañas y tiene un poco de pelo entre las dos pero no tanto para que se unan arriba de esa nariz privilegiada. Su pelo liso lo peina hacia atrás, con la ayuda de un gel o mousse, lo que lo oscurece y deja su frente lisa, descubierta y con una leve vena a la vista que refuerza su look retro y anti hipster y lo emparenta con fotos de un joven Nick Cave. Sus ojos son grandes y verdes, pero de un verde deslavado; parecen los ojos de alguien que ha visto mucho, ha dormido poco y ha fumado demasiada marihuana. Su cara, incluso bajo las luces fluorescentes de la editorial, parece haber sido esculpida (pómulos altos, labios tristes, cejas como las que sólo se encuentran en Milán, hoyuelos en las mejillas) y posee ese garbo que sólo los modelos muy agotados o la gente muy rica tiene: o no se da cuenta o no le da importancia.

O una mezcla de ambas cosas.

Rafa Restrepo no es el tipo más guapo de la Tierra (no es un tipo, es un *pendejo*, un chico que «necesita cuidado») y anda por debajo del metro setenta, por lo que no le permitirían jamás subir a una pasarela. Aún así, por cómo se mueve, por su prestancia, por cómo hace suyos los espacios ajenos, exuda más años de experiencia que alguien como Renato Adriazola, sin ir más lejos, o incluso El Factor Julián, que al lado suyo parece su primo pobre de provincia. Lo único que le falta es cierta fuerza corporal, quizás más carne o músculos, sin duda más testosterona. Su barba de tres días tiene algo impostado, falso, como si fuera un preadolescente que quemó un corcho para ver cómo se verá una vez que le llegue la pubertad. Tiene algo levemente femenino, de eso no cabe duda. No es impostado o exagerado pero su timbre de voz y su forma de mover los ojos y a veces las manos y quizás esa delgadez y falta de testosterona dejan claro que es gay, más que afeminado.

No es un rugbista o un soldado.

No es alfa. Se le nota. No es el tipo de hombre que me atrae, pienso. Me gustan más masculinos, peludos, toscos. Pero este chico tiene algo particular. ¿Qué es?

¿Por qué me mira tanto?

Disculpa…

Me siento observado, Alfredo. Qué mal educado. Déjeme tranquilo un rato. No me acose.

Disculpa. No lo estaba haciendo.

No le creo. No es bueno decir mentiras, ¿no le enseñaron eso? ¿Quién lo crió?

Vi lo que escribiste, Rafa. *El aura de las cosas*. Felicitaciones.

Yo no escribí nada. ¿O acaso no leyó el libro? ¿Usted cree que eso es escribir? Yo tomé las fotos.

Las miré con atención. Mucha gente conocida.

Mucha gente insegura dispuesta a posar. ¿De verdad cree que esas fotos son buenas? Son de famosos, que no es lo mismo, pues. Malas fotos de celebridades. Ya sabe lo que dicen de esas gentes: son personas muy inseguras con el ego grande. Combinación fatal, ¿no le parece? Algunas fotos están bien…

Varias, miento.

Fue idea de mi padre. No sé cómo acepté. No soy Annie Leibovitz, lo sé. Y mi padre ya no fue Susan Sontag. Me interesa mucho más fotografiar a hombres anónimos en pelotas. Manes de la calle, tipos solos que pasan el día grindereando en departamentos minúsculos o feos. Chicos feos guapos, no hay nada más bello en el mundo. Ver lo atractivo y sensual de un chico que no se cree follable. Todos tienen algo. Basta con ser chico: algún rincón bello, unos pelos, unas curvas, un poco de pancita, unos músculos irresistibles, una mirada particular. Nada más aburrido que esos chicos lindos todos iguales, a lo Benetton, limpios, chicos de revistas de moda. Los chicos feos guapos son los mejores modelos, ay sí. Ellos sí que se abren, se desnudan, se muestran, no esconden nada. Le tengo que mostrar algunas.

Me gustaría mucho verlas. Mucho.

He publicado algunas de mis fotografías con bastante éxito en la revista *Butt*. Online. ¿Usted la aprecia? ¿La ha leído? Sí tiene artículos para leer, no crea. Cuando lleguemos al hotel le muestro algunas. Tengo fotografías de las que me enorgullezco. Ando con ejemplares de *Anal Magazine,* de Ciudad de México, que es como mi casa. El lugar de este continente que siento más cercano, querido. Esa es ciudad, Alfredo. Es nuestro Berlín pre guerra. Nuestro Weimar. No sabe lo que sucede ahí. La metrópolis más puta del mundo. Una fiesta ambulante. Por eso yo trato de ayudar, hacer mi aporte. Dono, colaboro, hago curatoría, poso. Me gusta pensar que soy el mecenas de la colonia Roma, aunque también supongo que tengo algo de vampiro, ¿no? Mal que me pese, soy hijo de escritor y usted conoce cómo son, a qué se dedican los escritores. Tengo retratos de chicos de todas partes, de todas las razas. Mucha diversidad. Diversidad de la real, ¿me comprende? Si fuera por mí yo habría sacado un libro titulado *Sábanas manchadas,* con anotaciones mías y tal vez poemas, no sé. Pero ese es ya el título de una revistilla de acá, qué lástima, ¿no?, y además quién soy yo. El puto hijo puto de Restrepo. *El aura de las cosas* es el tipo de libros que le interesa al mainstream. A señoras. Dios. ¿Usted posaría para mí?

No creo.

Vestido, digo. ¿O quiere exhibirse para mí? ¿En bolas?

Lo mío es estar detrás de las cámaras, de los textos, de los libros, de los autores.

¿Es activo entonces?

Me perdí. Tu mente funciona de manera curiosa.

Quizás, Alfredo. Ando un poco horny. ¿Usted?

No voy a responder eso.

¿Sí o no?

Te ruego detener este juego, me incomoda y complica.

Cartucho. ¿Conoce ese término?

Claro.

Esa palabra me la enseñó Juan, mi chofer chileno. Es adorado, muy querido. Muy conectado, sabe todo. Está abajo esperándonos. Lo bueno es que su camioneta es fresca y está muy bien equipada. Muy bien equipada, la verdad. Él parece que también lo está. Tiene su paquete, me fijé. Tengo una cosa con los chacales, ay Dios, qué malo soy. Chicos feos guapos. No hay chacal que no lo sea. El divino de Juan Sevilla Bilbao me dijo: acá son todos cartuchos. Se hacen más bien los tímidos y respetuosos y desentendidos pero no lo son. Se hacen. ¿Usted es cartucho? ¿Usted entiende?

Debo volver a trabajar, le digo molesto, incómodo; en rigor no tengo que hacer nada urgente y tampoco creo que pueda concentrarme. Intento zafar de este pendejo que al parecer no conoce límites.

Yo soy su trabajo. Dejemos las cosas claras, ¿le parece? Míreme, le ruego. Usted al final trabaja para mí. Mi padre les ha dado mucho dinero a ustedes así que le ruego que sea más atento. ¿Usted sabe quién soy? ¿Quiénes somos? ¿Lo que representamos? ¿Para qué subrayar lo que ya está subrayado, no cree?

Por supuesto.

Entonces al menos tenga la amabilidad de tomarme en cuenta. Aunque quizás le moleste que sea gente como nosotros la que le paga su sueldo. Usted está acá para promover libros y yo también soy autor de este puto libro. Tráteme como autor. ¿Me resiente?

No.

¿O acaso siente que estoy traspasando los límites del decoro? Ya me iré de su lado, sí señor. Cuando salgan de esa aburrida reunión. Ahora míreme, Alfredo. Le quiero contar algo.

Cuénteme. Cuéntame, digo. ¿Qué?

Acá en Santiago hay un fotógrafo que me gusta mucho. Demasiado, sí. Por ahí tengo su nombre. ¿Boris? ¿Laslo? No lo recuerdo ahorita, qué pena. Bajé sus fanzines en PDF. Quiero los originales. Se especializa en fotos íntimas de tipos masturbándose o erectos o gozándose o durmiendo. Son muy bellas. Los tipos no, eso es lo bello. De nuevo: chicos feos guapos. No sé cómo lo logra. Yo creo que debe tener algún tipo de lazo con ellos. Seguro que se ha acostado con todos. ¿Me acompaña a conocer al man?

Quizás puedas invitarlo al lanzamiento de mañana.

Quiero que me respete. Creo que es mejor que me acerque como un turista, no sé, como un amigo suyo o como un poeta de paso. No como el hijo de… ¿Comprende? Prefiero que no sepa que hice este libro. Dios. Quiero posar. ¿Posamos?

Gracias, pero paso.

¿Pasa?

Yo creo que Fedora puede arreglar que se junten o se conozcan… Ella lo puede contactar y explicarle tu idea y…

Basta de esta niña Fedora. Qué pesado es. Usted será mi encargado de prensa. No se habla más del asunto. Aprobado.

Gracias pero…

Dígame, Alfredo… ¿Cuál era su apellido?

Garzón.

Claro. Comme des Garçons. Tienen ropa muy linda, aunque yo soy leal a Agnès B., por lo general. En París hay una calle que no queda lejos de la embajada y que se llama Rue des Mauvais-Garçons. Qué nombre más poético, ¿no cree? ¿Conoce París?

No aún.

Es una calle muy corta pero muy erótica, en Le Marais, claro, y está plagada de chicos malos. Malos pero fotogénicos, bonitos, con su belleza marginal, proletaria, de banlieue. Sobre todo durante la noche. Todos los tipos son lindos a su modo si uno los mira bien o con deseo, ¿no cree? Incluso usted.

Es usted muy amable, le respondo sin mirarlo ni tutearlo.

En esa calle hay un hotel donde una vez me acosté con un tipo. Alguien que conocí por ahí. Pero no me pagó. ¿Acá hay tipos que se venden? ¿Taxiboys? ¿Putos?

Como en toda ciudad grande.

Quiero ir. ¿Me lleva, petit Garçon?

Veamos. Quizás tu chofer…

¿Así son todos los chilenos? ¿Siempre empujan todo para delante? ¿Todos hablan así, en futuro condicional? Qué manía tan poco cordial, ¿no cree? Dígame, Alfredo, ¿cuál es la complicación? Vamos a tener que cambiar su actitud. De nuevo: ¿qué ocurre? ¿Tanto le molesto?

Nada. Lo que sucede es que llegas acá y me preguntas o me hablas de estos temas…

¿Le incomodan?

No, pero no son temas que se hablen con desconocidos…

¿Le parezco un desconocido? Pues conózcame. ¿Vio mi libro? ¿Qué más quiere? Me late que desea ver mis fotos. ¿O acaso desea leer mis poemas?

Puede ser. Ambos. Las fotos, sí. Me interesa ese concepto.

¿Cuál?

Niños feos bonitos.

Chicos feos guapos, dije. Yo en cambio soy un chico bonito sin atractivo, intercambiable.

Para nada. Tienes tu qué. Tu gracia.

¿Sí?

Sí.

¿Conoce algún bar leather? ¿Los célebres y codiciados Baños Prat?

Rafael: yo no estoy a cargo tuyo ni de tu padre y no me corresponde darte datos de sitios peligrosos…

Rafa, le dije.

Rafa.

¿Los conoce? ¿Es cierto eso del subterráneo oscuro?

Sí. Los conozco. Es cierto. Es intenso. Por eso mismo, no. No me corresponde. Es cruzar una frontera, además. Yo trabajo para la editorial y…

¿Qué me podría pasar? ¿Ah, petit Garçon? ¿Qué? ¿Puedo perder la virginidad? ¿Me pueden violar? ¿Eso cree? Está insultándome insinuando que no tengo experiencia. Tengo. Bastante. Quizás más que usted. Quiero más: uno siempre puede tener más, ¿no cree? ¿Tan imberbe y desangelado le parezco?

Para nada.

Bien. ¿Cómo se llama la secretaria de la entrada? ¿La rechoncha con el vestido a lunares?

Jocelyn.

Ay, Dios, qué atrevida, ¿no cree? Me encanta. Ya regreso. No te vayas, churro.

Rafa desaparece del cubículo y se va conversar con Jocelyn.

Alfredo se coloca los audífonos y busca una música que lo calme.

Pero no me calma.

Opta por lo nuevo de Belle and Sebastian.

Tampoco me calma.

Respira profundo y mira sus sitios porno favoritos, que no están bloqueados por el firewall de la editorial.

Me distraen pero tampoco me calman.

La reunión con Restrepo padre sigue, se alarga. Observa cómo la Tortuga Matte anota y anota y Fedora Montt, con su coqueto y transgresor mechón rubio, revisa su celular. La Victoria Martinetto, desde acá, parece estar usando todos sus recursos para no desarmarse o perder la compostura. Alfredo claramente no podrá trabajar hasta que estos dos se vayan a su hotel.

Mira su teléfono pero no quiere entrar a WhatsApp.

Abre Paniko.cl y lee algo acerca del próximo festival de cine In-Edit. Por un instante quiere llamar a Renato y proponerle que vean algún documental de los que tiene que revisar para ver si lo va a programar o no.

¿Acaso eso es lo quiere: algo simple, algo casero, algo bajo perfil? Ver películas, regalonear, dejar de buscar, parar la adrenalina de una conquista nueva, acotar la sensación de desgaste y decepción. ¿Qué es lo quiere: sexo fresco, culos nuevos, aromas por descubrir? ¿Buscar, estar siempre de caza, al acecho? ¿O parar, calmarse, estar quieto? ¿Eso es lo que quiere: calma, refugio, cariño, cercanía? ¿Quiere vivir desestabilizado? ¿No ha vivido así ya durante mucho tiempo? ¿Por qué nunca ha tenido una pareja real? ¿Por qué todo se acaba tan rápido? ¿El Factor Julián qué fue? Desestabilización. Nervios. Fascinación. Algo feroz y fabuloso. Renato, Renato Adriazola, el geek que espera la nueva *Star Wars*, él es, él puede ser. Hace mucho tiempo que Alfredo no sentía la necesidad de que alguien lo rescatara. Eso es lo que está incrustado dentro suyo ahora: quiere que lo rescaten o quizás rescatar, calmar el sobregiro, detenerlo todo, centrarse.

Quiere parar. Quiero parar.

¿Renato podría ser? No, no puede ser. Renato no es el tipo que tiene en la cabeza: no es mino, no tiene onda, le falta tanto. ¿Importa eso? Lo único que deseo ahora es zafar, huir, irme, sudar, conversar con Vicente, que seguro estará en casa. Abro Facebook: fiestas, más fiestas. ¿No hay otra cosa? Fiestas de Halloween, fiesta pre-Halloween (Black and White en el Club de la Unión), fiestas ochenteras, animación de drag queens, DJs israelíes strippers. General Holley, toda la calle Bombero Núñez («raro que en Chile la calle más gay se llame Bombero, ¿no?»), la Ex Oz, la Ex Fábrica, Chucre Manzur, La Nave en el Barrio Yungay (Young Gay, como le dicen), Palacio Morandé, la Bunker, Illuminati, la Soda, el Amanda, el Nómade, esa casona de Antonia López, el puto Club Burbujas, Divino, Castillo Hidalgo. ¿Eso es todo? Harto, mucho, el sueño de un chico bullyeado de regiones, llegar y llevar. ¿Cómo no ceder ante la tentación de miles de chicos que quieren lo mismo que tú: culiar, follar, sudar un rato, y seguir, cambiar, probar otro? Pero eso es. Eso, eso. ¿En serio no hay más? ¿Todo acaso es moda, minos, baile, trago, ropa, poca ropa? ¿Dónde están los pintores, los poetas, el arte, los libros, las ideas? ¿En qué momento ganó absolutamente la partida lo frívolo y la lujuria?

¿Todo bien?

Rafa ha vuelto con una actitud como si fuera el dueño de la editorial.

Parece distraído, Alfredo. ¿Está preocupado? ¿Melancólico?

No. Es una semana corta, extraña. La ola de calor, Rafa. Los feriados. Acá es feriado el jueves. Y el viernes.

¿Por qué celebran el 31? ¿Halloween? Qué país tan neoliberalizado y alienado en el exitismo. Es peor de lo que me contaron.

No, es por el día de los evangélicos. Es un feriado para los religiosos no católicos. Algo así. Halloween es más algo para los niños o para los jóvenes que van a fiestas pero sí, al final es feriado o casi, por el Día de Todos los Santos. Ese es católico, de toda la vida. De antes que tuviéramos éxito. Y nada: suman dos días libres, 30 y 31, y así la gente puede carretear sin problemas.

¿Carretear?

Ir de fiesta. De jarana. Rumbear.

¿Podríamos ir a una fiesta? ¿Carretear? Disfrazados, ¿no? ¿De qué podríamos ir vestidos, Alfredo? ¿Hay fiestas divertidas acá? Sin duda hay, ¿no? Ustedes se creen tan avanzados, el Chelsea/West Hollywood de Latinoamérica.

No voy a fiestas de Halloween ni menos de disfraces. Y acá hay fiestas de todo tipo, Rafa. Te lo aseguro. Si quieres celebrar o bailar estás en la ciudad correcta. Acá el toque de queda terminó qué rato y ahora la idea es que la fiesta nunca pare. Reguetón, cumbia electrónica, house, retro, lo que quieras.

Ya veremos. Creo que iremos.

Puede ser.

Iremos, le dije. Aprobado. No sea testarudo. No le viene, le arruga la sien. Le pedí a Jocelyn que invitara a algunos amigos chilenos. Gente que he conocido por aquí y por allá. Usted sabe: el circuito es pequeño. Nos conocemos todos, pero dígame: ¿acá se celebra el día de todos los muertos como en México?

No, sólo el día de Todos los Santos. Ese día la gente va al cementerio.

Me encanta. Qué desmadre, Dios. Con mi hermana Cordelia íbamos. Ahora la voy a ver a ella al cementerio. Le llevo dulces, calaveras rosadas muy gay, revistas de moda, chocolates con chile y sal. A todo esto: la gordita Jocelyn es un encanto. Súper eficaz. La hice sufrir con mi *rider*. Qué malo soy. Dios me castigará, lo tengo claro.

¿Rider? ¿Qué es eso? No entiendo.

¿No sabe lo que es un rider? Es un amor. Entrañable, sí. *Rider* es lo que los rockeros envían antes para que los promotores les tengan todo lo que ellos solicitan. Tanto en sus cuartos como en el backstage. Algunos piden agua con gas, sin gas, té de Sri Lanka, miel orgánica, drogas, revistas porno, de todo. Los más famosos exigen muchas cosas. Como que no haya M&M's cafés en los bols de M&M's que piden. Yo exigí mucho. Para jugar. Para divertirme. Primera y última gira, ¿no? Hay que vivirla a fondo. Jugar.

Te diviertes, veo.

Para nada. Por eso intento divertirme. ¿Me explico? En Argentina son tan arrogantes que no me tuvieron nada. No había Four Roses en todo Buenos Aires. Cómo detesto el hotel Alvear. Acá Jocelyn me consiguió de todo. Tan querida. Hasta Boy Butter.

Sonrío y Rafa se da cuenta y me mira fijo entre sus pestañas.

Le costó. La hiciste sufrir.

Qué malo soy. Más bien soy travieso. Ya verá, Alfredo. Jocelyn me reservó la suite que pedí. Nos iremos al W y no se discute. Ya no soporto dormir en el mismo hotel que el falso de mi padre. El Ritz es para diplomáticos que usan pañuelos de seda. Voy a pedirle a Jocelyn que contacte a los de Lima. Tampoco quiero estar allá con mi padre. La relación está muy mal. Tenaz. Ya llevamos mucho tiempo viajando juntos. ¿Usted viajaría con su padre?

La verdad es que no.

Pues, imagínese. Empatice conmigo. Una duda, Alfredo…

Dime.

¿Está enojado? ¿Está resentido conmigo?

No, para nada. Es que acá somos… más piolas, digamos. Quizás más tímidos. Tú te vas directo a la yugular. Enojado, para nada. Divertido, más bien.

¿Le divierto?

Algo, sí. Me pareces distinto.

¿Le puedo hacer una pregunta?

Cómo no.

¿Y será honestísimo para responder?

Claro.

¿De verdad le gustó *El aura de las cosas*? ¿O quiso ser amable? ¿Cordial? ¿Seductor?

Uno debe apoyar para que los libros lleguen a la gente, Rafa. El libro es del autor; nosotros arrendamos los derechos por un tiempo.

¿Lo leyó? O sea, ¿lo hojeó?

Sí.

Pues, ¿y qué le pareció?

Está muy bien encuadernado. Es un libro… Osado.

¿Osado?

No es lo típico que publicamos acá. Y de alguna manera es un libro testimonial. De no ficción, que es lo mío.

Ahora deje de joder, sea hombre y dígame, ¿qué le pareció?

Alfredo toma su celular y juega con él y mira hacia el ventanal que da al cerro. Rafa se acerca a él, como en cámara lenta. Se desliza casi hasta rozarlo, como para crear una intimidad. Para que le diga lo que piensa susurradamente. Entre nos, como cómplices. Rafa no pestañea esperando mi respuesta. ¿Le digo o no le digo? ¿Para qué decir la verdad si puede dolerle a él o costarme caro a mí?

¿Para qué ocultarle algo a un extraño? ¿Acaso uno no le miente sólo a aquellos que quiere?

Un horror, le digo, sin mirarlo.

Una mierda, ¿no?

Un asco. No un asco, en realidad no es tan horrible pero es el... el...

... el gesto. El hecho de que nos concedieran el capricho. Que nos hayamos salido con la nuestra.

¿Tú querías publicarlo?

Yo desde hace un tiempo no quiero tener problemas; tiendo a decir que sí en las cosas que le dan felicidad a los otros. ¿Qué pierdo? Es anciano y a él la idea de quedar como buen padre le atraía mucho. No lo es, por cierto, pero tampoco es el peor. Como buen escritor le importa más cómo lo ven los otros que verse a sí mismo de verdad. Además puede. Podemos. Somos así: nos acostumbramos a salirnos con la nuestra. We're entitled in sort of way. A algunos les toca, a otros no.

Tus fotos están bien, Rafa, no increíbles pero prefiero no mentirte. ¿Para qué?

¿Para seducirme?

No es el caso. Mira: las fotos no son para un libro con estas ínfulas. ¿Me explico? Los textos de tu padre acerca de todos sus amigos famosos y célebres son... ¿Quién editó el libro? ¿Se hizo en México o en Madrid?

Usted también me parece muy querido.

Rafa me mira a los ojos y empieza a sonreírme y a tomar sin pedirme permiso una botella de agua mineral Panna que tenía sobre el escritorio y de repente me dice:

Alf. Lo llamaré Alf. Parece de otra parte. ¿De dónde es? ¿De Melmac?

Nací en Concepción pero... Llegas tarde. Ya en el colegio me decían así. Todos me dicen Alf desde chico.

Alf. ¿Quién se llama Alfredo? Alfredo García nomás, y mire cómo terminó.

Nunca vi esa película. Me ha intrigado pero...

Ya me gusta más.

¿Perdón?

Es de otro planeta. Es un freak, usted; un alien. Alf, sí. En Montevideo no salí del hotel porque llovía. Lo peor de estar muerto es que te olvidan. Estoy aburrido. Muy. Lo peor de estar aburrido es que te da pena o te llenas de ideas. ¿Usted?

No sé.

¿Cómo que no sabe? Parece aburrido. En los dos sentidos. ¿Me explico? Es como guapo debajo de esos lentes. ¿Nunca se ha exfoliado?

¿Cómo?

¿Tiene casi cuarenta?

Cuarenta y uno.

Como el sirio de Panamá. Qué verga, qué peludo, qué ternura de hombre.

Siempre es bueno conocer gente en los viajes.

Así que ya pasó the Big Four Oh, querido. Si fuera más seguro y manejara mejor su look, se vería menor. Le falta más sensualidad, más cuerpo, más piel. Yo me puedo encargar. ¿Me deja?

¿De qué? No entiendo. Igual no me va tan mal.

Lo importante es que a uno le vaya bien. Mi límite es no salir con tipos que podrían ser mi padre. Igual me gustan los adultos. Los maduros. Estuve con un escocés de setenta y dos. Divino. Es que los niños son tan predecibles. Y demasiado inseguros, ¿no? Mi padre se casó con mi madre a los cincuenta y tres; tenían veintiocho años de diferencia. ¿Le parece mucho?

Es relativo.

Él tenía sesenta cuando nací. Igual se ve bien, ¿no? Se ve de setenta y cinco. Se ve mejor que Clint Eastwood. ¿Usted sabe que mi padre le quitó Jean Seberg a Clint?

Leí el libro. Hice una tesis acerca de libros de no ficción de autores de ficción del Boom. Entre ellos el de su padre y *Galápagos* de Marcelo Chiriboga.

Mi padrino; borrachísimo. ¿Así que ha leído varias veces *Macho: un rodaje?* Pinche *Macho Callahan*. Los Restrepo somos todos machos. Eso dicen. Jajajajaja. Como todos los mexicanos. No hay putos en Sonora, no hay jotos en Chihuahua. En Jalisco es otra cosa. Jajaja.

Es un libro bien confesional.

No confiesa ni revela nada.

Me pareció interesante el experimento.

Uno experimenta a los doce, a los trece. Ni siquiera es lo suficientemente macho para aceptar que Diana es Jean Seberg. ¿Te aprobaron la tesis? ¿De verdad crees que *Macho* es no ficción o autoficción, como dicen ahora los tarados? Si vas a escribir algo testimonial, pues que sea un testimonio.

Las novelas, dicen, son para cobardes, le dije.

¿Usted es valiente?

No. Aún no. Quizás. A veces. Depende del día. ¿De verdad no te gusta *Macho: un rodaje?*

¿Experto en mi padre?

Experto, no. El libro lo conozco bien, eso es todo…

¿Quiere ocuparse de mí?

Eso no es decisión mía.

¿Qué depende de usted, Alf? Dígame: ¿qué?

Podría preguntar. Ver.

Pregunte. Vea. Ahora organicemos la vaina. Creo que debo ducharme. Huelo a taxiboy morocho del interior bonaerense. Mire, huela. Anoche fue intenso. No paré de bailar temas de la Carrá. Qué diosa. Un trasnochón, oiga, vea. Y usted, disculpe, está pasado a verga y leche. Tiene semen seco en su camisa. ¿Por dónde anduvo, Alf? ¿Vamos a bañarnos al W? ¿Le parece?

La mano de la Victoria le agarra el hombro, lo aprieta, le clava sus anillos y sus uñas en la camisa.

¿Esto es idea tuya?

¿Qué?

No me mientas, ¿qué está pasando? ¿Qué le hiciste?

¿A quién? ¿Qué?

El pendejo con el puto oso, ¿quién va a ser? Restrepo dos. Rafita.

No entiendo.

¿O no quieres entender? Esto es serio, Alfredo. ¿Quieres ponernos a todos en jaque? ¿Ese es tu plan?

¿Plan? ¿Qué? Cálmate y escúchate, Victoria. ¿Qué te pasa? Yo sólo quiero que deje de acosarme.

¿Acosarte?

Se cree de la realeza o algo así. Cree que puede tener lo que quiere.

Lo que de alguna manera es cierto. No todos estamos en la punta de la pirámide, supongo que a estas alturas del partido ya lo sabes.

Yo tendría cuidado con él. Eso opino. Es mi modesto aporte, Victoria.

Esperaba otro tipo de aporte.

El chico no es de fiar. Es seductor pero tiene algo de alacrán.

¿O sea te interesó?

Nada. Me agotó. Quiero leer. Debo leer. ¿Puedo seguir?

¿Por qué ahora quiere irse a otro hotel, por qué no quiere ir a la cena en el Noi, por qué ahora quiere dar unas entrevistas para unos medios digitales que nadie conoce?

Eh, pregúntale al pendejo culeado.

¿Qué le metiste en la cabeza?

¿Qué se ha metido él, Victoria? Creo que está drogado. De verdad: llegó mientras ustedes estaban ahí adentro y no paró de hablar y complotar y le dio con que yo tenía que ser su chico de prensa, que nuestros sueldos lo pagan ellos…

Mejor ni te acerques.

Genial: sálvame. Él quiere que sea yo su guía, quiere ir a putear por todo Santiago. Es gay, además. Y quiere experimentar. ¿Cómo va todo por allá?

El viejo quiere conocerte. Y todos queremos escucharte. Fedora te odia.

Yo me odio, Victoria. Lo odio a él. No tengo nada que ver.

¿Lo seduciste?

Me lo culié en el baño.

¿Te gusta? Es menor. Tu onda.

Disculpa, a la que le gustan menores es a ti, hueona. No te hagas. Me conoces y te conozco, amiga. No te vengas a hacer ahora la Madame Santillana. No es menor, no me gusta, el hueón me da cancha, tiro y lado. Él es el que quiere follarse a todo el mundillo y probar y fotografiarse en pelotas con un hueón alternativo y…

Basta, me lateaste. Te esperan. Nos esperan. El cobarde de Montalva quiere ceder.

No es una guerra o un tratado de libre comercio.

Sólo es nuestro prestigio.

Ustedes lo inventaron, creo que lo más sano es darle en el gusto. ¿Pero no tiene padre? Que él decida.

Vamos. Nos esperan. Esto puede arruinarlo todo.

Nada se va a arruinar. Yo seré firme, tú serás firme, espero que el viejo sea firme. Todo seguirá igual y si se cancela el Noi, mejor. Alfaguara Chile ahorrará plata y habrá una cena latera menos en nuestras vidas.

Si se cancela el Noi, capaz que se cancele nuestro futuro.

Eso sonó a Bette Davis, Victoria. Calma. ¿Mañana llorarás? ¿Eso me vas a decir ahora?

¿Calma? ¿Seguro que no le dijiste que todos acá eran una lata?

Seguro.

¿Por qué dice que todos somos cartuchos?

Uf. Vamos. Y protégeme. Yo quiero estar en mi casa pronto y ni siquiera voy a ir al puto Aquí está Coco. No quiero ver a ese pendejo mal criado de nuevo. Yo no seré su chico de prensa. Insisto: no lo seré. ¿Vale?

Vale. Espero creerte. Quiero creerte. Y vamos. El patriarca nos espera.

Todos en la sala de reuniones contienen la respiración.

Se miran. El aire es seco, de frigorífico, y congela.

Por la ventana se ven dos grúas que no paran de subir y bajar cargas de cemento.

Rafa está hundido en su silla giratoria, abrazado a Bernard, el oso.

Don Rafael Restrepo está en la testera, como si presidiera el directorio. Parece el dueño de la editorial. En efecto, se ve más joven que Clint Eastwood. Está bronceado, perfectamente afeitado, humectado, sus cabellos canos están muy bien peinados, su bigote de galán de la época de oro del cine mexicano recortado y coqueto. Su traje se parece a los que usaba Colin Firth en *El discurso del rey*. Incluso sentado se nota que fue hecho a medida: príncipe-de-gales celeste, chaleco abotonado, camisa blanca almidonada, corbata a rayas tipo estudiante de Oxford. Es y no es una estrella. O lo es a la antigua, cuando eran otros los parámetros que se tomaban en cuenta y la forma de brillar era menos intensa y rimbombante. Restrepo Carvajal se ve *regal*, exuda clase y seguridad. Anota, como si estuviera solo y en su escritorio, algunos apuntes en una libreta de cuero (¿un plan?, ¿una estrategia?) y luego se saca sus elegantes bifocales que de ser tan antiguos ahora parecen sospechosamente onderos. Rafa no parece su hijo sino su bisnieto díscolo. Restrepo tiene porte, tiene cuerpo, tiene prestancia, tiene onda; Rafa parece un monito de lego que algún chico gay dejó abandonado en un lounge luego de una previa.

A un costado, con su look Bellota, Joaquín Montalva, cuñado de un dirigente de la UDI, parece un alumno en práctica, el sobrino tonto de Luksic que logró que su madre lo apitutara ante el magnate de la familia luego de ser su caddy en el campo de golf. El resto del equipo parecen personajes secundarios recluidos en la *situation room* de la Casa Blanca cuando Obama tuvo la confirmación de la muerte de Bin Laden. Da lo mismo quiénes son o qué cargo tienen: el que importa, el que manda, el centro de la fotografía es el presidente y no hay nada más que hacer. Hay gente que tiene aura, hay tipos que siempre son el centro. Las estrellas, dicen, son estrellas porque no hace falta iluminarlos. ¿O es porque ellos son los que iluminan al resto? Alfredo se sienta y capta que Rafa es un niñito, que todos en el equipo de Alfaguara son sus empleados y que Restrepo es el jefe.

Joven, un gusto conocerlo.

El gusto es mío, don Rafael.

Le presento a los señores agregados culturales de México y de Colombia. Ambos son un tesoro.

Dos tipos morenos, ya cuarentones, casi hermanos, look étnico-autóctono, trajeados de alta noche a pesar de la hora, me saludan al unísono, de lejos, agachándose tanto como si estuvieran haciéndome una reverencia.

Belisario Medina Hoyos, a sus órdenes, dice el colombiano.

Ramón Jesús Toscana Romero, joven. Es un honor poder contribuir a que la estadía del licenciado Restrepo sea próspera y recordable.

El cuate es claramente gay, amanerado a la antigua, alambicado, regordete. El colombiano es más joven y parece recién expulsado de un seminario.

Pues ya nos conocemos todos, dice suave, sin alzar la voz, Restrepo. Levanta levemente la mano y alza su dedo índice. Todos, incluso yo, entienden el significado de eso. El que manda desde ahora y hasta que despeguen es él.

Es su planeta, nosotros sólo vamos a habitarlo mientras está de visita.

Ahora, si son tan amables, nos pueden dejar solos. Pueden aguardar afuera. Señorita Montt, quizás les pueda ofrecer algún ágape. Victoria, usted mejor se queda, si le parece.

Por cierto, le responde la Martinetto.

La Tortuga Matte me mira con ojos de odio y de cómplice al mismo tiempo. Fedora me telegrafía un «me tienes que contar todo» y un «qué onda».

Don Rafael, le dice Montalva, que intenta demorar su salida, le recuerdo que la cena es a eso de las nueve.

Ahí estaremos, muchacho, no hay nada de qué preocuparse. Y si se atrasa un poco, pues ni modo. The show will go on. Y que esta chica Montt…

Montt. Fedora Montt.

Usted sabe a quien me refiero.

God, what a name, comenta Rafa para sí mismo. This beats Barranquilla, father.

Indeed, dear boy, le responde sin mirarlo pero con complicidad y con un acento de Downing Street.

Dios, pienso: ambos son, a pesar de todo, un equipo. A team. Socios. Cómplices. Esto va a estar duro, acá todo puede pasar, con razón no hemos sabido de Buenos Aires. Nos están protegiendo.

¿En qué estábamos?

Quería solicitarle algo a Fedora…

Ah, claro. Dígale a esta niñita tan curiosa que llame a Lily Urdinola, a ver si puede ir a la cena de esta noche, lo mismo que los señores embajadores y mis nuevos amigos agregados culturales.

Los contactamos de inmediato.

Han debido invitarlos diez días antes. Eso habría sido lo correcto, ¿no cree?

Pensamos que usted quería estar en familia.

Mi familia son las delegaciones de mis patrias, no ustedes. ¿Algo más?

No, creo.

Entonces, por favor, señor Montalva, salga para que podamos seguir con la reunión y volver al itinerario. Esto es de coordinación, no literario. Lo vemos más tarde.

Montalva cierra la puerta y no me mira, como si yo hubiera puesto en jaque esta operación que, ahora capto, significa para él y para todos algo así como una prueba de fuego. Nada puede salir mal y ya partieron tropezando. Y todo por culpa de este Rafa que tomó otro avión (¿se quedó dormido?, ¿hubo una discusión entre ellos?, ¿se quedó con un taxiboy en un telo?). Y ahora el viejo está furia porque a la cena de bienvenida no fue invitado el cuerpo diplomático.

Sigamos, ¿les parece?

Ahora son cuatro los que están alrededor de la inmensa mesa de vidrio. Alfredo se focaliza en las manchas de las huellas de los dedos de aquellos que ya abandonaron la sala. La cara de todos se refleja en la mesa como si fuera un espejo maldito.

¿Cómo solucionamos esto?

Silencio.

Father: I need a break. Truly.

Do you?

I just want to be alone. Is that too much to ask?

Would you really dare to say so, my dear boy?

Necesito un entretiempo. Un descanso, papacito. Una pausa. Se lo solicito.

You say this chap will help you achieve a certain peace? Hay que decir que usted no se portó como era de esperar en Buenos Aires. Lo tiene claro, ¿no? Este periplo, Rafita, no está resultando como yo confiaba.

Yo tampoco pensé que sería así.

¿Cree que fue agradable abordar el avión sin usted?

Me quedé dormido, papi. No quise ni planeé que me asaltaran. No fue por insultarlo a usted, créame. El agredido fui yo. Esos tipos me quitaron todo lo que tenía. Malvados. Usted sabe que cuando yo quiero agredir, cuando quiero armar una escena, lo hago.

Yo sé.

Que Santiago de Chile sea el sitio donde probemos una nueva forma de hacer las cosas. ¿Le parece? Juntos pero no tan unidos, papi. No tenemos que estar siempre juntos. Do we? Yo, como le dije, puedo ir a radios o programas de televisión de cable o hablar con periodistas de sitios web. Y para eso necesito agenda propia, hotel propio y un encargado de prensa. ¿Pido tanto?

El padre de Rafa, don Rafael, me mira fijo, detenidamente, como si me tasara.

A usted, joven, ¿le interesaría dejar de lado sus ocupaciones por estos días y ser el ataché, el acompañante, de este chico malcriado y egoísta que está acá a mi lado intentando llamar la atención?

¿Lo he logrado o no?

Rafael Antonio, ahora no. Menos en público.

Alf sabe todos mis secretos. O los sabrá.

Debí haberle hecho caso a su madre. Debimos mandarlo a la casa en Tulum.

Siempre quieren deshacerse de mí. Esta es su oportunidad. Pues, adelante. Be my guest. Ya despacharon a mi hermana.

Niño del demonio.

Hijo suyo, sí señor. De ustedes lo he aprendido todo. Qué lástima, ¿no?

Not here. Not now.

When?

Rafa se levanta y corre al ventanal que da a la construcción y aplasta el oso contra el vidrio. Si hubiese sido un cachorro o un conejo, ya las vísceras y los órganos estarían repartidos por todo el ventanal y por el cuerpo de Rafa. Entonces suelta a Bernard y se tapa las dos orejas con las manos y comienza a gritar como si fuera uno de esos cantante líricos que van a los programas de televisión a quebrar copas de cristal con sus notas sostenidas. O, de pronto me doy cuenta, chilla como lo hacía el niño Damián en *La profecía*.

Cállese en nombre de Dios. Se lo ruego. Please! Ganó.

Rafa calla y se tira a la alfombra donde se coloca en posición fetal y abraza al oso.

Rafael Restrepo Carvajal se saca los lentes y los deja en la mesa. Nos mira a los dos buscando complicidad y luego fija la mirada en la construcción. Por bien conservado que se vea, de pronto su cara se llena de cansancio, sus ojos ceden, sus manos tiritan levemente y el agotamiento de un hombre de ochenta años con un hijo indomable en medio de una gira interminable se hace presente.

Uno cree que los hijos le van a dar felicidad. No es cierto. Es un mito. Dividen, cansan, destrozan. Un libro, incluso de esos que son destrozados por la crítica, nunca tendría el mal gusto de gritar.

Respira hondo, toma algo de agua Panna y se echa para atrás en la silla, agotado, rendido, capitulando.

Mi hijo me dice que quiere que usted sea su escort.

Ataché, corrige Rafa desde el suelo. Escort es otra cosa. Alf no cobra. Es parte de la editorial. Es editor. So he says.

La Victoria me mira por un instante y capta lo que estoy pensando, ve cómo voy perdiendo el control y con sus ojos me suplica y me aconseja que me calme. Deseo decirle, en un tono seco y masculino, «disculpe: no soy el escort de nadie», pero la precisión de Rafa me descoloca: que soy gratis. Que me creo editor. ¿Por qué dijo eso? ¿Quién mierda es o quién se cree?

Editor. Mire, qué bien. ¿Cuál era su nombre?

Alfredo Garzón.

Tratemos de llegar a un entendimiento. Creo que estar unos días con Rafita puede ser una gran oportunidad.

Permiso, ya regreso. Estaré afuera, papi. Tengo cosas que organizar. Gente a quien contactar. Ya saben lo que quiero. Lo que exijo. Si no, le diré a la gordita del vestido de lunares que me busque un vuelo y me regreso a París.

Al DF. Tu mamá está en Arizona, lo sabes.

Mejor. Lo importante es no verla. Le tengo coraje. No debió abandonarnos. Ella sabía que esto iba a ser difícil. Permiso.

Rafa deja el oso en el asiento que ocupaba y sale.

Todos evitamos mirarnos.

Dejamos que pase un rato.

Dígame, Alfredo: ¿su padre a qué se dedicaba?

Agricultor. Frutos de país.

Veo.

¿Usted ha escrito libros o sólo los ha revisado?

No he escrito ninguno. Hago algo más que revisar.

¿Por qué?

¿Por qué qué, señor?

Un editor revisa. Los correctores de estilo sugieren. ¿O usted es de lo que cree en el american way?

Creo que a veces un escritor puede estar abrumado o…

Yo no creo. ¿Cervantes tuvo editor? ¿Góngora? ¿Borges? ¿Usted cree que un editor puede mejorar *Doña Bárbara* o *Pedro Páramo*? Paco Porrúa fue un gran editor. Carlos Barral también. Pero eran *publishers*. Dueños de las editoriales. Como tal ambos hicieron lo imposible para lograr que sus títulos llegaran a los lectores ávidos. No hubieran osado opinar o reescribir o cambiar un título.

No cambiamos, sugerimos.

Cállese, mejor. Nada agota tanto como escuchar necedades. Ha sido un día largo. La literatura, señor Garzón, no es un diario vespertino. Cuando es buena, no hay nada que editar. Mi impresión es que pasar unos días con un chico tan clever y viajado y creativo como Rafita sería algo así como una educación para usted. Mal no le haría. Nunca está de más rozarse, acceder aunque sea tangencialmente a aquello que no se logró. ¿Me hago entender? Imagino que estará de acuerdo. Rafita además es autor. Es el autor o co-autor de *El aura de las cosas*. Por algo estamos acá. Estamos de gira de prensa, ¿no es así? Sacrificando nuestras energías, nuestros tiempos. Si acepta, lo trataremos como si fuera de la familia. Puede ser muy rentable para usted a largo plazo. Cuando vaya a México o a París. Tenemos un departamento muy agradable en Nueva York en el sector que ahora se llama Tribeca.

Es que siento que lo que me pide no es mi terreno.

Un hombre se demuestra hombre según cómo enfrenta los desafíos que se le imponen sin aviso.

No soy experto en los temas de prensa ni en los lazos con los medios, que están llenos de gente complicada.

¿Usted no sabe ser amable? ¿No se siente cómodo siendo anfitrión? ¿Nunca ha tenido visitas del exterior?

Sí, claro.

Eso es: es preocuparse por otro. Empatizar. Atender. Yo no estaba tan de acuerdo, les voy a confesar, pero ahora me parece que sí: no está mal que Rafita tenga un poco de espacio y tiempo para rearmarse. Lo bueno es que Chile es un país civilizado. No hay de qué temer. ¿Qué dices, Victoria? ¿Este joven Garzón es de fiar?

Sin duda, don Rafael. Es de los nuestros.

¿Lo soy? ¿Y si aceptara? ¿Qué tanto?

¿Acaso esto no es más que una previa, un regaloneo cachondo, un foreplay donde yo tengo el poder? ¿Y si cediera a los deseos de Rafa? El chico quiere sexo o quiere jugar o quiere que yo mire mientras él posa o se prostituye. ¿Cómo será culiárselo? ¿El osito nos va a mirar? Sin duda que debe chuparlo como los dioses. Es bonito a su manera. Es atractivo, es rico y está culiable el pendejo culeado. Por qué no. Vivir como estrella unos días.

¿Quizás busca un amigo?

¿Alguien con quien jugar?

Ya no puedo hacerme el no gay: ya me tomó la foto. El semen lechoso de Renato seguía vivo en mi camisa. Eso es lo que busca: un cómplice, un guía, acaso un escort. Como dice el viejo de mierda: qué me cuesta ser amable. Ellos pagan todo, me dan hasta una propina. ¿Y si le propongo arrancarnos a Valparaíso? A ver: ¿qué quiero o qué me parece menos mal? ¿Quiero cobrar o quiero ser gratis? ¿Me conviene ser parte del paquete, o mejor dicho del deal, del inventario: un bonus track por cortesía de la casa?

¿Deseo tener acceso privilegiado a este melodrama filial?

¿Me corresponde?

¿Quiero?

¿Qué me dice, joven? ¿Me ayuda? Se lo pido como favor. Puede haber un bono. Un extra. Un incentivo. Yo hablo con Elvira y con los Polanco en Madrid. Le puedo asegurar que al menos será intenso. Y no es malo. Es un buen chico, aunque no lo crea.

Feliz, don Rafael. Yo me hago cargo. Cuente conmigo.

No esperaba menos, joven. No sabe el gusto que me da. Me alegra que esté más tranquilo.

Estoy aliviado: esa es la palabra. Aliviado. Ahora Victoria, si fuera tan amable, ¿se puede retirar? No, sabe. Quiero un café. Necesito un poco de aire. ¿Bajemos, joven? ¿Hay un café cerca, Alfredo?

Hay uno abajo.

Bajemos, pues. Los dos. Hablemos de hombre a hombre. ¿Le parece? ¿Me llama a los chicos de seguridad?

Alfredo reclina el asiento de la aprovisionada y confortable van de Juan Sevilla, que dejó el motor encendido, por lo que el aire acondicionado ronrronea debajo de la música electrónica house que escucha mientras espera.

—También hay tele. Abierta o cable. O YouTube. Lo que quiera, maestro. Netflix también, por si quiere películas o series —le dijo Juan Sevilla, el chofer-dueño-anfitrión, a Alfredo hace unos veinte, treinta minutos—. Porno del que le podría interesar, yo todo bien, soy abierto, tolerante, liberal, openminded. No me manche la van nomás. Los vidrios, ojo, son polarizados, así que está en confianza, aislado del mundo, maestro. Hay su selección de revistas. Fíjese. Mi van es su van. Nosotros vamos y volvemos, la hacemos corta.

Juan Sevilla Bilbao es un tipo bajo, morocho, que debe estar rozando los treinta; viste bermudas hawaianos y guayabera celeste, lleva el pelo largo y liso tomado en la nuca al estilo rapa-nui. De hecho tiene los rasgos y esa típica seguridad corporal polinésica, aunque él mismo dejó claro un rato antes que era de la Tercera Región y que Rafa debería conocer Bahía Inglesa. No es guapo pero cuando sonríe o confía en sí mismo, cuando empieza a pavonearse de sus éxitos o de su cultura urbana, el tipo se vuelve francamente atractivo, mucho más que aquellos que sí son agraciados pero no poseen una vibra interior que les de onda. Mientras recorrían la ciudad y escapaban de los atochamientos, Juan Sevilla le relató que, junto con sus tíos, hermanos y primos, habían fundado hace un tiempo esta empresa de autos-taxi-limos cuyo fin es dejar al pasajero no sólo en su destino «sino en sitios que no imaginaba». La empresa Ángeles Motorizados crecía de forma exponencial pues su gracia era esa atención especializada.

—Cada cliente necesita algo distinto y mi pega es cuidarlo; es ser un ángel. Yo soy tu ángel, maestro. Esto no es Uber. No te llevamos solamente; te apañamos. Estamos contigo.

A pesar de haberlo conocido un par de hora antes, Juan Sevilla, con sus brazos tatuados con guirnaldas de copihues, parecía no sólo el mejor amigo de Rafa sino una fusión de valet («tal como en esa película vieja con el hueón chico divertido que murió: *Arturo, el millonario seductor*, nuestra filosofía es que todos a veces necesitan un Alfred y todos por un rato deben ser Bruce Wayne. Para una fiesta o para seducir a una dama o para ir a comprar cosillas o para portarse mal y dejar que tu Lado B aflore»), asistente personal y confidente.

Inesperadamente, esto le da algo de celos a Alfredo.

Alfredo está alejándose de su zona de confort, de su gente, ingresando al estado liminal del mundo duty free de Rafa, dejando de a poco (al menos por unos días) su vida, su gente, sus lazos y no-lazos, sus amantes y no-amantes y sintiendo la fuerza de gravedad del Planeta Rafa, que atrae a todos (por ejemplo a Juan Sevilla) hacia él como si el pendejo con el acento raro fuera un inmenso imán.

En el aeropuerto de Ezeiza, en Buenos Aires, Rafa, algo encañado y deshidratado, googleó «autos privados en Santiago» y uno de los hits fue Ángeles Motorizados. Un par de clicks y un email de confirmación y listo: Juan Sevilla («y no es hueveo; ni conozco España pero ya ve, deberían darme la doble nacionalidad») lo estaba aguardando cuando aterrizó en Arturo Merino Benítez y en el auto le pasó espumante y líneas de coca que Rafilla se zampó de una; lo mismo el Powerade azul. Camino a la editorial, Rafa le contó a Sevilla toda su vida, sus deseos, ansias y necesidades y planes para «zafar» de su padre. Y dejó al falsamente polinésico chofer-empresario con varias tareas y solicitudes. Entre ellas, drogas.

Por eso ahora están acá, donde un dealer «que tiene de todo, no sólo jale». Sevilla pagará lo adquirido y lo sumará a la cuenta que Alfaguara va a cancelar una vez que dejen la ciudad. Antes de salir de la editorial, mientras Alfredo estaba en el café con don Rafael, Juan Sevilla subió a la oficina de la Martinetto para que le firmara el voucher por el servicio VIP, que incluía «apañar veinticuatro-siete, préstamo de efectivo sin límite y un iPhone G5 en línea, hermanito».

Alfredo mira por la ventana y ve un edificio alto, nuevo, mal terminado, de ladrillos, perderse en el cielo caliente. Ve pasar el metro que en esta parte sur de la ciudad se eleva y sigue su recorrido a la vista de todos. Aún hay luz, la cordillera se ve potente, anaranjada, sus pliegues forman sombras profundas mientras al otro lado el sol comienza su última hora de taladreo.

El oso de peluche está en la última fila de asientos, durmiendo.

—Al Tío Gregory no le gustan mucho los grupos. Espéranos acá. Rafilla verá lo que necesita. Yo pago y soy el que lo conoce. ¿Todo bien? Reglas claras para que la economía fluya. Usted entiende. Hay para tomar, sus cositas para picar, wifi. Insisto: la hacemos corta y precisa.

De eso ha pasado ya más de veinte minutos.

Alfredo toma su celular y mira el WhatsApp de Rafa, que ahora está en el primer lugar de la lista. También revisa Grindr y lo ve, sonriendo, a pocos metros de distancia entremedio de lo que en el sector alto llamarían «flaites ricos» o «wachiturros minos», posando como si fuera un Tadzio latinoamericano, arriba de una góndola en Venecia, tapado por un chal de alpaca.

—Lo vamos a pasar bien —le dijo cuando se enteró de que había aceptado «ser su escort», y lo abrazó de una manera tan tierna que todas sus poses y locuras verbales se deshicieron y fue en ese instante que Alfredo captó que Rafael Restrepo Jr. de verdad necesitaba un chaperón y alguien con quien hablar y complotar y sentirse cómplice.

Bernard, el oso, no bastaba.

—Gracias por ceder y por cuidarme; voy a tratar de no portarme demasiado mal ni hastiarlo. Sólo una cosa debe quedarle claro: usted no es mi padre ni mi jefe ni mi guardia. La idea es reírnos, es pasarlo bien. No me abandone, no me haga sentir mal, no me deje llenarme de soledades o angustias y todo estará bien. Son tres noches. Parto el viernes y le diré algo, Alf: cuando despegue me echará de menos.

Lo que le dijo el padre de Rafa en el café en la planta del edificio en que se ubica la editorial fue algo parecido aunque con otro tono:

—Voy a ser claro: no me agrada el giro que están tomando las cosas. Para nada. Me tiene algo intranquilo, tenso. Lo prefiero cerca mío. Pero le seré sincero. Me atrae una separación. Quizás la necesite. Este niño, porque eso es, un niño, un niño enfermo que ha sido malcriado y que ya no tiene arreglo, creo, agota. Enerva. Desquicia. Quizás lo que probemos con usted acá en Santiago podamos repetirlo luego en Lima, que es la última parada. No tengo claro si Rafita irá a la FIL de Guadalajara. Supongo que sí. Pero si va será cosa de una noche y estará de local y ahí también tendrá su propia agenda. No es mala idea. Suena sensato, incluso. Justo. Además, la gente de la editorial en México lo conoce bien. Marcela, mi editora, es tan querida, me trata como un Dios. Soy afortunado. Dígame, Alfredo, ¿usted tiene hijos?

—No.

—¿Hermanos?

—Tampoco.

—Da igual. ¿Es cierto lo que me comentó Victoria? ¿Que usted es experto en mí?

—No faltaba más. Su obra es extensa. Pero sí trabajé mucho para mi tesis con *Macho: un rodaje*. Desde entonces me han interesado las obras de no ficción.

—Me siento honrado. Luego deberé firmarle unos libros. Seguro que eso lo dejará feliz. A ver si esta noche conversamos. No siempre uno se topa con su objeto de estudio. Yo nunca tuve la oportunidad de conocer a Hernán Cortés, por ejemplo, o a Porfirio Díaz o Henry Ford. Seguro que debe estar algo inquieto. Relájese. Encantado de contarle anécdotas de mis procesos creativos. Pero quiero aclarar un par de cosas antes. Por eso quise hablar con usted en privado.

—Dígame.

—Rafael Antonio no es un chico fácil. Es raro. Curioso. Inquieto. Distinto. Pero es clever. Es brillante y por eso puede ser perverso y melindroso. No debe ser sencillo ser hijo mío. Eso lo tengo claro y lo entiendo. De hecho *El aura de las cosas* fue un gesto quizás desesperado para asirlo, para atraparlo, para traerlo hacia mí. Nos juntamos dos semanas en Tulum a armar el libro, seleccionando sus fotos. Y luego vino esta gira. Pensé que nos podría unir. Al menos tenemos este viaje como experiencia. Muchos recuerdos, sí, pero Rafita se me escapa. De noche, de día. Es un hombre, es mayor de edad, pero a veces creo que tiene doce. Fíjese en el oso. Qué cosas, ¿no? Pero su siquiatra nos ha dicho que ya se le quitará. ¿Usted cree que podrá controlarlo? ¿Imponer respeto? No pretendo que sea un policía. Sé que tomará, qué querrá conocer la noche, es un chico, es un joven, no tiene amigos. ¿Se siente capaz?

—Sí. Creo que la mejor táctica es proponerle otras cosas. Las discos son iguales en todo el mundo. Creo que tiene un mundo creativo muy potente y explorar eso es lo que le propondré. Se me ocurre que puedo presentarle a escritores más cercanos a su edad. Poetas incluso. Le sugeriré conocer La Chascona, la casa de Neruda.

—Me gusta lo que me dice. Me alivia. Pero dos cosas, joven. Y me disculpa si le parezco severo o incluso desubicado. Quiero dejar las cartas sobre la mesa. ¿Le parece? Creo que la verdad puede ser incómoda pero al menos es transparente.

—Coincido con eso, don Rafael.

—Pues bien: ahora está en sus manos. El dinero no es tema. Que no se compre un Rolls, que no destroce la suite. Que no haga deportes o tome riesgos innecesarios. En San Juan quiso surfear, en Quito quiso volar en globo. Le recuerdo que Rafael Antonio es hemofílico. Los golpes morales los soporta bien; los físicos, no. Tengo entendido que usted tiene a su disposición todos los teléfonos e instrucciones médicas. Lo importante es no dejarlo solo de noche. Si algo sucede se lo lleva a una clínica, al final es un trámite. ¿Le está quedando todo claro?

—Cómo no, don Rafael.

No dejarlo solo de noche… como si fuera un gremlin, pensó Alfredo. ¿Podré darle de beber agua?

—Sé que gastará en ropa o en comidas o en antojos. Es veleidoso como su madre. No es nada nuevo. Pero míreme a los ojos, joven. Y escuche atento: hay cosas que no deseo saber, el chico es un hombre a pesar de que en efecto parece un adolescente. Si desea bajar a los abismos, que lo haga, pero usted deberá estar ahí para rescatarlo o devolverlo a la superficie. ¿Me entiende? Ojalá cumpla con algo de la agenda pero si no lo hace, no es el fin del mundo. Lo que sí me parecería intolerable, joven, es que el día que partamos de aquí rumbo al Perú no podamos porque esté preso, hospitalizado o muerto. Eso no puede ocurrir. Eso no va a ocurrir. ¿Me entiende? ¿Estoy siendo claro? ¿Me da su palabra de hombre?

—Por supuesto.

—Lo dejo en sus manos y espero que esté a la altura. Y si algo falla, usted pagará por eso. Desde luego, olvídese de seguir trabajando en la editorial si a mi hijo le pasa algo o me trae problemas. Y al revés: si el viernes cuando nos despidamos todo ha sido un agrado, si no ha habido asaltos o pataletas o escándalos… veré cómo lo podemos premiar. ¿Está claro? Yo no juego, señor Garzón. Yo no he llegado donde estoy sólo buscando inspiración o leyendo a Balzac. Cuido lo mío. Sé lo que valemos. No somos una estirpe más. Haga lo posible para que pueda seguir comportándome como el caballero que soy. ¿Entendido?

Rafa golpea la ventana.

Sonríe como el niño que es.

Está más que claro que ha conseguido el botín por el que vino a estos lados.

Avanzan rumbo al norte, hacia la Costanera Norte, por la Norte Sur. Rafa desea pasar por una picada que Juan Sevilla Bilbao le ha dicho que es notable, pero Alfredo sugiere que es mejor que pidan room-service cuando lleguen al hotel W pues están atrasados y tienen la cena de bienvenida.

Esto no se mueve.

Algo pasó, concluye Sevilla.

¿No hay otra vía? Esto está peor que el Tlalplan, reclama Rafa.

Confíe, confíe.

Eso trato.

«La autopista del sur», comento.

Mi padre fue amigo de Cortázar. ¿Sabía, mister experto? Pero después se alejaron. Mi papá se distanció del modelo cubano y de Cortázar. Pero eso usted lo sabe ya que es experto en mi padre.

No soy experto.

¿Va a terminar siendo experto en mí?

Quizás.

Eso espero. Qué mohammed. ¿Usted espera eso?

¿Qué implica ser experto?

Conocerse muy bien.

Uno a veces conoce a alguien muy bien, pasa mucho tiempo junto a esa persona, y luego se da cuenta de que no la conoce, Rafa. Te pegan una desconocida, como se dice acá.

Se revelan, más bien. O sucede la anti-epifanía: de pronto ves a la persona desnuda, tus ojos son rayos X, ves más de lo que deberías ver. La vida se encarga de armar momentos en los que todo se pone a prueba y es entonces cuando casi nadie sale ileso. Todos fallamos, todos decepcionamos, todos somos frágiles y arruinamos todo. Y quedas tan mal, Alf querido, tan con la sangre burbujeando, que es entonces cuando salen los poemas.

¿Escribes poemas?

No voy hablar de eso ahora. No aún. Más tarde quizás, ¿le parece? Una vez pensé en escribir mis memorias pero me falta vida. No puedo escribir novelas porque todos dirán que soy hijo de mi padre. Además no me gusta mentir. Ni narrar. Estoy preparando un documental sobre un director de cine porno amateur que también es actor. Es acerca de un oso…

¿Como Bernard?

Un oso oso. Peludo. Con sobrepeso. Humano, joto pero oso, masculino, muy velludo, de la colonia Portales…

Es un oficinista anónimo… De Pemex… Y le gustan los chacales.

¿Los qué?

Chicos y hombres de clase baja. Algunos gay o bi o de esos que dicen que son straight. Algunos de hecho lo son. El asunto es que los filma. Se ve su cara chupando, follando, lamiendo. Asqueroso a veces. En baños públicos, en los vapores, en su casa, que es horrible de naco. Y sus videos, que los sube a XTube, son un hit. Arrasa. Soy súper fan. No tiene inhibiciones, admiro eso. Tiene centenas y centenas de videos mohammed y millones de personas en todo el mundo los han visto y los han comentado y les han colocado estrellas. En realidad lo está haciendo un amigo cineasta pero yo lo estoy financiando y ayudando en los rodajes. Me gusta mirar. Ahora estamos entrevistando a algunos de sus chacales fuck-buddies. Firma sus videos y todos lo conocen como Osote Chilango. Se llama Félix Navarro.

Qué personaje. Puede ser un éxito.

Acá en Chile quiero juntarme con Pablo Honey, que vende la imagen del chico clase alta aburrido que hace shows con su Mac y tiene trusas caras y es súper lindo… ¿Lo conoce? Es soñado.

No.

¿No es fan de Cam4? Ahí está el futuro. No en las aulas ni en los libros. Quise estudiar literatura francesa pero me aburrí. Puedo entrar a la universidad que quiera pero para qué. Supongo que soy poeta. Pero por ahora soy curioso. Me parece errado estudiar de joven. Ahora es cuando quiero vivir. Deseo fotografiar chicos, hacer porno romántico, quizás diseñar osos de peluche, ropa. Luego estudio algo. Ya de grande. Igual heredaré mucho.

¿Ha sufrido muchas decepciones?

¿Cómo?

¿Ha sufrido muchas decepciones?

Su resto. ¿Por qué?

La raza humana es la peor: entre las penas, las debilidades y la necesidad de ser tomado en cuenta, todo puede pasar, Alf, ¿no cree? Y pasa. Es increíble lo que la gente hace o está dispuesta a hacer para sentirse tranquila, contenida, apaciguada, ¿no? Da algo de pena.

A mí a veces me da asco.

Yo igual soy un poco así. No voy a estar criticando al resto y no asumir. Antes que nada soy egoísta, pero bueno. Yo creo que todos lo somos. ¿Usted lo es?

Creo que sí. Me gustaría no serlo pero es imposible. Al menos no ando por la vida tratando de quedar bien con todos.

Disculpen, muchachos. Rafilla: ¿conoce a los Dinamita Show? Son unos cómicos. Notables. Yo los he atendido. Tengo sus rutinas para que las vea en la pantalla. ¿Ha visto la película del Kramer?

¿Me conecta este playlist, Juanito?

Bluetooth: busque AngelitoSevilla, todo junto, y listeilor.

Rafa aprieta unos botones en su iPhone y de pronto suena Diana Ross: *I'm Coming Out.*

Amo a Diana Ross. ¿Muy gay? Es mi lado Michael Jackson. Aunque a mí no me gustan los niños. Soy adicto a los vellos así que los niños no, no. Es un crimen. No entiendo por qué los adolescentes se rasuran. Si uno ama a los hombres es porque los quiere hombres, ¿no? Sin pelos no hay paraíso, como dicen. A mí me gustan más como usted. No confío en los chicos, en los menores de treinta. No confío en ellos porque sé cómo son. Tenaces. Se parecen a mí.

No creo. Nadie se parece a ti, Rafa.

¿Me está coqueteando?

No.

Pues parece. Me gusta eso que me dijo. Me dijo que soy único. Qué lindo. Aprobado.

Eres único. Y no eres feo, eso lo sabes.

Usted tampoco. Y eso lo sabe. Una vez, en un avión DF–New York, Business Class… Me subo, con guayabo, porque la noche anterior había estado parrandeando, había ido a ver a Diana Ross al Auditorio Nacional y después con unos amigos chilangos a beber por ahí al Centro Histórico, que está bien puto. Pues estoy mirando mi revista y se sienta a mi lado… ¿quién cree usted?

Algo me dice que Diana Ross.

Pues sí. Queridísima. Un encanto. Y lectora. Fan como todos de Gabo. Ay, Dios. Un cliché. Desde que Oprah lo amó, todos lo aman. Le recomendé la película que hicieron del libro de mi padre y nos reímos de Julio Iglesias, aunque a mí me encanta ese video de *All of You*, me parece tan gay in a California eighties kind of way. Nos reímos mucho. Todos esos Adonis bailando al lado de la piscina. Me encanta. Le dije que una vez yo y madre vimos en un hotel esa cinta en que ella hace de modista que triunfa: *Mahogany*. Con esa canción tan linda. Me adoró. Me quería adoptar. Yo, aunque no lo crea, Alf, puedo ser encantador. Encantador y entrañable.

Lo creo.

No creo.

Créeme.

¿Se acostaría conmigo?

Borracho. No me acuesto con chicos menores de veinticinco.

O sea, le gustan los chicos. Lo admite.

Lo miro un buen rato serio, mudo, impávido, hasta que capto que también estoy coqueteando.

Prefiero los hombres, sentencio serio, algo agotado pero capaz que enganchando.

¿Varoniles? Es tan varonil, Alf. Tan hétero-friendly. Le encanta eso. Sentirse macho. Qué aburrido. ¿Yo le parezco varonil?

Sí, a pesar de todo. Tienes una mezcla rara.

¿Cómo?

Eres como un chico gay de clase alta local que ha tomado mucho y está en confianza y se suelta mientras Diana Ross no para de sonar. Maraqueas, como decimos acá. Pero poco. Como cuando un hueón en la cama se toma sus confianzas y…

¿Y qué?

Ni te conozco. No voy a hablar de sexo contigo.

¿Cómo cree que la gente se conoce, Alf?

Eres coqueto al hablar. Te concedo eso. Bernard te da un toque.

Bernard me salvó. Pero sí, tengo algo ambiguo que provoca morbo y duda. Mejor, ¿no? Más mohammed. Esa es mi gracia, lo sé. Y si me pongo bajo cierta luz and if a strike a pose, no me veo mal.

Tienes todo bajo control. Una performance. Me gusta.

¿Le gusto?

No, me gusta tu onda. Eres cautivante.

¿Le cautivo?

Basta, Rafa. Recién estamos partiendo. Me caes bien y estoy contento de pasar estos días contigo. Qué bueno que justo me conociste.

¿Cree que fue casualidad, que nos topamos así como así?

Sí, ¿no?

O sea, sí en la medida en que justo usted trabaja en la editorial… Si fuera el cajero de un cine que queda en la periferia de esta ciudad interminable, pues no, claro. Pero al azar hay que ayudarle. Uno debe tener la capacidad de olfatear y ver quién quiere, quién es bien parecido, donde está la presa, con quién se puede establecer complicidad y risas.

¿Y si hubiera estado en la sala de conferencias con tu padre?

Habría entrado a buscarlo. Yo lo elegí. Capté que podía ser the one. The chosen. ¿Quiere saber cómo supe?

¿Supiste qué?

Que es de la tribu.

¿Se me nota?

Ay, qué antipático. Qué aburrido. No, no se le nota, Alf. Es de esos. Parece uno de esos chacales de los baños de vapor del DF. «Soy macho, mira mis huevos, soy un chacalote.» Dios.

Deberías ser actor.

Ya actúo suficiente. Y no; no se le nota. Uf, qué pregunta. Tenga cuidado. Y aunque no sé por qué círculos usted se mueve, Alf, creo que no es bueno andar con semen fresco en la camisa.

Fue un error.

¿Hay errores?

¿Cómo me tomaste la foto? A ver, dime. Me intrigaste, dale, sigue. Cuenta.

Fácil. Sus pestañas.

¿Qué?

No, es chiste. Soy payaso, ¿no cree que lo soy? ¿Le parezco banal? ¿No lo hago reir?

Sonreir.

Mejor, más sutil. Pues mire: cuando llegué a Alfaguara, fui al baño. Necesitaba orinar. Y ahí abrí Grindr. ¿Debo seguir?

Me viste ahí.

Lo vi, claro. A nueve metros. Qué emoción. Dije: un poco nerd pero simpático. Una cara de fiar. Será alguien de finanzas, de diseño o de la parte editorial. Ya tenía claro que en Santiago la de prensa era una chica. En Caracas era un tipo aburrido, hétero, sin vuelo y con sobrepeso. Así que me dije lo busco y lo seduzco y exijo que sea mi escort, como dice mi padre.

Tú todo lo logras. Siempre te sales con la suya.

Nada lo logro y por eso intento salirme con la mía, claro. Obvio. Es lógico, ¿no cree? ¿Usted no haría lo mismo? La gente juzga pero no sabe. No me rencille. No trate de verme con sus ojos sino con los míos. ¿Exijo mucho?

Una cosa, Rafa: lo de escort. Yo cobro extra, ojo.

Yo no tengo problemas en pagar o que me paguen. El sexo pagado es tan válido como pagar por una cena o por drogas. Pero es mejor gratis. Cuando te invitan. En todo caso, para que me conozca más, no soy fácil. I'm not a slut y no eres del todo mi tipo. Usted es guapillo, no guapo, como dicen en Madrid. Odio como usted a los niños pero yo también lo soy y aunque los desprecie son más lindos, amo su olor cítrico, uno puede aprovecharse de sus inexperiencias y tonteras e inseguridades y además están en el peak de su performance sexual. Los de su edad en cambio ya están en declive. ¿Qué usa? Cialis es mejor que Viagra, ¿no?

Aún nada.

No le creo. ¿Nunca ha quedado blanda?

Sí, obvio.

¿Nunca no le ha funcionado?

Sí. A veces el hedor de un tipo…

Uf, sí.

Eso de las mandarinas…

¿Qué?

¿Es invento tuyo? Eso que pusiste en tu perfil, Rafita. Vi tu Grindr mientras esperaba. Mejor mandarinas que medias naranjas o algo así…

Ah, es divertido, ¿no? Lo leí una vez. No, creo que lo escuché en una comedia romántica que vi en el cable. Fue una traducción de algo que quizás dijo o no Hugh Grant.

En inglés la gente busca almas. Acá somos más de comer.

Y nada: la traducción era algo así como ¿para qué la media naranja si puedes comer mandarinas? Me reí. Y la usé. ¿Cree eso?

No. Para nada.

Yo sí. Me quedo con las mandarinas, Alf. No hay dónde perderse. A mi edad sólo deseo comer y que me coman pero… claro… usted es mayor… Busca otras cosas, seguro. ¿Por qué no pone *Busco novio* o *Buscando una media naranja* o *Quiero un poco de afecto*?

Eso no se dice. Asusta. Es poco erótico hablar de sentimientos cuando andas de caza, Rafa. Eso lo sabe todo el mundo.

¿Le asusta?

Claro.

Con este calor, para qué pensar, mejor follar.

¿Cómo? ¿Eso quieres: tirar?

Quiero que el calor se calme, Alf. Dígame: ¿quiere follar uno de estos días?

¿Contigo?

No dije eso: pregunté nomás si quiere ligar uno de estos días o va a ser una suerte de Maggie Smith en *A Room With a View* vigilándome como una chaperona solterona.

Me encanta esa película. Y la novela, claro.

No me respondió. ¿Va a guardar castidad hasta que parta?

¿Quién sabe?

Buena respuesta. Conoceremos chicos, ya verá. Haremos muchas cosas, lo pasaremos bien. Tal vez nos enamoremos y vivamos un romance. Qué intenso sería. Quiero saber todo todo todo de usted, Alf. Todo acerca de sus mandarinas y todo acerca de sus medias naranjas.

Empieza a sonar *Upside Down* y Rafa marca el ritmo con los dedos arriba de la mesita desplegable tipo avión que está limpiando.

Amo esta canción… *Inside out and round and round… Boy you turn me… I'm crazy to think you're all mine…*

Estás loco, Rafa.

Ay, sí. Se me hace agua la canoa, soplo nucas, muerdo almohadas, órale. ¿Me entiende? ¿Se dice así?

Se te derrite el helado.

Con este calor, pues ni modo. Me gusta la manta fiada, no mames. Aprobado. Juancillo, querido: dos cosas.

Dígame joven maestro.

Quiero un informe de discos y fiestas que haya durante estos días y datos donde comprar o arrendar disfraces. Los mejores. Los más estrafalarios. Y baños de vapor o saunas o…

¿Gay?

No, con gordos rotarios. Obvio. Como los que le gustan al Osote Chilango. En el DF son un desmadre, Dios. Viera. Los saunas Finisterre los amo. Qué nombre tan poético, ¿no? El fin del mundo. Ah, echo de menos los placeres encontrados ahí.

Yo apostaría por los Baños Prat, Rafilla. Les gustan a los australianos. A los de Delta y Air France y ahora a los de United. Mucho chico de Copa. Son limpios, hay dos piscinas, masajistas. Filete.

¿Los conoce, Alf?

Son nuevos. «Al abordaje, muchachos» es el eslogan. Están bien, dicen. Hay noches de osos ahora. Los sigo en Instagram. Decadentes pero a propósito. Onda *El club de la pelea*. Olor a Todo Vale, todo pasando, puros machos. Lo mejor es el aroma a hombre y...

... *lo primero es el olor, sí, más que las vergas paradas o las nalgas perfectas, todos esos vellos rulientos y humeantes en la neblina densa del vapor, los prepucios que gotean o las barbas impregnadas de agua, los tipos en cuatro, el chico rubio arrodillado en el sauna seco, eso vale, vale oro, por eso uno paga y hace filas comiendo churros y crepes para entrar a los Prat como si fuera una disco, pero no es nada comparado al inolvidable, irrepetible, amargo y ácido y dulce y degenerado y básico y crudo aroma que te entra por la nariz sin aviso y te pega y te gusta y se queda ahí impregnándote, penetrándote, tal como las manos de esos desconocidos en la oscuridad del subterráneo oscuro que estaban pajeándose más allá o tocando a otros por todas partes, intruseando y recorriendo, admirando y sobando, y luego te rozan la barba o te meten sus dedos húmedos y salivosos por tus fosas nasales y no hay nada más que hacer y eso es lo rico: todo será pico, vergas duras y bolas llenas y culos listos donde los dedos se pierden, semen ligero, leche espesa que cae en tus nalgas, una mata inimaginable e interminable de pendejos y cabezones de todos los tamaños y temperaturas y pollas curvas y culos resbaladizos, listos, eso es lo que se recuer-*

da, lo que más recuerdo de los célebres y míticos Baños Prat, esa es la gracia de los Prat, al abordaje muchachos, sí, y tantos muchachos, muchachos por todas partes, a oscuras, eléctricos y anónimos en esa noche química gatillada por poppers y Red-bulls y shots de vodka y toda esa estética naval, Billy Budd, Moby Dick, los chicos que limpian como marineros franceses y los que atienden con sus apretados trajes de la Guerra del Pacífico y ese mural de Arturo Prat desnudo, peludo, de barba, calvo pero rico, mino, oso, osillo, arriba del urinario abierto y más muchachos, todos abordables, todos al abordaje, minos que pulsan y bombean y succionan y gordos que no se ven y petisos peludos y macizos inflados y osos y pendejitos cuicos y flaites y pichangueros y veguinos y veganos y cuidadores de auto que tienen descuento y los camioneros y los liceanos que llegan de uniforme y todos esos extranjeros que huelen a ajo y a ají y barbas rubias y albinos raros y viejos culeados y haitianos color ébano y colombianos acaramelados y peruanos lindos y argentinos peludos y hartos milicos, cadetes, marinos, PDI, aviadores con pectorales esculpidos y pacos, mucho paco, estudiantes de cine voyeurs, tatuados, y hay axilas como pra-deras en llamas, humeantes, barbas y espaldas dripeando sudor, todos abordándose, frotándose, chupándose, culiándose, vergas venosas, feas, aterradoras, innegables, vivas, palpitando, ahí en la oscuridad, cercanos pero anónimos, todos mezclados, mez-clándose, semen en el suelo de cemento, semen en las paredes, el agua que dripea del techo, el sudor de todos, los aromas a sexo que se resisten a desaparecer bajo las duchas ultra mo-dernas y diseñadas y esos jabones líquidos que parecen litros de semen pero con un leve aroma a escocés barato o ron bueno, todo oscuro, todos contra todos, dale, eso, para dentro, chúpame, se lo succiono, esas son bolas o es un culo y ningún sitio de Chile huele así, ningún cuarto de ningún chico de Cam4 logra alcanzar esa amalgama de intensos aromas que el vapor y el calor reinante dispara para que se fusionen en una suerte de elixir flotante en ese inmenso subterráneo al que se llega en un ascensor de carga pasado a óxido, los afiches de Cruising y de chicos setenteros posando para revistas de la época en las paredes, el piso menos uno, el menos uno, el mundialmente célebre minus one inspirado en el Mineshaft de la época de oro de Manhattan, ese camarín infinito sin entrenador y a oscuras que a todos les da miedo y ganas de ingresar, una creación impresionante que elevaba a Santiago a niveles impensados, leves rayos falsos de luz que se cuelan y las nubes de humo entre las máquinas de las calderas y el sonido como sacado de Metrópolis de Fritz Lang (¿eran calderas?, ¿maquinarias?, ¿era todo una recreación?) pero una cosa es cierta en ese vestidor donde todos estaban desvestidos: los cuerpotes resbalosos, sobados, excitados, erectos, intensos, pegotes, saladitos, dilatados, ansiosos, abiertos, dispuestos, montados, generosos como esos susurros de culos que reciben, la música de los labios mojados tragando, el sonido del lubricante que ataja y suaviza, el ruido ensordecedor y asfixiante de las máquinas, vapores que se liberan como locomotoras, ferrocarriles, el estallido de vergas que salen exhaustas y cremosas, el lenguaje coa, lumpen, carcelario, cuico, teatral, minos, perritos, Fes, chacales, tíos, chongos, cabrones, bugas, putitos, todo el universo frotándose, lamiéndose, mamando, todas las edades, clases, pollas y bultos, paquetes y trozos, todas esas razas y genes, tipos y estereotipos ahí, toscos, hoscos, sementales, básicos, rústicos, calientes, duros, viriles, impetuosos, ganosos, todos esos penes tiesos en la oscuridad, tanteándose, esos prepucios echados para atrás en la noche, toda esa esperma gruesa hirviendo, saltando, corriéndose, acabando, viniendo, esos mecos pegándose en esos rulos enmarañados, deslizándose, bajando, esos intercambios a ciegas y esos mano-

*tazos y caricias y besos y tulazos, sí, lenguas y escupos y esos
«no vas a salir vivo, hueón», «cagaste con mi pedazo de tula,
cabrón», «pa' dentro todo, loco», «atragántatelo, hueco culeado», «date vuelta, perrito» y me doy y lo siento partirme con
su pichula eterna de concreto y ni sé quién es pero lo huelo y
lo suelto, me acomodo en la oscuridad y otro u otros me tocan y
me lo tiran arriba como escupo y acabo con el olor, su olor y mi
olor y el aroma de todos, el aroma del vapor de vergas calientes
que sudan en los baños Prat.*

¿Usted ha estado, Juan?

He ido pero acompañando, don Rafita. He mirado.
Don Arturo ahí pilucho, a la vista, como un santo, no sé,
eso no va conmigo, pero comprendo el juego. He tenido
tíos marinos. Sé lo que sucede en los barcos, en los puertos.

¿Vamos, Rafa?

No sé. No creo.

Iremos. Aprobado. Me encanta.

Juancillo: ¿tiene un espejo para lo que nos cedió el tío
Gregory?

Al lado del mini-bar hay un pequeño cajón. Adentro
hay de todo. Hasta lubricante le tengo. Condones. Nunca
se sabe.

¿Pajillas?

Obvio.

Rafa abre el cajón y revisa todo lo que hay. Saca un
espejo del tamaño de un cuaderno universitario cuyos
bordes son de un plástico esmeralda. Coloca el espejo en
la mesa plegable, saca de su mochila un frasco que alguna vez fue de pastillas de guaraná Vitamin Life. Caen al
asiento unos poppers.

Treinta gramos de perico. ¿Alcanzará para estos días?
¿Usted qué cree, Alfredo Garzón? Dígame.

Es como retro, Alf. Setentero. Me gusta.

Sesentero, preciso. De fines de los sesenta.

Alfredo y Rafa están en el ascensor de las Torres de Tajamar, torre A. Suben al departamento de Alfredo. El ascensor está tibio, impregnado de aromas indescifrables, húmedo. Ambos se reflejan en la puerta metálica y lo que Alfredo ve es a sí mismo, distorsionado, junto a alguien que de lejos podría parecer un sobrino. Rafa le llega hasta el hombro y, quizás por su vestimenta formal, o su delgadez, de pronto siente que el chico que tiene al lado es un estudiante de tercero medio que, por el calor, dejó la corbata y la chaqueta en el auto.

Me recuerda un poco la Torre Latinoamericana.

Era la moda en esa época, sí. Modernista. Es un hito de la vanguardia de su época. Causó mucha controversia, Rafa. Todos coinciden en que lo mejor es su emplazamiento: funciona como remate del parque El arquitecto es Luis Prieto Vial pero el ideólogo fue Fernando Castillo Velasco.

¿Cómo tan urbanista, petit Garzón?

He caído con arquitectos. Tengo debilidad por ellos, lo admito. Me hablan de urbanismo y se me para. Me citan arquitectos top y soy todo snob.

¿Es verdad lo que dicen?

¿Qué?

Que saben usar bien el espacio.

Eh… puede ser. Uno lo llenaba bien.

¿Qué le pareció la perica?

Hace mucho tiempo que no jalaba, menos de día.

Lo estoy corrompiendo, Alf. Qué pena, qué malo soy. Algo.

Por suerte tengo pastillas para dormir. Así bajamos juntos. Ese tío tenía de todo. Me ofreció barbitúricos para dormir muy tranquilito. Muy bien surtido el man. ¿Quiere dormir luego?

Más tarde. Pero solo.

Tan rogado.

Déjate de acosarme, pendejo. Basta. No creo que realmente te guste. Estás aburrido en Santiago, lo entiendo. No nací ayer. Te puedo llevar a una fiesta. Acá en esta ciudad te cuento que sobran pendejos, pendejo. Chicos de tu edad horny y tontos y felices de culiar o posar y hacer tríos.

Uf, me encantó que me dijera pendejo. Me parece muy mohammed.

¿Muy qué? Siempre dices eso, como un tic.

Cuando me dice eso, me moja. Mohammed. Muy rico. Me encanta. Aprobado. Ya siento que hemos vivido tanto, Alf.

Ni hemos comenzado, pendejo.

Uf. Quiero ir a esas fiestas. Quiero bailar y seducir a esos muñecos pero antes lo quiero a usted.

Yo cobro, ya sabe.

Pues yo pago. O mejor: paga la editorial.

Ambos se ríen y en eso el ascensor se abre en el piso de Alfredo.

Alf, usted me lo prometió. Entrar y salir. Cortísimo.

De una, como decimos acá.

Usted saca sus cosas y listo. Igual le recomiendo, ya que nos hemos desviado y atrasado por su culpa y capricho, que aproveche de sacar todo. La suite es lo suficientemente grande para que duerma en el hotel. Es lo que prefiero.

Yo no, Rafa. Basta.

De noche tengo pesadillas. La suite tiene climatización centralizada. Estará fresca. Saque sus prendas, su ropa interior, sus cosas. Igual creo que habría sido más divertido ir de compras al Distrito de Lujo del Parque Arauco. Me dicen que es muy Primer Mundo.

Para qué comprar si tengo.

Uno compra a pesar de tener. Qué cosas dice, por Dios. Para tener más. Para olvidar. Para jugar. Para renovar. Goce, Alf, suéltese. Necesitaremos disfraces para Halloween. Algo glorioso. Qué feo este pasillo. Oscuro.

Acá es.

Alfredo inserta la llave y abre la puerta. El interior del departamento arde.

Esto está peor que Barranquilla en verano cuando estás en el centro caminando por la vereda soleada. Ay, Dios. Qué desagradable. ¿Y ese aroma a hembra? ¿A perfume pasoso de señora mayor católica? ¿Qué es? ¿Trésor de Lancôme? Mi madre lo usó en los noventa, cuando yo era pequeño. ¿Quién lo está visitando?

Nadie.

Escuchan el ruido de dos personas que están intentando no hacer ruido. O que estaban haciendo algo. Viene de la habitación de Vicente.

Interrumpimos algo, parece. ¿Con quién vive, Alf?

Vicente.

¿Es trans?

No, nada que ver.

¿Es su novio?

No. Es hétero.

¿Es de fiar?

Sí. Es mi roommate. Súper amigo. Mejor amigo.

¿Mejor amigo? Qué mohammed. ¿Qué edad tiene? La mía.

Interesante. Me encanta. Siga.

Vicente se separó y parece que ahora está con alguien. Shhh. Qué bueno, lo necesitaba. Silencio. Callemos, mejor.

¿Será un trans?

No, Rafa. No.

¿Nunca ha estado con uno?

No.

Ay, tiene tan poco mundo usted. A ver si lo puedo salvar. Mucho libro, poco cosmos.

Exacto, dice Vicente, sudado, con unos calzoncillos naranjos demasiado apretados que lo parten en dos. Su paquete se le marca y sigue erecto y se nota que estaba en plena faena amatoria pues los boxers delatan una mancha oscura justo al final de su pene.

Vamos a estar unos segundos, hueón. Perdona. Estás…

Sí… Todo bien. Pensé…

Esta es tu casa. Ya nos vamos. Ah, este es Rafa.

Rafael Restrepo, ¿el escritor? Un gustazo.

Es el hijo.

Perdón, Alf: soy más que eso. Poeta. Fotógrafo. Viajero. Amante empedernido. Encantado de conocerlo… ¿Usted cómo se llama?

Vicente. Vicente Matamala.

Un gusto de conocerlo así, encuerado casi. En pelota. ¿Pudo eyacular?

No, después. Puta que hace calor, hueón.

¿Todo bien? Yo parto, saco unas cosas… Ropa…

Coja ropa de verano, también boxers, vestido de baño. Hay piscina en el techo… no sé… no todo será de noche.

Yo quizás no aloje acá, Vicente, por si acaso… así puedes… Tú sabes.

Oye, perrito: te saqué un poco de ropa. Yo te tengo esa camisa gris por si no la encuentras. ¿Me la prestas para lo de mañana? También te saqué esos botines.

Dale.

Alfredo se pierde en el pasillo y entra a su pieza.

¿Se prestan ropa?

En realidad yo le saco. Él tiene más que yo y es más linda y fina. Yo antes salía con mi mujer al supermercado en buzo.

¿Son súper unidos entonces con Alf?

Súper.

¿Son como quinceañeras?

Como adolescentes, sí. Me encanta.

Ya lo creo. Ahora vives lo que no habías vivido.

Sí, hueón. ¿Cómo sabes?

Soy joven pero observo. Y leo.

Vicente entra al living y se estira y mira toda la ciudad. Rafa mira detenidamente el espacio.

¿Usted decoró esto?

No, para nada.

Es un poco straight, ¿no cree? Como la casa de un decano de derecho, ¿no le parece?

Puede ser. Es la casa de Alfredo, hace años. El departamento se lo dejó la abuela. Es de él. Propio. Lo heredó. Es caluroso pero está rico. Tiene rica vista. ¿Primera vez en Santiago?

Sí, pero ya me gusta. Dicen que hay muchos tipos circulando.

Más que chicas, sí. Eso es lo malo.

Depende.

Depende, claro. Obvio.

Tanto libro, se nota que Alf quiere parecer editor, intelectual, lector serio.

Es todo eso.

Y yo soy un alborotador. Dígame, Vicente, de todos estos… ¿cuáles son los libros de sus amigos?

¿De Alejo? ¿De Puga?

¿Son amigos suyos?

No realmente, pero los he leído. Puga es chistoso.

Vicente se acerca a un estante y saca *Fast Forward* y *Resaca*. Rafa los hojea, lee la contratapa y no los devuelve a su lugar.

Me los llevaré. Así puedo entender más sobre Alf y Santiago.

De pronto aparece una mujer de unos sesenta, alta, canas teñidas de rubio, de pelo corto pero revuelto. Viste una camisa de hombre que le queda grande y la tapa. Una camisa de Vicente, seguro, o quizás de Alfredo.

Hola, disculpa. Quise saludar. Me sentí un poco mal encerrada ahí.

Encantadísimo. Aprobado. Usted debe casarse con Vicente, salvarlo. De inmediato. No lo piensen, partan. Necesita una madre.

No, no, no, no tan de prisa. ¿Tú eres colombiano?

Entre otras cosas. Hola, soy Rafa.

Chantal.

Guapísima.

Gracias, qué dije. Yo estuve en Cartagena. Maravilloso. Fui al…

… matrimonio de una sobrina.

¡¿Cómo supo?!

Soy adivino.

Conocimos la casa de…

… Gabo.

¡¿Cómo supo?!

Soy adivino, ya le dije. Vengo de allá, nací rumbero, llevo a Macondo en la sangre. La realidad es tan intensa que se vuelve mágica, ¿no cree? Así somos. ¿Fue a comer dulces a un sitiecito llamado Sierva María?

Me encantó, sí.

Lo supe, ve. Tenemos una conexión. ¿Y usted bonita cómo se llama?

Chantal, ya le dije.

Pues la invito mañana a mi lanzamiento. Tiene que ir, debe ir, no puede faltar, no me puede traicionar. Aprobado. Elegantísima tiene que ir, lo mismo que usted, Vicente, que debe ser un animal en la cama. Su verga, no sé si se ofende, pero se nota madura, grande, como un banano…

Gracias. No sé si tanto. ¿Qué opinas, Chantal?

Ay, yo no soy así.

Todos somos así, querida. Amo su perfume. ¿Trésor de Lancôme?

¿Cómo supiste?

Ya le dije: soy adivino. Yo conozco a Isabella Rossellini y me cae muy bien. Lancôme se portó mal con ella, ¿no cree? ¿Los veo mañana? Estará sabroso. Será una locura pero quizás nos podamos reír. Y me encanta verlos juntos. Creo mucho en las parejas con diferencia de edad. La única diferencia que importa es la mirada acerca de la vida, ¿no creen? A mí también me gusta salir con gente mayor. ¿Usted qué edad tiene?

Eso no se pregunta.

Discúlpalo, es un chico mal criado. Hola, qué tal. Alfredo Garzón. Un gusto. Los dejamos tranquilos. Ya, nos vamos. Hablamos, perro. Mañana nos vemos sí o sí. Quizás más tarde. No sé.

¿Puedo hacerle una proposición, Chantal?

Dime… Rafa.. Así te llamas, ¿no?

Rafa, sí. ¿Y si me adoptas? Llevo semanas sin ver a mi mamá. ¿Sabes que se fue a Sedona en Arizona a operarse?

¿Está enferma?

No: se fue a estirar. Quiere verse joven cuando ya lo fue. Me gusta más su look, a usted le sienta. Envejecer natural es de hembra segura. Muy Charlotte Rampling.

No la conozco.

Muy Helen Mirren.

Me encanta ella.

¿Ve? Soy adivino. Y divino, además, ¿no?

La vista se abre hacia la cordillera y la ciudad. Están lo suficientemente arriba para que las luces de esta parte de Santiago parezcan infinitas y la brisa es seca y arde y evapora de inmediato el sudor. Ya es de noche. Ambos están en la terraza privada de la suite del W, ubicado en medio de los edificios corporativos de cristal del barrio El Golf.

Alfredo toma té Hatsu, Rafa espumante, aunque huele a la canela de las mentas Altoids.

Fíjate cómo la ciudad sube.

¿Por eso le dicen a esta parte barrio alto?

Claro. Va subiendo. Y ese puñado de luces allá en la montaña, Rafa, es un pueblo de esquí. Farellones, se llama. Y lo que está más arriba es La Parva.

Yo esquiaba mucho de muchacho. ¿Usted?

No. Nunca. Y tú sigues siendo un muchacho.

Digo, colegial. Íbamos a Gstaad. Y a Cortina. En Cortina los instructores son bellísimos. Parecen modelos de Armani, de Prada. Odio Italia. Siempre me siento poco agraciado allá. Quizás por eso me agoté en Buenos Aires.

¿Aún esquías?

No, fue algo adolescente. Como fumar marihuana o tomar gin fizzes.

Me imaginaba que habías estudiado en Colombia o en México.

No, no, no. Mis padres, nada de perezosos, me enviaron a estudiar internado a Suiza. A Vevey, donde vivió Chaplin. ¿Conoce? El colegio estaba al lado de su inmensa mansión y también daba al lago Ginebra. Estábamos cerca de las oficinas centrales de la Nestlé, por lo que todo lo que nos daban eran productos Nestlé. ¿Se imagina? Sin dudas fue mejor que estudiar en el Gimnasio Moderno de Bogotá, eso se lo concedo. Una vez me fue a visitar mi padre, después de una Feria de Frankfurt, y recorrimos todos los sitios literarios del lago: el castillo donde Mary Shelley y Lord Byron esuvieron ese famoso verano en que pasó todo lo que pasó; visitamos a los Nabokov en el cementerio de Montreaux; caminamos por Lausanne buscando libros suyos traducidos.

Suena bien. Es un buen recuerdo.

Supongo. No tengo muchos recuerdos tranquilos de los dos. Me hizo querer leer a Nabokov y lo leí ese verano en Tulum. Me gustar leer desnudo, en una hamaca. Hot Dudes Reading aunque yo no soy tan hot.

¿Usaban uniforme? ¿Era uno de esos internados?

Por cierto, y con unas coquetas corbatas Dior. Era un establecimiento muy caro, supuestamente muy bueno, atestado de árabes millonarios, príncipes, críos con cuentas privadas. Todos los profesores eran ingleses. A buena parte de la mafia gay joven millonaria global la conocí ahí. Todo muy one-percent. People like us, usted me sigue. Ahí aprendí que ya no es vulgar ostentar y dejar claro lo que se tiene. Usted no se imagina el día a día de mis excompañeros de curso. Los sigo en Instagram.

Yo odio a muchos que sigo en redes sociales.

No me interrumpa. Nos conocimos todos en Vevey o al menos tenemos lazos férreos con Vevey. Había chicos de todo el mundo. Ahora que lo pienso, no había chilenos. A los chilenos gays con dinero los he conocido en fiestas, en hoteles, en resorts, en festivales de cine en Manhattan. ¿No hay chilenos realmente ricos?

Al parecer no.

¿Conoces a Valentín Sarrás, el de Project Orange? ¿O Franz Cristiano? Comiquísimos. Encantadores, muy queridos. A ellos los conocí en Ibiza. Eran pareja, ya no. Open relationship, como debe ser. ¿Qué es eso de la monogamia? Tenaz. Tuvimos un trío una vez en Palm Springs. Los conozco bien o los conocí. ¿Cómo estarán? Ahora son socios, qué civilizados. Ambos se querían demasiado, creo. Gente rica, gente guapa. Tendrán una fiesta pre Halloween mañana por la noche. En el Club Unión.

El Club *de la* Unión.

Ahí. Debemos ir. *Tenemos* que ir. Infaltable. Invitemos a amigos, gente bella, linda. Aprobado. Valentín, que está adicto al karaoke y al gimnasio, es para morirse de la risa. Liviano y tonto pero fresco, vanidoso, vano, siempre al día en todo lo de la moda y la estupidez. No es Günter Grass, pero tiene mejores biceps. ¿De verdad no conoces a Franz y Valentín? Ellos conocen a todo el mundo.

Yo no conozco a todo el mundo. Soy un nerd, no bailo. Voy a fiestas y miro, salgo y hablo con los que fuman.

Bailará conmigo. Aprobado. Necesita amigos más tontos, menos cerebrales. Vicente parece chistoso, es todo un personaje, pero es hétero y al final, créame, lo dejará por una vieja o la vieja le meterá cosas en la cabeza, por celos, le dirá que usted se lo quiere tirar. Siempre sucede. Es complicado tener afectos con chicos héteros. Es tenaz ser amigo de gente muy distinta. Y un tipo hétero es súper distinto, tal como lo es un pelado muy humilde o alguien que es muy tonto o que piense muy distinto. ¿Está de acuerdo?

No del todo.

Yo no podría ser amigo suyo, Alf.

Ni yo de ti.

Me intenta dañar pero no me daña. Pero sí, de acuerdo. Mejor ser honestos, ¿no? En todo caso, no es malo tener amigos ricos porque uno termina viviendo como ellos. Deberíamos ir a Dubai o Abu Dhabi, Alf. Es gente muy querida. En ese colegio senté la base de mi red de contactos que es bien bellaca. De mi red rosada, como le digo. Estaba un chico boliviano, churrísimo, ultra mohammed, que luego murió de una sobredosis en París. Solito. Hijo de uno de esos presidentes que tenían antes de Evo. Era un hétero confundido. Un poco como su amigo Vicente, pero tenía quince, no casi cuarenta. Se producían mucho esas amistades inglesas intensas.

¿Inglesas?

A lo Forster, muy Evelyn Waugh. Affaires y enamoramientos y experimentaciones adolescentes que toda persona culta, creo, debería vivir, ¿no cree? ¿Se imagina casarse y tener hijos y nunca haber tenido una amistad inglesa? Qué pena, qué desperdicio. Tener sexo con hombres hace que todo hombre sea mejor amante, ¿no está de acuerdo conmigo?

Puede ser.

¿Le gusta Forster?

Me encanta.

Ahora me parece más de fiar. Pensé que sólo leía literatura latinoamericana o de mujeres. Dios. Estas chicas que piensan en género. A mí los únicos géneros que me interesan están en Saville Row. ¿Le parezco frívolo? En parte lo soy. ¿No lo somos todos? Yo tengo una predilección que mi padre no comparte: me encanta Evelyn Waugh. ¿Ha leído sus libros de viaje?

Nunca lo he leído.

Y todos ustedes han leído sin embargo a Murakami y Márai y Auster. Tan predecibles, qué pena. Todos veíamos en el auditorio *Brideshead Revisited,* la versión de la BBC. Era nuestra cinta de culto. Nuestro *Rocky Horror Picture Show.* Todos al final terminamos en Oxford o Cambridge o Harvard o Yale. Todos amábamos tanto a Jeremy Irons. Aún uno lo quiere, ¿no? Recitábamos sus diálogos de memoria. Yo llevaba a Bernard, claro, y muchas veces hacía el rol de Sebastian. Anthony Andrews nunca pudo superar ese rol. Eso pasa, ¿no? Supongo que yo nunca podré superar ser hijo de quien soy. Es lo que me definirá. Viendo esas maratones de *Brideshead* aprendimos a vestirnos, creo, o a no sentir culpa por ser ricos y a pedir el aperitivo que corresponde. Ahí captamos que Scott Fitzgerald tenía razón: los ricos somos distintos y estamos solos y confiamos en pocos. Somos al final un clan. Si además eres marica, el grupo se reduce aún más, y se afirma. ¿No le parece?

Nunca me he sentido parte de un grupo. Y estoy lejos de ser rico. Esta noche, estando acá, en esta terraza, me parece que lo soy. Es raro.

¿Y le gusta?

Me podría acostumbrar. Creo.

Yo era un bicho raro porque mi padre no es ni ha sido presidente.

Pero lo parece. O es amigos de varios.

Todos al final eran hijos de presidentes: o de países o de compañías. Y los que tenían sangre azul además tenían el semen celeste.

¿Celeste?

Casi celeste. O quizás eran las drogas. Hace tiempo que no tengo sexo con la realeza. Pero el semen de los príncipes árabes es celeste.

No te creo, no huevees.

¿Cuántos príncipes árabes han acabado arriba suyo?

Ninguno.

¿Ve? No lo sabrá hasta que lo compruebe. Mientras tanto, deberá confiar en mí, Alf. ¿Confía?

De a poco.

Me parece.

Las sirenas de unos carros bomba se oyen a lo lejos. Quizás avanzan por Apoquindo. A lo mejor el calor desató un incendio, quizás los pastizales de un sitio eriazo hicieron autocombustión.

Qué bueno que no iremos a esa cena, Rafa. Yo nunca me hubiera atrevido a no ir.

Yo soy su escudo.

Algo así, sí.

Estaré tan pocos días que... merezco vivirlos a mi modo. En algunas ciudades cumplí a cabalidad el itinerario y en otras sólo me quedé encerrado en el hotel viendo películas o invitando tipos mohammed. Ahora deben estar comiendo mariscos. Yo detesto los mariscos, Alf. Excepto los erizos.

Zafaste bien.

Una llamada corta a Victoria, tan querida, y listo. Ni se enojó ni preguntó nada. Queridísima. Divina. Creo que dejé claro que me salgo con la mía. Creo que la traumaticé con mis gritos. Qué pena, los costos de ser libre. Estamos mejor acá, ¿no es cierto? No me interesa comer con mi padre ni estar rodeado de esos diplomáticos o de esas pestes que son los agregados culturales. Después de los narcotraficantes vienen esas gentes. No saben nada. Los odio. Para qué hablar de los tipos de seguridad.

Sí, de dónde salieron.

Uno creo que es chileno, de la policía civil o de los que cuidan al presidente. Y el otro, uno moreno, el más mohammed, es funcionario de la Embajada de México.

¿Crees que son necesarios? Digo: ¿alguien querría asesinar a tu padre? Lo dudo.

En México creen que cualquier persona inteligente, culta y célebre en el exterior merece trato de estadista. En el fondo, mi padre se siente importante y a la par de los presidentes. Dicen que es por si sucede algo: un asalto o quién sabe qué.

Por suerte no te asignaron uno a ti.

Usted es el que me protege. ¿Tiene un arma?

Ni siquiera una cortapluma.

¿Pidamos sushi? Dicen que el Osaka es formidable. No quiero bajar. Quiero dormir un rato. Quizás revisar mis cosas. ¿Ve ese disco duro azul portatil? Un tera de información. Ahí estoy yo, entero.

¿Cómo tú?

Yo: apuntes, trozos de diarios, bitácora de viajes, poemas… fotos de todos los tipos de tipos. Ahí está mi música, algunas películas que me gustan. Quería uno rosado pero no había. Uf, debo bañarme. ¿Nos bañamos?

¿Juntos?

Juntos, sí. Es mucho mejor. Más cómplices. ¿No le parece? Yo hacía todo con mi hermana y después… ¿Un poco de Moet?

Un poco. O sí, dale. No puedo creer lo fresca que está la habitación, Rafa. Gracias por invitarme. Podré dormir bien. Al fin. Hace días que no duermo.

Tome esto, Alf.

Qué es.

Una pastilla. Así los dos dormimos. Con toda la cocaína que usamos… es bueno que tome champaña y una de estas para bajar.

¿De verdad? No lo sé…

Confíe. ¿Confía ya en mí?

Estoy empezando a entenderte.

Esa es la mejor parte, ¿no?

Puede ser.

Estas son herencia de mi madre. Me las daba siempre. Nada como Mogadón y quizás un helado de chocolate belga de Häagen-Dazs para dormir. O salted caramel. ¿Habrá de esos helados acá? Voy a pedir de todo a room-service. Increíble que todo lo que les pedí lo consiguieran. ¿Un caramelo para acceder a morfeo?

Dale, le digo.

¿Lo hace por mí?

Y por mí. Han sido días intensos.

Y ahora lo serán más, pero a nuestro modo. No todo es prensa y promoción. A veces importa más promover las emociones, la complicidad…

Por la complicidad, Rafa.

Me encanta. Aprobado.

Salud. Por una noche tranquila. Por tu gira. Por Santiago. Por conocerlo.

Por ser tu escort. Por invitarme a serlo. Gracias.

Lo salvé, lo rescaté, lo secuestré.

Sí. Quizás. Al menos acá estará fresco. Ya me siento en otro país, en un viaje… como de vacaciones.

¿En un affaire?

Algo así.

Falta el romance.

Estar contigo es romántico, Rafa. Un poco.

Estar con usted tiene algo de ficción, Alf, a pesar de que te guste lo real.

Cada uno traga la pastilla con el espumante y por un momento callan. A lo lejos, desde lo alto, desde la piscina que hay en el techo, se escucha el beat de una música chill out, pero la brisa potente y cálida distorsiona el sonido antes de que se pueda captar qué exactamente está colocando el DJ.

Dios que me quiere, vaya. Qué bien. Mire, Alf. Mire qué belleza.

Detrás de los picachos más altos de los Andes, de aquellos que aún tienen nieve, comienza a aparecer como en cámara lenta la luna. Está llena, inmensa, cercana, plagada de detalles y acné y tiene un color rojizo como si fuera Marte.

¿Cuántas lunas llenas uno tiene la suerte de ver aparecer detrás de una cordillera tan grande?

Pocas.

Me recuerda un paseo con Jeffrey Asher en el Kathmandu. Vimos la luna aparecer así. No es lo mismo que verla aparecer en un mar o detrás de unas pirámides o unos rascacielos. Esto es algo que no se vive a cada rato.

Así es: la estamos viendo.

¿Cuántas más lunas llenas tan gordotas veré? Dios, qué lindo. Mejor que haya salido hoy y no para Halloween, ¿no cree? Así esa noche habrá menos locura y violencia y sangre. Ya sabe cómo se pone la gente y los vampiros y los lobos con luna llena.

Y las mujeres.

Ah, cierto. Pero mire cómo afecta especialmente a los varones. Ya me está afectando a mí.

Me marea. O quizás yo lo estoy.

Al final no es tan malo estar vivo, Alf. Uno a veces se sorprende. A veces pasan cosas. Salud.

Salud.

No se vaya. Vuelvo.

Rafa abre las puertas correderas de vidrio y el aire frío por un momento refresca la terraza. Alfredo mira la luna llena, la ciudad, esta suite, a Rafa intruseando en una de sus tres maletas, y se da cuenta de que no recuerda, sólo sabe que lo que desea ahora es a este chico, Rafa, del que está a cargo. Se siente bien, piensa, no tener que tomar decisiones. Le gusta saber que todo lo que va a ocurrir en estos días no será realmente parte de su vida sino de la de otro que vive de otra manera: más rápido, más intenso, más teatral. Rafa sale a la terraza con el peluche y con su iPhone y un parlante portátil Bose parecido al de Renato Adriazola. ¿Coincidencia? Es el mismo parlante pero de otro color: celeste. Renato:

qué diferente es a Rafa. ¿O no? ¿O acaso al final todos los hombres tienen mucho más en común de lo que se cree? Todos, en algún momento, pueden ser atractivos, su saliva resbala, su lengua, si se mueve bien y toca los puntos justos, produce remezones parecidos. Todos los hombres al final terminan eyaculando y se calman. Y eso es todo.

  ·   Esta luna se merece esta canción. Bernard, aplaude. Yo sé que te gusta mucho.

Rafa acomoda a Bernard en un silla de metal en la terraza y apaga la luz: sólo la luna los ilumina. Le pasa a Alfredo su celular.

Bernard, esto es para ti.

Del parlante celeste sale la voz de Daniela Romo y una melodía que le fascina pero que no reconoce del todo porque la versión de *Yo no te pido la luna* que lo ha tocado, que le ha afectado, que le recuerda a Julián Moro, es la de Javiera Mena producida por Cristián Heyne. ¿Por qué las canciones gatillan tantos recuerdos? ¿Por qué logran lo que la literatura no? ¿Cómo puede una canción, de una manera proustiana casi pero sin recurrir a nada intelectual o cerebral, transformarse en una suerte de tormenta que te inunda y abofetea y altera con recuerdos y momentos y olores y sonrisas y caras y hasta colores de ropa? Julián cortando palitos para una maqueta una noche de calor y sin luna; Julián con una polera a rayitas bailando en el Club Amanda; Julián en boxers preparando un batido en la juguera de un apart-hotel de Reñaca; Julián manejando rumbo a San Bernardo para pagar un parte una mañana lluviosa y hablando de la gente que odia.

Aquí vamos…

Quiero envolverte en mis brazos / que no quede entre tú y yo un espacio / ser el sabor de tu boca / y llenarme toda con tu aroma. Qué mohammed, ¿no? Eso es poesía.

Que no quede entre tú y yo un espacio…: eso es potente, sí.

¿Vio? Usted sabe apreciar lo bueno. Me recuerda a alguien.

A mí también. Me gusta más la versión de Javiera Mena. La Romo es muy ronca. Exagera.

Usted perdóneme: Javiera Mena no tiene el porte de Daniela Romo, no compare. No se equivoque tanto.

Prefiero a Javiera Mena. Con su versión tengo un lazo. ¿La tienes ahí?

Pues la busco. Lo que sí es que nadie escribe poesía tan intensa y camp y exagerada como esto, nadie se atreve. Yo tampoco, creo. Trato de hacer arte, pero lo que te llega al corazón es basura. Es Ana Gabriel, es Myriam Hernández, es Massiel.

¿Qué es basura?

Usted me parece basura, Alf: desechable, hediondo, puros restos dejados por otros que han hecho de usted lo que es.

¿Me estás seduciendo?

Le estoy cantando. ¿Cuántos le han cantado? ¿Usted admira a Myriam? Todo en ella es peligro. La amo, me encanta. *Huele a peligro, Peligroso amor.* Tan intensa. ¿No desea escuchar su voz?

No. No me gusta nada.

No sea sacrílego. Es queridísima. *El hombre que yo amo»* es todo un clásico. ¿Partamos de nuevo, Bernard? Ok, aquí está la Mena, tu compatriota: «Ser confidente / y saber por dentro quién eres tú / como un tatuaje vivo / impregnarme en tu ser / no borrarme de ti.*

Si te dicen eso, pierdes. Estás frito.

¿Frito?

Quiero decir que sucumbes. Caes. Rendido.

Ay, Dios, es demasiado intenso. Cante conmigo. Ríndase.

No canto.

Mire: *Yo no te pido la luna / tan sólo quiero amarte / quiero ser esa locura / que vibra muy dentro de ti…* Muy dentro de ti… ¿a qué se referirá?

A los recuerdos.

¿Usted cree?

No.

Yo no te pido la luna / sólo te pido el momento… El tema es totalmente pro encuentros fugaces: no le pido tanto pero sí algo intenso. Sabio, ¿no cree?

Esta frase me encanta, le digo.

¿Cuál? Cante.

Correr en contra del viento, conocer todos tus sentimientos…

Canta bien. ¿Le gusta Vikki Carr? ¿»Discúlpame»?

Creo que no.

Debería. En ese tema está dicho de manera directa todo lo que muchos hemos querido decir a través de metáforas.

La literatura no es directa, esa es su gracia.

¿Usted cree que eso es una gracia? ¿No decir las cosas como son? Acá hay un tema que amo: *Átame, suéltame, quiéreme, olvídame.*

¿Cómo?

Le digo, Alf: Béseme. Siéntame. Olfatéeme.

Encantado.

Rafa se me acerca y su aroma a Azzaro y a sudor y a taxiboy y a canela es intoxicante. Lo beso. Sabe besar. Su lengua surfea por entre la mía mientras suena Yuri.

Hola, Alf.

Hola, pendejo. Rico conocerte.

Igualmente. Ya me lo detallé.

Eso creo.

Lo sé, soy un chico más que afortunado.

¿Dónde te conocí, pendejo? No me acuerdo.

En el parque. ¿Lo recuerda? Yo estaba parado vendiendo mi cuerpo apoyado en un árbol y usted me miró.

Y no me cobró.

Eso cree. Uno siempre cobra.

¿Te puedo besar de nuevo?, le pregunto.

Una cosa que quede clara.

Dime.

Quiero que me cuente *todo* y así luego podré hacer unos poemas de usted y de ese tipo.

¿Qué tipo?

En el que estaba pensando cuando lo besé. Ah, mire: compré este selfie-stick en Caracas. Tomémonos una foto los tres. Usted, Bernard y yo. Con la luna de fondo.

La luna llena en las fotos nunca se ve bien. La fotografía no le hace justicia.

Pero los tres nos veremos bien. Le hacemos justicia por sentir lo que estamos sintiendo. Eso es lo que importa, ¿no cree? Aprobado.

La temperatura en la ultradiseñada y amplia suite no debe superar los veinte grados y la diferencia con el calor nocturno de la terraza es notoria. La alargada habitación está rodeada de inmensos ventanales sin cortinas y la luz indirecta le da un aire de bar o de disco donde no se ve casi nada y los objetos y las caras y los cuerpos sólo se insinúan.

Esto es bien 007, Rafa.

La idea es que incluso los héteros se sientan cachondos, con ganas de hacer algo kinky. ¿Está horny?

Estoy con sueño.

Es temprano.

O quizás es tarde. Todo depende.

Pues sí: todo depende, sí señor.

La habitación que le consiguió Jocelyn es una suerte de departamento de soltero al que ningún soltero accede: un living a un costado, una poltrona de cuero, una cocina abierta, un comedor amplio, un inmenso baño sin puertas con una ducha doble con shower door transparente más una tina arriba del parqué oscuro al frente de la inmesa cama y al borde de la ventana. Rafa llamó para pedir varias botellas de champán.

¿Quiere comer? ¿Te provoca comer erizos?

No, Rafa, gracias.

¿Le provoco yo?

Quizás podemos picotear chocolates o almendras. Vi que hay unos quesos. Mejor pedimos un desayuno americano cuando despertemos.

¿Nos bañamos?

Parte tú. Voy a revisar qué ha pasado. Llevo un buen tiempo desconectado.

Ahorremos agua. Venga.

Rafa se acerca a un muro donde hay una serie de perillas y baja las luces hasta que deja la suite casi oscura y la tina apenas alumbrada, como si estuviera rodeada de velas. Alista su iPod, que estaba en un bolso, y lo coloca en un deck.

¿Conoce las rancheras de Yolanda del Río? ¿Acaso el mundo no es mejor gracias a Juan Gabriel?

No. Y no.

Debemos cantar, Alf, hay mucho que podríamos cantar y bailar. ¿Le gustó lo que le canté?

Sí. Raro, pero sí.

Usted es el raro, ¿sabía? Piénselo.

Lo haré. Lo sopesaré a fondo, promesa.

Ahora mejor relajémonos… La pastilla me está haciendo efecto.

Rafa escoge una música que debe ser islandesa o nórdica. Luego se sienta en la cama king y se saca los botines y los calcetines y camina hacia la tina y abre los grifos hasta ajustar la temperatura del agua.

¿Prefiere sales o espuma o nada?

Yo me voy a duchar y…

No tendrá el mal gusto de hacerme bañar solito. Piénselo: si usted se ducha y yo me doy una tina va a parecer que estamos distanciados. O peor: que estamos peleando. Se vería mal.

Nadie está mirando.

Bernard.

Ya, pero… me sentiría raro…

¿Oculta algo? ¿Una cicatriz? ¿Se siente feo?

No.

¿Nunca ha estado desnudo frente a otro hombre?

¿No te parece que darse una tina es demasiado íntimo?

Claro que sí. Por eso quiero darme una con usted. ¿Cree que vamos a coger en la tina? Eso sucede en videos pornos. No me lo quiero violar. Ya lo habría hecho. Traiga más Moet y abra esa botella de Four Roses para unos shots. Mejor usemos sales. Mire qué sales tan aromáticas y bonitas.

Alfredo va a la cocina y abre un champán y la botella de bourbon y camina hacia el dormitorio que tiene vista a decenas de ventanas del barrio alto.

Rafa tira su camisa lo más lejos posible y luego se saca los pantalones. Queda en boxers oscuros, sobrios, DKNY. Corta el agua del grifo y sumerge su mano.

Ideal.

Abre unas sales de baño que vienen en estuches redondos metálicos y las deja caer en el agua.

Qué pena con usted, tan tímido. Me sorprende.

Rafa se baja los boxers lentamente hasta sacárselos y, en vez de entrar a la tina, se acerca a Alf y toma la botella de Four Roses y busca un vaso en una cómoda y se acerca a la ventana.

Qué vista. Vemos a todos y nadie nos ve. ¿Le gustaría que nos vieran?

Alfredo queda algo perplejo y atontado y hasta enmudecido con el cuerpo de Rafa. Con el espectáculo de Rafa desnudo. Siempre un cuerpo nuevo revelado sorprende y fascina y provoca curiosidad, aunque no siempre es así: casi como una escultura. Rafa se queda quieto, sorbiendo el licor, y tiene claro que la luz lo favorece. Se hace el inocente pero no lo es. ¿O lo será? ¿Quedará gente bella que no entiende del todo su belleza, que sea insegura? Julián Moro era en extremo inseguro y un piropo podía descolocarlo tanto positiva como negativamente. Rafa mira la ciudad desnudo y se ve cómodo. Como un buen modelo algo cansado, sabe que su misión es recibir pasivamente la mirada y el deseo del otro. Aunque acá es él, Rafa, el que está moviendo los hilos: esa parada frente al ventanal no es casual. Sabe cómo se ve de espaldas y sabe qué es lo que se refleja en el vidrio. Parece de cera o de mármol. Su trasero se ve redondo y firme y es parte integral de unas piernas de ciclista pero en extremo velludas. Un caminito de pelos sube de entre ambos glúteos y desaparece al empezar la espalda. Sus omóplatos parecen alas y él uno de esos niños chicos que corren desnudos por las playas al atardecer arrancando de sus padres. Pero Rafa no es un niño, aunque tampoco parece un atleta o un campeón o alguien adicto al gimnasio.

Tengo panza, qué pena.

No creo. Eso no es panza.

Tanto viaje, tanta comida. Puedo ser más lindo y tener mejor cuerpo, lo prometo. Ahora que me quedaré un buen tiempo en el DF ingresaré a un gimnasio, aunque no soy de gimnasios. ¿Ha hecho pilates? ¿Yoga?

Su panza es mínima y lo distingue, lo hace especial, ajeno a los modelos y a los chicos neuróticos de su edad.

Igual cuando cumpla treinta quizás me opere, me haga una lipo. Sólo me tocaría el cuerpo, la cara no, nunca. Mi madre tuvo la mala idea de hacerlo y parece una momia. Ahora se está arreglando de nuevo en Arizona, pero el cuello de una mujer nunca miente. Ahí revelan la edad. El cuello, como las manos, no se puede operar. ¿Le parezco gordo?

Me pareces extremadamente bello. Natural. Fino.

Tengo brotes de soriasis. Los nervios, la mala vida. Debo echarme crema. ¿Más tarde me echa?

A un costado de su bosque púbico hay un tatuaje que dice, en letra de imprenta, UNTAMED, y la T termina en una flecha que indica hacia su pene no circuncidado y su corona de pelillos enredados y caprichosos. En efecto, para ser un chico tan lampiño de la cintura hacia arriba, la cantidad de pelos salvajes, no domesticados, feroces, impacta y provoca. Es como si desde su ombligo hacia abajo tuviera el ADN de otro. El efecto general de él caminando desnudo hacia mí deja claro el mensaje de su leve tatuaje incrustado allá abajo: no cualquiera lo doma, no deber ser fácil o quizás es imposible atraparlo.

No tenga pena, Alf, somos todos iguales al final. Entre.

Rafa se mete a la tina y por un instante desaparece bajo el agua humeante y oscura.

Riquísimo. Ahora debemos sacarnos el aroma de esos tipos. Me tiene que contar de quién es ese semen no celeste. Yo le puedo y quiero contar de todos los tipos que he conocido a lo largo de esta gira. Nací puto, no lo puedo evitar. Qué tristeza, pero qué placer también. Soy afortunado, creo, ¿no cree?

De a poco, mirándolo gozar en el agua, me saco los zapatos y los calcetines y luego toda la ropa y la tiro lejos y siento cómo Rafa me observa y me revisa y decido que es mejor estar adentro de la tina; ya siento el efecto de la pastilla que me dio.

Métase. Vea qué delicioso.

Entro. Después de tanto calor, sentir esta agua tibia, aromática, tiene algo edénico. Sentir las piernas velludas y delgadas de Rafa alrededor de mis caderas también.

¿Lo puedo enjabonar? ¿O nos enjabonamos los dos?

Eres peludo, Rafa.

Ay, sí. Qué lástima.

Qué rico.

Todos los colombianos se depilan, como los venezolanos. Una costumbre penosa. Yo en eso soy más naco, más chacal, más mexicano. Y francés, claro.

Te ves bien. El agua está soñada.

Oiga: esto es higiene. Nada más. Levante su brazo ahora. ¿Se siente bien?

Se siente la raja, hueón.

¿Cómo?

Me encanta.

Qué bueno. Huela este jabón, Alf. Me encanta el olor a pomelo. Lo encargué para nosotros.

¿Nosotros? No mientas, no sabías que yo existía.

Pero tenía conciencia de que iba a existir alguien. Si uno quiere, siempre puede encontrar un par. Siempre habrá alguien que quiera darse una tina, ¿no cree? Lo importante es ser tierno.

¿Esa es la receta?

Para el comienzo, sí. Por eso lo enjabono. Me gusta su manzana de Adán. Lo mejor de los varones es la manzana de Adán.

Entre otras partes.

También me gustan los ojos, Alf.

A mí también.

Sus ojos esconden mucho.

Los tuyos revelan más. Este otro jabón huele a…

Pinos con lemon grass. Delicioso, ¿no?

Tus dedos están resbalosos.

Sus pies se están arrugando. Me gusta que esté conmigo.

A mí también, Rafa. Me gusta harto.

Así lo veo. Así lo siento.

MIÉRCOLES 30 DE OCTUBRE, 2013

De pronto siente la mano de Rafa posarse en su vientre y trata de respirar despacio para no despertarlo pero por sus leves ronquidos le queda claro que el chico está durmiendo como tronco, como lirón, como piedra. Se queda así, quieto, inmóvil un rato, mirando los reflejos de las luces de la calle en el techo y disfrutando del calor que emana de esa piel tan suave. Duda si levantarse o no. Pero es inevitable: necesita orinar, está duro.

Busca y analiza estrategias para abandonar la cama sin despertarlo.

Camina al baño. Los focos indirectos iluminan lo suficiente para no tener que encender algo más. Los espejos se reflejan entre sí y mientras orina, intentando que su chorro no haga ruido rebotando en el agua de la taza, se mira multiplicado hasta el infinito y por todos lados y se detiene en su espalda, su trasero, su nuca. No se reconoce del todo: quizás sea la pastilla, quizás la luz, quizás el agradable aire fresco. Alfredo siente que se ve mejor de lo esperado y peor de lo deseado, claramente distinto. No se reconoce pero quizás esa es la idea: darse un break, un paréntesis. Quizás no es Alfredo el que está desnudo en ese baño lujoso orinando en silencio sino otro encantado por ese chico que canta y gesticula y adivina y comprende, ese ser tan bonito y frágil, tan inasible e impredecible, tan cercano y cómplice, que ahora yace con la guardia abajo: siento que me dan ganas de conocerte, pendejo, y ya tengo el camino pavimentado.

¿O es lo que se llama el discreto encanto de la burguesía? ¿Es la cercanía a la fama, el ser parte por un rato de algo más, algo mayor, quizás el Boom, la Literatura con mayúscula o simplemente la celebridad y sus privilegios?

Ser parte de los que se sienten parte.

Es lo que me pasa con este Rafa Restrepo.

Ahora deseo estar con él. No es amor súbito. Más que una atracción avasallante, ha surgido una inexplicable y adictiva sensación de complicidad y confianza y flirteo llena de esos tira-y-afloja que friccionan, alertan y excitan.

¿Por qué?

Alfredo tiene claro que está despierto aunque se siente todo dormido, sonámbulo, en plan apagado, modo avión; una de las cosas que desea es, además de estar abrazado a Rafa, soñar con él.

Piensa un instante en Rodolfo, el enfermero de la Clínica Alemana, y Gerard, el belga de las Gay Towers. Uno era buena tela, encantador; el otro, repelente, raro.

Pero con ninguno quiso quedarse.

Dormir es otra cosa.

¿Qué es? ¿Qué implica?

Decide no tirar la cadena para no despertarlo.

Abre el frigobar y saca un agua mineral cuya marca no reconoce y se la toma al seco, sin parar. Regresa a la cama y siente en la planta de sus pies el suelo de madera mojado y ve la tina vacía y entonces capta que se acuerda de poco.

¿Se habrá quedado dormido en el agua?

No recuerda haber salido de la tina pero algo recuerda de los dos en la cama, abrazados, con el pelo mojado y unas batas blancas. Con algo de esfuerzo logra ver a Rafa secándole el pelo y luego apagando el aire acondicionado. Ve al oso en una silla, mirando la ciudad, y sonríe. Hay un reloj digital retro. Pensaba que eran las seis o las cinco pero ha dormido más profundo que largo. Son apenas las 01:40. Falta mucho para que salga el sol. Podría seguir durmiendo a su lado: abrazados, cercanos, como uno. No ha estado mal dormir con Rafa puesto que Rafa durmiendo no se comporta como Rafa de día. No se mueve, no intenta encontrar siempre la posición perfecta. Se da cuenta que eso han hecho: dormir, secarse, darse una tina, jabonarse con cariño y con alusiones de doble sentido todas «sus partes». Pero no han habido erecciones (o sí, cuando cada uno le lavó al otro los genitales y el culo), y mucho menos sexo, ni soft ni duro. Rafa cumplió su palabra y ahora, con el chico durmiendo a su lado, Alfredo capta que él quizás quiso algo más: Rafa de verdad quería que durmieran juntos. Alfredo se hizo el desinteresado, pero ahora comprende que era más bien una forma de coquetería y lamenta que no haya sucedido algo más: tiene ganas de conocerlo por dentro, de hacer carne lo que ya está sucediendo. ¿Por qué se siente tan cómodo y cómplice con él? Rafa dijo: darse una tina y dormir juntos no tiene nada de particular. ¿No lo tiene? Por eso no salieron, ni siquiera pidieron comida del Osaka o bajaron al Whiskey Blue a tomar o bailar o «cazar australianos». Sólo se abrazaron, conversaron unas cosas que no recuerda bien, algo acerca de tatuajes, de sangre, de plaquetas, de infusiones, de lo bella que es la madre de Rafa, de hemofilia, de cordones umbilicales y circuncisiones.

Mira su celular y ve que tiene un wasap de Rafa. ¿En qué momento se lo envió? Lo abro: es un poema. Dice:

Para que sepa algo de mí.
Lamento no poder expresarme igual de bien en castellano.

Lo leo:

I know life,
life itself,
life the way it is,
life how it should be.
I know life, kid.
Lived it,
felt it,
used it.
This life
I have lived,
this life,
I have dreaded,
I have scrambled,
I have ruined,
I have missed,
this fucking life
is what I will miss most.
this life, yeah,
and you.

Alfredo vuelve a la cama y capta que ya reconoce el aroma de Rafa. Le gusta y le atrae la fragancia de Rafa sudado. La luz es suficiente para verlo como un muñeco caído, para usar sus palabras, no como el ser intolerable e incontrolable en que se convierte cuando desea.

Aun desnudo, Rafa da la impresión de esconder cosas.

¿Qué hacen los dos en esa cama desnudos?

Casi nunca duerme cuando folla con un desconocido. Permitir que el otro lo mire durmiendo desnudo le parece algo más íntimo que dejar que acabe en su pecho. Pero con Rafa ni siquiera han follado. ¿Por qué entonces se siente tan cercano a él? ¿Qué es al final la intimidad y cómo se accede a ella? No es frecuente, ocurre cada tanto, eso es claro, y esta noche de luna y calor la intimidad se ha hecho presente, los ha abrigado.

¿Estará embobado?

¿Será la novedad o su extraña e incontrolable personalidad?

¿Lo habrá seducido?

¿O es que todo lo extra lo tiene fascinado: la suite, la billetera corporativa, la idea de que pueden hacer lo que quieran, los pocos grados de separación con tanta gente a la que admira? Miro cómo abraza una almohada, tal como hace un rato me abrazaba a mí, y me fijo en sus costillas, su axila angelical, sus tetillas rodeadas de muy poco vello, sus músculos casi esculpidos, hasta que llego a su pene en reposo, tranquilo, infantil, vulnerable a pesar del tatuaje y su maraña salvaje.

Me acerco y trato de recobrar la posición perdida: cucharita. Mi pene roza su trasero y mi brazo lo atrae hacia mí y con mis dedos toco su tetilla y siento su corazón bombear y su pecho subir y bajar. Sigo hacia su vientre y ese caminito que nace de su ombligo y se pierde más abajo y mi nariz se hunde en sus cabellos sueltos, sin gel, y su aroma de chico bueno con secretos, de pendejo dañado, de poeta que descansa, me intoxica y de pronto, segundos antes de dormirme, pienso: ¿y si este es el que me viene a salvar?

¿Si Rafa es el que estaba esperando?

Abre los ojos y ve la noche tras las ventanas y a Rafa, desnudo, que teclea en su Mac Air y toma Moet. En la mesa, al lado del computador, está el oso. Alfredo mira sin que Rafa capte que lo está mirando y de tanto procurar que no se note que despertó, se duerme. Hasta que el inimitable ruido de Rafa aspirando cocaína lo despierta.

Hola, guapito. Buenas noches. Qué hubo.

Buenos días.

Noches.

¿Qué haces?

¿Qué cree? ¿Qué desea? La noche es joven. Aprovechémosla. Ya descansé. En sus brazos, además. Huele muy rico. Además es muy querido, ¿lo sabe? Venga. Despertemos y hagamos cosas. Tengo opciones, planes. Propuestas. Todo arreglado. Necesito su feedback, pues.

Alfredo se incorpora, se estira y se refriega los ojos.

¿Qué haces pilucho ahí sentado?

Hay muchas fiestas, muchos chicos soñados, muchas ideas. Facebook para esto es una maravilla. Uno de inmediato capta quien se ha acostado con quien. Buscando a un amigo que conocí en Barcelona armé toda una trenza, toda una red. Esta noche iremos al Club de la Unión. ¿Pilucho? ¿Qué es pilucho?

Desnudo. Calato.

En pelota. Qué palabra tan tonta.

¿Pilucho? Es como tierna. Se le dice a los bebés, aunque ahora se está usando para todos. Estás pilucho, hueón. Quiero verte pilucho, perro. Desnudo, en pelotas, pilucho. Es, supongo, para colar ternura y liviandad en un mundo básico.

¿Los pololos duermen piluchos?

Claro: si se quieren.

Parece que nos queremos, Alf.

Algo.

Sí, algo. Dormimos piluchos, ¿no?

Pero no somos pololos.

No aún. Pololo, pilucho, qué palabras. Somos en todo caso más que pololos: somos un dúo dinámico. Socios.

Escorts.

Ay, qué tristeza. ¿Aún no me perdona?

Te perdono, en serio.

Me encantó dormir con usted abrazadito y verlo toda la noche.

¿Me miraste?

¿Usted no?

Algo.

Ya tenemos menos secretos.

¿Qué hora es, Rafa?

Casi las tres. ¿Una línea? Levántese, pues, Alf. No tenemos tantas noches ni tanta vida acá. Salgamos. Ya dormirá cuando me vaya, cuando me eche de menos. Aunque quizás no duerma de pena, de nostalgia…

Es verdad.

Claro. Así será: quedará con el corazón quebrado. Pero no vivamos la pena. Vivamos lo bueno, ¿le parece? Un par de líneas, un trago, Red Bull and let's hit the streets. Venga.

Vuelve a la cama. Quiero hacerte cosas.

No somos amantes o pololos.

¿Amigos que duermen piluchos?

Pues claro: se tienen confianza, se quieren. ¿Ve algo malo?

No. Pero quiero más.

Entonces a la calle. O al bar. Yo ya descansé y además soñé. ¿Quiere saber qué soñé?

¿Qué?

Que salía con un tipo mayor y me seducía y me hablaba de libros y estábamos en Tulum y la brisa tropical era espesa y húmeda y salada y tibia y más allá del horizonte, en altamar, había tormenta eléctrica y los dos estábamos piluchos en una cama cubierta por un mosquitero en una palapa.

Piluchos… ¿Te gustó esa palabra?

Me encantó. Y me encanta usted. ¿Una línea?

En el bar Whiskey Blue del W no hay ventanas. Tiene algo de bóveda, el techo ni se ve ni se siente de lo alto que está. Acá la falta de luz es decoración y no hay posibilidad de saber cómo está el clima o qué ocurre afuera. A El Factor Julián le parece un lugar «cuma» diseñado por «alguien que estuvo borracho una noche en Las Vegas y enganchó con algunos de los casinos pensando en el target joven».

Una noche con Julián estuvimos besándonos en el bar hasta que cerraron y bailamos un poco a pesar de que no le gustaba bailar.

Al Whiskey Blue se viene para escapar y no tener contacto con lo que le sucede al resto de los mortales allá afuera. Para ser miércoles a la madrugada hay bastante gente bailando o tratando de bailar mientras otros están levemente mareados e intentando conversar a pesar de la música retumbante. A lo largo de la larga barra iluminada muchas parejas o futuras parejas u ocasionales parejas están metidas en sus celulares con la no tan secreta esperanza de encontrar algo mejor que lo que están viviendo. Una chica, alta y espigada, no puede evitar compartir con una amiga lo que *no* pasa con el tipo que claramente *no* está embalado con ella. ¿En qué momento la intimidad se volvió pública? ¿Cuándo el amor burbujeante e incontrolable se tuvo que fotografiar, filmar, instagramear, tuitear, facebookear? ¿Acaso en un mundo con tantos quiebres, tanta soledad, tanta competencia, que dos personas tomen vino en un balcón o vayan a un bar supuestamente chic es algo que hay que anunciarle a todos? ¿Es eso compartir o acaso es exhibicionismo? En los camarines de los colegios de hombres estaba establecido que si algo no se contaba, no valía. Y para eso se inventaba o exageraba o se entraba en detalles escabrosos («la mina no paró de chuparlo hasta que le dieron arcadas»), pero todos los que están aquí selfiándose y devorando el feed ya no tienen quince, aunque sin duda aún no superan el trauma de dejar el colegio. Entre el sonsonete ABC1 de un par de chicas ligadas al marketing se escuchan distintas variaciones del inglés: turistas. Un par de tipos con pinta de banqueros y de rasgos árabes francamente atractivos, que parecen héteros aunque coquetean entre ellos elevando a niveles descarados las elásticas posibilidades del bromance, le piden a una chica más martinis. No hay demasiados chilenos en el bar, al menos yo adivino sólo a uno, que ahora aparece clarito en Grindr en el iPhone que encendió Rafa.

Ese es, mira. Jeans amarillos, qué tristeza. El del chalequito. Con este calor. Pasivo. Se autobautizó La-importancia-de-llamarse-Ernesto. Qué pena. Conociendo, dice.

Conociendo qué.

Vergas, quizás. O extranjeros. O vergas extranjeras.

Anda con una amiga, le digo.

Poco agraciada y gordita. Pobre. ¿Estará enamorada de él? ¿Lo ayudará a conseguir chicos? ¿Aún no sale del todo del clóset?

Escudo, quizás.

Si el man logra levante, ¿la rellenita se va ir a su casa sola en taxi? Qué cruel. ¿Serán roommates? Me da pena ella, me da pena él. ¿Usted se lo follaría?

No, Rafa. Usa zapatillas de adolescente y tiene panza.

Sería mejor que se rapara. Los muñecos con poco pelo se ven más atractivos y dignos rapados. A lo Jason Statham. ¿Lo seduzco?

No, estás conmigo. Conversemos. Tomemos algo. ¿No íbamos a salir? Yo estaba feliz en la cama.

Lo sé, lo sé.

¿Y si sacamos a la amiga rechoncha a bailar y que el pasivo se muera de celos?

Eres malo, Rafa. Pérfido.

¿Se nota? Es que es tarde. De día soy mejor persona. Un santo, como todos en la familia de mi madre. Santos, el apellido ideal colombiano.

El DJ ya está tocando hits para la concurrencia sub30 que está en la parte del lounge. ¿Es lo que quiero? ¿Estar con un veinticuatroañero jalado en el bar de un hotel para ricos que no se atreven a ser gays y para gays que nunca van a ser ricos? Unos chicos internacionales bailan y se toman selfies y las mujeres se sacan los zapatos con taco. Tanto Alfredo como Rafa andan de verano, como turistas, de shorts y sandalias, aunque mientras Alfredo parece más un veraneante que se quedó en Santiago, Rafa da la impresión de ser un chico que tiene casa en la Riviera Francesa: luce unos shorts muy cortos y muy blancos y una vieja musculosa blanca con rayitas azules que se nota que ha sido gastada por soles y vientos de parajes exóticos. Huele a jabón de pino, a pelo de hombre y, tal como Julián Moro, a 212, pero sin la mezcla del tabaco fino que caracteriza al Factor.

Pareces un modelo de…

Orlerbar Brown, lo sé, muy marica pero de marica fino.

No dije eso.

Lo pensaste.

Iba a decir Gap.

Please. Soy más creativo que eso. Una cosa es usar basics y otra ser básico. No creo en el normcore y esas vainas. Dios me libre y guarde. Yo de norm, nada. Espero nunca serlo. Soy raro pero inolvidable, ¿no cree? No soy como tú. No intento ser parte, intento que los otros capten que no soy como ellos.

Excéntrico. Pinta monos.

¿Qué monos?

Nada. Es un decir.

Pues diga todo de frente, Alf. Ya nos tenemos confianza. Ya hemos estado bien junticos, ¿no cree? Ni más faltaba. No soy tan excéntrico pero me criaron con buen gusto. Y lo he desarrollado con un toque de distinción. Es lo que espero. Que de algo sirva criarse en varios continentes y países. Ahora todos quieren ser iguales, ser tratados como iguales. ¿Lo somos? Yo pensé que éramos distintos. ¿Usted no cree?

No, realmente; apuesto más por el concepto de sin etiquetas. Debemos protegernos. Hay una guerra y hay que defenderse. Capaz que la terminemos ganando. Lo importante es no sentirse victoriosos, hueón, sino iguales. ¿Me explico? Merecemos los mismos derechos, claro, de acuerdo, sin dudas, aprobado, como dices tú.

Pero yo no deseo ser como mi padre o sus amigos o sus colegas, Dios no me castigue. Cuidado con querer que nos vean como al resto porque no lo somos, y a mucha honra. Somos mejores.

¿Mejores?

Bueno, conozco muchos que son peores, es verdad. Pero somos distintos… ¿Quiere que suba a la suite a buscar mi vestón de lino blanco? Afuera hace calor. Caminemos así, livianos. ¿O le molesta cómo me visto?

No, pero…

Pero, pero, pero… Íbamos tan bien y usted sale con la palabra más nefasta de todos los idiomas: pero, mais, but… Es fatal, caray.

Admiro y envidio cómo te vistes. Todo te queda bien.

Mario me decía eso. Que no parecía que modelaba.

¿Mario Testino?

Qué tipo tan soñado. Qué ojo tiene. Es mucho más inteligente de lo que dicen. Se hace el tonto para poder estar rodeado todo el día de modelos sin nada adentro. Qué envidia ser modelo y no tener que pensar, sólo posar. Divino. Él me quiere tal cual soy. No como usted, Alfredo. Ve: no podremos ser novios. Le gustan cosas de mí pero me quiere cambiar. Una manía tan masculina, hétero o gay, por desgracia. Sucede siempre. Usarme como materia prima y de ahí construir su ideal. Lo ideal no existe, se lo digo. Uno se enamora de los defectos.

Yo antes creía eso. Los defectos son clave para crear personajes, se lo digo a mis autores, pero en la vida real son fatales.

Todos tienen defectos. Y yo soy un personaje, no soy real, así que ni modo, qué importa.

¿Eso crees?

Eso es: ¿cree que soy de verdad? Bernard es de verdad, yo soy la proyección de mis padres, dos monstruos, dos seres que viven de la mirada y la aceptación de los demás.

Tienes cosas de personaje.

Entonces usted dice que estoy lleno de defectos.

Tú lo concluiste. Hay defectos peores que otros, eso sí.

Yo tengo muchos, Alf. Ya verá. No soy leal. Embauco. Cautivo. Seduzco. Soy iracundo, mañoso, alborotador, apendejado. Ya me detalló, qué tristeza, y ahora está mirando a esos chicos iraníes. Están mohammed, de acuerdo. Usted debería ver un día cómo se disfruta en la piscina de un hotel cinco estrellas en Qatar o Dubai. Qué tipos tan lindos. Deliciosos. Todos con sus zungas.

Y su semen es celeste.

Así es, sí señor. No confía en mí, ya veo. Siempre estar flirteando es un poco histérico, ¿lo sabía?

¿Te parece un defecto?

Intenso, imperdonable, insoslayable.

Me encanta cómo hablas.

Dijimos que no iba a flirtear.

Es mi defecto, le digo, coqueto.

Preséntame a sus amigos escritores gay.

¿Ah? ¿Cuáles?

Alejo Matte... y ese Augusto Cortés.

Alejo Cortés y Augusto Puga.

Lo mismo, pues. Esos muñecos. Para ser autores, no se ven mal en sus fotos. Curioso, ¿no? Ahora es más importante tener mejor pelo que prosa. Yo creo que tengo la facha, el look y quizás la ropa para ser un escritor moderno, pero no creo que tenga el resto. ¿Ellos lo tienen?

¿Cómo sabes que son gays?

La Tierra es redonda, ¿no? Se sabe. Vicente me pasó sus libros, leí las dedicatorias y unas páginas. ¿Ha tirado con alguno de ellos?

Con uno.

Con el más inseguro, le apuesto.

Sí.

Bien. Al otro quizás me lo coma. ¿Puedo?

¿A Augusto? Estaría feliz. Adelante. Pero me cuentas. Lo puedes seducir rápido. Además es un trepador. Le hablas de traducciones y cae. Eres encantador. Caerá.

Pues encantar sé. Pero las serpientes también lo hacen si se las entrena. ¿Usted de verdad cree que soy mohammed? ¿Que soy capaz de mojarlo si lo miro fijo a los ojos?

Sí.

El jueves hay una fiesta en Illuminati. De disfraces.

No quieres ir ahí, créeme.

¿Popular?

Muy.

Me encanta. ¿O la Bunker?

Podemos ir a una por acá, en General Holley.

Yo quiero ir donde va el pueblo. Iremos disfrazados. Yo de Keats, usted de Wilde. Le diré a Jocelyn mañana que contrate a un sastre y le enviamos las medidas aproximadas y luego nos vienen a entallar. ¿Le gusta?

No sé.

No sé no es lo mismo que no. Pero eso es para el jueves. Aprobado.

Comienza a sonar *Blurred Lines* de Robin Thicke y la sala de pronto siente que debe bailar, que las reglas han cambiado, que ahora es deber moverse.

Amo este tema, me moja, me perturba… ¿Le gusta?

Es pegajoso.

Adictivo, como podría ser usted si se soltara. ¿Bailemos?

No es una disco gay.

Really?

Salen a la pista y Rafa no baila, brinca, hace coreografías, ocupa el espacio y seduce y de pronto hasta los iraníes siguen sus pasos y la letra se me enreda con la coca (*...he tried to domesticate you... but you are an animal, it's in your nature...*) y ahí lo veo, todo *blurred,* todo enfocado, untamed, indomable, inasible, imposible de agarrar y *you are gonna get hurt* me retumba pero seguimos, yo salto, yo brinco, me siento despierto, estoy más que mohammed.

Me aburrí, Alf; me dio sed.

¿De verdad quieres estar acá? Seguro que has estado en bares mejores.

¿Le gusta el barman?

Algo.

Es cute. Casi. ¿Lo follamos? ¿Le anotamos el número de la habitación en una servilleta? Muy film noir. Muy Lauren Bacall. ¿Qué? ¿Por qué sonríe?

Los chicos de tu edad acá no son así. Hablan de Lollapalooza a lo más. Su fuente de información es Twitter y Facebook. O apenas cachan una mierda de obra que presentan en el GAM. Todos hacen, ven y escuchan lo mismo. Les da pánico salir de la grilla programada.

No me compare con el resto.

Lo hago para mejor.

Empieza a sonar *Let's Have a Kiki* y Rafa comienza a bailar haciendo gestos y coreografías.

¿Quieres culiarte al barman? ¿Al iraní?

A los tres iraníes. Ellos estarían felices. Pero hoy deseo estar con usted. Habrá más iraníes o australianos. Siempre hay. Sobran. Hoy deseo estar con usted. Esta noche es para nosotros. Luego yo me iré. Y quizás nunca más nos veamos. Usted debe encontrar a alguien acá.

Y compararlo contigo.

No. No quiere tener un lazo real con alguien como yo, créame. Los cocodrilos pequeños son tiernos pero muerden. ¿Qué tomamos? ¿Four Roses?

Es una mierda, es dulce.

Janis Joplin tomaba eso.

Y mira cómo terminó. Eh… hola, qué tal. Dos Jameson dobles con Ginger Ale.

¿Está pidiendo por mí?

Sí, pero el que paga eres tú. Yo gano un sueldo modesto.

¿Por qué te sientes modesto?

Es un poco tarde.

Es un poco temprano.

¿A dónde vamos?

¿Dónde están los putos?

Rafa…

¿Qué?

Dale, vamos, qué perdemos.

Capaz que ganemos un poco de plata.

Yo no me voy a vender.

Ya se vendió.

¿De verdad?

Es broma. Todos nos vendemos, todos tenemos un precio. Hay gente que cobra menos y gente que cobra más, eso es todo. Salud.

Salud, pendejo.

Uf, no me diga eso. Me excita.

Mejor.

Quizás.

No. Mejor.

Si usted lo dice.

Lo digo, pendejo. Salud. Ha sido divertido conocerte.

Y eso que ni siquiera me conoce, Alf. ¿Tendré una chance?

¿Qué crees?

Me dijo que dejaría de flirtear. Está sonrojado.

Es el calor.

¿O es que lo caliento? ¿Está mohammed?

Las calles están vacías, como si todos los ciudadanos hubieran iniciado un éxodo masivo extenuados por la ola de calor. El Uber se desliza rápido por Andrés Bello, no hay ningún auto en el camino que lo haga bajar la velocidad. La brisa tibia adquiere niveles de civilidad gracias al movimiento y se cuela dentro del auto y ambos miran hacia afuera, esos verdes artificiales, levemente eléctricos, pixelados, que los árboles adquieren por las luces anaranjadas de magnesio.

El chofer tiene puesta la radio, una de clásicos de los ochenta y los noventa, y de repente comienza a sonar *Say Something* de James y conecto sin aviso con el pasado y pienso: por algo estas radios triunfan.

Esta canción me recuerda a alguien, le comento.

Esta canción me recuerda a alguien también.

Dichato, verano del 92.

Princeton, otoño del 2006.

Un chico menor que yo. Moreno

Un chico mayor que yo. Rubio.

No muy inteligente pero esculpido, agrego.

Genio. Biólogo. No leía, se negaba a hacerlo. Esos son los de fiar.

¿Se puede fiar en alguien que no lee?

¿Se puede fiar en alguien que escribe?

Mira, Rafa, ¿ves esos edificios? Ahí vivo. Esas son las torres. Ahí estuvimos en la tarde.

Qué cerca estábamos. Aún no me hallo, me desubico. La cordillera de los Andes está al oriente, ¿no?

Siempre.

La noche lo altera todo, ¿no cree? Yo estoy un poco alterado, ¿usted?

Sí.

¿Ve que fue bueno salir?

Yo estaba bien en la cama.

Pero la vida también está en otra parte.

¿Kundera?

Un señor encantador. Reiterativo con el tema de los comunistas, pero encantador. Tiene poco humor, pero es un gran conversador, sobre todo si los temas son la República Checa y él mismo. Adicto a los eclairs.

Pasan junto al puente Pío Nono y entran al Parque Forestal: da la impresión de que ingresaran a un túnel.

Debimos llamar a Juan, me encanta. Y nos cuida.

Déjalo dormir. Yo te cuido, se lo prometí a tu padre. Mañana Juan estará con nosotros todo el día.

Me gusta que use el plural.

Sabía que te ibas a dar cuenta.

Pues claro, Alf; cómo no.

Me gusta esta parte, estos edificios, estos árboles. Todo tiene un cierto orden, una lógica.

Una continuidad.

No parece Latinoamérica.

Por eso le gusta a todos: es como estar y no estar.

Tiene algo asumidamente parisino.

Es verdad, se nota.

Un paisajista francés lo diseñó. Jorge Dubois se llamaba. Y terminó llamándose como él. Parc Dubois. Parque Forestal. Raro, ¿no?

Plaza Restrepo. En Colombia sobran. Cuando mi padre muera tendrá un parque, una biblioteca, salones. Cuando yo me vaya a lo más tendré una página web.

Un amigo arquitecto me contó la historia de Dubois. No la sabía. Siempre he querido que alguien escriba un libro sobre él. Un libro que nadie leería, por cierto.

Yo lo leería.

¿De verdad?

No. Pero no por eso no hay que publicarlo. Lo que no hay que publicar son los libros que la gente sí lee. ¿Los ha leído?

Si puedo evitarlos, no.

Yo en París caminaba y caminaba por los parques. Y los cementerios, claro. Y las galerías, como Walter Benjamin. Soy muy flâneur, como buen marica. Me encantan las galerías. París, en todo caso, es una mierda cuando estás triste, Alf.

¿Has estado triste en París? ¿Por qué?

Yo lo he pasado mal en muchas partes.

¿Y lo has pasado bien?

No me conoce tanto aún para entrar en esas intimidades.

Ya…

Hay temas que no se hablan, Alf, ¿no lo sabe? Hay cosas que no se dicen, hay cosas que es mejor guardarse para no herir a otros de una manera fatal.

¿Temes herirme?

Herirlo y herirme, Alf. Como yo no me puedo herir intento no herir a los otros. Es un código de vida. Mis instrucciones de uso. No siempre lo logro. A veces creo que lo único que sé es herir.

Entonces se me acerca, justo cuando el taxi dobla y se estaciona frente al Museo de Bellas Artes, y me besa en los labios, corto, rápido, casi subrepticiamente, y me sonríe y me obliga a abrir la boca y me mete una pastilla rojiza de canela que hace que me pique la lengua.

Llegamos. Genial. Qué rápido. Gracias, señor.

Alfredo le paga la carrera al taxista y se bajan. El parque disimula el calor. Alfredo siente la espalda de la polera pegada a su cuerpo. Rafa se queda mirando la inmensa escultura de Ícaro y Dédalo de Rebeca Matte.

Parece como si el padre se estuviera follando al hijo. Fíjese en la posición.

El hijo murió por volar muy cerca, Rafa, se cayó a la tierra. El padre lo llora.

¿Lo llora? Fue un experimento, lamenta que las alas se le hayan derretido.

El mito no es así, Rafa.

El mito, como la historia, es de los que vencen, de los que se salvan, lo que es entendible.

Ícaro es más célebre que su padre, le comento mientras miro a las dos huesudas figuras desnudas fundidas en metal.

Mire, Alf, si uno no conociera el mito no cabría duda de que el padre es activo y se está cogiendo al hijo, que no está mal, quizás un poco flaco eso sí: muchas costillas pero no le veo la verga. Desde acá abajo no hay duda: el viejo se lo está cogiendo.

Todo lo sexualizas. El pico del padre no está erecto.

¿Cómo lo sabe? De este ángulo nada queda claro, Alf. Ícaro está con la cabeza inclinada hacia atrás, gimiendo, mostrándole todas las axilas, estirado, abierto, fundido. El padre se lo folló y el chico se vino, perdiendo toda su energía en el orgasmo. Por eso están así.

El padre no podría penetrarlo. Insisto: está a un costado.

Es confuso. Pregunta: ¿por qué padre e hijo están desnudos? Yo nunca he estado así con mi padre. ¿Usted?

No, nunca. Y espero nunca estarlo.

¿Me ayuda?

¿A qué?

A subirme.

Rafa, no creo qué…

¿Iré preso? Llamo a la Embajada de México. Empújeme el trasero con confianza.

Rafa se encarama a la escultura que está sobre un cubo de al menos dos metros de alto y queda entremedio de los dos cuerpos y los mira atentamente. Luego saca su celular y comienza a fotografiarlos.

El padre no está duro, Alf. ¿Contento?

Baja, Rafa. Es un monumento.

No se preocupe, mi padre cenará con el presidente Piñera mañana. Mire, Ícaro se hacía rebaje, parece. Igual es mohammed. ¿Sabe? Detesto el mensaje detrás de Ícaro. ¿Lo ha deconstruido? Es así: este chico es el hijo de Dédalo, un arquitecto famoso, un Frank Gehry de esa época que le construye alas a su hijo para que vuele pero, ¿qué ocurre? El chico no le hace caso al padre y vuela demasiado alto. Mensaje uno: no debes desobedecer. Mensaje dos: debes quedarte bajo la sombra del padre, no volar. Y eso que el padre le dio las alas. El aura de las putas cosas. Nunca debí aceptar.

Sino fuera por ese libro no estarías acá.

Pude tomarme un Aeroméxico.

Sabes perfectamente lo que digo.

Debería escribir un poema llamado Ícaro pero no me gusta usar referencias griegas. Es tan de poeta inseguro. Voy a saltar. Si me quiebro, no pararé de sangrar. ¿Me ataja?

Rafa, en serio. No. Deslízate por ese brazo.

Alfredo mira cómo el chico delgado usa el brazo de Ícaro como una rama. Le tomo las piernas, que se sienten tibias y ásperas por los vellos, y lo aprieto fuerte y lo ayudo a bajar sano y salvo.

Es usted muy amable.

Y tú no mides las consecuencias.

Obvio. ¿Debería?

Te podría pasar algo.

¿Y a usted no? Dios mío. Qué horror.

¿Qué?

Pues mire cómo se llama esta escultura.

Unidos en la gloria y en la muerte, leo en voz alta.

Qué fatal, qué kitsch. Las personas en rigor se unen cuando hay mucha vida o mucha pena. La gloria los separa y la muerte… la muerte no une, divide. ¿No cree? ¿Le parece atractivo Ícaro?

Sí. Tiene buenas piernas. Un cuerpo como ya no hay. No iba al gym, se nota; no tomaba proteínas, era real. No tiene calugas pero es delgado. Como tú, Rafa.

Parece bronceado y yo soy pálido. Mi papá me ha tapado todo el sol.

No creo.

¿Qué sabe usted?

Creo que bastante: el escritor de la familia eres tú. Quiero leer tus poemas, ver tus fotos.

Ya le mandé uno a su teléfono.

Lo sé. Quiero ver más.

Todo en su momento. Y nunca apueste por alguien de manera tan apresurada. Usted tiene esa debilidad, esa falla. Y es editor. No debería.

¿Cual sería esa falla?

Entusiasmarse rápido, fascinarse, dejarse llevar, mitificar.

Se sientan los dos en las escalinatas del museo y se quedan en silencio, como si tuviéramos que demorar la noche y, tal como me dijo Rafa, ralentizar la fascinación.

Acá hace menos calor. Casi me da frío.

Es el parque y los árboles, le respondo sin mirarlo.

Tenemos varias horas más de noche, ¿no? Antes de que salga el sol.

Esto no es el trópico. Queda algo de noche.

Me encanta esa frase: queda algo de noche.

Queda. Mira, donde ahora estamos sentados, Rafa, es el Museo de Bellas Artes de Chile. Es como el del DF. De la misma época. Ambos están emplazados en un parque. Acá será el lanzamiento de tu libro mañana.

Qué bien. Debería ser guía de turismo.

Estoy siendo amable.

Yo estoy siendo adolescente.

¿Puedo seguir?

Siga.

Generalmente acá no se lanzan libros pero al gobierno, que es al final el que lo administra, le pareció encantadora la idea y lo gestionó. Les conviene. Que tu papá se junte con el presidente es una gran cosa. Excepto por Vargas Llosa, todos los que pasan por el país no quieren acercarse a Piñera porque es de derecha y uno culturalmente puede ser de todo, incluso maraco, pero no de derecha.

Mi padre viaja en primera, exige suites y es progre, izquierdoso, liberal… Quiere ver a Piñera para darle una idea y para hablar de comidillo. Cenar con Piñera no es lo mismo que tomar té con la señora de Nixon. O desayunar con Pinochet. No manchará su currículum de lefty en los Estados Unidos. Cuando la prensa americana desea una opinión políticamente correcta, ahí están Ariel Dorfman y mi padre.

Las hojas de los árboles al frente del museo de pronto dejan de moverse y la brisa cesa. Se produce un silencio inquietante pues ni pájaros ni bichos ni autos ni personas emiten sus sonidos habituales. Ambos escuchan el vacío por unos instantes hasta que la brisa regresa, un poco más espesa y caldeada que antes. Rafa saca una libreta pequeña, gastada, de papel reciclado, pero de un color rosa, quizás una Moleskine, y comienza a anotar ideas bajo la luz de los faroles.

¿Qué haces? ¿Te inspiraste?

Anoto ideas. Es mi agenda a corto plazo y a largo plazo también. No se preocupe, no escribiré versos a la sombra de Ícaro y Dédalo en una noche calurosa de luna llena. Sé que no me están filmando, Alf. Escribo poesía cuando decido escribir o cuando me sale algo, sea al desayuno o en un Oxxo o en un puto Starbucks, pero no acá.

Estás irritable.

Usted me irrita a veces. Yo siempre le exijo a los hombres que sean tan inteligentes y rápidos como yo. Tengo un coeficiente de inteligencia superior. Espero el mismo nivel de los otros, sino me aburro: los puedo follar o podemos tener sexo, pero no salir a cenar.

Disculpa.

Con usted puedo cenar o ir a un bar o salir a caminar. Con usted se puede hablar incluso y no follar. ¿Puedo seguir?

Sí.

En mis libretas anoto las cosas que debo hacer. O que quiero y deseo y ansío hacer. Checklists, como dicen. Y poemas. Así son las cosas. Las guardo. Son como diarios de vida. Viajo con ellas. Tengo de todos los tipos, de todas las marcas. *Cahiers du Rafa*. Sketchbooks. A veces dibujo cosas que veo. O me imagino a Bernard en aventuras. He ilustrado a garzones y hombres mayores con los que me he involucrado. Viñetas, frases. Guardo cosas. Pasajes de avión, boletas, boletos del cine, papelería de los hoteles. Un poco a lo Basquiat. O como los notebooks de Cobain. Quiero postularlos a un museo de sketchbooks en Brooklyn. Mis padres nunca ingresarán a sitios así. Preciosos y mucho más intensos y sagrados que una biblioteca o librería. Esto que anoto es verdad, no ficción.

No ficción.

Pues, sí. Lo que le interesa a usted.

Me gustaría verlos.

A usted le gustaría hacer muchas cosas conmigo, parece. Le recuerdo que no quería ser mi escort y ahora quiere indagar en mi pasado y mi presente más profundos. Es un intruso, Alf. Un curioso.

No quise…

Calma, todo fresco. Debo dibujarlo. ¿Posaría?

Sí.

Qué bien. Me alegro. Estamos más cercanos.

Eso siento. ¿Qué dicen tus checklists?

Pues le leo una. Lo que escribí en el vuelo hacia acá. Siempre lo hago. Listas diarias, a veces, o listas para el año nuevo, esas las hago cerca del día 31, pero también hago listillas para recordarme lo que deseo hacer en un país o en una ciudad como Santiago.

Léeme la que escribiste en el avión. ¿Es corta?

Sólo estaré acá tres noches, Alf. Mis listas son realizables.

¿Qué dice? Me da curiosidad.

Escribir poemas / Terminar libro Dennis Cooper / Tomar carmenere / Tomar espumante local / Comer un completo / Ser taxiboy, venderme, cobrar… Esto lo haré ahora.

Acá se dice putear. Un novio me echó de su casa porque le pregunté cómo estaba su amigo puto.

¿Era puto?

No, obvio que no. Era bueno para el hueveo nomás. Era adicto a Grindr. Le gustaba el pico. Mucho. Bien por él. Además era guapillo y le resultaba. Yo no estaba insinuando que fuera puto sino celebrando una forma de ser.

Ser puto. Putear.

Exacto. Nada de malo pero Samuel se enojó.

Quizás Samuel quería terminar.

Eso creo. Estábamos vueltos locos y nunca es bueno estar loco. No teníamos nada que ver, estábamos en momentos distintos de la vida, pero éramos buenos en la cama. Nos calentábamos mucho. Era tierno, demasiado. Él estaba saliendo del clóset y parecía niño con juguete nuevo.

Se asustó.

Creo que sí. Por eso esa palabra para mí tiene una carga, Rafa. Uno puede putear de muchas formas.

¿Siente que está puteando? ¿Que se vendió?

Hace mucho tiempo que superé ese dilema.

Putear. Pues eso deseo, esa es una de mis metas santiaguinas: putear. Que me paguen.

¿Te parece una buena idea?

Una estupenda idea, sí. Me encanta. Aprobado. No sé por qué no lo había pensado antes. No es que no haya prostitución en el resto del mundo pero esta gira… A veces el cansancio o el agotamiento o la depresión te iluminan. En Buenos Aires pagué por sexo y terminaron asaltándome. Acá quiero que me paguen y que no me pase nada.

No me gusta la idea. Y acá también es peligroso. Además, no te…

¿Qué?

No te parece que es como…

¿Inmoral? No. Que me paguen me parece increíble. Fabuloso. Genial.

Iba a decir limítrofe.

Mejor. Aprobado. Más que nada me parece divertido. Pararse en la calle y que te miren, que se detengan para negociar pero también para coquetear… Debe ser adrenalínico. Y divertido. Y seguro ha de tener algo estético ser ojo de taco.

¿Qué?

Ser carne que se mira pero no se puede tocar. Aunque en este caso sí: puedes tocar pero tendrás que pagar lana. Será como actuar.

Veo.

Si no hay emociones de por medio, el sexo no hay que tomarlo muy en serio. No sea intelectual, Alf.

¿Y si el cliente no te gusta?

¿Nunca ha tenido sexo con alguien que no le atrae? ¿Nunca ha follado o se ha *agarrado* a alguien que desprecia o que odia?

Punto concedido.

Acá lo mohammed es excitar tanto a otro que ese señor quiera pagar por acceder a tu culo, a tus tetillas, a tu verga. Me parece fabuloso. Súper calentón. A usted a mi edad le hubiese encantado venderse. No lo niegue.

No me hubiera atrevido, creo.

Qué pena, guapo. ¿Le puedo preguntar algo?

Claro.

¿Y usted ha pagado?

Sí. En Buenos Aires. Una vez. Vi unos clasificados en el diario. Me calenté. Era un masajista, ofrecía atención sólo a hombres. Me dolía el cuello. Lo contacté. Fui. Hubo masaje de verdad, con loción que olía a almendras. Y sexo. Tenía un pequeño loft por San Telmo. Un loft bien increíble y bonito. Creo que ganaba bastante. Trabajaba además en un gimnasio. Se llamaba Fabián o Fabrizio o Facundo. Un nombre argentino.

Inventado, se nota. Yo debo inventarme un nombre. ¿Qué nombres funcionan acá?

Para diferenciarse, podría irse con un nombre de gente de clase alta. Nombres pasados de moda.

Porfirio. ¿Qué le parece?

Excesivo.

Ya lo sé: Emiliano. Conocí en el Hay de Zacatecas a un poeta que no me tomó en cuenta. Lo acosé por todo el pueblito, que era muy romántico. Emiliano. ¿Le gusta?

Es raro pero con tu acento funciona. Quedará sorprendido tu cliente.

Estamos. Se imprime. Aprobado.

No creo que haya muchos putos en la calle. Es martes. Miércoles de madrugada. Ahora además todos se ofrecen por internet o te contactan por Grindr. Son escorts.

Como usted.

Son casi todos colombianos.

Como yo.

Digo… chicos pobres inmigrantes. Nada que ver contigo. Son más altos, seguro. De otros países también hay. Cubanos, dominicanos, caribeños. Se dedican a eso. Atienden en departamentos pequeños y…

¿Puedo seguir con mi lista?

Sigue.

Follar con un chileno. ¿Debo conseguirme uno? Habrá, ¿no?

Habrá. Hay. Por acá en estos edificios hay muchos, te lo garantizo. Seguro que sí, le digo, coqueto.

¿Me ayuda a encontrar?

Habrá filas.

Qué bueno. Sigo: *posar para fanzine queer* Sábanas Manchadas / *Fotografiar modelos del fanzine* / *Fotografiar dueño de fanzine* / *Follar con gente del fanzine* / *Bailar* / *Baños de vapor de mala clase o llenos de viejos u osos* / *Seducir a un chacal local y comprarle cosas* / *Trío con daddies.*

¿Un trío?

Usted realmente es cartucho, como dicen acá. Poco aventurero. No vive, lee, edita. Basta, Alf. Está como esos escritores que publican sus diarios y en ellos todo es libros, pensamientos, mente. ¿Acaso la vida no incluye emoción y líbido?

Pero también incluye cerebro y mente y lecturas y emociones más permanentes. Hay más en la vida que…

¿Follar? ¿Cree que no sé? Por eso follo o follamos o por eso a veces se tiene semen en la camisa, Alf. Se folla para compensar todo lo que no se tiene. Piénselo. Ahora, ¿va a ser mi aliado?

Todo esto es nuevo para mí.

¿Cual es el límite o aquello que a uno lo ataja? ¿Seré peor persona porque participe en un trío? Lo he hecho antes. Nunca lo he hecho acá.

Me imagino.

Parece un hétero jesuita. Sospecho de usted.

Quizás no sea tan joven.

Basta. Me cansó. Le cuento que con el trío voy bien encaminado. Qué bien, ¿no? Mientras usted dormía ingresé a Grindr y Hornet y le escribí a una pareja. Son muy queridos, tienen humor. Son musculosos, parecen confederados de Alabama. Llevan emparejados mucho tiempo y quieren carne fresca. Sólo aceptan menores de veinticinco.

Exigentes.

Quizás. Se lo pueden permitir. También hay dos tipos jóvenes súper guapos y altos que quieren meter a otro a la cama. Pero todos buscan tríos. No cuartetos. Cuatro es como orgía. Mejor hacer orgía, ¿no? ¿Quiere?

No.

¿Ha estado en tríos?

Una vez. Me gustaba uno al que le gustó más otro. Sumamos deseos e hicimos un trío. Fue fatal. Lo pasé mal. Creo que en un trío uno queda desplazado. No me gusta quedar afuera. Ya no tengo edad. Paso. ¿Qué más dice tu lista?

Comer erizos / Visitar casa de Neruda / Comprar libros de Parra / Independizarme de la gira / Conseguir suite solo / Exigir chica o chico de prensa propio / Llamar a mi mamá. Eso. Eso anoté. Seguiré anotando. Pero la idea es ir tachando.

Veo.

Trato de lograr lo que me propongo.

Todo, ¿no?

No, no todo. Creo que se vive mejor así. Ya tengo una lista de lo que deseo hacer en Lima. Deseo tomar té con don Oswaldo Reynoso, que una vez no le dio la mano a mi padre en un congreso latinoamericanoide en Maracaibo. Admiro al viejo y mi padre lo desprecia. Lo pasaremos divino.

Seguro. Soy fan, le envías mis respetos.

Espero acceder a los chicos ricos pitucos de San Isidro y Miraflores, lo cual es fácil. Son todos iguales en todas partes. Dicen que tienen buenos saunas, desmadrados. Acá veremos a Valentín y Franz, los de las fiestas a las que nos invitaron, ¿no?

¿La del Club de la Unión?

Ahora dígame, Alf, pues se está haciendo tarde y ya estamos sudados: ¿dónde se paran los putos?

Por allá. A dos cuadras. Donde está ese cerrito. Al costado. Calle Santa Lucía. La continuación de esta. Ahí se paran. O se paraban. De verdad creo que es una mala idea, Rafa.

¿Qué? ¿Que chicos sin dinero se vendan y exploten su belleza?

Que un chico con dinero explote sus fantasías.

Eso no se lo permito. No me falte el respeto. Las fantasías que no se pueden atajar carcomen. Y no queremos eso. My Own Private Chile. Me encanta. ¿Cuánto cree que podré cobrar?

¿De verdad deseas hacerlo?

Usted no se imagina lo que he hecho. Sólo me falta venderme. Y ahora lo haré. ¿Vale?

Vale.

No me juzgue ni se haga el sabio protector. En la transgresión está el estímulo, ¿no cree? Y en recoger material. Yo cojo para tener experiencias. Cojo y recojo. Los chicos vienen en todos los colores y sabores y no me parece pecado querer probarlos a todos. Si usted fuera poeta o creativo, me entendería. Usted cree en la no ficción pero al final vive en la ficción. O no vive del todo. Se vive a cien o se vegeta, no hay más. Uno se desliza. Así con todo: comida, música, ropa, viajes, gentes, libros. La tragedia es que yo quiero ser como Ícaro: más que volar alto, deseo ir donde me dicen que no vaya. Estoy dispuesto a quemarme, a que se me derritan las alas. Quizás termine desnudo pero en éxtasis. No me parece un mal final. Mejor que tener alzheimer o estar en una casa de reposo solito.

Uno debe ponerse límites.

Quizá, pero no rejas o celdas. Y esos límites deben ir moviéndose, replanteándose en función de la curiosidad. ¿No cree?

No sé. Puede ser.

Mi padre dice ser curioso pero no lo es: es ordenado, metódico.

¿Asegurado?

Escribe ahora acerca de gente que le llama la atención o que tiene que ver con él. No escribe de temas que desconoce o teme... camina por su terreno, se va por la segura, sí... Mi padre no es malo, pero se volvió cobarde, que es lo peor que uno puede ser, ¿no? Desea reconocimiento y admiración... Le interesa más ser un escritor famoso, Mr. Boom, el señor de los premios, el estadista que sigue produciendo... Su vida es una gira. Gira y gira porque si se queda quieto tendrá que enfrentarse a sí mismo y a todos sus errores... Si se detiene, muere. No desea alterar o remecer o asquear o molestar... por eso creo que su novela de Barba Jacob lo condenó... Tuvo la oportunidad de escribir de mí o verme a mí en ese poeta y no lo hizo. Se asustó. Mi padre me hace creer que piensa que soy hétero pero sabe que no lo soy. Se dio cuenta cuando tenía cuatro o cinco años y le sacaba ropa a mi mamá y lloraba viendo musicales o imitaba a Édith Piaf o a las

Abba en París. Es un libro en clave. Es acerca de nosotros. Es acerca del asco que siente por mí. No me puede odiar del todo porque soy su hijo pero sé que le asquea la idea de lo que realmente soy.

¿Tú le cuentas cosas?

Nada. Yo tampoco soy perfecto.

¿Y *El aura de las cosas*?

Es propaganda: soy buen padre, mi hijo es cómplice, soy veterano pero estoy al tanto del mundo pop, qué bonita vecindad tenemos, mi mejor amigo y socio es mi hijo que toma fotos. Pero qué diría si viera la colección de retratos de anos que tengo. Mi padre es todo un caso. Quiso hacer una carrera legítima, cuando la gracia es destrozarla. Siempre. Partir de cero. Siempre. Dejar obra pero no obsesionarse con ella. Una vida literaria o artística no es una escalera como esta donde estamos apoyando el culo ahora usted y yo: es un resbalín. La gracia es caer, no construir o repetirse.

Caída libre, le digo.

Así es. A veces te atajan, a veces no.

Eres joven y hablas como joven, Rafa.

Qué puedo hacer. Qué pena. Yo no deseo ser coherente, quiero ser untamed, salvaje, aunque no deje mucha obra. La poesía no sólo se escribe.

¿Se vive?

¿Se burla usted de mí? Me abro y…

No, para nada, no me burlo. Para nada.

Usted sabe que los lazos más intensos se cortan con una llamada telefónica o una frase lanzada así o un chiste o una burla o un gesto leve en la cama. Yo quería a un chico de Andorra… sí, de Andorra, hay… existen… fuimos llaves… queridísimo… yo era un crío y me fascinó… porque era mayor, tenía como treinta y yo diecisiete… nos encerramos en su departamento en Madrid… yo había ido a ver a una amiga… y nada: follamos y follamos… y hablamos como locos, teníamos mucha vibra y sinergia, Adrián era sabrosísimo… nos potenciamos… hasta que un día, mientras me la mamaba, comenzó a hacerme unas cosas en el culo… con una cosita como un pendrive que vibraba… rico… intenso… picante… y me hablaba sucio, me trataba de guarro y me decía españoladas y que tu polla y que tu leche… todo muy español…. y pues acabo… en su boca… Natural, ¿no?

Rico.

Pues toda su onda se disipó cuando fue al baño y abrió el water y lo escupió. Nunca le hablé a Adrián de nuevo.

Debió tragarlo.

Sí, claro, ¿qué se habrá creído? ¿Soy demasiado exigente?

¿Por terminar con alguien porque no se lo traga?

Pudo escupirlo en mi pecho. O darme un beso blanco. Tirarlo en la cama: sábanas manchadas, como el fanzine. O botarlo en su mano o, no sé, en la sábana. O decir: uf, odio el semen, es amargo, es asqueroso, no sé, con humor, dejarlo todo claro. Lo que me molestó fue que se hizo el morboso, exageró el lenguaje porno, se hizo el canchero y en un segundo, literalmente, se convirtió en un chico Opus y lo escupió. Ay, Dios. Se reveló, se mostró. Yo me conecto con lo que está adentro, no con lo que está en la superficie.

No crees que quizás eres muy severo.

¿Debo ser condescendiente? Debí decirle: ¿quiere desayunar? Me di cuenta que no era un ser de fiar.

¿Porque no se lo tragó?

Porque se hizo el transgresor y luego de hacer su show se sacó el disfraz.

Puede ser. Lo que me parece es que…

¿Qué?

Con esa manera de ver las cosas… pues… te puedes quedar solo. Puedes perder a gente *tan querida*, como dices tú.

Quedaré solo y seguiré sumando pérdidas. La gente cree que a medida que envejece sus círculos se abren y se conoce a más gente. No es verdad. Uno pierde y pierde, te vas quedando aislado. La guapa de mi hermana terminó muerta y llena de heroína y bazuco bajo un paso sobre nivel en Tepito. Con un bebé adentro de quién sabe quién. Y cuando estaba en la prepa o luego estudiando en Berkeley, todos la amaban, le sobraban amigas y panoramas. Murió de abandono, como moriré yo. Insisto: lo penoso de morirse es que todos te olvidan.

¿Dónde estaban tus padres cuando sucedió?

Estaban en París.

Tu madre tiene que haber quedado devastada.

¿Por qué dices eso? ¿Por qué usa clichés? ¿Por qué cree que porque su hija termina muerta en Tepito va a quedar devastada? No hable como Laura Esquivel. No sea Ángeles Mastretta para sus cosas. Devastada. No sea drag queen, no exagere. Mi madre se enojó. Lo que la devastó, para usar una de sus manidas palabras, es que Cordelia hiciera público lo que mi mamita querida sabía hace rato. Mi mamá la abandonó a ella porque era incontrolable. Ella apostó por mi padre. A writer's wife de tomo y lomo. Las mujeres de los escritores son una casta, casi un género. Tenía claras sus prioridades: que mi padre triunfara, que fuera deseado y admirado, que ganara un Nobel. Mi madre quiso hijos porque aún son parte de la tradición, pero lo suyo es la ambición. Lo que no es malo. Ella sabe lo que quiere y mi padre no estaría aquí sin ella. Yo no la odio porque me protege: cuando me vio una vez cantando los temas de *The Sound of Music* me dijo: mi hermano era joto, no le diremos a tu padre. Yo tuve una época en que quería ser como Julie Andrews. La amaba. Quería una nanny así. *Mary Poppins* me trastorna.

Yo siempre me imaginé que...

No se imagine, no proyecte, Alf. No tiene hijos, no los tendrá. Y no tiene poder, ni fama, ni está expuesto. Dígame: ¿qué es peor? ¿Una hija loca y droga e incontrolable o una chica muerta calladita y enterrada en París? ¿Usted sabe que tenemos una tumba como un duplex en Père-Lachaise? No en México, no en Colombia. En París. Cerca de Oscar Wilde y Jim Morrison y Chopin y la Callas. Al ladito de Balzac, qué descaro, ¿no? Ahí está Cordelia, ahí estará mi padre pronto, mi madre, aunque dudo que muera algún día, supongo que ahí me lanzarán a mí y quizás a mi hermanastro gordo que tiene tantas trabas que nunca podrá soltarse.

Es fuerte lo que te ha tocado.

¿Usted cree? Deje de hablar como Douglas Sirk. Me ha tocado lo que me ha tocado y es mejor ser fuerte que débil, sin duda. ¿Acaso las familias que viven en las barriadas no la tienen peor? ¿Eso no es fuerte? ¿Ser un campesino analfabeto y tener ocho hijos? Nadie se salva, Alf.

Es un poco tarde. ¿Vamos?

Vamos. Emiliano entrará en acción. Me gusta ese nombre. ¿Qué apellido podrá tener? Veamos qué me toca. Me carcome la curiosidad. ¿Quién será el que esta noche tan caliente quiera pagar por acceder a mí?

Cruzan la Plaza de Armas y pasan al lado de la catedral.

Este es nuestro zócalo.

Una mierda. Con todo respeto.

La están remodelando.

¿Y esos muñecos?

Putos. Pero son más flaites que tu compentencia de Santa Lucía.

¿Flaites?

Marginales, en riesgo social.

Entiendo.

Ese edificio me gusta, Rafa. El con los arcos abajo. Arriba tiene una terraza increíble. Hay un hostal ahí. Portal Fernández Concha se llama. Uno de los primeros edificios gays de Santiago pues la mayor parte de los departamentos son para solteros. Pequeños, de un ambiente. Cuando decayó se llenó de masajistas y putos y putas. Tu nueva profesión.

De algo hay que vivir, ¿no cree?

Abajo, en la planta, hay una galería, como las de París. Que sale a las cuatro calles que la rodean. Incluso tiene una diagonal. Acá les decimos pasajes. Pasaje Matte, Pasaje Edwards… Uno puede cruzar por dentro de estas galerías todo el centro de Santiago si está lloviendo.

Sabe mucho. Alguien que le gustó le enseñó…

En la planta del portal Fernández Concha hay decenas de fuentes de sodas…

¿Qué?

Restoranes, pizzerías, cocinerías… Acá les decimos fuentes de soda, quizás fue un derivación de las *soda fountains* americanas, aunque acá la comida es ultra chilena… En el portal también hay puestos donde la gente come de pie… Y venden harina tostada, ese sitio siempre está con aroma a harina tostada, ¿lo conoces?

No. ¿Es harina que se tuesta?

Sí. Es ideal para agregarle a la sandía.

¿Acá no le echan chile a la fruta? Eso es sabroso. Invento mejicano.

En el portal puedes comer completos, pero hay lugares mejores. El Dominó, sobre todo. Ahora hay por todas partes, pero a mí me gusta el primero, el de la calle Agustinas. Quizás podamos pasar por uno un día de estos. Hay uno cerca del hotel.

Qué va. Odio los dominós, ese juego berraco. Mi padre es fanático, adicto, obsesivo. Juega solo. Se encierra en sí mismo cuando está cerca de otros y juega. Lo único tecnológico que sabe es jugar dominó en su iPad. Se niega a leer libros electrónicos.

Yo también.

No me extraña. Dominó y Scrabble, el juego de las palabras…

Dilema se llama acá.

Pues es tenaz. Una reverenda estupidez. Crear palabras. Demostrar que tienes un vocabulario rebuscado. ¿Qué afán? ¿De qué te sirve saber tantas palabras? Yo a veces colocaba en el tablero palabras sexuales para alterar a mi padre. Creampie. Belching. Bukake. Jockstrap. Me las rechazaba por extranjeras. Rimming tampoco la aceptaba. Una vez me aceptó penetración y esmegma. Buga me la rechazó, tortillera también. Nada de jerga de joterías, me dijo. Nada de mariconerías, le ruego, dijo el mal parido. Qué agote. Me dio hambre. Me quiero comer un completo chileno. Deseo probarlos. ¿Habrá algo abierto?

A esta hora no pero mañana vamos de todas maneras. Mira, Rafa, en esta esquina parte o termina lo que se llama Paseo Ahumada, que es peatonal y es la calle más transitada…

Como la calle Florida en Buenos Aires.

Pero menos decadente. Esto es centro centro y aún funciona. Los ministerios y La Moneda están cerca.

¿Quieres más cocaína?

Y en esta cuadra, hacia abajo, está un lugar que me gusta mucho. Ese hotel, míralo, ahora lo están refaccionando, ojalá quede bien. Creo que se potenciará. Es de culto: hay una novela donde un chico se encierra en el hotel. A su bar iban escritores y detectives y ahí se han filmado películas y lanzado libros bizarros. Después lo descubrió la publicidad, que todo lo trajina. No tenía muchos pasajeros. Antes de que lo compraran para revitalizarlo estaba un poco en decadencia, pero arquitectónicamente siempre ha sido fascinante: parece sacado de una cinta de cine negro. Es art déco con algo de ciudad gótica, ¿no crees? Mira cómo el letrero curvo une los dos edificios, da la impresión de que fuera uno solo. Por debajo están unidos con subterráneos y lo que alguna vez fue una disco.

Hotel City.

Sí. Nuestro Chelsea, digamos. Ahora será un hotel boutique.

En todas las ciudades hay un City. Curioso, ¿no? Yo filmé una suerte de corto amateur en el Chelsea, recitando mis poemas. Un noviecillo estudiante de cine de NYU me ayudó.

Estoy buscando a alguien para que escriba la historia de este hotel.

Usted siempre buscando historias en vez de chicos.

Eso no es cierto, Rafa.

Suena un teléfono. El sonido particular e ineludible de tambores marimba retumba entre los edificios oscuros, apagados, durmientes. No es el mío.

Qué pena. ¿Quién será? ¿Me regala unos minutos?

Mientras Rafa contesta saco de mi bolsillo mi teléfono y lo miro y leo unos mensajes de Vicente que me dicen que Rafa es un «crack» y «ultra cool» y que «le cayó la raja».

Hey, Etienne, ma cher, mon amie. Ca'va? Je suis a Santiago… Du Chili, oui. Fin du monde, oui…

Rafa me mira con la típica cara de «dame un minuto, esto es personal» y se aleja caminando por la calle Compañía hacia el Palacio de Tribunales. No entiendo lo que dice pero comprendo que sabe francés, que le sale natural y que Etienne es alguien importante y tan impulsivo como su amigo o novio o amante o lo que sea. Después de todo, acá en Santiago son casi las cuatro de la mañana. ¿Sabía la hora cuando llamó, sabía que estaba en Chile?

Unos metros más allá, entrando y saliendo de la luz de los faroles, el chico —porque eso es lo que es y cuando estaba parado en la esquina de Santa Lucía y Huérfanos puteando parecía aún menor— mueve las manos y apresura el paso y se nota agitado pero también contento. Lo observo, paseándose en los jardines de los tribunales, su figura solitaria en medio de la noche, su escasa ropa clara contrastando en la oscuridad, y pienso: se va.

¿Él acaso no podría irse?

¿Es necesario o importante vivir acá como vive?

¿Se iría tras un pendejo que ni conoce?

¿Dejaría todo por alguien?

¿Cuándo?

¿Por qué no pasó nada en la cama en el hotel? ¿O en la tina? ¿Por qué no lo besó cuando se bajó de la escultura de Rebeca Matte? ¿Por qué no fue firme y le dijo: Rafa, no vas a putear y si vas a tener sexo quiero que sea conmigo? ¿Por qué no lo llevó a caminar por el parque y lo puso contra un árbol y se lo culió por detrás, parados, Rafa afirmado a un inmenso plátano oriental? ¿Esto es lo que quiere el chico: una aventura platónica? ¿Darse tinas y dormir desnudos y poco más? ¿Besarse un poco implica algún grado de compromiso? Julián Moro hubiera dicho «pasó, nomás» o «estuvo rico, estuvo bueno, no analices, ¿hay algo que analizar?». Sí, hay algo que analizar. De acuerdo: follar a oscuras, en un baño, en un parque, en un sauna, quizás no merece análisis pero cuando uno conecta, cuando la intimidad brota y uno se cuenta cosas… ¿eso no es algo que merezca algún respeto o que deba cuidarse o pensarse?

¿Hace tanto tiempo que no conecta de verdad?

¿Desde cuándo?

Desde El Factor Julián.

¿Subirse a un auto con un sesentón es la manera de coronar una noche de luna llena? ¿Por qué hace esas cosas?

Alfredo revisa el feed de Instagram pero todos duermen, sólo ve fotos de gente desconocida de Asia o Europa a la que sigue. ¿Así que esto es lo que entiende por amistad? ¿Esto es una «amistad inglesa»? Mejor tener todo claro: no soy más que el lazarillo de un chico que, por un lado, no sabe lo que quiere y, por otro, sabe exactamente lo que desea. Todo lo que se le antoja lo obtiene. ¿Cómo será vivir así? Checklist, listo. Eso es la vida para Rafa: ceder a las tentaciones antes de que las tentaciones te cobren la cuenta. ¿Rafa es una tentación? ¿Es de fiar?

¿Qué busca él?

¿Un affaire? ¿Un guía? ¿Una historia?

¿Material literario?

¿Está aburrido a más no poder o realmente lo que busca es transgredir límites?

¿Qué desea o busca o espera Alfredo de Rafa?

¿Qué deseo o busco o espero de Rafa?

¿Que se quede?

Si lo invitara a México, ¿iría? ¿O a París? ¿No tiene acaso un piso en Le Marais? Ya se confunde: tantas casas, tantos departamentos, tantas partes, tantos idiomas, tantos minos.

¿De dónde es, quién es, qué hace?

¿Y quién es Etienne?

¿Por qué siente ahora algo cercano a los celos por cómo Rafa le cuenta sus cosas al francés? ¿Tendrá su edad? ¿Será amigo, amante, un ex, todas las anteriores? ¿Qué pretende? ¿Pasará algo más con él? ¿Acaso ya no ha sucedido mucho? ¿Lo que han logrado en estas pocas horas no se parece a la intimidad? ¿Es tan transgresor o es un personaje que no es capaz de aplacar sus deseos? Rafa es de esos que estaría dispuesto a cualquier cosa con tal de epatar a su público. Porque eso es: un actor haciendo su rol de *enfant terrible perdu* y niño-rico-de-país-pobre o hijo-reventado-de-famoso; el público que tiene es Alfredo y ese oso Bernard.

¿De verdad siente algo por el oso o es una pose, una performance, una suerte de accesorio que siempre ayudará a destacar su vestuario y potenciar su excentricidad?

¿Qué realmente pasó en ese Citroën que dio dos vueltas alrededor del cerro Santa Lucía antes de detenerse al lado de Rafa en la esquina? ¿Hubo sexo como sostiene Rafa?

Al parecer sí. Algo rápido, sin importancia. Los setenta mil pesos en billetes azules son la prueba. ¿Cobró eso o le dieron más? Un tipo mayor, abogado según Rafa, le hizo un «guagüis»: sonaba Roberto Carlos en la radio y el hombre estaba nervioso y acabó en su pantalón y Rafa no eyaculó. ¿Le da celos? ¿Rabia? ¿Es traición? ¿Qué rol cumplió Alfredo en este capricho? ¿Cafiche, cómplice, amante despechado? El que desea chupárselo a Rafa es él y no en un auto, no en un callejón cercano sino con calma, con deseo, con cariño. ¿Cariño? Y si le cobrara: ¿pagaría?

Rafa sigue conversando y caminando en zigzag y Alfredo recuerda la escena que sucedió hace veinte mintuos: Rafa en la esquina de Huérfanos y Santa Lucía, parado, el cerro como telón de fondo, las manos en los bolsillos, él agachándose levemente cada vez que un auto pasaba lento y lo tasaba. Me pidió que me escondiera, que no lo vieran conmigo. Me senté a la entrada de un edificio, vigilándolo. Frente al edificio El Barco, donde una vez fui a editar una de las tantas memorias de Jorge Edwards, pasamos al lado de dos prostitutos profesionales.

Huelen a M7 pero dudo que sea M7, me dijo.

Los tipos, veinteañeros, delgados, de pantalones pitillo largos, botas, casacas de cuerina a pesar del calor, nos miraron con sospecha. ¿Era peligroso competir con ellos? ¿Había un acuerdo de territorialidad? ¿La esquina frente a la fuente Neptuno era la más codiciada? Pero Rafa emanaba una seguridad y un aire superior. Quizás no era puto, quizás no era local, pero tenía claro que ante estos putos morochos transpirados por el calor él aparecía como lo que quizás era: realeza. No sería tan fácil ningunearlo. No era ningún puto de la periferia. Era competencia desleal, sin duda, y por eso mismo estos chicos de clase baja no se iban a atrever a molestar al patrón que ahora quería entrar a arrasar a su esquina. Rafa les dijo: «Buenas noches, qué calor», y siguió, casi como si fuera otro, como si fuera un modelo, caminando por la vereda de la calle Santa Lucía como por una pasarela. Y ahí se quedó y todo fue rápido. Rafa se paró en la esquina, serio, mirando su celular, usando su mirada para conectar con el conductor del par de autos caros que pasaron por su lado hasta que uno se detuvo y se acercó y, luego de conversar unas palabras que no escuché, Rafa se subió al auto y desapareció sin mirar hacia atrás, sin despedirse.

Me quede ahí, solo, tenso, inquieto.

Comencé a caminar por esa primera cuadra de Huérfanos, aterrado de que no regresara, que le pasara algo, que terminara asesinado o preso o secuestrado.

¿Debía llamarlo? ¿Mandarle un mensaje? ¿Irían a un motel? ¿Cuánto tiempo tardarían? De pronto, Alfredo se sintió cansado, agotado, la hora de la noche se hizo notar, lo mismo o más que las drogas y las pastillas. ¿Y si se iba a su casa? ¿O al hotel W? Era cosa de avisarle por WhatsApp y decirle que partiera para allá pero quizás de las películas que había visto tenía la idea de que lo usual para el cliente es devolver al muchacho al punto donde se lo recogió. Lo más probable es que hayan ido por ahí cerca. Eso pensaba cuando de pronto el Citroën plateado se detuvo en Santa Lucía con Huérfanos y Rafa apareció y le levantó su pulgar en son de triunfo.

Check.

Todo bien, ¿asqueroso?

Quedó feliz. Siempre tuve el control. Lo bizarro es que yo quería más: besarlo, escupirlo, dilatarlo, chupárselo. Pensaba negociar cada cosa. Pero nada: le dije «¿me la quieres chupar, te gusta dura?» y empezó. Y pensé y deseaba mamársela; mal que mal, me iba a pagar. Y no poco o más que a la competencia, al menos. La verdad, Alf, es que quedé algo frustrado. Para qué mentir. Los putos al parecer no dejan que los follen o besen. O los de la calle al menos. Seguro que hay manes más caros que hacen otras cosas. El viejo acabó al minuto sin tocarse, sólo chupándome. Luego conversamos. Muy ilustrado. Se acaba de separar pero ha estado en el clóset desde los doce años, pobre. Lo invité para mañana.

¿Por qué?

Porque resultó ser fan de mi padre. Gran lector. Un abogado importante de la plaza, según capté. Tiene hijos de mi edad. Me encantaría agarrármelos. ¿Sigamos? Muéstreme su ciudad. Quiero verla con sus ojos.

Rafa cuelga y guarda su celular y se acerca a Alfredo, que está apoyado en un pilar del Palacio de Tribunales.

Qué pena. Perdone.

Tranquilo.

Era Etienne. Omar lo abandonó por un holandés. Quería hablar.

¿Quién es Etienne?

Un fotógrafo. Y novio. Mi novio parisino. Omar es un moro del magreb que lo traicionó. Somos novios cuando yo estoy allá. Con Etienne, no con Omar. Ahora estoy acá.

¿Conmigo?

¿Le da celos?

Cansancio.

¿Sabe lo que le dije?

¿Que te dieron setenta lucas por chuparte el pico en un auto?

Que mi novio chileno me estaba esperando.

¿Y has tenido novios en los otros países de la gira?

Qué pregunta, Alf. Qué pregunta. No me cele.

Es curiosidad. O envidia. ¿No se puede tener celos retroactivos?

Sí se puede, claro que sí, pero eso es pura inseguridad. ¿Novio como usted? No. Amantes sí. En Panamá, creo que le conté. Un sirio. Soñado. Muy mohammed. En Quito también. Divertido, periodista, rockero. En Asunción dos: un publicista con barba y uno que organizaba conciertos. Lo de Caracas no cuenta; además era pro Maduro. Jamás. El resto fue sexo anónimo o nada. Me obsesioné con un chico chileno de Cam4. Pablo Celis de Las Condes. ¿Lo ha visto? Delicioso, guapo, fino, qué verga. Tierno, además. Natural. Le di muchos tokens y nos hicimos amigos. Nos pajeamos hablando de súper héroes. Jocelyn lo contactó. Irá mañana. ¿Le gustaría hacer un trío con Pablo? Es delgado y precioso y es una estrella, ¿no cree? Siempre cuando está con su performance termina liderando el trending. Lo desean de todas partes del mundo. Es muy boy next door. Me encanta.

Lo he visto. Tiene una cosa inocente y desprejuiciada, como si nadie lo estuviera viendo.

Exacto. Quiero conversar con él para el proyecto de un documental en que estoy inmerso, pero también quiero olerlo y que acabe arriba mío.

¿Y el taxiboy de Buenos Aires?

¿Ese chongo hijo de puta de Morón? No vale la pena ni recordarlo. ¿Satisfecho?

Algo.

Usted verá.

¿Qué haces, Rafa?, le pregunto, pero no necesito que me responda pues los petardos digitales de Grindr estallan en la noche.

Este barrio es el epicentro, veo. Qué gusto. Aún soy capaz de interesar a extraños.

Me muestra su teléfono y me dice que su foto de perfil es la que le tomó Mario Testino. Veo que ha recibido cuarenta y siete mensajes y las caras y los torsos y los boxers de los avatares cercanos están todos celestes.

¿Respondo? Fíjese en este, qué guapo. Me gustan los chicos con bigotes. Y este de gafas: parece lector.

¿De verdad, Rafa?

¿Qué, Alf?

¿De verdad quieres grinderear? ¿Ahora?

La vida es corta, los chicos son muchos. ¿Nunca ha pensando en todos aquellos chicos con los que no tendrá sexo? ¿No le parece tristísimo? ¿No se tienta con hacer un trío?

¿Estás hablando en serio?

Rafa cierra la aplicación y me toma una foto y luego apaga el teléfono.

Qué cara, Alf. Qué serio. No me cele y no me haga una escena. No sea celoso, sea suntuoso. No soy suyo, soy del que apuesta primero. Apueste.

¿Cómo?

Apueste. Sedúzcame. Invente algo, Alf. Ya sabe: me aburro rápido. Should I Stay Or Should I Go? La pregunta esencial.

Quédate. Sigamos. Quédate conmigo.

¿Y qué hacemos?

Caminemos. Aprovechemos que el sol aún no aparece y nos quema.

Como a los vampiros. ¿Me va a chupar mi sangre? Le recuerdo que no alimenta.

Deseo chuparte otra cosa.

Aprobado. Celébreme. Macéreme. Desgárreme. Ahora caminemos, Alf. Quedamos en que me iba a mostrar los lugares que le gustan de su ciudad. Delicioso. Incomparable. Apostaré por usted y desecharé la adrenalina de irme con un desconocido. Vamos, rápido, antes que el sol llegue a estropearlo todo.

Aprobado, le digo, y Rafa me sonríe, sorprendido.

Caminan hasta que el sol aparece.

Caminan cerca, casi rozándose.

Caminan y conversan, caminan y se huelen, caminan y se miran y se hacen los que no se miran.

Se escuchan.

Se ríen.

Caminan por el centro y llegan al barrio Lastarria, que duerme. Salen a la Alameda y Alfredo le muestra el GAM y ven un muro con pegatinas del libro con el eslogan «Un padre. Un hijo. Una memoria conjunta» y Rafa orina fuerte y preciso arriba de uno de los afiches que publicita la obra. Miran las Torres de San Borja y van a ver la Fuente Alemana en el parque y el edificio La Gárgola de Kulczewski, que pronto será un hotel boutique. En Plaza Italia compran agua mineral y Alfredo se sobreexcita hablándole del edificio Turri, que en rigor son tres, y miran una de las pantallas luminosas arriba del techo de un edificio alto nuevo en la que pasa un comercial de Heineken y luego aparece la foto de su padre y un aviso de *El aura de las cosas* y se ríen y comentan que Rafael Restrepo Carvajal los vigila, que parece el gran hermano.

Cruzan el puente curvo Racamalac y observan desde ahí las Torres de Tajamar y el río abajo y unos edificios que a Alfredo le gustan especialmente: uno curvo en Condell con Providencia y otro que está en la avenida Santa María y cuyas ventanas interiores dan a otras ventanas interiores. En el puente Alfredo trata de besarlo, pero Rafa le quita la cara y mira hacia el cerro San Cristóbal y le dice que la Torre Santa María es como el edificio de *Infierno en la Torre*.

Luego se devuelven un poco por el parque y se internan en las calles curvas del barrio conocido como el Vaticano Chico y se sientan en un escaño de la plaza Bernarda Morín y al rato se paran y caminan ahora hacia el oriente y entran por Huelén y salen por Rafael Cañas y comentan que al final lo que hace bello un rincón es una cierta armonía. Cuando el sol comienza a imponerse ya han paseado por la legendaria y mítica Plaza Uruguay, que le gusta tanto a Alejo. Van caminando por las calles con nombres de flores y Rafa le cuenta de las ciudades donde ha vivido, recuerdos de Providence y de Princeton, de Cambridge y de Oxford, rincones de París y Washington, no para de describirle las virtudes y los vicios de la colonia Condesa y la Roma en Ciudad de México, por qué Le Marais le gusta tanto a los gays. Se detienen en Roberto del Río y Las Dalias, donde las cuatro esquinas son romas y hay pasto y uno que otro árbol en cada una y forman un pequeño círculo: una plaza cortada. Alfredo le cuenta que entre los arquitectos ese error, que sin duda no fue un error, es apreciado y venerado y es casi de culto.

Alfredo se olvida del Citroën y el abogado viejo y siente que ha vivido esto antes. De hecho, lo ha vivido. No exactamente, pero casi. Con Julián Moro se juntaban a tomar o a cenar o simplemente se mandaban mensajes y salían a caminar y a explorar calles y rincones y edificios y Las Cuatro Esquinas Romas era su lugar privado, único, colmado de recuerdos y confesiones y miradas y manos que se entrelazaban en el frío de la noche.

Ahí, en Las Cuatro Esquinas Romas, Julián casi lo quiso. «Un pocket», para usar su jerga. Lo que sabe de Santiago, de urbanismo, de Bauhaus y art déco, de emplazamientos y paños, de rasantes y modernismo, es gracias a Julián, al guapo de Julián Moro, al inasible Factor Julián. Una vez besó a Julián en la placita en la cual ahora están: la placita Juan Montalvo donde Roberto del Río se acaba dejando otra placita, también redonda pero no cortada. Es ahí, con el sol ya caliente colándose por entre las hojas de los árboles, que Alfredo besa a Rafa como cuando besó a Julián esa noche que se conocieron por Grindr y en vez de irse directo a follar salieron a caminar y a mirar los edificios residenciales que le gustaban a Julián y ahora todo se vuelve un tanto confuso, de pronto ve a Julián, de pronto huele su sudor y su 212, su tabaco rubio, y lo ve sentado en un escaño armando un cigarrillo con toda delicadeza pero es Rafa y Rafa lo mira, le guiña el ojo y lo besa mientras el cuidador de un edificio riega el pasto y los mira, quizás celoso, quizás perturbado.

Estoy raja.

Ay, Jalisco, no te rajes.

Cansado. Acá se dice raja cuando estás muy extenuado.

¿Raja no es vagina? En otras partes se dice así.

Parece, sí.

En México hay rajitas poblanas. ¿Las ha probado?

No. En todo caso no sé mucho de vaginas ni me interesan.

Qué misógino, Alf.

Siempre. Debemos cuidarnos.

Las viejas son muy queridas.

¿Tú crees? Yo nunca me llevé bien con las mujeres.

A mí me aman.

A mí me querían follar. O se enamoraban. Me acosaban. Yo quería que un tipo me joteara pero no, eran chicas. Cero interés, cero. Yo lo que quería era entrar a los camarines y ver cómo se duchaban los hombres pero nunca entraba por miedo a que se me parara o se percataran de que estaba ahí deseándolos.

Es una sensación penosa quedarse afuera. No ser parte. Marginarse, ser marginado. Con mi hermana jugábamos a las muñecas. Mi madre siempre me usaba como su asesor personal en cuanto a diseño, ropa, peinados. Cuando le dije que no se operara la cara me perdió confianza. Pero ella confiaba en mis gustos. Me gustaba verla maquillarse, vestirse. Tenía un clóset formidable: Chanel, el tío Oscar de la Renta, Carolina Herrera, que me encanta. Nunca quise ser mujer, sólo me gustaba su mundo. Me fascinaba más que el de mi padre. El mundo femenino me intriga.

A mí me intriga cero. Siempre me intrigaron los hombres. Poder ser más como ellos.

Están de vuelta en la suite del W y el sol entra fuerte, quemante, sin filtro, y la luz ciega. Son las ocho y media de la mañana, los dos están en la cama, descalzos pero vestidos, arriba del cubrecama (¿en qué momento habrán hecho la habitación?, ¿esa es la gracia de una suite?). Toman mimosas y mastican fruta de una canasta que llegó de la Embajada de México con delicias fuera de temporada y chocolates finos y gomitas Merello.

¿Cuán puro es usted?

¿Cómo?

¿Cuán puro es? En la escala vaginal.

No entiendo.

Cómo que no entiende, Alf. Más bien no quiere entender, no se haga el veleidoso.

No entiendo y deseo entender. Cabalmente. Te juro. Hueón: caminamos ene. Estoy raja. Hasta pensar me agota. Me duelen los pies.

Tengo una crema de menta que los hiela. ¿Le hago un masaje en los pies?

Puede ser. Yo deseo chuparte los dedos.

Qué dice, Alf.

Lo que siento, lo que tengo ganas de hacer. Te tengo ganas.

Debe controlarse, sosegarse. Conversemos tranquilos, descansemos. No sabe lo increíble que se siente estar conectado. Conectar con usted. ¿Le gusta esto? ¿Puedo hacerle cariño en el cabello?

Sí, rico. Sensual. Uf, qué cansancio. Creo que debo ducharme, estoy como pasado. Pegoteado. Sudamos ene. ¿Sabes cuántos kilómetros caminamos con ese calor nocturno?

Tome esta agua, está fresca, deliciosa. Usted huele rico, huele a hombre en el trópico, que no le de pena.

Puta que me gustan las cerezas. ¿Más champán?

No cambie el tema, pequeño garzón.

¿Qué tema?

¿Ha estado con una mujer? ¿Ha follado con una vieja? Usted acaba de confesar que muchas chicas querían poseerlo. Eso me atrae de usted: que sea gusto de mujeres.

Siempre los guapos o los muy masculinos son aquellos que atraen a las hembras. Una mujer nunca se moja con un chico gay; se obsesionan con aquellos que pueden obtener o, al menos, dar vuelta.

Nadie me ha dado vuelta ni lo hará.

Por eso. Cuénteme.

Alfredo siente los pies ásperos de Rafa rozar los suyos. Mueve el derecho suyo y lo posa en la pantorrilla del chico. Se siente tibia, suave, pulsante, y los abundantes vellos lo raspan. Como Rafa no se mueve ni lo rechaza decide seguir y con su dedo gordo recorre sus piernas deteniéndose en la parte posterior de la rodilla.

Este Moet ya me curó, le digo.

Ay, sí. Vamos a dormir rico.

Llevamos mucho tiempo sin comer. ¿Pidamos huevos, tocino, esas cosas? Te quiero comer entero.

Almorcemos, mejor. ¿Le parece? Como obispos. Durmamos primero. Tenemos esas pastillas que le gustan a mi madre. Durmamos cerca, junticos, como llaves, y me cuenta cosas. Cosas de usted para así recordarlo mejor. Mire: Bernard ya duerme, no ha parado de dormir, ha quedado agotado de tanto trajín.

Y eso que no salió con nosotros.

Bernard es poco sociable. Es como sería yo si fuera bueno e inocente. Es el lado que perdí.

Todos lo perdemos.

Algunos nunca lo pierden.

¿Qué hubiera dicho Bernard al verte parado en la calle vendiéndote?

Él no sabe de esas cosas. Bernard cree que soy virgen. Yo a veces también lo pienso. O lo recuerdo. ¿Aspiraría una línea?

Eres un corruptor de mayores, ¿lo sabes?

No lo obligo a nada.

Eso crees, Rafa. Eres difícil de rechazar.

Ya pues… ¿con cuántas? ¿Y qué ha hecho?

¿Hecho qué?

Lo que le pregunté. ¿Con cuántas mujeres ha culeado? ¿Cuán puro es?

Muy puro. Cien por ciento puro. Más puro que el aceite de oliva virgen.

No lo hubiese esperado. ¿De verdad?

Ciertamente.

¿No está mamando, gallo?

No, te diría. ¿Esta pureza vale oro en el mercado? Si fuera puto, ¿podría cobrar más?

En ciertos círculos muy sofisticados es bien visto, sí. ¿No estaba al tanto?

No lo había usado como arma de conquista: «Nunca esta verga ha estado dentro de una vagina». No, no lo había pensado: tengo algo que no todos tienen. Soy puro. Rafa: me hiciste el día.

¿De verdad nunca ha estado con una vieja? ¿Nada de nada?

Nada.

A ver: no le creo. ¿Besos?

A los doce o trece, en los labios, sin lengua. Una vez.

¿Dedos?

No, nunca un dedo mío ha ingresado ahí. ¿Para qué?

Para probar, pues, Alf.

En eso he tenido las cosas claras siempre. Nunca he visto de cerca a una chica desnuda. O en ropa interior. No tengo amigas. No confío en ellas, no puedo. Prefiero probar otras cosas. Probar tu semen es algo que me tienta.

¿Ha penetrado?

No, puta, qué asco. Mal.

¿Nunca ha tenido novia? ¿Ni siquiera una novia platónica?

No. Dios me proteja. Te dije que no. Tuve una vez una amiga muy cercana, pero ella confiaba más en mí que yo en ella. Era rubia y súper pro-gay, pasaba rodeada de gays, lo que me parece sospechoso, pero eso es un prejuicio mío, lo sé. Yo creo que los minos le daban miedo a pesar de que soñaba con encontrar uno. Seguro que cachaba que yo era fleto aunque por entonces yo andaba más bien en un período de sequía, daba la impresión del intelectual solitario. La mina iba a terapia y me hablaba de su sicólogo y estaba fascinada conmigo, para más remate.

Puede ser fascinante, Alf.

¿Estás seduciéndome?

Un poco. Estoy *raja,* como dicen ustedes. El Moet se me ha ido a la cabeza.

Sí, a mí también.

Sus pies están tibios.

Tus piernas también. Me gustan. Me extraña y sorprende y encanta que seas tan peludo.

Sí, qué pena.

Nada de pena, le susurro.

Siga.

¿Tocándote las pantorrillas?

No, ¿qué pasó con la chica adicta a usted?

Ah… Una noche, en su departamento… porque sus papás eran ricos, tenían estancias en la Patagonia y le tenían un departamento fabuloso, un penthouse con terraza en el Parque Bustamente antes de que estuviera de moda…

¿Y?

Y bueno, una noche me invitó a cenar a su departamento y me dijo que me amaba y que nos podríamos casar. Que me necesitaba en su vida. Que su sicólogo le había dicho que debía sacarse esa espina. Puta, disculpa, pero yo no soy espina de nadie.

¿Y qué le dijo?

Gracias, pero paso, querida. Además, Rafa, seamos lógicos, cuerdos: ¿cómo vas a amar a alguien con quien nunca te has acostado ni besado? Era una obsesión nomás, ¿no crees?

Intensísimo.

Triste, diría yo. Raro. La verdad, Rafa, es que no me junto ni tengo amigas mujeres. No me gustan, no confío, me parecen excesivas, gritonas y siempre terminan enamoradas o celosas. Eso. ¿Mal? Tú seguro que sí tienes y muchas. Te imagino para un cumpleaños rodeado de chicas, como una mascota.

Sí.

¿Sí qué?

Sí, tengo amigas muy queridas. Las amo, me aman. Y sí: no soy puro. Pero fue cuando tenía veinte. Me rayé. Se me produjo un desbarajuste. Qué tristeza.

Lo dices como si hubiera pasado hace décadas.

Era otro, sabía menos.

¿Qué pasó?

Pues de todo, esas cosas que pasan, que uno no controla.

¿No te controlas?

A veces no. Qué pena.

Qué bien. Qué rico, hueón.

Hubo varias.

¿Varias?

Soy putazo, siempre. Una zorra, sí. Ay, Dios. Busco cariño, ya se la pilló. No se haga. Le gusto a las mujeres, les despierto algo. A veces más que a los hombres, creo. Usted sabe que a las poetas y a las intelectuales les fascinan los de nuestra estirpe.

Así es. Se acabó el Moet, le digo.

Queda Four Roses.

Acepto.

¿Ahora le gusta?

No, ahora me gustas tú. Harto.

Deje de flirtear.

¿Lo hago mal?

Es hostigoso. ¿A usted le funciona?

No, casi nunca me resulta nada.

Mentira.

Verdad.

Cuénteme de sus conquistas, de los que le han roto el corazón.

Yo los quiebro. Yo los seduzco.

Qué macho.

Puro y peludo, zorrón. Activo y alfa.

Le encanta ser así, ¿no?

Sólo cuando estoy borracho.

Alfredo se levanta y capta que lo tiene parado y hasta pegote y el algodón de sus boxers lo delata.

¿Con qué lo mezclo?

Coca light.

Dale. ¿Quieres?

Sí. ¿Otra línea?

¿Por qué no, Rafa? Dale.

Aprobado.

Rafa se levanta, se saca sus shorts blancos, los tira lejos y caen arriba del sofá donde duerme Bernard. Va hacia la mesa del comedor y prepara unas líneas de cocaína con su tarjeta American Express.

Aquí está tu trago, joven poeta.

Aspire, Alf. Adelante. Con confianza. Toda.

Cada uno aspira dos líneas y luego se toman el resto del trago mirando la ciudad brillar bajo el sol blanco.

¿Quiere dormir? Estoy exhausto, rendido, me vencí.

¿Podremos con estas líneas adentro?

Cuddle me.

¿Cómo?

Consiéntame. Abráceme. Soy muy consentido.

Yo quiero dormir, Rafa.

No mienta.

Hay que dormir un poco. ¿No crees? Debemos ir al museo, no puedes faltar a eso.

Puedo faltar a lo que quiera. Además, eso es a las siete. Podemos dormir ocho horas y no serán aún las dos de la tarde. ¿Qué problema hay? No es mi gira, no es mi libro. Estoy de acólito del gran escritor.

Se supone que deberías ir con tu padre a una entrevista en la radio Cooperativa con Cecilia Rovaretti al mediodía. En tres horas más.

Papá habla por los dos. Él lo dice todo. Habla con titulares. Habla pensando en que todo queda. Los micrófonos me enmudecen. Luego usted le avisa a esta chica que no llego. ¿Alguien me echará de menos? Me atrae la idea de irme a la cama.

¿Conmigo?

También.

¿Mucho?

Demasiado. Mire.

Miro. Es grande.

Ingresaré suave, no te preocupes.

Alfredo se desabrocha los shorts y, al igual que Rafa, los tira lejos. Rafa ve los restos de la coca en la mesa de vidrio y con la tarjeta de crédito forma un pequeño montículo. Limpia lo que queda de cocaína con su dedo índice y se acerca a Alfredo y le abre sus boxers y toma su pene erecto de entre sus pelos agrestes y le baja el forro y mezcla la cocaína de su dedo con la gruesa gota viscosa que tiene en la ranura y la esparce hasta que Alfredo siente que su excitación se anestesia un tanto.

Qué cansancio, ¿no?

Rafa se va a la cama y tira su musculosa al suelo. Alfredo lo imita. Ambos se lanzan a la cama en boxers.

Rafa toma el dedo con que esparció la cocaína y el líquido preseminal de Alfredo y lo coloca debajo de su nariz.

Abra la boca.

Alfredo lo hace y Rafa le mete el dedo, busca su encía y la masajea. Luego se acerca hasta que ambos pechos se rozan y el calor que emana de cada cuerpo se siente. Rafa lo besa de a poco, sin nunca entregarse del todo, dejando claro que esta es su suite, esta es su cama, este es su cuerpo y esta es su droga. Alfredo entiende y cuando Rafa escupe un poco de saliva en su boca la acepta y le parece dulce y le gusta.

Hola, Alf.

Hola, Rafa.

¿No se va a dormir aún?

No. ¿Hagamos cosas?

¿Qué cosas?

Cosas. Cosas juntos.

¿Como qué?

Tengo algunas ideas. Hay ciertos lugares que deseo oler, explorar.

¿Explorar?

Entrar. Conocerte más de cerca, hueón.

¿Conocerme más de cerca? Creo que nos estamos conociendo, Alf. Mucho, ¿no? Me gustó esa caminata, lo que conversamos.

Me encantó.

Ver salir la luna y caminar bajo ella hasta ver aparecer el sol. Usted ya no es un desconocido.

Podrías conocerme mucho más, le digo, duro, mareado, embobado de estar rozándolo, olfateándolo, sintiendo su aliento, el aroma tibio de su cabello, tocándole sus nalgas curvas y macizas y también suaves. Qué rico hueles, pendejo.

Me calienta que me diga pendejo. Me late tanto.

¿Sí, pendejo? ¿Te gusta eso?

Ay, sí.

¿Que te hable como chileno? ¿Sabes lo que quiero, hueón? ¿Querís saber? Quiero hundir mi nariz en tu mata de pendejos sudados, pendejo culeado. Eso quiero. Puta, te partiría en dos, pero me gustas más entero. Media champa, pendejo hueón. Chúpame este pulgar, zorrón puto. Estás muy rico, muy culiable, hueón. Mira cómo me tenís, pendejo caliente. Quiero puro meterme tu pico en la boca hasta que tus pendejos, pendejo, me raspen y se metan en mis ojos.

Ay, orale, qué rico, cómo me tiene, Dios, me da mucho morbo usted, me pone así, güey. Toque, chacalón. Vuelvo. Necesito unas cosas para tronar, cabronsote.

Rafa parte al baño y por unos instantes Alfredo se queda a solas. Estira los brazos y las piernas hasta abarcar toda la cama. Cierra los ojos. Sonríe. De pronto siente los dedos de Rafa delineándole la boca y luego una pastilla entra a su lengua y Rafa escupe un poco más y trago, me trago la píldora e intento besarlo porque eso es lo que quiero, pero el chico no me deja, cierra la boca, me sonríe, me mira, con una mano acaricia los pelos de mi axila y se queda ahí, escondido, la tibieza de su aliento secando mi cuello, su lengua deslizándose en mi oreja para luego bajar y agarrar mi cuello y con su lengua girar alrededor de mi manzana de Adán.

Puta, pendejo, ¿de dónde chucha saliste?

Rafa se moja el mismo dedo índice y comienza a masajear mi tetilla izquierda. Con la otra baja hasta mi ombligo y con sus dedos juega con mis vellos y luego saca la cabeza de mi pico de los boxers. Siento cómo el elástico lo aprieta e intento bajármelo.

No. No se toque, no lo toque. Lo quiero mirar.

¿Qué quieres mirar, pendejo?

Rafa baja hasta que su respiración la siento allá abajo y luego su lengua que juguetea y busca y curiosea debajo de mis bolas y luego vuelve a la punta.

Dulce. Mermelada de mecos, güey, qué sabroso.

El único sonido ahora es el de su boca, de saliva entrando y saliendo y derramándose, de piel y labios chocando, de mi pico que entra y sale de la boca de Rafa mientras mis dedos se pierden en su cabello.

Me gusta su miembro.

¿Miembro?

Chorizo, a huevo.

Pico, mejor.

Poronga. Choto. Pija.

Alfredo se baja los boxers y Rafa los agarra y los huele.

Me late su vergota.

Alfredo lo mira a los ojos y se besan fuerte, sin delicadeza, hambrientos, la saliva corre y cae al cuello, la barba de tres días de Rafa lo raspa. Baja su mano hasta traspasar los boxers de Rafa y entre sus pelos tibios y moqueados lo espera su delgado y pequeño pene pulsando, bombeando, esperándolo.

Estás mojado, pendejo morboso.

Baboso.

Pegote.

Su culpa, así me tiene, así me deja.

Así veo. Tenís el pico muy rico, pendejo. Sácate todo, te quiero sin nada, pilucho, hueón, en pelotas.

Alfredo le baja los calzoncillos y Rafa abre sus piernas para mostrarle todo y el aroma que impregna la cama es profundo, es secreto, es cercano.

Me encanta tu pichula, pendejo loco.

¿Pichula? Aprobado.

Mira cómo te bajo el forro, hueón.

¿Le parezco puto?

Un poco. Me encanta bajar forros.

Prepucios, Alf.

Sí, hueón. Ene.

Qué rica su axila, picantosa.

Mira, abre, prueba.

Sabrosa. Sabe a arándanos

Date vuelta, Rafa.

¿Así?

Así, perrito. Así. Rico.

Rafa hunde su cara en la media docena de almohadas de todos los tipos que hay y levanta su culo abierto, velludo, listo y por un instante Alfredo recuerda una tostaduría a la que entró cerca de la Estación Central buscando nuez moscada y piensa o siente que ese aroma particular a harina tostada y a humo y a madera es el que encierra Rafa ahí.

Ay, Alf, ¿qué hace?

¿Que crees? Me encanta, me encantas.

Siga, sí.

¿Sí? Esta parte es mi parte favorita: acá está tu esencia.

¿Le gusta mi perineo?

Es un bosque.

Qué pena.

Qué rico, pendejo. Uf, te voy a morder, te voy a comer.

No me muerda, de verdad.

Te voy a lamer hasta que no tengas piel.

Sabroso, sí, qué delicioso, ay, caray.

Creo que deseo follarte. I really really really want to fuck you. Quiero entrar y quedarme adentro un mes, así no te puedes ir.

Ay, Dios, uf, qué rico. Pajéeme. Eso, las bolas, siga.

¿Tienes lubricante?

Boy Butter. Es el mejor. Me encanta. Qué lindo nombre, ¿no?

Dame. ¿Condón?

Ahí.

Me gustas mucho, Rafa.

Y usted también. Demasiado.

Yo creo que tú me gustas más. Uf, dónde está el condón, quiero estar adentro, quiero metértela entera, pendejo, quiero escucharte gemir. ¿Gimes?

Ay, sí. Pero no.

¿No qué?

No puedo. Ahí no.

¿No eres pasivo?

Yo creo que sí.

Rico, dale.

No puedo, puedo sangrar.

Te dilato. De a poco. Súbete, así controlas más, tú mandas.

Alfredo: no puedo sangrar ni un poco.

Usaré condón, tranqui.

Lo tiene grande.

Gracias.

No, para qué.

Para qué crees. Para que una vez dentro no quieras que salga. Quiero que tu culo me eche de menos.

Tengo hemofilia. No he tomado plaquetas.

¿Qué?

Cuando sé que puedo sangrar me preparo. No puedo ahora. Es demasiado el riesgo.

No hablemos de sangre. Hueón, sigue, méteme un dedo. Lámeme ahí, sí. ¿Te puedo meter un dedo?

No, por las uñas.

Puta, qué hacemos. Me tiene loco tu olor. Estás sopeado, pendejo, sudado entero, rico.

Cuando nací y el doctor me cortó el cordón umbilical no paré de sangrar, ahí se dieron cuenta. No había abierto los ojos y ya me habían hecho una transfusión. Por eso nunca me circuncidaron.

Tu pico es precioso, lindo, así déjalo, mucho mejor así.

Ay, qué me hace.

¿Te gusta?

Quiero que me lo meta, que me penetre, lo quiero adentro, pero es mucho el riesgo. Qué pena, perdone. Soy frágil. Ningún golpe, moretón, caída. No me puede morder. No me puede penetrar. Nadie puede, una vez un chico… terminé en el hospital y…

Culéame tú, entonces, métemelo. ¿Puedes? ¿No hay riesgo?

Cero.

Dale.

¿Cómo quieres?

Súbete.

Alfredo siente su lengua en la boca, su mano en la nuca, los dedos resbalosos de Rafa en sus tetillas.

Ábreme, pendejo. Riméame. Adelante, hueón, soy todo tuyo.

Coloque sus pies en sus hombros.

¿Así, pendejo?

Órale.

Uf. Qué rico. La raja, la zorra, hueón.

Me gusta cómo palpita, cómo se abre y se cierra, como si pestañeara.

Acuéstate, Rafa. ¿Tienes esa mantequilla?

Sí.

Está tibia.

Usted también.

Ponte el condón.

¿Me ayuda?

Odio estas mierdas.

Béseme.

Sigue con tu lengua en mi cuello, ahí cago, es demasiado rico.

Ay, Alf. Qué bueno haberlo encontrado.

Alguien allá arriba me quiere. Uf, ¿listo?

Sí.

Voy a bajar de una. Sujétala.

¿Así?

Así, hueón, así.

¿Me siente?

Entero, pendejo. Estás todo adentro. ¿No cachái?

Ay, sí.

Tratemos de acabar juntos, le digo.

Venirnos.

Lo voy a tirar todo arriba tuyo.

Qué rico.

Sí, pendejo, qué rico. ¿Te puedo decir algo?

No ahora.

Andaba buscando a alguien como tú y ahora te irás.

Aún no me voy, falta. ¿Usted ya se va?

No, casi.

Véngase, láncelo todo encima mío.

El semen de los dos reposa pegajoso y espeso entre el vello púbico de Alfredo. La fragancia que emite es cítrica, con un toque como de cloro. El aroma en la habitación es intenso, masculino, espeso y, gracias a Rafa, joven. Huele a testosterona y a sábanas sudadas y a pelos y a noche y a culo y a perineos y a axilas que destilaron excitación y nobleza.

Huele a tibieza, a intimidad, a cercanía.

A complicidad, a hermandad, a amigos.

Rafa se estira y con su mano recorre el pecho de Alfredo y al llegar a su vientre le pellizca la grasa. El calor que emiten los tiene empapados y dormitando, da lo mismo el aire acondicionado, el sopor es más fuerte. Las gotas de semen que cayeron en el pecho y en el vientre de

Alfredo se han secado y por eso siente una cierta tirantez en su piel. Los dos están semi dormidos, agotados, secos, de espaldas. Lo miro y duerme y sus abdominales bajo su pancita blanca suben y bajan con su respiración. Se ve inocente a pesar de ese matorral inatajable y ese tatuaje: UNTAMED.

Imposible de asir.

Rafa se acomoda y cambia de posición y Alfredo atrás, haciendo cucharita, le pone su brazo en el pecho lampiño y su pene disminuido como un higo, pegote y vulnerable, le roza el trasero velludo.

Entrecruzan las piernas.

Con la otra mano Alfredo le toca la espalda con dos dedos.

Rafa toma la mano de Alfredo que está en su pecho y busca su pulgar y una vez que lo encuentra lo mete en boca y comienza a chuparlo de manera constante como si lactara.

Alfredo abre los ojos y ve que Rafa está a su lado, sentado con las piernas cruzadas, con Bernard en su falda.

¿Se despertó? Estábamos conversando en silencio para no interrumpir su sueño.

¿Bernard sigue pensando que tú eres virgen?

Le dije que somos amigos. Eso somos, ¿no?

Sí. ¿No captó lo que hicimos?

No. O quizás sí. A él le importa que me consientan. En eso se fija. Bernard se pone triste si me pegan o gritan o se ponen violentos conmigo. Si lloro. Además, él sabe que los golpes pueden provocarme hemorragias. El cariño me gatilla alegría.

¿Te has caído? ¿Te has herido?

Ay, Dios. Ni le cuento. Un chico asiático una vez me empujó y caí, fue en el patio del colegio. Me empujó de un columpio. A propósito. Por suerte fue en Washington. Mi padre estaba con una de esas becas en el Smithsonian…

¿Qué te pasó?

Las rodillas y codos… no me gusta hablar de eso, recordarlo. La nariz… Es triste y todo es rojo. Sangras por dentro. No paras de sangrar. Afeitarme, por ejemplo, es algo que debo hacer con sumo cuidado. Por eso casi siempre uso máquinas eléctricas. Un sangramiento de narices puede terminar en las Cataratas del Niágara, no para, da lo mismo si hay algodones o si me echo para atrás o me coloco una bolsa con cubos de hielo. Antes los chicos como yo se morían, caían como moscas. Ahora vas al hospital o te inyectan plaquetas, pero hay que estar atento.

Yo pensé que lo habían curado.

No se cura, se controla. Como muchas enfermedades. Carezco de Factor 8. Si fuera diabético igual tendría que estar alerta. Si fuera positivo, lo mismo. La aspirina es mi peor enemiga.

¿No coagulas?

Me faltan plaquetas naturales para ser como el resto. Soy doblemente distinto a todos y eso no es tan malo, ¿no cree? Pertenezco a un club extra exclusivo. Antes todos morían jóvenes. Como el último zar de Rusia. Es el más célebre de nosotros. Durante los ochenta mucha sangre contaminada hizo que los hemofílicos se infectaran con el VIH. Ahora hay más esperanzas, se sabe más, uno puede inyectarse en casa, pero aún así son pocos los que llegan a viejos. Mi padre, ya lo ve, no es hemofílico. Es un toro. Hay que tener cuidado, debo tener cuidado, no puedo perder el control. A veces Etienne me mete unas bolitas japonesas abajo pero todo es con suma delicadeza.

Y mucho Boy Butter.

Sí hay, pues claro.

Se ríen y Alfredo lo acerca más a su cuerpo.

Una rectorragia no es algo para celebrar, puede arruinar la noche más ardiente. Si me patearas con una bota acá, arriba de mi pubis, aquí en el tatuaje, la hemorragia sería instantánea. Lo mismo el cuello, la cabeza... Esto hace que cuando me arriesgo, todo sea doblemente intenso. ¿Usted sabía que ser hemofílico es culpa de las madres?

Para nada.

Quizás es inconsciente: para que no nos alejemos de ellas, aunque yo igual terminé alejándome de ella cuando murió Cordelia.

Cuando apareció tirada.

Esperaba más de mi mamá. A pesar de conocerla tanto, de saber lo que la mueve. Enterraron a Cordelia en París y emprendieron una gira de prensa y de conferencias.

Quizás es su manera de olvidar.

¿Uno olvida? ¿Es necesario olvidar?

Puede ser. Quizás no.

De pequeño me quería casar con ella. Eso soñaba. De blanco, en la catedral. Ella de blanco, con vuelos, preciosa. Éramos muy cercanos y cuando supo que era gay creo que se alegró porque supo que sería más de ella. Y lo fui, durante un buen tiempo. Íbamos al cine, a museos, a tiendas. ¿Usted no?

No. Para nada. Mi mamá captó rápido mi cuento y se alejó. Me pilló con un compañero de curso del colegio en mi pieza. Le pidió que se fuera. Me dijo: que no regrese ese chico y esas cosas las haces fuera de la casa. Ten respeto.

¿Y si hubiera sido una chica?

Buena pregunta. Quizás hubiera dicho algo parecido pero me hubiera dejado llevarla a tomar té o algo. No sé. Igual los padres no necesitan saber lo que uno hace en la cama. Mi mamá nunca tuvo mucha comodidad con su propia sexualidad. Y a mí nunca me interesó compartir mis cosas con ella. Creo que una vez que mi padre se fue, nunca se metió con otro tipo. Su cruz fue nunca perdonarlo, nunca superarlo, vivir con rabia.

¿Murió?

Sí. Se enfermó.

¿Y su padre?

Paso, Rafa. Tu madre. Ella me interesa.

Nos hemos alejado. Post Cordelia todo cambió. Ella apostó por mi padre. O por su carrera y su eventual legado. Creo que le fascina la posibilidad de ser una viuda literaria. Se está preparando. Será una de las mejores. Desea ser parte de ese clan. Antes hacía unas suaves entrevistas a famosos en su programa de televisión, ahora comparte con ellos en salones del mundo entero. Colecciona gente. Mi madre es guapísima. Era. Ahora se echó a perder con tanta cirugía. La hemofilia es femenina, ¿sabía? The devil is a woman, dicen. O usa Prada. Se produce por una falla en el cromosoma X. La madre es la que lo transmite, pero sólo produce chicos hemofílicos, no chicas. Es como una secta homoerótica. Somos muy muy muy pocos. Somos errores matemáticos. Mire cómo les salí. Joto, poeta, vampiro. Ay, me cansé. Estoy deshidratado. ¿Usted?

Algo. Quiero dormir. Pero quiero dormir abrazado a ti. Quiero cuidarte, ¿ya? ¿Me dejas cuidarte? ¿Protegerte?

¿Por qué cree que lo elegí? Venga.

Estás helado.

Podemos apagar el aire.

Sigamos durmiendo.

Quiero soñar lo que sueña usted. ¿Puedo?

Con que no le cuentes a nadie después.

Promesa.

Dame un beso.

No, béseme usted.

¿Así?

Así.

¿Está despierto?

Algo. ¿Tú?

Un poco. Tengo hambre. ¿Usted?

Estás duro, Rafa. Se me olvida que eres casi un adolescente. Ustedes pasan duros.

Disculpe.

Qué va.

Usted también está levantado.

Antes entraba una brisa tibia por entre mis shorts y estaba como hierro. Qué rico estar acá, así, contigo.

¿Le puedo preguntar algo?

Claro.

Ese semen que tenía en la camisa ayer, cuando lo conocí, ¿era de Julián?

¿De Julián?

Habló de Julián cuando dormía. Mucho, con ternura. «Julián, ven». Y anoche, caminando por esas calles, lo nombró varias veces.

¿Me estás hueviando?

No. «Esas cuatro esquinas las dibujó Julián…». «A Julián le encanta este tipo de edificios de los sesenta…». «A Julián le gustaba fumar en las plazas…». ¿Quién es?

Nadie.

¿Nadie? Me da algo de celos.

Él estaría celoso de ti. No por mí, sino por cómo tú eres. Julián es súper inseguro. Antes pensaba que eso era erótico; hoy me parece patético.

¿Era su semen?

No, no. Para nada. Era de un chico… de un tipo… tiene como treinta… un periodista con el que había tenido un altercado esa tarde y… nos metimos a un baño en un café para calmarlo.

¿Para calmarlo?

Tuve que demostrarle que me interesaba. No sé por qué lo hice. Acabó en mi boca. Él cree que está enamorado de mí.

¿Cree que lo está?

Creo que cree que lo está.

Muchas veces ese sentimiento es más poderoso que lo que la gente siente de verdad.

La dura, sí.

¿Usted no lo quiere?

No lo odio. Me cae bien, me da pena, pero no es tú. No es Julián.

¿Qué hace, cómo se llama?

Renato.

Renato. Me gusta ese nombre.

Es un fan profesional. Un nerd. Se dedica al periodismo musical. Gordito, colorín. No es Julián.

No es Julián. Qué fuerte. ¿Todos deben ser Julián?

El mundo sería increíble, sería mejor. Los ojos de Julián, cuando se fijan en ti, no dejan de explorarte. Y uno se cree el tipo más importante de la Tierra.

Me intriga este Julián.

Exagero. Me quedé un poco pegado. Tú eres mucho mejor, Julián no te llega ni al talón. Julián cree que tiene mundo y es un niño. Quiebra corazones y quizás no tiene uno propio. Experimenta y experimenta y se mete en tríos…

Me cae mejor…

Pero lo hace porque cuando hay tres existe menos peligro emocional que cuando hay dos.

Le gusta ser el extra de una pareja, ¿le apuesto?

¿Qué sabes, Rafa?

Sé.

Renato debe creer que los triángulos son figuras geométricas. Es gordito, como Bernard, y…

¿Un oso?

No, no, para nada.

¿Le gustan los hombres con pelo en la espalda? ¿Así es Renato?

No… tiene sobrepeso, no va al gimnasio, es más geek… No ha salido del clóset y cree que yo soy la llave.

¿Es un buen chico?

De lo mejor.

¿De fiar?

Creo que sí.

¿Tierno?

Mucho. Es más pololo que amante.

Lo que pasa es que no es Julián…

Claro. Exacto. Eso es.

¿Qué edad tiene Julián?

¿El Factor Julián?

¿Cómo?

Vicente lo bautizó El Factor Julián porque dice que afectó y arruinó y alteró mi vida.

¿Tanto así?

Algo así, sí.

¿Qué edad tiene?

La tuya. Un año más, creo. Es chico.

¿Es un pendejo?

Entero pendejo. Pendejo culeado, narciso, puto, guapo, mino, inteligente, imposible de atrapar.

¿Se enamoró o cree que se enamoró?

No puedo creer que estemos hablando de Julián Moro acá desnudos. Creo que debemos ducharnos. Uf, la hora. Fedora me va a matar. No quiero ni ver mi teléfono.

¿Ha vuelto a verlo?

¿A quién?

Al Elemento Julián...

Factor Julián. No, no lo veo hace meses.

¿Y sueña con él?

A veces sueño con él. Me pajeo pensando en cosas que hemos hecho. No sexuales sino... cosas como caminar o cenar o tomar o conversar... Una vez me llamó tarde en la noche y me dijo si podía subir a mi departamento a llorar.

Ahí lo mató.

Ahí me mató.

¿Pensó en él cuando estaba conmigo?

Un poco.

Es un pendejo.

Lo es. Lo son. Tú y él. No hay que salir con pendejos. Ya no tengo edad.

Están en la inmensa cama. El aire acondicionado no es capaz de protegerlos de sus propios calores corporales (37.2 es la temperatura del clítoris de una mujer excitada, le dijo una vez Augusto Puga Balmaceda; ¿cuál era la temperatura dentro de cada uno de ellos?). Alfredo mira las gotas de sudor resbalar en la piel de Rafa.

Dígame una cosa, Alf. Si yo no hablara cuatro idiomas, si no fuera un perdido, si no fuera como un personaje de Evelyn Waugh, ¿se interesaría en mí?

Podrías ser un personaje de Rafael Restrepo Carvajal.

No, no, qué horror. No embrome. No me agreda, ¿qué le he hecho? Yo de poderoso no tengo nada. No podría ser un personaje de mi padre.

Quizás sí, Rafa. Me acuerdo de esa novela… la de la actriz… ¿cómo le puso en el libro…?

La Ranchera, pero era La Fiera.

Sí, sí.

¿Le recuerdo al hijo de La Fiera en la novela?

No, pero… Algo.

¿Algo? No tiene idea lo que me está diciendo…

La leí hace años, Rafa.

No tengo nada que ver con ese personaje. Nada, carajo. Ni había nacido… Papá escribió *La condesa de La Condesa* antes de que yo llegara a este planeta. En la novela se mofa de ella y de sus afanes y locuras y su estatus de diosa y fiera… Y le dio duro con el hijo… Al hijo, más bien. Exageró e inventó. No era tan así el hijo, no era como aparece en la novela. Ahora estamos pagando. Yo soy el que está pagando… y ya vemos lo que sucedió con mi hermana Cordelia, ¿no?

¿Cómo? No entiendo. ¿Pagando qué, cómo?

La Fiera de verdad tuvo un hijo. Raro. Maricón. Joto. De niño lo vestía de mujer. Le enrulaba el pelo como

Little Lord Fauntleroy. O eso se dice al menos en la novela de papá. Quizás no es verdad. No creo que sea del todo verdad. Que ella tuvo un lazo intenso con el hijo, pues de eso no hay dudas. *Mommie Dearest* pero chilango. Ser hijo gay de una diosa que está sola y envejece es material para alguien como Vicente Minnelli, no para mi padre. Exageró, lo hizo grotesco. ¿Incesto? Eso es pasarse de roscas, no hace falta. Uno entiende. El lazo entre un chico gay condenado y su madre no es de incesto, es amor filial que no se compara con otros, pero no incesto. Eso es no entender nada.

Es quedarse en la superficie.

Exacto. El hijo real murió después. No era tan joven ni tan viejo. Solterón. Como a los sesenta murió. Mi padre inventó en la novela que se suicidó a los veintitantos. Como si nunca hubiera crecido. Mi padre lo hizo un puto a la antigua, digamos. Maricón católico, de familia bien. Reprimido. A La Fiera no le gustó, claro, y se vengó. Todo se paga.

No entiendo, Rafa.

Sucedió lo que tenía que suceder, pues: La Fiera se enojó. Montó en cólera. Compró una centena de libros y los quemó en la Plaza Río de Janeiro en La Roma y nos maldijo.

¿Maldijo? ¿Qué maldición les hizo? Dime. Me intriga.

Rafa se sienta en la cama y toma una almohada como para protegerse y en su mente revisa lo que le va a contar a Alfredo. Está preparando un relato. Luego me sonríe.

A ver: La Fiera llamó a la prensa, a la televisión, a la radio, a decenas de fotógrafos… y quemó los libros en la plaza… Muy fiera ella, Celina Ponce de León estaba con un turbante y un vestido con una capa de felpa. Le dijo a todos los convocados:

—Restrepo ha abusado de mi amistad, lo he invitado a mi casa... pronuncié sus acartonadas palabras en dos películas.... y así me paga... con esta basura cruel, sucia, degenerada... Si quiere atacarme, que me ataque. Sé defenderme, soy una mujer con coraje, pero se equivocó al meterse con mi sangre. A mi hijo nadie lo toca ni lo mancilla...

¿Dijo eso?

Lo recitó. Fue su mejor y peor actuación. Camp absoluto.

¿Y?

Ahora viene lo triste, Alf. Lo tremendo. Lo que me afecta.

¿Qué dijo?

—Mataste a mi hijo, escribidor maldito. Le mataste la fuerza. Lo ridiculizaste sin piedad. Dices ser artista y te ríes de los que somos distintos, los que hacemos arte de nuestra diferencia...

Tenía un punto...

Luego rajó con fuerza un libro y una de sus uñas largas se quebró y comenzó a sangrar.

¿Truco?

No se sabe. Entonces dijo:

—Ojo por ojo, colombiano cabrón. Ahora vete de esta tierra fértil que te ha acogido y que has explotado. Yo seré de todos los mexicanos, pero no soy tuya. Y mi hijo menos. Tú lo heriste. Pagarás...

¿Me estás hueviando que dijo eso, Rafa?

Y sigue, Alf, espere...

—Pagarás duro, Restrepo, lo pagarás, demonio, canalla, bastardo. Maldigo a tus hijos. La Virgen de Guadalupe es mi aliada. La sangre de la Malinche hincha mis venas. Le deseo mal a tus hijos, aquellos güeritos que tuviste con esa reportera trepadora y ambiciosa que desprecia nuestra patria. Tu hijo Eliseo ya está dañado, tú sabes lo que debe cargar, pero tus otros dos hijos lo pagarán. Sabrás lo que se siente perderlos, infeliz.

Insólito. Increíble, Rafa.

Aunque a mis padres no les entran balas. Lo único que les ha quebrado el corazón fue que le dieran el Nobel a Vargas Llosa. Mi madre lloró y quebró un florero Lalique. Eso, Alf. Ahora sabe por qué soy como soy. La Fiera me maldijo. Y lo repitió a los dos años, cuando su hijo apareció colgando en una casa que tenían decorada con calaveras en Cuernavaca. Ahora estamos pagando. Por esa mal parida novela. Y de a poco. Estoy maldito.

No digas eso.

Es cierto. Y no es tan malo. Peor sería que fuera un monaguillo, ¿no? Dígame, Alf, y no mienta, ¿qué es mejor? ¿Ser divino o ser maldito?

Rafa abre su bolsito de Vichy y saca su afeitadora eléctrica.

Mejor ir más presentable al show. Es la penúltima presentación. Santiago tonight, Lima here we come. ¿Me dejo algo? Si me saco todo parezco de quince.

¿Tienes crema? ¿Tienes una rasuradora?

Sí. Pero utilice una nueva. Tengo varias. No sólo no puedo o no me conviene sangrar, es un lío si me contamino.

Voy a ir a así. ¿Me veo bien?

Se ve guapo.

¿Sí?

Sí. Sabe que sí.

De verdad que no sé. Uno nunca sabe. Supongo que algunos lo saben. Tú lo sabes. Los modelos lo saben. Ryan Gosling lo sabe.

¿Julián no le decía? ¿No lo piropeaba?

Nunca.

Qué tonto.

De pendejo, nomás. Se hacía el duro. Quizás no tenía experiencia. Yo creo que nunca se ha enamorado. Era tierno sólo cuando estaba borracho.

¿Y Renato? Así se llama el que le manchó la camisa, ¿no?

Sí, Renato. Ven, Rafa, siéntate.

¿Qué hace?

Quiero que te veas limpio, nuevo, como un chico. Yo te voy a afeitar. ¿Confías?

Antes que Rafa diga algo, Alfredo aprieta el botón del tarro de crema de afeitar Vichy y llena su palma.

¿Puedo?

Con mucho cuidado.

Rafa se sube desnudo al mármol humedecido por el vapor y se sienta. Alfredo se acerca y le va llenando la cara con la crema mientras Rafa cierra los ojos. Tomo la rasuradora, le coloco un nuevo cartridge, enciendo el agua caliente y dejo que las navajas se entibien. Rafa me toma la mano. Abre los ojos y me mira directo a las pupilas y noto que mis brazos pierden fuerzas, que esto es lo que se siente cuando…, que esto es lo que deseo recordar.

Mi vida depende de usted.

Tranquilo. Levanta la pera. Así. Voy a partir por la manzana de Adán.

La máquina se desliza por encima de la crema, abriendo un camino, dejando la piel sin un pelo.

¿Sigo?

Siga.

Y sigo, con cuidado, de a poco, con tiempo, fijándome en cada movimiento, despacio, atento, como si tuviera un bebé en las manos o si estuviera desactivando una bomba.

¿Todo bien?

Todo bien.

¿Le gusta?

Me gusta, sí.

¿Nervioso?

Ya no.

Rafa cierra los ojos y no sé en qué piensa pero que confíe tanto en mí me conmueve, me hace sentir más que un editor, me hace sentir que al menos soy importante para alguien. Sigo hasta que todos los pelos de la barba de tres o cuatro días desaparecen y Rafa entonces se ve menor de edad, como nuevo, perturbadoramente inocente.

¿Tienes crema humectante? ¿After shave?

Gracias, Alf, nunca nadie me había afeitado.

Cuando quieras. Me gustó.

¿Lo afeito yo ahora?

Creo que voy a ir con este look.

Sí, le sienta. Aprobado. Además yo lo podría herir.

No creo. Hay que ser cuidadoso, nomás.

No confío en mí. Nunca lo he hecho. Insisto: yo lo podría herir, Alf. Cuando menos quiero, me convierto en uno de esos.

¿En uno de esos?

De esos que hieren, sí.

Todos en el oscuro y supuestamente sexy lobby del hotel W parecen modelos o aspirantes a modelo. Todos están posando. Algunos, sin dejar de posar, están clavados a sus teléfonos inteligentes haciendo exhibicionismo social por partida doble.

Parece medianoche pero son las cuatro y media de la tarde.

Alfredo está sentado en un sillón demasiado cómodo y toma una Red Bull helada. Por los parlantes suenan melancólicos Florence and the Machine.

Rafa aún no baja.

Deme un rato, le dijo antes, cuando Alfredo estaba ya vestido y revisando los mensajes desde la editorial. Necesito estar un rato solo. Debo ir al baño, además, qué pena, y en esta suite falta privacidad.

De eso pasan cuarenta minutos hasta que un botón guapo vestido de negro se acerca a preguntarme si yo soy Alfredo Garzón y me pasa una nota: *inspirado... escribiendo... poemas... espéreme o parta sin mí pero mejor espéreme... hable con las chicas, coordine... acabo de hablar con Jocelyn...*

Cuando llegó al lobby Alfredo miró sus mensajes: neuras y ataques de Fedora por montón, ruegos de la Tortuga, recriminaciones de la Victoria, Vicente centrado en sí mismo hablando de su ex, Alejo avisando que lo vería en el museo, Puga preguntándole si valía la pena leer a Jeanette Winterson.

Nada de Renato.

Mejor.

Su teléfono vibra. Es la cara de Fedora, ahora rubia, frente a un afiche de *Ensayo sobre la lucidez* del desagradable y mediático y poco lúcido Saramago («deseo hacer declaraciones importantes acerca de lo que está pasando en la Araucanía», dijo en Chile), que cuando vino de gira nunca lo saludó, nunca lo miró, le firmó el libro sin colocarle nada extra, sólo su puto nombre.

Alfredo respira hondo y atiende.

¿Se podría saber dónde chuchas estás?

En el hotel. En el W.

¿Haciendo qué?

Esperando en el lobby.

No mientas

No miento.

¿Tirando?

¿Disculpa?

Crees que no sé.

¿Sabes qué?

Nada, no me importa. Me parece muy poco profesional, te diré. Un encargado de comunicaciones…

… una chica de prensa…

No soy una chica de prensa. Y tú tampoco.

Eso eras cuando entraste…

Nuestra labor es de comunicación y de hospitalidad. Atenderlo, no culiarlo.

Perdón, Fedora. Calma y ubícate. No eres mi madre ni la de Rafa. Y para que te quede ultra claro: no soy ni seré ni quiero ser el chico de prensa o el encargado de comunicaciones o el gerente de marketing.

Sólo quieres agarrarte al pendejo.

Contigo no se puede hablar. Chao.

Disculpa. Ando mal. Loca.

Parece.

No puedo más. Puta, qué calor. La prensa está más intolerable y hambrienta que nunca y este viejo culeado exige y exige y… me anda joteando.

¿Joteando?

Sí. No puedes contarle a nadie.

¿Qué?

Me invitó a un martini anoche. Un martini sucio, Alf. Al bar del Ritz, después de la cena. Me tocaba las manos, me hablaba del libro que quería escribir, de Londres, de El Cairo… Me miró a los ojos y me dijo: me recuerda a una amante que tuve cuando viví en Buenos Aires de joven. El viejo tiene olor a boca. Un asco.

¿Te invitó a subir a la pieza?

No, pero me dijo: usted podría ser mi secretaria personal, necesito a alguien como usted. En Ciudad de México no hay chicas creativas como usted.

¿Por qué me cuentas esto? ¿No me odias?

¿A quién se lo voy a contar? ¿A la Victoria? ¿A la tonta de la Tortuga? Éramos amigos tú y yo, ¿te acuerdas?

No sé. No soy amigo de minas, Fedora, lo sabes.

Me contabas cosas. Tus cosas.

Duda: ¿cómo sabes que estoy atinando con Rafa?

Lo intuí. No respondías los mensajes. ¿Te lo agarraste?

Sí.

Esto se está complicando. Te invito a comer cuando pase todo esto y me cuentas todo todo todo. Sólo quiero que despeguen, que se vayan. ¿Es intenso? ¿Ardiente? A mí me parece guapo. Flaco y bajo pero tiene su qué.

Tiene de todo. Creo que le sobran cualidades. Es inesperado. Raro. Dañado. Brillante.

Tu tipo.

Sí.

¿Te gusta?

Algo.

Ojo, Alf. Recuerda que se va… No te enrolles.

Lo sé. Algo me dice que un día Rafa va a escribir algo importante. Ahora está en la pieza escribiendo poemas.

¿Le crees? Debe estar drogándose. ¿Crees que la Jocelyn no me tiene informada? Y ese chofer que parece cuñado de futbolista… ya le pasamos plata para que nos cuente. ¿Cómo lo llevaste a comprar drogas?

No tiene catorce.

Parece de catorce, darling. ¿Y si lo agarran los pacos o los tiras o los traficantes y le disparan?

Las cosas no son así.

A la hermana la mataron unos narcos en un barrio atroz del DF.

Ella era adicta.

Fue una tragedia. El viejo me dijo que escribió su mejor libro después: que el duelo se enfrenta con trabajo y creatividad y que por eso se ve como se ve.

¿Te dijo eso?

Eso me dijo, darling.

Es un demonio. Es un asesino en serie.

A Joaquín no le pareció nada de bien que hayamos tenido que cancelar lo del Noi. Estaba todo listo. Igual parece que lo del museo estará lleno. Repleto. ¿A dónde irán hoy?

No sé, tiene amigos, ideas. Está más informado que Augusto Puga, te digo. Cacha todo, tiene una media red, me dijo que hay una fiesta…

¿Una fiesta?

Sí.

¿Dónde? ¿Esas que hacen cerca de mi casa?

Más fino.

Condell y el barrio Italia están top, oye.

Esta es en el Club de la Unión. En la Alameda. El original. Es una fiesta pre-Halloween. Blanco y negro. Cero disfraz.

¿Sólo se puede ir con esos colores? ¿Qué te vas a poner?

Ropa blanca, ropa negra.

¿Van a ir minas?

Lo dudo.

¿O sea no puedo ir?

No creo, Fedora. ¿Quieres?

Quizás. Necesito botar el estrés. Estoy mal.

No creo que quieras. O qué él quiera. Sólo confía en mí.

Mischhh…

Seguro que ha sido así en cada país.

No creo, no sé. Acá todos se están friqueando, darling.

Quizás es el calor.

Me cae mal tu novio.

Fedora: no es mi nada. Es mi…

¿Qué?

Amigo.

¿Amigo? ¿Te compraste el cuento? Se nota que no tienes experiencia. Se nota que no has sido un chico de prensa, Alf. Todos se enganchan de uno. Y a veces a uno le pasan cosas con ellos. Se forma un vínculo.

¿Con quién te pasó?

¿Qué te importa?

Dime.

No.

Dime.

Fernando Saltzman necesitaba consuelo, pero yo no lo consolé. No es mi pega. Leí su libro, me dio pena pero basta, no iba a ser su nueva musa. Se cree mino pero claramente no lo es. Su piel me da cosa y es viejo aunque se crea joven. Es un viejo verde y quería que fuéramos a tomar al bar The Clinic. No pasa nada. No podía creer que lo rechazara. Quería que lo contactara con la Camila Vallejo porque la encontraba rica. Igual se agarró a una periodista en práctica. Lo entrevistó largo, digamos.

¿Y tú?

Siempre me ha atraído Paz Soldán. Sobre todo cuando anda con anteojos. Él cree que se ve mejor sin pero su look nerd y de ex-futbolista es lo que me atrae.

Se mantiene bien, es cierto.

Me encanta Daniel Alarcón. Lo vi en boxers. En realidad usaba calzoncillos de niño chico. Blancos. Es tan lindo. Y ese pelo como crespo, fascinante. Me mata ese cintillo que usa. Parece un skater, pero piensa. Fuimos al Museo de la Memoria, a Villa Grimaldi.

Muy flaco. Fome.

Es que no es gusto de gays, como Rafita. La verdad es que me cae harto mal tu «mejor amigo nuevo». Lo odio un poco, la verdad. He lidiado con writer's wives mucho más colaboradoras. Acá tú has sido incapaz de controlarlo. Ha faltado a todo lo programado y agendado aunque yo creo que el padre está feliz por eso, te digo. Está chato con él, me lo dijo. «¿Tienes hijos? No tengas. Provocan más daño y dolor que placer».

Viejo culeado. Repite la frase, veo.

Odio que te hayas escapado con el pendejo porque con el chico a su lado supongo que el viejo se comportaría mejor. El mino del Servicio Secreto, el guardaespaldas, además, también me cuartea. Esto es lo peor. Acoso sexual, puro y duro.

Denúncialo.

¿Tú crees? ¿En qué mundo vives? Ah: la *Caras* quería un perfil de los dos.

Rafa no va a posar para revistillas de peluquería.

¿Ahora eres su agente?

Mientras esté acá, sí.

¿Me estás hueviando?

Es frágil, hay que protegerlo. La prensa sólo quiere masticar la carne, sacarle el jugo y escupirla cuando esté seca.

¿Eso crees?

Eso creo, Fedora.

El viejo quería que posaran los dos: padre e hijo. Les diré que el chico es díscolo.

¿Quizás lo pueden ir a fotografiar a la disco gay para Halloween?

Muy chistoso.

¿Está en el clóset acaso?

Al padre le incomoda el tema.

Que manden un fotógrafo al Museo de Bellas Artes.

¿Estás pauteando?

Sugiriendo. Restrepo desea quedar como el padre del siglo, Fedora. Es todo un montaje.

Todo siempre es un montaje, darling.

La dupla padre-hijo es un show: se odian o no se pescan.

Todo lanzamiento es un show, Alfredo.

¿Tú crees que es noticia que un puto loser escriba un libro? Tú me ayudas, yo te ayudo. Dame espacio, te doy una exclusiva. Así. Péscame al loser de Punta Arenas y yo te consigo cincuenta minutos con Eduardo Sacheri o Isabel Allende o Rafael Restrepo.

No los vendas como lo que no son.

Yo no vendo, facilito. El viejo quiere enviar ese mensaje. Que un padre escribió un libro con su hijo. Uno tomó las fotos, el otro escribió los textos. No todos los padres salen de gira o escriben un libro a medias.

Una duda, Fedora.

¿Qué, darling?

¿Dónde estás?

En el Tea Connection. Afuera. Al menos hay sombra. Adentro el viejo habla con Andrés Gómez Bravo. Entrevista larga con *La Tercera*. Gómez quiere ir con él a la Muncipalidad de Providencia.

¿A sacar una licencia? ¿Se la darán?

¿A Andrés Gómez? ¿Sabrá manejar? ¿No es ciclista?

No, huevona, al viejo. ¿Por qué va a ir a la municipalidad?

Porque lo invitó la Josefa Errázuriz, la alcaldesa top. Me encanta.

No confió en esa señora, ganó por walk-over. Todos querían echar a Labbé por pinochetista pero esta vieja representa lo peor de los progres cuicos conservadores. Acuérdate de mí.

Se ha portado como una dama. Nos invitó a tomar el té.

¿Con este calor?

Habrá aire acondicionado, supongo, Alf.

¿Pero para qué?

¿No sabías? Te dije.

No me acuerdo. He dormido poco.

Eso no es asunto mío. ¿Se van a unir? No pueden no ir. Es algo personal, del viejo, de la familia. Quiere volver al Palacio Falabella. Van a tomar fotos. AGB hará un nota para el domingo.

Supongo que iremos.

Váyanse para allá. Yo saldré en unos veinte minutos. Luego no hay nada, están libres para prepararse para lo del museo. Mañana van a firmar a las cinco de la tarde, ojo. Es clave que el chico esté ahí. Se saltó la Cooperativa pero no pasó nada. El viejo me dijo: «¿Ve?, se cree autor y se comporta como artista».

¿Te dijo eso el viejo culeado?

Te digo una cosa: puede tener ochenta pero tiene más energía que el amoroso de Roncagliolo. Estuvo en la Bio Bio con Tomás Mosciatti al alba y luego fuimos a la ADN. Hoy habló con Juan Carlos Ramírez para *La Segunda* y largo con Pedro Pablo Warrior para *El Mercurio*. Posó para la *Capital* como un dandy, pero aún no sé quién hará la nota. Grabó un Terapia Chilensis con don Héctor en la Duna. Mañana irá a CNN y va almorzar con Yenny Cáceres de *Qué Pasa* en el Oporto. Cristián Warnken hará la entrevista en la Sala de las Artes mañana. Y va a conversar con *Paula* de paternidad y crianza y literatura y muerte. Van a ir al cementerio el viernes, el día de todos los santos juntos. A ellas les encanta ese tipo de crónica.

Uf, mal. Oye, dame un segundo, me está wasapeando Rafa desde la suite. Espera.

Alfredo lee los mensajes.

¿Fedora?

Sí.

Ok, ahí llegamos. ¿Vamos adonde está la alcaldesa? ¿Al palacio mismo?

Por Pedro de Valdivia, sí, al municipio, cualquiera lo conoce. Ese Juan Sevilla sabe todo. La tiene clara.

Rafa está nadando en la piscina del techo pero ya baja.

¿Le crees?

Le creo.

¿Qué te dijo?

Privado.

¿Mensajes de amorsss?

Oye, ¿la Jocelyn te habló de unos disfraces?

Sí. Irán mañana al hotel a afinarlos. Por suerte la Tortuga tiene contactos en TVN. Son de la bodega del Área Dramática. ¿De verdad vas a ir de Oscar Wilde?

Él va a ir de Keats.

Nadie en el mundo gay sabe quién es Keats. Todos van a creer que anda de El Principito. Patético, te digo. Ya, te dejo, darling. Y te veo. Llega.

Llego. Con él.

¿Lo juras?

Lo intentaré, sí.

¿Me odias aún?

Ando contento, no odio a nadie.

Ay, enamorado.

Embalado, sí. ¿Está mal?

Te recuerdo que se va.

¿Y yo no me puedo ir acaso? ¿Dime que no hay editores en México?

El calor te está afectando, darling. Cálmate. Recuerda que tiene veinticinco.

Veinticuatro.

Peor, ¿no crees? Más lamentable aún.

Entran por un sendero al pequeño jardín que está a un costado del Palacio Falabella, sede de la Municipalidad de Providencia desde hace varios años. La van de Sevilla quedó estacionada por el ingreso posterior al recinto.

Rafa lleva puestas unas Converse rojas de caña alta, shorts azul marino muy cortos y una polera gris con rayas horizontales rojas. De su mano cuelga Bernard, que ondula en el aire mientras Rafa apura el tranco.

Estás callado, le digo.

No siempre hay que hablar.

Has estado callado todo el camino.

Concentrado, más bien.

¿En qué?

Escribí unos poemas. Quedé vacío, alterado. No quiero hablar ahora. ¿Escucha los pájaros? ¿El ruido del agua brotando de la fuente? Me gusta este lugar. Tiene algo gótico. Es curioso. Renacentista, ¿no? Eso diría Julián, ¿no cree? ¿No sabe tanto de urbanismo y diseño?

Supongo que sí. Le gustaba cómo está emplazado este palacio.

¿Emplazado?

No sé que estilo es, Rafa. No soy experto. Es ostentoso. El estilo de gente que tuvo mucho dinero y viajó por Europa. ¿Ecléctico? ¿Kitsch?

Esto no es kitsch, esto es bello. Espléndido.

Los Falabella fundaron una multitienda llamada…

Falabella. ¿Me cree tonto? Fíjese, Bernard, en los mosaicos, en ese torreón. ¿Lo ve? Ahí jugaba el tata. Increíble que mi papá haya crecido acá, ¿no cree?

No sabía que esto había sido la Embajada de Colombia.

Esas palmeras le dan un toque californiano, como de Beverly Hills. Esto es como una villa toscana pero falsa. Me gusta. Es como Brideshead. Me encanta. Nuestra embajada en París es mucho más austera. Ahora entiendo por qué mi papá se cree príncipe. Se crió en un castillo.

Bajo una suerte de parrón o pérgola, cubierto de jazmines y buganvilias, está sentado en un escaño de fierro forjado Rafael Restrepo Santos con un traje de lino blanco y corbata negra. Parece el dictador de una república bananera de los años 50. Sentado, con bermudas de jeans y una polera blanca con una imagen de Jack Nicholson de *El resplandor,* está Andrés Gómez Bravo de *La Tercera,* delgado y con unos anteojos de marco azul. Gómez Bravo escucha atento y asiente mientras un fotógrafo gordo, sudado, con una guayabera que parece mantel de restorán italiano, cambia lentes y fotografía al viejo en la que alguna vez fue su casa.

¿De verdad estás bien, Rafa?

Si no lo estuviera, no estaría aquí, me hubiera quedado con Juan Sevilla Bilbao en el auto o en el hotel. Deje de preguntarme y celarme, le ruego. No le sienta.

¿Tomaste algo? ¿Jalaste?

Mi padre está ahí. Deje de comportarse como uno. El calor sigue, veo. ¿Habrá agua? Deseo beber un poco de agua mineral. Me siento algo fatigado.

Se acercan a Fedora Montt, que está con un vestido veraniego, blanco, sin mangas, retro, entallado, con un estampado de hojas de parra, y tacos altos blancos.

Te ves estupenda, Fedora. No te reconocí.

Qué bueno que llegaron. Hola, Rafael. No te he visto mucho. Yo soy Fedora, nos conocimos ayer.

Sé perfectamente quién es usted. Y sí, no nos hemos visto. Qué lástima. Estoy ocupando mi tiempo acá en Santiago de otros modos. Hoy escribí y quedé triste. Espero que eso no le incomode o irrite. ¿O está brava conmigo?

Para nada. Entiendo.

¿Entiende?

Sí. Una gira como esta es agotadora. Esto será algo más relajado, íntimo.

Alfredo no me dijo que esto era formal. Pude venir vestido a la altura. For high tea. Me siento en pelota. ¿Me perdonará la señora alcaldesa?

Eres joven, Rafael. Da lo mismo. Te ves súper bien y hace demasiado calor. Genial tu oso.

Se llama Bernard.

Es lo máximo.

A mí me encanta su vestido, Fedora. Se parece a uno que usó Grace Kelly en *La ventana indiscreta*. Me encanta el cuello subido. Mi mamá de joven usaba vestidos así, cuando era la estrella del noticiario de Caracol. Se veía bellísima. Es muy rubia y fina, de la mejor gente de Cali. Ahora ha optado más por un look Gena Rowlands en *Gloria*. Madura pero fuerte, fina. Casi todos sus trajes son de Emanuel Ungaro. ¿Lo conoce?

No, para nada, le responde Fedora.

Es que no necesita publicidad. Es más un secreto para la gente fina. Te ves divina. Ya sé cómo iré al museo esta noche.

Alfredo, algo molesto y entendiendo que seguirán hablando de modas y diseñadores, se acerca silenciosamente unos pasos hasta escuchar lo que le está diciendo Restrepo a Gómez Bravo.

¿Qué como me mantengo joven? Bebiendo dos litros de agua, jugo de zanahorias, vitaminas, nada de café. Un hábito que tiene algo de traición siendo colombiano pero bueno, ya ve. Antes bebía mucho café, ahora manzanilla. Trato de caminar mucho. Y rever las películas de los hermanos Marx. Bromas aparte, aunque de verdad creo que el café y las drogas y la mala vida no juegan a tu favor, mi sistema de juventud es trabajar mucho, tener siempre un proyecto pendiente. Ahora he terminado un libro, crónicas y recuerdos de viajes que hice de muchacho. Regreso a Caracas, a Trinidad, a las Guyanas, a Manaos. Ese se lo entregué a Nuria Monclús, pero ya tengo uno nuevo, fíjese. Lo empecé en el Paraguay y esta mañana escribí dos páginas más. Tengo muchas ganas de llegar a mi casa en San Ángel para sumergirme en este libro corto acerca de los lazos filiales.

¿Quién narra?

Pues los dos. El padre y el hijo.

¿Cada uno ve las cosas de modo distinto?

Es avispado, joven. Y sí. Pero transcurre durante la caída de Batista, un momento fundamental para América Latina, ya sabe, y sucede entre la gente bien de Bogotá, que lógicamente estaba aterrada con lo que sucedía en La Habana. No es acerca de la gira de prensa de un padre con un hijo, por si acaso.

¿Y una gira podría dar para un libro?

No creo que a los lectores les interese una novela así. Todos los hoteles son iguales, todas las giras son parecidas. Lo importante de las giras es promover el libro, demostrarle a la gente que los libros no se hacen solos. Que hay personas que están algo tocadas pero que se dedican a esto de crear historias. Es agotador, pero poder conversar con los lectores, con la prensa, como lo hemos hecho ahora, es impagable, te energiza. Y a veces uno tiene la suerte de poder realizar actividades inesperadas o distintas, como es venir a este lugar tan sagrado para mí.

Ha publicado mucho. ¿No le tiene miedo al famoso cliché del horror a la página en blanco?

Miedos literarios no tengo. Ninguno. Quizás de otros tipos sí, pero todo lo vuelco a lo narrativo. Ahí es donde yo vivo y donde seguiré viviendo. Siempre he sabido muy bien lo que quiero hacer y me levanto y lo hago. No es necesario analizarlo tanto. No hay que perder el tiempo porque el tiempo, mi querido Andrés, se escapa, es inatrapable. Me despierto por la mañana y a las ocho ya estoy escribiendo lo que pensé en la ducha y lo que soñé. Así que entre mis libros, mi mujer, mis amigos y mis amores, ya tengo bastantes razones para seguir viviendo.

Cumplir años y ser un sobreviviente del Boom, ¿lo complica? ¿Lo hace reflexionar?

No me complica y no lo pienso. Genial seguir acá. Una dicha. Muchos se han ido. Y tampoco fuimos tan amigos. ¿Un escritor puede ser amigo de otro? ¿Amigo de verdad? Es difícil, creo que es clave que no sean del mismo país. Hay algo territorial inevitable. Una pregunta interesante es: ¿puede haber amor entre dos artistas? Entre dos escritores no, se sabe, pero qué pasa entre un dramaturgo y una actriz. ¿O entre un pintor y un cineasta? La competencia destroza todo. Admiro a aquellos que pueden crear codo a codo. Yo no puedo. Pilar me apoya pero no compite. Así es más fácil ser productivo. Cuando se cumple cierta edad tienes dos opciones: o vives como un anciano o enfrentas el mundo como un muchacho. Yo no tengo apuro por irme. Tengo mucho por escribir.

¿Usted vivió acá, en este palacio, cuando era adolescente?

Preadolescente. Iba al colegio caminando. A The Grange School, que estaba unas cuadras más allá. Con José Donoso, nada menos. Después trasladaron el colegio a La Reina y me llevaba el chofer de la embajada. Pero sí: esta fue la Embajada de Colombia por mucho tiempo y luego en una crisis la vendieron y el que la compró la donó para establecer acá la Muncipalidad de Providencia. Por acá mismito pasaba el tranvía. Me acuerdo que vino una noche a cenar don Pedro Aguirre Cerda, que tenía unos bigotes fabulosos.

¿Cómo ve ahora la ciudad?

Es otra. No la reconozco. Sí reconozco esta casa y ahora que veo que ahí está mi hijo deseo entrar. ¿Estamos? Estamos. Mil gracias.

El fotógrafo gordo se acerca a Restrepo y le pide si puede posar con su hijo. Gómez Bravo mira a Fedora y ella mira a Rafa y este le guiña el ojo y camina lento, entendiendo que todos lo observan y que en sitios así es donde mejor se luce. Rafa se sienta en el escaño y mira el sol y se mueve un tanto para que el sol los ilumine por detrás. Ambos se quedan quietos y parecen realeza, nobles, perfectos, unidos, cómplices, socios.

Qué bien se ven juntos, comenta Gómez Bravo guardando el celular con que grabó todo.

Se nota que se aman, comenta Fedora sujetando a Bernard.

Alfredo los mira posar y abrazarse y cambiar de lugar y mientras el fotógrafo los lleva a otro rincón para que se vea el palacio de fondo piensa que sí, que capaz que se amen. Al menos es innegable que tienen un lazo profundo, complicado, inexplicable, intransferible, que es sólo de ellos y de nadie más, piensa.

Adentro del Palacio está fresco. La abundancia de mármol y las paredes gruesas son mejor que el aire acondicionado para que no entre el calor. El palacio está bien conservado y sigue teniendo más aire de casa señorial o embajada que de edificio burocrático municipal. Los pisos parecen un tablero de ajedrez. Casi uno puede imaginarse todo el servicio doméstico y las fiestas y las copas y las bandejas de plata. La alcaldesa Errázuriz, con un vestido

verde, los espera como una suerte de estrella de cine reti-
rada a los pies de una imponente escalera curva que termina justo donde comienza un vitral por donde ingresa
una luz tamizada y eclesiástica y desde cuyo centro cuelga
una inmensa lámpara de madera, muy rococó, como de
un filme de caballeros y mesas redondas.

Bienvenido de vuelta, le dice la alcaldesa.

Restrepo hace una venia y le besa la mano.

Han sido décadas. Décadas.

¿Desde cuándo?

Antes de la guerra. Yo llegué acá el año 41. Recuerdo
una cena a la que vino el presidente Juan Antonio Ríos.
Estuve acá hasta el año 45. Durante unos años hablé como
chileno. De los siete a los doce.

Años formativos, comenta la alcaldesa.

Así es. Años claves y queridos. Con mi hermana nos
tirábamos escalera abajo usando unas gruesas alfombras
persas puestas arriba de trozos de cartón corrugado.

¿Subamos?

La alcaldesa le toma la mano a Restrepo y Rafa los
sigue de cerca como si fuera un monaguillo y mira todo
el palacio como si fuera un chico de provincia que ingresa
por primera vez al Louvre.

Le agradezco tanto que me haya concedido esta excentricidad.

Un honor. Y un agrado, le diré. Yo una vez hice lo mismo. Pedí entrar a una casa en el campo donde pasábamos
los veranos cuando fui niña. Me pareció mucho más chica.

A mí, la verdad, esto me parece mucho más grande.
Vivíamos como reyes. Me acuerdo del salón de juegos. Y
un salón para fumar.

Ya no se fuma aquí. ¿Cuál será?

En sus muros había citas del Corán.

Ahí está el jefe de patentes. Increíble pensar que esto fue una casa. Una embajada con una famila adentro. Es realmente un lugar privilegiado. Trabajar acá ya es curioso. Vengan, este es mi despacho.

Alfredo y Fedora se mantienen distantes, atrás, casi como una comparsa. El tipo de seguridad está en el primer piso. Alfredo no lo había visto o no se había fijado en él mientras estaban en el jardín.

¿Sigue la terraza?

Sí, pero nunca se usa.

Se veía toda la cordillera, toda la ciudad.

Hoy rara vez se ve la cordillera. Por el smog. Ingresa a la oficina de la alcaldesa y entre las fotos hay una de Sebastián Piñera.

Su jefe, le dice Restrepo.

El presidente. Mis jefes son los habitantes de la comuna.

¿Quién cree que va a ganar?

Michelle, claro. Lejos. Qué bueno.

Un matriarcado, veo.

Ya era hora, coquetea la alcaldesa.

Así es, así es. Tiene usted razón.

¿Acá dormía usted, papá?, pregunta Rafa.

No, no. Esta era la habitación de mis papás. Era un salón chino con paredes forradas en seda negra. Abajo estaban las oficinas y el consulado. Mi pieza daba a la calle y a una pequeña terraza.

Ya sé cual es. Vengan.

Rafa mira a Alfredo y Fedora y con un gesto de la mano deja claro que es mejor que ellos se queden ahí junto a un inmenso escritorio con fotos de lugares emblemáticos de la comuna.

Ahora cacho por qué exigen tanto, comenta Fedora. Impresionante, sí.

Generalmente los escritores son unos hambrientos, si los invito a almorzar quedan locos. Si les mando libros gratis, estallan. Si los envías a la Feria del Libro de Viña a ese hotel sin vista en donde tenemos canje se creen Premio Nobel. Estuvo bueno venir. Ahora me queda todo más claro.

¿Salgamos?

Salen a la rotonda donde termina la escala. En eso ven que una puerta se abre y sale la alcaldesa, que se está secando los ojos. Los mira y trata de componerse y sonríe y hace un gesto y se sujeta de la baranda.

¿Pasa algo?, pregunta Fedora.

Don Rafael se ha emocionado. Todos sus recuerdos lo han golpeado. Qué fuerte. Y qué bonito. Mejor dejémoslo estar ahí un rato. ¿Sería de mal gusto pedirle que me firme un libro?

No, al revés. Mil gracias por aceptar esta propuesta.

Gracias a ti por tener la idea.

Fue suya, se lo aseguro.

Pero tú hiciste la gestión.

La puerta de la que alguna vez fue la habitación de Restrepo se abre y aparece Rafa. Se ve pálido, remecido. Ha llorado. Camina hacia Fedora y sin decir nada agarra a Bernard y empieza a bajar la escalera.

Alfredo lo sigue y antes de llegar al primer piso lo ataja.

¿Estás bien?

Bien. Mi papá no. Está triste. Yo también. Es viejito. Hace más de setenta años jugaba acá. Me voy a quedar con él hasta el lanzamiento.

¿Estás seguro?

Nos vemos en el museo, Alf. Yo llego, aparezco, ahí me ve. Juan Sevilla me cuidará. Recuerde que tiene que ir de blanco o de negro o de blanco y negro y verse como modelo para la fiesta después.

¿Vas a estar bien?

¿Por qué no voy a estarlo? La pregunta, Alf, es si mi padre lo estará y la respuesta, por si le interesa, es que sí, sólo debo cuidarlo y luego vamos a llamar a mamá. Lo veo más tarde. ¿Me regala estas horas con él? ¿Es mucho pedir? No sea acaparador. Estaré todo el resto del fin de semana con usted. La noche aún no comienza. Pasarán muchas cosas, ya lo creo. Pero cada hora trae su propio afán. Ahora me toca ser hijo. Quizás usted no quiso o no supo serlo pero yo sí. Sé de donde vengo, sé qué puntos calzo, sé lo afortunado que soy y de dónde viene esa buena fortuna. ¿Algo más?

Nada más.

Cuídese, pues. Nos vemos.

Te veo, Rafa. Cualquier cosa me avisas.

Augusto Puga, con un traje de lino color barquillo, una camisa verde musgo, un sombrero de Panamá y anteojos oscuros, exuda Sahara Noir de Tom Ford. Está apoyado en la base de la estatua de Ícaro y Dédalo de Rebeca Matte como si fuera una modelo y estuviera en Milán y no en Santiago. El sol ya no cae a plomo pero está por ahí, detrás de las Gay Towers, intenso y exagerado, acechando, vigilante.

¿Qué haces aquí? ¿Por qué *justo* aquí?

Esperándote, como quedamos, le responde Puga.

Sí sé pero...

Me dijiste: al frente del Bellas Artes. ¿Hice algo malo? Estoy al frente del Bellas Artes. No me dijiste a la salida de la Estación Bellas Artes, que me carga. ¿Has visto ese mural de Agatha Ruiz de la Prada? Indigno. ¿Dónde vamos...? ¿Qué miras? ¿Nunca has visto esta escultura?

No, es que...

¿Qué? ¿Estás jalado? ¿Te pasa algo?

Me siento raro.

¿Deshidratado?

Jalé, pero como a las tres, hace rato ya. He sudado. Mucho Red Bull. Debo bajar. Agua estaría bueno. Y trago. Oye, es súper temprano, tenemos tiempo. Van a llegar tarde, seguro.

Alfredo, mírame, relájate. Es sólo un lanzamiento. Con más inversión y farándula y producción pero es un lanzamiento nomás. Se pudo hacer en un bar de Manuel Montt.

Me parece curioso que *justo* estés aquí bajo esta escultura. ¿Será una señal?

Alfredo: ¿dónde se junta la gente frente al Estadio Nacional? En el pilucho. Para eso están las esculturas: para que la gente se junte y no se pierda. ¿O querías que estuviera sentado en la escalera?

No, claro.

Este traje es fino. Es de Karyn Coo, ojo. Hecho a medida, perrito. No me voy a sentar en ningún escaño. Es ideal para eventos cuando hace calor.

Y puta que hace calor. ¿Has estado con mujeres?

Algunas.

Yo soy puro. Eso lo aprendí anoche.

Y hoy jalaste a las tres de la tarde, algo te pasa.

Anoche estuve acá.

¿Puteando?

¿Cómo sabes?

¿Cómo sé qué? Es temprano. El catering recién está llegando. ¿Es el mino de Gaspar Ossandón?

¿Vas a ir a la fiesta blanco y negro?

¿Cuál?

¿No sabías?

¿Por eso andas así?

¿Me veo mal?

Te ves… Muy de negro, Alf.

¿Pero no como para funeral?

No. Polera negra, blazer negro. Mucho negro. ¿Qué fiesta?

No sé si se vaya. Creo que no iré. Me iré a leer.

Te invito un trago, perrito. Necesitas un trago.

Acepto.

¿Al Opera Catedral? Está al lado. ¿A la terraza?

Vamos. Es temprano. ¿Qué hora es? Gracias por venir, gracias por verme, gracias por escuchar.

Hueón, ¿qué te pasa?

Creo que me van a patear.

¿Quién?

Restrepo.

¿El viejo?

El joven.

Hueón, ¿pasó algo?

Pasó de todo.

¿Me estás hueviando? ¿El pendejo es weko?

Esa información es confidencial.

¿Es de los nuestros, perrito?

Vodka. Sólo voy a tomar vodka, Puga. No voy a mezclar. ¿Te parece?

Sí. Oye, ¿cómo me veo? Increíble, ¿no?

Mino, Puga. Como siempre.

No como siempre, perrito. Me veo mejor que siempre. ¿Qué te parecen los zapatos? Están ricos, ¿no?

El hall central del Museo de Bellas Artes resplandece por los centenares de velas que se reflejan en el mármol del viejo e imponente edificio afrancesado. El techo de vidrio deja ver los restos del rojo de la puesta de sol. No hay aire acondicionado pero el museo tiene algo de mausoleo así que la temperatura está aguantable.

Se puede respirar.

Todo el segundo piso está iluminado con luces azules. Por todo el hall central cuelgan algunas de las fotos de Rafa que aparecen en el libro.

Se la jugó Montalva, comento.

La dura.

No tenía idea que iba a hacer esto.

Nunca han lanzado un libro así. Ahora voy a exigir.

Rafa se va a morir de impresión. Se ve increíble todo. Media puesta en escena, Augusto.

Las fotos están buenas. Puta que es rica Nastassja Kinski. Mi hermano tenía el afiche de ella desnuda con la serpiente. Hasta yo me pajié mirándola. ¿Quién será ese mino desnudo? Estoy seguro que lo he visto en alguna película mala. ¿No me habías dicho que las fotos eran pésimas?

¿Te dije eso?, le digo, dudando.

¿Ahora te parece un genio? O sea, te gusta de verdad. Aún no lo creo, Garzón. Me sorprendes. Bien, perrito. Todo un galán, bien.

Para que veas. Y no me parece un genio. Lo que digo es que las fotos así se ven mejor. Sin textos. Grandes.

Nunca lo hubiera esperado. Me alegro. El nerd se despeina.

Nada que ver, lo que pasa es que te gusta que me esté agarrando a un famoso.

¿Es famoso? Es el hijo de un famoso. No te confundas. No le cuentes a Alejo.

Alejo me desprecia. Ni hablamos. ¿Servirán los tragos después?

A lo mejor ni me pesca y sigue enojado o volvió con Etienne o con el noruego.

¿Cómo?

Vendrá toda la prensa. En serio. No peles. Sé que te gusta pelar, hueón. Cuida tu cotilleo, Puga. Sé leal.

Callaré. Hablaré de libros, de arte, de política. Y relax: irás a la fiesta. El pendejo irá. Verá sus fotos colgadas y eyaculará. Se friqueó al ver a su viejo llorar y nada… O siguió jalando o mezclando drogas. Se hace el poeta. O quizás lo sea. ¿Le has leído algo?

Nada, miento.

En todo caso se está haciendo el interesante, eso es todo. Al final es un pendejo mimado. He salido mucho con pendejos. Tú también. Sabes que se taiman.

Sí. Mira, llegó Fedora y mi gente. Te dejo.

Puta que anda elegante Montalva. Es mi gente también. ¿Puedo ir?

No, tengo que hablar con la Victoria y… No. Esto es pega. Esto es una emergencia editorial.

Ay, galla, calma.

Estoy calmado y no me digas galla. Anda a engrupirte a los mozos antes que abran las puertas y el salón se llene.

Ahora el hall está repleto y parece una disco o un hotel muy puto y muy caro y muy de diseño. Está, como comentó la Tortuga Matte, «todo el mundo».

Suena una música electrónica chill-out.

Fedora comenta acertadamente que el lanzamiento ha sido un éxito y, mientras degusta un canapé de tártaro de cordero, le desliza a Alfredo que quizás que padre e hijo se hayan separado y «optado por agendas distintas» fue al final para mejor y que la reconociliación en el Palacio Falabella fue «clave». Los dos autores del libro están unidos y han firmado más de trescientos ejemplares.

Rafael Restrepo, con un elegante traje negro, se pasea ahora junto al ministro Roberto Ampuero por entremedio de la concurrencia, saludando a todos los que se le acercan. Ampuero parece su guardaespalda. Su discurso fue poco inspirado y correcto pero, para Alfredo, que no lo soporta, fue mitigado por el humor de la Victoria Martinetto, que, con un traje de seda magenta, bromeó sobre el calor, las elecciones, las giras y las energías de Restrepo. La mezcla de empresarios, políticos, escritores consagrados, narradores jóvenes, poetas, artistas plásticos, actores de teatro y estrellas de tele y las viejas socialités de siempre, tenía en un estado de frenesí a los fotógrafos de vida social.

Esto es lo que se llama un evento, ¿no?, le comenta la Tortuga Matte a Alfredo, que está algo borracho de vodka detrás de una columna en el segundo piso mirando cómo Antonio Skármeta se pasea sonriendo hasta llegar donde Diego Maquieira. Está «todo el mundo», ese clique de personas que se unen y protegen y se creen amigos para no transformarse en lo contrario. Abajo la nave del museo está colmada de gente que no entra a museos excepto si están en el extranjero y pueden instagramearlo. Es nuestro jet set criollo, inculto, incestuoso, aterrado; las ovejas negras de las familias que se protegen entre sí refugiándose en las artes pero cuyo norte real es conocer a todos. *Todos*. Son capaces de hacer de la frivolidad un arte y del pelambre una forma de vida. Ahí están, comprando libros firmados que luego no leerán.

Deberías bajar, Tortuga. Acá no se puede estar.

Soy una de las organizadoras.

Yo también.

Deberías apoyar a nuestros autores.

¿Tú de verdad crees que son nuestros?

Es un decir. Tus autores. ¿Te puedo decir algo?

¿Qué?

Siempre me ha parecido una rotería decir «mis autores». ¿No lo hallas demasiado siútico?

No, para nada. Lo que quizás sea relevante es saber si acaso de verdad son míos.

Nada es para siempre.

Excepto ustedes, Tortuga.

¿Nosotros?

Ustedes. Se cuidan, incluso cuando se detestan.

Has bebido mucho. Qué pena que no vino Alejo. Siempre fugándose, huyendo. Pobre ser. Tan fóbico. ¿Será autista? Siempre he pensando que tiene algo de autista. Quién sabe cómo va a terminar. Esta gente no termina bien. ¿Supiste por qué no vino el divo?

Mucha gente, se enrolló, cuando vio tanta gente se paralizó y se devolvió supongo que a su casa. Tú sabes: no tolera estar con gente que aparece en medios.

Allá él. Oye, ¿y? ¿Qué te parece don Rafael? Por lo que he conversado con él me parece un tipo demasiado normal. ¿No crees?

No creo, Tortuga.

Podría ser el gerente de una empresa, un abogado. No tiene tatuajes ni aros y sabe de todo. De todo. De política, de cine, de historia, de restoranes. Me armó mis vacaciones en Sicilia. ¿Habías escuchado de Taormina? Incluso juega golf como la gente decente. Es como mi papá, ¿te fijas? Es común y corriente, nada de artista, nada de «me dio fobia social». ¿Por qué los escritores no pueden ser como el resto?

Porque es una profesión peligrosa.

Nada que ver. ¿Qué les puede pasar? ¿Herirse los dedos de tanto tipear? Por favor. ¿Qué te pareció el discurso, a todo esto?

Me gustó, mucho.

A mí me emocionó demasiado. Le salió de adentro.

El viejo se maneja mejor que nuestro presidente.

¿Tú no vas a ir La Moneda? Qué pena que no pudo venir la Primera Dama, aunque sí va a estar en la cena. Le encantó el libro, me dijo su jefa de gabinete.

¿Es hoy?

No, mañana.

Pensé que era esta noche.

No. Hoy vamos a ir a la fiesta de la Cámara del Libro en la Enoteca.

Me confundí.

Estás como confundido, Alf. ¿Agotador el chico?

Su resto.

Pero me gustó lo que dijo.

Sí.

Oye, te dejo: allá está la Picha y le carga quedarse sola.

La Tortuga se aleja y ahí se queda Alfredo pensando en el discurso de Restrepo mientras ve cómo Vicente

Matamala, con su traje García Madrid, se pasea solo (¿qué habrá pasado con Chantal?), aburrido, intentando conversar con gente y finalmente logrando establecer un diálogo con Inti Jerez, que anda con una corbata humita y con Federico Sánchez, que luce un traje Brooks Brothers celeste: es embajador-de-marca.

El discurso de Restrepo fue notable, recuerda Alfredo mientras intenta recordar alguna línea de lo que el viejo dijo acerca de la juventud y de la vejez, de cómo a veces los padres se convierten en hijos, de cómo la literatura puede captar muchas cosas pero quizás se queda corta a la hora de enfrentarse al tiempo y de cómo el ojo, tal como el resto del cuerpo, envejece y ve cosas distintas y de cómo lo que veían en el museo era la mirada de un chico que estaba viendo las cosas por primera vez mientras que lo que él está haciendo es iniciando los compases de la sinfonía de la despedida. Mientras habló, Rafa siempre estuvo a su lado, como un soldado de plomo, impávido, de pie.

Cuando llegaron en los autos de la Embajada de México y pasaron frente a la escultura de Rebeca Matte entre los flashes de los fotógrafos y las cámaras, Alfredo se percató del valor y el peso del mundo al que había ingresado, aunque fuera tangencialmente. El comité duro de la editorial estaba en la puerta, junto al ministro Ampuero, la alcaldesa Carolina Tohá y el director del museo. Alfredo estaba entre ellos y quedó impactado por cómo la gente que caminaba por el Parque Forestal se paró a mirar y cómo, al abrirse las puertas del auto, surgió un aplauso instantáneo como si hubiese una alfombra roja. Desde la cena en honor a Barack y Michelle Obama en La Moneda que no había tanta electricidad y excitación por la mezcla de poder, cultura, dinero, belleza y farándula. Restrepo se bajó del inmenso Mercedes del embajador y con Rafa a su lado subió las escaleras como si fuera un rey acompañado de su heredero. Rafa estaba todo de blanco: un entallado traje de los años treinta de lino crudo, camisa de seda blanca y el pelo engominado hacia atrás. David Bowie a los veinte. Al pasar por la escultura, Rafa dio un pequeño salto y tocó el pie de Ícaro.

Alfredo sonrió y sintió un cosquilleo.

Sonreí y sentí un cosquilleo. Cuando Rafa me vio entre todas las caras me miró fijo y me apretó la mano más fuerte y quizás por unos segundos más que al resto y me guiñó el ojo como si fuéramos amantes prohibidos y nuestras mujeres estuvieran circulando por ahí. Rafa entonces me abrazó fuera de protocolo y me susurró:

Huele a peligro / estar contigo...

Qué bueno verte, Rafa.

Hola, Alf. Qué guapo. Qué lindo se ve todo esto. Te veo más tarde, adentro.

Luego desapareció con la delegación.

Alfredo se quedó tomando el aire tibio del atardecer y antes de entrar un chico delgado, narigón pero guapo, melenudo, con una camisa blanca y pantalones pitillos negros, le dijo:

¿Usted es Alf?

Sí.

Hola, soy Pablo Honey. O sea, ese es mi nombre profesional. Artístico. Así me conocen en la red.

Por eso me sonabas conocido. Soy un fan.

Qué bien, gracias. Pablo Celis, mucho gusto, gracias por invitarme. Soy amigo de Rafa. Me invitó. Me vine con Juan Sevilla. ¿Lo conoce?

Claro.

Me dijo que iba a estar de negro o de blanco. Por eso lo reconocí. Encantado de conocerlo, señor.

Tratame de tú.

Ah. Como eres mayor.

Eh, gracias.

¿Vas a ir a la fiesta después?

Sí. Creo que sí.

No sabía que Rafa era escritor y fotógrafo. Me dijo que mañana me quiere fotografiar. De más que sí. Yo pensé que era una estrella de Cam4 nomás, pero veo que es más. Qué bien. ¿Puedo entrar?

Claro.

Pablo Honey se pasea solitario y con la prestancia de un modelo entre actores y artistas que quizás nunca accederán a su fama y a la cantidad de hits y seguidores que él tiene. Pablo Honey mira inocentemente las fotos de Rafa hasta que Augusto Puga se le acerca. Un mozo con una cicatriz en la ceja aparece y le trae a Alfredo el vodka tónica que pidió. Alfredo lo sorbe y ve que ahora Vicente Matamala trata de hablarle a la modelo-animadora Renata Ruiz, que claramente no lo toma en cuenta y opta por conversar con Ricardo Keller, que asistió solo, elegante, con su prestancia de profesor. Alfredo lo evitó lo que más pudo y cuando lo tuvo que saludar rápidamente se las ingenió para juntarlo con Restrepo y huyó. Keller, que es inteligente, tiene que haber entendido la señal: cumplo, pero nada más. Restrepo, se fijó Alfredo, le firmó *Macho: un rodaje* y luego aceptó con señas y gestos el libro académico de Keller para, unos pasos más adelante, pasárselo a Fedora con cara de «déjalo por ahí».

Hey, acá estaba. Qué tristeza, todo solito.

Acá estaba, Rafa. Sí.

¿Está bien?

Sí. ¿Tú?

Expuesto pero bien. Me duele la mano de tanto firmar pero todos muy queridos. Qué bien se ven las fotos así en gigantografías, ¿no? Victoria, tan divina, quedó de enviármelas a México. Me dan ganas de exponer algún día. Partiré mañana con mi nueva vida. Mañana posará para mí Pablo Honey. Lo conocí. Es un pendejo.

Se ve mayor en la pantalla.

¿No era yo el pendejo?

Tienes más mundo.

Pero él tiene más verga. ¿Vamos a ir a conocer a los chicos pícaros de *Sábanas Manchadas* mañana después de almuerzo? Me encantan los tipos con barba. ¿Cuándo te la vas a dejar?

Estuviste raro en la tarde, Rafa. Distante.

¿Distante?

Sí. Huiste de mí.

No huyo; zafo, Alf. Pero eso fue antes.

¿Antes? ¿Ahora no?

No. Y basta. Góceme, aprovécheme, no me analice. ¿Captó la señal que le envié?

¿Cuál?

¿El mensaje cuando hablé allá abajo? Cuando dije que de todas las ciudades que recorrí en esta gira la que más iba a recordar era Santiago.

Sí. Me gustó. Me hizo sentir cosas.

¿Cosas?

Sí. La sangre se me puso tibia.

Como a mí.

Sí. Repite lo que dijiste, por favor.

I will cherish my visit here in memory as long as I live. Audrey Hepburn mirando a Gregory Peck al final de *Roman Holiday*. Estoy viviendo, Alf. Mucho. De verdad Santiago es la ciudad que más recordaré. Ahora siento que además soy fotógrafo. Escribí esta tarde acerca de usted.

¿Sí?

Me inspiró.

Tú también.

Lo sé.

Te ves increíble, Rafa. Con esta luz uno se podría enamorar de ti.

Fue bueno que me afeitara. La ocasión lo merecía. ¿No cree?

Lo creo.

Rafa se acerca, le toma el vaso y lo deja en la baranda y comienza a besarlo suave, tierno, entre las columnas y la oscuridad y el parpadeo de las velas y el murmullo de la gente abajo mientras suena suspendida la voz triste de Lana del Rey: *Summertime Sadness*.

En eso noto una presencia, un espía, alguien que nos mira fijo. Suelto a Rafa.

Es Renato.

Impecable.

De traje oscuro, pelo corto, barba recortada. Se ve guapo y sano y destrozado y tiene los ojos llorosos.

Hola, Alfredo.

Renato...

Te estuve buscando durante toda la presentación. Y te vi. Te vi acá solo. O sea, creí que estabas solo.

Renato, uf. ¿Qué tal? Viniste.

Vine. Sí. Y mejor me voy, ¿no? Ah. Un gusto, Rafael. Bienvenido. Santiago puede ser una gran ciudad, es cierto. Buenas fotos. Suerte acá.

Renato se da media vuelta y se va caminando, se pierde entre las columnas oscuras.

Es joven, Alf.

Qué mal. Puta madre, la cagué.

Se recuperará. Todos nos recuperamos. Tranquilo. Se ve fuerte. Ahora escapémonos. ¿Dónde vamos? La noche es joven. Tenemos otra aún, qué maravilla, ¿no? Hay tantas tantas posibilidades, ¿no cree? ¿Qué podríamos hacer? ¿Qué se le antoja? ¿Por dónde partimos?

JUEVES 31 DE OCTUBRE, 2013

Juan Sevilla Bilbao regresa en su van y se estaciona en la tranquila y oscura calle Julio Prado, donde un pequeño grupo de hombres se ha congregado. Están parados bajo unos árboles desde donde ven la posta del Hospital Salvador y unas ambulancias y gente esperando ansiosa en el frontis. El calor parece más intenso que en las noches previas pero ahora está acompañado de un viento que no para, que sopla y aúlla y altera los árboles y los letreros luminosos y los cables del alumbrado público. La música nazi o alemana o prusiana del restorán Lili Marleen, el mítico sitio de cómida bávara que celebra los triunfos de los ejércitos prusiano y chileno, sigue sonando a pesar de que ellos fueron los últimos en salir.

Qué gran lugar, fue buenísimo haber venido. Berraco, chingón. Era más bizarro de lo que me habían contado, la neta.

Rafa, todo de blanco, parece comandar al grupo y de alguna manera es el centro, el que está tomando las decisiones, el que tiene a su disposición la van y el chofer y una American Express que paga la editorial.

Gracias, Rafa, por la cena, dice Inti Jerez.

Encantado.

Un agrado haberte conocido. Debemos seguir en contacto. Me gustaría pasarte mi nuevo libro. Aún no sale pero tengo un anillado.

¿Posará mañana para mí? ¿O el sábado? Usted es mucho más guapo que Wendy Guerra y mire dónde ella llegó sin ropa. Vi su video, notable. Tiene que verlo, Pablo. Es straight amateur pero tiene un realismo godardiano.

Buena, comenta Pablo Honey.

Junto a Rafa está Augusto Puga, Vicente Matamala, que aún no me cuenta qué pasó con la veterana, Pablo Honey, Inti Jerez y yo, que estoy algo duro por el jale que Rafa me dio en el baño y que aspiré debajo de una foto de la cantante chilena de culto Rosita Serrano, la favorita de Joseph Goebbels. Reviso mi iPhone y veo que Renato no me ha respondido los wasaps que le envié; ni siquiera los ha leído.

Perdona, le escribí.

Tenemos que hablar, le dije.

Me gustaría explicarte.

No le dije: no te mereces eso. No le dije: eso no se hace.

Las fotos en las paredes fueron lo mejor, dice Augusto Puga. Increíble que nunca haya venido antes. ¿Viste la de Pinochet? ¿La del huea de Cristián Labbé?

Y las fotos de los capos del Tercer Reich, recalca Inti.

La música me tenía mal, comparto.

Horrible. Puras marchas, hueón, agrega Vicente.

«Ambiente histórico militar», decía el menú. ¿Se fijaron? De verdad esto da para un libro. Sergio Paz creo que es el hombre. Es hasta traducible. *Nazis for Dinner.*

Mike Patton vino, comenta Pablo Honey. Es un sitio clásico, Rafa. Mucho más que el Noi. Fue buena tu decisión.

Eso es lo bueno de recibir extranjeros, aporta Vicente. Uno termina conociendo sitios que, de tan cerca que están, se te pasan.

Es cierto, opino.

Fue mejor que ir a la Enoteca, dice Puga.

Igual me hubiera gustado ver bailar a algunos escritores dando jugo, dice Inti, que ya no parece tan guapo o inteligente o creativo y ya no me interesa ofrecerle que escriba un libro acerca del mundo porno porque capto que en realidad lo único que hizo fue follar con su polola tonta y que en cambio el que la tiene clara y tiene experiencia y es totalmente milenio y no mide las consecuencias es Pablo Celis, que cree que es totalmente compatible estudiar ingeniería comercial en la UDD y masturbarse o follar con compañeros de curso héteros por sustantivas propinas o tokens en Cam4.

En Alemania no permitirían que esto existiera. La Merkel lo hubiera clausurado, reflexiona Vicente Matamala, que me toma el hombro y me hace cariño en el pelo para que no todos crean que es tan hétero.

Estamos en Chile, sentencia Augusto. Acá todo puede pasar y de hecho pasa.

Este país es muy ordenado, responde Rafa. Ordenadísimo. No hablen mal de lo que tienen.

Todos callan unos instantes y sienten el viento en sus caras.

El clima está raro; va a pasar algo, comenta Vicente.

Terremoto, sugiere Inti.

Tormenta eléctrica, digo.

Ojalá no cierren este local. La comida no era mala; esas salchichas estaban bien ricas, dice Pablo Honey. Voy a invitar a mi papá.

Juan Sevilla se baja de la van y mira su teléfono y luego mira a Rafa.

Usted dirá, jefe. Qué, a dónde, cuándo, cómo. Acá estoy, usted sabe, para servirlo.

¿Llamó a Valentín o a Franz?, le pregunta Rafa a Pablo Honey. No fueron al museo. Me lo prometieron.

No creo que alguna vez hayan ido a uno. Excepto al Museo de la Moda, quizás, comenta Augusto Puga.

Me pidieron disculpas; están terminando de organizar la fiesta, le explica la estrella porno juvenil.

¿Una previa?, sugiere Augusto. Yo igual debo cambiarme de ropa, perrito. ¿Es negro y blanco? ¿Ningún color?

¿Puedo ir?, pregunta Vicente.

Es una fiesta gay, zorrón, le replica Puga.

¿Van minas?

Muy pocas y lesbis, le responde Pablo.

Creo que es algo para nosotros, le dice Rafa. ¿Qué pasó a todo esto con Chantal, la señora? Era muy querida.

Discutimos, dice Vicente. Es que yo no quise llevarla al museo porque…

… parecía tu madre, digo.

Exacto.

Y se enojó, agrego.

¿Cómo sabes?

Obvio, dice Rafa. Qué tristeza por ella.

Insisto: ¿una previa? Es muy temprano para ir al Club de la Unión.

Yo paso, comenta Inti.

¿No eres gay?

No aún, dice Inti, pero todo bien.

Vicente, ¿por qué no se va con él?, le dice Rafa.

¿La dura? ¿No puedo ir?

Ya se lo dije, no sea testarudo. No, no puede ir. Es algo de nosotros.

Eso es discriminación.

Ahora verá lo que se siente.

Yo nunca los he discriminado.

Pero yo sí. ¿Quién se va con nosotros?

¿A dónde?

A tomar, dice Pablo Honey. Yo conozco caleta de sitios. Bellavista puede ser divertido. ¿O nos vamos al Aubrey?

Alf, tú vas conmigo, ¿no?

Sí, claro.

Augusto, ¿te pasamos a dejar a tu casa o te tomas un taxi y nos vemos más tarde?

Eso mejor: en el Club. De ahí soy. Me iré a cambiar. Yo vivo hacia otra parte igual. Pablo, ¿te unes? ¿Vamos?

Prefiero ir con Rafa. Te veo en la fiesta.

Dale.

Entonces estamos, Juan. Listo. Partamos. Ya me aburrí. Salgamos a rumbear. Alf, Pablo, somos los tres. Al menos por ahora. Nos vemos allá, Augusto. Encantado.

La van de Juan Sevilla Bilbao agarra velocidad y baja por la calle Bilbao rumbo al centro. De los parlantes sale Jason Mraz, *I'm yours*.

¿Adónde, muchachos? Usted me dice, don Rafa.

A los Baños Prat.

¡Al abordaje muchachos!

¿Cómo?, pregunto.

¿Qué?

Pensé que íbamos a ir a un bar. O a la Enoteca. Podemos volver al W a tomar y charlar y de ahí bajamos al Club de la Unión. O vamos a mi casa. Pasamos a comprar algo.

Ando aburrido, qué pena. Los quiero mucho, pero necesito chacalear tonight. Expulsar energía. Quedé muy expuesto: todos me miraban. Algo exprés, no questions, no names. Juan: a los baños, directo, sin escalas.

Mira cómo estamos vestidos, le digo.

Es sin ropa, Alf. ¿Qué pasa? La dejamos en los lockers. O en las piezas. ¿Tienen cuartos, Juan?

De todo.

Yo no puedo ir, comenta Pablo.

¿Te da miedo?

¿La dura? Sí. Me follarían y yo no hago anal. Me van a secuestrar y meter a un cuarto oscuro, Rafa. De verdad que en esos círculos soy una estrella, demasiado famoso. He vendido caleta de mis boxers sucios. Los envío por Chile Express. Pagan ene. Los osos y la gente que va a esos sitios son mis mayores fans y me dan asco. Hago como que me gustan pero son lo peor. A mí me gustan los deportistas. Ricos, limpiecitos. Sería irresponsable de mi parte ir. Me pueden amarrar y subir a uno de esos columpios de cuero y...

Calma, Pablo. No vamos a ir.

Yo iré, insiste Rafa justo cuando empieza a sonar Wham.

Hoy es noche de osos, explica Juan Sevilla Bilbao. Yo me bajo y los cuido.

Yo no me bajo, comenta Pablo. Déjenme por ahí y...

Esto se está...

¿Qué, Alf?

Descontrolando.

¿Usted cree? ¿Por qué? Vamos y miramos. Nos quedamos afuera y ahí decidimos.

Es por el Parque de Los Reyes, cerca del río. Barrio Yungay. Era una vieja fábrica.

No queremos ir ahí, le digo. Te puede pasar algo. Yo no quiero. He ido y no sé… Ya no me interesa ir a sitios así. Los superé.

Andamos con Juan.

Lo hemos pasado increíble, nos vemos increíble, vamos a tomar al hotel, nos tiramos unas líneas y partimos al Club de la Unión.

Yo paso. Me bajo por ahí, en serio. O me voy donde unos amigos. Los veo en la fiesta. O quizás no. Se puso rara la cosa.

Rafa baja la ventana de la van y luego se acerca a Pablo Honey.

Usted, Pablo, se hace el súperestrella porno sudamericana pero desde la tranquilidad y la seguridad del departamento de su madre. Así es muy fácil ser rupturista.

Rafa, calma.

Pues estoy calmado y estoy fresco. Ir a los baños no implica tirar o hacer nada. Es relajarse, reírse, ver cómo nos tasan.

No quiero ser tasado, lo he sido toda mi vida, opina Pablo.

Les propongo algo, si es que me permiten.

¿Qué, Juan?

La mejor hora de los baños, lejos, es a la madrugada. Ahí es el after. Van todos los que no pudieron agarrar. Ahí se desbanda la cosa.

Es una opción. Una buena opción, le comento.

Yo feliz los llevo y participo, insiste Juan Sevilla.

Yo acá me puedo bajar, dice Pablo Honey.

Rafa me toma la mano y apoya su cabeza en mi hombro y canta para sí mismo cada palabra de *April Fools* de Rufus Wainwright.

¿Me odia?, me susurra.

No, pero… No vayamos ahí. Para qué. Si quieres podemos subir el cerro… llevamos unas botellas y…

¿Me besa?

Te hago de todo.

Igual me quiero bajar, interrumpe Pablo. Déjeme acá en Plaza Italia, Juan. Piola. Rafa, te veo más tarde. ¿Todo bien?

Todo bien, súperestrella.

Necesito pensar. Me iré caminando. Pero iré a la fiesta. Y mañana quiero posar. De hecho no me voy a recortar. Me gusta la idea. Caleta. Me siento más que honrado.

Lo veo más tarde, guapo.

Wena.

Pablo Honey se baja y cierra la puerta de la van y lo vemos alejarse entre el enjambre de gente que colma la explanada frente al Teatro de la Universidad de Chile a esta hora.

¿A dónde los llevo, entonces?

Juan, le digo, ¿tiene trago acá?

Ballantine's. Es canje.

Dale. ¿Hielo?

Obvio.

Subamos al cerro San Cristóbal. Llévenos hasta la Virgen.

Están en la terraza a la que llega el funicular y arriba de ellos se alza, blanca, iluminada, inmensa, la Virgen.

La ciudad se esparce abajo, titilando, eterna.

El viento seco ha barrido todo el smog, todo vestigio de bruma, y la atmósfera está diáfana, como si hubiese llovido hace un rato, pero el cielo está despejado, sin nube alguna, de un color no del todo oscuro, como si se hubiese negado el sol a irse del todo y las estrellas se lucen e intimidan, casi.

Alfredo lo abraza por detrás.

La cabeza de Rafa le llega al pecho.

Huele su pelo engominado, reconoce su aroma, se siente calmado. Esto es, esto es lo que quiere, lo que podría ser, así funciona la cosa, así a veces sucede, ocurre, sí, así se ven dos tipos que están conectados y se tienen ganas y la pasan bien y hasta quizás sienten algo más. Alguien solo, triste, sin nadie, podría subir en bicicleta y verlos y pensar: algún día quiero algo así, algún día estaré junto a alguien como ellos dos.

Alfredo nota que ya está duro pero capta que no está caliente, que está contento nomás, está tranquilo, está entusiasmado, está agradecido, con Rafa acá en el cerro mirando toda la ciudad, Santiago, el lugar donde ha vivido todo lo bueno y todo lo malo, el único sitio en el mundo que considera propio.

¿Cree en la Virgen, Alf?

No, pero hoy sí. Desde ahora quizás.

Me gusta esta vista, me gusta esto.

Me gustas tú.

Usted también me gusta… Esa pastilla que tomé… todo parece aún más intenso. Qué lindo se ve. Es como si estuviéramos más lejos, más arriba, flotando, en una nave.

¿Qué tomaste?

Demasiadas cosas. Quiero rumbear, deseo bailar con usted. ¿Bailaremos?

Podemos bailar acá.

¿Se va a acordar de hoy?

Me voy a acordar de hoy y de ahora y de anoche y de ayer y del museo y del hotel y de todo lo que haremos mañana y me da lástima, como dices tú, porque a cada chico, a cada tipo, a cada hueón que conozca lo voy a tener que comparar contigo.

No haga eso: es injusto y de veras que no quiere conocer a nadie como yo. No somos de fiar, ya le he dicho. Somos divertidos y…

… ardientes…

… también…

… me acordaré tanto tanto que un día apareceré en tu departamento y te tocaré el timbre.

Y yo no lo dejaré entrar. Qué pena.

¿Por qué?

Pues porque estaré con otro. Voy a estar con otros, ¿lo sabe?

Lo sé, pero ahora estás conmigo.

Ahora estoy con usted mirando toda la ciudad, sí. ¿Por allá caminamos?

Sí, hacia arriba.

Miran la grilla, las calles, las luces.

Ven y siguen mirando.

Ven a casi siete millones de personas, a casi toda la ciudad.

Ven hasta donde no hay ciudad, sólo oscuridad.

Ven un avión despegando desde el aeropuerto.

Ven Farellones y La Parva y los Andes. Ven el Estadio Nacional y la oscuridad del Parque O'Higgins y el huevo de pascua que es el Movistar Arena y la Torre Entel y el techo del GAM y el cerro Santa Lucía y los letreros luminosos de Plaza Italia.

Ya es hora. ¿Bajemos?

Fue mejor esto que tu idea perversilla, ¿no crees?

Pues sí. Aunque lo perverso tiene su belleza. A ser jóvenes ahora, ¿le parece?

Me parece, Rafa. ¿Te puedo besar acá?

¿Debajo de la Virgen?

Exactamente. Que se muera de envidia.

Que nos bendiga entonces.

Y que te quite la maldición de La Fiera de encima. Y que bendiga a todos los chicos que se están besando o que se van a besar esta noche en toda la ciudad de Santiago. Que los proteja y cuide y que sepan que no deben tener miedo.

Amén.

Necesito pedirle un favor, Juan.

Lo que quiera, don Rafa.

¿Se puede desviar? O quizás queda en el camino, no lo sé.

Por supuesto. ¿Dónde?

Necesito pasar a recoger a un amigo. Se unirá a nosotros.

¿Pablo? ¿No quedó de encontrarnos allá?

Otro. Nuevo. Nos va a estar esperando frente al Museo de Bellas Artes, Juan. Donde fue el lanzamiento. ¿Recuerda?

¿Me voy para allá? ¿Ahora?

Sí, y de ahí nos vamos al célebre club.

Quién es, le digo, intrigado.

Nos va estar esperando frente a la escultura de Ícaro y Dédalo. Ve que conozco bien la ciudad. Podría ser un guía.

Rafa, ¿no será un puto?

¿No lo somos todos un poco?

Sabes a lo que me refiero. No juegues. ¿Para qué?

¿Para qué? No sea viejo, no se haga el maduro. No sea aburrido. Si uno se acuesta con niños, amanece mojado. ¿Ya se mojó? ¿Está pegote?

Rafa...

Estamos celebrando, Alf. El lanzamiento fue un éxito. Es la ciudad donde más hemos firmado y eso que aún no vamos a la feria propiamente tal. Ha sido un éxito. Alfaguara y Victoria y hasta Joaquín Montalva nos aman.

Juan Sevilla maneja. Por los parlantes suena *All the Young Dudes* de Bowie y luego *Oh Oh* de Marineros y Rafa no para de seguir el ritmo. Bajo la ventana y el aire tibio neutraliza el frío del interior. Miro el parque, los árboles, los prados, los caminos de gravilla, los faroles, los chicos que caminan furtivos.

Ahí está, dice Rafa.

Miro.

Es Julián. Julián Moro. El Factor Julián. Con una polera blanca cuello en V y unos jeans negros angostos y botines oscuros.

Rafa baja la ventana.

Hola, Alf, qué tal.

¿Qué haces acá?

Acá. Hola, Rafa, encantado. Gustazo de conocerte en vivo.

Pues súbase. Vámonos.

Rafa abre la puerta de la van y Julián entra y saluda con un beso en la mejilla a Rafa y a mí me da la mano y me mira cómplice, con esos ojos que conozco tan bien y que intentan emitir mensajes complejos. En este caso Julián piensa lo mismo que yo: qué onda.

Qué onda, digo.

Antes que ninguno responda el aroma de Julián me azota, me golpea, me bota, me marea. La espalda de Julián, la saliva de Julián, el pelo de Julián, el 212 de Julián, el tabaco de Julián, los pies de Julián, las axilas transpiradas de Julián, el algodón de la típica polera de Julián, el culo de Julián cuando dormía desnudo al lado mío en las noches de verano.

Rafa me contactó por Facebook y me invitó.

Las redes sociales.

Obvio. Yo no pensaba ir porque es caro y en cambio iba a ir con unos amigos a hueviar a la Bunker. ¿Cómo estás? Tanto tiempo, ¿no? Bueno verte, hueón. Simpático el colombiano. Me cagué de la risa cuando me llamó. ¿De dónde lo sacaste? Tenemos ene amigos en Facebook en común. La red cola.

Listo, Juan, al destino. Partamos.

Está buena esta van. ¿Es tuya, Rafa?

Mi van es su van, Julián. Un placer y un honor conocer a alguien tan famoso e importante como usted.

Comienza a sonar *Because You Loved Me* de Celine Dion y entiendo que esto va en serio y la ironía se está volviendo realismo.

¿Me estás hueviando? Y cambia ese tema.

Es ultra fleto, sí, comenta Julián.

No mamen. Partimos. Qué guapo es, Alf. Qué bello es Julián.

Gracias, dice Moro.

Ahora entiendo todo mucho mejor. Me encanta su aroma, además. Deberíamos transpirarlo, tirarlo, extraer su esencia, patentarlo y envasarlo y venderlo como Ícaro. ¿Le parece una buena idea?

Me estás hueviando, ¿no? ¿O estoy muy pasado? Igual el calor… te lo encargo, hueón. ¿Por qué habla así, Alf?

Rafa es muy creativo, Julián. Es un poeta. Y colombiano. Y le gusta el aroma de los chicos.

Igual está rico. Un pocket. Tampoco tanto. ¿Poeta? Wena. Nunca había conocido uno. Me los imaginaba más viejos. ¿Hay algo para tomar?

El salón central del Club de la Unión está iluminado con el mismo concepto que el hall del Museo de Bellas Artes. El piso es idéntico al Palacio Falabella. ¿Todo eso fue hoy? ¿Ayer? ¿Hace un rato?

¿Qué día es hoy?

No debí jalar en la van. He tomado mucho, he mezclado demasiado. Tomé con Augusto Puga, después en el lanzamiento, cervezas y shots de Jägermeister en el Lili Marleen y luego en la van.

Estoy mareado, estoy raro, tengo asco.

¿Voy a vomitar?

No, respira, hueón.

Respira profundo, eso.

¿Puga está? No lo veo. ¿No vino? ¿Se fue? No veo nada, no veo a nadie, menos entre esta luz azul que no deja ver ni pico.

¿Eso es humo?

¿No se dejó de tirar humo en los 90?

¿O esta es una fiesta retro?

El pendejo de Pablo Honey le mete la lengua a un chico rubio bajito con una camiseta sin mangas y un chico que ya se sacó la polera muestra sus tatuajes: unas rosas que suben del vientre hasta su cuello. Alfredo no conoce ni ubica a nadie, todos parecen venir de otro país, todos dan la impresión de no haber cumplido los veintiuno, todos son menores que los temas que bailan. Los tatuajes y los piercing y el pelo facial hace indistinguibles a los unos de los otros. De nuevo Alfredo está en el segundo piso, solo, mirando hacia abajo. Miro hacia abajo. Centenas de jóvenes guapos, de blanco o de negro o de blanco y negro, bailando entre los colores fluorescentes y tocándose y besándose al ritmo de *I Don't Feel Like Dancin'* de Scissor Sisters arriba del mármol con diseño de ajedrez: blanco y negro, blanco y negro, blanco y negro.

¿Hay más jale?

Puta, necesito más.

¿Cómo se tapan, cómo se anulan los celos, la rabia?

¿Dónde están?

¿Dónde está Rafa?

¿Dónde está Julián?

¿Qué hace Julián aquí? ¿Por qué vino? ¿Por qué aceptó?

¿Acaso nadie le puede decir que no a Rafa?

No los ve. ¿Estarán juntos? ¿Coludidos? ¿Estarán en el salón vip jalando? ¿Tomando pastillas? ¿Qué pastilla tomó Rafa? ¿Ecstasy? ¿Ácido? Algo que no conoce. ¿BZPs? ¿Por qué un chico chascón de polera blanca aspira poppers? ¿Qué sabe él de drogas artificiales para jóvenes? ¿De drogas para jóvenes gays demasiado guapos que bailan arriba de un tablero de ajedrez, que agarran y se besan detrás de las columnas iluminadas alternadamente de color naranjo Aperol Spritz, verde Heineken y amarillo Kem Piña, que se manosean en los sillones donde alguna vez sus abuelos decidieron los destinos del país, sus abuelos que jamás hubieran dejado entrar al club a tipos como los que ahora están brincando mientras The Weather Girls cantan *It's Raining Men*.

Debe salir. Tomar aire.

¿Irse?

¿Huir?

¿Estarán en la terraza?

¿Hay una terraza?

¿Quién dijo que hay una terraza?

¿Valentín Sarrás? ¿Franz Cristiano? ¿Dónde mierda está Rafa? ¿Qué me importa dónde está? Lo que me importa es dónde está Julián.

Julián Moro.

El puto Factor Julián puto.

Aroma a Julián.

A pesar de todo el Azzaro y M7 y Acqua di Gio y Burberry y Fahrenheit y Man de Bvlgari y Allure y Hermes y todo ese sudor y de los restos de Mennen y Old Spice y Nivea de todos estos tipos, es el aroma a Julián el que lo impregna todo.

El puto Club de la Unión huele a Julián.

Aún le gusta Julián.

Todavía lo mueve. Todavía me mueve.

Le encanta, aprobado. Me encanta, aprobado.

Debo hablarle.

Decirle que han pasado cosas.

Que me están pasando cosas.

Quizás fue bueno verlo, que se uniera.

Rafa de casamentero, de cupido, de doctor amor. Rafa cree dominar el mundo y ahora lo está demostrando.

¿Desde cuándo no escucha *Friday I'm in Love*?

Puta que le gusta ese tema, puta que le gustaba. The Cure, Conce, lloviendo, cruzando el puente en bicicleta.

¿Hoy qué día es?

¿Jueves? ¿Viernes?

¿Am I in love?

¿Esto fue planeado? ¿Lo hizo a propósito?

A ese sí lo conozco, a ese me lo he culeado, con ese agarré, con ese no pasó nada. ¿Ese es el enfermero vecino? ¿Y ese es Gerard? ¿Qué hace aquí? ¿El doctor de barba de Metales Pesados? ¿Alejo acá? ¿Con Puga? ¿Están? ¿Los veo? ¿Qué hace Vicente bailando solo? ¿Es él?

¿Le gusta Julián a Rafa?

¿Lo está haciendo para sacarme celos?

Lo está logrando.

Mucho.

¿Esto es lo que se siente ser humillado? ¿Denigrado? ¿Esto es lo que quizás siente Renato? ¿Lo que alguna vez trizó a Ricardo Keller? ¿Es hora de pagar por algo?

¿**Q**ué pasa, Alf? ¿Qué le pasa? ¿Triste?

He tomado mucho. No tengo edad, Rafa.

Qué va. Esto recién comienza.

¿Tú crees?

Creo. Créame. Hoy debe confiar en mí más que nunca. Yo tengo el control.

¿Confiar? ¿Control? ¿Qué te pasa? ¿Qué tomaste?

Ni me acuerdo.

¿Dónde estabas?

Con mis amigos. Qué lugar, qué fiesta, qué chicos tan guapos, buenísimo el lugar, ¿no cree? Soñado. Elegantísimo.

¿Y Julián?

Por ahí. ¿Bailemos?

No.

Sí.

No.

¿Una línea?

Sí.

Entran al baño, un baño inmenso donde retumba *We Found Love* de Rihanna.

Esto está increíble, Alf.

Soy el mayor de acá. Me van a expulsar.

Qué va. ¿Bajemos? ¿Bailemos?

Estoy confundido.

Bienvenido al club.

¿Al Club de la Unión?

La unión hace la fuerza.

No tengo fuerzas.

¿Otra línea?

Dale.

Y esta pastilla está riquísima, abra la boca.

Rafa me escupe en la boca y entremedio de su saliva hay algo que ya no me importa demasiado qué es.

No sé cómo llegué a esta escalera que parece la de un palacio que he visto en alguna película. Los escalones se mueven y oscilan como si temblara. Rafa me tiene de la mano y cuando estamos en la mitad, mirando el mar de chicos que se elevan y bajan con la marea del ritmo, el DJ de blanco cambia el disco y comienza a sonar Paloma San Basilio: *Juntos.*

Ay, qué divino. Muy mohammed, ¿no cree? Esta la bailamos.

Y ahí están, bailando.

Ahí estamos.

Ahí estoy.

Ahí está Rafa, saltando, transpirando, gesticulando, armando una coreografía de programa de variedades italiano, transformando cada estrofa en propia, como si la canción la hubiera compuesto recién, coqueteándome, haciéndome rendir, sonriendo, riéndome, sometiéndome a sus encantos perversos.

Más que un amigo, eres un mago diferente… / Andar a saltos entre el tráfico… / leer a medias el periódico…

Rafa se acerca y me besa y salta y me canta y yo no sé cómo ni de dónde conozco la puta canción y le respondo y Rafa tiene un trago nuevo y el gel de su pelo le chorrea por la frente y su camisa blanca de seda está toda mojada y…

Juntos, un día entre dos… / parece mucho más que un día… / Juntos, amor para dos / amor en buena compañía…

Julián se acerca a nosotros y de nuevo su aroma me azota y me mira como si esta fuera la mejor fiesta del mundo, como si anoche hubiéramos dormido juntos, como si todo lo que dice la canción fuera acerca de nosotros (*… café para dos, fumando un cigarrillo a medias…*) y Rafa me mira y me agarra frente a Julián y saca la lengua y comienza a lamer mi sudor.

Julián se me acerca y me dice:

Bueno verte, hueón, te eché de menos. Me calientas.

¿Sí?

Eres más que un amigo, como dice la canción.

¿Juntos? ¿Estamos juntos?

¿Para qué, hueón? ¿Somos jóvenes o no?

Tú sí, yo no.

Juntos… / El mundo entre dos / … diciendo a los problemas adiós.

Diciendo a los problemas adiós, le canto en la oreja.

¿Qué problemas? Cacha la felicidad, hueón. Atina.

¿No sabes lo que estoy sintiendo?

No, ¿cómo podría? No soy tú, hueón. Has tomado mucho. Baila. Ese mino, hueón, el tatuado, me lo comí la semana pasada. ¿Mal?

Rafa entonces se me acerca y me acorrala y me toca la verga y siento una columna raspar mi camisa y pienso: ¿dónde está mi chaqueta?

Le dije: no hay que confiar en pendejos.

¿Cómo? ¿Qué te pasa?

No aprende, Alf. Aprenda.

¿Qué?

No somos de fiar. Le dije que podía quedar herido si seguía conmigo. Usted no entiende. Me encanta Julián. Y no es tan inteligente como cree. Sólo que le sobra testosterona, Alf. Eso es todo. Es bonito pero, ¿acaso no lo somos todos a esta edad? No es que sea malo, es sólo joven. Como yo. Yo que usted me iría antes que…

Entonces aparece por los parlantes *Blurred Lines* y su ritmo satánico, jalero, inquietante, imparable, ineludible, y todos saltan y se sueltan más y Julián agarra a Rafa y comienza a besarlo de una manera animal, deseosa, frenética, porno, cachonda, degenerada, como nunca me besó, como nunca nos besamos y entremedio atracan los pendejos lubricados y duros que cantan y levantan los brazos y dicen *I know you want it, I know you want it…* y ahí me quedo, solo, rodeado de chicos sudados de negro y de blanco y de repente los veo en un sofá de terciopelo rojo: Julián y Rafa, Rafa y Julián, la mano de Rafa levantándole la polera a Julián, Julián comiéndose a Rafa y los ojos de Julián claramente borrachos, drogados, deseosos, mirándome y no viéndome y Rafa bajándole el cierre a Julián que coloca esa cara inolvidable cuando le bajan el cierre.

Intento correr o escapar o fugarme sin que se note.

¿Alguien me nota?

But you are an animal, baby, it's in your nature...

Untamed, imposible de domesticar, de atrapar.

Busco la salida.

¿Por dónde se sale?

¿Se puede salir?

Busco un lugar donde vomitar, donde llorar, donde gritar.

Abro una pesada puerta y siento el viento caliente en mi cara y veo la Alameda vacía y miro los escalones que bajan a la calle.

Comienzo a bajarlos, mareado, ido, desbalanceado.

Agredido.

Sangrante.

Colapsado.

Uno a uno a uno hasta que llego a la vereda.

Voy caminando a la altura de la Estación Salvador y veo la iluminada fuente de aguas danzantes pero el viento sopla tanto de sur a norte que el rocío se va para el río y no me llega.

Miro las Torres de Tajamar.

Ya llegaré a mi casa.

Estoy empapado, llevo más de media hora caminando.

Necesito dormir, abrazar mi almohada, aprenderlo todo de nuevo. Al lado del mural de Gabriela Mistral, a un costado del cerro Santa Lucía, vomité todo lo que tenía adentro y me calmé un poco.

Respiré.

Respiré hondo y seguí tratando de no pensar.

Pensando en la fiesta, en *Juntos*, en *Blurred Lines*, en el jale, en la lengua de Julián entrando en la boca de Rafa, en Rafa mirándome con sus ojos demoníacos como diciéndome «no hay que confiar en los pendejos».

Suena mi teléfono.

Lo miro.

Es Julián.

Cuelgo.

Suena de nuevo.

Rechazo la llamada y lo coloco en mute.

El fono sigue vibrando.

Veo wasaps de Julián, veo mensajes verdes de Julián.

Aprieto call y llamo a Julián.

Responde llorando.

Ven, ven, me dice.

¿Ahora quieres pedirme perdón? Eso no se hace. Lo vas a pagar, algún día te harán algo parecido, pendejo reculeado. Eres malo, eso eres, no sabes nada de nada. No estoy para tríos, pendejo concha de tu madre.

Se está muriendo, se está muriendo y nadie pesca.

Blur se oye por el teléfono.

¿Qué? Cálmate, Julián. ¿Qué pasa?

Rafa tomó algo. Sangra. No para de sangrar de las narices. Le dije que se echara para atrás. No pesca, no cacho, no sé. Ven, vénte, no se puede morir, no se va a morir, yo no hice nada, se resbaló. Chocó con una columna. Por favor, ven. Le conseguí hielo pero está raro. ¿Por qué sangra tanto? Es como un río.

Voy. Avisa, busca ayuda.

Todos acá bailan.

Llama a emergencia, yo también llamaré.

Ven, hueón.

Voy pero busca ayuda, a los guardias, que paren la música.

Empieza a llover mientras corro.

Ningún taxi para, me evitan, huyen.

No se detienen.

Algo de luz de madrugada comienza a aparecer.

Corro.

Sigo corriendo.

Unas gotas tibias caen sobre mí.

Escucho relámpagos.

Corro, corro, sigo, corro, no veo la ciudad ni siento la lluvia inexplicable, sólo capto que debo llegar, que voy en bajada, que si llego quizás pueda detener todo.

Llego al Club de la Unión y veo una ambulancia de la Clínica Alemana y una de HELP y a unos chicos afuera. Sentado en una escala el chico rubio que estaba besándose con Pablo Honey mira su teléfono y me mira.

¿Qué pasó?, le digo, sin aire.

Se murió un hueón, adentro. Cagó la fiesta. Qué penca, ¿no? Bajón.

Bajón, le respondo antes de subir los escalones.

Uno a uno a uno hasta que llego a la puerta y la empujo.

Epílogo

Yo me quedé con el osito Bernard, con su disco duro, con sus atesorados *cahiers*, con el teléfono que le pasó Juan Sevilla Bilbao, con casi todos sus artículos de aseo y algo de su ropa sudada. Fue Joaquín Montalva el encargado de vaciar la suite del W a media mañana y cuando me vio en la pieza me dijo «maraco asesino» y me preguntó qué hacía ahí: le mostré mi tarjeta-llave y le dije que estaba sacando mis cosas y ordenando las de Rafa. Estaba tan conmocionado (aterrado de perder su pega) que no paró de quebrar vasos y botar floreros y lanzar al suelo todo lo que estaba en las mesas y cajones. El lunes siguiente, en la editorial, me pidió disculpas, aunque nunca le volví a hablar y sonreí para mí mismo cuando Penguin Random House decidió que no cumplía con los criterios de la empresa y lo dejó ir en busca de nuevos desafíos.

El aura de las cosas, a pesar del expertise de todos los chicos y chicas de prensa de las distintas sedes de Alfaguara, logró pasar desapercibido. Los críticos literarios optaron por ignorarlo (excepto Ignacio Echevarría que lo despachó de una manera severa e irónica en *Letras Libres*; la reseña apareció justo la semana de la tragedia). Chile —por cierto, prediblemente— fue la excepción pues acá se convirtió en un inesperado bestseller y, varios meses después, para el Día del Padre, fue el regalo hit que muchos hijos le obsequiaron a su progenitor.

No escribí sobre lo que pasó esa madrugada en el Club de la Unión y no lo haré ahora.

O quizás contaré un poco.

Llovió. Inexplicablemente llovió. Primero gotas calientes que poco a poco se fueron enfriando y ya para el día de Todos los Santos estaba fresco pero sin lluvia y yo andaba de chaleco.

Sé que hablé con la Policía de Investigaciones y el embajador y mucha gente.

Se que Julián me abrazó llorando no de pena sino de terror y cuando lo hizo sentí que tenía catorce.

—Se metió pastillas, bailamos, a alguien se le derramó un trago y resbalamos y nos caímos y al pararse tropezó y se dio de frente contra una columna. Nos cagamos de la risa hasta que empezó a sangrar. No paraba, Alfredo, no paraba. Yo no sirvo para estas cosas, hueón. Yo quería hueviar. Soy joven, qué sé de muertes.

A las seis y media de la mañana llamé a la Victoria Martinetto desde las escalinatas del Club de la Unión.

La desperté.

—Tengo algo que decirte —le dije—. Pero no te puedes enojar.

—¿Qué hiciste? ¿Qué hicieron?

Al rato apareció ahí de buzo y sin maquillaje y no recuerdo mucho más. Ni siquiera qué pasó con Julián, quizás se lo llevaron a una comisaría, no sé.

—Acompáñame al Ritz.

—Ni cagando, Victoria.

—Hoy seré tu madre. Te vienes conmigo.

Fuimos. En el lobby nos esperaba Fedora, pálida.

—Quiere que subas, darling. No te puedo ayudar ahí. Y quiere que no los molesten. Debo llamar al Ministerio del Interior. No quiere autopsia. Quiere que Piñera le preste el avión presidencial. Espera. Fedora, llama a *El País* y a la casa central en Madrid. Yo ya le avisé a Elvira Romero, está devastada. Aterrada, creo yo. Qué horror lo que está pasando. Esto me va a costar el puesto. Me da lo mismo. Igual me tendrían que indemnizar. El viejo quiere dos páginas para escribir de su hijo. Va a escribir una columna, un obituario. Este chacal no da puntada sin hilo. Necesita que le guarden el espacio para la edición de mañana. ¿Quedó claro, Fedora?

Subí en el ascensor y no respiré hasta llegar al último piso.

Toqué el timbre de la suite.

Rafael Restrepo Carvajal, de bata de raso negro, las piernas blancas, me hizo pasar y me miró durante un rato.

—Se acuerda de lo que hablamos en ese café el otro día.

—Algo. Esto es una tragedia y deseo expresarle…

—No deseo que me exprese nada. Le dije: mi hijo no puede terminar ni preso ni muerto. Dígame: ¿cómo terminó?

—Fue un accidente.

—Un verdadero hombre cumple su palabra. Usted la rompió. No me extraña, le diré: mal que mal usted no es tan hombre. Pagará esto. Hasta acá llega su carrera. Le deseo todo el mal del mundo.

Luego, sin aviso, porque estaba mirando el suelo, me abofeteó tan fuerte que me quebré la nariz al caer sobre la punta de una mesa de centro llena de flores.

—Deje de sangrar y váyase. Ya ha habido sangre de sobra. Corruptor de menores, marica contaminado, infecto. Mis abogados lo demandarán. Ahora debo escribir. Fuera.

Desperté en la Clínica Indisa y ahí estaba Renato Adriazola.

—Es el fin de todo, le dije.

—No, es el fin de ellos.

El viernes 1 de noviembre del 2013 el diario *El País* de España, que también se edita en varios países latinoamericanos, tituló acerca de la caída por «colapso y deshidratación» del hijo del escritor Rafael Restrepo, lo que provocó su «muerte por hemorragia en una discoteque en Santiago de Chile». Los editores del diario, seguramente instigados por los poderosos del grupo PRISA para darle a esta muerte un tratamiento de rock star, intentaron justificar lo impresentable con una bajada insólita:

> Ayer murió Rafael Restrepo Santos, hijo del eximio escritor colombiano-mexicano. Su padre evoca la difícil existencia de este joven artista, marcada por la enfermedad, la melancolía y el genio.

El artículo/mea-culpa/obituario, titulado «Mi hijo: un hombre hasta el fin» (¿qué quería insinuar con *hombre?*), me provocó una inmensa ira no tanto porque Rafa hubiera querido algo como «Mi hijo: al fin y al cabo un puto» o «Mi hijo: joto hasta el fin» o «Juntos: morir bailando», sino por el deseo indisimulado de «lavar» la tragedia de todo vestigio «indeseable» y por la insistencia de hacer de algo privado algo público (*ahora deben leerme, miren por lo que he pasado, miren cómo todo lo que me sucede lo transformo en arte, en prosa, en poesía*) y darle tratamiento de mártir a un chico que no era todo lo que su padre insistía que era sino otra cosa, mucho más y a la vez mucho menos. En vez de un artículo redactado por alguien de cultura, fue el propio Restrepo quien compartió su dolor con el mundo.

Rafael realizó su tsunami artístico con urgencia, con entusiasmo, con sangre, pero sin quejarse sino desde el silencio. Sus ojos profundos, luminosos unas veces y otras opacos, aterradores siempre, inquisidores, nos decían que su tema era el dolor de vivir, de haber nacido, la conciencia de que se iría temprano de este valle de lágrimas. Si ese peso no lograba plasmarlo en un poema o en sus videos, el dolor permanecería para siempre, palpitante, dentro de su delgado cuerpo de Adonis sufriente. Mi hijo sentía una gran identificación con los artistas que murieron jóvenes: John Keats, James Dean, Kurt Cobain, Hart Crane, Gaudier-Brzeska, Egon Schiele, River Phoenix... No tuvieron tiempo, me decía Rafael, de ser otra cosa sino ellos mismos, que es lo más difícil que se puede intentar. Todos se fueron temprano en la noche. Alguna vez le conté de su tío desaparecido, Rafael Restrepo Ospina, el hermano de mi padre, muerto de tifoidea al iniciar sus estudios en Cartagena a la ligera edad de veintiún años de edad e inspirador de mi novela *Getsemaní*. Y ahora, acá en Santiago, donde ayer fuimos a conocer mi hogar de preadolescente, Rafael cae en medio de una ola de calor como el Ícaro que nos recibió anoche en el Museo de Bellas Artes donde presentamos nuestro preciado libro *El aura de las cosas*…

La ahora infame (o famosa) foto, tomada y subida a Instagram por un tal Polo_LaR, se viralizó y debido a la hermandad del semen, pronto la vieron y la replicaron en Facebook aquellos que algo habían tenido con Rafa o con tipos que estaban en la maldita fiesta blanco y negro. Centenas de chicos (tanto acá como en el resto de América Latina) vieron la foto en sus teléfonos antes de que se supiera la noticia: lo que ellos pensaron era que Restrepo Jr. otra vez se había borrado. Que tomó demasiado y se fue a negro. La foto, me contó Ricardo Velmor en México después, terminó como parte de una acción de arte donde algunos leyeron poemas frente a esa imagen: un sillón rojo, Rafa al medio, sudado, piernas abiertas, paquete marcado bajo el pantalón blanco, el reflejo del flash en la frente, la manzana de Adán transpirada, la cabeza levemente echada para atrás, un poco de sangre corriendo por su cuello y manchando su camisa mojada y abierta.

—Era muy Keith Richards y estéticamente parecía Nan Goldin. Parecía como si alguien hubiera armado una performance perfecta. Un mirrey tumbado, pero seguía siendo el dueño de la fiesta. Era perfecto.

Nunca se supo si en esa foto Rafa estaba vivo aún.

Mi impresión es que sí.

Seguro que el chico que tomó la foto no sabe quién es Keith Richards (quizás sí ubica uno que otro tema de los Rolling Stones) y menos Nan Goldin, pero sí sabía que el chico de blanco estaba drogado y mal y quizás le pareció mino y distinto y sólo disparó y captó la foto. De hecho lo que escribió fue de alguna manera ingenuo: «No es bueno mezclar...».

El chico borró sus cuentas a los dos días, cuando supo del deceso, pero la foto quedó para siempre.

Me topé sin aviso con El Factor Julián. Fue en el café Faustina. Él iba saliendo y yo entrando, algo que me pareció típico. Pero nada fue típico o común. Él se quedó, no estaba apurado ni miró su celular. Yo había pasado a una librería a comprar libretas y lápices para llevarme a la playa donde había decidido intentar extirpar el tumor de *Sudor*.

A Julián Moro no lo había visto desde esa fatal noche del 2013.

Ahora se veía más gordo, más complejo, más distante y más abatido. Le habían pasado cosas, lucía barba, andaba con un bolso precioso cruzado, como de arquitecto, y olía distinto. Se veía algo mayor pero seguía pareciendo un chico. De pronto pensé: ¿cómo se habrá enfrentado al mundo o a mí en su pensamiento durante estos dos años? La memoria selecciona, anula, exagera, nunca es de fiar.

A esas alturas daba lo mismo, era todo pasado, ya habían pasado demasiadas cosas. Julián ya no fumaba, ya no usaba 212 y estaba de paso por Santiago por las fiestas de fin de año. Ahora vivía en Toulouse y salía con un austriaco y estaba especializándose en urbanismo. No tocamos ningún tema: ni nosotros (¿hubo un *nosotros*?) ni lo que pasó esa noche. Para qué: ambos sabíamos lo que había sucedido.

Sobre todo él.

Nos tomamos un ristretto, él me habló de Estrasburgo y yo le recomendé algunos libros con los que algo había tenido que ver en el último tiempo para que se llevara a Francia. Al despedirnos me dijo:

—Quería pedirte perdón. Era un pendejo. Fui un cabro chico. No sabía lo que hacía. Quizás aún lo soy, pero menos. Créeme. Lo bueno es que se va quitando.

—Cada año más rápido —le dije.

—¿Nunca has pensado en escribir sobre todo lo que pasó?

—Sí, ¿por qué me lo preguntas?

—No sé. Para entenderlo, quizás. Raro que todo haya terminado así.

—La vida de Rafa, querrás decir.

—Eso, sí, pero también… esa noche finalizaron muchas cosas, creo. Digo: lo sé, me consta.

—Sí, Julián. Sí sé.

—Esa tarde, cuando finalmente llegué a mi casa, Alf, después de todo lo de la policía, colapsé en mi cama y lloré demasiado. No por Rafa porque apenas lo conocí, sino por mí. Sentí que pude ser él. Vomité en el suelo. Caché que tomaba mucho para no sentir y para no darme cuenta. Es más fácil ser malo cuando no captas lo que estás haciendo.

—Lo que pasó, pasó.

—Déjame seguir… Hace como un año, en Toulouse, en una librería, vi un libro en francés de Rafael Restrepo y pensé que era acerca de lo que sucedió esa noche. Y lo compré, lo leí. *Sang Lumiere*. Lo leí hasta la mitad, era pésimo. Una mierda. Algo sobre cómo la revolución cubana afecta a una familia colombiana dueña de un diario. Y pensé: Alf debería escribir de Rafa, sólo él sabe bien lo que pasó, sólo a él le afectó, qué ganas de saber cómo lo herí.

—Me heriste harto, Julián. Voy a escribir de ti, hueón.

—Lo sé y puedes destrozarme, si quieres. Puedes dejarme mal. Quizás me lo merezco. Tienes el permiso. Sólo te pido una cosa, Alf. O dos: ódiame con cariño y que el personaje sea más guapo y tenga mejor cuerpo que yo.

—Tú ya eres guapo. Y no te odio.

—Estoy gordo. Me estoy convirtiendo en mi papá. Ya no me miran tanto en la calle, ya no voy a fiestas. Es como si todo hubiese pasado hace mucho tiempo. Era un pendejo, te dije. No cachaba. Estaba partiendo y juraba que iba a ganar no pescando a nadie.

—Yo también me comporté como un pendejo, Julián. Lo sé.

—Te enganchaste. Te dije que no lo hicieras y no me hiciste caso. Te advertí.

—¿Me enganché de quién?

—De mí.

Julián buscó en sus bolsillos papel de cigarrillos y como no lo encontró agarró un sobrecito de stevia y comenzó a jugar con él. Seguía comiéndose las uñas, noté.

—Suerte con el resto de tu vida, Julián. De verdad te deseo lo mejor. Para mí fue un orgullo haber estado un tiempo contigo.

—A ti también. Suerte, digo. Fue bueno estar un rato juntos, es cierto. Ahora uno capta. Al final fuiste más importante de lo que creí.

—Gracias —le dije, y a ambos los ojos se nos humedecieron un poco.

—Escribe el libro. Si lo haces y lo terminas, me lo dedicas.

—No seas patudo, Julián. Pero si lo escribo, ¿lo vas a leer?

—¿Qué crees?

—No sé.

—Lo que no sabes es…

—¿Qué?

—Yo me asusté. Eso. Me dio miedo, Alf, nunca había querido a alguien y me topé contigo. Era chico y me asusté.

—Puta, Julián, yo también.

FIN